KB162100

# 춘순

일

**초판 인쇄**   2013년 8월 10일
**초판 발행**   2013년 8월 15일

**지은이**   이진수
**펴낸이**   진수진
**펴낸곳**   도훈
**디자인**   심지섭
**마케팅**   윤기석

**주소**   경기도 고양시 일산동구 중산동 1682번지
**출판등록**   2013년 5월 30일 제2013-000078호
**전화**   031-944-3145
**팩스**   031-946-4832
**홈페이지**   www.haeminbooks.com

**ISBN**   979-11-85254-18-0 (04810)
           979-11-85254-17-3 (세트)

**정가**   16,000원

이진수 장편소설

일

도훈

춘솔
이일

우리 사회에서 부모로부터 버림받은 고아들은 자기들만의 독특한 세계를 가진다. 누군가가 손을 내밀어 주지 않는 이상 그들은 그들만의 세계를 만들어 나갈 수밖에 없다. 주인공 춘호는 고아원에서 자라 기업계와 정치계로까지 손을 뻗치면서 오로지 성공만을 위해 몸을 던진다. 그래야만 자신을 믿고 따르는 후배들이 이 세상에서 떳떳하게 살아갈 수 있었으므로.

우리가 알지 못하는 그들의 세계를 엿본다는 것은 그들을 포용하는 것이다. 그들이 우리 사회에서 살아남기 위해서 어떠한 눈물을 흘리고 있는가를 알아야 그들의 친구가 될 수 있다. 그들은 우리의 적이 아니라, 우리와 같이 살아가는 친구들인 것이다.

춘호는 후배들을 위해 자신이 할 수 있는 것들은 다 하는 인간이다. 목숨까지도 버릴 줄 아는 남자이지만 사랑을 위해 자신을 버릴 줄 아는 인간이다. 배운 것이 없어도 의리 하나와 뚝심 하나로 이 세상을 제패한다고 하면 믿을 수 있겠는가. 오늘날 우리에게는 그러한 뚝심이 필요하다.

이 소설을 통해서 우리는 더 많은 세계를 경험하기를 바란다. 아름다운 동행이 되리라 믿어 의심치 않는다.

2013년 5월에
저자 이진수

춘호

# │차례

춘호일

## 야망

"야! 튀어!"

누군가의 긴박한 외침이 터져 나왔다. 춘호는 뒤늦게 달아나는 한 놈을 낚아채서는 발을 공중으로 붕 날렸다. 면상에 가차 없이 구둣발을 내리 꽂았다.

"윽. 쿵!"

쓰러진 놈은 버둥거리다가 금새 일어나서 다시 도망치려고 했다. 춘호의 몸이 다시 날아올랐다. 두 발을 연타로 사정없이 내려찍어버렸다.

"제발 살려줍쇼! 다신 안 그러겠습니다. 형님……."

사내는 춘호를 올려다보며 손을 모았다. 이미 코와 입에서는 낭자한 피가 흘러내리고 있었다.

"뭐하는 놈들이냐?"

"……."

사내의 말이 채 끝나기도 전에 춘호의 발이 허공을 날아올랐다. 이번엔 사내의 콧등을 향해 날아가서 꽂혔다. 사내의 얼굴에서 나뭇가지가 부러지는 듯한 소리가 울려나왔다. 사내가 땅에 나뒹구는 것을 보면서 춘호는 옆으로 다가가서 섰다.

"뭐하는 놈이냐고 물었잖아!"

"으……. 이 바닥의 깡패들입니다. 봐주십시오."

사내는 피로 범벅이 된 얼굴을 감싸쥐고선 고통스럽게 말을 했다.

"그래? 나, 춘호라는 놈이다. 막가는 놈이니까 다음에 복수하려면 나한테 복수를 해. 얼마든지 상대해줄 거니까."

춘호는 벗어던졌던 옷을 집어 들고는 휘적휘적 걸어갔다. 철근일로 다져진 춘호의 알몸은 어디 한 군데라도 성한 곳이 없었다. 군데군데 칼자국이 나 있었고, 칼자국이 난 부분은 제때에 수술을 하지 않아서인지 새로 나온 살로 인해 벌어진 듯이 주위 살과 다른 피부 색깔을 갖고 있었다.

어렸을 때는 종로 바닥에서 자라면서 각목으로 패싸움에 끼어들기도 했고, 조금 나이가 들면서는 술을 마시다가도 상대방이 조금만 삐딱하게 인상을 써도 그 모습을 보고서 못 참는 불같은 성격이었다.

술을 마시다 말고 소주병으로 자신의 머리를 내리쳐서 자해를 해서 화를 풀거나, 아니면 상대방의 어깨나 머리통을 내려쳐야만 직성이 풀리는 그였다. 그런 일로 여러 번 교도소엘 들락거린 것이 그의 이력이었다.

춘호가 첫돌이 지났을 무렵 고아원에 맡겨졌다가 두 번째 새엄마가 들어왔을 때에 아버지가 나타나 춘호를 데리고 왔다. 젊은 새엄마에게서 춘호는 항상 겉돌았다. 아버지는 그걸 전혀 알지 못했다. 맨날 바깥 일로 나돌다가 집으로 돌아와 봐야 춘호에게는 아무런 관심조차 없었다. 다시 새엄마가 가출을 해버리자 아버지는 자신의 성질을 이기지 못하고서 춘호를 두들겨 패기도 했다.

"이 새끼야, 넌 엄마가 나가는 것도 모르냐?"

이유는 단지 그것밖엔 없었다. 새 여자가 집을 나간 화풀이를 고스란히 춘호에게 퍼붓던 아버지는 몇날 며칠이고 집으로 돌아오지 않았다.

춘호는 학교를 가기 위해 집을 나섰다가 양지 바른 언덕받이 밑으로 가서 온종일 혼자 놀다가 어스름이 낄 무렵이면 집으로 돌아오곤 했다. 집에 와봐야 먹을 것이라곤 남아 있지 않았다. 동네에서 아줌마들이 불쌍하다고 건네주는 밥덩이를 얻어먹으면서 하루를 살아가야 하는 날들이었다.

춘호가 4학년이었을 때에 아버지는 술에 취해서 춘호에게 술주정을 하다가 여자에 대한 복수심에서였는지 스스로 목젖에다 칼을 꽂고서는 세상을 등지고 말았다. 그 모습을 똑똑히 본 춘호는 자신의 앞에서 죽어가는 아버지를 보면서 어찌할 줄을 몰랐다. 춘호는 눈을 허옇게 까뒤집고서 죽어버린 아버지의 모습을 보다가 뒷걸음질 쳐서 밖으로 나온 뒤로부터 집으로 들어가지 않았다.

나중에서야 동네 사람들에 의해서 아버지의 목에서 시뻘건 칼날이 뽑혀졌고, 서둘러 병원으로 데려갔지만 숨진 뒤였다. 아들이 지켜보는 앞에서 목젖에다 칼을 꽂아버린 아버지는 춘호에게 무엇을 가르쳐주려고 그랬을까. 그날로부터 춘호는 매일 산 속에서 잠을 자야만 했다. 불이 켜진 마을로 내려가고 싶지가 않았다. 산에서 철사로 덫을 놓아 꿩을 잡아선 껍질을 벗겨서 모닥불에 구워 먹었고, 산열매를 따서 굶주린 배를 채웠다.

어린 나이에 동네를 벗어나 산 속에서만 산다는 것도 한계점에 도달했다. 어린 나이에도 무서움이란 없었다. 자신의 앞에서 목에 칼을 꽂아 자살해버린 아버지의 죽음을 보면서 춘호는 무서움조차도 없어져 버린 듯했다. 산 속에서 하루하루 연명하기에 지쳤을 무렵, 춘호는 마을로 내려왔다.

아버지가 죽고 나서는 춘호는 혼자였다. 학교에도 가지 않았다. 춘호는 집 안에서 한 발자국도 밖으로 나가질 않았다. 멀리 사는 고모가 연락을 받고 달려왔지만 춘호는 울지 않았다.

"이제 아버지가 없으니 우리 집으로 가서 살자. 이제 너 하나밖에 없다"

"……."

춘호는 대답하지 않았다.

"일어나."

"안 갈래요."

"왜? 너 혼자 살 수 있니?"

고모는 춘호가 꼼짝도 하지 않는다는 것을 알고는 나무랐다.

"난 고아원으로 갈 거예요."

"왜? 우리 집보다 고아원이 더 나을 거라고 생각하니? 이 고모가 싫어?"

"……."

춘호는 대답하지 않았다. 평소에 아버지와는 사이가 좋지 않았던 고모네 집으로 가봐야 환영받을만한 건더기도 없었을 뿐만 아니라, 춘호로서는 오히려 속박을 받을지도 모른다는 생각이 들었다.

"넌 고아원이 더 편할 거라고 생각하니? 거긴 몹쓸 애들만 들어오는 곳이야."

"……."

"일어나. 가자."

고모부가 춘호를 잡아 일으키려고 그랬다. 춘호는 땅바닥에 주저앉은 채로 끌려 일어나지 않으려고 했다. 마치 땅바닥에 자석이 쇠붙이에 들러붙어버린 땅을 움켜잡고서 일어나지 않았다.

"왜 그래?"

결국 고모는 화를 냈고, 고모부 역시 고집이 센 춘호를 꺾을 수가 없었다. 이미 그들은 억지로 춘호를 데려가 봐야 괜히 짐 덩어리 하나만 늘 뿐이라는 생각을 했는지 버럭 화만 내고는 춘호를 놓아버렸다.

"그래! 네가 저엉 고아원에 가겠다고 그러면 이 고모도 안 말린다! 거기 가면 나쁜 애들이 너를 때릴 거고, 배가 고파봐야 고아원이 어떤 곳인지 알 수 있을 거다. 말로는 해서는 안 될 놈."

이미 고모네는 춘호를 데려가겠다는 생각을 포기한 듯했다. 동네 사람들을 보기가 부끄러워서 피붙이라는 구실로 데려가려고 그랬다가 춘호가 고집을 부리는 걸 핑계로 삼아 그들은 홀가분하게 떠날 수가 있었다.

"자, 돈이다. 이거라도 갖고 있어."

고모부는 만 원짜리 지폐 한 장을 춘호에게 내밀고는 흥정을 끝내려고 그랬다.

"그래. 네가 정 고아원으로 가겠다면 할 수 없지 뭐. 나중에 이 고모한테 욕하지나 마라."

고모와 고모부는 고집센 춘호를 그대로 내버려두고는 가버렸다. 춘호는 사흘 동안 집 안에서 꼼짝도 하지 않고서 물로서만 배를 채웠다. 너무 배가 고파서 아버지가 죽기 전에 끓여놓았던 된장국에다 물만 부어서 연탄불에 올려놓고선 된장국물로 배를 채웠다. 동네에 사는 여자들이 가끔 들렀다가 불쌍한 춘호를 보고는 밥과 반찬들을 주고 갔지만 춘호가 거들떠보지도 않았다. 혼자 남은 춘호에게 베푸는 이웃의 호의였다.

아버지가 살았을 적에 워낙 더러운 성격이었던 탓인지 아버지의 여자들은 춘호의 집에 왔다가도 며칠 못 가서 아버지의 술주정과 손찌검에 못 견디고서 사흘을 못 버티고 도망치는 것을 수없이 보아왔던 춘호였다.

춘호는 보름째 되는 날, 스스로 고아원을 찾아서 들어갔다. 더 이상 동네에서 눈칫밥을 먹으며 살 수가 없었다.

겨울날, 고아원에서의 생활은 혹독하기만 했다. 총무라는 사람은 걸핏하면 애들한테 기합을 준다면서 굶기기가 일쑤였고, 춘호와 같이 고집센 아이들에겐 원장 몰래 매질로 다스리곤 했다.

"니들은 후레자식들이야, 임마. 여기 와서 먹는 것도 감사한 줄 알아야 돼. 이 개돼지만도 못한 놈들아."

총무의 그런 무지막지한 욕설을 들으며 아이들은 단체로 매질을 당하고 나서야 저녁 취침에 들어갈 수 있었다. 그러한 일을 당하는 시간대는 원장이 퇴근하고 없는 시간이어서 총무 혼자만의 작은 왕국이었다.

아이들은 그날그날의 총무의 기분에 따라서 매질의 강도와 숫자가 늘어났다가 줄어들었기 때문에 공포에 떨면서 매를 맞아야만 했다. 차라리 딱 정해진 매질이라면 얼른 그 숫자의 매를 맞고서 안심할 수 있었지만 총무의 매질은 엎드려 있는 다른 아이에게로 매질이 옮겨갈 때까지는 마음을 놓을 수가 없었다.

고아원에 있는 애들은 양순한 애들과 막 돼먹은 애들로 갈라졌다. 춘호는 자신을 지켜주는 것이라곤 주먹 하나밖에 없는 거라고 믿었다. 이편도 저편도 아닌 셈이었다. 그러나 그 누구도 춘호를 괴롭히진 못했다.

춘호는 양순한 애들을 괴롭히는 모습을 보고는 참지 못했다. 양순한 애들을 괴롭히는 애들이 있으면 주먹을 잡고서 끼어들었다.

"야. 그만해."

"춘호, 넌 누구 편이냐? 왜 말려?"

못된 애들이 그런 식으로 나왔지만 춘호는 이유 없이 애들을 괴롭히는 걸 보고 그냥 넘어갈 수가 없었다.

"됐어. 엄마 아빠가 없어서 이런 데 와 있는데 때리면 뭐하냐?"

춘호의 그 말이면 애들을 괴롭히던 애들도 주먹질을 그만두곤 했다.

처음에 춘호가 고아원에 들어갔을 때, 고아원에서 조금 주먹깨나 쓴다는 애들이 춘호를 화장실 뒤로 데리고 갔다. 모두 일곱 명이었다. 덩치도 컸을 뿐 아니라 고아원에서는 짱이라는 별칭을 듣는 애들이었다.

"나 춘호! 너 오늘 신고식하는 날이다! 무릎 꿇어!"

강 찬만이 앞으로 나섰다. 여섯 명의 애들이 찬만이를 빙 둘러 서 있었다. 그들은 모두 같은 또래이거나, 춘호보다 한 살 아래인 애들도 끼어 있었다.

"......"

춘호는 무릎을 꿇지 않았다.

"꿇어! 어? 못 꿇어? 이 자식이!"

찬만이 소리쳤다. 찬만의 손엔 작은 각목이 들려져 있었다.

"……."

춘호는 대답도 하지 않았다. 그대로 서 있을 뿐이었다.

"이 새끼! 너 귀 먹었어?"

찬만이 들고 있던 각목을 춘호의 어깨에 내리쳤다. '퍽' 하는 소리와 함께 어깨가 무너질 듯이 아팠지만 그대로 주저앉을 수는 없었다. 춘호는 오기가 버티고 서 있었다. 춘호가 보고 있는 앞에서 자신의 목에다 칼을 찔러 넣은 아버지에 대한 복수심 같은 것이 타오르고 있었다.

"야. 이 새끼가 말 안 들어. 패!"

찬만의 각목이 날아왔고, 그 뒤를 이어서 다른 애들의 주먹과 발길질이 한꺼번에 몰려들었다. 무자비한 구타가 시작되었다. 그때 춘호는 코뼈가 내려앉고 말았다. 애들이 몸 위에 올라타고서 짓이기는 동안, 어떤 애가 춘호의 코에다 발길질을 했던 것이다. 코피가 터지면서 코뼈가 부서지는 듯한 충격이 느껴졌다. 그러한 몰매를 맞으면서 춘호는 이를 악물었다. 아버지에 대한 복수심이었다. 아버지가 어디선가 자신의 그러한 나약함을 보고 있을지도 모른다는 생각에서 비명 한마디 내지르지 않고 버틴 것이다.

"야. 너 벙어리냐? 무릎 꿇어!"

땅바닥에 뒹굴고 있는 춘호를 향해 찬만이 다가섰다.

춘호는 땅바닥에 널브러져 코피를 쏟고 있었다.

"이 새끼가! 그래도 말 안 들어?"

찬만의 발길이 복부를 걷어차면서 가슴뼈 속으로 들어왔다. 춘호는 땅바닥을 뒹굴면서도 찬만의 발을 움켜잡았다. 그 바람에 찬만이 뒤로 넘어졌고, 춘호는 찬만의 발에 신겨진 검정고무신을 벗기면서 물어뜯었다.

"악!"

찬만의 비명이 터져 나왔다. 춘호의 기습에 찬만은 땅바닥에 풀썩 쓰러지면서 발에서는 붉은 피가 흘러나오고 있었다. 옆에 서 있던 애들이 갑자기 일어난 기습에 미처 손을 쓰지도 못하고 있었다.

춘호는 찬만의 몸뚱이 위에 올라타고서 주먹을 마구 날렸다. 찬만의 코에서도 피가 터졌다. 코피가 터지면 이기는 싸움이었다.

춘호는 벌떡 일어나 찬만의 목에 발길질을 하고선,

"씨발! 나 건들면 죽여버릴 거야!"

이를 뿌드득 갈았다. 춘호는 다른 애들이 겁을 집어먹도록 으름장을 놓은 셈이었다. 그리고 나선 다시 찬만의 얼굴을 두들겨 패기 시작했다. 춘호의 주먹은 아버지와 어머니, 그리고 세상에 대한 원망이라도 담기기라도 한 듯이 잔인하기만 했다. 그 일이 있고부터 춘호는 고아원 안에서 대빵이 되어 버린 셈이었다.

나이로 치면 찬만은 춘호보다 한 살이 위였다. 한 학년이 높았지만 춘호에게는 못 당했다. 다른 애들조차도 춘호에겐 꼼짝도 하지를 못했다.

20

춘호는 고아원에서 두 번의 가출을 했었고, 마지막으로 고아원에서 도망쳐 나온 것은 국민학교 6학년 1학기 때였다. 어느 날 춘호는 밤중에 불 꺼진 사무실로 들어갔다가 총무 아저씨가 어린 명희를 사무실 바닥에다 눕혀놓고서 이상한 짓을 하는 것을 보고는 식당에 있는 칼을 들고 나와 총무를 찔러버리려고 마음먹었다가 그 길로 고아원을 도망쳐 나와 버렸다. 만약 그때 도망치지 않고 총무에게 붙잡혔더라면 화장실 뒤로 붙잡혀 가서 실컷 두들겨 맞았을지도 모르는 일이었다.

그 길로 춘호는 지하철 안에서 껌을 파는 앵벌이를 시작했고, 껌을 판 돈을 갖다 바치고 나면 하룻밤 잠을 잘 수 있는 방이 주어졌다. 벌이가 시원치 않을 때는 한겨울에도 바깥에서 덜덜 떨며 자야 했다. 그것도 앵벌이 형이 던져준 담요 한 장이 고작이었다.

껌을 많이 팔기 위해선 손님들에게 말을 잘 해야 했고, 불쌍하게 보여야 할 필요가 있었다. 며칠째 빨지 않아서 때가 꼬질꼬질한 옷을 입고서 삐뚤삐뚤하게 연필로 적은 메모지와 껌 한 통을 손님의 무릎 위에다 올려놓고선 자신의 처량함을 호소해야만 했다.

"저는 아버지와 어머니가 모두 병들어 죽었습니다. 돈이 없어 굶다가 이렇게 껌을 들고 나섰습니다. 고아원에 들어가고 싶지만 어린 두 동생들 때문에 고아원에도 들어가기 싫습니다. 차라리 이렇게라도 껌을 팔아서 어린 두 동생들에게 라면이라도 사서 먹여야 어린 동생들이 학교를 갈 수 있습니다. 저는 학교를 그만두고 검정고시를 준비하고 있습니다. 여기 계신 엄마 아버지. 저와 같은 어린 자식들이 있으시다면 불쌍한 저에게 껌 한 통만 팔아 주십시오. 제발 부탁드립니다."

춘호는 정말 눈물로 호소해야만 했다. 자신이 거짓말을 하고 있다는 것을 알지만 앵벌이 두목에게 맞지 않으려면, 추운 겨울날 바깥에서 자지 않으려면 그렇게라도 하는 수밖에 없었다. 전철 안에 앉아 있는 손님들에게 메모지와 껌을 다 뿌리고 나서 다시 메모지를 껌을 거두러 가면서 춘호는 일부러 절룩거리는 시늉을 해보였다. 그래야 더욱 불쌍하게 보이기 위함이었다. 춘호는 껌을 사주는 사람들에게는 허리를 굽혀 눈물을 흘릴 듯이 비굴하게 굴어야 했다. 그런 모습을 보고 옆에 있던 사람들도 천 원짜리 지폐 한 장을 꺼내곤 했다.

그러던 어느날, 춘호는 껌을 판 돈으로 자장면이 먹고 싶어 중국집에 들어가서 자장면을 먹고 있다가 불쑥 나타난 오야붕에게 들켜 직살나게 맞았다. 매질만 당하는 게 아니라, 매질을 당한 뒤에 종아리나 팔에다가 담뱃불로 지지는 혹독한 위협도 뒤따랐다.

"너, 앞으로 또 한번 자장면 같은 거 사먹으면 죽여 버린다. 알았지?"

"짜식이. 머리에 쇠똥도 안 벗어진 쪼끄만 놈이 벌써부터 돈을 빼돌려 자장면을 사먹어?"

앵벌이 형들의 모진 구타에 녹진해진 춘호는 입 안에 고이는 핏물이 찝찔하게 느껴져 왔다. 그러나 좀 전에 자장면을 먹을 때의 그 달콤함을 잊을 수가 없었다. 자장에서 나는 특유의 고소한 냄새가 아직도 혀끝에 남아 있었다.

몰래 자장면을 사먹었다는 죗값으로 이틀 동안 굶어야만 했다. 골방에 가둬진 채, 다른 아이들이 껌을 팔러 나간 뒤에 혼자 남아 있으면 외롭기 그지없었다. 다시 버림받았다는 처참한 기분이 들면서 하루종일 우울했다. 껌을 팔러 나갔다가 돌아온 아이들이 몰래 먹을 것을 넣어주곤 했다. 빵 하나를 사서 몰래 넣어준 것으로 끼니를 때워야만 했다.

다시 앵벌이를 하면서 껌을 판 돈으로 자장면을 사먹고 싶었지만 매질이 무서워서 춘호는 헌혈차로 가서 팔뚝에서 피를 뽑아 그 돈으로 자장면을 사먹는 것이 차라리 나았다. 팔뚝에서 피를 뽑는 것을 쪼록이라고 말했다. 쪼록을 하고 나면 헌혈차에서 기어나오는데 하늘이 노랗게 보이곤 했다.

헌혈차 밖으로 나오면서 올려다본 하늘은 얼마나 아름다웠던가. 현기증이 날만치 햇빛이 눈부셨다. 손에 쥐어진 지폐 한 장을 들고서 중국집으로 들어가 자장면이 나올 때까지 탁자에 엎드려 있어야만 했다. 그러고 있으면 주방에서 흘러나오는 고소한 짜장 냄새가 정신을 더욱 어지럽게 했다.

곱배기 한 그릇을 다 비우고 나면 일어나고 싶지 않았다. 어질어질한 현기증과 함께 모처럼 만의 포식감으로 인해서 그대로 쓰러져 자고 싶을 뿐이었다.

멋모르고 시작한 앵벌이 조직에서 도망치려고 했다가 붙잡힌 적도 여러 번이었다. 그때마다 춘호는 골방에 갇혀 실컷 두들겨 맞았다. 껌을 판 돈을 훔쳐서 자장면을 사먹는 것보다도 앵벌이 조직을 도망치려고 한 죗값이 더 가혹했다. 며칠 동안 계속해서 매질을 당해야만 했다. 그것은 어린 춘호에게는 견딜 수 없는 가혹한 형벌이었다.

그러나 그보다 더한 형벌은 춘호의 몸에서 손가락 하나를 잘라내야 하는 것이었다. 다른 아이들이 조직을 이탈하지 못하도록 하기 위해서 가하는 마지막 형벌이랄 수 있었다.

"형! 다시는 안 그럴게! 다시는 안 그럴게!"

"짜식! 넌 싹수가 노란 놈이야. 벌써 몇 번이야! 오늘 각오해!"

춘호는 어린 나이임에도 불구하고 공터 옆에 있는 허름한 창고로 데려가서 통나무로 된 도마 위에다 손을 올려놓게 했다.

"형! 한 번만……. 한 번만 용서해줘. 다시는 안 그럴게. 정말이야! 정말이야!"

춘호는 형들에 의해 두 팔을 뒤로 꺾인 채로 울부짖었다. 통나무 도마 위에다 손을 올려놓는 것은 손가락을 자르기 위함이었다.

"임마! 넌 벌써 세 번째야. 넌 콩알만한 게 벌써부터 도망칠 생각이나 하고. 니 말을 믿을 거 같으냐?"

앵벌이 조직의 두목은 피도 눈물도 없는 인간이었다. 추운 겨울에도 앵벌이를 나가서 손가락이 얼 정도로 껌팔이를 시켰고, 밤에는 골방에 여러 명이 끼어서 칼잠을 자도록 하고선 연탄불 마저 피워주지를 않는 악독한이었다.

그날 저녁에 애들이 벌어온 수입이 시원치 않으면 애들을 마당으로 불러내서 발가벗긴 채로 몇 시간이고 두 팔을 앞으로 들고 있도록 해서 동상에 걸리거나, 언 땅바닥에 알몸인 채로 드러눕게 해서는 팔과 두 다리를 번쩍 들고 있도록 하기도 했다.

여자애들도 예외는 없었다. 팬티만 달랑 입은 채로 그런 자세를 취하고 있으면 등짝이 언 땅에 들러붙는 듯했다. 등짝이 언 땅에 꽁꽁 얼어붙고 있어도 그들은 눈 하나 깜짝하지 않았다.

"니들 뒈져도 괜찮아. 뒈지면 길거리에서 얼어 죽었다고 하고 파묻어버리면 돼. 이 씨발놈들아!"

그 놈들은 충분히 그러고도 남을 놈들이었다. 가출한 아이들이거나 고아원에서 도망쳐 나온 애들이라 여기서 죽는다고 해도 누구 하나 찾아 나설 사람이 없는 애들이었다.

"야! 손 벌려!"

앵벌이 두목은 이름조차 알지 못했다. 평소에도 아이들은 두목이라고만 불렀을 뿐이었다. 두목의 말에 형들은 춘호의 두 팔을 잡고서 한쪽 손을 도마 위에 내밀게 했다. 춘호가 도마 위에 손을 안 내놓으려고 발버둥을 쳤지만 두 팔을 잡고 있는 형들의 힘을 당해낼 재간이 없었다.

두목의 손에는 작은 손도끼가 들려져 있었다. 그걸 본 춘호는 오줌을 찔끔 쌌다.

"두목님. 정말로 잘못했어요. 다시는 안 그럴게요. 다시는 정말로……."

춘호가 몸부림을 치는 동안에 두목의 손도끼가 통나무를 내려찍었다. 춘호의 새끼손가락이 뭉텅 잘려나가고 없었다.

"악!"

춘호가 외마디 소리를 지름과 동시에 형들이 춘호의 입을 틀어막았다. 형들이 잡고 있지 않았더라면 춘호는 그대로 스르륵 주저앉고 말았을 것이다. 기절한 춘호는 형들에 의해 차가운 골방에 버려졌다. 춘호가 새끼손가락이 날아간 것을 본 아이들이 오들오들 떨고 있었다.

"너, 이 새끼들! 앞으로 도망치는 놈은 이렇게 될 줄 알아"

형들이 소리쳤다.

쭉 늘어서 있는 골방에서는 다들 이불을 머리까지 뒤집어쓰고서 춘호에게 지금 어떤 일이 일어났는가를 알고 있었다. 춘호가 방 중간에 널브러져 있었고, 아이들은 방구석으로 밀려나서 기절해 있는 춘호를 바라만 보고 있을 뿐이었다.

춘호의 손에서 검붉은 핏물이 솟아나고 있었다. 아이들은 누구 하나 나서서 춘호의 손가락에서 흐르는 피를 막아줄 엄두조차 내지 못하고 있었다.

"다들 자. 내일 아침에 일찍 일어나려면 돼져 자."

두목과 형들이 나가고 나서야 아이들은 춘호 옆으로 와르르 달려들었다.

"빨리 이불 찢어. 손가락 하나 잘렸어!"

희준이가 서두르지 않았다면 아이들은 그대로 방구석에 처박혀서 피를 흘리고 있는 춘호를 바라보고만 있었을 것이었다. 아이들이 일어나 이불을 찢기 시작했다. 이불에서 찢어낸 광목천으로 싸매기 전에, 희준이가 나이어린 찬미를 보며 말했다.

"너, 밖에 형들 있나 보고 흙 좀 퍼와. 빨리!"

찬미는 엉거주춤 일어나 방문을 살며시 열었다. 바깥에는 형들이 없었다. 찬미는 바깥으로 나가 언 땅에서 흙을 떠왔다. 희준은 찬미가 퍼온 흙을 춘호의 없어진 새끼손가락에다 짓이겨 붙이고는 광목천으로 감기 시작했다. 솟아나오는 피와 흙이 범벅이 돼서 광목천 바깥으로 핏물이 번져 나왔다. 희준은 핏물이 번져 나오지 않도록 여러 겹으로 천을 동여맸다.

다음날부터 춘호는 꼼짝도 못했다. 바깥에는 항상 형들이 지키고 있었다. 아예 식사는 줄 생각을 하지 않았다. 저녁이 되면 아이들이 일을 나갔다가 몰래 가져온 빵이 유일한 음식이었다.

"춘호야. 너 앞으로 도망치지마. 그러다가 형들이 너 죽이면 어쩔래?"

희준은 매일 표가 안 나게 이불 귀퉁이를 찢어서 춘호의 새끼손가락에다 새 붕대를 감아주곤 했다. 희준과 찬미는 춘호보다 먼저 은혜고아원으로 들어왔다가 도망쳐 나와서 앵벌이 조직에 들어온 애들이었다. 춘호가 은혜원을 도망쳐 나왔다고 해서 희준은 춘호를 같은 형제처럼 생각해주는 면이 없지 않았다. 비록 피를 나누진 않았지만 한 고아원 출신이라는 것만으로도 그들은 마음이 통했다. 찬미 역시 춘호더러 오빠라고 부르며 잘 따르던 애였다.

"오빠. 이젠 그런 짓하지 마. 그러다가 성나면 죽어"

"난 죽어도 여기서 도망칠 거야. 차라리 죽어버렸으면 좋겠어."

춘호는 목이 메어왔다. 없어진 손가락에 감겨져 있는 이불천을 바라보며 이를 악물었다.

"안돼. 너 그러다가 진짜 죽으면 어쩔래? 돈 벌어서 나중에 도망치자."

희준이 달래듯이 말했다.

"아냐. 여기서 돈 어떻게 벌어. 난 다 나으면 또 도망칠 거야"

춘호는 이미 알고 있었다. 형들은 앵벌이를 하는 그들이 매일 벌어오는 돈에서 얼마만큼 떼어 따로 저금을 시켜준다는 달콤한 말을 믿지 않았다.

"그래도. 춘호야. 너 만약에 도망치다가 죽으면 어쩔래? 겁 안 나?"

희준은 말을 하면서 바깥에서 형들이 들을까봐 겁을 먹고 있었다. 그만큼 감시가 심했고, 짐승 같은 생활이었다. 일 년 내내 아침 일찍 일어나 길거리로 껌을 팔러 나가야 했다. 출근시간대의 전철 안은 너무 붐볐으므로 그 시간에 육교로 가서 지나다니는 사람들에게 적선을 해달라고 땅바닥에 엎드려 있었으며,

출근시간이 지난 뒤에는 전철 안으로 들어가서 불우 소년이라면서 직접 쓴 종이에 쓴 글을 돌리고선 껌도 같이 돌렸다.

앵벌이를 하는 애들이 돌리는 전단지에는 대개 아버지 어머니를 갑자기 잃고서 고아가 되었다는 내용이거나, 어머니는 몇 년 전에 가출을 했고, 몸이 아파 누워 있는 아버지와 불쌍한 동생들을 먹여 살리기 위해서 이런 껌팔이라도 해야 목숨을 연명할 수 있다고 연필로 삐뚤삐뚤하게 써서는 읽는 이로 하여금 감동을 자아내야만 동정을 구걸할 수가 있었다.

"난 괜찮아. 죽어도 괜찮아"

춘호는 나이답지 않게 고집이 셌다. 손가락 하나가 잘려나간 슬픔보다는 짐승 같은 이런 생활에서 도망치다가 붙잡혀 죽는 한이 있더라도 도망쳐야겠다는 생각밖에 들지 않았다.

전철 안에서 거짓말을 해가며 슬픈 표정을 지어가면서 동정심을 얻어내는 일은 자기 자신을 비참하게 만드는 것이었다. 항상 눈을 내리깔고, 비굴하게 굴어야만 해야 했다. 돈을 벌어봐야 앵벌이 조직의 두목과 형들만 배불리 먹이는 꼴이었다. 나중에 통장에 넣어서 준다는 형들의 말은 순전히 거짓말일 뿐이었다.

춘호는 이제 굶어 죽는다고 해도 서러울 것이 없었다. 손가락이 다 나아갈 즈음에 춘호는 다시 그곳을 도망칠 궁리를 했다. 모두가 잠든 틈을 타서 바깥에 형들이 지키고 있지 않다는 것을 알고는 탈출하기로 결심을 굳혔다.

낮 동안에 피곤했던 애들은 곤히 잠든 시간이었다. 춘호는 살금실금 기어서 희준 옆으로 갔다. 희준을 깨웠다.

"쉬. 나 도망갈 거야."

춘호의 말에 희준은 눈을 껌벅거리며 춘호를 쳐다보았다.

"밖엔 아무도 없어. 너한테는 이런 말을 해주고 싶었어."

"정말 가는 거야? 어디로 가?"

희준이 아직도 잠이 덜 깬 얼굴로 춘호를 빤히 쳐다보았다.

"아무데로나."

"그럼 배고프잖아? 갈 데도 없고……."

희준은 얼른 일어나 앉았다. 그리고는 방바닥의 장판을 들춰서 그동안 숨겨놓은 지폐를 꺼냈다.

"이거. 내가 꼬불쳐 놓은 돈이야. 나도 도망가고 싶어"

"그럼 같이 가. 나가서 우리 둘이서 앵벌이를 해도 살아. 아니면 중국집에 가서 일하던지"

"그럴까? 바같에 아무도 없어?"

희준이 용기를 얻은 듯했다.

"응. 없어. 내가 봤어."

"그럼, 잠깐만."

희준은 얼른 방문을 살며시 열어보고는 바깥에 아무도 없다는 것을 확인하고는 주섬주섬 옷을 입기 시작했다. 춘호를 따라 같이 도망치고 싶은 모양이었다.

옷을 다 입은 희준은 곤히 잠든 찬미에게로 다가갔다. 옷을 입은 채로 곯아 떨어져 있는 찬미의 바지 호주머니 속에다 희준은 그동안 모아놓았던 돈을 찔러 넣고는 일어섰다. 그 모습을 보고 있던 춘호의 얼굴에 아련한 슬픔이 번져나갔다. 같은 방에서 구겨져 잠을 자면서 나이 어린 찬미에 대한 걱정이 숨어 있었구나 하는 생각이 춘호를 뭉클하게 했다.

잠든 찬미의 얼굴을 물끄러미 보고 있던 희준은 마치 기도를 하듯이 무언가를 중얼거리는 듯했다. 희준이 어떤 생각을 하고 있었는지는 춘호도 모르는 일이었다.

"찬미가 불쌍해. 우리가 없어지면……."

희준의 눈가에 작은 이슬이 반짝이는 듯했다.

"……."

춘호는 희준이 그러는 것을 보면서 부끄러웠다. 그동안 자신은 어머니의 사랑도 받아보지 못했고, 술주정뱅이인 아버지에 대한 애틋함도 남아 있지 않았다. 그래서 어린 찬미가 자신을 그토록 잘 따랐는데도 찬미에 대해서는 별로 애틋함을 가지지도 않았었다.

"빨리 가. 늦으면 들켜"

이번엔 희준이 먼저 재촉했다. 방문을 열고서 다시 한번 바깥의 동정을 살폈다. 평상시엔 교대로 마당에 나와 감시를 하던 형들도 오늘은 보이지 않았다. 여름밤엔 마당에서 운동을 하고 있거나, 조금 추운 날에는 마당에서 나뭇불을 피워놓고서 감시를 하곤 했는데 춘호가 새끼손가락을 잘리고 나서는 형들도 도망치리라곤 꿈에도 생각지 못하고 있는 듯했다.

조심스럽게 문 밖으로 나온 춘호와 희준은 쏜살같이 마당을 가로질러 나무 대문으로 다가갔다. 대문을 열려면 삐걱거리는 소리가 날 것만 같았다. 춘호는 재빨리 마당의 수돗가에서 물 한 바가지로 퍼와서 빗장에다 부었다.

"왜?"

희준이 영문도 모르고서 물었다.

"쉿! 이렇게 하면 소리가 안 나. 자 봐."

춘호는 살며시 빗장걸이를 들어서는 아래로 내려놓았다. 물기가 묻은 빗장은 삐걱거리는 소리를 내지 않고 움직였다. 희준은 춘호의 그런 동작에 다소 마음이 놓였다.

대문 밖으로 나온 두 아이는 어둠 속을 향해 달리기 시작했다. 춘호가 쏜살같이 달리자, 희준 역시 춘호를 따라오느라 힘에 부친 듯했다.

"야. 이제 좀 천천히 뛰어."

일단 형들이 쫓아오지 않을 만큼 멀리 달아난 뒤부터는 천천히 걷기 시작했다.

"어디로 가지?"

희준이 물었다.

"날이 샐 때까지 걷는 거야. 그래봐야 서울 안이겠지."

"그러고 나서는 어떻게 해?"

"중국집으로 들어갈래? 거기 가면 배불리 실컷 먹을 수 있잖아?"

"배달하는 거?"

"응."

"그럼 실컷 먹여줘?"

"자장면 만드는 데니까. 재워주고 먹여주고 하면서 돈도 좀 주겠지."

"그래. 그러면 되겠다."

두 아이는 청계천을 지나 남대문 쪽으로 걸어갔다. 밤 12시가 넘은 시간이었으므로 남대문시장은 활기를 띠기 시작하고 있었다. 새벽시장이 열리는 중이었다.

"우리 저기 가서 구경이나 할래?"

희준이 춘호의 팔을 잡아끌었다. 길가에는 먹음직한 포장마차들이 음식들을 수북하게 차려놓고 있었다. 장사를 하러 나온 사람들이나 멀리 지방에서 올라온 장사치들이 요기를 때우기 위해서 토스트나 햄버거, 국수나 오뎅 등을 파는 포장마차들이었다.

그들은 나무 의자에 앉아 음식을 먹고 있는 사람들만 보고 있어도 배가 불렀다. 저렇게 먹을 것들이 많은 데도 불구하고 그동안 배를 곯아가며 껌을 팔았지만 그 수입은 다 형들의 주머니 속으로 들어가 버리고 없었다.

희준이 주머니를 뒤져보았지만 이미 그의 수중에는 돈 한 푼도 남아 있지 않았다.

"너, 뭐 먹고 싶어?"

희준이 포장마차 안을 들여다보면서 침을 삼키는 것을 보고서 춘호가 물었다.

"너, 돈 있어?"

"없어."

"그럼? 왜 먹고 싶냐고 그래?"

"돈 벌어서 사먹으면 되지."

"어떻게 돈 벌어?"

"이리 따라와 봐"

춘호는 희준의 손을 잡고서 찻길로 나갔다. 찻길 가에는 지방에서 올라온 버스들이 차를 주차하느라 들어서고 있었다. 버스 안에서 지방에서 옷을 반품하러 올라온 사람들이 옷 보따리를 들고서 내렸다.

춘호는 아줌마에게로 다가갔다.

"아줌마. 배고파서 그래요. 옷 보따리 들어주면 안 돼요? 돈 조금만 주면 돼요"

춘호와 희준이 배가 고픈 듯이 서 있자,

"그럼 이거 저기까지만 들어줄래?"

아주머니는 커다란 옷 보따리 가방 세 개를 버스에서 내려놓았다. 춘호와 희준은 잽싸게 달려들어 옷 보따리 가방을 움켜잡았다.

아줌마의 뒤를 따라 옷 상가 쪽으로 걸어갔다.

"니들 엄마 아빠 없냐?"

아주머니가 물었다.

"네. 고아원에서 나왔어요. 그래서 배가 고파서요."

"저런! 쯧쯧. 왜 고아원에서 나왔니?"

"형들이 때려서요."

춘호는 거짓말로 둘러댔다. 차마 앵벌이 조직에서 탈출해 나왔다는 말은 하지 못했다. 혹시라도 그들이 나타나서 다시 붙잡아 갈지도 모른다는 두려움이 앞섰다.

"자, 돈."

아주머니는 오백 원짜리 동전 두 개를 꺼내주었다.

"고맙습니다."

춘호와 희준은 절을 하고는 상가 계단을 뛰어서 내려갔다.

길거리에 있는 포장마차로 가서 국수를 시켰다. 국수와 오뎅을 먹고 나니 배가 불룩해졌다. 배가 부른 김에 다시 남대문시장 쪽을 향해 어슬렁거리며 내려갔다. 장삿꾼들이 술렁대는 시장 안은 볼거리들이 많았다.

날이 밝아올 때쯤 그곳을 빠져나가지 않으면 안 되었다. 날이 밝으면 앵벌이를 하러 나온 애들과 길거리에서 맞닥뜨릴 수도 있는 일이었다.

춘호와 희준은 남대문시장에서 빠져나와 서울역 쪽으로 걸어갔다. 새벽 시간의 제일 처음으로 움직이는 전철을 타고서 멀리 도망치는 것이 우선 급했다.

서울역 쪽으로 내려가는 길옆에는 쇼트닝 깡통에다 모닥불을 피워놓고 있는 사람들이 있었다. 그들은 한결같이 헌 누더기 옷을 입고서 모닥불 위에다 손을 쬐면서 무언가를 기다리고 있는 표정들이었다.

"우리 저기 가서 불 좀 쬐고 갈래?"

희준이 물었다.

"시간이 늦으면 잡혀."

"아직 날이 밝으려면 멀었어. 추워."

희준은 추운지 몸을 오싹 옹그렸다. 얇은 가을 옷을 그대로 입고 있는 희준이었다.

"그래. 조금만 쬐고 가자."

춘호와 희준은 사람들이 모여 서 있는 모닥불 곁으로 다가갔다. 어른들이 모닥불 주위를 빙 둘러 서 있었으므로 틈새를 비집고 손을 내밀었다.

"니들 뭐야? 니들도 일하러 나왔냐?"

"하하하, 쪼그만 애들이 여긴 왜 와?"

어른들의 핀잔이 터져 나왔다.

"야. 저리들 가. 여긴 어른들이 나오는 곳이다."

어른들은 춘호와 희준의 행색을 보고 나서야 오갈 데가 없는 애들이라는 것을 알아차렸다.

"여긴 말이다. 우리 같은 어른들이 일자리를 구하러 나오는 인력시장이라는 데야. 니들은 여기 있어봐야 일자리도 없어."

제법 인상이 좋은 아저씨가 말을 했다.

"니들은 집이 없냐?"

또 다른 아저씨가 물어왔다.

"네. 고아원에서 나왔어요."

"허허. 그럼 도망쳐 나온 거구나? 거기 있으면 편할 텐데."

"형들이 막 때려서요. 어디 일자리 없어요?"

춘호가 제법 당당하게 말을 하자,

"어허, 그 놈 참……. 여기야 노가다판 일이나 하는 사람들을 데려가는 곳이지. 니들이 갈 데라곤 가게서 일하는 것밖에 더 있냐."

한 사내가 목 쉰 소리를 내뱉었다.

"아저씨. 혹시 중국집 아는 데 없어요?"

"왜? 그런 데 가서 일하려고 그래?"

"네."

춘호는 희준을 돌아보면서 씨익 웃어보였다.

"그래. 알았어. 좀 있다 일자리 없으면 나하고 같이 가자. 내가 잘 가는 집인데 애 하나 구한다고 그러더라. 니들 데려가면 술 한잔 얻어먹겠지."

"아저씨. 고맙습니다."

춘호는 그 말을 한 아저씨에게 미리 절을 했다.

"고맙긴……. 나중에 이 아저씨가 가면 서비스 잘해줘야 된다. 알았지?"

"하하, 오늘 이 씨가 애들을 중국집에 데려다주고 한 턱 얻어먹겠는데 뭘."

"그러게. 애 데려왔다고 하고서 오늘 일당 쳐달라고 그래 봐. 소개소 같은 데서 애 데려오려면 소개비라도 줘야 되잖아. 하하."

"그럴까?"

춘호와 희준은 중국집에 데려다 주겠다는 아저씨가 한없이 고마웠다. 아저씨들이 이야기를 하고 있는 동안에 춘호는 모닥불 깡통에서 떨어져 나와 오줌을 누러 가는 척했다. 눈치가 빠른 희준도 오줌을 누러가는 것처럼 춘호의 옆으로 다가왔다.

"춘호야. 이제 우리는 자장면집에 취직이 되는 거지?"

희준은 바지를 내리고서 고추를 꺼내 오줌을 갈기며 말을 꺼냈다.

"그래. 저 아저씨만 따라가면 돼. 이제 앞으로 우리 떨어지지 말고 살자."

"응. 나도 너랑 같이 있으면 마음이 든든해질 거 같아."

"나중에 넌 뭐가 되고 싶니?"

춘호가 불쑥 물었다. 춘호의 오줌줄기는 아직도 교각에 떨어지고 있었다.

"난 어른이 되면 돈 많이 벌어서 고아원 원장이 되고 싶어. 그래서 마음이 나쁜 총무는 쫓아내버리고 말이야."

"짜식!"

춘호는 오줌을 털고서 바지 속으로 고추를 집어넣었다.

"춘호, 너는?"

"난 말야. 임꺽정이 되고 싶어. 너 임꺽정 알아?"

"임꺽정? 왜?"

"좋은 일을 하는 사람이잖아. 너 그 책 읽어봤니?"

"그럼! 아주 재미있었어. 산 속에 살면서 부하들을 훈련시키고, 나쁜 마음씨를 갖고 있는 부잣집들만 골라서 털어서 가난한 사람들을 도와주는 거잖아?"

"그래. 난 커서 임꺽정이 되고 싶어. 그래서 가난한 사람들을 도와줄 거야. 우리 같은 애들을 잡아다가 앵벌이나 시키고, 나쁜 짓을 해가면서 돈을 버는 그런 놈들을 혼내주는 거야."

"야, 재밌겠다. 그럼 임꺽정처럼 되려면 칼도 잘 써야 하고, 힘도 세야 하잖아?"

"난 자장면 집에 가서 일을 하게 되면, 돈이 생기면 태권도 도장이나 쿵후 도장 같은 델 다닐 거다. 검도도 배우고 말이야. 그러면 힘이 세지는 거야."

"그럼 나도 그거 배울까? 같이 배울래?"

"좋아! 그럼 우리 약속하자. 우리 둘이서 임꺽정이 되는 거야."

"그래. 좋아. 약속해."

희준은 손가락을 내밀었다. 그러나 춘호의 새끼손가락이 없다는 것을 알고는 주춤거렸다.

"짜식. 왼쪽 손가락이 있잖아. 이걸로 해."

춘호는 왼손을 내밀었다. 왼손 새끼손가락에 희준은 새끼손가락을 걸었다.

"우린 이제 임꺽정이 되는 거다."

두 아이들은 다리 밑의 어두컴컴한 곳에서 새끼손가락을 걸며 미래에 대한 약속을 하고 있었다. 소변을 보고 나서 모닥불 곁으로 다가가는데 언제 봉고차가 들어왔는지 봉고차 주위로 사람들이 몰려가고 있었다.

"철근공 다섯 명! 미장공 둘!"

봉고차 안의 남자가 소리치자 모닥불 곁에 모여 있었던 사람들은 서로 먼저 뽑히려고 아우성들이었다. 손을 번쩍 든 이가 있는가 하면, 무작정 사람들을 밀치고 봉고차 앞으로 다가가는 이가 있었다.

"야! 이 씨팔놈아! 너만 힘있냐!"

밀린 사내는 성이 났는지 밀치고 들어가던 남자의 뒷덜미를 휙 낚아채서는 땅바닥에다 패대기를 쳤다. 두 사람이 엉겨붙어 싸우는 동안에 이미 다른 사람들로 머릿수를 채운 봉고차는 휑하니 달아나버리고 없었다.

"어? 그 아저씨 없네?"

"저 차 타고 간 거 아냐?"

희준과 춘호는 조금 전에 취직을 시켜주겠다던 아저씨를 찾았지만 보이질 않았다. 다시 모닥불 곁으로 모여든 사람들은 불속으로 손을 내밀고 있었다.

"아까 그 아저씨 말이냐?"

춘호와 희준이 안쓰러웠는지 낯선 사내가 말을 걸어왔다.

"네."

"철근공이라면서 그 차 타고 갔지. 오늘 일당 벌었군."

거기 모인 사람들은 이제 더 이상 봉고차가 오지 않을 거라는 걸 알고 있었다. 벌써 날이 희뿌옇게 밝아오고 있는 중이었다. 저마다 담배를 꺼내 피우고는 모닥불이 사그라질 때쯤, 하나 둘씩 흩어지기 시작했다.

"야, 우리도 가자. 너무 늦었어."

그제야 춘호는 날이 밝아옴을 느꼈다. 이대로 이곳에 있다간 언제 형들이 들이닥칠지 모르는 일이었다.

"그래."

희준도 잊고 있었던 악몽이라도 꾼 듯 몸을 움직였다. 서울역 쪽을 향해 걸었다. 다른 곳으로 가는 길은 몰랐기 때문에 서울역에 가기만 하면 어디로든 갈 수 있다는 생각이 들었다. 지하도를 건너 서울역 광장으로 올라가는 계단에서 그들은 족제비 형과 딱 마주쳤다.

"야!"

족제비 형은 도망친 춘호와 희준을 잡기 위해 서울역을 뒤지다가 지하도로 내려오던 중에 춘호와 희준을 발견한 것이었다.

"거기 서!"

족제비 형이 우당탕 계단을 뛰어 내려오는 걸 보고선 춘호와 희준은 콩알처럼 튀기 시작했다.

"서! 안 서!"

족제비 형의 외침이 지하도 안에 울려 퍼졌다. 춘호는 희준과 같이 오던 길로 달아나기 시작했다. 희준의 동작이 느려서 뒤따라오는 줄 알았던 춘호는 계단 밖으로 나와 인도 쪽으로 뛰어가면서 뒤를 돌아보니 희준의 모습은 보이지 않았다.

춘호는 근처 건물로 뛰어가 무작정 위층으로 올라갔다. 만약 족제비 형에게 붙잡히기만 하면 어떠한 일을 당할지도 모르는 일이었다. 춘호는 3층의 복도에서 창문 쪽으로 다가가 바깥을 내려다보았다. 희부옇게 밝아오기 시작하는 서울역 광장이 한눈에 보였다. 지하도에서 빠져나오는 족제비 형의 모습이 보였고, 족제비의 손에 이끌려 나오는 희준의 모습이 나타났다.

"......!"

춘호는 가슴이 철렁 내려앉았다. 곧 이어서 어디서 나타났는지 춘식이 형과 철용이 형이 족제비의 손에 잡힌 희준을 마구 짓이기는 모습이 보였다. 희준은 땅바닥에 나뒹굴면서 코피를 흘리고 있었다. 희준이 땅바닥에 쓰러져 지나가는 사람들에게 손짓 발짓을 하며 살려달라고 애원하는 것이 보였지만 사람들은 그저 무심하게 지나만 갈 뿐이었다.

희준의 손이 살려달라는 듯이 허공을 젓고 있었다. 세 명의 형들이 희준을 무차별하게 짓이기고 나자 희준의 몸은 축 늘어져버렸다. 그러면서도 희준은 누군가를 찾는 듯이 춘호가 숨은 건물 쪽으로 고개를 들고는 무어라고 소리치는 듯했다. 희준의 그런 모습을 보며 춘호는 가슴이 아팠다. 분명히 자신을 찾고 있는 것이 분명했다.

"……."

춘호는 그 자리에서 꼼짝도 하지 않았다.

서울역 일대는 형들이 쫙 깔려 있거나, 아니면 앵벌이를 하러 나온 애들이 깔려 있을 것이 분명했다. 만약에 그들의 눈에 띄기라도 한다면 영락없이 붙잡혀갈 것은 분명한 일이었다. 이제 춘호는 두 번이나 도망을 친 전력 때문에 붙잡히면 죽여버릴지도 모르는 일이었다. 잠자고 있는 희준을 꼬셔서 같이 도망치자고 했던 자신임을 그들이 안다면 아마도 그냥 내버려두지는 않을 것이라는 생각이 들었다.

춘호는 그 자리에서 꼼짝도 하지 않고 있다가 오후쯤에서야 겨우 그곳을 빠져나올 수 있었다. 춘호가 있는 복도에 사람이 나타나면 화장실에 가는 척하면서 자리를 피했다가 다시 창가로 가서 바깥의 동정을 살폈다. 그리고서 오후에서야 그곳을 벗어날 수 있었다.

춘호는 서울역을 벗어나서 무조건 걸었다. 남영동 쪽이었다. 남영동을 거쳐 여의도에 들어섰을 때에서야 비로소 안심이 되었다. 새벽에 보따리를 들어주고 얻은 돈으로 국수와 오뎅을 배불리 먹었던 탓에 배고픔은 면할 수 있었다.

원효대교를 건너자 여의도 선착장이 나타났다. 무작정 그곳으로 내려갔다. 강가의 계단을 서성거리다가 누가 비둘기 모이로 던져주기 위해서 버려놓은 먹다가 만 핫도그 하나와 옥수수 씨앗이 담긴 비닐봉지를 주워서 다리 밑으로 갔다. 그것으로 춘호는 배를 채워야 했다. 잡곡을 입 안에 넣고선 퉁퉁 불을 때까지 기다렸다가 으깨었다. 반쯤 먹다가 다시 호주머니 속에다 집어넣고선 이번엔 영등포 쪽으로 걷기 시작했다.

영등포 로터리를 지나 영등포역을 지나서 찻길을 따라 계속 걸어갔다. 오류동까지 걸어간 춘호는 길가에 있는 중국집들을 전전하기 시작했다.

"아저씨. 나, 갈 곳이 없는데요. 여기서 일할 데 없어요?"

첫 번째 중국집에서는 새끼손가락에 붕대가 칭칭 감겨 있는 것을 보고는 왜 그러냐고 물었다.

"일하다가 잘렸어요. 배달하는 건 할 수 있어요."

그렇게 말했지만 소용이 없었다. 어린 나이에 새끼손가락이 잘렸다는 것이 영 마뜩찮은 모양이었다.

세 번째 찾아들어간 중국집에서는 손가락을 풀어보라고 하고선 흉측하게 잘려나간 것을 보고는 질겁하면서 얼굴을 찡그렸다.

"안 되겠다. 괜히 나중에 일 생길라. 딴 데 가서 알아봐라."

다시 퇴짜였다.

오류동 근처를 배회했지만 춘호를 받아주는 중국집은 없었다. 이미 일하는 애가 있거나, 춘호의 붕대를 맨 한쪽 손을 보고선 고개를 가로저었다. 중국집에서 일하도록 해달라고 말했지만 손가락이 영 마음에 걸리는 모양이었다. 그냥 먹고 자는 것만 해줘도 된다고 사정을 했어도 소용이 없었다.

춘호는 광명시까지 걸어갔다. 광명시에 있는 장춘강이라는 중국집에서 춘호의 딱해 보이는 몰골을 보고서 선뜻 일하도록 해주었다.

"고맙습니다. 열심히 일할게요."

춘호는 연신 고개를 숙여보였다.

"고맙긴. 우리도 배달할 애를 구하던 중이다. 일 잘하면 나중에 돈도 좀 줄거다."

"네, 고맙습니다."

춘호는 고맙다는 인사를 했다. 눈물이 핑 돌 것만 같았다.

"너, 손이 다 나을 때까지는 물에다 손 담그지 말아라. 그냥 배달만 시킬 테니까."

"네. 아저씨."

주인아저씨의 마음씨가 너그러운 것이 우선 마음에 들었다.

"어? 누구지?"

배달을 나갔다가 들어온 남자애가 낯선 춘호를 보고는 주인에게 물었다.

"일자리 구한다는 애다. 너하고 같이 배달할 애다."

"그래요?"

그 애는 춘호보다 한두 살 위인 남자애였다.

"그래. 앞으로 네가 잘 가르쳐줘라. 아직 아무것도 모르는 애인 거 같다."

조그만 중국집에서 주인은 주방 일을 하고 있었고, 배달은 주로 남자애가 맡아서 하는 듯했다.

춘호는 그날부터 당장 일자리를 구한 셈이었다. 익숙지는 않았지만 배달이라면 춘호도 할 수 있는 일이었다. 아저씨와 배호가 가르쳐주는 대로 약도를 처음에는 찾아서 배달하는 일을 했다. 조그만 중국집이었지만 식사 때가 되면 꽤나 바빴다.

배달을 갔다 오면 벌써 주문이 밀려 있었다. 춘호는 손수 들고서 대발을 했지만 배호 형은 오토바이를 타고서 배달을 나갔다. 배달통을 들고 나가면 차가운 바람이 붕대 안으로 파고들었다. 얼른 배달을 하고 와서는 홀 안에 있는 난로 옆으로 가서 불을 쬐었다. 의자에 잠깐 앉아 있는 시간조차도 허락되지 않았다. 들어오기가 바쁘게 다시 배달통에다 자장면을 넣고서 벽면에 붙은 약도를 보고선 다시 나갈 준비를 해야 했다.

저녁 9시가 돼서야 주방의 일이 끝이 났고, 남겨진 뒷설거지는 춘호와 배호가 맡아서 해야 했다. 그러고 나면 온몸이 가라앉을 듯이 나른해졌다. 수북이 쌓인 그릇들을 다 씻고 나서 주방의 시멘트 바닥에 어질러진 것들을 치우고 나면 마치 물에 젖은 스펀지마냥 늘어졌다.

"야. 일루 와. 주인아저씨가 탕수육을 만들어 놨다."

아저씨는 설거지를 맡기는 대신에 그들이 먹을 수 있도록 탕수육 같은 걸 만들어놓고선 퇴근을 했다. 배호 형이 부르면 그제야 모든 일들이 끝난 셈이었다.

탕수육은 꿀맛이었다.

"너, 술 한잔 할래? 그래야 피로가 확 풀리거든."

"난 못해. 형."

"딱 반 잔만 해봐라. 나머진 내가 마실게."

"그럼 반 잔만 줘."

중국집에서 파는 술은 배갈이라는 도수가 높은 곡주였다. 반 잔만 마셔도 입 안이 타들어갈 것처럼 매서웠다. 춘호는 혀끝에 불이 붙는 것 같은 아릿함을 느끼면서 얼른 탕수육을 집어 입 속에다 넣었다. 탕수육 하나라도 더 집어먹으려고 혀끝이 타는 듯한 배갈을 마셔야만 했다.

"짜식. 잘 마시네. 뭐. 나 봐라."

배호 형은 제법 어른 흉내를 내가면서 술잔을 들이키고는 카 아, 하는 소리까지 냈다.

"너, 전에 앵벌이 했다면서?"

"응."

"난 신문팔이 해봤다. 그것도 앵벌이라면 앵벌이지. 큰 형이 뒤를 따라다니면서 지키고, 나는 신문을 파는 거고."

"응."

춘호는 배호 형이 무용담처럼 지난 일들에 대해 이야기를 하는 동안에 탕수육을 입 속으로 집어넣었다.

"카아. 오늘 술맛 좋다! 너 반 잔만 더 할래?"

배호는 빈 술잔을 춘호에게 내밀었다.

"조금만 줘."

"그래. 이거 먹고 자면 잠이 잘 와. 이런 맛에 이런 데서 일하는 거 아니냐? 안 그러냐?"

배호는 혼자 있던 중국집에서 새로 들어온 춘호를 마치 동생처럼 대했다.

"응. 조금만 줘."

춘호의 잔엔 겨우 찰랑거릴 만큼 술이 따라졌다. 춘호는 보란 듯이 술잔을 입 속으로 털어 넣었다. 그리고는 냉큼 탕수육을 입 속에다 집어넣었다.

"너, 도망 잘 나왔어. 그런 데 있어봐야 국물도 없어. 나도 죽도록 일했지만 먹는 거도 못 먹고, 돈 한 푼도 못 건져봤다. 씨발놈들이 그 날 번 돈을 다 뺏어갔거든. 씨발놈들이 말이야. 주머니까지 톡톡 털어 가져가는 거야."

"우리도 그랬어. 형들한테 돈을 갖다 바치는데, 혹시 돈을 꼬불쳐놓은 거 있으면 그 날은 줄초상이 나는 날이야."

"맞아! 돼지게 맞는 거지? 그지?"

"응."

"그래. 나도 뼈 빠지게 맞아가면서 신문팔이를 했어. 비 오는 날, 신문이 젖었다 하면 코피가 날 정도로 돼지게 얻어맞았지. 사람들이 보고 있거나 말거나 전철 안에서 죽사발이 나게 얻어터지는 거야. 우리를 말리는 사람 봤냐? 너, 쪼록이라는 거 아냐?"

"팔뚝에서 피 뽑는 거?"

"그래. 너도 해봤냐?"

"응."

춘호는 고개를 끄덕였다.

"뭐? 쪼끄만 놈한테서 피를 뽑아? 넌 안 될 건데?"

"아냐. 내가 배가 고파서 피를 뽑아달라고 그랬어. 그랬더니 처음에는 안 된다고 했다가 내가 배가 고파서 그런다고 통사정을 하니까 쪼록차에 있는 간호사가 피를 뽑게 해줬어."

"그래? 굶었냐?"

배호가 불쌍한 듯이 춘호를 쳐다보았다.

"응. 자장면이 먹고 싶었어. 피 뽑아달라고 했어."

"야, 임마. 피 뽑아서 자장면 사먹는 놈이 어딨냐? 정말이야?"

"응. 앵벌이 형들이 먹을 걸 잘 안 줘. 배가 너무 고팠어. 자장면이라도 실컷 먹어봤으면 싶어서……."

"하하, 야, 짜식아! 그거 갖고 자장면 몇 그릇 사먹냐? 두 세 그릇이면 땡인데."

"피 뽑고 나서 자장면 먹고 나면 어질어질했어."

"짜식이 정말 웃기네!"

배호는 다시 술잔을 들어 입 속에다 털어 넣었다.

"탕수육 많이 처먹어. 넌 진짜로 여기 잘 들어왔다. 여기서 일하면 자장면 하나는 끝내주게 먹게 해준다, 너."

배호는 마치 형이라도 되는 것처럼 제법 의젓하게 말했다.

"응. 난 배 안 고픈 게 좋아. 형은 부모 없어?"

"나? 하하, 나도 고아원에서 도망친 놈이지. 너, 초록원 아냐?"

"몰라."

"화곡동에 있어. 산 밑에 있는 고아원이지. 거기 있으면 배는 안 고플 텐데 말이야. 씨발놈의 도망치고 싶더라니까! 돈도 벌고. 거기 있으면 뭐가 되겠냐?"

"형! 나도 돈 벌고 싶어."

"넌 좀 더 있다가 일 좀 하면 돈 줄 거다. 주인아저씨가 그런 건 잘해주거든. 넌 여기서 열심히 배달만 하면 돼."

"응."

춘호는 고개를 끄덕였다.

배호는 춘호에게는 잘해주는 편이었다. 춘호가 몸살감기에 걸렸을 때는 배호가 대신 배달일을 도맡아서 뛰면서 잠자기 전에는 약국에서 약까지 사다 주는 형이었다.

"야. 이런 데서는 몸이 아프면 말짱 황이야. 얼른 약 먹고 일어나."

"형, 고마워."

춘호는 눈물이 날 것만 같았다. 이 세상 어디에서도 그런 위로를 받아본 적은 없었던 것 같았다.

"짜식. 고맙긴."

배호는 나보고 일찍 잠자리에 들라고 하고선 혼자서 홀에서 술을 마시곤 방으로 들어왔다. 배호가 배달을 나갔다가 오토바이로 어린애를 치어 중상을 입혔을 때, 주인아저씨는 경찰서를 들락거리며 손을 써봤지만 무면허에다 횡단보도에서 일어난 사건이라 더 이상 손을 쓸 수가 없었다. 결국 배호는 파출소에서 경찰서로 넘어갔다. 배호가 경찰서에 있을 때, 춘호는 탕수육을 싸들고 면회를 갔다.

"왔냐?"

"응. 형. 못 나와?"

주인아저씨가 만들어준 탕수육을 들고 갔지만 외부에서 갖고 온 음식이라고 해서 배호에게는 먹일 수가 없었다.

"넘어가야 한다는 것 같더라. 아저씨도 와서 사정을 했지만 안 된단다. 씨팔, 너 혼자 바쁘지?"

"응. 그런데 괜찮아. 형이 나왔으면 좋겠어."

"난 못 나가. 저쪽에서 합의금을 너무 달라고 해서. 내가 뭐 돈 있냐."

"형. 돈 모아논 거 없어?"

"돈? 쥐꼬리만 한 걸로 되냐? 저쪽에서 합의금만 주면 풀어준다는데 내가 그만한 돈이 어딨냐? 천오백만 원이야. 그냥 살지 뭐."

"주인아저씨한테 꺼내달라고 하고 나중에 갚으면 안돼?"

"그건 안돼. 됐어."

배호는 춘호가 쇠창살을 붙잡고 애처로운 눈빛을 보이는 것이 싫었다. 어서 가서 일하라는 듯이 눈길로 떠밀어냈지만 춘호는 발걸음을 뗄 수 없었다.

"야. 시간 다 됐어. 그만!"

경찰관이 면회 시간이 끝났다는 것을 알려주었다.

"네. 형. 다음에 또 올게. 몸이나 건강해."

"그래. 아저씨한테 걱정 말라고 그래."

춘호는 경찰관 아저씨에게 꾸벅 절을 하고는 다시 배호의 얼굴을 쳐다보았다.

"그래. 아저씨한테 잘해라. 나중에 나오면 그리로 간다고 그래."

배호가 창살 안에서 소리쳤다.

"응. 또 올게."

춘호는 경찰서 유치장을 나오면서 추운 겨울에 마룻바닥에서 잠을 자야 할 배호 형을 생각하면서 눈물이 흘러나왔다. 그동안 자신을 동생처럼 따뜻하게 돌봐준 배호 형이 없음으로 인해서 가슴 한 구석이 쑥 패여진 것만 같았다.

"잘 갔다 왔냐?"

가게로 들어오니 주인아저씨가 궁금한지 물었다.

"네."

춘호는 시무룩하게 대답을 하고는 배달을 나갈 준비부터 했다.

"큰일났다. 빨리 애를 하나 구해야 할 텐데 말이다. 당분간은 니 혼자 바쁘게 생겼다."

주인아저씨는 배호가 교도소로 넘어갈 거라는 사실에 마음이 아팠지만 어쩔 도리가 없는 일이었다.

"……."

춘호 역시 그랬다. 아저씨와 단 둘이 일을 하는 것이 서먹할
정도였다. 배달을 나갈 음식이 주방에서 나오면 춘호는 통에 담
아 배달을 나갔다. 오늘따라 왠지 배달통이 더 무겁게 느껴졌
다. 그동안 형이 거의 배달을 도맡아 했지만 춘호가 일일이 걸
어서 배달하기란 여간 힘든 일이 아니었다. 배호가 없었으므로
주인아저씨도 같이 배달을 나갔고, 주방에는 아주머니가 나와
서 주방 일을 보고 있었다.

배호가 옆에 있을 때만큼 흥이 나질 않았다. 배달을 갖다와도
의자에 앉을 시간조차 없었다. 아주머니는 몸이 편치 않아서 집
에만 있다가 주방으로 나온 것이었다. 주인아저씨는 아주머니
의 몸이 불편하다는 것을 알면서도 느린 동작에 대해서 화를 내
곤 했다.

"좀 빨리 만들어봐. 너무 늦으면 딴 데로 주문이 가버리잖아."

아저씨도 힘에 버거운지 주방에 있는 아주머니에게 화를 냈
다. 음식을 주문한 사람들이 배달이 조금 늦는다 싶으면 다른
중국집으로 옮겨버리고는 주문한 음식을 취소해버리는 탓에 들
고 갔던 음식을 그냥 갖고 들어올 때도 있었다.

춘호는 더욱 바쁘기만 했다. 힘도 들었다. 전에 같았으면 일
은 바빴어도 배달을 하고서 가게로 돌아오면 마음의 쉼터 같은
배호 형이 맞아주었지만 아주머니가 나와서 주방 일을 하는 걸
을 보고선 어깨에 힘이 빠지는 것 같았다.

저녁 늦게 일이 끝나고 나면 아저씨가 뒷설거지를 도와주긴

했지만 설거지 청소는 순전히 춘호의 몫이었다. 밀린 그릇들을 씻고 주방의 시멘트 바닥을 물로 청소를 하고 나면 녹초가 되었다. 가마솥에다 뜨거운 물로 헹궈내고서 수세미로 박박 문질러서 기름끼를 싹 없애놓아야 다음날 음식을 조리하는 데에 지장이 없었다.

춘호는 그곳에서 육개월을 버티다가 결국 그곳을 나오고 말았다. 잘려진 손가락은 다 나았지만 오토바이를 탈 줄 모르는 춘호는 걸어서 배달하기란 시간상 더딘 것이 문제가 아니라, 밀린 주문을 다 따라갈 수 없다는 것이 아저씨를 보기에 미안할 따름이었다.

춘호가 그런 말을 꺼냈을 때, 아저씨는 춘호를 붙잡았다.

"괜찮다. 여기 있으면 안 되겠나? 이제부터는 돈이라도 줄게. 네가 없으면 배달은 누가 하냐? 왜? 힘이 드냐?"

"네. 힘도 들고……. 배달이 늦으니까 아저씨보기도 미안하고요."

"괜찮다니까. 니라도 있어야 할 거 아니냐. 너 없으면 나 혼자서 배달을 다 해야 돼."

아저씨가 몇 번이나 그냥 있으라고 설득했지만 춘호는 더 이상 그곳에 머무를 수가 없었다. 결국 춘호의 고집을 꺾지는 못했다. 춘호는 일단 마음을 먹었으면 떠나는 것이 도리일 거라고 생각했다.

아저씨가 그동안 일한 대가라면서 돈을 쥐어주었다.

"그래. 배호가 없으니까 네가 고생하는 거 같다. 이거라도 받아라."

춘호는 마음이 아팠다. 아저씨가 건네주는 돈을 뿌리치다가 결국 받아들고선 그 중국집을 나왔다.

춘호는 제일 먼저 수원교도소로 면회를 가기로 마음먹었다. 마지막으로 배호 형의 얼굴이라도 봤으면 하는 마음이었다.

수원교도소를 물어서 찾아갔다. 막상 면회를 신청하려고 하니 접견실에서는 미성년자라는 이유로 면회가 거절되었다.

"아저씨. 배호 형은 면회를 오는 사람이 없어요. 저라도 면회를 하게 해주세요."

춘호가 사정을 했지만 교도소 측에서는 규정이라며 받아들여주지 않았다. 할 수 없었다. 춘호는 한 가지 꾀를 짜냈다. 면회를 마치고 나오는 어떤 아주머니에게로 가서 딱한 사정을 이야기하고는 같이 면회를 신청해서 면회실로 들어가는 수밖에 없었다.

"어? 춘호 아냐? 어떻게 왔어?"

배호 형이 면회실로 들어섰다가 춘호를 보고는 눈이 휘둥그레졌다. 춘호 옆에 낯선 여자가 서 있는 것을 보고는 다시 놀랐다.

"형. 잘 있었어?"

"응. 근데 같이 온 분은 누구냐?"

배호는 낯선 여자를 보면서 물었다.

"으응. 내가 어려서 면회가 안 된다고 해서 같이 면회 좀 해달라고 부탁한 거야. 형 만나고 싶어서 들어왔어."

"으응. 왜?"

배호는 춘호 옆에 서 있는 아주머니에게 미안하다는 듯이 꾸벅 인사를 하고는 춘호를 쳐다보았다.

"형. 나, 짱께집 나왔어. 형이 나간 후로 일하는 사람이 안 들어와서 너무 힘들어서⋯⋯."

"왜? 왜 나와? 그냥 있지 그래?"

"응. 아저씨가 같이 배달을 나가긴 하는데, 아주머니도 아프시고⋯⋯."

"아주머니도 나와?"

"응. 주방에서 일 해. 오늘 나간다고 그랬어. 아저씨가 붙잡는데 미안해서 더 이상 못 있겠어."

"왜 그랬냐? 거기 나오면 어디 갈 데나 있냐?"

"없어. 그냥 나왔어."

"그럼 어떻게 하려고? 당장 갈 곳도 없잖아?"

배호는 그제야 춘호를 걱정하기 시작했다.

"괜찮아. 이제 날씨도 좀 풀렸고 해서 아무데나 가서 자도 돼. 일자리 알아봐서 들어가면 되지 뭐."

춘호가 억지로 웃고 있자,

"그게 쉽냐? 나야 여기 있으니까 주는 밥 먹고 편하게 있지만. 넌 당장 그곳에서 나오면 어디 가냐?"

"주인아저씨가 돈을 좀 줬어. 그동안 일한 거라면서. 형, 뭐 먹고 싶어? 먹을 거 넣어줘도 되지?"

"됐어. 네가 무슨 돈이 있냐. 니 얼굴만 봐도 됐어."

"아냐. 앞으로 어쩌면 못 올지도 몰라서 그래. 형한테 먹을 거라도 좀 넣어주고 갈게."

"그래. 일자리 잡고 나서 시간이 나면 한 번 와. 나도 나중에 나가게 되면 너하고 같이 있었으면 좋겠다, 야."

"형. 고마워. 잘 있어. 몸 건강하게. 응? 알았지?"

"그래. 잘 가라. 고맙다."

배호는 서글픈 얼굴로 춘호를 바라보았다. 낯선 아주머니에게는 고맙다는 인사로 허리를 굽혀보였다.

"나 갈게, 형. 잘 있어."

면회실을 나가면서 춘호는 서 있는 배호를 쳐다보았다. 파란 물을 들인 수의를 입고 있는 배호의 가슴에는 하얀 광목천에다 네모난 큼지막한 죄수번호가 찍혀 있었다.

밖으로 나오자 아주머니는 춘호를 불렀다.

"애. 너 갈 데가 없니?"

"네. 오늘 고마웠어요. 고맙습니다."

춘호가 아주머니에게 꾸벅 인사를 했다.

"고맙긴, 나도 우리 아저씨가 여기 들어와서 면회를 하고 나서 가는 중이었어. 너 중국집에서 일하다가 나온 거니?"

아마도 아주머니는 춘호와 배호가 하는 이야기를 다 들은 듯했다.

"네."

"그럼 어디로 갈 데가 없겠네?"

"네."

"그럼 아주머니가 하는 가게에서 청소 일이나 해볼래? 어디 갈 데가 있니?"

"없어요. 아주머니는 가게를 해요?"

"그래. 네가 어리니까 청소나 하면 되겠다. 월급은 따로 줄 거니까."

"전 갈 데가 없어요. 그냥 먹여주고 재워주기만 하면 돼요."

"부모님들은?"

"없어요."

"……."

아주머니는 교도소의 정문을 빠져 나가면서 옆에서 따라오는 춘호를 돌아보았다.

"엄마는 내가 어렸을 적에 나가버렸고, 아버지는 죽었어요."

춘호는 아직도 엄마의 얼굴을 기억하고 있었다. 30대 초반의 애틋한 얼굴을. 워낙 어렸을 때의 일이라 기억이 가물거리긴 하지만 엄마라는 단어를 쓸 때마다 가슴이 뭉클해지곤 했다. 그러나 아버지에 대한 기억을 떠올리면 그런 기분이 싹 가셔버렸다.

자신이 보는 앞에서 목젖에다 칼을 꽂고서 죽어가던 모습을 아직도 잊어버릴 수가 없었다.

"그래? 그럼 아줌마 가게에 가서 일해 볼래? 그냥 청소만 하면 되고, 힘든 일은 없어."

"어디 사세요?"

"시내."

"네. 그럼 그렇게 할게요."

그 길로 춘호는 아주머니를 따라나섰다.

춘호가 따라간 곳은 수원 시내에 있는 큰 술집이었다. 이제 막 웨이터들이 출근해서 저녁 장사를 하기 위해 청소를 하고 있는 중이었다. 웨이터들이 들어서는 여사장과 그 옆에 서 있는 춘호를 보고는 옆으로 다가왔다.

"얘는 누구예요?"

"응. 우리 집에 있을 애다. 다들 나왔나?"

"예. 사장님."

젊은 웨이터가 고개를 숙이며 말했다.

"내 방으로 김 전무 좀 오라고 그래."

"예. 알겠습니다."

춘호가 보기엔 주인아주머니는 술집의 여왕 같았다. 젊은 남자들이 여사장에게 굽실거리는 것만 봐도 알 수 있었다. 주인아주머니를 따라 넓은 사무실로 들어갔다. 커다란 술집 안에 그런 방이 있는 줄은 몰랐다. 꽤 으리으리한 사무실이었다.

"거기 앉아라. 김 전무가 곧 올 거다."

"......?"

춘호는 김 전무라는 사람이 누굴까 생각하며 조심스럽게 소파로 가서 앉았다. 주인아주머니는 면회를 갔다 와서 피곤한지 책상 앞의 의자로 가서 앉아서는 머리를 뒤로 기댔다. 무언가 생각하는 듯했다.

잠시 뒤에 여사장이 물었다.

"여기서 일할 생각 있니?"

"네."

"그럼 여기가 내 방이야. 여기나 청소하고 아까 본 아저씨들 잔심부름이나 하면 되는 거다. 힘든 일은 없을 거다."

"네."

춘호는 면회장에서 만난 아주머니의 첫 인상이 좋았다고 생각하고 있었다. 아주머니가 이런 큰 술집을 운영하고 있을 줄은 몰랐다.

곧 노크소리가 들렸다.

"응, 들어와요."

김 전무라는 남자가 들어와 주인 여자에게 허리를 굽혀보였다. 30대 중반이 되었을까. 마리를 짧게 깎은 사내가 낯선 춘호가 소파에 앉아 있는 것을 보고는 맞은편 소파로 가서 앉았다.

"인사해라. 여기 있는 분이 김 전무라는 분이다."

여사장이 인사를 시켰다.

"네. 춘호라고 그래요. 아줌마……."

춘호는 벌떡 일어나서 김 전무라는 사내에게 절을 했다.

"그래. 앉아라. 올 해 나이가 몇이야?"

김 전무라는 사내의 첫 마디였다. 굵고 거친 말투였다.

"열세 살입니다."

춘호는 다시 고개를 꾸벅 숙였다.

"사장님. 얘는 어디서 데려왔습니까?"

이번엔 김 전무라는 자가 여사장한테 물었다.

"응. 오늘 면회 갔다가 거기서 데려왔어. 갈 데가 없다고 그래서. 아는 형한테 면회를 왔던 모양이야. 면회가 안 되니까 나보고 면회 좀 해달라고 그래서 면회시켜줬어. 참 아까 낮에 면회한 그 형은 뭐로 들어갔니?"

그제야 여사장은 어린 춘호가 왜 그런 델 갔느냐고 물었다.

"그 형이 오토바이로 짜장 배달을 다녔거든요. 저랑 같이요. 그 형이 오토바이 사고를 내서 합의를 못 봐서 들어간 거예요."

"그래? 그럼 교통사고구나?"

"네."

춘호가 대답을 했다.

곧이어 여사장은 전무에게 말을 꺼냈다.

"김 전무가 알아서 잠자리 만들어주고 그래요. 얘가 잠잘 곳이 없다고 해서 데려왔는데. 내 사무실이나 청소나 시키고, 잔심부름이나 시키려고 데려왔으니까."

"네, 알겠습니다."

"그럼 됐어요."

김 전무라는 사내는 여사장에게 인사를 하고는 밖으로 나갔다.

"너, 이제부터 우리 식구다. 알겠니?"

"네."

춘호는 사내가 나가고 나서야 마음이 놓였다. 몸집이 단단해 보이면서 어딘지 모르게 조직폭력배 같다는 기분이 들었다.

그날부터 춘호는 술집에서 일하기 시작했다. 저녁 시간이 되면서 흥청거렸다. 다섯 시쯤에 출근하기 시작하는 아가씨들은 분장실로 모여서 화장을 하고 나서 옷을 갈아입고서야 비로소 화려한 밤이 시작되었다.

"애, 너 누구니?"

춘호가 분장실에 들어갔을 때에 아가씨들이 물었다.

"춘호예요."

"춘호? 하하, 웃기는 이름이네? 여기서 일하는 애야?"

"네. 누나들, 잘 부탁해요."

춘호는 고아원에서부터 시작해서 앵벌이를 하면서 배운 습관들이 그대로 배어나오고 있었다. 사람을 보면 누구에게나 굽실거리는 것이었다.

"호호. 그래. 이쁘게 생겼네. 누가 데려왔니?"

화장을 하던 아가씨들은 춘호에 대해 관심을 갖기 시작했다. 큰 거울 앞에 앉아 있던 그들은 춘호에게로 의자를 돌려서 지켜보고 있었다.

"아줌마가요."

"아줌마? 어떤 아줌마? 우리 사장님?"

"네. 사장님요."

"그래? 뭐하러 데려왔지?"

"사장님 방에 청소요. 잔심부름이나 하라고 그랬어요."

춘호는 꽃같이 예쁜 여자들이 득실거리는 분장실에 있는 것만으로도 기분이 좋았다.

"난 꽃순인데. 이거 받아라. 앞으로 잘 좀 봐주라. 알았지?"

그러면서 돈 천 원을 척 내밀었다.

"아뇨. 됐어요. 나중에 사장님이 따로 월급을 준다고 그랬어요."

춘호는 아직 순수한 마음 그대로였다. 술집 아가씨들이 마음이 내켜서 내미는 돈 따위는 받고 싶지 않았다.

"하하, 웃기는 애네. 이건 누나가 주는 돈이야. 그냥 받아."

"……."

춘호는 마지못해 그 돈을 받았다.

다른 아가씨들도 기분이다는 식으로 지갑에서 천 원짜리를 꺼내 내밀었다. 새로 들어온 춘호와 사귀고 싶어해서 던져주는 돈이었다. 아가씨들은 장사를 시작하기 춘호에게 작은 선심을 베풀면 손님들에게서 더 큰 선심이 돌아오기라도 하는 듯이 춘호에게 지폐를 내밀었다.

"고맙습니다."

춘호는 누나들이 화장을 하는 의자 사이를 돌아다니면서 인사를 하기에 바빴다. 저녁이 되면서 아가씨들이 테이블로 들어가고 난 분장실은 텅 비어 있었다. 온갖 휴지들과 쓰레기들이 너저분하게 떨어져 있었다. 분장실 청소를 하고는 어질러져 있는 화장품들을 반듯하게 정리를 해놓고는 다시 굴러다니는 의자들을 화장대 앞에 반듯하게 정렬을 해놓았다.

춘호가 하는 일이란 아가씨들의 분장실과 화장실 청소, 그리고 여사장의 사무실을 말끔하게 청소해 놓는 일이었다. 그 외엔 별로 할일이 없었다. 일찌감치 일을 끝내고서 침실로 올라갈 수도 있었지만 혹시라도 심부름을 시킬지도 모르기 때문에 사장이 없으면 사장실의 소파에 앉아 있거나, 분장실로 가서 앉아 있거나 했다.

가끔 테이블에서 나와 분장실로 들어온 아가씨가 술이 취해 의자에 앉은 채로 화장대 앞에 엎드려 있으면 편히 쉬도록 하기 위해서 구두를 벗겨주거나, 다리가 아프다고 그러면 종아리를 주물러주는 것이 춘호의 일이었다.

"그래. 너 참 착하구나. 몇 살이니?"

"열세 살요."

"중학교에 갈 나이네?"

"네."

"난 대학까지 나왔어. 근데 왜 이런 데서 일하는 건지……. 우습지?"

"……."

춘호는 대학을 나오면 학교에 선생님으로 가 있는 것이라고 생각하고 있었다. 대학이란 곳은 선생님을 하기 위해 다니는 곳으로만 알고 있었다.

"내 이름 아니?"

"까먹었어요."

춘호는 많은 아가씨들의 이름을 다 기억하지 못하고 있었다. 저번에 처음 들어온 날 저녁에 한꺼번에 인사를 했었지만 들었던 이름을 다 기억하고 있진 못했다.

"내 이름은 말이야. 정혜야. 정혜 누나라고 부르면 되겠다."

"네."

정혜 누나는 룸에서 술이 취해서 바깥으로 나온 것이었다. 손님들이 억지로 마시게 하는 술 때문에 몸을 가누지 못할 정도로 파김치가 된 상태였다. 아가씨들은 그 날의 컨디션에 따라서 술이 받기도 하고, 안 받기도 하는 것이었다.

정혜 누나의 속이 안 좋다길래 춘호는 누나의 등을 두드려주고 있었다. 깊게 패인 드레스를 입은 정혜 누나는 거울 앞쪽의 화장대 위에 엎드려 있었다. 등이 훤히 패인 드레스 안으로 누나의 하얀 살결이 드러나 있었다.

"나도 시골에 너 만한 동생이 있어. 막내 동생이거든. 여기서 돈 벌어서 시골로 부쳐주는 거다."

"이름이 뭔데요?"

"차 준희."

"여자 이름 같네."

"희 자가 들어가서? 희 자 들어가는 남자 이름 많아. 박 정희도 희 자가 들어가잖아."

"네. 제 친구 중에도 이상희라는 애 있어요."

"거 봐. 내 동생도 너만 할 거다. 이제 중학교 일학년이니까."

"공부 잘해요?"

"응. 반에서 일등 해."

"……."

일등한다는 말에 춘호는 그만 기가 죽고 말았다.

춘호는 고아원에 있을 친구들을 생각했다. 그들은 어느덧 중학생이 되어 있을 나이였다. 자신도 고아원을 뛰쳐나오지만 않았더라면 지금쯤 중학교에 다니고 있을 것이었다. 그때 왜 고아원을 뛰쳐나와서 앵벌이를 시작했는지 지금 생각하면 약간의 후회가 남아 있었다.

희준은 지금쯤 무얼하고 있을까. 아마도 지금도 계속해서 앵벌이를 하고 있을 것이라 생각되었다. 춘호는 남대문의 앵벌이 조직에서 도망쳐 나와 광명시에 있는 장춘강이라는 중국집으로 숨어 있다가 다시 수원으로 내려왔으니까 그들을 만날 기회가 없었다. 앞으로 서울로 나갈 일조차도 없을 것이다. 서울이라면 이젠 지긋지긋한 곳이기도 했다. 춘호의 기억 속으로 잊고 지냈던 지날 날들이 스물거리며 번져왔다.

"넌 학교 안 가고 싶니?"

"초등학교 중퇴했는 걸요 뭐. 중학교 못 가요."

"그래도. 학교 못 가는 애들은 검정고시라는 시험을 쳐서 중학교에 들어갈 수 있어."

"그런 게 있어요?"

"응. 너도 국민학교를 졸업 못 했으면 검정고시를 쳐서 졸업
장을 받을 수 있어. 그 시험만 합격하면 중학교에 갈 수 있고.
중학교에 못 가면 다시 검정고시를 쳐서 고등학교 졸업장을 받
을 수 있거든."

"그럼 학교 안 다녀도 되겠네요?"

"집이 어려워서 학교에 못 가는 애들이 검정고시를 치는 거
지. 낮에 일하고, 밤에 공부해서 검정고시를 치는 거야."

"으응, 그런 게 있었구나. 근데, 누나는 대학을 나왔으면 학교
선생님을 왜 안 해요?"

"하하, 너도 참 웃기는 애구나. 선생님은 아무나 하니?"

"대학 나오면 못해요?"

"대학에도 선생님이 되는 과가 따로 있어. 다른 과를 나와도
선생님이 될 수 있지만, 다시 선생님이 되는 시험을 쳐야 돼.
그 시험에 합격 못하면 선생님을 할 수 없는 거다."

"아, 그렇구나. 과가 틀리구나. 맞죠?"

"응. 너 똑똑한 것 같네. 나중에 내가 검정고시 책 사다줄게
공부할래? 그거 갖고 공부하면 돼? 시골에 있는 내 동생한테
다 본 책 좀 부쳐달라고 해도 되고. 그거 보면서 공부하면 되는
거야."

"네. 누나. 나도 공부하고 싶어요."

춘호는 기분이 좋았다. 누나의 어깨를 주물러주면서 다리를 편히 뻗을 수 있도록 의자를 발 앞에다 갖다놓았다. 정혜 누나는 의자 위로 발을 쭉 뻗고선 누웠다.

"그래. 일단 사람은 공부를 해야 돼. 국민학교만 나와서는 아무 일도 못해. 알았지?"

"네."

다음날 정혜 누나는 출근하면서 책을 사갖고 왔다. 중등학교 졸업 검정고시 책이었다. 틈틈이 춘호는 정혜 누나가 사다준 책을 보면서 공부하기 시작했다. 정혜 누나가 쉬는 시간이면 분장실에서 공부를 했고, 누나가 룸으로 들어가고 나면 춘호 혼자서 책을 보곤 했다. 다시 시작하는 국민학교 과정이지만 춘호가 보기엔 모르는 부분들이 너무 많았다.

"이것도 몰라? 4학년까지 다녔다면서?"

"어려운데 뭐. 모르겠어."

"아이고. 너 큰일났다. 정말 이것도 몰라?"

"응."

춘호는 문제를 들여다보았지만 알 듯 말 듯했다. 정혜 누나는 볼펜으로 문제를 꾹 누르고 있으면서 춘호를 바라보았다. 춘호가 모른다고 하자, 정혜 누나는 한심하다는 듯이 혀를 끌끌 찼다.

"하긴. 네가 고아원에 있다가 뛰쳐나와서 껌팔이를 했다고 하니. 다 까먹었겠지. 이건 이렇게 푸는 거야."

정혜 누나는 문제를 푸는 요령을 알기 쉽게 설명했다. 정혜 누나가 테이블로 들어가고 나면 혼자 남은 춘호는 혼자 남아서 책과 씨름을 했다. 이미 오래 전에 그만둔 공부였기에 새로 공부한다는 호기심도 컸지만 이미 까먹어버린 것들이라서 답답할 때도 더러 있었다.

정혜 누나가 술이 취한 날은 공부를 가르쳐달라는 말을 꺼낼 수가 없었다. 그리고 정혜 누나는 손님의 요구가 있으면 2차를 나가야 했기 때문에 만날 수 없을 때도 있었다. 그곳에서 일하는 아가씨들은 테이블에서 손님이 외박을 강요하면 곧바로 2차로 이어졌기 때문에 얼굴을 볼 수 없는 날도 있었다. 춘호는 나이가 어리긴 했지만 곧 그곳의 생활에 대해 낱낱이 알게 되었다.

아가씨들은 룸에 들어가게 되면 일단 손님으로부터 5만원에서 7만원의 팁을 받게 되고, 남자 손님의 파트너가 되어 술을 마시다가 남자가 외박하기를 원하면 2차를 나간다는 대가를 받고서 외박까지 나가는 것이었다.

분장실에서 아가씨들이 깔깔거리며 나누는 말을 듣다 보면 대개 2차를 나가는 대가로 30만원에서 50만원의 돈을 받는다는 걸 알 수 있었다. 아가씨들은 외박을 나갔다가 와서 다음날 출근해서 어젯밤의 일들에 대해서 이야기를 하곤 했다.

"나, 어제 2차 나갔는데 말야. 그 남자 아주 웃기더라."

"왜?"

부지런히 눈화장을 하고 있다가 거울에서 얼굴을 뗀 손희가 세연을 쳐다보았다.

"후후. 그 남자 말이야. 2차를 나갔는데, 어떻게 하는 줄 아니?"

세연은 킥킥거리는 표정으로 말을 했다.

"뭘 어떻게 했는데?"

"그 남자 있잖아. 밑에 털이 없는 거 있지? 백자지야. 그런 거
본 적 있어?"

"아니."

손희는 놀라면서 도리질을 했다.

"웃기더라. 그냥 애 같은 거 있지. 털이 하나도 없으니까."

세연은 자꾸 키득거렸다.

"그런 거 재수 없다던데? 여자도 밑에 그거 없으면 남자들이
재수 없다고 그러더라."

"맞아. 나도 그런 거 들었어. 첨엔 나도 면도로 밀어버린 건
줄로 알았어. 근데 완전히 백자지인 거 있지? 후후."

"그래서? 그거 잘해?"

"뭐, 별로야. 술 마시고 나서 하는 건데 뭐 잘할 게 있어? 일
찍 싸고 내려오더라. 새벽에 한 번 더 했지 뭐."

"남자들이야 기본이 두 번이지 뭐. 근데 재미는 있데? 백은
어때?"

손희가 웃으면서 물었다.

"그냥 민숭민숭해. 손에 잡히는 게 없으니까 처음엔 약간 이
상했는데. 나중엔 뭐 별로 모르겠더라."

"돈은?"

"나중에 10만원 더 얹어 주데. 미안해서 그러겠지 뭐."

"그럼 됐네 뭐. 다른 남자들보다 더 쳐준 거네."

"후후. 난 백자지 먹었으니 오늘 재수 좋을려나? 오늘 두고 봐야지. 후후."

춘호가 있는 데서도 그런 이야기들이 오갔다. 춘호는 한쪽에 앉아서 책을 보고 있거나, 아가씨들이 흘려놓은 휴지를 주워 휴지통에다 갖다버리는 일을 하고선 그들이 하는 이야기들을 귓등으로 듣고 있었다. 화장을 마친 그녀들은 마치 숲속에 살고 있는 요정들 같았다. 부스스한 얼굴로 출근했다가 화장을 마치고 나면 전혀 딴 판인 얼굴로 변해 있었다. 그만큼 몰라볼 정도로 화장술이 뛰어났다.

그녀들이 분장실 안에서 훌쩍 옷을 갈아입을 때에 보면 춘호가 봐도 가슴이 설레일 정도였다. 23인치 정도의 가는 허리에다가 쭉 빠진 몸매와 힘 있게 솟아오른 젖가슴과 엉덩이는 어린 춘호에게 설레임을 안겨주기에 충분했다. 저렇게 잘 빠진 얼굴과 몸매로 술집에 나와서 남자들의 술시중을 들다가 손님이 마음에 들면 외박까지 나간다는 것이 이해가 되지 않을 정도였다.

돈을 벌기 위해서 나온 거라고는 하지만 이곳 술집 말고도 다른 곳에 가서 얼마든지 돈을 벌 수 있지 않을까 하는 생각이 들곤 했다.

저녁부터 흥청거리기 시작하면 아가씨들은 이 테이블 저 테이블로 돌아다니면서 바빠지기 시작했다. 그 날 수입이 좋아 기분이 좋아진 아가씨들은 춘호를 볼 때마다 천 원짜리 지폐를 서슴없이 꺼내 쥐어주곤 했다.

"야. 밥 사먹어. 모아서 책이나 사보던지."

그녀들은 그만큼 수입이 좋았다. 그랬으므로 씀씀이 또한 헤픈 편이었다. 그 날의 기분에 따라 춘호에게 천 원짜리 혹은 오천 원짜리 지폐를 불쑥 꺼내 집어주는 것으로 위안을 삼는 듯했다.

"고맙습니다."

춘호는 인사를 하고는 돈을 준 누나의 핸드백이나 벗어놓은 옷가지들을 가지런히 정리해놓거나 벽에다 단정하게 걸어놓는 일을 했다. 분장실이 텅 비게 되면 그때부터 춘호는 혼자만의 시간을 갖게 되었다.

사장실의 청소는 끝낸 춘호는 더 이상 할일이 없었다. 새벽 늦게까지 버티다가 졸리기 시작하면 복도에 있는 골방으로 들어가서 잠을 잤다.

아침에 일어나보면 춘호 혼자서 술집을 지키는 셈이었다. 새벽 영업이 끝나고 나면 웨이터들과 아가씨들은 퇴근을 했으므로 낮 동안은 춘호 혼자서 지키다가 저녁 시간이 되면서부터 슬슬 출근하기 시작하는 것이었다.

춘호는 오전에 일어나 책을 보다가 점심 때가 되면 라면을 끓여먹거나, 근처에 있는 중국집으로 가서 식사를 했다. 처음엔 일일이 밥값을 내고서 먹다가 주인아저씨에게 한 달에 한 번씩

밥값을 계산하는 것으로 양해를 구했다.

식사를 하고 돌아오면 다시 골방으로 들어가서 공부를 하다가 오후 4시가 되면 웨이터 형들이 출근하기 시작하면 춘호도 바깥으로 나와서 형들과 같이 청소를 하기 시작했다.

"야, 춘호야. 이거 좀 들고 따라와."

어젯밤 마신 빈 술병들이 가득 찬 상자를 들어서 입구 쪽에다 내어놓는 일이었다. 그리고 나면 곧 술을 싣고 오는 트럭이 와서 오늘 하루 장사할 술을 내리고 나서 빈 술병이 가득 든 상자들을 트럭에 싣기 시작했다. 술을 실은 트럭이 지나가고 나면 이번엔 안주를 배달하는 차가 와서 안주꺼리들을 내려놓고선 돈을 받아 갔다. 그리고 나면 아가씨들이 하나 둘씩 출근하기 시작했다.

"춘호야. 안녕. 어제 나 술 많이 취한 거 같지?"

어떤 아가씨는 마치 춘호가 친구인 것처럼 대하곤 했다.

"별로요. 어제 술 많이 마셨어요?"

"아니. 그냥 물어보는 거야. 어제 공부 많이 했어?"

"네."

아가씨들은 춘호를 마치 동생처럼 대했다. 친동생처럼 부르거나, 때로는 친구처럼 장난을 치기도 했다. 그녀들은 비록 테이블에 들어가 웃음을 팔고 몸을 팔기 위해 외박을 나가곤 했지만 춘호에게 미안한 생각을 갖고 있진 않았다. 어쩌면 같은 배를 타고서 살아가는 인생들이랄 수 있었다. 가진 게 없고 든든한 백이 없어서 그런 술집에 와서 돈을 벌고는 있지만 그것이 죄라고는 생각지 않았다. 춘호 역시 그런 것까지 생각을 할 나이가 아니었다. 우선 당장에 잠잘 곳과, 먹고 지낼 곳을 찾아 이 가게로 흘러 들어온 것일 뿐이었다.

"춘호야. 공부 열심히 해서 이런 곳에 있으면 안돼. 여긴 우리같이 갈 곳이 없어서 마지막으로 오는 곳이야."

정혜 누나는 가끔 그런 말을 했다.

"왜? 여기가 뭐 어떤데?"

"여긴 술집이잖아. 넌 빨리 공부해서 다른 곳으로 나가야 돼. 여기 있으면 배울 게 없잖아."

"난 갈 곳이 없는데 뭘."

춘호는 정혜 누나가 하는 말뜻을 알아듣지를 못했다.

"당장은 그렇더라도. 나중엔 이곳을 꼭 빠져나가야 돼. 누나들도 여기가 좋아서 있는 게 아냐. 돈이 없어서 돈을 벌기 위해서 와 있는 거야. 세상은 돈이 없으면 바보 취급을 당한단다. 너도 알지? 돈이 얼마나 중요한 것이라는 것을……."

"응. 알아."

춘호는 아는지 모르는지 고개를 끄덕거렸다. 껌팔이 앵벌이를 해봤기 때문에 돈이 소중하다는 것은 알고 있었다.

"남자는 세 가지가 있어야 돼."

"뭔데?"

"첫째는 돈이 있어야 하고, 둘째는 배운 게 있어야 하고, 셋째는 남자는 여자한테 강한 것이 있어야 돼. 그런 것 셋을 다 갖고 있으면 누가 뭐랄 사람이 없어."

"응. 첫째하고 둘째는 알겠는데, 셋째는 뭐야? 남자가 강해야 한다는 거. 힘 말이야?"

"으응. 그건 아직은 몰라도 돼. 나중에 춘호가 크면 알게 될 거야. 그런 건 아직 알 필요가 없는 거야."

"……."

춘호는 왜 남자가 여자에게 강해야 하는지 알지 못했다. 힘이라면 당연히 남자가 세지 않겠느냐는 생각만 했다. 그곳에 있으면서 배호 형이 수감돼 있는 수원교도소에 자주 면회를 갔었다. 오전에 일어나 식당으로 가서 아침을 먹고는 곧바로 수원교도소로 향했다.

저번에 첫 번째로 여사장과 같이 면회를 했던 서류가 남아 있어서 접견실에서는 배호가 무연고자로 인정되어서 어린 춘호에게 면회를 허용해주는 아량이 베풀어졌다.

"형. 잘 있었어?"

면회실로 들어선 춘호는 저번에 넣어준 한복을 입고 서 있는 배호 형을 쳐다보았다.

"왔냐? 잘 있다. 한복도 잘 입고."

배호가 새로 입은 한복을 만지작거리면서 웃었다.

"형! 한복 입으니까 훨씬 어울리네 뭐!"

"야, 임마! 한복이 어울린다고 하면 나보고 여기서 계속 썩으라는 말이야? 하하."

　배호는 춘호가 밉지 않았다. 장춘강에서 같이 일할 때에 사이 좋게 지냈던 사이여서 동생이라기보다는 친구 같다는 느낌이 들었다.

　"그래도! 이왕이면 어울리면 좋지 뭐."

　"그래. 넌 잘 있냐? 공부는 잘 되고?"

　"응. 이번에 검정고시 볼 거야. 앞으로 한 달 남았어. 누나들이 공부를 많이 가르쳐줘. 이젠 별로 어려운 건 없어."

　"여사장님도 잘 계시냐?"

　"응. 항상 바빠. 장사도 잘 되고."

　"난 여기서 그 사장님을 만났어. 의무실에 가는데 복도에서 마주쳤어. 내가 인사를 했지. 그랬더니 너 이야기하더라."

　"여사장님이 내 이야기를 해줬나 보네."

　"그 사장이 여기선 범털이야. 그쪽 방에서 그러더라."

　춘호는 기분이 좋았다. 비록 남자 사장님의 얼굴은 보지 못했지만 배호 형을 통해 남자 사장이 자신이 술집에서 일하고 있다는 것을 알고 있다는 것만으로도 기분이 좋았다.

　"의무과를 가거나, 운동을 하러 나가다가 만나게 되면 내가 인사를 하고 그래. 사람은 좋은 것 같더라."

　"어떻게 생겼어? 멋있어?"

　춘호는 그것부터 궁금했다.

　"응. 건달같이 생겼어. 몸집도 튼튼하게 생겼고. 그런 술집을 할 정도면 그 정도는 돼야 하겠지. 안 그러냐?"

"술집에 누나들이 많아. 아주 예쁜 누나들만 있어."

"몇 명인데?"

"모두 합해서 오십 명은 될 걸? 글구 남자 형들도 많아."

"웨이터 말이냐?"

"응. 지배인님은 완전히 조폭같이 생겼어."

춘호는 그 말을 하면서 어깨에다 힘을 주었다. 마치 지배인의 폼을 흉내라도 낼듯이 자세를 취해 보였다.

"하하, 그런 자세야? 그건 똘마니들이나 하는 폼인데?"

배호 형이 킬킬 웃었다.

"뭐? 똘마니? 아냐. 아주 멋있어. 사장님한테 오면 가다를 꽉 잡고서 소파에 앉는데 정말 멋있었어."

"그래. 알아. 여기도 그런 조폭들 많아. 이 형이 잘 알지. 그런 조폭들은 함부로 가다를 안 잡아. 그런 식으로 일부러 가다를 안 잡아도 진짜 조폭들한테서는 저절로 그런 가다가 나오는 거야."

"그래? 여기도 그런 조폭들 많아?"

"많지! 술집 같은 데를 끼고서 주먹잽이를 하다가 들어오는 거지."

"왜? 싸워서 들어오나?"

"그런 것도 있고. 술집에서 손님이 행패를 부리면 나가서 해결해 주느라고 손님에게 주먹질을 해서 들어오는 거지."

"그래? 그럼 주먹들이 술집의 뒤를 봐주는 거야? 그러고 나서 돈 받는 거고?"

"그럼! 주먹들과 술집은 같이 먹고 사는 거야. 그래서 조폭들이 술집에 붙어 있는 거고. 난 여기서 그런 것들 많이 봐."

"형! 재판은 어떻게 됐어?"

"잘하면 나갈 것도 같고, 못하면 소년원으로 넘어갈 거 같아."

"소년원? 거기 어디야?"

"안양에 있어. 소년부로 떨어지면 나도 거기서 공부할 거다. 거기 가면 기술을 배우던지 공부를 해서 검정고시를 하던지 둘 중에 하나를 해야 돼."

"그럼 형도 검정고시를 해봐. 그래서 나중에 나하고 같이 합격하면 되잖아."

"그럴까? 나도 돌머리라서, 힛. 공부하면 되겠냐?"

"형! 딴 생각 말고 그거나 해. 누나들도 그랬어. 남자는 세가지 힘이 있어야 된대. 세 가지 힘이 뭔 줄 알아?"

"뭔데?"

"첫째는 돈이 있어야 하고, 둘째는 배운 게 있어야 하고, 셋째는 남자는 여자한테 강해야 된대. 근데, 첫째하고 둘째는 알겠는데, 셋째는 누나한테 물어봤더니 나중에 알 거라고 그랬어. 형은 셋째가 무슨 말인지 알아?"

"하하, 그것도 모르냐?"

"뭔데?"

"남자는 말이야. 밤에 여자한테 강해야 된다는 말이야. 네가 어리니까 나중에 크면 알 거라고 말했겠지."

"밤에? 왜 여자한테 강해야 돼?"

춘호는 배호 형의 얼굴을 빤히 쳐다보았다.

"으응. 그건……."

배호는 옆에 앉아 있는 교도관이 대화내용을 기록하고 있다고 생각했는지 슬쩍 말을 더듬거렸다.

"나도 모르겠어. 암튼 그건 별로 중요한 게 아니야. 나중에 크면 알게 되겠지. 그건 누나 말이 맞는 거야."

"형! 시간 다 됐어. 뭐 넣을까?"

마침 면회 시간이 끝났다는 벨소리가 울리기 시작했다.

"방에 열두 명 있어. 네가 알아서 넣고 가."

"응, 알았어. 돈도 좀 넣고 갈께. 안에서 맛있는 거 사먹어."

"그래. 고맙다."

"형. 간다. 잘 있어."

춘호는 면회실을 나가면서 활짝 웃어주었다. 마치 피를 나눈 형과 아우인 것 같은 분위기였다. 비록 사회에서 만나 서로 의지할 데는 없는 그들이었지만 장춘강에 있을 때, 배호 형이 춘호를 다정하게 대해준 것 때문에 춘호는 만약 형이 있다고 하더라도 이보다 더 친하지는 못할 거라는 생각을 했다.

면회실에서 나온 춘호는 영치물을 넣는 창구로 가서 먹을 것들을 적어서 내었다. 한 방에 열두 명이 있었기 때문에 골고루 나눠먹으려면 인원수대로 열두 개를 주문해야만 했다. 그러면 창구에서는 금액을 계산해서 춘호에게 알려주었다. 먹을 것들을 넣고 나서 다시 영치금 2만원을 배호 형 앞으로 넣어주었다. 그것들을 넣어주면 안에서는 저녁때쯤 해서 물건과 돈을 받아볼 수 있었다. 춘호는 면회를 올 때마다 그런 식으로 넣어주었다. 자신은 돈이 있어봐야 별로 쓸 일도 없었고, 누나들이 심심치 않게 건네주는 천 원짜리 돈만 모아도 주머니가 불룩할 정도였다.

배호 형에게 그러고 나면 왠지 기분이 좋았다. 배호 형 역시 오갈 데 없는 천애고아나 마찬가지였다. 고아원을 전전하다가 뛰쳐나와서 신문팔이를 하다가 중국집에서 배달을 하는 일만 했을 뿐이었다. 같은 처지였기 때문에 춘호는 더욱 마음이 갔는지 모른다.

버스를 타고 오다가 내려서 중국집으로 들어가서 점심을 먹고서야 가게로 돌아왔다. 아직 웨이터들은 출근하지 않고 있었다. 그들이 출근하려면 아직 두 시간은 족히 남아 있었다. 어젯밤에 어질러놓은 것들을 대충 치우고는 사장실부터 청소를 했다. 그리고서 미리 분장실까지도 청소를 다 해놓은 뒤에서야 형들이 출근을 했다.

"야아, 너 청소 다 해놨네! 너 혼자 했나?"

"네."

"핫하. 너 땜에 오늘 청소 안 해도 되겠다. 힘 안 들었어?"

"힘들긴요. 그냥 심심해서 청소를 했어요."

춘호는 마침 출근하기 시작하는 형들이 칭찬을 해주는 것에 기분이 좋았다.

"짜식. 이뻐 죽겠네. 자, 이거나 받아라."

웨이터들은 자신들이 해야 할 청소를 대신 해놓은 것에 대해 고맙다는 듯이 천 원짜리 지폐를 꺼냈다.

"됐어요. 나 그럼 앞으로 이런 청소 안 해요."

"됐어! 안 해도 돼. 이거나 받어."

웨이터 형들도 어린 춘호를 마치 동생처럼 대했다. 춘호는 형들이 밤늦게까지 일하고서 퇴근했다가 오후에 일찍 출근해서 청소를 하는 모습을 보고 시간이 날 때마다 미리 청소를 해놓곤 했다. 웨이터 형들은 그런 춘호가 대견할 뿐이었다.

그곳에서의 생활은 정말 행복한 시간이었다. 배호 형이 소년원에서 출소하게 되면 이곳 술집으로 와서 일할 수 있도록 춘호는 미리 여사장이나 그곳 식구들에게 자신의 성실한 모습을 내보이고 싶었다.

춘호가 검정고시에 합격하던 날, 술집에서는 춘호를 위해서 축하 파티를 열어주었다.

"야. 너 대단한 놈이네. 시험 안 어려웠어?"

웨이터인 칠성이 형이 춘호에게 샴페인을 따라주었다.

"별로요. 정혜 누나가 가르쳐 준 데서 많이 나왔어요."

춘호는 정혜 누나에게 그 공을 돌렸다.

"그래. 정혜 누나는 대학을 나왔으니까 많이 알겠지. 담엔 고등 검정고시를 칠거야?"

여사장도 기분이 좋은 듯했다.

"네. 시간이 많으니까 더 열심히 공부할 거예요. 놀면 뭐해요.
공부나 해야겠어요."

"그래. 춘호는 참 착해. 언니. 얘가 청소를 얼마나 잘해놓는지
몰라요."

이번엔 미애 누나가 나서서 여사장과 웨이터들에게 춘호에
대한 칭찬을 늘어놓았다.

"그래. 춘호는 앞으로 여기 있으면서 많은 걸 배워. 나중에
나이가 들면 여기서 일해도 되고, 학교 마치고 나면 딴 데로 나
가도 되고. 그때까지는 내가 돌볼 테니까."

여사장의 말이었다.

"네, 고맙습니다."

춘호는 여사장에게 꾸벅 절을 했다. 다음날 춘호는 배호 형을
면회하러 갔다.

"형! 나 합격 먹었어!"

"그래? 야, 축하한다! 정말 합격했구나!"

배호 형이 진심으로 축하한다는 말을 해왔다.

"응, 그래서 왔어. 형한테 알려주려고. 그동안 잘 있었어?"

"그래. 저번에 넣어준 거 잘 먹었다. 아침은 먹고 왔냐?"

"응. 식당에서 먹었어. 형은?"

"우린 새벽에 아침을 먹어. 새벽에 일어나서 인원점검 받고

나서 곧바로 아침을 먹어."

"몇 시에 먹어?"

"여섯 시쯤. 여사장님도 좋아하시겠다."

"어젯밤에 내가 합격했다고 다들 축하를 해줬어. 어젠 누나들하고 사장님하고, 형들도 다 같이 있었어. 난 생전 처음으로 그런 축하를 받아보긴 처음이었어. 눈물이 막 나더라."

그 말을 하면서 춘호는 자신도 모르게 눈가에 이슬이 고이는 듯했다. 어머니가 가출하고 나서 어린 나이에 아버지마저 스스로 목젖에 칼을 찔러 자살하고 난 다음에 세상에서 그러한 따뜻한 칭찬을 받아보긴 처음이었다.

"그래. 참 좋은 사람들이네. 세상은 우리 마음대로 되는 게 아닌데 말이야. 쥐뿔도 없는 우리들한테 그런 일이라도 있으면 얼마나 좋은 거냐?"

그 말을 하는 배호도 안타까운 마음이 들었다. 자신이 바깥에 있었더라면 춘호에게 좀 더 따뜻하게 해줄 수 있었을 텐데 하는 마음이었다. 교도소에 갇혀 있다는 것이 답답하기만 했다.

"괜찮아. 형이 건강하게 있으면 돼. 형도 소년원으로 넘어가면 공부할 거지?"

"응."

"먹을 거 좀 넣어주고 갈게. 돈도 넣고."

"됐어. 먹을 거만 넣고 가. 돈은 필요 없어."

"아냐. 돈도 있어야 안에서 먹고 싶은 거 있으면 사먹지. 괜찮

아. 난 돈 모아놓은 거 있어."

배호 형이 사양했지만 춘호는 밖으로 나와서 배호 형에게 2만 원을 집어넣어 주었다. 오늘은 왠지 모르게 슬퍼졌다. 하늘 나라로 가버린 아버지가 원망스러웠고, 일찍 가출해버린 어머니가 밉게만 느껴져 왔다.

교도소 정문을 빠져나와 찻길 쪽으로 걸었다. 오늘은 버스를 타고 싶지 않았다. 춘호는 인도를 따라 걷기로 했다. 벌써 추운 겨울이 지나가고 따스한 봄이 찾아오는 듯했다. 사람들의 옷차림에서 그걸 느낄 수 있었다. 길가의 가로수들은 회색빛의 암울한 모습에서 벗어나 차츰 엷은 초록색으로 바뀌어가고 있었다.

이제 국민학교 졸업 검정고시에 합격했으니 다시 중등 검정고시에 도전할 생각이었다. 정혜 누나 말대로라면 남자는 세 가지 힘이 있어야 한다고 생각했다. 그 첫 번째가 배운 것이 있어야 했다. 단지 국민학교 졸업 정도의 검정고시이긴 했지만 춘호로서는 고아원에서 뛰쳐나와서 앵벌이를 하다가 그곳을 탈출해서 이곳 술집으로 와서 처음으로 검정고시를 쳐서 합격했다는 것이 믿기지 않는 일이었다. 만약 지금도 앵벌이를 하고 있었다면 꿈도 못 꿀 일이었다.

어느덧 자신이 어른이 된 것 같은 기분이었다. 가게에 도착하니 벌써 웨이터 형들이 출근해서 청소를 하고 있었다.

"야, 어디 갔다 오냐? 어제 괜찮았어?"

용만이 형이 술 상자를 입구 쪽으로 옮기다가 마침 들어서는 춘호를 보고 물었다. 어젯밤에 춘호에게 샴페인을 권했던 것이 기억났던 모양이었다.

"형한테 면회하고 왔어요. 괜찮아요."

"하하, 짜식. 형은 잘 있대?"

"네. 먹을 거 넣어주고 왔어요."

춘호는 형들을 도와 청소를 하기 시작했다. 오늘은 대청소를 하는지 바닥에다 물을 흥건하게 뿌려놓고는 하이타이를 풀어서 빗자루로 쓸어내고 있었다.

"이제 곧 봄이 오니까 사장님이 청소를 하라고 시킨 거야. 이렇게 물청소를 하고 나면 담배냄새, 술냄새, 사람냄새로 찌든 것들이 싹 지워지지."

칠성이 형이 긴 봉걸레를 들고서 물을 한쪽으로 밀어내고 있었다. 춘호도 형들처럼 양말을 벗고서 맨발로 청소를 하기 시작했다. 작은 빗자루를 들고서 하이타이를 푼 물들을 입구 쪽으로 쓸어내기 시작했다. 물청소는 쉽게 끝나지 않았다. 실내가 워낙 넓었던 탓도 있었지만 룸마다 바닥에 고인 물을 바깥으로 쓸어내려면 여러 번이나 빗자루질을 해야만 했다. 빗자루로 물을 쓸어내고 나면 다시 물이 흘러와 고이곤 했다. 입구 쪽에선 병만이 형과 삼식이 형, 그리고 진구 형이 쓰레받기를 들고서 몰려온 물을 떠서 양동이에 퍼담고 있었다. 양동이에 물이 가득 차면 입구 바깥으로 들고 나가서 물을 쏟아붓곤 했다. 대충 바닥의 물을 훔쳐낸 다음에는 봉걸레를 들고서 바닥을 닦기 시작했다. 춘호는 형들과 같이 맨발로 물청소를 하는 것이 더없이 기분 좋았다. 대청소를 하고 있으면 왠지 봄이 성큼 다가온 것 같은 착각이 들었다.

고아원에 있을 때는 봄철마다 대청소를 하곤 했다. 그리고 누군가 고아원을 방문한다는 소문이 돌기 시작하면 으레 대청소를 하곤 했다. 어린애들이 창문에 다닥다닥 올라가서 유리창을 닦거나, 복도에는 먼지 하나 없도록 걸레질을 하곤 했다. 총무의 닥달을 들어가면서 대청소를 하고 나면 애들은 기진맥진해 있었다.

고아원에서는 외부에서 굵직한 손님이 오기라도 하면 걸핏하면 대청소를 시켰다. 외부에서 온 손님에게 잘 보여야 한다는 원장과 총무의 주장이지만 애들로써는 홍역을 치르는 일일 수밖에 없었다. 외부에서 오는 손님들은 거의 멋진 차들을 타고 와서는 같이 데리고 온 트럭에서 먹을 것들과 옷들을 갖고 와서 거드름을 피우곤 했다. 겉으로 드러나지 않을 듯이 은근하게 선한 일을 하고 있다는 자부심 같은 것이 있었다.

선한 일을 하고 있다는 자부심이야 얼마나 좋은 일이겠는가. 그러나 식당에서 버려지는 음식물 쓰레기통에서 본 겉 포장지를 보게 되면 유통기한이 한참 지난 것일 때가 많았다. 그런 것들을 들고 와서 선심을 베푸는 것을 보고 아이들은 입술을 삐죽거리곤 했다.

"에이. 씨팔. 다 썩은 걸 주잖아. 이런 걸 먹으라고 갖다 준

거 아냐."

"날짜가 일 년이나 지났네. 뭐. 이거 봐. 지난해 거잖아."

아이들은 쓰레기통을 뒤지다가 우연히 그런 것들을 보고선 입맛이 쓰다는 표정을 지었다.

"우리야 뭐 주는 거 먹고서 죽어버려도 고아원에선 눈 하나 깜짝 안 할 거다."

"우리가 죽으면 어떻게 될까?"

어떤 아이가 그런 질문을 하자,

"어떻게 하긴 뭐 어떻게 해. 그냥 갖다가 묻어버리는 거지. 아파서 죽어버렸다고 하는데 누가 뭐래? 우리야 부모가 있어, 친척이 있어. 죽었으면 그냥 죽었는가 부다 하는 거지."

누군가 퉁명스럽게 대꾸를 했다.

"……."

그 말에 아이들은 금세 시무룩해졌다. 정말 죽어버린다면 고아원에선 그렇게 할 것이라고 생각되었다.

"죽으면 천당에 갈까?"

누군가가 그런 말을 꺼냈다.

"천당? 누가 천당에 오래? 천당에 가려면 착한 일을 해야 되는데, 우리가 착한 일을 한 게 뭐가 있어? 부모도 없어 고아원에 와서 밥을 얻어먹고 있는데, 천당은 무슨 천당이냐? 우리가 천당 가려면 교회엘 나가야 되는 거야."

"교회? 교회에 가면 천당에 가나?"

"그럼! 그래서 사람들이 천당에 가려고 교회에 나가는 거잖아."

"……."

아이들은 다시 숙연해졌다. 어렸을 때부터 천당과 지옥에 대해 들었던 기억이 있었다. 천당엔 화려한 꽃들이 즐비하게 피어 있고, 온갖 아름다운 소리들이 들려오지만 지옥에 들어가면 시뻘건 불구덩이 속에서 몸이 지글지글 탄다는 것은 들어서 알고 있었다.

고아원에 손님이 올 때마다 물청소를 했기 때문에 춘호는 식은 죽 먹기였다. 물청소가 끝난 다음에 형들은 허기가 졌는지 중국집에서 탕수육을 시켜먹었다. 춘호도, 일찍 출근한 정혜 누나도, 성자 누나도 젓가락을 들고서 끼어들었다.

"오늘 무슨 날이야? 왜 대청소를 했지?"

성자 누나는 웨이터 형들에게 묻기보다는 춘호에게 물어왔다.

"누나. 이제 봄날이잖아. 그래서 미리 청소를 싹 한 거야. 어때? 기분이 좋지?"

"그래. 그래서 물청소를 싹 했구나. 사장님은?"

"아직 안 나왔어. 곧 나올 거야."

남자 웨이터들은 간단하게 맥주로 입가심을 하고는 옷을 갈아입으러 들어가고 없었다. 정혜 누나와 성자 누나, 그리고 춘호가 남아서 탕수육을 말끔하게 먹어치우고는 뒤처리를 하고 있었다.

"춘호, 너 이제부터는 고등학교 검정고시 준비해야지?"

"응. 이제 준비할 거야. 누나가 또 가르쳐줘."

"그래. 이번에도 꼭 합격해야 돼? 알았지?"

"응."

술집에 있는 웨이터들이나 아가씨들은 모두 한 가족 같은 분위기였다. 청소를 하거나, 일을 할 때에 보면 직원 관계이기보다는 한 가족 같다는 생각이 들었다. 그만큼 여사장은 직원들과 아가씨들을 친근하게 대하곤 했다. 직원들은 여사장에게 함부로 대하는 법이 없었다. 아가씨들도 그랬다. 친근하게 해주는 만큼 더 열심히 일해서 부수입을 올리는 것만이 그녀들이 일하는 것에 대한 보상이랄 수 있었다.

김 전무라는 사람은 여사장 앞에서는 별로 말이 없었다. 춘호가 옆에 있어서라기보다는 원래 말이 없는 사람 같아보였다. 그러나 춘호가 보기엔 인상이 썩 좋지는 않게 느껴졌다.

왜 그런 것일까.

춘호는 비록 나이는 어리다고는 할 수 있었지만 이미 바깥세상의 돌아가는 물정을 터득해버린 아이였다. 고아원에서 자랐던 탓에 눈치밥을 먹고 커서인지 눈치 하나는 빠른 편이라고 할 수 있었다. 사람을 보고서 판단하는 눈치는 전철 안에서 앵벌이를 할 때부터 몸에 배인 습관인지도 모른다. 앵벌이를 할 때에는 껌을 손님의 무릎 위에다 올려놓으면서 벌써 이 사람은 껌을 사줄 것인가 아닌가 하는 것을 알아차릴 정도였다. 사람에게서 전해져 오는 느낌에서 벌써 그런 걸 알아차릴 수 있었다.

김 전무라는 사람은 낮에 출근하면 거의 움직이지 않았다. 누군가 여사장이 출근했다고 연락을 해주는 것인지는 몰라도 그는 어디에 있다가도 사장이 출근했다는 말을 들으면 얼른 나타나서 사장실로 들어갔다. 김 전무라는 사람은 항상 혼자인 듯했지만 그런 걸 보면 혼자 행동하는 것 같지는 않았다. 그렇다고 웨이터를 하는 형들이 김 전무에게 특별히 알랑거리거나, 빌붙어서 일일이 업소에서 돌아가는 내용들을 보고하는 것 같지도 않아 보였다. 웨이터들은 각기 제 할 일에 열심이었다.

김 전무라는 사람은 여사장이 출근을 하면 사장실로 들어가서 간밤에 있었던 일들을 보고했다.

"수고했어요."

여사장은 그 말뿐이었다.

전무라는 김상구도 말이 없는 편이었다. 여사장에게 꾸벅 인사를 하고는 나가버리곤 했다.

춘호는 사무실을 청소하다가 전무라는 사내가 들어오면 이상하게도 신경이 쓰여지곤 했다. 춘호는 청소 일을 하면서 은근히 김 전무의 행동을 살폈다. 그는 항상 여사장 앞에서는 업무상의 이야기만 조금 했을 뿐, 간단한 보고가 끝나고 나면 금세 밖으로 나가버렸다. 마치 두 사람 사이엔 탐탁치 않은 무엇이 있는 것 같기도 하고, 어쩌면 두 사람만의 깊숙한 비밀을 간직하고 있는 것 같은 예감이 들곤 했다. 그건 순전히 춘호만의 직감이었다. 여사장실에 김 전무가 들어올 때는 춘호가 자리를 비키지 않았다. 일부러 청소를 하는 척하면서 두 사람의 표정을 살피곤 했다. 두 사람 사이에서 별다른 느낌을 발견할 수는 없었다.

사장실을 나간 전무는 좀처럼 모습을 드러내지 않았다. 홀에서 술 취한 손님이 난동을 부리더라도 웨이터인 형들이 나서서 문제를 수습했고, 김 전무에게는 누가 보고를 하는지는 몰라도 그가 모습을 드러낸 적은 없었다.

여사장은 이틀에 한 번씩 교도소에 면회를 다녔다. 춘호가 배호 형을 면회하러 가곤 했지만 접견실에서 여사장을 만난 적은 없었다. 면회를 하러 오는 시간이 각기 달라서일 수도 있었지만 춘호는 별로 이상하게 생각지는 않았다. 차라리 혼자서 면회를 하고 가는 편이 낫다고 생각하곤 했다.

수원에서는 최고로 잘 나가는 술집이라서인지 여사장의 춘호에 대한 베풂은 인색하지가 않았다. 춘호를 보면 여사장은 핸드백에서 만 원짜리 지폐를 한 장 꺼내 건네주곤 했다. 춘호는 그런 여사장이 고마웠다. 여사장은 출근하면 사무실 바깥으로는 거의 나오지 않았다.

일단 영업이 시작되는 저녁 시간이 되면 김 전무가 나타나서 아가씨들을 점검하고는 자리를 비우게 되면 나머지 일은 영업 상무와 남자 웨이터들이 알아서 처리하곤 했다.

한창 홍청거릴 시간이었다. 홀에서는 밴드가 요란하게 음악을 연주하고 있었고, 테이블에서는 술집으로선 한창 홍청거릴 자정 시간 무렵이었다. 그때쯤이면 아가씨들은 손님이 주는 술에 녹아날 때였고, 남자 웨이터들도 바쁘게 움직이면서 테이블의 손님들에게 부킹을 성공시켜준 대가로 양주를 얻어 마신 탓에 느슨해 있을 때였다.

갑자기 홀에서 요란한 소리가 들려왔다. 춘호는 분장실에서 책을 보고 있다가 예상치 않은 소란을 듣고서 자리에서 일어서고 있는 중이었다.

홀에는 머리를 짧게 깎은 사내들이 행패를 부리고 있었다. 그들은 늦게 들어와서 무대 앞쪽에 있는 중앙의 테이블을 비어달라고 요구하고 있었고, 웨이터들은 이미 손님이 앉아 있는 곳이라 자리를 만들 수가 없다고 뒤쪽에 있는 테이블로 앉을 것을 권유하고 있었다.

곧 사내들은 행패를 부리기 시작했고, 웨이터들은 그들의 행패에 속수무책이었다. 무대 앞에 앉았던 손님들이 낌새를 알아차리고서 자리에서 일어나 나가버리는 꼴이 벌어지고 말았다. 머리를 짧게 깎은 사내들은 손님이 일어난 테이블에 앉아 구둣발을 탁자 위로 올려놓고 있었다.

"손님. 이러시면 안 됩니다."

웨이터가 말했지만 그들은 막무가내였다.

"야. 돈 내고 술 마시는데 누가 뭐라냐? 이것도 안돼?"

"여긴 영업장소입니다. 다른 사람들도……."

"야! 손님이 왕 아니냐? 니들이 뭔데 지랄이야? 맞고 싶어?"

웨이터들이 김 전무에게 보고를 했는지 김 전무가 나타났다.

"······."

김 전무는 입구 쪽에 들어서면서 웨이터들이 가리키는 패거리들이 하는 짓을 지켜보다가 천천히 발길을 옮겨놓기 시작했다. 중앙에 있는 테이블로 다가간 김 전무는 금세 그들을 알아보았다.

"어? 이야. 김 상구 전무님 아니십니까? 어인 일로 여기까지 행차를 다 하시고."

사내들 중의 하나가 빈정거리며 나왔다.

"좀 시끄럽다고 해서 나왔다. 나한테 무슨 용건 있나?"

"어? 우리가 무슨 용건이 있다고? 무슨 용건이지? 야, 누가 김 전무님에게 용건이 있다고 말했냐?"

짧은 머리의 사내가 빈정거리는 투로 옆에 앉아 있는 사내에게 물어보는 듯이 말했다.

"아이고. 누가 김 전무님한테 용건이 있다고 그랬시요. 김 전무님이 우리한테 인사하러 온 거겠지요."

옆에 있던 다른 사내가 코웃음을 치듯 빈정거렸다.

"그런가?"

머리가 짧은 사내는 김 전무를 쳐다보았다.

"······."

김 전무는 이미 그들이 어떤 목적으로 왔는가를 대충 짐작할 수 있었다.

"후아, 전무하고 여사장이 잘 어울리는 한 쌍이라는 건 알고 있지. 이만한 술집을 갖고 있는 여사장이라면 돈푼이나 있겠지.

안 그래?"

"……."

순간, 김 전무의 얼굴이 약간 일그러졌다. 그는 곧 냉정을 되찾았다.

"애들아, 저리 가."

김 전무는 주위에 둘러 서 있는 웨이터들에게 물러가라는 뜻으로 말했다. 그리고서 김 전무는 심호흡을 한 번 하고는 담배를 꺼내 입에 물었다. 담배 끝에 불을 붙이고는 천천히 연기를 내뿜으며 형철을 노려보았다.

"어허, 눈이 찢어지겠네. 그렇게 본다고 해서 될 일이 아닐 턴데……."

형철은 피우던 담배를 구두 밑창에다 비벼 끄고는 바닥에다 던져버렸다.

"여기 와서 이러면 되나. 할 말 있으면 전화라도 하고 오지."

"전화? 하하하, 누가 전화를 해? 내가?"

형철이 제법 큰 소리로 웃었다.

"……."

김 전무는 형철을 지켜보고만 있었다.

"김 상구. 우리 형님이 지금 차디찬 마룻바닥에서 주무시는데, 누구는 뭐 이쁜 여사장하고 밤낮으로 뒹굴고 말이야. 누군 인삼뿌리 먹고, 누군 배추뿌리 먹는 거야. 씨팔!"

형철의 말에는 가시가 돋아 있었다.

"……."

김 전무는 묵묵히 담배만 피우고 있었다. 저 놈들이 함부로 떠벌리는 것에 대해서 섣불리 대한다는 것은 이쪽에서 먼저 싸움을 자초하는 꼴이라는 걸 알고 있었다.

"야들아. 내 말이 틀렸냐?"

형철은 주위에 앉아 있는 동생들을 둘러보며 문득이 말을 꺼냈다.

"맞습니다요, 형님. 그건 불공평하지라. 그래서 여기 온 거 아닙니까요."

창수가 옆에서 빙글거리며 웃었다.

"용건이 뭐냐? 빙빙 돌리지 말고 본건만 말해."

김 전무가 테이블에 있는 재떨이에 담배를 꾹 눌러 비벼 끄고는 형철을 바라보았다.

"교도소에 있는 형님이 불쌍해서 왔시다. 딴 건 뭐 없시다."

"그럼, 어떻게 하자는 거냐?"

김 전무의 말이 끝나지도 않은 상태에서 창수가 일어서며 시퍼런 칼을 끄집어냈다. 칼은 단숨에 김 전무의 가슴팍을 향했다.

"짜식들이!"

김 전무가 재빨리 칼을 피하면서 일어나자, 이번엔 형철의 날쌘 구둣발이 김 전무의 안다리를 걸어찼다. 그 바람에 김 전무가 휘청거렸다.

"퍽."

창수의 예리한 칼날이 김 전무의 허벅지에 가 꽂혔다. 그리곤 순식간에 다른 칼을 뽑아내서 이번엔 목어깨에 가서 꽂혔다.

"이 짜식들이!"

김 전무의 입에서 그 소리가 나오면서 손을 쓸 틈도 없이 옆으로 주저앉았다

"악!"

주위는 곧 아수라장이 되었다. 테이블에 있던 손님들과 아가씨들은 비명을 질러대기 시작했고, 웨이터들이 재빨리 달려왔지만 이미 자리에서 일어나서 칼날을 꼬나든 남문과 애들에게 감히 덤벼들지를 못하고 있었다.

"야! 비켜! 안 비키면 다 죽어!"

형철의 날카로운 외침이었다. 그 말 한마디에 웨이터들은 빈 맥주병을 들었지만 쉽사리 덤벼들지 못하고 있었다.

"야! 가자!"

형철의 말이 끝나기가 무섭게 그들은 순식간에 튀기 시작했다. 웨이터들은 그들이 술집을 뛰쳐나가는 모습을 보고서야 재빨리 김 전무를 들쳐 업고서는 바깥으로 나갔다.

"야. 춘호야! 경찰서에 신고하고! 빨리 사장님한테 연락해!"

춘호는 얼떨결에 소란을 듣고서 가게로 나왔다가 그런 광경을 목격하고서 멍하니 서 있었다. 성철이 형이 소리치는 것을 듣고선 얼른 사장실로 달려갔다.

"억?!"

춘호가 사장실로 달려갔을 때는 또 한 무리의 사내들이 사장실에서 뛰쳐나오는 것을 발견할 수 있었다.

"누구예요? 왜 들어왔어요?"

춘호가 소리쳤다.

"비켜! 임마!"

사내들은 춘호 쯤은 아랑곳하지 않고서 뛰쳐나갔다. 사장실로 뛰어든 춘호는 소파에 피를 흘리고 쓰러져 있는 여사장을 발견하고는 비명을 질러댔다. 그 소리를 듣고서 누나들이 안으로 뛰어 들어왔다.

"어메! 누가 그랬어?"

누나들은 한결같이 처참한 광경을 목격하고선 입을 딱 벌리고만 있었다. 누구 하나 가까이 다가가지를 못했다. 춘호 역시 발걸음이 딱 붙어 있었다. 여사장은 소파로 쓰러진 채로 발가벗겨져 있었고, 목과 여자의 중요한 부분과 젖가슴에 예리한 칼날이 그대로 꽂혀 있었다. 낭자하게 흘러내린 피가 소파와 바닥의 카펫을 흥건하게 적시고 있었다.

"누구 와봐! 누구 오라니까!"

정혜 누나가 나서서 울부짖듯이 소리쳤지만, 웨이터들은 벌써 쓰러진 김 전무를 업고서 병원으로 달려가고 없는 상태였다.

"춘호야! 어떻게 된 거야? 누가 그랬어?"

꽃순이 누나가 울부짖듯이 소리쳤다.

"몰라요. 아까 어떤 형들이 여기서 뛰쳐나갔어요."

"누가 그런 거야? 누가 그랬어!"

아가씨들은 겁에 질려 한 발걸음도 옮겨놓지 못하고서 그 자리에 서서 울고만 있었다. 여사장의 처참한 모습을 보고서 쉽게 다가가지 못하고 있었다.

"누나."

춘호는 정혜 누나의 손을 붙잡았다.

"왜?"

정혜 누나 역시 겁이 나는지 떨고만 있었다.

"형들이 아까 경찰서로 전화하라고 그랬어요. 빨리 전화해요."

그나마 남자라곤 춘호 밖에 없었다. 춘호의 말에 그제야 정혜는 정신이 들었는지 경찰서로 전화를 걸었다. 전화를 거는 동안에도 정혜는 누군가가 다가와 칼을 휘두를 것만 같은 오싹함을 느꼈다.

춘호가 다가가서 여사장을 흔들었지만 온 몸에서 뿜어져 나온 핏물만이 홍건하게 온몸을 적시고 있을 뿐이었다.

"누나! 사장님이 죽었어!"

춘호가 소리치자,

"이걸 어쩌냐! 경찰서에는 연락했어?"

명희 누나가 사무실로 뛰어들면서 그 광경을 보고선 놀라는 표정이었다. 정혜는 발을 동동 구르고 있었다.

"아까 형이 연락하라고 해서 경찰서에다 연락했어. 너무 끔찍해!"

정혜 누나가 가까스로 다가가서 여사장의 모습을 살펴보긴 했지만 너무 끔찍해서 손을 댈 엄두조차 내지 못했다. 아가씨들이 우왕좌왕하며 울부짖고 있는 동안에 바깥에서는 경찰차의 요란한 사이렌 소리가 들리면서 곧 형사들이 들이닥쳤다.

"비켜! 어떻게 된 거야?"

감 형사가 먼저 뛰어들어 여사장의 몸을 내려다보았다. 핏줄기는 아직도 뿜어져 나오고 있었다.

"누구, 본 사람 없나?"

감 형사가 고개를 들며 물었다.

"제가 봤어요."

어린 춘호였다.

"그래? 어떤 놈들이야?"

감 형사는 심야의 술집에 초등학생 정도인 어린 춘호가 있었다는 것이 믿기지 않는다는 듯한 표정이었다.

"낯선 형들이었어요. 사장님실로 들어오는데 그 형들이 비켜, 하면서 곧바로 뛰쳐나갔어요."

"그래? 몇 명이나 돼?"

"서너 명쯤 되는 것 같았어요. 우리 사장님을 죽이고 도망쳤는 걸요."

춘호는 침착하게 대답했다.

"넌 여기서 뭐하는 애냐? 사장 아들이야?"

"아니예요. 그냥 여기서 일해요. 여기서 자고요."

춘호는 아직까지 여사장과 김 전무가 죽었다는 것이 실감나지 않았다. 누나들이 죽었다고 소리쳤지만 춘호에게는 칼을 맞아 중상을 입었을 거라고 생각되었다.

형사들의 조사는 곧 조폭들에게로 압축되었다. 영업상무를 불러 조사를 하는 동안, 술집 안은 텅 비어졌다. 손님들은 갑자기 일어난 살인사건에 재빨리 몸을 피했고, 술집에서 일하는 아가씨들은 삼삼오오 모여 울고 있을 뿐이었다. 춘호는 영업상무의 옆에 앉아서 형사들이 묻는 말에만 대답하고 있었다.

"아는 형들 없어?"

감 형사의 질문이었다.

"없었어요. 처음 보는 형들이었어요."

"그럼. 영업상무는 한 번도 본 적이 없습니까?"

감 형사는 다시 영업상무에게로 질문을 던졌다.

"어떻게 일어난 일인지 모르겠습니다."

"모르다니? 왜 살인이 일어났겠어? 집히는 데가 없어?"

감 형사는 버럭 소리를 질렀다. 그 바람에 영업상무는 찔끔했다.

"평소에 어떤 시비가 있었을 거 아냐. 그런 것도 없이 이런 살인이 일어날 수 있나? 안 그래? 이런 데서 밥을 먹었다면 알 만할 텐데."

감 형사를 대신해서 옆에 있던 제갈 형사가 으름장을 놓았다.

"그게…… . 전혀…… . 정말 그 전에는 아무 일도 없었습니다.

술집이라고 해서…… 대개 그런 주먹들이 설치기는 하지만…….
우리 집엔 그런 일이 없었습니다. 믿어 주십시오. 정말입니다."

"……?"

감 형사는 영업상무의 진지한 대답을 들으면서 제갈 형사의
얼굴을 쳐다보았다.

"너! 그런다고 통할 줄 알아? 자꾸 이럴래? 이미 개판 오 분
전인데 뭘 숨겨봐야 소용이 없어!"

"아닙니다. 정말입니다. 제가 집에서 일어난 일을 모르겠습
니까? 정말입니다."

영업상무는 답답한지 울상을 지은 채로 무릎을 꿇고선 믿어
달라는 식이었다.

"그럼! 저쪽에 쓰러진 남자는 뭐고, 여사장은 뭐야? 두 사람
은 부부인가?"

"아닙니다. 여사장하고 전뭅니다."

"전무?"

감 형사는 얼른 남자가 쓰러진 방쪽을 쳐다보았다.

"전무하고 여사장이 그렇고 그런 사이 아냐?"

이번에도 제갈 형사가 다그쳤다.

"아닙니다. 원래 사장님은 지금 교도소에 들어가 있습니다.
전무는 그냥 전뭅니다. 그런 사이 아닙니다."

"……?"

감 형사는 제갈 형사를 쳐다보고선 더 이상 이곳에서 캐물어

봐야 시원한 정보를 얻기란 틀린 일이라는 걸 깨달은 듯한 표정이었다.

"제갈 형사. 일단 이놈하고 저 애를 경찰서로 데려가지. 여긴 일단 사건현장으로 남겨놓는 게 좋겠어."

"알겠습니다."

제갈 형사는 의자에서 벌떡 일어나면서 영업상무의 손목을 낚아챘다.

"넌 나를 따라와."

그 말에 춘호는 쭈뼛거리며 제갈 형사를 따라나섰다.

"아저씨! 애는 아무것도 몰라요. 이런 애를 왜 데려가요?"

누나들이 나섰다.

"됐어! 너희들은 다 나가! 여긴 사건 현장이야!"

제갈 형사의 말에 아가씨들은 찔끔 뒤로 물러섰다. 아직도 피비린내가 풍겨 나오고 있었다.

춘호는 형사들의 뒤를 따라 밖으로 나갔다.

"춘호야. 필요하면 전화해."

누나들은 어린 춘호가 형사의 뒤를 따라 차에 올라타는 걸 보면서 말을 걸거나, 주머니에서 얼른 지폐를 꺼내 춘호의 작은 손에 쥐어주곤 뒤로 물러섰다.

"아저씨, 애 잘 해줘요 네?"

아가씨들은 제갈 형사에게 당부의 말을 던지고는 창문 너머로 춘호를 쳐다보았다.

"누나, 괜찮아. 갔다 올게."

어린 춘호는 작은 손을 흔들었다.

"춘호야! 전화해!"

춘호가 탄 경찰차는 곧 출발했다. 경찰서에 도착한 영업상무와 춘호는 서로 다른 곳에서 조사를 받기 시작했다.

"너, 몇 살이냐?"

제갈 형사가 물었다.

"열다섯 살요."

"너, 거기서 일하냐?"

"네."

제갈 형사는 어린 춘호가 그런 술집에서 무슨 일을 할까 하고 의아해 했다.

"무슨 일하냐? 청소?"

"네. 누나들 심부름도 하고요."

"부모는?"

"없어요. 다 죽었어요."

"그럼? 여기 온 건 언제냐?"

"몇 달 됐어요. 그 전엔 중국집에서 일했고요. 같이 일한 형이 오토바이 사고를 내서 감방에 가 있거든요. 그래서 형을 면회하러 갔다가 여사장님을 만났어요."

"그래? 여사장은 거기 왜 갔냐?"

"사장님이 거기 들어가 있거든요. 면회하러 다녔어요."

"흠……."

제갈 형사는 담배를 꺼내 불을 붙이고는 어린 춘호를 물끄러미 쳐다보았다. 그때, 옆방에서 조사를 하던 감 형사가 안으로 들어왔다.

"어때? 뭐 좀 알아냈나?"

"아뇨. 저 놈이 뭔가 알 것 같은데, 모른다고 그러네요. 혼 좀 낼까요?"

"알아서 해. 나도 무슨 감이 잡힐 것 같긴 한데……."

"네?"

감 형사는 얼른 춘호를 쳐다보았다.

"너, 몇 살이냐?"

"열다섯요."

"열다섯? 하하, 너같이 어린 꼬마가 그런 곳에서 청소하냐?"

"네."

춘호는 씨익 웃으며 대답했다.

"어라? 짜식. 웃네."

감 형사는 재미있다는 듯이 웃음을 지어보였다.

"우리 사장님은 좋은 분이예요. 말도 없으시고요."

춘호의 말이었다.

"그래? 뭐가 어때서 좋은 사장이라는 거냐?"

감 형사가 책상 모서리에 걸터앉으면서 춘호에게 물었다.

"전 부모도 없는데요. 고아원에서 나와 중국집에서 일하다가 형이 사고를 내서 감방에 들어가 있을 때에 우리 사장님하고 만났어요. 형을 면회하러 갔다가 사장님이 나보고 갈 데가 없으면 가게에 와서 자고 먹고 하라고 그랬어요. 거기서 누나들한테 공부도 배우고요."

"아가씨들 말이냐?"

"네. 누나들요. 정혜라는 누나는 대학까지 나왔거든요. 시골에 나 같은 동생 있다면서 시골로 꼬박꼬박 돈을 부쳐줘요."

"……."

제갈 형사는 감 형사와 눈길이 마주쳤다.

"그래? 그런데 그런 사장을 누가 죽였지? 넌 그 놈들 봤다고 했잖아? 첨보는 놈들이야?"

감 형사는 기회를 놓치지 않고 물었다.

"네. 똑똑히 봤어요. 처음 보는 사람들이었어요."

"깡패 같지? 머리 짧고? 전에 한 번도 본 적이 없냐?"

"네."

춘호는 곧 슬퍼졌다. 그때의 장면이 선하게 떠오르는 듯했다. 낭자하게 피를 흘리고 있는 여사장의 나체가 소파 밑에 뒹굴고 있고, 조금 떨어진 곳에는 김 전무의 몸뚱이가 칼에 맞아 널브러져 있었던 것이다.

"……."

제갈 형사와 감 형사는 춘호를 물끄러미 내려다보다가 서로 담배를 피우면서 눈짓을 주고받고 있었다.

"저, 가겠습니다. 애가 사장님이 좋으신 분이라고 하니 범인들이 누군지 잘 말해줄 거 같네요. 너, 이 아저씨한테 상세하게 말해야 한다. 그래야 아저씨들이 범인을 잡지. 내 말 맞지?"

"네……"

감 형사의 그 말에 춘호는 힘이 나는 듯했다.

감 형사는 춘호의 어깨를 툭, 치고는 밖으로 나가버렸다.

"그래. 알았다. 우리가 범인을 잡아야지. 너밖에 본 사람이 없어. 그러니까 네가 이야기를 잘해줘야 한다."

"네. 아저씨."

춘호는 고개를 끄덕였다.

"그 사람들 사진을 보면 찾아낼 수 있겠어? 생각나지?"

"네."

제갈 형사는 춘호를 물끄러미 바라보았다. 어린 나이에도 불구하고 당돌하게 대답하는 춘호를 바라보면 철이 없는 아이 같기도 하고, 술집에서 자라서 그런 것인지 되바라진 듯한 아이 같기도 했다. 제갈 형사는 일어나서 캐비닛에서 조직폭력배들의 사진첩을 꺼내 춘호 앞으로 내밀었다. 그리곤 겉장을 들췄다.

"봐. 여기 있는 놈들 중에 그 놈들이 있는가 잘 봐."

제갈 형사는 사진첩에 있는 사진들을 하나씩 짚어가기 시작했다.

"……"

춘호는 제갈 형사가 가리키는 사진을 살펴보았다. 제갈 형사가 사진첩을 넘겨서 다시 손가락으로 짚었다.

"없어?"

"……네. 잘 모르겠어요."

춘호는 고개를 갸웃했다.

"왜? 헷갈린다는 말이야?"

"네. 다 비슷비슷해서요. 똑같은 사람 같기도 하고……. 아닌 것 같기도 하고 그래서요."

"그래?"

제갈 형사는 얼른 사진첩을 닫아버렸다. 더 이상 춘호에게 사진을 보일수록 혼동만 올 뿐이라고 생각했다.

"그럼 다시 그때 본 그 놈들의 인상을 자세하게 말해봐라. 얼굴과 머리가 어떻게 생겼는지……."

"……."

"생각 안 나냐?"

"……."

춘호는 눈을 감았지만 명확한 얼굴이 떠오르지 않았다. 불과 몇 시간 전에 봤던 얼굴이지만 조금 전에 사진첩의 사진을 보고 난 후에는 더욱 헷갈리는 것이었다.

이젠 자신이 없었다.

"아저씨. 사진을 보면 안 돼요?"

"왜? 기억이 안 나?"

"네. 사진을 보면 기억이 날지 모르겠어요."

"그래."

제갈 형사는 다시 사진첩을 펼쳤다. 어린 춘호가 보기 좋게 사진을 짚어가며 춘호의 표정을 살폈다. 춘호는 그들의 모습이 가물가물했다. 작은 사진을 보면서 다 똑같은 인물인 것만 같은 기분이 들었다.

"모르겠냐?"

"네."

춘호는 등에 진땀이 났다. 여사장을 죽이고 도망친 그들의 모습을 선명히 본 것 같았지만 막상 그들의 모습을 기억해내려고 하니 헷갈릴 뿐이었다.

"너, 그냥 앉아 있어봐라. 사진 보지 말고. 그냥 생각만 하고 있어."

"네."

제갈 형사는 답답했는지 자리에서 일어나서 옆방으로 들어 갔다.

"좀 얻었어?"

제갈 형사가 방으로 들어서며 영업상무를 힐끗 쳐다보았다.

"모르겠다는 데요. 이 짜식이 도통 모르겠다는 겁니다."

"하하, 모를 리가 있나. 영업상무라면 동네에서 노는 애들을 모를 리가 없지."

제갈 형사는 영업상무를 겁주기 위해 뒤로 가서 어깨를 꽉 찍어 눌렀다.

"정말입니다. 저는 그 자리에 없었고요."

영업상무는 고통스러운 듯이 이맛살을 찌푸렸다.

"그럼 처음에 들어오는 것만 못 봤단 말이야? 영업상무라면 그런 것쯤은 당연한 게 아닌가? 술집에 들어오는 사람들이 건달인가 아닌가 살피는 것도 안 해?"

제갈 형사가 윽박질렀다.

"전 그 시간에 잠깐 안에 있었습니다. 그래서 누가 들어왔는지 못 봤습니다. 정말입니다."

"어허. 그 시간에 안에는 왜 들어갔지?"

"전 영업상무라도 계속 자리에 앉아 있는 게 아니고요. 자리에 있다가 안에도 들어갔다가……."

"입 다물어! 짜식이! 영업상무가 못 봤다면 누가 봐?"

제갈 형사의 커다란 주먹이 영업상무의 목덜미를 다시 찍어 눌렀다.

"아닙니다. 정말로 못 봤습니다. 자리에 있을 때도 있지만 자주 움직이니까 못 봤습니다. 믿어주십시오."

"안 되겠어! 어이, 감 형사! 좀 잡아 돌려야겠어."

"알겠습니다."

감 형사는 곧 자리에서 일어났다. 영업상무의 두 손에 수갑을 채우려고 그랬다. 영업상무는 곧 반항하기 시작했다.

"왜 이러십니까? 수갑을 채워도 됩니까?"

영업상무의 짧은 반항이었다.

"왜? 채우면 안 되냐? 여기서 상처 안 나게 채우는데 누가 뭐라고 그래? 상처 안 나게 해줄 테니까 걱정 마라."

감 형사는 커다란 덩치로 왜소한 영업상무의 몸을 짓누르면서 두 손을 비틀듯이 잡아서는 수갑을 채웠다. 그리곤 수갑을 채운 손을 머리 위로 올려서 등 뒤로 제쳤다.

"아!"

영업상무의 외마디 소리가 튀어나왔다.

"그 정도는 안 아파. 어깨 근육이 굳어 있어서 그래. 운동 좀 시켜주지."

감 형사는 다시 최대한 수갑찬 두 손을 등 뒤로 끌어내렸다.

"아아! 왜 이래요!"

"좀 참아. 운동시켜준다니까 그러네. 상처 안 나게 해주면 되지?"

감 형사의 노련한 손놀림이었다. 등 뒤로 해서 의자에 묶여진 영업상무의 수갑은 마치 닭날개를 비틀어놓은 것 같았다. 수갑을 찬 손목에 상처가 나는 것을 막기 위해 감 형사는 책상 서랍에서 헝겊 쪼가리를 꺼내 수갑을 찬 손목에다 끼워 주었다.

"됐지? 이젠 손목에 부상 같은 건 없을 거다."

그동안 묵묵히 지켜보고 있던 제갈 형사는 담배를 꺼내 물었다. 불을 붙이고선 연기를 후, 내뿜고는 담배갑에서 다시 한 개피를 꺼내 영업상무의 입 근처에 갔다댔다.

"담배 한 대 피울래?"

"네."

영업상무가 반색을 했다. 감 형사보다 윗사람인 제갈 형사의 그런 배려에 고마움이 배어나오는 듯했다. 영업상무의 입에 담배가 물려지고, 곧 라이터불이 붙여졌다.

"거기 사장이 죽었으니까 이젠 망한 거나 다름없는 거 알지? 누가 맡아서 할 사람이라도 있나?"

제갈 형사의 말에 그는 잠시 생각하는 듯했다.

"두 사람이나 죽었어. 물주가 죽었는데 장사가 되겠나? 사장이 감방에서 나올 때까지 기다린다고 장사가 되겠나? 그럼 망한 거나 다름없지. 안 그래?"

"……."

그는 입에 문 담배가 떨어지지 않도록 입술에 힘을 주고서 연신 담배연기를 빨아대고 있었다.

"알아서 해. 넌 이곳이 아니라도 다른 곳에 가서도 어차피 이런 일을 해야 할 테니까. 우리 손에서 벗어나지는 못할 걸?"

제갈 형사는 그쯤에서 입을 다물었다. 담배를 꺼내 불을 붙이고는 감 형사를 쳐다보았다.

"누군가 대봐."

감 형사가 물었다.

"전 진짜 모르는 겁니다. 그때 내가 홀 안에 있지 않아서 진짜로 못 봤습니다. 언제 들어왔는지도 모르고요. 정말입니다."

영업상무는 다 탄 담배를 발 밑에 떨어뜨리고는 입을 열었다.

"이 짜식이!"

갈 형사의 손이 뒤로 묶어놓은 영업상무의 어깨를 짓눌렀다. 영업상무는 곧 비명을 내질렀다.

"아아! 정말입니다. 거짓말 안 합니다."

상무의 얼굴이 잔뜩 일그러졌다. 고통스러운지 고개를 푹 거꾸러뜨렸다.

제갈 형사는 그 방을 나왔다. 그리곤 다시 춘호가 있는 방으로 들어갔다.

"생각이 좀 나냐?"

"⋯⋯."

춘호는 대답을 하지 못했다.

"기억이 안 나?"

"⋯⋯네."

"사진 다시 볼래?"

"봤는데도 자꾸 생각이 안 나요. 첨에는 기억이 날 것 같았는데⋯⋯."

"흠⋯⋯."

제갈 형사는 난감해졌다. 유일한 목격자라고 할 수 있는 아니 어린 춘호에게 일말의 희망을 갖고 있었지만 계획이 틀려지고 있었다.

'안 되겠어. 기도를 보던 놈들하고 웨이터들을 족치는 수밖에⋯⋯.'

제갈 형사는 곧장 옆방으로 다시 들어갔다.

"감 형사. 나 좀 봐."

제갈 형사는 감 형사가 따라나오자, 말했다.

"안 되겠어. 둘 다 틀렸어. 기도를 보던 놈하고 술집 안에 있던 웨이터들을 수배해. 그 놈들 중에 본 놈들이 있을 거야."

"그럼 쟤들은요?"

"틀렸어. 내가 보기엔 면식이 없는 거 같아. 춘호란 애는 기억이 없어진 거 같고……."

"알겠습니다."

감 형사는 곧 방으로 들어갔다가 다시 나와서 지프차를 타고 술집으로 향했다.

그동안 춘호는 혼자 방에 남아 있었다. 처음 와본 경찰서 조사실이란 데가 어둠침침했을 뿐만 아니라, 어린 자신이 유일한 목격자로써 조사를 받고 있어야 한다는 것이 왠지 서글퍼졌다. 그동안 자신을 잘 보살펴준 여사장이 피범벅이 돼서 쓰러져 있는 모습이 떠올랐다. 무서웠다. 그리고 난자를 당한 채로 뒹굴고 있던 전무의 흉칙한 모습이 자꾸만 뇌리에 스쳐왔다.

고아원에서 탈출해서 그동안 어린 나이에 험한 곳을 전전하면서 지금의 술집 여사장을 만나 누나들이 있는 데서 호의호식하며 살아왔던 시간들이 얼마나 행복한 것이었던가 하는 생각이 들었다. 이제 여사장이 죽어버린 그 술집으로 돌아갈 수 없을 것만 같았다.

'술집은 이제 어떻게 될까?'

감방에 있는 사장님이 언제 나올지 모르는 상태에서 술집은 이제 문을 닫을지도 모르는 판국이었다. 전무라는 사람이 칼에 맞아 죽어버렸고, 영업을 맡은 상무까지도 경찰서에 붙잡혀 와 있었으니 누가 술집을 맡아 운영할지도 모르는 운명이었다. 춘호는 비록 나이는 어렸지만 어렸을 때부터 고아원에서 눈치밥을 먹어본 탓에 주인이 죽어버리고 난 뒤의 그 술집에 돌아가기란 어려운 일일지도 모른다는 불안감이 들기 시작했다.

새벽이었는데도 형사들은 춘호를 풀어주지 않았다. 옆방에서는 낯익은 목소리들이 들려왔다. 남자 웨이터들과 아가씨들까지 불려와 조사를 받고 있는 듯했다. 간혹 형사의 소리치는 목소리가 들려나오곤 했다.

춘호는 졸려왔다. 책상에 엎드려 있다가 깜박 잠이 들었다가 깨었다.

"자냐?"

제갈 형사였다.

"네. 아저씨. 웨이터 형들도 불려왔어요?"

"그래. 웨이터 중에는 아는 놈들이 있을 거 아냐. 아가씨들도 아는 년이 있을 테고."

"아……."

춘호는 정혜 누나가 보고 싶었다.

"정혜 누나도 왔어요?"

"왜?"

"나하고 같이 있으면 안 돼요? 혼자 있으니까 겁이 나서 그래요."

"하하, 그래? 그럼 불러줄까?"

"네."

제갈 형사의 그 말에 춘호는 잠이 깨는 듯했다. 형사가 나가고 나서 곧 이어서 정혜 누나가 안으로 들어왔다.

"너, 여기 있었니?"

"응. 누나는 언제 왔어?"

"좀 전에. 힘 안 들었어?"

"그냥……. 아저씨가 묻는 말에만 대답하고 있었어. 누나는 가게에 있었어?"

"아니. 집에 있다가 전화받고……. 형사가 데리러 왔었어."

"누나들 다 왔어?"

"응."

"웨이터 형들도?"

"응."

정혜 누나는 춘호의 옆으로 가서 앉았다.

"춘호, 너는 누나랑 이야기하고 있어. 이야기하다가 생각나면 말해주고."

제갈 형사는 춘호가 안정이 되도록 방을 비워주고는 나갔다. 정혜 누나는 술을 마셨는지 눈가가 약간 상기돼 있었다.

"술 마셨어?"

"응."

"누구랑?"

"혼자서."

"……."

정혜 누나는 그 말을 해놓고는 눈물을 흘리고 있었다.

"누나, 울지마. 나도 안 울잖아."

"……."

정혜 누나는 곧 책상에 엎드리고선 울음을 토해냈다. 여사장이 그런 죽음을 당했다는 것이 믿기지가 않았다.

"누나. 우리 가게는 어떻게 돼? 사장님이 없어졌잖아?"

"모르겠어……."

"그럼 내일부터 장사 안 해? 누가 장사해?"

"몰라……."

누나는 어깨를 들썩이며 울기 시작했다. 춘호는 더 이상 누나에게 물어볼 것이 없었다. 이미 누나도 어찌할 바를 모르고 있는 건 분명했다.

"……."

춘호는 책상에 엎드려 눈을 감았다. 옆에 있는 정혜 누나의 울음소리가 귓가에 들려왔다. 누나는 울음을 그치지 않았다. 책상에서 머리를 들어 엎드려 있는 정혜 누나의 어깨를 바라보았다. 가녀린 누나의 어깨가 계속 들먹이고 있었다.

# 힘든 나날들

경찰서에서는 사건 조사를 위해 웨이터들과 아가씨들을 수시로 불러들였다. 24시간 동안의 조사가 끝내고선 잠시 집으로 귀가시켰다가 다시 불러들였다. 웨이터들은 그것이 귀찮아서 집을 옮겨버리거나, 전화를 끊어버리고는 행방을 감춰버리는 경우도 있었다.

형사들은 인근 술집과 주변의 조직폭력배들에게 수사의 폭을 넓혀 갔다. 자연히 술집들은 움츠리게 되었고, 조직폭력배들도 기를 죽이고 엎드려 있을 수밖에 없었다.

아가씨들은 집에 있다가 경찰서에서 부르면 다시 나가 똑같은 진술을 반복하고 있었다. 여사장을 죽인 범인들은 각자 따로따로 들어와 앉아 있다가 한꺼번에 일어나서 사장실로 들어간 것이 아니라, 자리에서 일어날 때도 따로따로 일어나서 들어갔다는 사실이 밝혀지고 있었다. 그렇기 때문에 그 많은 손님들 중에서 누가 범인인지 알아낼 수가 없었다.

"정말이라니까요. 전부 몇 명이었는지도 몰라요. 따로 앉아 있는데 우리가 어떻게 그들이 한 패인 줄 알아요?"

신문에 지친 아가씨들이 그들의 움직임이 어떠했는지를 알고서 그렇게 진술을 했지만 형사들로선 어떻게든 아가씨들과 웨이터들로부터 수사의 단서가 될 만한 것을 찾아내려고 했다.

"어이. 감 형사. 감방에 들어가 있는 사장이란 작자를 다시 만나보는 게 낫겠어."

"그러지요."

감 형사는 얼른 점퍼를 입고서 제갈 형사에게로 다가갔다. 밖으로 나온 그들은 제갈 형사의 차에 올라탔다. 곧 시동을 건 제갈 형사는 예열이 되는 동안, 담배를 꺼내 물고선 감 형사에게 담배를 건넸다.

그는 불을 붙이고선 말을 꺼냈다.

"이거, 힘들게 생겼는걸. 그 놈들이 지방에서 올라온 놈들이 아닐까?"

"지방요? 그럼 원정을 왔다는 말씀입니까?"

"그럴 수도 있지. 아는 놈들이 없으니까 말이야."

"……"

감 형사는 잠자코 제갈 형사의 옆모습만 바라보고 있었다.

"내 생각이야. 서울 애들이라면 그런 식으로 따로따로 움직이

118

지를 않지. 그냥 쳐들어가서 해치워버리는 것이 아닌가?"

제갈 형사는 감 형사를 쳐다보았다.

"……?"

감 형사는 제갈 형사의 추리가 맞을지도 모른다는 생각이 들었다.

"일단 가지. 저번에 가서 면회거부를 당했으니 이번에도 또 면회거부를 하겠지."

제갈 형사는 기어를 넣으면서 차를 출발시켰다. 경찰서 정문을 벗어난 차는 곧 차도로 뛰어들었다.

"사장이 안에서 지시를 내렸을 수도 있지. 근데 어느 쪽을 움직였는지……."

"?"

감 형사는 놀라서 제갈 형사를 쳐다보았다.

"왜? 사장이 그런 일을 저질렀다고 하니까 이상해?"

"네. 그렇지요."

"하하, 그럴 수도 있다는 거지. 지금 웨이터들과 아가씨들은 사장과 여사장의 내막에 대해선 아무도 몰라. 우리도 모르고 있고……."

"?"

"혹시……. 사장과 여사장의 관계가 어떤지를 알면 사건이 곧 해결될지도 모른다는 예감이 들어. 감 형사는 예감이란 걸 믿지?"

"네."

"수사를 하다 보면 예감이 작동할 때가 있어. 그냥 예감이 아니라, 수사를 하다가 느낀 본능이라고 말할 수 있겠지."

"왜 그런 생각을 했습니까?"

"그거? 음……."

제갈 형사는 입가에 웃음을 띠면서 앞쪽만 바라보고 운전에만 신경을 쓰고 있었다.

"그 놈들이 은밀하게 해치웠다는 것이 마음에 걸려. 그래서 누군가가 뒤에서 조종한 것이 아닌가 하고 생각을 해봤을 뿐이네."

"……."

"수사접견이 안 통하면 강제로 접견하는 방법을 써야겠어."

제갈 형사는 그렇게 말하면서 저번에 교도소로 갔다가 임 황원으로부터 수사접견을 거절당한 것을 상기했다.

"강제로 접견이 됩니까?"

"검사 지휘서를 가지고 교도소 소장을 쪼는 수밖에 없지. 안 그런가?"

"네, 알겠습니다."

그들은 곧 교도소에 도착을 했다. 정문으로 들어선 그들은 청사 건물 앞에 차를 세우고는 안으로 들어갔다. 경비교도대원이 앞을 가로막았다.

"우린 형사들이오. 소장님 좀 봅시다."

"잠시만요."

경비교도대원은 형사의 신분증을 보고선 서무과 안으로 들어갔다가 나이든 과장을 데리고 나왔다.

"어떻게 오셨죠?"

서무과장의 질문이었다.

"살인사건을 조사하기 위해 왔습니다. 저번에 왔다가 수사접견이 안 돼서 다시 왔습니다. 소장님을 면담하고 싶습니다."

이번엔 감 형사가 설명을 했다.

"그건……, 재소자가 면담을 안 하겠다고 하면 우리도 어쩔 수가 없습니다. 인권이라는 것 때문에……. 곤란할 것 같군요."

"그래서 소장을 면담하고 싶다는 겁니다. 살인 용의자가 이 안에 있는데 접견을 거부하면 어떻게 합니까?"

제갈 형사가 짜증난다는 듯이 내어뱉었다.

"그렇지만……. 그건 그쪽의 사정이고, 여긴 재소자를 격리 구금하고 있는 교도소입니다. 일단 절차를 밝으시고 안에 있는 재소자의 의견을 들어봐야 합니다."

"들어보면? 그 놈은 당연히 접견을 거부할 텐데요? 그건 하나마나한 일이 아닙니까?"

"할 수 없지요."

서무과장의 대답은 거만했다.

"일단 소장님을 만나도록 해주십시오. 우리가 정식으로 수사를 할 수 있도록 도와줘야 할 거 아니요."

제갈 형사의 언성이 다소 높아졌다.

"알겠습니다. 그럼 잠시만 기다리십시오."

서무과장은 사무실로 들어갔다가 다시 밖으로 나왔다. 소장과 연락을 취하고 난 다음에 다시 나온 것이었다.

"이층으로 올라가십시오. 저를 따라오십시오."

서무과장이 앞장을 섰다. 소장실로 들어간 두 형사는 소장이 가리키는 소파로 가서 앉았다.

"수고가 많으십니다. 이야기는 들었습니다. 여기 있는 재소자가 수사를 안 받겠다고 하면 우리도 강제할 수가 없습니다. 그건 아시겠죠?"

소장이 부드러운 목소리로 말을 꺼냈다.

"압니다. 이번 사건은 살인사건이라 임 황원이라는 자를 수사하지 않으면 안 됩니다. 아무리 인권이라지만 범죄를 수사하는 것까지 인권을 들먹일 필요는 없지요."

"그렇지요."

"소장의 직권으로 수사를 할 수 있게 해주십시오. 어떤 혐의점을 잡고 왔는데 여기 있다고 해서 수사를 할 수 없다면 말이 됩니까?"

"그건 이해합니다. 그럼 잠시만 기다려 주십시오."

소장은 그 말을 하고 나서 인터폰을 들었다. 곧 보안과장을 대라고 해서는 임 황원이라는 자를 수사하겠다는 형사들이 와 있다고 하면서 수사접견이 가능하도록 해주라는 지시와 함께 곧 소장실로 연락해 달라는 말을 남기고는 끊었다.

"잠시만 기다려 주십시오. 보안과장이 설득할 것입니다."

"알겠습니다."

두 형사는 기다리는 동안, 비서가 가지고온 커피를 마시면서 소장과 사건에 대한 이야기를 나누고 있었다.

곧 보안과장으로부터 연락이 왔다.

"음. 알겠네."

소장은 전화기를 내려놓고는,

"접견을 하겠답니다. 들어가시면 됩니다."

"알겠습니다. 소장님. 고맙습니다."

두 형사는 자리에서 일어나서 서무과장이 붙여준 직원의 뒤를 따라 교도소 안으로 들어갔다. 육중한 철문이 가로막혀 있는 정문을 들어서자, 보안과 건물이 보였다. 수사접견은 보안과에 있는 지하실에서 이루어졌다.

교도관이 데리고 온 임 황원이라는 자는 두 형사를 보자마자 비웃음 비슷한 웃음을 지으며 다가왔다.

"임 황원 씨."

"……."

그는 거만하게 서서 두 형사를 바라보고만 있었다. 하얀 한복을 입은 그는 꽤나 큰 덩치는 갖고 있었다.

"거기 앉으시오. 저번에 접견을 거부해서 다시 들어온 거요."

"……."

그는 자리에 앉아서 의자 뒤로 등을 기댔다. 교도관은 그 자리를 피해 밖으로 나가고 없었다.

"살인사건 난 거 아시죠?"

"모릅니다."

"?"

제갈 형사는 감 형사를 쳐다보았다.

"모르다니? 그럼 면회 온 사람이 아무도 없다는 말이오?"

"그렇소."

"어허, 그래요? 가게에서 여사장과 전무가 칼에 맞아 죽었습니다."

"……."

그는 미동도 하지 않은 채, 두 형사를 뚫어지게 쳐다보고만 있었다.

"그런 소식 듣고서도 안 놀라는 거요? 여사장이라면 부인이 아니오?"

"……."

"왜 말이 없는 거요?"

"……."

"혹시 범인이 누구란 거……. 짐작할 수 있습니까?"

"……."

그는 아예 입을 다물어버린 사람처럼 말이 없었다.

"왜 말을 안 하시오? 대답하기 싫소?"

"……."

"오늘 수사접견을 하겠다는 것은 뭐요? 일부러 그런 거요?"

제갈 형사는 화가 났지만 꾹 눌러 참고 있는 중이었다.

"……."

"어허, 말을 안 하겠다는 거잖아. 이건 고의적이군 그래."

제갈 형사는 의자 뒤로 몸을 젖히면서 그를 쳐다보았다.

"형사 나으리들."

그가 입을 열었다.

"말해 보시오."

제갈 형사가 얼른 몸을 앞으로 숙였다.

"난 이 사건과 연관이 없어요. 보안과장이 나한테 와서 수사 접견을 안 할 건가 묻길래 내가 안 하겠다면 범인으로 지목될 수도 있어서 접견을 하겠다고 하긴 했지만 난 아무것도 모르는 사람이오."

"?"

두 형사는 그의 담담한 말투에 입을 벌렸다.

"나도 이곳에서 조용히 살고 싶소. 바깥에서의 일은 모르는 일이오."

"부인이 죽었는데도 몰라요?"

"모릅니다."

그리고는 그는 다시 입을 꾹 다물어버렸다.

"짐작이 갈만한……."

제갈 형사가 다시 말을 꺼냈지만 그의 완강한 표정을 보고선 입을 다물었다.

"……."

그는 다시 침묵으로 일관하고 있었다.

"안 되겠어. 틀렸어."

제갈 형사는 감 형사에게 그렇게 말하고는 펼쳐놓았던 서류들을 집어 가방에 집어넣었다.

"됐소! 우리가 수사할 테니 그렇게 아시오."

제갈 형사는 화가 나서 그렇게 말하고는 자리에서 일어났다. 곧 교도관이 들어왔다.

"끝났습니다."

형사들은 임 황원이 꼼짝도 하지 않고 앉아 있는 것을 보고는 바깥으로 나왔다. 계단을 올라가면서 제갈 형사는 감 형사의 옆구리를 툭 쳤다.

"큰일났군. 저 놈이 입을 다물어버렸으니……."

"정말 모르는 일이 아닐까요?"

"모르지. 일단 접견부를 살펴보는 수밖에."

"접견부요?"

"검사한테 가서 수사지휘를 받아 저 놈을 면회온 자들이 누구인가 살펴보는 수밖에 없어."

"아, 네."

그들은 보안과장실에 들러 인사를 하고는 곧바로 정문을 빠져나갔다. 그 길로 검찰청으로 향한 그들은 담당 검사실로 들어가 자초지종을 설명하기 시작했다.

"으음. 그래? 그렇다면 어떻게 할 건가?"

검사의 질문이었다.

"할 수 없습니다. 그 놈을 면회한 자들의 기록을 살펴보는 수밖에 없습니다. 지휘서를 끊어 주십시오."

"알겠네. 조금 기다리지."

검사는 곧 수사지휘서를 작성해서 결재해 주었다.

"됐습니다. 그럼 다녀오겠습니다."

두 형사는 검사에게 경례를 붙이고는 검찰청을 빠져나왔다. 그 길로 다시 교도소로 향한 그들은 검사의 수사지휘서를 내밀고는 소장실로 올라갔다. 소장실에서 접견과장이 가지고온 접견기록부를 살펴본 제갈 형사는 실망하는 빛이 역력했다.

"왜요?"

감 형사가 물었다.

"없어."

"뭐가요?"

"이 주실이라는 여사장밖에 없어. 다른 사람은 면회를 온 기록이 없어. 그럼 어떻게 된 거지?"

제갈 형사의 의아해 하는 표정을 보며 감 형사는 얼른 접견기록부를 들여다보았다. 몇 장을 넘겼는데도 접견기록부에는 이 주실이라는 여사장만이 면회를 다닌 것으로 돼 있었다. 끝까지 들춰봤지만 이 주실 외에는 면회를 다녀간 사람이 없었다.

"이럴 수가 있나? 한 사람도 면회를 안 왔다는 것이 말이 되나?"

제갈 형사의 탄식이었다.

"그러게요. 술집 사장이라는 놈이 그렇게도 면회를 안 왔다니 말이 안 됩니다. 술집 종업원들도 안 왔고요. 친구들도 없나?"

"으흠......."

제갈 형사는 다시 한번 기록부를 훑어보고는 서류를 앞으로 내밀었다.

"고맙습니다."

형사들은 소장과 접견과장에게 고개를 숙이고는 밖으로 나왔다.

"어떻게 된 겁니까?"

감 형사가 물었다.

"모르겠어. 다 틀렸어. 꼬리를 잡을 수가 없어. 다시 원점으로 돌아가야 되는 거 같군."

제갈 형사는 그렇게 말하고는 거칠게 담배를 꺼내 불을 붙였다. 그들은 차로 들어가 시동을 걸고서도 움직일 줄을 몰랐다.

정말 난감한 일이었다.

"그놈 지독하군요. 면회를 온 사람이 하나도 없다니."

감 형사가 한마디 했다.

"미칠 노릇이군."

제갈 형사도 한마디 내뱉었다.

"그럼 범인을 지시한 게 아니잖습니까?"

감 형사가 슬쩍 물어보았다.

"……."

제갈 형사는 말이 없었다.

하긴, 면회를 온 사람이라곤 여사장밖에 없었는데, 그 여사장이 자신을 죽이려는 남편의 지시를 받아들일 까닭은 없을 터였다. 그렇다면 임 황원이 두 사람을 죽이도록 사주한 자가 아니라는 말이 아닌가.

"영업상무란 자의 말로도 임 황원이란 자가 여사장을 죽일 이유가 없다고 말했잖습니까? 춘호란 애도 그렇고……."

"……."

제갈 형사는 점점 난감해졌다. 수사선 상의 핵심 인물로 임황원이란 자에게 쏠렸다가 낭패를 보는 느낌이었다.

"가지."

제갈 형사는 기어를 넣고선 차를 앞으로 내밀었다. 교도소의 정문을 빠져나올 때에 보초를 서고 있던 경비교도대원이 거수경례를 붙여왔다.

제갈 형사는 맥이 빠져 있었다. 차를 운전하면서 벌써 세 개피 째의 담배를 피워대고 있었다. 그 바람에 감 형사도 같이 따라서 피우는 꼴이 되고 말았다.

검찰청에 들렀다가 경찰서로 가려다가 제갈 형사는 곧바로 경찰서로 들어갔다. 사무실로 들어선 그는 반장에게 그 사실을 보고하고는 책상으로 가서 담당검사에게 전화를 걸었다.

"제갈 형삽니다. 방금 교도소에 갔다 왔는데, 임 황원이란 자의 접견기록부에는 여사장밖에 온 사람이 없었습니다."

"그래? 사실인가?"

검사도 놀라는 눈치였다.

"네. 눈으로 직접 확인을 했습니다."

"그럼 어떻게 되는 건가?"

검사도 수사의 난항을 감지하는 듯했다.

"할 수 없습니다. 웨이터들과 아가씨들을 족치는 수밖에 없을 거 같습니다."

"안 분다며?"

"네……."

"다 잡아 넣을 수도 없고. 이거 큰일이네."

검사는 아직 사건이 경찰의 손에 있는데다가, 목격자일 수도 있고 아닐 수도 있는 웨이터들과 아가씨들을 무턱대고 붙잡아 넣을 수도 없는 노릇이었다. 정황만으로 그들을 구속시킨다는 것은 있을 수 없는 일이었다.

"일단 개들을 풀어줬다가 다시 불러들이고는 있습니다만, 봤다는 놈이 없으니 환장할 노릇입니다. 넓은 홀 안에서 따로따로 앉아 있다가 따로 움직였으니 개들도 알 리가 만무합니다."

"그럴 수도 있지."

검사는 제갈 형사의 말에 수긍하는 쪽이었다.

"저쪽의 보복이 두려워서 안 부는 것 같지는 않아 보입니다."

"음······."

검사는 신음소리를 토해냈다.

"일단 다시 수사를 해보는 수밖엔 없을 거 같습니다."

"알았어. 걔들을 족쳐봐."

"네, 알겠습니다."

검사도 어쩔 수 없는 듯했다. 목격자가 없는 상황에서 목격자를 발견해 낸다는 것은 힘든 일이었다. 보고를 끝낸 제갈 형사는 깊은 생각에 빠져 들었다. 의자에 깊숙이 몸을 파묻은 채로 눈을 감았다.

'알 수 없는 인물이군. 그렇다면 누가, 무슨 이유로 그들을 죽였을까? 둘씩이나······.'

제갈 형사는 남녀 관계에 대해서 생각해보기도 했다. 여사장과 전무라는 사이라는 것도 남녀관계일 수 있었다. 그러나 오늘 만나본 임 황원이라는 자의 말투로 봐서는 전혀 짐작조차도 할 수 없었다. 그는 아내가 죽었다는 것에 대해서도 별로 관심이 없는 듯했다. 감방 생활에서 오는 무관심인지, 아니면 술집을 하다가 만난 사이인지는 모르겠지만 하여튼 그는 여사장이 죽었다는 말에도 별로 반응을 나타내지 않았다.

'좋아! 한 번 물어보면 되지.'

제갈 형사는 춘호가 있는 조사실로 들어갔다.

"좀 잤나?"

아까 경찰서를 나갈 때에 잠자고 있던 춘호를 봤던 제갈 형사는 싱긋 웃으며 들어섰다.

"네. 어디 갔다 오시는 모양이죠?"

"그래. 교도소에 갇혀 있는 사장을 만나봤어. 너, 그 사장 알지?"

"그랬어요? 전 한 번도 본 적은 없어요. 여사장님이 혼자 면회를 다녔거든요."

"그럼 다른 웨이터이나 아가씨들도 면회를 안 갔나?"

"그건 모르겠어요. 면회를 갔다는 말은 못 들었는데……."

어린 춘호가 그런 것까지는 알 수는 없는 일이었다. 그저 술집 안에서 청소를 하고 잔심부름을 하면서 기껏해야 잠시 틈을 내어 교도소에 있는 배호 형을 면회하고 오는 일이었다.

"정혜라는 누나는 알까?"

"모르겠어요. 누나 왔어요?"

"보고 싶니?"

"네."

"그럼 전화해서 나오라고 해줘?"

"네."

춘호는 반가운 듯이 말했다.

제갈 형사는 곧 핸드폰을 꺼내 정혜에게 전화를 걸었다. 정혜는 아직도 자고 있는지 잠결에 받은 목소리였다. 경찰서로 나오라는 제갈 형사의 말에 얼굴을 찌푸렸지만, 곧 이어서 춘호가 보고 싶다는 말을 전해줬을 때에 그녀의 목소리는 어느새 밝아져 있었다.

"네. 알았어요. 세수하고 나가야 돼요."

"그러세요."

제갈 형사는 전화를 끊고 나서,

"너, 사무실 청소나 할래? 여기서 일하도록 할까?"

제갈 형사의 느닷없는 말이었다.

"여기서요?"

"그래. 임마. 너, 어디 갈 데가 없잖아? 여기서 일하고 먹고 자고 하면 안 되겠냐? 어디 갈 데 있나?"

"……없어요."

"친척도 없고?"

"……네."

"여기서 일할래? 그냥 청소만 하면 되니까."

"그래도 돼요?"

춘호는 제갈 형사의 말이 농담이 아니란 걸 알 수 있었다.

"그래. 윗분들한테 말해서 여기서 일하도록 해보지. 아직 나이도 어린데 그런 술집에서 일하는 것보다야 낫지. 여기서 공부해도 되고."

"그럼 지금 청소해요?"

"그래."

춘호는 기분이 좋았다. 그동안 조사를 받으면서 딱히 갈 데가 없어진 춘호로서는 경찰서 안에서 먹고 잤던 셈이나 마찬가지였다. 조사실의 한 켠에 있는 간이침대에서 잠을 잤고, 아침에 일어나면 조사실과 사무실까지 청소를 했던 탓에 경찰서 안에서 춘호를 모르는 사람은 아무도 없었다.

춘호는 아침 8시 반쯤 되면 출근하는 제갈 형사와 감 형사가 아침밥을 사먹으라고 건네주는 돈을 받아서는 경찰서 옆의 해장국집으로 가서 아침을 먹곤 했었던 것이다.

춘호는 조사실부터 청소하기 시작했다. 물걸레를 짜서 책상과 의자를 닦고는 바닥의 먼지를 쓸어내었다. 유리창도 물걸레로 닦았다. 그리고는 사무실로 들어가 책상과 의자, 그리고 전화기들을 닦았다. 책상 밑에 있는 쓰레기통을 비워 쓰레기봉투에 집어넣고선 유리창을 닦기 시작했다.

"여어, 오늘부터 일하는 거냐?"

경찰관 아저씨들은 춘호가 정식으로 채용이 된 것을 축하해 주는 셈이었다.

"네. 제갈 형사님이 오늘부터 일해도 된다고 그랬어요."

춘호도 기분이 좋았다. 이젠 피의자의 신분에서 벗어나 경찰서에서 일할 수 있는 자격으로 바뀐 것이었다. 사무실 청소를 끝내고 난 춘호는 화장실 청소를 하기 시작했다. 청소를 다 끝낸 춘호는 조사실로 들어갔다.

"다 했냐?"

"네."

"너, 앉아봐라."

"……."

춘호는 의자로 가서 앉았다.

"너, 사장한테 한 번 면회 가볼래?"

"네? 왜요?"

"그냥 인사를 온 것처럼 가는 것도 괜찮지 않나? 사장 얼굴 한 번도 못 봤다고 그랬지?"

"네."

"그럼 한 번 다녀와라. 사장이 어떤 말을 할지 모르니까."

"안 갈래요."

"왜?"

"그냥요. 한 번도 본 적이 없는데 가면 뭣해요?"

"하긴 그렇다. 그래도 한 번 가보는 게 좋을 거 같은데?"

"……."

춘호는 말이 없었다.

"가서 그냥 면회만 하고 와. 넌 이제 그 집을 나와서 갈 데가 없는 애라고 말하고서."

"……?"

"그러면 사장이 어떤 말을 해줄지 모르지."

"어떤 말요?"

"그건 나도 모르지. 그냥……. 여기서 일한다고 하지 말고. 그 술집이 문을 닫아서 다른 데에 일자리 알아보고 있다고 말하면 되지. 여기 있다고 말하지는 말고."

"가기 싫어요."

춘호는 다시 거부의 뜻을 말했다.

"여사장이 왜 죽었는가 알고 싶어서 그런다. 범인을 잡아야지. 안 그러냐?"

"……."

"그냥 면회만 갔다 와라. 마지막이라고 생각하고. 너, 형이라는 애가 거기 같은 교도소에 있다면서?"

"네."

"이름이 뭐라고 했지?"

"배호 형요."

"그럼 잘 됐네 뭐. 그 형이라는 애를 면회하면서 사장도 면회하고 오면 되겠다. 갈래?"

"네. 그럴게요."

그제야 춘호는 순순히 승낙을 했다.

"그래. 네가 일했던 술집이니까. 사장이라는 사람을 면회하는 것도 괜찮지. 여기서 일한다고는 말하지 말고. 알았지?"

"……?"

춘호는 제갈 형사를 쳐다보았다.

"사장이 겁을 먹을까봐 그래. 그냥 일자리를 알아보고 있다고만 말해. 그러면 사장이 너한테 미안한 마음을 가질 거 아니냐. 자, 돈."

제갈 형사는 주머니에서 만원권 지폐 세 장을 꺼내 내밀었다.

"저 돈 있어요."

"가져가. 이따 올 때 점심이나 사먹어."

그 말에 춘호는 돈을 집어 들었다. 조사실에서 옷을 갈아입고는 제갈 형사에게 갔다가 온다고 인사를 하고선 그곳을 나왔다. 제갈 형사는 춘호를 태워줄까 생각했다가 춘호가 의심을 할까 봐 혼자 갔다가 오라고 했던 것이다.

춘호는 버스를 타고 교도소로 향했다. 면회실에서 배호 형에게 면회를 신청하고 나서 다시 사장의 면회 신청을 해두었다. 배호 형을 면회하고 나와서 곧바로 면회할 수 있도록 약간 시간적인 간격을 두고서 면회 신청을 해두었던 것이다.

벨이 울리고 면회실로 들어간 춘호는 배호 형을 보자마자 눈물부터 났다.

"왜? 무슨 일 있냐?"

"으응. 형은 잘 있었어?"

"임마. 이 안에서 잘 있지 못 있겠냐? 근데 왜? 무슨 일 있냐?"

배호 형이 조심스럽게 물어왔다.

"사장님이 죽었어."

"뭐? 왜?"

배호도 놀라는 표정이었다.

"몰라. 칼을 든 깡패들이 사장하고 전무님을 죽이고 달아났어. 내가 나오다가 그 놈들을 봤어. 마구 도망치던 걸."

"그래? 싸웠나?"

"모르겠어. 내가 사장실에 들어갔을 때는 사장님이 칼에 맞아 피를 흘리고 쓰러져 있었어. 전무님도 같이……."

"이야, 그럼 살인사건이네. 왜 그랬는지는 모르고?"

"응, 몰라. 형사들이 와서 조사를 하고 그랬어. 나도 불려가서 조사를 받았는걸. 누나들하고 웨이터 형들도 다 조사를 받았어."

"그럼 잡았어?"

"아니. 그냥 계속 조사만 해. 난 경찰서에서 먹고 자고 해. 술집은 문 닫았어."

"그래? 경찰서에서 먹고 자고 해? 그럼 뭐야? 계속 조사받는 거야?"

"아니. 이젠 그런 조사가 아니라, 거기서 청소해주고 있어."

"청소? 그럼 거기서 일한다는 거야?"

"응."

"그랬구나. 난 네가 안 오길래 왜 안 오나 했지. 그런 일이 있었구나."

"응, 형 미안해. 오늘 형사님이 나보고 면회 가라고 해서 왔어."

"왜? 형사가 왜 면회를 가라고 그래?"

"응. 사장님이 여기 계시거든. 남자 사장님 말이야."

"응, 맞아. 여기 있다고 그랬지."

"그 사장님을 면회 가보라고 그랬어. 난 한 번도 면회를 안 와봤는데."

"왜? 너보고 면회하라고 그러지?"

"몰라. 형한테 면회하고 나서 그 사장님도 만나 보려고 해."

"음……."

배호 형은 무슨 생각을 하는 듯했다.

"왜?"

"형사들이 여기 와서 조사를 하고 갔을 거 같은데? 그 사장이 안 불어서 너를 보낸 거 아냐?"

"……?"

춘호는 배호 형을 쳐다보았다.

"사장이 너한테 무슨 말을 할까봐 그걸 들어보라고 그러는 것 같은데?"

배호 형은 감방 안에서 얻어들은 풍월로 마치 수사관처럼 추리를 하고 있었다.

"그럼 어떻게 되는 거야?"

"형사들이 어떤 정보를 얻으려고 그러겠지 뭐. 일단 면회를 해봐. 사장이 무슨 말을 할지도 모르지."

"그냥 면회만 하라고 그랬어. 내가 한 번도 사장을 본 일이 없으니까. 형사 아저씨가 그랬어. 술집이 문을 닫았으니까 사장한테 면회 한 번 해보는 것도 좋지 않겠느냐고."

"그게 그거지."

배호는 춘호의 말을 들으면서 자기가 추리한 것이 맞다고 생각하고 있었다.

"여사장이 너무 끔찍하게 죽었어. 내가 그 놈들을 봤는데, 나중에 형사 아저씨들이 사진을 여러 장 보여주는데 사진을 봐도 모르겠어. 그때는 기억이 생생했는데 나중에 사진을 보니까 누가 누군지 분간이 안 가. 다른 사람 같기도 하고."

"하하, 얼결에 봤으니까 그렇지. 진짜 범인이라고 생각하고 봤으면 모르지만. 여기 있어보니까 그런 걸 알겠더라. 넌 그럼 경찰서에서 먹고 자고 한다고?"

"응, 밥도 거기서 사먹어. 점심은 거기 식당에서 먹고."

"그럼 취직이 됐네 뭐."

"응."

춘호는 어깨를 으쓱해 보였다.

"경찰 아저씨들 겁 안 나?"

"나한테 다들 좋게 대하는 걸. 형한테 면회도 갔다 오라고 그러고."

춘호는 웃었다.

"형. 재판 언제야? 아직 멀었어?"

춘호는 벨이 울리기 전에 얼른 그 질문부터 했다.

"응. 2주 뒤에 있어. 2주 뒤에 수요일이다. 아마 그때 집행유예로 나갈 거 같다."

"나올 수 있어?"

춘호는 반색을 하며 물었다.

"응. 초범이니까."

"그럼 좋겠다. 나오면 뭐할 거지?"

"몰라. 갈 데도 없고……."

"……."

"일단 나가면 어디라도 들어갈 수 있겠지 뭐."

"으응. 형하고 같이 있었으면 좋겠어. 형이 나오면 나랑 같이 딴 데로 갈까?"

"어디?"

"어디라도 들어가면 되겠지 머. 중국집도 좋고. 아니면……."

"그래. 알았어. 방에 식구들이 열 두 명이다. 너, 돈 좀 있니?"

"응. 먹을 거 넣어줄까?"

"그래. 돈도 좀 넣어줄 수 없나? 방 안에서 돈 없으니까 개털 취급을 받아서 그래."

"얼마나 넣어줘?"

춘호는 주머니가 두둑하다는 듯이 아랫주머니를 툭툭 쳐보였다.

"2만원만 넣어줘. 나중에 내가 갚을게."

"괜찮아. 난 월급받잖아. 이따 나가면서 돈 넣고 갈께."

"그래. 고맙다."

배호의 말이 끝나기 전에 벨이 울렸다.

"형. 잘 있어."

춘호는 손을 들어 인사를 하고는 뒷걸음질로 물러났다. 배호는 돌아서 나가면서 춘호를 쳐다보았다. 춘호는 다시 손을 들어 보이고는 면회실을 빠져나왔다. 바깥으로 나와 조금 쉬었다가 다시 안으로 들어갔다. 이번에는 사장을 면회할 차례였다. 면회실로 들어선 춘호는 사장에게 넙죽 절을 했다.

"……?"

사장이 면회실을 잘못 찾아왔나 입회 교도관에게 무언가 물어보는 것이었다.

"사장님. 저, 춘호예요. 술집에서 청소하는……."

그제야 사장은 춘호를 똑바로 쳐다보았다.

"고생이 많으시죠? 여사장님이 돌아가셔서……. 제가……."

"으응……."

사장은 나이어린 춘호의 면회를 받고서 약간 당황스런 모습이었다.

"술집이 문을 닫아서요. 저, 이젠 그 집에서 일하지 못할 거 같아서요."

"너, 혼자 왔냐?"

"네."

"……."

사장은 춘호를 물끄러미 쳐다보기만 했다.

"그동안 사장님한테 신세를 많이 졌어요. 저도 여기서 여사장님을 만났거든요."

"그래. 그건 이야기 들었다."

사장이 어색하게 말을 뱉었다.

"언제 나오세요?"

"아직……. 모르겠다."

"다른 분은 면회를 와요?"

"아니다."

사장은 마치 춘호의 말에 억지로 대답을 하는 듯했다.

"그럼 아무도 안 오세요?"

"그래."

"저도 이젠 딴 데에 일자리를 알아봐야겠어요. 그래서 오늘 면회를 왔거든요."

"갈 데가 없냐?"

"네."

"참, 고아원에서 자랐다고 했지?"

"네."

그제야 춘호는 사장이 자신에 대한 이야기를 들은 것 같은 기분이 들었다.

"그럼 어디서 일하냐?"

"모르겠어요. 전에는 중국집에서도 일했거든요. 중국집은 먹는 거 하나는 끝내주거든요."

춘호는 어린아이마냥 웃으면서 말을 했다.

"친척도 없냐?"

"아무도 없어요."

"그럼 내가 나갈 때까지 네가 가게를 지키면서 나한테 면회를 와줄 수 없겠냐?

"면회요? 아무도 올 사람이 없어요?"

"그래."

"……."

춘호는 잠시 망설였다. 문을 잠근 가게에 혼자 남아서 가게를 지켜야 한다는 것에 마음이 걸렸다.

"왜? 싫냐? 내가 나갈 때까지 거기 있으면 되잖아? 열쇠는 누가 갖고 있냐?"

"영업상무님이 갖고 있을 거예요."

"다들 조사를 받겠지?"

"네. 매일매일 조사를 받아요. 누나들하고 웨이터 형들이 경찰서에서 조사받느라 매일 출근하다시피 해요."

"너한테는 안 물어?"

"어떤 거요?"

"사건이 일어났을 때에 너도 가게에 있었냐?"

"네. 있었어요."

"사장님하고 전무만 죽이고 달아났다는 거지?"

"어? 그거 어떻게 아세요?"

"형사들이 여길 다녀갔다. 그래서 나도 알게 된 거다."

"아, 그랬구나."

춘호는 고개를 끄덕였다.

"너한테는 형사들이 안 물어봤나?"

"물었어요. 사장님을 죽인 깡패들 얼굴을 아느냐고요."

"그래서? 너 그 놈들 봤냐?"

"네. 사장실로 들어가다가 덩치 좋은 형아들이 우르르 뛰어나오는 거 봤어요."

"?!"

"네 명이었어요. 내가 그쪽으로 가니까 확 밀면서 도망쳐 버렸어요."

"그래? 얼굴 아냐?"

"형사 아저씨들이 물었는데. 그때는 알 것 같았는데 형사들이 사진을 보여주는데, 사진을 보니까 모르겠더라고요."

"왜?"

"아닌 것 같기도 하고, 긴 것 같기도 하고……. 사진을 봐서는 모르겠더라고요."

"그래서?"

"모르겠다고 그랬어요."

"……."

사장은 춘호를 뚫어지게 쳐다만 보고 있었다.

"……."

춘호도 사장의 얼굴만 쳐다보고 있었다.

"으음. 누가 그랬는지 모르겠구만……."

사장이 넋두리처럼 되까렸다.

"사장님."

"응?"

"저, 가게에 있어도 돼요?"

"으응, 그래. 왜 갑자기 있고 싶다고 그러지?"

사장은 의외라는 듯이 춘호를 쳐다보았다.

"사장님이 나오실 때까지만 있고 싶어요. 사장님은 나오시면 다시 술집을 하실 거잖아요?"

"그래. 나가면 다시 술집을 해야지. 근데 왜?"

"다시 술집을 하신다면 거기서 일하려고요. 누나들한테 공부를 배우고 있었거든요. 중학교 검정고시말예요."

"그래? 어떤 누나?"

"정혜 누나가 가르쳐줬어요."

"......."

"사장님이 나오셔서 다시 술집을 하시면 저도 공부할 거거든요. 제가 술집에서 청소 같은 거 해도 되잖아요?"

"그래……."

"그럼 제가 거기 술집을 지키고 있을게요."

"그래. 그럼 영업상무한테 말해서 키를 달라고 그래라. 그리고 영업상무도 여기는 면회를 오지 말라고 그래."

"......?"

"아무도 면회하고 싶지 않으니까. 앞으로 너만 면회를 왔으면 좋겠는데……."

"저요?"

"그래."

"그럴게요."

"그래. 돈이 필요하면 돈은 내가 줄게. 그러면 되겠지?"

"네."

"너, 몇 살이냐?"

"열다섯 살요."

"그래. 알았다. 춘호라고 했지?"

"네."

"내가 도와줄 테니까 너는 걱정 안 해도 된다. 그냥 가게나 지키고 있으면 된다. 나한테 면회나 오고······."

"네."

"돈은 갖고 있냐?"

"······."

춘호는 말을 못했다.

"얼마나 있냐?"

"오만 원요."

"그게 다야?"

"네."

"그럼 나중에 사람을 시켜서 돈 보내줄게. 그러면 그걸로 충분할 거다."

"······?"

"나한테 면회온다는 말은 누구한테도 하지 마라. 알았냐?"

"왜요?"

춘호는 의아해서 물었다.

"그냥 그렇게 알고 있어. 내가 말하는 건 다 너만 알면 되는 거야. 알겠지?"

"네……."

"그럼 가봐라. 언제쯤 올 거냐?"

"……."

춘호가 물끄러미 쳐다보자,

"네가 정해서 와라. 일주일에서 어느 요일날 올 건가 네가 정해서 와. 그러면 나도 그렇게 알고 있으면 되니까."

"네."

춘호는 대답을 하면서 머리를 숙였다.

사장이 먼저 면회실을 빠져나가는 것을 보고서 춘호는 면회실 밖으로 나왔다. 접견실로 들어가 배호 형에게 넣어줄 음식들과 영치금 2만원을 넣어달라고 부탁을 했다.

춘호는 정문으로 걸어가면서 오늘 만났던 사장에 대해 이상한 생각이 들기 시작했다. 감방 안에 있으면서 바깥에 있는 자신을 도와줄 것이라고 말을 하니 믿기지가 않았다. 어떻게 감방에 갇혀 있는 사람이 바깥에 있는 자신을 도울 수 있단 말인가.

춘호는 버스를 타고서 경찰서로 돌아왔다.

"면회했냐?"

"네."

"형은 잘 있고?"

148

제갈 형사는 일부러 배호의 안부부터 물었다.

"네. 먹을 것하고 돈 좀 넣어달라고 그랬어요. 다음 주면 재판이래요. 집행유예로 나올 거래요."

"그래? 잘 됐네."

제갈 형사는 웃으면서 대답을 해주었다. 그리고는 바쁜 듯이 서류를 들여다보고 있었다.

"아저씨. 사장님도 만났어요."

"응, 그래?"

제갈 형사는 춘호가 스스로 말을 해오기를 기다리고 있었다.

"오늘 처음 봤어요. 나보고 가게를 지키라고 그랬거든요."

"가게를? 왜?"

제갈 형사가 약간 놀라는 듯이 물었다.

"제가 갈 데가 없다고 그랬더니 사장님이 나올 때까지 가게를 지키면서 면회를 와달라고 그랬어요."

"너, 경찰서에서 일한다고 그랬냐?"

"아뇨. 그런 말 안 했어요. 그냥 일자리를 알아보러 다녀야 할 거라고 말을 했어요. 그랬더니 나보고 친척이 있느냐, 어디 들어갈 데가 있느냐고 물어보더니만 그런 거 없다고 그랬더니 그럼 가게를 지키면서 면회나 와달라고 그러던 걸요."

"그래?"

제갈 형사는 슬슬 구미가 당기기 시작했다.

"네. 그러면 사장님이 알아서 해줄 거라고 그랬어요."

"그게 무슨 말이냐?"

"필요한 돈이 있으면 돈을 보내주겠다고 그랬어요."

"……?"

제갈 형사는 눈을 크게 떴다.

"모르겠어요. 감방에 있는 사장님이 어떻게 저한테 돈을 보내주겠다는 것인지……."

"그래서 뭐라고 그랬냐?"

"제가 가게에 들어가 지키겠다고 그랬어요."

"뭐? 그럼 여기서 나가겠다는 거야? 사장이 가게를 지켜달라고?"

"네."

"흠……."

제갈 형사는 잠시 생각에 잠겼다. 사장이 춘호에게 그렇게 시켰다는 것이 어떠한 단서가 될 것 같았다.

"그럼 너만 면회를 오라고 그랬다고?"

"네. 면회를 오면 돈은 보내주겠다고 했어요."

"누구한테서?"

"그건 모르겠어요."

"……."

제갈 형사는 묘한 기분이 들었다.

"왜요?"

"아니. 그냥……. 됐어."

"저, 여기 나가도 돼요?"

150

"가게에 가 있겠다는 거냐?"

"네."

"그래. 네가 갈만한 데가 있다면 여기서 나가도 되지. 그럼 거기서 공부나 할 거냐?"

"네. 전 꼭 검정고시 합격할 거예요. 그래서 고등학교에 들어갈 거예요."

"그래. 알았다."

제갈 형사는 감 형사를 불렀다. 그리곤 춘호가 가게로 갈 거라고 말하고선 주머니에서 돈을 꺼내 춘호에게 내밀었다.

"그래. 그럼 잘 됐다. 나도 많이는 못 준다. 이거 받아."

감 형사 역시 지폐 서너 장을 꺼내 춘호에게 쥐어주었다.

"고맙습니다. 잘 쓸게요."

춘호는 두 형사에게 인사를 하고는 사무실로 들어가서 인사를 했다.

"그래. 잘 됐네 뭐. 나중엔 그런 곳에서 일하면 안 된다. 알았냐?"

형사들은 그런 충고를 잊지 않았다.

"네."

춘호는 꾸벅 인사를 했다. 제갈 형사와 감 형사는 어린 춘호가 대형 술집을 혼자 지킨다는 것이 마음에 걸리긴 했지만 보내줄 수밖에 없었다.

춘호는 그동안 정이 들었던 경찰서를 나왔다. 길거리로 나오자, 마치 감방에 있다가 출소한 것처럼 마음이 막막해졌다. 춘호는 버스를 타고 술집으로 갔다.

제갈 형사가 준 열쇠를 돌려 문을 열었다. 술집 안으로 들어서자, 퀴퀴한 냄새가 났다. 그동안 문을 닫아 놓아서인지 곰팡내가 물씬 풍겨 나왔다. 불을 켰다. 화려한 무대가 보이고, 어지럽혀져 있는 테이블들이 보였다. 그 날 일어난 사고 이후로 한 번도 청소를 안 한 탓에 실내는 그야말로 엉망이었다.

"……."

춘호는 문득 여사장이 쓰러져 있던 사무실이 있는 복도 쪽으로 시선이 갔다. 가슴이 서늘한 느낌이었다. 아직도 그곳에는 피비린내가 풍겨 나올 것만 같은 기분이었다. 춘호는 무서웠다. 얼른 주위를 둘러보았지만 아무도 없었다. 춘호는 조심스럽게 무대 쪽으로 가보았다. 연주대의 악기들도 그대로 놓여 있었다. 이리저리 놓여 있는 악기들은 흉측스러운 몰골로 남아 있었다. 악기 뒤쪽의 어두운 곳에서는 금방이라도 귀신들이 튀어나올 것만 같았다. 실내의 찌든 냄새가 기분 나쁘게 다가왔다.

춘호는 조심스럽게 무대로 올라가서 드럼을 치던 아저씨의 의자에 앉아보았다. 아저씨가 이마에 밴드를 질끈 동여매고서 신나게 드럼을 치던 모습이 눈에 아른거렸다. 실내가 흥청거릴 즈음에는 연주자들 중에서 드럼을 치는 연주자와 색소폰을 부는 연주자가 춘호에게는 제일 마음에 들었는지 모른다. 신나게 드럼을 두들겨대는 모습에 춘호도 드럼을 쳐보고 싶다는 열망이 일어나곤 했었다.

춘호는 드럼 앞에 앉아보았다. 스틱을 양손에 쥐고서 폼을 잡았다. 춘호는 마치 자신이 드럼을 치는 연주자가 된 기분이었다. 텅 빈 테이블의 소파에 많은 손님들과 누나들이 앉아 있다고 생각하면서 드럼을 치기 시작했다. 한 번도 잡아보지 못한 스틱이었지만 평소에 연주자가 하던 모습을 보곤 했던 춘호는 리듬에 관계없이 자신의 기분대로 스틱을 마구 두들겼다. 한참을 정신없이 두드리고 나니 마음에 들어 있던 두려움 같은 것이 모두 없어지는 듯했다.

무대에서 내려온 춘호는 중앙의 테이블로 가서 소파에 앉아보았다. 소파에 비스듬히 가댄 채로 무대 위를 올려다보았다. 무대에서는 각종 악기들이 연주를 하고 있고, 이름 있는 탤런트나 가수들이 나와서 노래를 부르는 모습이 아른거렸다.

그는 다시 일어나 무대 위로 올라갔다. 이번엔 전자기타를 어깨에 메고 마이크 앞에 섰다. 전원이 들어오지 않아서 마이크가 작동하지 않았지만 목소리만으로 노래를 부르기 시작했다. 조용필의 '돌아와요 부산항에.'를 부르다가 반주로 전자기타를 퉁겨보았다. 기타는 제 소리를 내지 못했다. 기타에 연결돼 있는 전선줄의 코드를 찾아서 연결하고선 기타줄을 퉁겨보았다. 역시 약한 소리밖에 나오지 않았다. 앰프를 켜보려고 했지만 어지럽게 널려져 있는 전선줄에서 어느 선이 앰프에 연결하는 선인지 알 수가 없었다. 춘호는 기타를 메고서 열심히 흉내를 내보았다.

무대에서 내려온 춘호는 여사장실이 궁금해졌다. 복도 끝에 있는 여사장실로 걸어가고 있는 춘호는 두려웠다. 복도에 환하게 불을 켜놓았지만 금방이라도 어디선가 그 놈들이 다시 나타날 것만 같았다. 조심스레 여사장실의 문을 열었다.

캄캄했다. 문을 활짝 열어놓은 채로 복도에서 흘러 들어오는 불빛으로 벽면에 붙어 있는 스위치를 찾아서 올렸다.

"……?"

여사장이 쓰러져 있었던 방 안은 누가 씻어냈는지 핏자국이 말끔히 지워져 있었다.

춘호는 방 안을 둘러보았다. 방 안의 모습은 전에 사장이 쓰던 모습 그대로였다. 마치 사장이 살아 있을 것만 같은 기분이 들었다. 춘호는 소파로 가서 앉아보았다.

처음 이 사무실에 들어왔을 때, 여사장은 소파에 앉으라고 하고선 여러 가지를 묻곤 했었다.

'고아원에서 자랐다고?'

'그럼 배호 형이라는 애는 누구야?'

'너, 여기서 청소할 수 있겠어?'

사장은 부드럽게 물어왔었다.

춘호는 그런 여사장이 끔찍하게 죽어버렸다는 것이 믿기지가 않았다. 평소 때와 마찬가지로 밤 시간의 흥청거릴 그런 시간에 갑자기 들이닥친 놈들에게 칼로 난자를 당해버린 것이었다. 춘호는 마음씨 좋은 여사장이 왜 그런 끔찍한 일을 당해야 했는가

154

하는 의문이 들기 시작했다. 어렴풋이 생각되는 것은, 이런 술집이라면 깡패들이 와서 돈을 뜯어가거나, 아니면 술집에서 아예 깡패들을 고용해서 복잡한 일이 일어나면 해결하도록 한다는 것쯤은 누나들에게 들어서 알고는 있었다. 술집과 깡패들의 관계란 불가분의 관계라는 것쯤은 알고 있었던 것이다.

'사장님도 깡패들을 데리고 있지…….'

춘호는 그런 생각이 들었다. 만일 그랬더라면 들이닥친 깡패들을 물리칠 수 있었는지도 모르는 일이었다. 그러나 이미 때는 늦은 뒤였다.

춘호는 여사장의 책상으로 가서 의자에 앉아보았다. 평소에 사장은 책상에 앉아서 지난밤에 매상을 올린 영수증들과 카드 전표를 대조하느라 몰두하는 모습이었다. 경리가 따로 없어 매출전표와 카드 전표를 직접 받아서 일일이 확인하면서 노트에다 기록하는 모습이었다. 그런 여사장의 모습은 마치 어머니 같은 느낌을 주곤 했었다.

춘호는 자리에서 일어나 복도를 걸어갔다. 출입구의 잠금장치를 확인하고는 다시 사장실로 들어갔다. 문이 잠겼는지 확인하고 나니 어느 정도 안심이 되는 듯했다.

춘호는 소파에 길게 누웠다. 천정의 형광등 불빛이 눈 속을 아프게 쑤셔대는 듯해서 눈을 감았다. 눈을 감고 있으면 누군가 안으로 들어와 몰래 내려다보는 것만 같았다. 눈을 감지 않으려고 애를 쓰다가 춘호는 어느새 깊은 잠에 빠져들고 말았다.

얼마나 잤을까. 전화 벨소리에 놀라 벌떡 일어났다.

"네. 누구세요?"

"응. 춘호니?"

정혜 누나의 목소리였다.

"응, 누나. 웬일이야? 누나, 어딘데?"

"경찰서. 방금 조사받고 알았어. 지금 나가는 길이야. 너, 거기 혼자 있니?"

"응."

"안 무서워?"

"안 무서워. 누나는 요즘 뭐해?"

"그냥 놀고 있지 뭐. 그쪽으로 갈까?"

"응."

"알았어."

정혜 누나가 전화를 끊고 나서 30분쯤 뒤에 다시 전화가 걸려왔다.

"나야. 문 열어야지. 안에서 잠궈 놨네."

정혜 누나였다.

"응, 알았어."

춘호는 얼른 밖으로 뛰쳐나가서 문을 열어주었다.

"문을 잠그고 있구나?"

"응. 들어가."

춘호는 앞장서서 안으로 들어갔다. 정혜 누나는 아직도 무서운지 실내를 힐끔거리며 조심스럽게 따라오고 있었다.

"너, 어디에 있었니?"

"사장님이 있던 방에."

"거기 안 무서워?"

정혜 누나는 발걸음을 멈추고는 춘호를 쳐다보았다.

"괜찮아. 거기서 잠도 잤어. 소파에서."

"……."

춘호가 다시 발걸음을 옮겨놓자, 정혜 누나도 따라서 걸어왔
다. 사무실로 들어선 춘호는 정혜 누나가 들어오도록 문을 활짝
열어놓았다.

"……."

정혜 누나는 그때의 광경이 기억나는지 사무실로 들어서서도
방 안을 살피는 것이었다.

"괜찮아, 누나. 청소 말끔히 해놨는 걸."

"그래도……."

정혜 누나는 사장실 안으로 들어서긴 했지만 더 이상 움직일
생각을 않고 있었다.

"형사 아저씨들이 여기 가르쳐줬어?"

"응. 네가 여기로 간다고 그랬다며?"

"응. 사장님이 여기 있으라고 그랬어. 사장님이 나올 때까지."

"사장님 면회 갔었다며?"

"응. 형도 면회하고 사장님도 면회했어."

"사장님이 뭐래?"

그제야 정혜 누나는 약간 마음이 누그러졌는지 소파로 와서 앉았다.

"나보고 여기 지키고 있으래. 그러면 나중에 나와서 다시 술집을 할 거래. 누나. 내가 여기 있으면서 사장님을 면회하러 오라고 그랬어."

"그게 무슨 말이야? 너보고 면회하러 오라고?"

"응. 내가 돈이 필요하면 돈도 보내주겠다고 그랬어. 감방 안에서 어떻게 돈을 보내? 안 그래?"

"그러네……."

정혜 누나는 고개를 갸웃했다.

"나도 그래. 사장님이 어떻게 돈을 보내줘?"

"그래서 여기로 온 거야?"

"응."

"그럼 나도 면회 가볼까? 내일 갈 거니?"

"아니. 사장님이 나보고만 오라고 그랬어. 딴 사람은 오지 말라는데?"

"왜?"

정혜 누나는 눈을 동그랗게 떠보였다.

"모르겠어. 아무도 면회오지 못하게 했나봐. 왜 나한테 면회를 오라고 그랬는지 모르겠어."

"……?"

정혜 누나는 춘호를 쳐다보았다.

"누나들도 면회를 가보면 좋을 텐데 말이야. 딴 사람은 오지 말라고 그랬거든."

"……."

정혜 누나는 무언가 깊이 생각하고 있는 듯했다.

"누나는 어디 직장에 안 나가?"

"모르겠어. 어떻게 해야 될 건지……."

그제야 정혜 누나는 정신이 든 사람처럼 춘호를 쳐다보았다.

"누나 뭐 먹을래? 저녁 안 먹었잖아?"

"으응. 내가 사줄까? 뭐 먹고 싶어?"

"나 돈 있어."

"내가 살게. 뭐 먹고 싶지?"

"으응. 자장면 곱배기."

"그래."

정혜 누나는 소파에서 일어났다. 중국집 전화번호를 알려면 분장실에 가면 벽에 붙여놓은 전화번호 딱지가 있었다. 그걸 보기 위해서 일어섰지만 혼자 나가기란 무서운 일이었다. 정혜 누나가 머뭇거리는 순간, 춘호가 일어나 정혜 누나 옆으로 갔다. 분장실로 들어가서 스위치를 올리고 보니 그곳은 청소도 안 돼 있는 상태여서 혼란스러웠다. 제멋대로 흩어져 있는 의자들 사이에서 귀신이라도 나올 것만 같았다.

정혜 누나는 그런 몰골을 보고선 이맛살을 찌푸렸다. 그리곤 곧바로 벽면에 붙어 있는 중국집 전화번호를 외우고는 다시 사무실로 돌아왔다. 정혜 누나가 전화를 걸어서 자장면을 주문을 했다. 춘호는 소파에 앉은 채로 정혜 누나의 옆모습만 바라보고 있었다.

"왜?"

정혜 누나는 춘호가 자신을 바라보고 있다는 사실을 알고선 물었다.

"누나, 힘들어?"

"왜?"

정혜 누나는 빙긋 웃어보였다.

"일 안 하니까 힘들잖아? 돈을 벌어야 하잖아?"

"그래서 누나를 쳐다본 거야?"

"……."

춘호는 히죽 웃었다.

"걱정마. 돈 모아놓은 거 있어."

"사장님이 언제 나오실지 모르는데……."

춘호는 정혜 누나가 걱정스러웠는지 모른다. 누나가 어서 빨리 일을 나갈 수 있는 직장을 잡아야 매달 시골로 돈을 부쳐줄 수 있지 않겠는가 하고 걱정하고 있었다.

"그래. 좀 쉰다고 생각하면 되지 뭐. 요즘 일자리 잡기가 그리 쉽지 않아."

"……."

"춘호, 너는 열심히 공부해서 빨리 학교를 다녀야 돼. 이런 데서 오래 있다가는 공부할 시기를 놓쳐."

"으응, 알았어."

"지금 공부할래?"

"지금? 금방 자장면이 올 텐데?"

"오면 먹고 하면 되지."

"응, 알았어."

춘호는 얼른 자리에서 일어나 잠자는 방으로 갔다. 그동안 방을 비워둔 탓에 지하실 특유의 퀴퀴한 냄새가 났다. 방 안에 불을 켜놓고 보니 누군가 숨어 있다가 훌쩍 도망간 듯이 썰렁해 보였다.

밤업소에서 일하면서 틈틈이 공부를 했던 방이 왠지 낯설게만 느껴져 왔다. 방 안을 휘이 둘러보았던 춘호는 앉은뱅이 책상 위에 놓여진 책을 들고선 얼른 그곳을 빠져나왔다.

정혜 누나는 사장실에 혼자 남겨진 채로 사장님이 앉았던 책상쪽에만 자꾸만 눈길이 갔다. 그동안 자신들에게 잘해주었던 여사장이 피살이 된 곳이어서 더욱 더 무서움을 느끼게 해주는 곳이었다. 자신의 방으로 갔던 춘호가 들어설 때 정혜 누나는 소름이 끼치는 듯한 감정을 느꼈다.

"누나, 무서워?"

"아니. 방에 갔다 왔니?"

"응. 내 방도 썰렁해. 마치 내가 도둑놈이 된 기분이 들어."

"야, 너 웃긴다."

정혜 누나가 웃었다.

춘호 역시 히죽 웃어주었다.

소파에 앉아 책을 펴고서 공부를 시작하려는데 바깥쪽에서 문을 두드리는 소리가 났다.

"자장면 왔나 보다."

정혜 누나가 말에 춘호는 얼른 자리에서 일어났다. 밖으로 나간 춘호는 출입구의 문을 열고선 중국집 배달원을 안으로 불러들였다.

"여기 장사 안 해? 네가 시켰냐?"

배달을 하러 온 남자 아저씨는 어린 춘호를 보고선 찜찜한 듯이 물었다.

"안에 누나 있어요."

"여기서 사고났잖아? 여사장이 죽었다며? 장사 안 해?"

"네. 그냥 문을 잠궈 놓고 있어요. 저기예요."

춘호는 안쪽의 사무실을 가리켰다. 사무실로 들어선 중국집 아저씨는 정혜 누나를 보고서야 마음이 놓이는 듯한 표정이었다.

"얼마예요?"

"네. 육천사백 원입니다."

정혜 누나는 얼른 만 원짜리 지폐를 꺼내 내밀었다. 아저씨는 거스름돈을 꺼내주고선 재빨리 나가버렸다.

"자, 먹자. 저 아저씨도 겁이 나서 도망치는 거야."

정혜 누나는 재미있다는 듯이 웃었다.

"누나는 이제 안 무서워?"

춘호는 랩으로 씌워진 자장면 그릇을 벗기면서 물었다.

"응. 그냥 사장님이 살아 있는 것 같은 기분이야. 이상하지?"

"으응, 나도 그래. 누나, 먹어."

두 사람은 자장면을 먹다가 서로 눈길이 마주치면 킬킬거리며 웃었다.

"너, 자장면 잘 먹는구나."

"누나, 난 자장면 집에서 일했잖아. 거기서는 하루 세 끼를 다 자장면으로 먹어본 적이 있어."

"훗. 왜? 밥도 먹고 그러지."

"고아원에서 나와서 배를 곯았거든. 그래서 중국집에 취직이 되면 맨날 자장면만 먹었으면 하고 생각을 하곤 그랬어. 하루 세 끼 다 자장면으로 먹어도 안 질려."

"그래도. 하루 세 끼 다 면으로만 먹으면 안 되는 거야. 밥도 먹어야지. 짜장은 그냥 간식으로 먹어야 돼."

정혜 누나는 자장면을 이리저리 휘저어 나무젓가락에 걸치고선 조금씩 입에 집어넣었다.

"너, 여기서 혼자 잘 수 있어?"

"왜?"

춘호는 자장면을 먹으면서 누나를 쳐다보았다.

"무섭잖아."

"난 고아원에서 탈출만 할 수만 있다면 무엇이든지 다 할 수 있을 거라고 생각했어. 무서운 것도 없는 걸."

"……."

"누나는 무서워?"

"응. 약간."

"난 안 무서워. 문을 잠그면 하나도 안 무서울 거야."

"오늘은 누나가 여기서 잘까?"

"누나도?"

춘호는 눈을 동그랗게 떴다.

"응. 춘호 네가 혼자 자는 게 그래서 그래."

"난 괜찮아. 걱정마."

"괜찮아. 오늘밤만 누나가 여기서 잘게. 자보고 나서 무서우면 내일부터는 안 잘 거니까."

"그래. 그건 그렇게 해. 누나가 있으면 하나도 안 무서워."

"그래. 내 꺼 더 먹어."

정혜 누나는 자신의 그릇에 남아 있는 자장면을 덜어서 춘호의 그릇에다 담아주었다.

식사를 하고 나서 춘호는 공부를 하기 시작했다. 정혜 누나가 가르쳐주는 문제를 풀어보고, 춘호가 문제를 푸는 동안에 정혜 누나는 춘호가 문제를 어떻게 푸는 지를 살펴보고 있었다.

"그래. 그렇게 하면 돼. 공식을 대입하면 쉽지?"

"응."

춘호는 문제를 풀고선 다시 좀 더 어려운 문제를 선택했다.

"너, 이거 풀 수 있겠니?"

"응. 좀 가르쳐줘."

춘호는 누나가 도와주는 대로 문제를 풀어나갔다. 수학을 풀고 나서 이번엔 영어 공부를 하기 시작했다. 춘호에게는 영어라는 것이 외국어여서 호기심을 불러 일으켰다. 단어 하나를 외우면서 문장 하나의 뜻을 해석한다는 것이 여간 기쁘지 않았다. 춘호는 무엇보다도 정혜 누나가 가르쳐주는 것이 기분이 좋았다.

"춘호야."

정혜 누나가 불렀다.

"응?"

춘호는 누나를 쳐다보았다.

"너, 나중에 고등학교를 마치고 나면 대학도 들어갈래?"

"응."

춘호는 그러겠다는 표시로 고개를 끄덕였다.

"넌 어떤 일을 하고 싶니? 대학에 가면 자기가 하고 싶은 전공이 있거든."

"나?"

"응."

"으응……. 난 의사가 되고 싶어."

"의사? 왜?"

"돈도 많이 벌고……. 의사가 되면 좋잖아. 아픈 사람들한테 치료도 해주고."

"의사가 되려면 진짜로 공부 많이 해야 돼. 그냥 보통으로 해선 안돼. 그리고 의사가 되려면 돈이 많이 들어."

"돈이 왜? 등록금 말이야?"

"의대는 등록금이 비싸. 그리고 공부도 많이 해야 되고. 다른 대학은 4년만 공부하면 되지만 의사가 되려면 6년을 공부하고, 다시 인턴이라는 과정을 2년 거쳐야 되고, 다시 레지던트라는 기간을 거쳐야 겨우 진짜 의사가 되는 거야. 딱 십년이나 걸려야 의사가 되는 거야."

"그렇게 길어?"

"응."

"그럼 나 의사 안 할래. 딴 걸로 할래."

"그럼 어떤 거?"

"판사나 검사가 돼서 배호 형처럼 불쌍한 사람들을 도와주고 싶어. 누나, 판사나 검사가 되려면 어떻게 해야 돼?"

"으응. 그런 사람이 되려면 법을 공부하는 대학으로 들어가야 돼. 거기서 법을 배우는 거야. 법을 공부하다가 고시라는 시험을 쳐서 합격하게 되면 판사나 검사가 될 수 있어."

정혜 누나는 맑은 목소리로 설명을 해주었다.

"난 형이 불쌍해. 아무런 죄도 없어. 배달하러 나갔다가 오토바이 사고로 감방에 들어가 있는 거니까."

"춘호야."

"응?"

"이 세상엔 가난하고 불쌍한 사람들이 많아. 마음씨 좋고 죄가 없는 사람들이 억울한 일을 당하는 수가 많아. 왜 그런지 아니?"

"왜 그래?"

"마음이 착한 사람들이라서 그래. 마음이 악한 사람은 자기의 욕심만 채우려고 해서 그런 거야. 누나는 술집에서 일하면서 그런 거 많이 봤어. 사람은 겉모습만 보고서는 아무것도 몰라."

"……."

춘호는 정혜 누나의 눈빛을 바라보고 있었다. 짙게 화장을 하지 않은 누나의 얼굴은 약간 피곤해 보이기도 했다.

"춘호는 나중에 커서 좋은 일 많이 하는 사람이 돼야 해. 너, 교회에 나가봤니?"

"응. 고아원에 있을 때에 교회에서 왔었어. 먹을 것들을 갖고 와서 사진 찍고, 목사라는 사람이 설교도 하고 했어."

"누나는 어렸을 때부터 교회에 다녔어. 초등부를 가르치기도 했고……."

"……?"

"누나가 왜 이런 술집에 나왔는지 모르지?"

"응……."

"누나는 집이 가난해서 그래. 대학을 다니면서 등록금을 내야 하는데……. 등록금을 벌기 위해서 애들을 가르치기도 했고, 돈을 받아서 내 학비도 대고, 시골에 있는 동생한테 학비를 보내주기 위해서 돈을 많이 벌 수 있는 술집으로 나와야겠다는 생각으로 나오기 시작한 거지. 이런 곳에 나오면 못 빠져나간다는 것을 알면서도……."

"……."

춘호는 눈시울이 붉어질 것만 같은 누나의 얼굴을 쳐다보면서 손을 잡았다. 정혜 누나도 춘호의 손을 쥐었다.

"대학을 졸업해도 동생 학비 때문에 이곳을 빠져나갈 수 없었던 거야. 쉽게 돈을 벌 수 있다는 생각 때문에……. 이런 누나가 한심하지?"

"아니."

춘호는 도리질을 했다.

"넌 아직 몰라서 그래. 아직은 어리니까……."

"……."

"세상은 돈 있는 자와 권력을 가진 자가 마음껏 칼을 휘두르기 때문에 가난하고 불쌍한 사람들이 숨도 제대로 쉬지 못하는 거야. 깨끗하고 맑은 사람들이 더 잘 살아야 하는데도 말이야."

"누나. 그건 왜 그래? 열심히 일을 안 해서 그래?"

"원래 가진 게 없는 사람은 늘 가난하게 살아가게 돼 있어. 아주 열심히 노력한 사람은 그게 아니겠지만……. 그런 경우는 드물어."

"그럼 누나 동생도 열심히 공부해서 돈 많이 벌면 누나도 부자가 될 수 있겠네?"

"그래. 난 그래서 동생한테는 공부하는 데에 돈이 모자라지 않도록 보내주고 있는 거야."

"……."

정혜 누나의 그 말을 들으면서 춘호는 갑자기 우울해졌다. 자신에겐 핏줄이라곤 아무도 없는 것이 아닌가. 어렸을 때에 부모를 잃어버리고 나서 고아원에서만 살아왔던 자신의 그동안의 모습이 너무나 외톨이 같다는 생각이 들기 시작했다.

"가족이란 중요한 거야. 춘호는 혼자서 살아왔으니까 나중에 커서 결혼해서 같이 살게 되는 여자한테는 잘 해줘야 할 거야."

"누나. 난 나중에 커서도 결혼 같은 거 안 할 거야."

춘호는 재빨리 대답을 했다.

"왜?"

"결혼 싫어. 누구랑 같이 산다는 건 싫어. 그냥 혼자만 살면 안돼?"

"왜 그래? 나중에 나이 들어서 어른이 되면 결혼해야지."

"난 고아원에서부터 그런 생각을 했거든. 괜히 결혼해서 애를 낳고 나서, 둘이 싸우거나 한쪽이 먼저 죽거나 하면 불쌍해지잖아. 그래서 결혼 같은 거 안 하는 게 낫겠다고 생각했어."

"결혼해 보지도 않고?"

"고아원에 들어온 애들은 다 그래. 부모가 버려서 들어온 애들도 있고, 부모가 죽어서 들어온 애들이야. 난 어른이 되는 게 싫어."

"너도 나이 들면 어른이 되는 거야. 어른이 안 되겠다고 해서 어른이 안 되는 게 아냐. 그보다는 어른이 되어서 좋은 사람이 될 거라고 생각하면 더 좋지. 안 그러니?"

정혜 누나는 설득력 있게 말을 했다.

"그래도 난 어른이 되는 게 싫어. 마음은 늘 어린아이처럼 그대로 남아 있었으면 좋겠어."

"그래. 그건 좋은 거야. 어른이 되면 자꾸 세상의 돈을 바라보게 되거든. 자꾸 돈만 알게 되는 거야. 돈은 필요한 거니까."

"그럼 돈 때문에 어른들이 그렇게 되는 거야?"

"그럴 수도 있지. 이 누나도 돈 때문에 이런 곳에 나오는 거야. 누나에게 돈이 많으면 이런 곳에 나올 필요가 없지. 너도 돈이 많았으면 이런 곳에서 청소나 하고 있었겠니?"

"……."

"그래서 누나는 춘호가 열심히 공부해서 좋은 사람이 되는 게 이 세상을 이기는 방법이라고 생각해. 공부 열심히 할 수 있지?"

"응."

춘호는 고개를 끄덕였다.

"그래. 공부 더 할래?"

"아니. 오늘은 됐어. 누나가 피곤하잖아?"

"그래. 오늘은 많이 했어. 이제 잘래?"

"응."

춘호는 정혜 누나가 일어서는 것을 보고서 소파에서 일어났다. 공부하던 책들을 싸가지고 사장실을 나왔다. 춘호가 기거하는 좁은 방은 두 사람이 눕기에 딱 알맞은 크기였다. 책상도 없는 임시 방이나 마찬가지였다. 정혜 누나는 춘호가 기거하는 방은 처음 들어와 본 셈이었다.

"좁구나."

"응, 그래도 괜찮아. 나 혼자 있기에는 안 비좁아. 누나 먼저 씻어."

춘호의 말에 정혜 누나는 망설였다.

"나가기가 그렇다. 오늘은 그냥 자자."

"……."

춘호는 아직도 누나가 무서워한다는 것을 알 수 있었다.

"아침에 일찍 일어나면 씻으면 돼. 그냥 누워."

"응. 누나, 불 끌까?"

"응."

춘호가 불을 끄자, 정혜 누나는 옷을 벗기 시작했다. 춘호는 누나의 옷 벗는 모습을 보지 않으려고 뒤로 돌아서서 옷을 벗기 시작했다. 옷을 벗은 정혜 누나가 먼저 이불 속으로 들어가고, 춘호는 누나 옆에 누웠다. 정혜 누나는 춘호를 옆으로 오게 해서 껴안아 주었다.

"넌 안 무섭니?"

"응. 누나는 아직도 무서워?"

"응. 약간."

"난 괜찮아. 여기 들어올 사람도 없는 걸."

"그래……."

"누나는 대학을 나왔는데 다른 곳에 취직할 수 있잖아?"

"……."

정혜 누나는 춘호를 껴안은 채로 가만히 있었다.

"사장님이 나오면 다시 술집을 할까?"

"몰라……."

"근데 왜 나보고 여길 지키고 있으라고 그랬지?"

춘호는 누나에게 묻고 싶었다.

"……."

정혜 누나는 무언가를 깊이 생각하고 있는 듯했다.

"누나, 누나는 부자가 되면 무얼 하고 싶어? 난 부자가 되면 멋있는 고아원을 지어서 원장이 되었으면 좋겠어."

"왜?"

정혜 누나는 옆에 누워서 쳐다보고 있는 춘호를 바라보았다. 어둠 속에서 춘호의 얼굴이 보였다.

"그냥. 고아원에는 불쌍한 애들이 많아. 그래서 그래. 맛있는 것도 사주고……. 좋은 옷도 입혀주고 싶어서 그래. 맨날 헌 옷을 가져다가 입혀주거든."

"고아원이 가난하니까 그렇지. 바깥에 있는 사람들은 돈이 많으니까 좋은 옷을 사 입는 거고."

"고아원에 있으면 어른들이 찾아오는 것도 싫어. 먹을 것들과 옷가지들을 들고 찾아오지만 난 왜 그런지 엄마 아빠 생각이 나서 괜히 미워지곤 했거든."

"……."

"누나, 내가 잘못된 거야?"

"아니. 사춘기 때는 반항심이 생겨. 그래서 그랬을 거야."

"누나, 난 이담에 돈을 벌면 돈 있는 사람들에게 복수를 하고 싶어."

"?!"

정혜 누나는 춘호를 쳐다보았다.

"난 그런 사람들이 싫어. 고아원에 있는 애들을 마치 애완용 개인 것처럼 찾아와서는 얼굴만 비치고 가버리곤 했거든. 거기 애들은 겉으론 웃지만, 속으로는 어떤 생각을 하는지 알아?"

"어떤 생각을 해?"

"거기 있는 애들은 다들 입으로 말은 안 하지만……. 바깥세 상에서 사는 어른들한테 미움을 갖고 있어."

"춘호야."

정혜 누나는 조용히 불렀다.

"응?"

"춘호는 아직 사회라는 것을 몰라서 그래. 사회란 아주 복잡 해. 선한 사람이 있는가 하면, 나쁜 사람이 있고. 별별 사람들이 다 있는 거야. 누나는 이 술집에 있으면서 그런 사람들 많이 봤 어. 어린 너한테는 다 말할 수 없을 정도로 이상한 사람들이 많 아. 그런 걸 생각하면 단 하루도 살고 싶지 않을 때가 많아."

"……?"

춘호는 어둠 속에서 누나의 얼굴을 쳐다보았다. 정혜 누나가 춘호를 껴안으면서 머리에다 얼굴을 갖다댔다. 춘호는 알 수 있었다. 자신의 머리카락에 와 닿는 물기를. 정혜 누나의 눈에서 눈물이 흐른다는 것을.

"누나……."

춘호가 입을 열었다. 그러나 누나는 조용하기만 할 뿐이었다.

"누나, 울어?"

"아니……."

누나는 춘호가 고개를 들까봐 꼬옥 끌어안은 채로 춘호의 머리에 얼굴을 갖다댄 상태로 움직이지 않고 있었다. 춘호는 누나의 눈에서 흘러내리는 눈물의 의미를 어렴풋이나마 이해하려고 애를 썼다. 술집에서 일하면서 독한 술을 마셔야 하고, 손님의 기분을 맞춰주기 위해서는 자신의 몸 일부분을 내어놓고서 허용해야 한다는 것과, 술취한 남자의 짓궂은 손짓에도 무감각한 듯이 받아주어야 하는 그런 모습들을 생각하고 있었다.

정혜 누나는 술집이 문을 닫을 시간이 되면 다른 누나들과는 달리 남자 손님과 같이 외박 같은 건 절대로 나가지 않았다. 춘호는 영업이 파하는 시간에 남자와 같이 외박을 나가는 누나들을 보며 속으로 얼마나 안타까웠는지 모른다. 왜 하필이면 술취한 남자들의 손에 이끌려 외박을 해야 하는가 하는 생각이었다. 돈을 위해서? 아니면 진정으로 마음에 드는 남자여서? 그것도 아니라면 술이 취해서 술김에 외박을 나간다는 것인가?

춘호는 외박을 나가는 것을 이해하지 못했다.

젊고 예쁘고 늘씬한 누나들이 제멋대로 생겨먹은 술에 취한 남자의 몸에 기대어 외박을 따라나가는 모습을 바라보고 있노라면 괜히 울화가 치밀어 오르곤 했었다.

"누나……."

"……."

"누나, 자?"

"……."

정혜 누나는 마치 잠든 것처럼 조용하기만 했다.

"……."

춘호는 조심스럽게 누나의 팔 안에서 빠져나왔다. 그리고는 누나의 얼굴을 바라보았다. 어둠 속에서 누나의 얼굴이 보였다. 누나는 눈물을 흘리면서 잠이 든 것 같았다.

"……."

춘호는 누나의 눈 밑에 흐르다가만 눈물 자국을 손으로 닦아 주었다. 누나는 조용히 잠들어 있었다. 이번엔 누나의 목 밑으로 한 손을 넣어 껴안았다. 그리고는 한 손으로 누나의 가슴에 손을 대어보았다. 봉긋하게 솟아오른 젖가슴이 부드럽게 느껴져 왔다. 마치 엄마의 젖가슴처럼 느껴져 왔다.

'난 돈을 벌면 누나 같은 여자하고 결혼할거야. 난 누나 같은 사람이 좋아.'

춘호는 마음속으로 그런 생각을 하기 시작했다.

## 허무한 세상

춘호는 아침 일찍 가게를 나섰다. 라면을 끓여 먹고선 버스를 탔다. 교도소로 가는 버스 안은 출근 시간이 지난 뒤라 자리가 텅 비어 있었다. 교도소에서 내린 춘호는 정문을 통과해 접견실로 들어갔다.

"야, 꼬마. 오늘 또 왔네? 몇 번이지?"

접견실의 창구에 있는 교도관 여자는 춘호를 보고선 아는 체를 했다.

"2245번요. 1936번도 같이 해주세요."

"그래. 알았다."

여자 교도관이 접견표를 기재하는 동안, 춘호는 창구 앞에 서서 안쪽에 앉아 있는 교도관들의 어깨에 달린 계급장들을 하나씩 헤아리고 있었다. 창구에 앉아 있는 여자 교도관들은 거의가 잎파리

"아니. 같은 동이지만. 내가 있는 방하고는 떨어져 있어. 내 방에서 세 칸 정도 떨어져 있는 방에 있는 사람이 맞구나."

"그럼 형하고 같은 동에 있다는 거야?"

"응. 그 사람, 교도관들하고 무지 친해. 방에서는 왈왈이라고 그럴 정도야."

"왈왈이가 뭐야?"

춘호의 질문에 배호 형은 잠시 옆에 앉아 있는 교도관을 흘끗 쳐다보았다. 교도관은 배호가 하는 말을 흘려듣는 듯이 기록부에만 신경을 쓰고 있는 듯했다. 재소자와 교도관의 사이에서 일어나는 일은 눈감아 주겠다는 뜻이었다. 배호는 교도관의 그러한 모습을 보고는 안심이 되었다.

"으응. 방에서 잘 나간다는 뜻이야. 교도관하고 친하다는 뜻이지."

"그럼 어떻게 되는 거야?"

"하하, 그런 게 있어. 범털이라는 거지 뭐. 감방에선 개털이 있고, 범털이 있는 거야. 범털이 되려면 돈이 많아야 돼. 그래야 범털 소리를 듣는 거야."

"아……."

"하하, 이제 알았냐? 나 같은 놈은 개털이라고 그래. 개털은 맨날 설거지나 하던가, 삥끼통 청소나 하는 거지 뭐."

"형. 내일 나와?"

춘호는 다시 확인하고 싶었다.

"그래. 내일 법정에 와볼래?"

"응. 몇 시야?"

"오전 10시. 재판받고 나서 나가는 건 저녁에 나갈 거야."

"알았어. 내일 법원으로 갈께. 먹을 것 넣었어."

"너, 돈 없을 텐데 뭐하러 넣었니. 내일이면 나가는데."

"그래도……. 내일 나오니까 마지막이잖아."

"그래. 고맙다."

배호 형은 기분 좋은 듯이 웃음을 띠었다. 벨소리가 울리고 나자, 춘호는 유리에 가까이 다가가서 배호 형의 얼굴에 입이라도 맞출 듯이 씨익 웃어보였다.

"그래. 잘 가."

배호는 춘호에게 손을 들어주었다. 면회실 문 바깥으로 나오면서 배호 형에게 다시 한번 손을 흔들어주었다.

다시 접견실에서 기다린 춘호는 순번에 따라 사장을 면회하기 위해 면회실로 들어갔다.

"사장님. 잘 지내셨어요?"

"그래. 가게에서 오냐?"

"네."

"별일은 없고?"

"네."

"누구 찾아오는 사람은 없었냐?"

"없었어요."

"너, 돈은 있나?"

"네."

"얼마나 있어?"

"오만이천 원요. 뭐 좀 넣어드릴까요?"

"됐어. 안에서 사먹으면 돼. 돈 필요하냐?"

"아뇨."

"알았다. 너한테 돈 보내주도록 할게. 가게 잘 지켜야 한다."

"네."

"그럼 가봐라. 봤으니 됐어."

사장은 아직 면회시간이 남았는데도 할 말만 하고서 뒤돌아섰다.

"그럼, 사장님. 안녕히 계십시오."

춘호는 돌아서서 나가는 사장의 등에다 대고 꾸벅 인사를 했다. 바깥으로 나온 춘호는 가게로 가기 위해서 버스를 탔다.

가게로 와서는 혼자서 물청소를 하기 시작했다. 바닥에다 수도 호스로 물을 뿌리고선 하이타이를 풀어놓고선 봉걸레로 바닥을 씻어내고 있었다. 넓은 홀 안은 어린 춘호가 혼자서 물청소를 하기엔 벅찰 정도였지만 물을 뿌리는 재미가 있었다. 물이 흥건한 바닥에다 봉걸레를 밀고 다니면서 청소를 하면서 등에 땀이 날 정도였다. 홀 안을 청소하고 나서 복도를 닦고 있는데, 문쪽에서 무슨 소리가 났다.

"뭐하냐?"

그 소리에 춘호는 깜짝 놀랄 수밖에 없었다. 흠칫 놀라 뒤를 돌아보니 제갈 형사가 서 있었다.

"웬일이세요? 저, 청소하고 있어요."

"그래. 잘 있었냐? 무섭지는 않아?"

"무섭긴요. 웬일로 여길 다 오세요?"

"응. 지나다가 한번 들렀지. 청소 많이 남았냐?"

"홀은 다 했어요. 안으로 들어가세요."

춘호는 얼른 봉걸레를 벽에 기대놓고는 사장실 문을 열어주었다. 제갈 형사는 사장실이 말끔하게 청소되어 있는 것을 보고는 춘호를 보며 씨익 웃었다.

"식사는 하셨어요? 전 아직 안 먹었는데."

"그래? 그럼 나하고 같이 먹자. 나도 안 먹었으니까. 뭐 시킬래?"

"자장면 어때요?"

제갈 형사는 피식 웃고는 고개를 끄덕였다.

춘호는 중국집에다 전화를 걸었다. 자장면 곱배기 하나와 보통으로 하나를 주문을 했다.

"너 곱배기 먹냐?"

"네. 청소하니까 배고파서요."

"그래. 이건 내가 내지."

제갈 형사는 만 원권 지폐 한 장을 꺼내서 탁자 위에 올려놓았다.

"저도 돈 있어요."

춘호가 돈이 있다면서 지폐를 밀어내자, 제갈 형사의 만류에 춘호는 지폐를 그대로 놔두었다.

"됐어, 임마. 내가 더 돈이 많지. 이걸로 내."

"사장한테 면회 갔다 왔냐?"

"네. 오늘 갔다 왔어요."

"그래? 뭐라고 그래?"

"그냥……. 아무 말도 없었어요. 돈이 필요하냐고 묻고……. 먹을 거 좀 넣어주려고 그랬더니 필요 없대요. 안에서 사먹는다고 그랬어요."

"그래?"

제갈 형사는 호기심어린 눈빛으로 춘호를 쳐다보았다.

"형도 면회하고 왔어요. 내일 재판받으면 나올 거래요."

"그래. 잘 됐네."

제갈 형사는 담배를 꺼내 불을 붙이고는 소파 뒤로 등을 기댔다. 춘호가 걸레로 책상과 의자를 닦는 것을 지켜보고 있었다.

"아직 범인을 못 잡았어요?"

"응. 꼬리가 안 잡혀."

제갈 형사는 대수롭지 않은 듯이 말했다.

"이젠 누나들이랑 웨이터 형들도 안 부르겠네요?"

"그래. 이젠 부를 필요가 없지."

그렇게 말을 하는 제갈 형사의 눈에 허탈함이 배어나오고 있었다.

"그때, 내가 잘 봤으면 확실히 좋았을 건데……."

춘호 역시 아쉬운 듯이 말을 했다.

"할 수 없지. 너야 어리니까 무슨 일인지 모르고서 그 놈들을 봤으니까 기억에 없지."

"그 형들 지금 보면 알 수 있을 건데……."

"하하, 지금 보면 나도 알 수 있지."

제갈 형사는 크게 웃었다.

춘호는 히죽 웃고는 다시 책상을 닦기 시작했다. 문을 두드리는 소리가 났다. 춘호는 얼른 걸레를 놔두고서 문 쪽으로 달려갔다.

"누구 오냐?"

"아뇨. 중국집에서 배달 왔을 거예요."

춘호는 얼른 바깥으로 나가서 중국집 배달을 온 아저씨를 데리고 들어왔다. 중국집 아저씨는 낯선 제갈 형사를 쳐다보고는 자장면을 꺼내놓기 시작했다.

"맛있게 드십시오."

"돈요."

춘호가 재빨리 지폐를 내밀었다. 그리곤 거스름돈을 받아 쥐었다. 제갈 형사는 춘호가 맛있게 자장면을 비비는 것을 보고는 나무젓가락을 찢어서 자장면을 비비기 시작했다.

"사장은 안에서 돈이 많은가 보지?"

제갈 형사가 은근히 물었다.

"그런가 봐요. 사장이니까 돈 많을 거예요."

춘호는 대수롭지 않게 대꾸하고는 자장면을 먹는 데에 정신을 파는 듯했다.

"돈은 어떻게 보내준데? 너한테 말이야."

"그건 모르겠어요."

춘호는 멀뚱하게 제갈 형사를 쳐다보았다. 춘호의 입가엔 벌써 짜장이 묻어 있었다.

"너도 여기서 살려면 돈이 있어야지."

"네……."

"……."

제갈 형사는 더 이상 말을 하지 않았다. 묵묵히 자장면을 먹기 시작했다. 춘호는 곱배기 한 그릇을 다 비우고 나서 단무지를 하나 집어 입에 집어넣었다.

"물 드릴까요?"

"그래."

춘호는 곧장 일어나서 냉장고를 열어 생수를 꺼내 컵에 따랐다. 제갈 형사가 담배를 피우고 있는 동안, 춘호는 다시 사무실 안을 청소하기 시작했다.

"나 간다. 다음에 또 놀러 오지. 여기 누가 오나?"

"네? 아, 누나가 가끔 와요."

"누나? 누구?"

"정혜 누나요. 나한테 공부 가르쳐주러 오거든요."

"으응. 정혜는 아직 취직을 못했나?"

"네. 그냥 집에서 쉬고 있는데요."

"그래. 알았다. 무슨 일 있으면 나한테 연락해라."

"네."

춘호는 따라나가서 제갈 형사를 배웅하고는 안으로 들어왔다.

청소를 다 끝내고 나니 저녁 무렵이었다. 고단한 탓에 방으로 들어가 누웠다가 깜박 잠이 들고 말았다. 온 몸에서 몸살기운이 있는 것처럼 열이 끓기 시작했다. 춘호는 눈을 떴다가 구역질을 하면서 토하기 시작했다. 쓰레기통에다 얼굴을 갖다 대기도 전에 입에서 토사물이 올라왔다. 방바닥에 토한 춘호는 낮에 먹은 자장면들이 그대로 쏟아졌다.

이번에는 배가 아파오기 시작했다. 마치 창자를 비트는 듯한 통증이었다. 춘호는 앞으로 고꾸라진 채로 배를 움켜잡았다. 뱃속이 마치 칼날로 후벼파는 듯한 아픔이 다가왔다. 춘호는 이를 악물고서 고통을 이겨보려고 애를 썼다. 시계를 보니 벌써 열한 시 반을 가리키고 있었다. 이마에선 진땀이 흐르고 배를 움켜잡고 있는 손바닥에도 진땀이 흥건하게 배어나와 있었다.

이 시간이라면 약국도 문을 닫았을 시간이었다. 춘호는 가까스로 일어나 벽면을 잡고서 밖으로 나갔다. 어두컴컴한 복도를 더듬으면서 출입구 쪽으로 다가갔다. 문을 열고서 바깥으로 나갔다가 그대로 쓰러지고 말았다. 어디선가 소란한 소리가 들리는 것 같았지만 춘호는 더 이상 의식이 없었다.

춘호는 길을 가던 대학생들에 의해 119로 신고가 되었고, 119 구급대가 와서 앰뷸런스에 실을 때까지도 모르고 있었다. 병원에 도착한 119 구급대는 응급실로 데려갔고, 주사를 맞은 춘호는 그제야 의식이 드는 듯했다.

"여기 어디예요?"

춘호는 하얀 가운을 입은 간호사에게 물었다.

"병원이야. 너, 식중독이더라. 그냥 누워 있어."

간호사는 춘호가 일어나려는 것을 붙잡았다.

"왜 여기 와 있어요?"

"식중독이라니까. 배 안 아파?"

"조금요."

춘호는 창자가 아픈 것을 느끼고는 그 자리에 누웠다.

"119 구급대가 데려왔어. 부모님 계시냐?"

"……없어요."

"왜? 그럼? 혼자야?"

"네……."

"친척들은?"

"……없어요."

춘호의 말에 간호사는 놀란 듯이 춘호를 쳐다보았다.

"저 혼자예요. 정말이에요."

"……?"

간호사는 약간 놀란 듯이 눈을 동그랗게 뜬 채로 다가오고 있는 의사에게 춘호를 가리키면서 고아라는 말을 했다.

"그래도 할 수 없지. 일단 식중독은 나아야 하니까. 그래. 이젠 좀 어떠냐?"

젊은 의사는 친절했다.

"아까보단 좀 나아요."

춘호는 이제야 살 것 같은 기분이었다. 아래쪽 배가 약간 쑤시긴 했지만 그런대로 견딜 만했다.

"토했으니까 좀 나을 거다. 주사도 맞았고."

"……네."

"너, 부모 없니?"

"네."

"그럼 어디서 살아?"

의사는 궁금한 듯이 물었다.

"술집 가게에서 살아요. 사장님이 거기 있으라고 했어요."

"거기서 뭐해?"

"청소하고 그래요. 지금은 문 닫았어요."

"그럼 혼자 있나?"

"네."

"……?"

의사는 간호사를 쳐다보았다. 간호사 역시 의사를 쳐다보며 어색한 웃음을 짓고 있었다.

"그래. 좀 있으면 나을 거다. 어디 아프면 간호사 불러."

"네."

의사는 곧 다른 환자에게로 가버렸다. 그러자, 간호사도 의사를 따라 다른 침대로 가버렸다. 춘호는 응급실의 부산함을 바라보며 눈을 감았다. 조금 전까지만 해도 배가 뒤틀리듯이 아프던 것이 금세 가라앉고 있는 듯했다. 팔에는 링거 주사가 꽂혀 있었다. 링거 병에서 떨어지는 맑은 수액이 가느다란 호스를 타고 팔뚝 안으로 스며들고 있는 게 보였다.

춘호는 이날 이때까지 한 번도 아파본 적이 없었다. 고아원에서 자랄 때에도 조금 상했다 싶은 음식을 먹었어도 밤에 탈이 난 경우는 없었다. 고아원에서는 먹을 것이 없어서 못 먹었지, 먹을 만한 건 죄다 먹었지만 식중독과 같은 고통에 시달린 적은 없었던 것이다.

먹은 것들을 다 토하고 나서인지 배가 고픈 듯했다. 눈을 감고 있으면서 어서 빨리 가게로 돌아가 라면이라도 끓여먹고 싶은 마음뿐이었다.

춘호는 눈을 떠서 걸어오는 간호사에게 말을 건넸다.

"누나. 언제 퇴원하면 돼요?"

"응? 아침쯤에 안 아프면 퇴원해도 될 거야."

"이제 전 안 아픈데요? 지금 퇴원하면 안 돼요?"

춘호는 거짓말을 하고 있었다. 어서 빨리 병원을 나가고 싶어서 아프지 않다고 말을 하는 것이었다.

"아직은 아플 걸? 안 아파?"

"네."

춘호는 병원이란 곳이 싫었다. 병원은 마치 고아원과 같다고 생각되었다. 온통 하얀색으로 된 천정과 벽이 다시 고아원으로 들어온 듯한 기분이 들게 했다.

"그럼 의사 선생님 오시면 그렇게 말해."

간호사는 그렇게 시키고는 다른 환자를 둘러보고 있었다. 춘호는 잠시 기다렸다가 응급실로 들어오는 의사에게 이제 안 아프다고 말하고선 퇴원해도 좋다는 말을 들었다. 간호사가 링거 주사를 뽑고 나서 침대에서 내려왔다.

"누나. 고맙습니다."

춘호는 꾸벅 인사를 하고는 응급실을 나왔다.

바깥은 캄캄한 새벽이었다. 여기가 어디쯤인지 알 수가 없었다. 춘호는 자신이 가게에서 쓰러져서 앰뷸런스에 실려왔다면 그리 멀지 않을 것이라는 생각으로 무작정 찻길이 있는 곳으로 걸어갔다. 찻길에서부터 여기가 어딘지를 알아보는 것이 빠를 것이라는 생각이 들었다. 상점의 간판들과 버스 정류장의 푯말을 보고서야 두 블럭쯤 떨어진 곳이라는 사실을 알 수 있었다.

춘호는 가게가 있는 쪽으로 걷기 시작했다. 새벽 두 시의 거리는 취객들로 휘청거리고 있었다. 길거리에 쪼그리고 앉아 토악질을 해대고 있는 사람들과, 길바닥에 쓰러져 잠이 든 사람들과, 택시를 잡기 위해 찻길로 뛰어들어 손을 흔드는 사람들로 밤거리는 얼룩지고 있었다. 춘호는 걷다가 아랫배가 당겨오면 그 자리에 잠시 멈추다가 다시 걷곤 했다. 아직은 배가 조금 아팠다. 춘호는 길가에 있는 공원으로 들어가서 벤치에 앉았다.

밤하늘을 올려다보니 별들이 총총 빛나고 있었다. 춘호는 자신도 모르게 눈물이 흘러내렸다. 고아원에서 수도 없이 올려다본 밤하늘이었다. 그때는 밤하늘에 떠 있는 별만 봐도 눈물이 절로 흘러내리곤 했다. 창문으로 보이는 밤하늘의 별들을 보다가 슬그머니 눈물이 흘러내리면 이불로 얼굴을 가리고서 혼자 울곤 했던 것이다.

엄마…….

아빠…….

춘호는 기억도 나지 않는 엄마 아빠를 불러보곤 했다. 다른 아이들이 곤히 잠든 시간에 춘호는 혼자서 엄마 아빠를 부르다가 잠이 들 때가 많았다.

그런 날은 가끔씩 꿈을 꾸곤 했다. 넓은 초원에서 마차를 타고 온 엄마 아빠를 만나 토끼풀꽃과 네잎 클로버를 찾다가 문득 고개를 들어보면 마차는 온 데 간 데가 없어지고, 엄마 아빠도 보이질 않았다. 그럴 때마다 춘호는 부리나케 뛰어가면서 엄마 아빠를 찾다가 꿈에서 깨곤 했었던 것이다.

춘호는 꿈속에서도 정확하게 엄마 아빠의 정확한 얼굴을 본 적은 한 번도 없었던 것이다. 좋은 옷을 입고, 잘 꾸며진 꽃마차를 타고 온 사람들이 엄마 아빠라는 것만 기억났을 뿐이다.

"……."

춘호는 밤하늘에 떠 있는 별들을 바라보며 마음속으로 엄마, 아빠를 불러보았다. 누군가 옆에 있다면 부끄러웠겠지만 다행히 주위엔 아무도 없었다.

새벽의 공원 안은 쓸쓸하기만 했다. 다시 일어나 걷기 시작한 춘호는 동네로 들어서고 있었다. 낯익은 간판들과 자장면을 배달시켜 먹었던 중국집 간판이 보였다. 가게 앞에 도착한 춘호는 가게 문이 그대로 열려져 있는 것을 발견할 수 있었다.

안으로 들어가서 문을 잠그고는 홀 안의 불을 죄다 켜놓았다. 텅 빈 무대와 테이블들이 눈에 들어왔다. 테이블 중앙으로 걸어가서 무대 위로 올라갔다. 무대에 선 춘호는 마이크를 잡고서 테이블 쪽을 바라보았다. 그리고는 천천히 노래를 부르기 시작했다.

엄마야 누나야 강벼언 사알자
뜰에는 반짝이는 금모래빛
뒤잇뜰 밖에는 갈잎의 노오래
엄마야 누나야 강변 사알자

전원이 들어오지 않는 마이크를 잡고서 노래를 부르는 춘호의 눈에서는 눈물이 흘러내리고 있었다. 그리고 다시 노래를 부르기 시작했다.

꽃피이는 동백섬에 봄이 왔거언만

형제 떠나난 부산항앙에 갈매기만 슬피이 우우네
오륙도 돌아가는 연락선마다 부딪쳐 슬퍼하며…….

춘호는 어른들이 즐겨 부르는 노래를 부르고 있었다. 텅 빈
홀 안은 춘호의 목소리만이 울려 퍼지고 있었다. 노래를 부르고
난 춘호는 배가 아픈 줄도 몰랐다.

복도에 불을 켜고서 사무실로 들어갔다. 환하게 켜진 사무실
안은 도리어 무서웠다. 오늘따라 춘호는 사무실 안이 무섭게만
느껴졌다. 여사장이 앉았던 책상 뒤의 의자에는 가까이 가기가
싫을 정도였다. 전에 같았으면 엄마 같은 여사장이었다는 생각
때문에 그쪽으로 가고 싶었지만 오늘은 왠지 다가가고 싶지 않
았다. 소파에 앉은 춘호는 책상 쪽을 여러 번 살펴보다가 아무
런 이상이 없는 것을 알고는 눈을 감았다. 아직도 머릿속은 흔
들리고 있는 것 같았다. 배가 고팠지만 라면을 끓여먹을 기분은
아니었다.

잠이 들 것 같은 기분을 느끼고서 사무실을 나왔다. 방으로 들어
가서 이불 속으로 들어갔다. 사무실에 있을 때는 잠이 곧 올 것
같았지만 막상 이불 속으로 들어가니 정신이 맑아지는 것이었다.

자리에서 일어나 라면을 끓이기 위해 주방으로 들어갔다. 가스
레인지 위에 물을 올려놓고 라면 봉지를 뜯어놓고선 물이 끓기를
기다렸다. 물이 끓는 것을 보고는 라면을 집어넣었다. 라면이 담
긴 냄비를 들고서 사무실로 들어갔다. 탁자 위에 냄비를 올려놓고

서 라면을 먹기 시작했다. 그제야 허기진 것이 멈추는 듯했다.

춘호는 소파에서 일어나서 여사장이 앉았던 의자로 가서 앉았다. 그리고는 책상의 서랍을 열어보았다. 그동안 한 번도 열어보지 않았던 서랍이었다. 형사들이 서랍을 뒤져 단서가 될 만한 것을 찾았지만 별 소용이 없어 닫아두었던 서랍 안은 마구 헝클어져 있었다.

사장님이 나올 때까지는 청소하지 않고 그대로 두겠다고 생각했던 춘호는 갑자기 청소를 하고 싶어졌다. 여권이 튀어나오고, 운전면허증이 튀어나오고, 병원 진료증과 은행 통장들이 수북하게 들어 있었다. 작은 장부책들과 메모첩, 그리고 아기자기한 액세서리들도 들어 있었다. 사장님은 많은 액세서리들을 사서는 책상 위에 올려놓지 않고 서랍 안에 넣어두었던 것 같았다.

크리스털로 만든 작은 돼지 인형, 그리고 화려한 금속으로 만든 신랑신부 인형들, 외국에서 사온 듯한 작은 인형들이 수북하게 들어 있었다.

'이런 걸 왜 여기 뒀지?'

춘호는 여사장님이 이런 인형들을 모아서 책상 위에 올려놓은 것을 본 적이 없었기 때문에 이상하다는 생각이 들었다.

'사장님이 인형을 좋아하셨나 봐……'

춘호는 서랍 가득히 들어 있는 인형들을 만져보면서 여사장님이 애들같이 인형을 좋아했다는 사실을 알 수 있었다. 아래쪽 서랍에는 옛날 일기장들이 들어 있었다. 색이 바래 누렇게 변한 일기장이었다.

"⋯⋯."

춘호는 일기장을 열어볼까 하다가 사장님의 일기장을 훔쳐보는 것만 같아 그대로 넣어두었다. 일기장들을 가지런히 정렬해놓기 위해서 서랍에서 꺼냈다. 책상 위에 일기장 노트들을 가지런하게 정렬하기 위해 세워서 탁탁 치다가 사진 하나가 툭 떨어졌다.

"⋯⋯?!"

낡은 사진을 본 춘호는 깜짝 놀라고 말았다.

춘호는 속으로 '어?!' 하고 얼른 사진을 집어 들었다. 낯익은 사진이었다. 전에 고아원에 들어갈 때에 집에 있던 첫돌 사진을 원장에게 주었던 사진과 똑같은 사진이 틀림없었다.

'이 사진이 왜 여기 있지? 내 사진인데?'

분명히 그 사진은 첫돌 때에 찍었던 사진이었다. 춘호는 그 사진을 보고 또 보았다. 고아원에 입소할 때에 원장님이 사진이 있어야 한다고 해서 집에서 갖고 간 사진과 똑같은 사진이라는 것을 알 수 있었다. 지금도 고아원에 가면 자신의 신상기록부에 그 사진이 붙어 있을 것이었다.

"⋯⋯?!"

춘호는 자신의 첫돌 때의 사진이 여사장의 일기장에서 튀어나온 것이 믿기지가 않았다.

'어, 이 사진이 왜 여기 있는 거지?'

춘호는 자신이 어렸을 때의 낡은 사진을 집어 들어 유심히 쳐다보았다. 영락없이 자신이 어렸을 때의 사진이었다. 사진의 크기도 고아원에 있는 신상기록부에 붙어 있는 사진의 크기와 똑같은 크기의 사진이었다.

'그럼⋯⋯?'

춘호는 혹시 어쩌면 여사장이 자신의 엄마일지도 모른다는 생각이 들었다. 그래서 일기장들을 낱낱이 살펴보았다. 혹시라도 다른 사진이 거기에 꽂혀 있을지도 모른다는 생각이었다.

열 두 권이나 되는 일기장을 다 들춰보았지만 사진 같은 건 더 이상 나오지 않았다. 혹시나 해서 일기장의 겉표지를 뜯어서 안쪽까지 뒤져봤지만 사진 같은 건 나오지 않았다.

"⋯⋯?"

서랍 속을 다시 뒤지기 시작했다. 서랍을 꺼내 안에 들어 있는 물건들을 다 쏟아놓고서 살펴봤지만 더 이상 사진은 나오지 않았다. 춘호는 자신의 돌 때의 사진을 보고 또 보았다. 분명히 처음에 고아원으로 맡겨질 때에 같이 붙여졌던 그 사진이었다. 벽시계를 쳐다보았다. 새벽 4시 5분 전이었다.

춘호는 일기장을 펴서 낱낱이 읽기 시작했다. 제일 오래된 듯한 일기장에서부터 읽었다. 여사장의 이름이 이 주실이라는 것과, 경상남도 함양이 고향이라는 것을 알 수 있었다. 그리고 여사장님이 어렸을 때에 고등학교를 다녔던 시절의 이야기들을 읽을 수 있었다. 주로 친구들과의 이야기들이 적혀 있었고, 국어 선생님을 짝사랑했던 내용들도 촘촘히 적혀 있었다. 그리고 결혼하기 전까지의 일기만 기록되어 있었다. 그 뒤의 일기는 더 이상 쓰여져 있지 않았다. 춘호는 일기장들을 다 읽어봤지만 결혼한 후의 일기장은 찾을 수가 없었다.

'그럼 여사장님이 우리 아버지와 결혼을? 그럼 첫 번째 엄마……. 결혼하고 나서는 일기를 쓰지 않았다는 건가?…….'

춘호는 사무실 구석구석을 다 뒤지기 시작했다. 책상 밑에 혹시나 빠뜨린 것이 없나 해서 살펴보기도 했고, 작은 금고 속에도 찾아봤지만 일기장 같은 건 없었다. 벽에 걸어놓은 핸드백을 내려서 열어보았다. 화장품들이 튀어나오고, 주민등록증이 나왔다.

본명 이 주실.
본적 서울시 종로구 평창동 산 98번지
생년월일 1959년 3월 13일생.

춘호는 주민등록증에 붙어 있는 사진을 뚫어지게 쳐다보았다. 여사장의 웃는 모습이 아직도 살아 있는 것만 같았다.

춘호는 날이 밝기가 무섭게 버스를 타고서 은혜고아원으로 달려갔다. 그곳에서 도망쳐 나온 뒤로 처음으로 찾아가는 곳이었다. 은혜고아원이 있는 언덕길의 모습은 옛날이나 마찬가지였다. 측백나무 울타리로 둘러쳐진 언덕길을 올라가면 하얀색으로 된 정문이 보이고, 울타리 안쪽의 정문 바로 옆에는 고아원 설립자의 흉상이 서 있었다.

정문을 들어선 춘호는 옛날 그 모습 그대로인 정문과 마당을 둘러보고는 고아원 건물로 다가갔다. 입구에 있는 사무실 유리창 너머로 안쪽을 들여다보았다. 그동안에 선생님들이 바뀌었는지 춘호가 아는 선생님은 보이지 않았다.

　문을 밀고 들어선 춘호는 꾸벅 인사를 하고는 앉아 있는 선생님들을 둘러보았다.

　"어떻게 왔니?"

　입구에 앉아 있는 여자가 물어왔다.

　"저……, 원장님 좀 뵈려고 왔는데요. 원장님이……. 구 세달 원장님이 아직 계신가요?"

　"원장님?"

　여자는 어린 춘호가 원장의 이름을 들먹이는 것에 약간 놀라는 듯한 표정으로 다른 선생님들을 쳐다보았다.

　"네."

　"구 세달 원장님을 아시는……. 혹시 여기 출신이야?"

　여자 선생님은 어린 춘호에게 말을 놓을까 말까 하는 듯한 애매한 말투로 물어왔다.

　"……네."

　춘호는 대답을 하면서 사무실 안쪽에 따로 있는 원장실을 쳐다보았다.

　"지금 출근 중이신데. 조금 기다려야 할 건데. 왜 그러니?"

　"뭣 좀 물어볼 게 있어서요. 저를 여기다 데려준 엄마에 대해서 알고 싶어서요."

"그래? 그럼 여기 와서 앉아 있을래? 원장님이 곧 오실 텐데."

"네."

춘호는 여자 선생님이 가리키는 빈 책상 앞의 의자로 가서 앉았다. 선생님들은 각기 출근 시간이어서인지 책상 앞에 앉아서 자기 일에 몰두하고 있었다.

춘호는 이곳에서 일하는 선생님들을 살펴보았다. 소명의식이 없이는 고아원에서 일할 수 없는 고귀한 사람들이라는 것을 알고는 있었지만, 춘호가 이곳에 있을 때에는 선생님들이 하나같이 아이들을 때리고 겁주는 선생님으로밖에 기억에 남아 있지 않았다. 걸핏하면 그렇게 하지 말아라, 너희들은 바깥에 있는 애들보다 더 열심히 공부해서 훌륭한 사람이 되어야 한다는 말이 귀에 박히도록 들어야만 했다. 그리고 외부에서 손님들이 찾아오는 날이면 어김없이 그 전날에 대청소를 해야만 했다. 고아원에 있는 학생들이 전부 동원이 되어서 바닥을 물청소하고 나서, 봉걸레를 들고서 바닥의 물기를 닦아내야 했다.

정말 지긋지긋할 정도로 힘든 청소였다. 매일매일 강조하는 것이 청소뿐이었다. 가을철에는 마당의 나무에서 떨어진 나뭇잎들이 하나도 남아 있지 않도록 청소를 해야만 했었다. 학교에 갔다가 고아원으로 돌아오기가 싫을 정도였다.

춘호는 반 친구들과 놀다가 늦게 돌아와서 호되게 벌을 받곤했던 기억들이 있었다. 그런 생각을 하면서 춘호는 피식 웃음이 나왔다.

"너, 언제 여기 있었니?"

여자 선생님이 일을 마쳤는지 앉아 있는 춘호에게 말했다.

"한 삼년 됐어요."

"그래? 초등학교 졸업하고 나갔니?"

"네."

"중학교는?"

"못 했어요."

"왜? 여기서 도망쳤구나?"

여자 선생님은 그 말을 하면서 웃었다.

"……네."

"지금 어디에 있는데?"

"업소에서 일해요."

"학교는 안 가고?"

"네."

"바깥에 나가 보면 여기보다 낫니? 학교도 못 가는데?"

"……"

춘호는 할 말이 없었다.

"여기에 있었으면 중학교라도 갔을 거 아냐. 중학교에 가기 싫
었어?"

"아뇨."

춘호는 고개를 저었다.

"그럼?"

"가게에서 일하면서 중학교 검정고시 준비하고 있어요."

"그래. 사람은 많이 배워야 하는 거야. 못 배우면 그만큼 못 사는 거고. 많이 공부한 사람이 잘 되는 거야. 이젠 그런 걸 알았지?"

"네······."

춘호는 선생님의 말을 들으면서 눈시울이 붉어질 것만 같았다. 마치 자신이 죄를 지은 사람이 된 것 같은 기분이 들었다.

"원장님을 만나서 뭘 물어보려고?"

"저를 여기다 데려다준 엄마가 누군가 해서요."

"왜?"

"엄마가 누군지 알고 싶어서요."

춘호는 엄마라는 말을 하면서 왠지 모르게 목이 메이는 듯했다. 정말 나에게 엄마라는 사람이 있었을까 하는 생각이 들었다.

"엄마를 찾으려고?"

"아뇨."

춘호는 거세게 도리질을 했다.

"그럼? 왜 알고 싶다는 거니?"

"그냥 알고 싶어서요. 혹시······. 네가 아는 분이······. 엄마일지 모른다는 생각이 들어서요."

"누가? 엄마라고 그랬니?"

"······."

춘호는 이제 더 이상 말을 꺼낼 수가 없었다. 금방이라도 울음이 터져 나올 것만 같았다. 그런 춘호의 얼굴을 봤는지 선생님은 더 이상 캐묻지 않았다. 춘호는 슬그머니 일어나서 화장실에 가는 척하면서 사무실을 나왔다. 그리고는 화장실로 들어가서 문을 잠궜다. 변기에 물을 내리면서 춘호는 가는 울음소리가 터져 나오기 시작했다.

'엄마…….'

춘호의 입에서 그런 말이 튀어나왔다. 누군지 모르지만 엄마라는 사람은 춘호의 곁에 있었을 것이라는 막연한 생각이 들었다. 눈물을 닦아내고는 소변을 보고선 화장실 밖으로 나왔다. 세면대의 거울을 들여다보았다. 울었던 표가 눈가에 그대로 남아 있었다. 춘호는 수도꼭지를 틀어 세수를 하고는 화장실 안에 있는 휴지를 뜯어 얼굴을 닦았다.

거울을 들여다보았다. 아직도 울었던 표시가 그대로 남아 있었다. 눈을 껌벅거려 울었던 표시를 지우고는 밖으로 나왔다. 사무실로 들어가려다가 무심코 안쪽을 들여다보니 어느새 원장이 출근을 했는지 아침 조회가 시작되고 있었다. 조회가 끝나기를 기다리는 수밖에 없었다. 사무실 바깥에서 안쪽을 지켜보는 동안, 원장은 조회를 끝내고서 원장실로 들어가는 게 보였다. 그제야 춘호는 사무실 안으로 들어갔다.

"원장님이 오셨다. 들어가 봐라."

좀 전의 선생님이 상냥하게 말을 해왔다. 춘호는 고개를 숙여 인사를 하고는 사무실을 가로질러 원장실로 걸어갔다.

'똑똑.'

"들어오세요."

원장의 목소리가 들려나왔다. 춘호는 문을 열고 안으로 들어갔다. 들어가자마자 원장님에게 인사를 했다.

"어, 이게 누구야? 춘호 아니냐? 요즘 어디 있니?"

원장은 춘호를 알아보고는 얼른 자리에서 일어났다. 춘호는 성큼성큼 걸어가서 원장님이 내미는 손에 안겼다.

"원장님. 춘호예요."

"그래. 그동안 잘 지냈느냐? 웬일로 왔냐?"

원장은 춘호의 어깨를 토닥거리면서 물었다.

"그간 편하시고요?"

"그래. 앉아라."

원장은 소파를 가리키며 다시 한번 춘호의 얼굴을 쳐다보았다. 춘호는 소파로 가서 앉으면서 원장님의 얼굴을 쳐다보았다. 그 순간에 춘호는 자신도 모르게 눈물이 흘러나왔다.

"자식. 남자가 함부로 울면 쓰나. 반가워서 우는 거냐?"

원장은 웃으면서 춘호의 얼굴을 쓰다듬었다.

"……네."

"그래. 여기서 나가보니 어때? 너희들이 생각할 때는 여기보다 낫다고 생각되지?"

"……."

춘호는 고개를 숙였다.

"아암. 알고말고. 바깥에 나가면 다 고생인 거야. 춘호, 네가
이곳에서 도망 나가고 나서 다른 애들도 여럿이 도망을 쳤어.
그런데 어떻더냐? 살기 힘들지?"

"네……"

"그래. 그런 걸 알면 됐다. 중학교는 갔나?"

"아직요……."

"공부를 해야지. 공부 안 하면 큰 사람 못 돼. 넌 고아잖아.
요즘 어디서 있니?"

"가게에서 일해요."

"흠. 그래. 웬일로 여기 찾아왔냐?"

"원장님."

춘호는 눈물을 닦으며 원장을 쳐다보았다.

"응."

"저, 여기 들어올 때, 붙였던 사진 좀 봤으면 해서요?"

"왜?"

"그냥 봤으면 해서요?"

"그래. 알았다. 그런 거야 보여주지. 잠시만 기다려라."

원장은 자리에서 일어나서 낡은 캐비닛을 열었다. 이미 고아
원에서 빠져나간 애들은 원장이 직접 카드를 보관하고 있는 중
이었다. 캐비닛 안에 있던 서류철을 뒤적이던 원장은 서류철 하
나를 끄집어내서 자리로 와서 앉았다.

"이게 네 거다. 이 사진 맞냐?"

"……?!"

춘호는 자신의 신상카드에 붙어 있는 사진이 전날 밤에 봤던 사진과 똑같다는 것을 대번에 알 수 있었다.

"왜?"

"……."

춘호는 대답을 하지 못했다. 왠지 모르게 눈물부터 흘러내렸다. 만일 여사장이 정말로 자신을 낳아준 엄마라고 한다면 이미 죽어버린 사람이 아닌가. 춘호는 신상기록부에 붙어 있는 자신의 사진을 유심히 쳐다보고만 있었다.

"왜 그러냐? 울기는."

"됐습니다. 제 어릴 적의 사진을 보고 싶어서요."

"그래. 네가 고아라는 걸 잊어버리면 안 된다. 혼자서 열심히 살아가는 사람들도 많아. 우리 고아원에서 자라 바깥에 나가서 성공한 애들도 많고……. 고생을 아는 애들은 성공하는 거다. 너도 여기 있을 때에 바깥 세상에 나가고 싶어했던 건 나도 안다. 지금 있는 애들도 다 그럴 거다."

"……."

춘호는 원장의 말을 들으면서 사진에서 눈을 떼지 않았다. 분명히 그 사진은 여사장의 일기장에서 떨어진 것과 똑같은 사진이었다.

"애들은 만나보냐."

"아뇨."

"그럼 여기 있는 애들도 만나보지 말고 가거라. 너를 보면 애들이 바깥세상으로 나가고 싶어 할 거다. 괜히 마음이 흔들리면 좋지 않으니까. 나중에 네가 성공해서 오면 우리도 얼마나 좋겠냐. 설사 네가 친엄마를 찾았다고 하더라도 여기 있는 애들을 알면 마음이 이상해질 거다. 내 말 알겠지?"

"네. 원장님."

춘호는 고개를 끄덕였다.

"그래. 열심히 일해서 떳떳하게 사는 것이 여기 고아원 출신이라는 걸 잊는 거다. 여기 선생님 중에도 우리 고아원에서 자라서 대학을 나와서 다시 여기 선생님으로 오신 분들도 있다."

"……."

춘호는 아까 봤던 그 여자 선생님이 여기 출신일지도 모른다는 생각이 들었다.

"교회는 나가냐?"

"……."

"안 나가는구나. 될 수 있으면 교회에는 나가거라. 혼자서 이 세상을 살아간다는 것은 힘든 일이다."

"네……."

춘호는 대답을 하고선 다시 한번 자신의 사진을 쳐다보았다. 그리고는 자리에서 일어났다.

"저, 이제 가보겠습니다."

"그래. 좋은 일 있으면 종종 들리거라."

원장도 자리에서 일어났다. 춘호는 원장에게 허리를 굽혀 인사를 하고는 그곳을 나왔다. 사무실로 나온 춘호는 친절하게 대해준 그 여선생님에게 고맙다는 인사를 하고는 밖으로 나왔다.

바깥으로 나오고 나니 괜히 모르게 슬퍼졌다. 이젠 정말 어디에도 마음을 기댈 곳이 없다는 생각이 들었다. 그동안 한 번도 엄마를 찾겠다는 생각을 해본 적이 없었지만 여사장의 일기장에서 나온 사진을 보고서 갑자기 엄마일지도 모른다는 생각이 들었던 것이 이젠 슬픔으로 변해서 가슴 속으로 밀려왔다.

넓은 마당을 걸어오면서 춘호는 뒤를 돌아보았다. 한 살배기 때에 들어왔다가 다시 두 번째는 스스로 제 발로 걸어서 들어와서는 다시 고아원을 도망친 자신의 처지가 서글프게 다가왔다. 이곳에 있을 때는 아예 부모가 없는가 보다 하고 잊어버리고 사는 것이 습관이 돼 버렸었지만 막상 엄마라는 존재를 떠올리게 되면서부터 더욱 절망 속으로 빠져드는 것이었다.

춘호는 고아원의 정문을 나와 울타리가 쳐진 좁은 길을 돌아서 뒷산으로 올라갔다. 뒷산에서 내려다보면 고아원의 하얀 건물과 마당을 훤히 볼 수 있었다.

춘호는 점심도 굶은 채, 뒷산에 앉아 학교를 마치고 정문으로 들어오는 후배들과 방문객들을 내려다보고 있었다.

# 엄마 생각

춘호는 가게로 돌아온 뒤로 여사장의 책상과 핸드백, 그리고 여사장의 소지품들을 샅샅이 뒤져보았다. 일기장을 꺼내 처음부터 다시 읽었다. 그러나 결혼하기 전까지의 일들만 적혀 있었으므로 자신의 존재에 대해서는 어디에서도 찾아볼 수 없었다.

'그렇다면? 나를 낳아준 아버지는 누구지?'

만일 아버지를 찾는다면 자신을 낳아준 어머니가 바로 여사장이라는 것을 알 수 있는 일이었다. 그러나 일기장에도 나와 있지 않은 아버지를 찾기란 더욱 어려운 일이었다.

모든 것들이 의문이었다. 자신을 낳아준 어머니가 여사장이 맞는다면 죽은 아버지와 어머니와의 관계가 의문으로 남았고, 만일 어머니가 죽은 아버지에게 재혼을 했다고 가정한다면 진짜 아버지는 누구인가가 의문으로 남았다.

'나를 낳아준 아버지와 어머니는 누구지……?'

그런 생각만 하고 있다가 보니 머리가 복잡해졌다. 아무리 생각해봐도 자신은 풀 수 없는 문제들이었다. 가게 근처 식당으로 가서 아침을 먹고 난 춘호는 옷을 갈아입고는 가게를 나섰다.

법원으로 가는 버스를 탔다. 배호 형이 재판을 받을 법정을 찾아 들어가서 자리를 잡고 앉았다. 아직 재판을 받을 재소자들은 나타나지 않고 있었다. 개정 시간이 되자, 수갑을 푼 재소자들이 재판정으로 들어왔고, 곧 이어서 판사들이 들어와 자리를 잡았다. 곧바로 선고가 시작되었다.

"장 배호."

"네."

배호는 일렬로 죽 늘어 서 있는 재소들 가운데서 대답을 하며 한 걸음 앞으로 나섰다. 판사는 한 걸음 앞으로 나선 배호를 쳐다보고는 선고를 하기 시작했다.

"초범인데다가 깊이 반성하는 빛이 있어 이번에 한하여 집행유예를 선고한다. 징역 10월에 집행유예 1년! 본심에 불복 있으면 항소할 수 있다!"

판사의 선고가 내려지자, 배호 형은 판사에게 꾸벅 절하고 나서 뒤부터 돌아보았다. 춘호는 손을 들어 배호에게 자신이 방청석에 있다는 것을 알려주었다.

'응. 왔구나. 면회올 거지?'

배호의 말 없는 웃음이 얼굴에 가득 찼다. 춘호는 알았다는 듯이 고개를 끄덕이고는 배호가 법정을 빠져나가는 것을 보면서 밖으로 나왔다. 배호는 교도관에 이끌려 다시 수갑을 차기 위해서 법정 바깥으로 끌려나갔다.

법원에서 빠져나온 춘호는 버스를 타고서 교도소로 향했다. 접견실에 도착해서 배호 형의 면회를 먼저 신청하고서 좀 있다가 사장의 면회도 같이 접수를 시켰다. 두 사람의 면회가 중복되지 않도록 시간적인 간격을 두고서 접수를 했던 것이다.

면회실로 들어간 춘호는 배호를 보자마자,

"형! 오늘 나오는 거지?"

반갑게 물었다.

"응. 저녁쯤에 나갈 거다."

배호는 이제서야 풀려난다는 것이 실감이 나는지 얼굴에 웃음이 가득했다.

"저녁에 여기로 올게. 우리 가게로 가자."

"그래, 올 때. 두부 좀 사갖고 올래?"

"두부? 그건 왜?"

"짜식. 나갈 때, 먹는 거야. 다신 들어오지 않겠다는 뜻으로 먹는 거야. 그것도 몰라?"

"으응, 알았어."

"지금 가게로 갈 거야?"

"사장님 면회하고 갔다가 올게."

"그래, 그럼 나 들어간다. 이따 봐."

배호는 기분이 좋은지 면회 시간이 끝나지 않았는데도 서둘러 면회실을 나가려고 했다.

"형. 좀 있다 가."

"됐어. 좀 있다 나갈 건데 뭐. 이따가 보자."

"……."

춘호는 배호 형이 면회실을 나가는 것을 보고서 밖으로 나왔다. 접견실로 나와서 앉았다가 잠시 뒤에 다시 벨이 울리고서 이번엔 사장을 면회하러 면회실로 들어갔다.

"왔냐?"

한복을 입은 사장은 다른 날보다 밝게 웃고 있었다.

"네. 그간 잘 계시고요?"

"그래. 다른 일은 없나?"

사장이 묻는 뜻은 누군가 찾아오지 않았느냐는 말이었다.

"네. 없어요."

"가게는 문 잘 잠그고 있지?"

"네."

"오늘 저녁에 돈이 갈 거다. 그걸로 써라."

"네?"

"사람이 갈 거다. 돈을 주면 그냥 받아서 써라. 너, 돈 없지?"

"아뇨. 조금 있어요."

"그래. 이만 가봐라. 가게 잘 지키고."

사장은 할 말을 다했다는 듯이 돌아서려고 했다.

"사장님."

춘호가 얼른 불렀다.

"왜?"

"사장님은 여사장님과 처음부터 결혼하셨어요?"

"?!"

사장이 무슨 말이냐는 듯이 놀라서 춘호를 쳐다보았다.

"그냥 알고 싶어서요."

"누가 그걸 물어봤냐?"

"아뇨. 그냥 물어보고 싶어서요. 사장님 방을 청소하다가……. 사장님 사진이 한 장도 없어서……."

"그런 거 알 필요 없다. 누가 그런 거 묻거든 그런 건 나한테 이야기해줘라."

"네."

춘호는 사장이 약간 화가 나 있는 듯한 기분을 알아챌 수 있었다.

"가봐라. 그리고 나한테 대해서 누가 묻거든 아무것도 모른다고 그래. 괜히 쓸데없이 말하지 말고. 귀찮게 굴면 피곤하니까."

"네."

"혹시 형사가 그런 걸 묻더냐?"

사장은 어떤 느낌을 받았는지 다시 한번 물어왔다.

"아닙니다. 그냥 제가 궁금해서 한 번 물어봤어요."

"……?"

사장은 춘호의 얼굴을 유심히 쳐다보다간 씩 웃고는 한복 소매에서 손을 빼내 가보라는 듯이 손짓을 했다.

"그럼 안녕히 계십시오."

춘호는 사장에게 넙죽 절을 하고는 사장이 면회실을 빠져나가는 것을 보고선 밖으로 나왔다.

버스를 탈까 하다가 걷기로 했다. 교도소 정문에서 나와 걷기 시작했다. 어쩌면 죽은 여사장이 엄마일지도 모른다는 확신이 점점 들기 시작했다. 그것은 교도소에서 처음 만났을 때부터 그런 예감이 들었는지도 모른다. 그때는 그저 마음씨 좋은 여사장이라는 생각만 했었지만 지금 생각해보면 춘호는 핏줄이기 때문에 그런 정이 끌렸을지도 모르는 일이라고 생각되었다.

'설마, 그럴 리가……'

춘호는 고개를 세차게 흔들어댔다. 자신의 엄마가 그런 끔찍한 일을 당했으리라고는 생각하고 싶지 않았다. 그런데 여사장의 일기장에서 나온 똑같은 사진은 무얼 의미하는 걸까. 춘호는 아무리 생각해봐도 궁금증만 더해갈 뿐이었다.

오랜 시간이 흐른 지금에 와서 생각해본다면, 자신이 고아원에서 도망쳐 나와서 사회의 밑바닥을 전전하는 동안, 자신을 낳아준 엄마라는 사람은 또 다른 삶을 살아갔을지도 모르는 일이었다.

'혹시……. 여사장님이 나의 엄마라면……!'

자꾸만 그런 생각이 들었다. 춘호는 길가에 있는 공중전화로 들어가서 정혜 누나에게 전화를 걸었다.

"으응, 춘호구나."

누나는 아직 잠에서 덜 깬 목소리였다.

"아직도 자?"

"으응, 근데 웬일이니? 아침은 먹었니?"

"응, 라면으로 먹었어. 누나, 일 나가?"

"아니. 어젯밤엔 늦게 잤어. 그래서 그래. 웬일이야?"

"누나 만나봤으면 싶어서."

"왜?"

"좀 있다 가게로 올 수 있어? 지금 사장님 면회하고 가는 길이야. 걸어가고 있어."

"응? 왜 걸어가? 버스타고 가지."

"그냥. 배호 형이 오늘 저녁에 나온대. 그래서 오늘은 걷고 싶어서 그래."

"그래? 그럼 오늘 나온다는 말이지? 알았어. 세수하고. 좀 있다 가볼게."

"응, 알았어."

춘호는 수화기를 올려놓고서 그 자리에 서 있었다. 유리창 바깥으로 차들이 달리는 모습들이 보였다. 춘호는 부스에서 나와 다시 걷기 시작했다.

가게 근처로 와서 중국집으로 들어갔다. 자장면을 시켜놓고서 창밖을 내다보고 있었다.

'총무님을 만날 수 있었으면……'

춘호는 불쑥 그런 생각을 했다. 만일 옛날의 총무를 만날 수 있기라도 한다면 첫돌 때의 자신을 안고 왔던 어머니라는 사람에 대해서 물어볼 수 있는 일이었다. 그런 생각을 하자, 춘호는 갑자기 마음이 급해졌다. 춘호는 자장면이 나오기도 전에 자리에서 일어섰다.

"왜? 곧 나올 텐데."

춘호가 일어서는 것을 보고 주인이 물었다.

"잠깐 전화 좀 하고 올게요."

"여기 전화 써도 돼."

주인이 그렇게 말했지만 춘호는 벌써 문을 밀고 밖으로 나가고 있었다.

"금방 올게요."

중국집에서 나온 춘호는 공중전화기가 있는 데로 뛰어갔다. 그리고는 은혜고아원으로 다이얼을 눌렀다. 낯선 여자 선생님의 목소리가 흘러나왔다.

"저, 원장님 좀 부탁드릴게요. 그저께 거기 다녀갔던 춘호라고 하시면 알 겁니다."

"네. 잠시만요."

조금 있다가 원장의 목소리가 튀어나왔다.

"저, 춘호예요."

춘호는 재빨리 말했다.

"응, 그래. 웬일이냐?"

"원장님. 제가 고아원으로 올 때에 총무님 연락처를 알 수 없어요? 물어보고 싶은 게 있는데요."

"총무? 그때 총무가 누구였더라?"

"이마에 점이 있던 총무 말예요. 뚱뚱하고요."

"아, 황 선생말이구나."

원장은 그제야 기억이 나는 듯했다.

"네. 맞아요."

"모르겠다. 총무들이 많아서 누가 누군지 모르겠다. 잠시 기다려봐라."

원장은 곧 수첩을 뒤지기 시작했다. 그동안 고아원에서 총무일을 맡거나, 선생님으로 있었던 사람들의 연락처를 적어놓은 수첩에서 황 총무의 최근 연락처를 찾아내기란 어려운 일이 아니었다.

"그래. 여기 있네. 받아 적어라."

원장의 친절한 말씨가 흘러나왔다.

"네. 볼펜 없거든요. 그냥 부르세요. 제가 외울게요."

"그래. 요즘 집에 있는 모양이더라. 전화번호가……."

원장은 눈이 잘 보이지 않는지 더듬거리며 읽었다.

"네, 고맙습니다. 원장님. 엄마에 대해서 한번 물어보려고요."

"그래. 인사 깍듯이 하고!"

"네."

춘호는 외운 전화번호를 잊어버리지 않도록 머릿속에 외우고
선 얼른 다시 다이얼을 눌렀다. 신호가 가고 나서 조금 있다가
쉰 듯한 남자의 목소리가 들려나왔다.

"저, 춘호예요. 총무님 저 기억하시죠?"

"응, 춘호? 그래. 춘호라고?"

황 총무는 반가운 듯한 목소리였다.

"네. 그간 잘 계시고요?"

춘호는 인사부터 했다.

"그래. 너는 그때 도망가서 잘 사냐? 지금 나이가 얼마지?"

황 총무는 까마득한 옛날을 더듬으며 물었다. 이미 황 총무는
건강이 시원찮은지 목소리에서 쉿소리가 났다.

"네. 올해 열 다섯이예요. 총무님 전화번호를 알려고 원장님
을 찾아갔었어요. 그래서 알았어요."

"그래? 너도 벌써 많이 컸구나."

"총무님은 그동안 잘 계시고요?"

"그래. 몸이 아파서 몇 년째 집에서 꼼짝도 못하고 있다. 그
래, 너는 어디 사냐?"

"가게에서 일해요. 근데……."

"응? 왜?"

"혹시 제 엄마 아세요? 고아원으로 저를 데리고 왔던 엄마를
본 적 있으세요?"

"응? 그건 왜? 봤지."

"정말요? 그때, 제 엄마 어떻게 생겼어요?"

춘호는 급한 마음에 두서없이 엄마에 대한 질문을 꺼냈다.

"글쎄다. 밤중에 문을 두드려서 나가봤는데, 웬 여자가 포대기에 너를 싸서 들고 있더라. 혼자 산다고 그러면서. 그래서 갓난아기를 맡기면 안 되겠느냐고 해서 사정이 딱해보여서 받았지. 근데 왜 그러냐?"

"엄마 얼굴 자세히 못 봤어요?"

"그땐 한밤중이라 자다가 문을 두드리는 소리에 일어나서 나가봤지. 여자가 심하게 맞았는지 얼굴이 퉁퉁 부어 있더라. 많이 아픈 것 같기도 하고……."

"……?"

"왜 그러냐?"

"엄마 혼자 왔어요?"

"그래. 혼자 산다고 그러더라."

"이혼했다고 그랬어요?"

"그건 모르겠다. 그건 정확하게 모르겠는데……. 혼자 사니까 애를 맡을 수가 없다고 그래서 받았지. 네 엄마가 양육권을 포기하겠다는 각서에다 지장을 찍고선 거기 놓고 갔어. 그것밖엔 모른다."

"자세히 못 봤어요?"

"못 봤지. 사무실로 들어오라고 그랬더니 안 들어오겠다고 해서. 그냥 문에서 각서를 받고 애를 받았지. 그때는 그렇게 하는 사람들이 많아서……."

"네에……"

춘호는 황 총무님의 말을 들으면서 맥이 탁 풀렸다.

"왜 그러냐? 엄마 찾으려고?"

"아뇨. 됐어요. 엄마가 어떤 사람이었는가 알고 싶어서요."

"그래. 이젠 너도 컸으니 엄마 찾을 생각이 날 거다. 그런데
그런 곳에 애를 맡기는 엄마들은 거의 찾아오지 않는단다. 그걸
너무 섭섭하게 생각하지 마라. 얼마나 살기 어려웠으면 자기가
낳은 애를 거기다가 맡기겠냐."

"……"

"내가 거기 총무로 있으면서 수많은 애들을 받아봤지만…….
다 먹고 살기 어려워서 애를 맡기는 경우가 많아. 이혼하고서
살기가 힘들어서 그런 거지. 참, 너의 엄마는 아주 예뻤어. 밤에
봤지. 얼굴이 퉁퉁 부어 있었지만, 미인 축에 드는 얼굴이라는
것만 알아."

"……"

춘호는 얼른 여사장의 얼굴을 떠올렸다.

"아, 참. 네 엄마 이름이 이 주실이라고……. 아마 맞을 거다.
포기서에 이름을 쓰고 지장을 찍을 때에……. 이 주실이라는 이
름은 기억이 나네."

"네? 이 주실요?"

"그래. 지금 생각하니 이름이 기억나네. 그 이름이 맞을 거다."

'아!'

춘호는 갑자기 온몸이 떨려왔다.

여사장님의 이름이 이 주실이 아닌가.

"그래. 전화해줘서 고맙다. 그래, 어디를 가더라도 열심히 살아라. 나쁜 거는 보지 말고."

"다른 건 없어요?"

춘호는 엄마에 대해서 무언가 더 알고 싶었다.

"없다. 그때는 나도 잠결에 나가서 받았으니깐. 왜 그러냐?"

황 총무의 목소리는 이제 나이가 들어서인지 가래가 끓는 소리가 났다.

"……."

"그래. 공부도 열심히 하고. 원장님도 자주 찾아뵈어라."

"네, 알겠습니다."

춘호는 얼른 수화기를 놓아버렸다. 춘호의 가슴은 솜방망이를 두드리는 것처럼 뛰기 시작했다.

'아, 맞구나…….'

세상에 이런 일이 있을 수 있을까. 교도소에서 우연히 만난 사람이 나의 어머니라니…….

춘호는 맥빠진 얼굴로 유리창 밖을 내다보았다. 세상이 온통 잿빛으로 물든 것처럼 보였다. 갑자기 두 눈에서 눈물이 흘러내리기 시작했다.

'엄마…….'

하늘을 올려다보았다. 하늘이 뿌옇게 흐려져 있었다. 멍하니 서서 찻길을 바라보았지만 눈에 들어오는 것이라곤 아무것도 없었다. 시커먼 물체들이 시야를 획획 지나갔을 뿐이었다.

'그랬구나……'

이제 춘호는 모든 걸 알 수 있었다. 여사장이 자신의 엄마라는 것을. 교도소에서 만나 한 지붕 밑에 살면서도 자신을 낳아준 어머니라는 것을 모르고 살았다는 것이 미안할 따름이었다.

공중전화 부스에서 나와 길거리를 배회하다가 중국집으로 올라갔다.

"이제 와? 짜장 다 됐는데."

"……."

춘호는 조금 전에 앉았던 자리로 가서 앉았다. 길거리가 내려다보이는 창가에 앉아 바깥을 내려다보았다. 수많은 사람들이 길거리를 오가고 있었지만 자신처럼 기구한 운명을 가진 사람은 없을 듯했다. 괜히 눈시울이 붉어지면서 울음을 쏟아질 것 같은 심정이었다.

자장면이 나왔지만 춘호는 젓가락을 댈 수가 없었다. 물을 한 컵 마시고는 그 자리에서 일어났다.

"돈 여기 있어요."

춘호는 만 원권 지폐를 꺼냈다.

"왜? 안 먹었잖아?"

"……."

"그럼 돈을 안 받지. 그냥 가. 다음에 와서 먹어."

주인은 마음씨 좋은 사람이었다. 춘호가 내민 돈을 도로 건네
주었다.

밖으로 나온 춘호는 곧장 가게로 달려갔다. 사장실에 들어가
책상 서랍 속에서 핸드백을 꺼냈다. 주민등록증을 꺼낸 춘호는
다시 사진을 들여다보고 있었다.

분명히 여사장의 이름은 이 주실이었다. 주민등록증에 붙어
있는 사진을 보면서 다시 눈물이 흘러내렸다.

'이럴 수가!'

춘호는 눈물이 흘러내리는 채로 거울 앞으로 가서 섰다. 거울
에 비친 자신의 얼굴과 사진 속의 여사장의 얼굴을 살폈다.

'엄마. 나 엄마 아들 맞아? 왜 아무것도 모르고 죽었어.'

춘호는 어느새 울부짖고 있었다.

"춘호야! 안에 있니?"

문을 두드리는 소리에 정신이 들었다. 정혜 누나의 목소리였
다. 춘호는 후다닥 눈물을 닦아내고는 거울 속에 비친 자신을
들여다보고 있었다.

"문 열어. 안에서 뭐해?"

문을 열자, 정혜 누나의 상기된 얼굴이 보였다.

"안에 있었구나?"

"응."

"안으로 들어가자."

누나는 춘호의 얼굴을 살피지 않고서 안으로 들어갔다. 누나의 뒤를 따라 들어가면서 춘호는 슬픈 표정을 지워버렸다.

정혜 누나도 어느덧 무서움이 없어진 듯했다. 춘호에게 공부할 책들을 갖고 오라고 하고선 탁자 앞에 앉았다. 영어책부터 공부했다.

"이거 해석할 수 있어?"

춘호에게 물었다.

"아니. 몰라."

"그럼 읽어봐."

춘호는 누나가 시키는 대로 전에 배운 알파벳으로 영어 단어를 더듬거리며 읽었다.

"이 단어 아니?"

이번엔 정혜 누나가 손가락으로 짚어가며 물었다.

"응. 스튜던트, 학생."

"그래. 그럼 이 단어는?"

"티쳐, 선생님."

춘호는 지난 번에 배운 것을 꼭 복습을 했기 때문에 단어는 다 외우고 있었다.

"그래. 단어만 알면 해석은 쉬운 거야. 숙어가 들어가 있는 것은 엉뚱한 해석이 나올 수 있어. 숙어가 뭔지 알지?"

"응."

춘호는 대답을 하면서도 머릿속에는 내내 여사장에 대한 생각이 떠나질 않았다.

"뭘 그렇게 생각하니? 이 단어 몰라?"

"아니. 알아. 클래스메이트. 반 친구."

"근데 왜 그렇게 모르는 것처럼 그런 표정이니? 무슨 일 있어?"

그제야 정혜 누나가 춘호의 표정을 알아차리고서 물어왔다.

"아니. 오늘 사장님 면회했어. 배호 형 재판에 갔더니 오늘 저녁에 나온다고 그랬어."

"으응, 그래? 사장님이 뭐라셔?"

"오늘 저녁에 돈을 보내주겠데. 사람을 시켜서……."

"그 안에서 어떻게 돈을 보내? 사장님이 그랬단 말이야?"

"응."

"이상하네. 그 안에서 어떻게 돈을 보내줘?"

"모르겠어. 사람을 시켜서 준다고 그랬어."

"알았어. 다른 말은 없었고?"

"응. 면회 시간이 아직 남았는데 일찍 나가버렸어. 그냥 나가더라."

"……?"

정혜 누나는 애매한 얼굴을 하고 있었다.

"정말이야. 사장님은 돈이 있으니까 안에서 사먹을 수 있데. 참, 누나!"

"응."

"혹시 사장님하고 여사장님이 진짜로 결혼한 거 맞아?"

"왜?"

정혜 누나가 무슨 말이냐는 듯이 물었다.

"면회를 가도 이제까지 여사장님에 대해서는 한 번도 안 물어봤어. 그게 이상해. 어떻게 결혼한 사이라면 그럴 수 있어?"

춘호는 궁금하다는 표정을 지었다.

"그래? 사장님이 그래?"

"응."

정혜 누나도 약간 이상한 듯이 말을 흐렸다.

"응. 한 번도 안 물어봤어. 혹시…… 우리 여사장님하고 사장님이 결혼한 사이가 아닌 거 아냐?"

"그건 몰라. 누나도 그런 이야긴 한 번도 들은 적이 없으니까."

"?!"

"글쎄……. 내가 여기서 오래 되었으니까. 나 말고 그런 말을 들은 사람은 없을 걸? 그런데 그건 왜 묻니?"

"그냥……. 사장님이 한 번도 안 물어보길래……."

"사건이 끔찍해서 그러겠지. 교도소 안에 있으면서 그런 일을 당했다고 하니 생각하기도 싫어서 그러는 거겠지 뭐."

"……."

춘호는 사장의 그러한 행동이 이해가 되지 않았다.

"몰라. 우리는 사장하고 여사장님이 어떤 관계인지 알 필요는 없으니까. 나이 든 사람들이 이혼할 수도 있고. 또 다시 재혼할 수 있는 거니까. 그런 걸 보고 다 지 운명이라고 하는 거야. 한

번 잘못 꿴 단추는 계속 잘못되는 수가 있는 거고. 다행히 단추를
잘 꿰게 되면 팔자를 고치는 수도 있는 거니까. 그런데, 춘호야."

"응?"

"대개 사람들은 한 번 단추를 잘못 꿰게 되면 다음에도 단추
를 잘못 끼우게 돼 있어. 그래서 후회를 하는 거지. 팔자를 고치
기란 쉽지 않은 거야."

"……."

"넌 열심히 공부해서 고등학교를 마치고, 좋은 대학에 들어가
서 좋은 사람이 되어야 돼. 나처럼 대학을 나와서 이런 데서 일
한다면 망친 인생이라는 거야."

정혜 누나는 또 그런 말을 했다. 춘호에게 자신의 처지를 상
기시키기라도 하는 듯이 수시로 그런 말을 하곤 했다.

"응. 난 누나가 좋아."

"좋으면 뭐하니. 내 형편이 지금 이런 걸."

"누나는 여기 있는 게 싫어?"

"이젠 지긋지긋해. 그렇다고 다른 데로 일자리를 옮기는 것도
마땅치 않고."

"직장에 일 나가면 안돼?"

"직장? 월급 받는 직장 말이야?"

"응."

"이젠 그것도 늦었어. 이런 데서 굴러먹다가 그런 직장 생활
하기가 쉬운 줄 아니? 사람은 습관이라는 게 있어. 이런 데서

쉽게 돈을 버는 버릇을 들인 사람은 여기를 쉽게 못 떠나. 벌어두었던 돈을 다 까먹으면서도 다시 이런 곳엘 나오게 돼 있어. 그게 무서운 거야."

"……."

춘호는 정혜 누나를 쳐다보았다. 청순한 얼굴의 누나가 이런 곳을 못 떠난다는 것이 이해가 되지 않았다. 춘호가 물끄러미 쳐다보고 있자,

"누나가 여길 떠나지 못한다는 것이 믿기지 않니?"

정혜 누나는 웃었다.

"응……."

"춘호는 미리 알아둬야 할 게 있어."

"……?"

"너도 나중에 커서 이런 데서 일하는 웨이터처럼 이런 곳에서 일하다가 보면 이런 세상에서 못 빠져나가. 웨이터하는 형들 봐라. 그 형들도 다른 직장을 잡을 수 있는데도 여길 못 떠나는 거야. 그게 사람의 습관이라는 거지. 배운 것이 이것밖에 없는 사람은 딴 일을 못해. 딴 일을 하려고 하면 왠지 불안하거든. 아는 것이 없으니까. 생소한 것에는 관심이 없는 거야."

"으응"

"나도 그랬어. 낮에 시간이 많은 게 좋고. 밤에만 나와서 일하니까 다른 직장에 다니는 것보다 훨씬 낫다고 생각했어. 근데 여기도 굴곡이 많은 곳이라서 살아나가기가 힘들어. 독한 양주

를 마셔야 하고, 손님이 치근대는 것을 받아줘야 하고, 비위도 맞춰줘야 되니까……."

"……."

"넌 이제 앞으로 이런 곳에는 절대로 있으면 안돼. 열심히 공부해서 정상적인 생활을 하는 게 좋아. 그래서 넌 공부하는 것이 이런 곳에서 벗어나는 거다."

"응, 알았어, 누나."

춘호는 다시 영어책을 끌어당겼다.

누나는 춘호에게 영어 공부를 도와주었다. 춘호는 모르는 단어를 외우면서도 줄곧 여사장과 사장의 관계에 대해서 생각이 머릿속을 떠나지 않고 있었다.

저녁 시간이 가까워졌을 때에 정혜 누나와 춘호는 밖으로 나왔다.

"난 여기서 버스 타고 갈께. 오늘 배운 거 복습해둬."

"응, 누나. 잘 가."

춘호는 누나가 버스를 타는 것을 보고는 반대편으로 가서 버스를 탔다.

교도소에 도착했을 때는 아직도 이른 시간의 저녁이었다. 춘호는 정문으로 가서 보초를 서는 경비교도대원에게 물었다.

"오늘 출소하는 사람들 언제 나와요?"

"아직 좀 더 있어야 될 걸? 검찰청에서 석방지휘서가 오면 그때부터 나가."

"네에."

춘호는 꾸벅 인사를 하고는 근처 가게로 갔다. 두부 한 모를 사서 비닐봉지에 담아 들고서 다시 정문으로 왔다.

출소하는 사람들을 맞기 위해서 가족들이 모여들기 시작했다. 출소자 대기실 안은 출소자를 맞이하러 온 사람들이 앉아서 기다리고 있었다. 벽면에는 오늘 출소할 사람의 이름표가 붙어 있는 게 보였다. 춘호는 배호 형의 이름을 확인할 수 있었다. 손에 두부를 담은 비닐봉지를 쥐고서 나무 의자로 가서 앉았다.

얼마나 기다렸을까. 사람들은 초조한 듯이 정문으로 가서 교도관에게 몇 시에 출소자들이 나오느냐고 묻기도 했다. 교도관은 반복되는 질문에 퉁명스럽게 기다리라는 말만 되풀이 하고 있었다. 그러다가 기다리는 사람 중의 한 사람이 출소자 대기실로 들어오면서 소리쳤다.

"이제 방금 검찰청에서 직원이 석방서를 갖고 왔나 봅니다. 이제 곧 나올 겁니다."

그 말에 다들 일어나 바깥으로 몰려나갔다. 춘호도 바깥이 궁금해서 밖으로 나왔다. 정문 앞에는 출소자들을 기다리는 사람들이 담을 치고 있었다.

이윽고 안쪽에 있는 정문이 열리면서 옷 보따리를 든 출소자들이 하나 둘 나오고 있었다. 안쪽 정문과 바깥쪽 정문 사이의 100미터 정도 되는 마당을 가로질러 나오는 출소자들은 한결같이 후줄근한 옷들을 입고 있었다. 아마도 이곳에 처음 붙잡혀올 때에 입고 왔던 옷 그대로의 차림이어서 다림질하지 않은 탓이었다.

바깥 정문을 나온 그들은 대기하고 있던 가족들이나 친구들을 만나 얼싸안고는 담배부터 찾았고, 누군가 내민 두부를 한입 먹고선 땅바닥에다 놓고 발로 짓이겼다.

"그래. 이젠 여기 안 들어온다!"

출소자의 그 말에 거기 모여 있는 사람들은 박수를 쳤다. 춘호는 그런 의식을 보면서 배호 형이 왜 두부를 갖고 오라고 했는지 알 듯했다.

다시 한 무더기의 출소자들이 나왔고, 그들 중에 배호 형의 모습이 보였다.

"형!"

춘호는 반가운 듯이 소리쳤다.

배호 형이 춘호를 알아보고는 씨익 웃으며 다가왔다.

"형! 고생했어. 이거."

춘호는 두부부터 내밀었다.

"고맙다."

배호는 두부를 한 입 먹고는 땅에다 놓고 발로 짓이겼다.

"형, 이제 여기 안 들어오는 거지?"

"그래. 여기 안 들어온다. 씨팔."

배호는 마치 가래침이라도 뱉듯이 중얼거리면서 뒤를 돌아보았다.

춘호는 배호의 손을 잡고서 찻길을 건너갔다.

"형, 진짜 고생 많이 했어. 먹고 싶은 거 뭐 있어?"

"담배하고, 자장면 먹고 싶다."

"담배?"

"응. 너 돈 있니?"

"응. 저기 가서 사자."

춘호는 얼른 길가에 있는 가게로 가서 담배 한 갑을 샀다. 배호에게 담배와 라이터를 건네주자 기다렸다는 듯이 담배를 꺼내 불을 붙였다.

"담배 맛있어?"

춘호가 물었다.

"응. 안에서도 몰래 담배를 피워. 돈 많이 주고 사서 피우는 거지."

"안에서?"

춘호는 이해가 되지 않는다는 듯이 물었다.

"그래. 교도관을 구워삶으면 안 되는 것이 없어. 교도관을 통해 비둘기를 띄운다고 그래. 안에서 바깥으로 편지를 부치거나 심부름을 시키는 것을 비둘기라고 불러."

"비둘기라고 그래?"

"응. 말이 웃기지? 감방 안에서 보면 비둘기들이 마당에서 놀거든. 그래서 붙인 이름일 거야. 멋지지?"

"응. 형. 중국집 들어갈까?"

"그래."

두 사람은 길가에 있는 중국집으로 들어갔다.

"여기 자장면 두 그릇, 곱배기로요!"

자리에 앉자마자 춘호가 주문을 했다. 배호는 다시 담배를 꺼내 불을 붙였다.

"가게에서 너 혼자 자냐?"

"응."

"안 무서워?"

"문 잠그고 자. 형도 가보면 알아."

춘호는 씨익 웃었다.

"그래. 나도 너랑 같이 있어야겠다. 내가 거기 있다는 건 사장님한테도 비밀로 해라."

"응, 알았어."

춘호는 배호 형이 나왔다는 것이 여간 기쁘지 않았다. 둘이라면 무슨 일을 하더라도 두려울 것이 없을 것만 같았다.

곧 자장면이 나왔다. 배호는 오랜만에 먹어보는 자장면이라선지 정신없이 먹어댔다. 춘호는 자신의 그릇에 있는 자장면을 배호의 그릇에다 덜어 주었다.

중국집에서 식사를 하고 난 그들은 곧 바깥으로 나왔다.

"그냥 여기서 걷자. 밤거리도 구경하고."

배호는 마냥 기분이 좋은 듯했다. 두 사람은 인도를 걸으면서 가게 쪽으로 향하고 있었다.

"형. 그 안에서 바깥으로 돈을 보내줄 수 있어?"

"왜?"

배호가 쳐다보았다.

"사장님이 나보고 가게를 지키고 있으면 돈을 보내주겠다고 그랬어. 안에서 어떻게 돈을 보내줘?"

"응. 그럼 사장님이 안에서 비둘기를 날리려는 거겠지 뭐. 그렇게 할 수도 있어."

"정말?"

춘호는 걸으면서 배호 형의 옆으로 바짝 붙었다.

"그래. 그 안에서 교도관을 통하면 어떤 일도 할 수 있어. 비둘기라는 것도 교도관을 통해서 하는 일이야. 그렇지 않으면 어떻게 바깥으로 편지를 보내고, 돈을 내보겠냐."

"그럼 사장님이 그렇게 하겠다는 거야?"

"그 수밖에 없지. 뭐 지가 날아서 돈을 갖고 오나?"

배호는 아무것도 모르는 춘호를 보며 씨익 웃었다.

"그렇구나……"

"아마 사장은 그 안에서 범털로 있을지도 모르겠다. 돈이 많은 사람은 그 안에서도 범털로 통하거든. 범털이 되면 교도관하고 상당히 친하게 지내."

"……"

춘호는 배호 형을 쳐다보았다. 감방에 갔다온 이후로 어른이 돼버린 배호를 바라보며 든든한 마음이었다.

"형, 오늘 우리 파티하자!"

춘호가 제의를 했다.

"무슨 파티?"

"오늘 형이 나왔으니까 축하해주는 의미에서 말이야."

"하하, 됐어. 그냥 너하고 같이 있으면 됐지 뭐. 밤에 출출하면 라면이나 끓여먹자. 그것만 해도 돼."

"그래."

춘호는 배호 형이 그렇게 말해주는 것이 더욱 든든하게 느껴졌다. 고아원에서 나온 후로 중국집에서 같이 고생을 했고, 친형처럼 따랐던 춘호는 오랫동안 헤어졌다가 다시 형을 만난 기분이었다. 이제 다시는 배호 형과 떨어져서 살고 싶지 않았다.

가게에 도착한 춘호는 열쇠로 문을 열었다.

"여기서 지내냐?"

"응."

배호는 춘호가 문을 연 술집의 간판을 올려다보았다. 으리으리한 대형 간판과 입구가 화려하게 되어 있는 것만 보더라도 얼마나 큰 술집이었는가를 짐작할 수 있었다.

배호는 춘호의 뒤를 따라 안으로 들어갔다. 홀에 불을 켜자, 넓은 실내가 드러났다.

"우와. 큰 술집이네. 여기서 지낸 거지?"

"응. 그 여사장님을 거기서 만나서 여기로 왔어. 누나들하고 웨이터 형들도 많았고."

"근데, 그 여사장이 죽었다면서."

"응."

춘호는 얼른 복도의 불을 켰다. 그리고는 복도로 걸어갔다. 배호는 뒤를 따라오면서 연신 화려한 술집의 내부에 한 눈을 팔고 있었다.

"참 안 됐다. 이런 술집에서 그런 사고가 일어났으니 말이야. 너, 사고가 나던 날, 그 놈들이 뛰쳐나가는 거 봤다고 그랬지? 칼 들었어?"

"아니."

"그럼 죽이고 나서 도망치는 걸 봤단 말이지?"

"응."

춘호는 사장실의 문을 열었다.

"여기는 어디야?"

"사장님실이야. 나, 여기서 공부도 하고 그래."

"여기서?"

배호는 약간 놀라는 듯했다.

"괜찮아. 이젠 하나도 안 무서워. 형도 왔으니까 덜 무섭지."

"하하, 나도 감방에 갔다온 놈이야. 여기서 사람이 죽었다고 해서 무서울 거 없지."

배호는 하나도 안 무섭다는 듯이 소파로 가서 앉았다.

"형. 뭐 사올까? 뭐 먹고 싶어?"

"아까 곱배기 먹었는데 뭐 먹고 싶은 게 있냐? 콜라나 마시

자. 여기 콜라 있냐?"

"없어. 금방 나가서 사올게. 금방 갔다 올게."

춘호는 얼른 일어나서 바깥으로 나갔다. 혼자 남게 된 배호는 약간 무서웠다. 춘호에게는 하나도 안 무서운 것처럼 굴었지만 춘호가 나가고 나니 무서움이 몰려왔다. 이곳에서 여사장이 칼에 맞아 죽었다고 생각하니 생각만 해도 소름이 끼칠 지경이었다. 하지만 어린 춘호가 이런 곳에서 혼자 지낸다고 생각하니 다소 위안이 되고도 남았다.

배호는 환하게 불이 켜진 그곳에 앉아 있으면서 복도 쪽을 연신 내다보고 있었다. 이런 곳에서 그런 끔찍한 사건이 일어났다고 생각하니 약간은 서늘한 느낌이 들었다. 바깥으로 나갔던 춘호의 발자국 소리가 들리면서 배호는 마음이 놓였다.

춘호는 양 손에 콜라와 과자들을 사들고 들어왔다.

"뭐 이런 거까지 사오냐. 아까 저녁 많이 먹었는데."

배호가 한마디 했다.

"오늘밤은 형이랑 밤새도록 이야기하고 싶어서. 그냥 이야기만 하면 심심하잖아."

"하하, 우리 맥주나 한잔 할까? 맥주도 하나 사오지 그랬어?"

"형도. 술 마시고 싶어?"

"전에 중국집에 있을 때는 술도 마셨잖아."

"맞아. 그래도 이젠 나 술 안 마셔. 여기 있으면서 술은 한잔도 안 마셨어."

"그래. 그냥 이걸로 먹자."

과자 봉지를 뜯어 먹고 있는데 바깥에서 문 두드리는 소리가 났다.

"어? 누구지?"

춘호가 재빨리 일어나면서 바깥쪽으로 귀를 기울였다.

"누가 문을 두드리네 뭐. 여기 누구 올 사람 있어?"

"정혜 누나가 가끔 와."

춘호는 그렇게 대답하면서도 정혜 누나가 문을 두드리는 소리는 아닌 듯했다.

"내가 나가볼게."

춘호가 그렇게 말하고는 밖으로 나갔다.

문을 두드리는 소리가 계속 들렸다.

"누구세요?"

춘호는 안쪽의 문을 잡고서 소리쳤다.

"계십니까? 볼일이 있어서 왔습니다."

굵은 남자 어른의 목소리였다.

"저 혼자밖에 없는데요. 왜요?"

"아, 사장님이 보내서 왔습니다. 임 황원 사장 아시죠?"

"아, 네."

춘호는 얼른 문을 열었다. 문 밖에는 30대 중반의 남자가 서 있었다.

"너, 혼자 있냐? 임 사장 알지?"

"네. 여기 사장님이세요. 근데 왜요?"

"으응. 심부름 왔다. 이거 전해주려고."

30대의 남자는 곧 안주머니에서 두툼한 봉투 하나를 꺼내서 춘호에게 내밀었다.

"이게 뭔데요?"

춘호는 낯선 사람이 건네는 봉투를 얼른 받아들지 못하고 있었다.

"받아봐. 사장님이 주라고 그랬으니까."

남자는 봉투를 건네고는 안쪽을 힐끔거리고는 다시 춘호를 쳐다보았다. 춘호는 봉투를 받아들고서야 돈이 든 봉투라는 것을 알 수 있었다.

"사장님이 보낸 거예요?"

"그래. 그럼 가보겠다. 나중에 사장님한테 잘 받았다고 말이나 해줘라. 알았냐?"

"네."

춘호는 꾸벅 인사를 했다. 남자는 자기 할 일을 다했다는 듯이 돌아서서 걸어가는 것을 보고서야 문을 잠갔다. 문을 잠그고 나서 봉투 속을 열어보았다.

"?!"

빳빳한 만 원권 지폐가 봉투 안에 가득 들어 있었다. 춘호는 생전 처음 그런 많은 돈을 만져보는 것이었다. 대충 짐작해도 오십만 원은 넘지 않을까 하는 생각이 드는 부피였다.

"형, 어떤 사람이 돈 주고 갔어."

춘호는 배호에게 말했다.

"뭐?"

배호는 춘호가 들고 있는 두툼한 뭉치를 보면서 놀라고 있었다.

"이거. 어떤 남자가 주고 갔어. 사장님이 보낸 거래."

"그럼 그 사람이 교도관이 틀림없을 거다. 교도관 맞지?"

"그냥 사복을 입었으니까 모르겠어."

"맞을 거야. 감방 안에서 돈을 내보내려면 그 수밖에 없어. 알았어. 돈이 얼마나 되는지 봐."

배호의 말에 춘호는 봉투에서 돈을 꺼내놓았다. 은행에서 찾은 듯한 빳빳한 지폐였다. 돈띠가 둘러져 있는 것으로 봐선 백만 원인 듯했다.

춘호와 배호는 각각 나눠서 돈을 세기 시작했다. 정확하게 백만 원이었다.

"이렇게 많은 돈을 보냈어."

춘호가 놀란 듯이 말했다.

"사장은 왜 이런 돈을 보냈지? 너보고 가게를 지키라고 하고서, 면회를 와달라고 했다면서 이런 돈을 보낸 이유가 뭐지?"

"그야 두 가지 다 잘하라고 그러는 거겠지 뭐."

춘호는 대수롭지 않게 대꾸했다.

"이 돈 잘 간수해. 사장이 월급준 거라고 생각하고."

"알았어. 형도 돈 필요하잖아? 돈 없지?"

"됐어."

배호는 손을 저었다.

"아냐. 형도 돈이 좀 있어야 하잖아. 이거만 받아."

춘호는 돈뭉치에서 반쯤 덜어서 배호 앞으로 내밀었다.

"됐다니까."

배호는 받지 않으려 했다.

"난 너무 많아. 이 돈 다 필요 없어."

춘호의 억지에 밀려 배호는 돈을 받을 수밖에 없었다.

"그래, 고맙다. 돈이 없으면 이야기해라. 돈 줄게."

"난 이것만 있어도 돼. 그건 형 거야."

춘호는 밝게 웃으면서 말했다.

배호는 맥주를 따서 잔에 따르고는 한잔을 마셨다. 그리고는 춘호에게 잔을 내밀었다.

"난 안 해. 그냥 콜라나 마실 거야."

춘호에겐 콜라를 따라주었다.

배호는 맥주 한 병을 다 마시고는 약간 얼굴이 붉어져 있었다.

"형도 공부할래?"

"무슨 공부?"

"형도 나하고 검정고시 치는 거야. 그러면 정혜 누나한테 공부 배워서 검정고시만 통과하면 대학도 갈 수 있잖아."

"대학?"

배호가 웃었다.

"왜? 못 배우면 나중에 대접도 제대로 받지 못한대. 누나가 그랬어."

"정혜 누나는 왜 이런 데서 일해? 대학 나왔다면서?"

"누나는 동생 학비를 벌기 위해서 이런 곳에서 일한대. 누나도 참 아까운 인물이야. 대학까지 나오고……."

"어디서든 열심히 일하면 되는 거야. 내가 대학 나왔다고 해서 뭐 달라지나? 그리고 대학은 아무나 가냐?"

배호는 아예 대학은 아무나 들어가는 곳이 아니라는 듯이 말했다.

"형. 나하고 같이 공부해. 응?"

춘호는 진지한 눈빛으로 말했다.

"그래. 알았어. 한번 생각해보고."

"좋아! 나하고 약속했어. 손가락 걸어."

춘호는 배호 옆으로 다가앉으며 손가락을 걸었다. 그러는 춘호가 싫지 않은 배호는 엄지손가락을 세워서 도장을 찍어주었다.

"우와! 됐어!"

춘호는 박수를 치면서 좋아했다.

두 사람은 밤늦도록 이야기를 나누고 있었다. 오늘밤을 꼬박 새우기로 작정한 듯이 이야기에 열중하고 있었다.

"형! 그 안에서 있었던 재밌는 이야기 없어?"

"하하, 많지! 어떤 거부터 해줄까?"

배호는 신이 난 듯했다. 약간 올라온 술김 탓에 춘호에게는 형 노릇을 톡톡히 하고 싶어했다.

"그래. 처음 들어가면 신입자 대기실에서 조사를 받거든. 옷을 홀라당 벗고서 조사를 받는 거야. 그때는 팬티도 다 벗어야 돼. 전부 다 발가벗고 검사를 받는데, 나중에는 머리카락도 털어보라고 하고, 앞으로 엎드려서 항문까지 후레쉬를 비춰보는 거야. 전부 다 벌거벗고 있으니까 다른 사람의 자지도 다 보이는 거야. 웃기지?"

"왜?"

춘호가 호기심어린 눈빛으로 배호를 쳐다보았다.

"혹시라도 귓속이나 항문에라도 무언가를 감췄을까봐 그러는 거지. 그래서 앞으로 엎드려서 손을 앞으로 뻗으라고 해서는 교도관이 후레쉬로 항문을 비추며 지나가는 거야. 혹시라도 똥구멍에 담배나 히로뽕 같은 거를 감췄다면 앞으로 몸을 숙이면 항문 밖으로 밀려나오는 거거든. 그래서 그런 검사를 하는 거야."

"아……. 형도 그렇게 했어?"

춘호는 그러면서 웃었다.

"응. 다 그렇게 하는 거야. 머리카락 속에도 무언가 숨겼을까봐 앞으로 머리를 숙여서 털어보라고 그래."

"으응."

"처음 들어가면 신입 검사라고 해서 그렇게 하는 거지. 그리고서 신분이 맞는지 일일이 확인해. 본적과 주소, 주민등록번호를 대라고 하거든. 그 조사가 마치고 나면 입고 갔던 옷은 다

보따리에 담아 영치를 시켜버리고 그곳에서 주는 죄수복으로 갈아입는 거야. 죄수복으로 갈아입고 나면 다 식어버린 멀건 국물과 밥이 나와. 그걸로 배를 채우는 거야."

"응."

춘호는 호기심 어린 눈빛으로 배호의 얼굴을 쳐다보았다.

"자기가 먹은 플라스틱 밥그릇과 플라스틱 젓가락을 들고서 이번엔 교도관이 배정해주는 방으로 가는 거야. 그러면 그 방이 앞으로 자신이 머무를 방이 되는 거야."

"다 따로 들어가는 거야?"

"그래. 일렬로 줄을 서서 복도로 걸어가다가 한두 명씩 떨어뜨리고 가는 거지. 그러면 감방 안으로 들어간 사람은 그곳에 있는 교도관에게 넙죽 절을 하고 나서 몇 방이라고 말을 하면, 교도관은 그 방문을 열어주는 거다. 교도관 한 사람이 지키는 사방은 방이 열 개 정도 돼. 일번 방부터 십번 방까지 있지. 십일번 방과 십이번 방은 거의가 독방이니까 그곳은 데모를 하다가 붙잡혀온 대학생들이나 거물급들이 들어가는 독방이고."

"응. 그럼 형은 여러 명이 같이 있는 방으로 들어가는 거지?"

"응. 대개 열두 명 정도 들어 있는 방이야. 그걸 혼거방이라고 그러지. 혼자 있는 방은 독거방이라고 그러고."

"그럼 교도관은 열두개 방을 다 지키는 거야?"

"응. 밤에 자다가 보면 교도관이 복도를 돌아다니며 살피는 거야. 방에서 무슨 일이 일어나나 하고 복도에 있는 창문으로

방 안을 들여다보고 그래. 늦게까지 잠을 안 자고 있으면 교도
관이 얼른 자라고 그러거든."

"그럼 잠도 늦게 못 자?"

"책을 보는 건 괜찮은데, 그냥 여럿이 앉아서 노닥거리고 있으
면 빨리 자라고 그래. 혹시라도 무슨 짓을 할까봐 그러는 거지."

"무슨 짓?"

"여러 명이 안 자면 탈옥할까봐 그럴 때도 있고. 여러 명이
작당해서 엉뚱한 짓을 할까봐 자라는 거지 뭐. 맨날 낮에도 자
는데 밤에 잠이 오냐. 그래서 안 자고 떠들고 있으면 무조건 자
라고 그러는 거야."

"하하, 억지로 자라는 거구나?"

"그래. 정말로 엿같다 뭐."

배호는 활짝 웃었다.

"그리고 딴 거는?"

"새벽 여섯 시에 기상해야 돼. 방에 있는 스피커에서 기상 나
팔소리가 들리거든. 그때 일어나면 앞뒤에 있는 사동에 있는 놈
들이 쇠창살 바깥으로 얼굴을 내밀고서 욕설을 막 퍼부어대."

"왜?"

"몰라. 그냥 욕하는 거지 뭐. 씨팔놈이라고 욕을 하거나, 니기
미 좆같네 라는 욕설을 마구 해대는 거야. 그걸로 하루를 시작
하는 거지."

"왜 쓸데없이 욕을 해?"

"그런 거 있어. 그래야 왈왈이가 있는 방이라는 걸 보여주겠다는 거지 뭐. 방마다 제각기 왈왈이가 되고 싶어서 그러는 거라고 봐야지. 방도 방 나름이야. 왈왈이가 있는 방은 잘 나가는 거고. 왈왈이가 없는 방은 찌그러져 있는 거야."

"왈왈이가 뭐야?"

"왈왈이? 으응. 그건 힘이 센 놈이 있다는 말이야. 주먹이 세거나, 돈이 많은 놈이라는 뜻이야. 그런 놈을 왈왈이라고 그래."

"하하, 난 또 개 이름인 줄 알았네 뭐."

춘호는 감방 안의 이야기를 듣는 것이 재밌었다. 배호는 재밌게 듣는 춘호에게 더 많은 것들을 들려주고 싶어했다. 새벽까지 그런 이야기들을 주고받다가 춘호의 방으로 들어갔다.

"이게 내 방이야."

춘호는 이부자리를 깔면서 말했다. 두 사람이 눕기에 딱 알맞은 크기였다. 자리에 누운 배호는 춘호가 들어오기를 기다렸다. 불을 끄고 난 뒤에 그들은 나란히 누웠다.

"그래. 넌 열심히 공부해서 대학까지 다녀. 그래야 훌륭한 사람이 돼. 그 안에 있으면서 보니까 알겠더라. 못 배운 놈이 도둑질한다고. 배운 게 없으면 도둑질이라도 해야 살아가니까."

"이번에 형도 같이 공부해. 형도 공부하면 대학에 들어갈 수 있잖아."

"그래. 나도 해볼게. 난 이번에 그곳에 들어가서 많은 걸 깨달았어. 다시는 그런 곳에 들어가면 안 되겠다는 생각을 했어."

"형!"

춘호는 배호 형의 그 말을 듣고서 감격스러웠다. 두 사람은 서로를 끌어안으면서 포옹을 했다.

"이제 우리는 둘이서 똘똘 뭉치지 않으면 안돼. 어떤 일이 있더라도 헤어지지는 말자. 알겠지?"

"응. 형!"

춘호는 형을 껴안으면서 배호의 가슴에다 얼굴을 박았다.

"그 안에선 이런 말이 있어. 무전유죄, 유전무죄라는 말이야. 한자말인데, 돈이 있으면 무죄고, 돈이 없으면 유죄라는 말이야. 돈이 있나 없나에 따라서 죄가 덤태기 씌워진다는 얘기야. 돈이 없으면 변호사 살 돈도 없어서 꼼짝없이 징역을 살아야 된다는 말이고, 돈이 있으면 죄가 있어도 변호사를 사서 빠져나간다는 말이야."

"응⋯⋯."

춘호는 배호의 가슴팍에서 고개를 끄덕였다.

"너하고 난 이제 같이 붙어 있지 않으면 어디로든 갈 데가 없어. 나도 너하고 같이 공부해서 좋은 사람이 될 거다."

"고마워, 형!"

두 사람은 이불 속에서 뜨겁게 손목을 거머잡았다. 밤새도록 이야기를 한다고 해도 다하지 못할 정도였다. 배호는 다시 감방 안에서 겪을 이야기들을 했고, 춘호는 이불 속에서 조용히 배호가 들려주는 이야기를 듣고 있었다.

술집 안쪽에 있는 골방이라 불이 꺼진 방에서는 지금이 몇 시인지조차 알 수가 없었다. 춘호는 모처럼만에 뜬 눈으로 밤을 새우면서도 잠이 오질 않았다. 아침에서야 겨우 잠이 든 그들은 오래도록 잠을 잤다.

춘호가 잠이 깨었을 땐 옆에서 잤던 배호 형은 보이지 않았다.

"……?"

춘호는 머리맡에 있는 작은 시계를 쳐다보았다. 오후 12시 32분을 가리키고 있었다. 벌떡 일어나 방안을 둘러봤지만 배호 형은 옷을 입고서 나간 듯했다.

"형! 밖에 있어?"

춘호가 소리쳤다.

"응. 나, 여기 있어."

배호의 목소리가 복도를 울리며 다가왔다. 곧 이어서 배호가 방문을 열었다.

"뭐해? 언제 일어났어?"

춘호는 반가움으로 웃으면서 말했다.

"응. 홀 안을 둘러봤어. 어지럽더구만. 무대 위에 올라가봤어. 거기 악기들이 그대로 있던데?"

"응. 내가 잠깐 청소는 해놨어."

춘호는 이불을 개면서 방으로 들어오라고 손짓을 했다. 배호는 방으로 들어와 앉으면서 벽에다 등을 기댔다.

"우리 오늘부터 공부할까?"

춘호의 제의였다.

"좋아. 내가 공부를 다 하다니 세상이 거꾸로 돌아가겠는 걸."

배호는 아직도 자신이 왜 공부를 해야 되는가를 깊이 깨우치지 못하고 있었다.

"아침 먹고 누나를 부를게. 형은 내 책 갖고 공부하면 돼. 같이 말이야."

"아침은 뭘 먹지?"

"그냥 라면으로 때우지 뭐. 반찬도 없어."

실은 춘호는 거의 매일 라면으로 때우거나, 간혹 바깥에 나가 중국집에서 사먹는 것이 일이었다.

"그래. 그럼 라면에다 소시지라도 넣어서 먹으면 되지. 그걸로 영양보충은 되니까."

춘호는 소시지도 없기 때문에 근처 슈퍼로 가서 소시지와 봉지에 든 어묵을 사갖고 왔다. 주방에 들어가 가스레인지에 불을 켜고선 라면을 끓여냈다. 소시지와 어묵을 적당히 썰어 넣어서 그런대로 푸짐하게 끓여낸 식사가 된 셈이었다.

"춘호야. 우리 기도나 할까?"

"어떤 기도? 형. 교회 나가?"

"그 안에 있으면서 답답해서 교회에 몇 번 가봤어. 일요일 날은 바깥에 있는 교회에서 집회를 들어오거든. 방 안에만 있으면 답답해서 바람을 쐬러 교회에 나가봤어."

"……."

춘호는 형의 말을 듣고 있었다. 고아원에서 있을 때에는 매일 식사 전에 기도를 해야만 했던 기억이 떠올랐다.

"기도 한번 해보자."

"응."

춘호는 눈을 감았다.

"하나님 아버지. 그 안에서 기도를 했던 저는 오늘 바깥에 나와서 기도를 합니다. 다시는 그런 곳에 가지 말게 하시고, 여기 있는 동생도 그런 곳에 들어가지 말게 하시며, 오늘 이렇게 식사를 주신 것에 감사를 드립니다. 아멘."

"아멘."

춘호는 왠지 모르게 마음이 뜨거워졌다.

"하하, 기도 어떠냐? 엉터리지? 난 엉터리 신자였어."

"기도 잘하네 뭐."

"너도 기도할 줄 아냐?"

"응. 고아원에서 신물나게 했어."

"그래? 자, 먹자."

두 사람은 라면을 덜어 각자의 그릇에 담아 먹기 시작했다. 배호는 소시지를 건져 춘호의 그릇에다 담아주곤 했다.

설거지는 배호 형이 하겠다고 나섰다. 배호가 설거지를 하는 동안, 춘호는 방 청소를 끝내고서 사장실을 청소하고 있었다.

춘호는 정혜 누나에게 전화를 걸었다.

"누나. 어디야? 집이야?"

"응. 왜?"

"누나 이쪽으로 올래? 형이 나왔어. 형도 공부하고 싶대."

"그래? 그쪽으로 갈께."

정혜는 춘호의 전화를 받고 나서 그제야 세수를 하고선 집을 나섰다. 버스를 타고 가게로 와서 문을 두드렸다. 춘호가 문을 열어주었다.

"누나. 점심은?"

"아직. 안 먹어도 돼. 나중에 같이 먹자."

정혜는 춘호 옆에 서 있는 배호에게 눈길이 갔다.

"안녕하세요. 전 장 배호라고 합니다."

배호는 정혜에게 꾸벅 인사를 했다.

"아, 이 애가 춘호가 형이라고 하는 애구나?"

"네."

"누나, 들어가. 공부할 준비 다 돼 있어."

"그래."

사무실로 들어간 정혜는 탁자 위에 과일들이 놓여 있는 것을 볼 수 있었다.

"이거 웬 거니?"

누나가 물었다.

"누나. 아침을 안 먹었을 거 같아서 샀어. 먹고 해."

"너, 돈 있니?"

정혜는 푸짐한 과일들을 보고선 물었다.

"응. 어젯밤에 어떤 사람이 와서 돈 주고 갔어. 백만 원이나 줬어."

"그래? 사장님이 보낸다는 거?"

"응. 나 돈 있어."

"그래. 잘 됐다."

춘호가 칼을 들어 과일을 깎으려고 하자, 정혜 누나가 칼을 뺏어 과일을 깎기 시작했다.

"배호는 학교 어디까지 나왔니?"

정혜는 배호에게 물었다.

"저도 초등학교밖에 못 나왔어요. 춘호하고 똑같아요."

"그래. 그럼 같이 공부하면 되겠다. 같이 공부할 거지?"

"네."

배호는 예쁜 정혜 누나를 쳐다보며 쑥스럽게 웃었다.

"과일 먹어. 그리고 배호 너도 내 말 들어. 사람은 배워야 하는 거다. 못 배우면 나중에 후회해. 학교는 못 다니지만 검정고시라는 게 있으니까 그걸 거쳐서 고등학교에 다니거나, 고등학교도 검정고시로 마칠 수 있어. 니들은 열심히 해서 대학에 들어가서 공부하는 것이 좋겠다. 잠깐만 고생하면 돼."

"네."

춘호와 배호는 서로 마주보며 웃었다.

정혜 누나는 책을 펴서 성의 있게 가르쳐주었다. 배호가 처음 공부를 시작하는 터라 기초부터 가르쳐야 했다. 춘호에게는 문제를 내주고는 풀도록 했다. 수학 공부가 끝나면 영어 공부를 시작했다.

"누나. 배 안 고파? 라면 끓일까? 아님 중국집 시킬까?"

춘호가 지루했던지 말을 꺼냈다.

"그래, 뭐 좀 먹고 하자. 중국집 시켜. 돈은 내가 낼께."

"아냐. 나 돈 있어. 누나도 돈 줄까?"

춘호는 주머니 속에서 돈을 꺼내 정혜에게 내밀었다.

"이걸 왜 나한테 주니? 너 가져."

"난 별로 필요 없어. 쓸 만큼만 갖고 있으면 돼. 받아."

춘호가 돈을 건네주려 하자, 정혜는 사양을 했다.

"너 갖고 있어. 누나는 돈 있어."

"그럼 이건 내가 돈을 낼게. 누나, 맥주 한잔 할래?"

"술?"

"응. 두 병만 시킬게. 어젯밤에 배호 형도 한 병 마시고 잤어."

"그래. 좋아."

춘호는 중국집에다 탕수육과 군만두를 시키고는 홀로 나가서 창고에 남아 있는 맥주를 들고 들어왔다.

"창고에 아직도 맥주 많이 남아 있어. 어제는 거기에 맥주가 있는 걸 몰랐어."

춘호는 어젯밤에 슈퍼로 가서 맥주를 샀던 것을 후회하고 있었다.

"나도 누나라고 불러도 돼요?"

배호 형이 정혜 누나에게 물었다.

"그래. 나보고 누나라고 불러."

정혜는 기분이 좋은 듯했다.

"네. 춘호가 저번에 면회오면서 누나 이야기 많이 했어요. 누나가 공부를 가르쳐준다고."

"이젠 배호 너도 공부 열심히 해. 공부해서 남 주는 거 아니다. 나중에 어른이 돼서 못 배운 거 후회하면 되겠니? 너희들도 나중에 결혼하게 되면 여자가 못 배운 걸 갖고 뭐라고 그러면 후회가 될지도 몰라."

"누나. 난 결혼 같은 거 안할 거야."

춘호가 재빨리 말을 했다.

"왜?"

"그냥. 결혼 안 하는 게 나을 거 같아서."

"왜 그래? 남자는 어른이 되면 결혼하는 거야. 여자 없이 어떻게 살아? 맨날 밥도 혼자 해먹고 살 거야?"

정혜는 배호에게로 눈길을 주었다. 배호는 어떤 생각을 갖고 있는가 묻고 있는 중이었다.

"나도 그래요. 감방 안에 있어보니까 다들 결혼에 실패한 사람들만 있는 거 같았거든요."

배호도 춘호의 말에 맞장구를 쳤다.

"그런 거 아냐. 거기 들어온 사람들은 원래 삐뚤어진 사람들이라 자기들이 잘못한 거지. 그런 사람들하고 사는 여자들이 더 골치 아프지. 남자가 잘하면 여자가 골치 아플 리가 없는 거야. 사고뭉치하고 같이 살면 여자들도 피곤한 거야."

"……."

춘호와 배호는 입을 다물었다.

"난 여기 술집에서 일하면서 보니까, 남자들이 허풍만 세어가지고 집엔 신경도 안 쓰면서 나와서는 돈을 펑펑 쓰는 사람들이 많아. 그런 사람들은 자기 주제 파악을 못해서 그래. 그렇게 살다가 여자들이 힘들어 하면 여자를 두들겨 패기도 하고, 하여튼 그런 인간들은 정신을 못 차리는 사람들이야. 우리야 돈만 벌면 그만이겠지만……."

"누나. 그렇게 사는 사람도 있어?"

춘호가 물었다.

"그럼. 성실한 사람이 있으면 성실하지 못한 사람도 있어. 사람들은 다 틀려. 여자 때문에 돈을 다 날리는 사람이 있는가 하면, 사업상 어쩔 수 없이 술집에 오는 사람도 있는 거야. 누나는 그런 사람들을 보면 대번에 알아. 어떤 마음을 먹고 있는가에 따라 사람의 질이 달라 보이는 거야."

"……."

"열심히 해서 좋은 사람이 되면 좋은 여자하고 결혼하는 거야. 놈팽이 같은 사람은 날라리 같은 여자를 만나는 거고. 다 끼리끼리 만나는 거야."

"누나는 결혼 안 해? 이젠 술집에서 일하는 것도 힘들잖아."

"......."

정혜 누나는 말이 없었다. 그저 웃기만 할 뿐이었다.

"난 누나 같은 사람이 좋아. 마음도 좋고……."

"안 그래. 나도 이런 데에 나와서 일하는데 뭘……."

"누나는 돈을 벌기 위해 나오는 거잖아."

"그래도. 이런 데에 안 나오고서도 돈을 벌 수 있는데, 난 쉽게 돈을 벌기 위해 이런 곳에 나오는 거야. 그러니까 잘못된 거지."

"누나는. 누나는 착한 사람이야. 돈 벌어서 시골에 있는 동생한테 부쳐주는 거잖아."

춘호는 정혜 누나를 감싸는 말을 했다.

"그래. 돈이 없으면 사람 구실을 못하는 세상이니까. 니들도 얼른 커서 돈을 많이 벌어."

"그래. 누나."

그때, 중국집에서 배달이 왔는지 문을 두드리는 소리가 났다. 춘호가 얼른 나가서 문을 열어주었다.

탕수육과 군만두가 들어왔다. 춘호가 돈을 지불하고는 따라 나가서 문을 잠겄다. 맥주를 따라 정혜 누나에게 한잔을 건네주고, 배호에게도 맥주를 따라주었다.

"너도 한잔 할래?"

배호가 말했다.

"아냐. 난 됐어. 이거나 먹을래."

춘호는 탕수육을 집어 입으로 가져갔다. 탕수육과 군만두를 다 먹고 나서 다시 공부를 하기 시작했다. 배호는 약간 술이 올랐는지 춘호만큼 따라오질 못했다.

저녁때쯤 정혜 누나가 돌아가고 나서 그들은 방으로 들어가서 자리에 누웠다.

"형. 괜찮아?"

춘호가 염려스러운 듯이 물었다.

"응. 괜찮아. 누나가 사람이 참 좋다."

"응. 시골에 나만한 동생이 있대. 시골로 학비를 보내주는 모양이야."

"……."

"잠 와?"

"……."

배호는 어느새 잠이 든 모양이었다. 코에서 가는 숨이 새어나오고 있었다. 춘호는 배호에게 이불을 덮어주고는 사무실로 나왔다.

정혜 누나에게서 배운 수학문제를 풀기 시작했다. 어려운 문제에서는 더 이상 풀지를 못했다. 다시 차근차근히 문제를 풀어봤지만 좀 전에 배운 것을 까먹은 춘호는 연필을 놓고 있었다.


정혜 누나는 지금쯤 집에 도착했을까. 춘호는 정혜 누나에게 전화를 하고 싶어졌다. 전화기를 들고서 다이얼을 눌렀다. 곧 신호가 가고 한참 뒤에서야 누나의 목소리가 튀어나왔다.

"네."

"응. 누나. 춘호야."

춘호가 그렇게 대답하는 동안, 전화기 저쪽에서는 옆에 누가 있는지 남자의 목소리가 섞여 나왔다.

"응. 춘호구나. 왜?"

"집이야?"

"아니. 볼일이 있어 어디 들렀어."

"으응. 난 또 집에 갔다고."

춘호는 실망이 돼서 전화를 끊겠다고 말하려는데, 남자의 목소리가 들려왔다.

"뭐야?"

"……?"

춘호는 전화를 끊으려다가 수화기를 들고 있었다.

"응. 이따 집에 가면 전화해."

"응, 끊어."

춘호는 전화를 끊고 나서 누나의 옆에 어떤 남자가 있다는 것을 알 수 있었다. 누굴까. 궁금해졌다. 춘호는 지금 사춘기라고 할 수 있었다. 정혜 누나를 좋아하는 그로선 다른 남자와 같이 있다는 것이 마음에 걸렸다.

'누나도 사랑하는 사람이 있을까? 누구지?'

춘호는 괜히 엉뚱한 상상을 하고 있었다. 만일 누나를 사랑하는 남자가 있다면 그 사람은 멋진 사람이기를 바라면서도 한편으로는 은근히 질투심이 일어나고 있었다. 그동안 누나를 잘 따랐던 춘호로서는 약간의 실망감이 들기 시작하고 있었다.

사무실에서 나온 춘호는 길거리를 걷다가 문득 사장님을 면회하러 가고 싶었다. 버스를 타고 교도소로 갔다. 접수를 하고선 의자에 앉아 기다리는 동안, 정혜 누나에 대한 생각으로 가득 찼다. 순서가 되어 면회실로 들어간 춘호는 사장에게 넙죽절을 했다.

"왔냐?"

사장은 덤덤하게 말했다.

"네. 어젯밤에 손님이 찾아왔었어요. 받았어요."

"그래? 가게엔 아무 일 없지?"

"네."

춘호는 공손하게 대답을 했다.

"앞으로 내가 시키는 대로 잘해라."

"네."

"가게엔 아무도 들여놓지 마라. 알았냐?"

"네."

춘호는 대답을 하면서도 약간 찔렸다. 정혜 누나가 공부를 가르치러 오기도 하고, 배호 형이 나와서 같이 생활하고 있다는 것을 말해야 하나 말아야 하나 하는 망설임이 있었다.

"누구 거기 온 사람 없냐?"

"……없어요."

"그래. 내가 심부름 보내는 사람만 들여보내. 딴 사람은 절대로 못 들어오게 해라."

"네."

춘호는 고분고분하게 대답을 했다.

"네가 쓸 만큼은 보내줄 테니까."

사장은 춘호에게 돈을 보내줄 테니까 가게를 잘 지키라는 말이었다.

"네."

"이만 가봐라. 참. 형사들은 거기 안 오냐?"

"안 와요."

"그럼 됐다. 가봐라."

"네. 그럼 편히 계십시오."

춘호는 고개를 숙여 인사를 하고는 면회실을 빠져나왔다. 접견실로 나온 춘호는 사장에게 먹을 것들을 넣어줄까 하다가 괜히 시키지도 않은 일을 하는 것 같아서 그대로 나왔다.

'이상하다. 왜 사람들이 오는가 자꾸 물어보는 거지?'

그게 이상했다. 사장은 면회만 하고선 그냥 들어가는 것뿐인데도 그래도 면회를 오라고 하는 이유를 알지를 못했다. 면회를 오면 무언가 시킬 일이 있다던가, 먹을 것들을 넣어달라고 하던가 하지를 않고서 그냥 볼 때마다 가게를 잘 지키라는 말만 하는 걸로 봐서는 무슨 영문인지 알 수가 없었다.

춘호는 여사장에 대해서 물어보고 싶은 말이 있었으나 사장 앞에서 말을 꺼낼 수가 없었다. 임 사장을 대할 때마다 춘호는 아리송하다는 생각만 들 뿐이었다.

돌아오는 길은 버스를 타지 않고 걷고 싶었다. 시간이 꽤 걸렸지만 걷는 재미도 있었다. 가게로 돌아왔을 때, 배호 형은 아직도 자고 있었다.

사무실로 나온 춘호는 다시 공부를 하다가 정혜 누나에게 전화를 걸었다. 신호가 가는 데도 누나는 전화를 받지 않았다.

'아직 집에 안 들어온 건가?'

춘호는 이번엔 핸드폰으로 전화를 걸었다.

정혜 누나의 목소리가 흘러나왔다.

"네."

"누나. 나야. 바깥이야?"

"응. 왜?"

누나의 목소리는 왠지 음울하게 들려나왔다.

"누나. 안 좋은 일 있어?"

"……."

누나는 말이 없었다.

"누나. 왜? 무슨 일 있는 거야?"

춘호는 직감적으로 어떤 것을 느끼고서 물어본 말이었다.

"아냐……."

누나의 목소리는 약간 젖어 있었다.

"누나. 왜 그래? 어디야?"

"바깥이야. 괜찮아. 누굴 만나고 있어."

"……?"

"이따 저녁에 그곳에 갈게. 끊자."

누나의 목소리엔 힘이 없어 보였다.

"응, 알았어."

춘호는 수화기를 내려놓았다. 누나의 목소리에서 어떤 심상치 않은 것을 느꼈다. 춘호는 다시 책을 들었지만 머릿속에 들어오지 않았다. 아까 전화를 했을 때에 누나 옆에 누군가 있었다는 것이 마음에 걸려왔다.

홀로 나가 불을 켜고선 무대 위로 올라갔다. 춘호는 무대 위에 서서 마이크를 잡고선 노래를 부르기 시작했다. 가끔 외로울 때면 춘호는 무대로 올라가서 테이블이 놓인 홀 안을 내려다보며 노래를 부르곤 했다.

"어? 너 여기서 뭐하냐?"

배호가 언제 일어났는지 홀 안으로 들어왔다.

"일어났어? 나, 사장님 면회하고 오는 길이야."

"그래? 사장님이 뭐래?"

배호가 무대 위로 올라왔다. 춘호는 노래를 부르다 말고 눈가에 묻은 이슬을 손등으로 닦아냈다.

"왜? 무슨 일 있냐?"

"아니. 누나한테 전화를 했는데……. 누나에게 무슨 일이 있는 거 같아."

"뭐?"

베호가 놀란 듯이 물었다.

"모르겠어. 누나 옆에 어떤 남자가 있는 거 같았어. 누나 목소리가 약간 그랬어……."

춘호는 누나에게 어떤 변화가 있는 것을 느꼈던 것이다.

"그냥 뭐 누나도 남자 친구가 있을 수 있을 거 아냐. 그런 걸 갖고 그러냐."

배호는 대수롭지 않은 듯이 마이크를 들고선 노래 부르는 폼을 잡았다. 춘호는 무대를 내려가서 테이블이 있는 곳으로 가서 앉았다.

"내가 노래 불러볼게. 들어봐."

배호는 노래를 부르기 시작했다. 혼자서 신나게 노래를 부르고 있는 배호의 모습을 쳐다보면서도 춘호의 생각은 엉뚱한 곳에 가 있었다.

'사장님과 여사장과의 관계는 뭐지? 왜 사장님은 나보고 이 가게를 지키라고 그랬을까?'

춘호의 생각은 여사장이 자신의 엄마일 거라는 생각이 들기 시작했다.

"야. 어때? 괜찮냐?"

배호가 무대 위에서 소리쳤다.

"응."

춘호는 박수를 칠 듯이 두 손을 치켜들었다. 그러나 마음은 그게 아니었다.

"야. 전기만 들어오면 기타도 한번 쳐보고 싶은데."

배호는 다시 기타를 어깨에 메고서 폼을 잡았다. 배호가 기타를 치는 흉내를 내면서 노래를 부르는 동안, 춘호는 다시 정혜 누나에 대한 생각으로 가득 찼다.

누나가 일을 나가지 않는 것도 이상했다. 생활하려면 돈도 들텐데 하는 생각이 들었다. 배호가 혼자서 실컷 떠들다가 홀로 내려와서는 춘호의 옆에 앉았다.

"너, 뭣 땜에 그래? 기분이 안 좋은 거 같은데?"

"괜찮아. 형. 사장님이 나보고 자꾸 가게를 잘 지키라는 말을 해서 이상해서 그래."

춘호는 복잡한 심경을 사장에게로 돌렸다.

"뭐? 이까짓 빈 가게에 뭐 도둑이 들어올 게 있다고 그래. 이 가게가 뭐 보물창고라도 되나."

"……?!"

춘호는 배호의 말에 이상하게도 묘한 예감이 스치고 지나가는 듯했다.

"안 그러냐? 사장이 돈이 많으면서 이까짓 빈 가게 하나 갖고 그래. 내가 보니깐 훔쳐갈 것도 없구만 뭐."

"……?!"

춘호는 다시 한번 묘한 예감이 느끼며 지하 창고에 한 번 들어가 보고 싶은 생각이 들었다.

"그런 쓸데없는 생각 말고. 저녁이나 먹으러 나가자. 이번엔 내가 살게."

배호가 일어서면서 춘호의 팔을 잡아끌었다.

"아냐. 누나가 온댔어."

"뭐?"

배호는 춘호의 팔을 놓았다.

"좀 있다가 가. 누나하고 같이."

"그럴까?"

그러면서 배호는 다시 무대 위로 올라갔다. 이번엔 드럼 앞에 앉아서 드럼을 치기 시작했다.

저녁때쯤 해서 정혜 누나가 문을 두드렸다. 사무실로 들어간 그들은 소파로 가서 앉았다.

"누나, 오늘 무슨 일 있어?"

춘호가 염려스러운 듯이 정혜 누나를 처다보았다.

"무슨 일은……. 공부할래?"

"아니, 저녁 먹으러 가. 오늘은 배호 형이 산대."

"그럼 그러자."

정혜 누나는 여느 때처럼 밝게 말을 하려고 그랬지만 어딘지 모르게 낯빛이 어두워져 있었다.

바깥으로 나온 그들은 근처 식당으로 들어갔다. 돼지갈비를 먹으면서 저녁 식사를 하고 있었다.

"누나. 여사장님은 왜 죽었을까? 깡패들한테 뭘 잘못한 게 있는 거야?"

춘호는 슬며시 그런 질문을 던졌다.

"모르지. 이런 곳은 깡패들하고 연관이 안 돼 있을 수가 없으니까. 우리야 여사장님이 어떤 일을 하고 있는지 모르니까."

"그럼 여사장님이 깡패들하고 무슨 관계가 있었나?"

춘호는 계속 물음을 나타냈다.

"이젠 형사들도 범인을 못 잡을 거 같아. 벌써 시간이 이렇게 흘렀는데도 단서조차 못 잡잖아."

"……."

춘호는 정혜 누나가 여사장에 대해 무언가를 알 것 같아서 질문을 던졌다가 누나도 전혀 모르는 듯했다.

"그럼 누나는 여사장님이 왜 사장님하고 사이가 안 좋은 거 같애? 내가 보기엔 사장님하고 여사장님 사이가 안 좋은 것 같던데?"

"왜?"

정혜 누나는 놀란 듯이 춘호를 쳐다보았다.

"그런 느낌이 들어. 이때까지 한 번도 안 물어봤거든."

"그야……."

정혜 누나는 무언가 말하려다가 입을 다무는 것이었다.

"누나는 오래 있어서 알잖아? 왜 사장님은 여사장님이 죽었는데도 나한테 한마디도 안 물어보는가를. 그게 이상해 죽겠어."

"모르겠어. 우리들도 여사장과 사장님이 부부인 줄로만 알고 있으니까. 여사장님도 면회를 갔다 오면 뭐라 말을 안 해. 그러니까 아무것도 모르지 뭐."

"그럼 사장님은 뭣 때문에 교도소에 간 거야?"

춘호는 그것을 알고 싶었다. 접견실에서 교도관에게 물어보고 싶었지만 차마 물어보지 못한 일이었다.

"모르겠어. 왜?"

"그냥……."

춘호가 말끝을 흐리자,

"야. 밥이나 먹어. 사장이 무슨 일로 들어갔건 춘호 네가 알 게 뭐야. 죄를 지었으니까 들어간 거지 뭐."

배호가 복잡한 건 싫다는 투로 말했다.

"그래. 술집하다가 보면 교도소에 들락날락거릴 때가 많아. 누나들도 사장이 왜 들어갔는지 몰라."

"……."

춘호는 누나가 사장과 여사장에 대해서 더 이상 알지 못한다는 것을 알 수 있었다. 식사를 하면서 정혜 누나는 몇 번이나 핸드폰을 받곤 했다. 전화를 받을 때마다 누나는 짜증스런 듯이 말을 했다. 저쪽에선 남자의 굵은 목소리가 흘러나오곤 했다.

"동생하고 같이 있어. 왜 그래?"

저쪽에서는 정혜 누나가 누구와 같이 있는가에 대해서 캐묻는 것 같았고, 이쪽의 정혜 누나는 짜증스럽게 대답하고 있었다.

"그래. 알았어. 공부 가르치고 있는 거야. 됐어?"

누나는 그러고선 전화를 탁 끊어버렸다.

"누군데?"

춘호가 묻자, 누나가 건성으로 대답했다.

"으응. 아는 사람이야."

"......?"

춘호는 정혜 누나가 어떤 남자와 사귄다는 것을 알 수 있었다. 그 남자의 전화를 받을 때마다 약간 긴장하는 듯했다.

식당에서 나와 다시 가게로 돌아온 그들은 사무실에서 공부를 하기 시작했다.

"이거 풀고 있어."

누나는 문제를 내주고는 잠깐 자리를 비웠다. 춘호는 소변이 마려워서 화장실로 들어가다가 정혜 누나가 전화를 하는 소리를 듣고선 문득 발걸음을 멈추었다. 정혜 누나는 전화기에 대고 애원하는 듯한 목소리가 들려나왔다.

"나 지금 동생들하고 같이 있어. 정말이야. 그렇게 사람을 못 믿어?"

정혜 누나는 약간 두려움이 섞인 목소리였다.

"지금 못 나가. 여기서 잘 거야."

누나는 이제 신경질이 난 소리로 말했다.

"글쎄. 못 나가. 이젠 지긋지긋해."

정혜 누나는 그렇게 말하고는 탁, 하고 핸드폰의 뚜껑을 닫는 소리가 들렸다. 그리고는 정혜 누나의 울음소리가 들려나왔다.

"……?"

춘호는 화장실로 들어가려다가 말고 발걸음을 돌려 살금살금 돌아 나왔다. 사무실로 돌아와 문제를 풀고 있는데, 정혜 누나가 들어왔다. 정혜 누나는 아무런 일도 없었다는 듯이 자리에 앉았다.

"……."

춘호는 정혜 누나가 울어서 눈이 부어 있다는 것을 알고 있었지만 모른 척하고 있었다.

"야. 춘호야. 오늘 맛있게 먹었다. 누나도 있고."

배호는 기분이 좋은지 연신 떠들어대고 있었다.

"누나. 많이 먹어."

춘호는 누나 앞으로 잘 익은 고기를 가져다놓았다.

"그래. 배호도 많이 먹어."

정혜 누나는 배호에게로 고개를 돌렸다.

"누나. 술 한잔 할래?"

"응? 술?"

정혜 누나는 혼자 마시기가 부담스러운지 배호를 쳐다보았다.

"누나. 나랑 마셔요. 난 맥주. 춘호는 못 마시니까요."

"그래. 한 병만 나눠 마시자."

정혜 누나의 그 말에 춘호는 맥주 한 병을 시켰다. 배호와 정혜 누나에게 맥주를 따라주었다. 정혜 누나는 한 병의 맥주가 모자란 듯했다. 다시 추가로 한 병을 더 시킨 춘호는 이번에도 역시 배호와 정혜 누나의 잔에다 술을 따라주었다. 정혜 누나는 오늘따라 술을 마시고 싶어하는 듯했다.

"이제 일어나자. 많이 먹었네."

정혜 누나는 무언가 불안한 듯했다. 아까부터 전화가 자꾸 걸려오는 남자에 대해서 안정되지 못한 마음인 듯했다. 계산을 한 춘호는 누나 옆으로 가서 팔을 붙잡고서 걸었다. 춘호 옆에는 약간 술이 오른 배호가 걷고 있었다.

"누나. 아까 전화 온 남자 누구야?"

춘호가 슬쩍 물어보았다.

"응? 그냥 아는 사람이야."

"그런데 누나가 왜 자꾸 불안해하는 것 같은데?"

"아냐……."

정혜 누나는 속마음을 감추고 싶어하는 표정이었다. 가게 앞에 다다라서 춘호는 정혜 누나의 팔에 끼었던 팔을 풀었다.

"누나. 집에 갈 거야?"

"공부 더 할까?"

뜻밖이었다. 벌써 밤 12시가 가까운 시간이었다.

"너무 늦었잖아?"

춘호는 조용해진 밤거리를 보면서 말했다. 바로 앞길에서 택시를 타야 할 터인데도 누나는 그런 말을 했던 것이다.

"괜찮아. 여기서 자면 되잖아."

"집에 안 가?"

"괜찮대도."

누나는 쓸쓸한 웃음을 지어보였다.

"오늘 무슨 일 있어?"

춘호는 오늘따라 정혜 누나의 그런 모습이 이상하게만 느껴졌다.

"아니. 무슨 일?"

누나는 애써 태연한 척 했지만 눈치 빠른 춘호에게는 통하지 않았다.

"그래. 들어가."

춘호는 가게의 문을 열었다. 어두컴컴한 입구로 들어서서 벽면에 있는 스위치를 올리자 곧 환한 불이 켜졌다. 홀 안으로 들어선 정혜 누나는 텅 비어 있는 홀 안의 모습을 바라보며 서 있었다.

"……."

춘호는 그런 누나의 모습을 보면서 옆에 서 있었다. 배호는 홀을 거쳐 사무실로 들어가는 중이었다.

"누나. 왜 그래?"

춘호는 누나의 쓸쓸한 얼굴을 들여다보고 있었다.

"……."

"아까 그 남자 때문에 그래? 그 남자 누구야? 애인이야?"

"……."

"난 그 남자가 누나 애인인 거 같아……."

270

"······."

정혜 누나는 홀 안으로 걸어가서 테이블 앞에 앉았다. 그리고는 이마에 손을 짚고는 고개를 숙였다.

"······."

춘호는 멀찍이 서서 그런 누나의 모습을 바라보고만 있었다.

"춘호야."

누나가 불렀다. 춘호는 누나가 앉아 있는 테이블로 걸어갔다.

"난 말야. 왜 이렇게 사는지 모르겠어."

"······?"

"넌 아직 몰라. 아무것도 모를 거야."

"······."

"나중에 나이가 들면 알겠지······."

"······."

정혜 누나는 오늘따라 이상한 말만 한다고 생각되었다.

"그 사람이 나 힘들게 해. 너무 힘들어. 이젠 도망치고 싶어."

"그 사람 누군데?"

춘호는 침을 꿀꺽 삼키면서 물었다.

"그냥 그런 사람이야. 나도 모르겠어."

정혜 누나는 테이블에 머리를 대고선 흐느끼기 시작했다. 춘호는 얼른 누나의 옆에 앉으면서 누나의 팔을 붙잡았다. 정혜 누나는 울기 시작했다.

"왜? 누나가 왜 그래?"

"난…… 죽고 싶어. 이런 거 말하고 싶지 않지만……."

누나의 어깨가 들먹이기 시작했다.

"누나……."

춘호는 들썩이는 누나의 어깨를 잡고선 어찌할 바를 몰랐다.

"괜찮아. 넌 신경 쓰지마. 다 내가 한 일이니까……"

"……."

"오늘 그냥 그래. 기분이 그래. 이젠 더 이상 버틸 힘이 없어졌어."

정혜 누나는 넋두리처럼 중얼거렸다. 그 말을 들으면서 춘호는 무언가 말을 해야 하겠다는 생각을 했지만 아무 말도 할 수가 없었다.

"누나……."

"나 오늘 술 안 취했어. 그냥 하고 싶은 말을 할 뿐이야. 넌 들어가."

정혜 누나는 테이블에 엎드린 채였다.

"……."

춘호는 일단 일어났다. 누나가 혼자 있고 싶어할지도 모른다는 생각이 들었다.

사무실로 들어오자, 배호가 소파에 누워 있다가 일어나면서 물었다.

"왜? 누나는?"

"몰라. 오늘 누나가 기분이 안 좋은 거 같아."

"왜?"

배호는 놀란 듯이 일어섰다. 그리고는 홀 쪽을 바라보고 있었다. 금방이라도 나가볼 그런 자세였다.

"놔둬. 나보고 들어가래."

"왜 그러지? 술 마셔서 그래?"

배호는 영문도 모르고 있었다.

"아냐. 아까 전화가 자꾸 온 남자 때문인 것 같아. 그것 땜에 힘들어하는 거 같아."

"뭐?"

배호는 얼른 홀로 나갔다.

홀 안에는 정혜 누나가 엎어져 있는 게 보였다. 배호는 정혜 누나 옆으로 다가가서 섰다.

"누나, 왜요?"

그 말에 정혜 누나는 머리를 옆으로 돌려 팔목 위에다 얹었다.

"누가 누나를 힘들게 해요?"

배호가 다시 한번 물었다.

"괜찮아. 들어가. 나 혼자 여기 있고 싶어서 그래."

정혜 누나가 이번에는 얼굴을 감싸쥐고 앞으로 숙였다.

"……."

배호는 그런 누나의 모습이 안쓰러워 보였다.

"춘호하고 자."

"누나도 들어가요."

"난 여기 있을게."

정혜 누나는 얼굴을 들지 않았다.

"누나. 왜 그래요? 누구 땜에 그래요?"

"됐어. 들어가서 자."

"……."

배호는 더 이상 누나의 마음을 아프게 하고 싶지 않았다. 물끄러미 서 있다가 누나가 고개를 들지 않을 거라는 걸 알고선 안으로 들어갔다.

"왜 그러냐?"

배호는 맥없이 앉아 있는 춘호에게 물었다.

"몰라. 오늘 기분이 안 좋은가 봐."

춘호 역시 기분이 안 좋았다.

"아까 전화가 왔다고? 저녁 먹을 때?"

"응."

"누구지?"

배호는 궁금해했다.

"몰라. 누나하고 사귀는 남잔가 봐."

"그래……?"

배호의 얼굴이 일그러졌다. 배호와 춘호는 난감했다. 홀에 누나를 혼자 놔두고서 방으로 들어가서 잘 수도 없는 일이었다.

"우리 여기서 자자."

배호의 말에 춘호는 고개를 끄덕이고는 방에서 얇은 이불 하나를 갖고 왔다. 그리고는 불을 끄고는 탁자 양쪽에 있는 소파로 가서 누웠다.

"누나가 전화하는가 봐."

춘호가 나지막하게 중얼거렸다.

"……?"

배호는 눈을 감은 채로 그 소리를 듣고만 있었다. 정혜 누나는 울면서 사정을 하는 것 같기도 했고, 중간 중간에 앙칼진 목소리로 소리를 지르기도 했다. 아마 남자와 싸우는 모양이었다.

"……."

춘호는 눈을 감은 채로 조용히 듣고만 있었다. 남자와 여자의 관계란 이해 못할 것이라는 생각을 하고 있었다. 사장과 여사장의 관계가 언뜻 떠올랐다. 좋을 때는 한없이 좋을 듯하다가도 사이가 나빠지면 저렇게 싸우는 관계구나 하는 생각이 들곤 했다. 정혜 누나의 마음씨를 아는 춘호로서는 오늘밤 누나가 저렇게 슬퍼하는 것을 보면서 어딘지 모르게 슬퍼졌다.

"형."

춘호는 슬며시 말을 꺼냈다.

"응."

배호가 탁자 저편에서 이쪽을 바라보는 것이 보였다.

"정혜 누나한테 사랑하는 남자가 있었나 봐, 그지?"

"……."

"난 오늘 알았어. 형도 몰랐지?"

"……."

"왜 사랑하는데 눈물을 흘리게 하고 그래? 남자와 여자는 사랑하면 서로 좋아하는 거 아냐?"

"짜식……."

"그렇잖아. 왜 누나를 울리는 건지 모르겠어."

춘호는 답답한 마음이었다.

"그걸 우리가 어떻게 알아."

배호가 형인 것처럼 제법 어른스럽게 말을 했다.

"……."

춘호는 다시 천정으로 시선을 주었다. 다시 조용해졌다. 누나는 또 울고 있는 듯했다. 나지막하게 흐느끼는 소리가 벽을 타고 들려오고 있었다.

"자자."

배호가 말했다.

"……."

춘호는 잠이 오질 않았다. 정혜 누나의 흐느낌은 간간이 오열하듯이 쏟아졌다가는 다시 잠잠해지곤 했다.

'그래. 남자와 여자는 사랑하게 되면 저런 슬픔도 겪게 되는가 보다. 사람이 살아가는 데에 싸우는 것도 있겠지.'

춘호는 마음씨 좋은 누나가 이런 술집에서 일하다가 보니 때로는 독한 마음도 가질 수 있을 거라는 생각을 하게 되었다. 대개 술집에서 일하는 누나들은 평소엔 마음씨가 좋은 듯하다가도 술 취한 손님과 싸움이 일어났을 때는 앙칼진 모습을 보였던 것을 이해하려고 애를 썼다.

얼마나 시간이 지났을까. 배호는 벌써 잠이 들었는지 가는 숨을 내쉬고 있었다. 그때까지도 춘호는 잠이 들지 못하고 있었다. 어둠 속에서 배호의 가는 숨소리와 홀에서 들려오는 누나의 흐느끼는 소리만 들려오고 있었다.

춘호가 겨우 잠이 들려고 할 때였다. 누군가 문을 두드리는 소리가 들리기 시작했다. 그 바람에 춘호는 다시 잠이 깼다.

"……?"

춘호는 바깥의 동정을 듣고만 있었다. 정혜 누나가 의자에서 일어나는 소리가 들리고, 조금 있다가 문을 여는 소리가 들렸다. 그리고 낯선 바람이 사무실 안에까지 밀려올 듯이 누군가 홀 안으로 들어서는 기척이 느껴졌다.

"야! 여기서 뭐해!"

남자의 거친 목소리가 들려왔다.

춘호는 후다닥 일어나 배호를 흔들어 깨웠다.

"응? 왜에?"

배호는 잠결에 눈을 뜨고선 춘호의 얼굴을 쳐다보았다.

"누나가 맞을 거 같애. 그 사람이 찾아왔나 봐."

춘호는 겁을 집어먹은 목소리로 말했다.

"그래? 여길 어떻게 찾아와?"

배호는 부시시 일어나서 눈을 비벼댔다.

그때, 와장창 하는 소리가 났다. 정혜 누나의 비명소리가 들렸고, 남자의 거친 숨소리가 주먹과 함께 날아가는 듯한 소리가 났다. 누나는 '악' 하는 소리를 지르며 나동그라지는 소리가 났다.

"큰일났어, 나가봐."

춘호는 그렇게 말하고는 사무실 바깥으로 나갔다. 컴컴한 복도를 황급히 걸어가며 홀 안의 누나부터 찾았다. 정혜 누나는 바닥에 쓰러져 있었고, 낯선 남자는 의자를 들어 누나를 내려칠 기세였다.

"너! 여기 숨어 있으면 못 찾을 줄 알고! 너 죽을래!"

남자는 의자를 들었다가 바닥에다 내려쳤다. 의자는 파삭 부서지면서 나무들이 옆으로 튀어 달아났다.

"잘못했어."

정혜 누나가 바닥에 쓰러진 채로 그 말을 했다. 남자는 누나의 멱살을 잡아 일으켜 세우고선 힘껏 뺨을 후려쳤다. 누나는 곧 바닥으로 쓰러졌다.

"……"

춘호와 배호는 복도에서 그 광경을 바라보고만 있었다. 섣불리 뛰어들 수가 없는 처지였다. 춘호와 배호는 삽시간에 아수라장이 된 홀 안의 모습에 어쩔 줄을 몰라 하고 있었다. 낯선 남자는 술이 잔뜩 취한 듯했다. 비틀거리며 정혜 누나를 다시 일으켜 세워서는 주먹으로 가슴을 쥐어박자, 누나는 힘없이 테이블 위로 쓰러지면서 바닥으로 나뒹굴었다.

"살려줘. 그만해."

바닥에 쓰러진 누나는 두 손을 들어 애원을 했다.

"너! 죽여버릴 거야!"

남자는 다시 누나를 일으켜 세웠다. 얼굴이 피범벅이 된 누나의 멱살을 잡아 올린 탓에 누나의 윗옷이 찢겨져나갔다. 하얀 브래지어가 드러났고, 가는 허리가 하얗게 드러나고 있었다.

정혜 누나는 힘없이 들어올려져서 매달려 있었다.

"너, 죽을래!"

남자는 비칠거리면서 마구 흔들어댔다. 누나는 정신이 드는지 남자의 멱살을 잡았다.

"놔! 노란 말이야."

정혜 누나의 앙칼진 목소리였다.

"이년이! 좋아!"

남자는 아예 죽이려고 작정한 듯이 눈을 부릅뜨고 있었다.

"형!"

춘호는 이제 더 이상 참을 수 없는 지경이었다.

"그래."

배호는 그 말을 하기가 무섭게 뛰어갔다. 춘호 역시 낯선 남자에게로 뛰어갔다. 두 사람은 거의 동시에 남자의 등을 잡고서 확 잡아당겼다.

"어? 이 새끼들이!"

남자는 갑자기 달려든 춘호와 배호에게로 주먹을 날리기 시작했다. 배호가 얼굴을 맞아 피투성이가 되고, 춘호는 배를 걸어차이면서 뒤로 나동그라졌다.

"니들도 죽을래?"

남자는 쓰러져 있는 춘호의 배를 걸어찼다. 그때, 배호가 남자의 옆구리에 발길질을 했다. 남자는 휘청거렸을 뿐이었다.

"너! 죽었어!"

그 남자는 이번엔 배호에게로 주먹이 날아갔다. 배호가 피하려다가 그 주먹에 가슴을 맞고선 바닥에 쓰러졌다.

"형!"

춘호가 다시 달려들었다. 그러나 남자는 춘호 따위는 한 방에 날려버릴 듯했다.

"왜 그래, 차라리 나를 죽여!"

이번엔 정혜 누나가 남자에게 달려들었다. 누나는 있는 힘을 다해 남자의 팔을 붙잡았고, 남자는 정혜 누나에게 주먹을 날리려고 하던 참이었다.

춘호와 배호는 거의 동시에 남자의 두 발목을 잡고서 옆으로 잡아당겼다. 남자의 다리가 찢어지면서 정혜 누나가 남자의 가슴팍에 머리를 들이대면서 밀었다.

"어? 이년이!"

남자는 휘청거리면서 뒤로 넘어졌다. 뒤쪽에 있는 테이블 모서리에 뒷머리를 부딪치고는 땅바닥에 널부러졌다. 그때, 재빨리 일어선 배호가 먼저 남자의 가슴에 올라타고서 얼굴을 강타

하기 시작했다.

"퍽!"

"퍽! 퍽!!"

춘호도 일어나 달려들었다.

그러나 바닥에 쓰러진 남자는 꼼짝도 하지 않았다.

"……?"

춘호와 배호는 남자의 얼굴을 마구 두들겨 패다가 멈칫했다. 눈을 허옇게 뒤집은 채로 입을 쩍 벌린 사내의 얼굴이 보였다.

"……?!"

배호가 슬그머니 남자를 내려다보았다. 춘호 역시 꼼짝도 하지 않는 남자를 보며 놀라고 있었다. 배호가 주먹으로 얼굴을 쳤지만 남자의 얼굴은 힘없이 옆으로 돌아갔다.

"……죽었어!"

배호의 외마디였다.

"정말이야?"

춘호도 놀라 정혜 누나를 쳐다보았다. 누나는 무릎을 꿇고서 남자의 얼굴을 들여다보았다. 배호가 남자의 얼굴을 흔들어보았지만 그의 얼굴은 힘없이 돌아갔다. 남자의 뒤통수에서는 시뻘건 피가 쏟아져 나오고 있었다.

"큰일났어! 죽었어!"

배호가 소리치고는 남자의 가슴을 마구 흔들어댔다. 그러나 남자는 흔들리기만 할 뿐이었다.

"그럼 어떡해?"

정혜 누나는 울상이 되어 소리쳤다.

"누나. 큰일났어! 죽었어!"

배호가 소리쳤다.

"……"

정혜 누나는 돌아서서 웅크린 채로 떨고 있었다.

"춘호야. 어쩌냐?"

배호도 당황하고 있었다. 춘호는 땅바닥에 널브러져 있는 남자의 부릅뜬 눈을 내려다보았다. 뒤통수에서 검붉은 피가 쏟아지고 있는 게 보였다. 춘호는 남자의 얼굴에 가까이 대고선 숨소리를 확인해 보았다. 이미 숨이 끊어진 게 분명했다.

"큰일났어! 죽은 게 틀림없어."

춘호는 일어서면서 떨고 있는 정혜 누나에게로 다가가서 껴안았다.

"저 놈은 죽어도 싸. 죽어도 싸."

누나가 소리쳤다.

"누나. 그냥 안으로 들어가 있어. 걱정하지 말고."

춘호는 누나를 일으켜 세워 방으로 데려갔다.

"니들 어떻게 할 건데?"

누나는 아직도 떨리는 목소리였다.

"몰라. 우리가 알아서 할께. 누나는 걱정하지 마."

춘호는 누나를 방에 뉘이고는 이불을 덮어주고선 다시 밖으로 나왔다.

"형. 이젠 어떻게 해?"

춘호가 말하자, 배호가 단호하게 대답했다.

"할 수 없어. 이건 살인이야. 잡혀가느냐 마느냐. 어떡할래?"

"우리가 잡혀가?"

춘호가 놀라서 물었다.

"그래. 사람이 죽었잖아. 살인이야. 미치겠어."

배호도 어쩔 줄을 모르고 있었다. 춘호는 배호의 얼굴을 쳐다보고 있었지만 배호가 당황하는 모습을 보며 더럭 겁이 났다.

"형. 그럼 우리 둘 다 교도소 가야 되는 거 아냐?"

"이건 살인이야. 들어가면 다신 못 나와."

"……?!"

"살인하면 무기징역이야. 사형까지도 당할 수 있고……."

배호는 바닥을 주먹으로 쳤다.

"그럼 어떻게 해? 우리, 이 사람을 감쪽같이 해치우면 안돼?"

"뭐?"

배호가 얼굴을 들었다.

"그 수밖에 없잖아. 나하고 형이 같이 교도소에 들어가는 것보단 낫잖아. 누나도 그렇고……."

춘호는 방 쪽을 바라보면서 누나를 걱정했다.

"……그래. 그렇게 할 수 있어?"

"응, 우리만 입을 다물면 돼. 여기 아무도 없잖아?"

"……?"

배호는 이제서야 정신이 드는 듯했다. 주위를 둘러보면서 눈빛에 빛이 났다.

"그럼 어떻게 해?"

춘호가 침착하게 물었다.

"어디 숨길 데 없어?"

배호의 말이었다.

"지하 창고? 거기에 숨겨도 돼?"

"거긴 안돼. 썩으면 냄새가 나."

"그럼?"

춘호는 마음이 다급해져 왔다.

"땅 속에 묻어버리는 것이 제일 안전해. 나중에 썩어버리면 아무도 몰라."

"새벽인데 지금 멀리 가서 내다버리면 안돼?"

춘호가 다른 제의를 했다.

"그건 탄로 날 일이야. 사람들한테 발견되면 어차피 들키게 돼 있어."

배호는 감방 안에서 얻어들은 범죄의 수칙을 알고 있었다.

"그럼 어디다가 묻어?"

춘호가 물었다.

"아무데나. 시멘트가 발라져 있으면 깨고서라도 묻는 게 좋아. 여기 땅 없어?"

"땅? 다 시멘트로 돼 있어."

"그럼 시멘트를 깨고서 묻는 수밖에 없어. 내가 감방 안에서 듣기론 그게 제일 안전해."

배호는 그제야 힘을 얻은 듯이 바닥에서 일어났다.

"누나는?"

배호가 생각난 듯이 물었다.

"방에서 자. 내가 자라고 그랬어."

"그럼 땅을 팔 데를 찾아보자."

배호의 말에 춘호는 움직이기 시작했다. 그들은 지하 창고로 내려가 불을 켰다. 건물을 지을 때에 쓰다가 처박아둔 듯한 장비들이 어지럽게 널려져 있었고, 술상자들과 자질구레한 것들이 꽉 차 있었다.

"이거 있네. 곡괭이야."

춘호가 얼른 구석에서 곡괭이를 찾아들었다. 한쪽 벽면엔 녹슨 삽도 놓여 있었다.

"됐어. 그걸로 파자. 참, 너는 바깥에 나가서 문 잠그고 와."

"응, 알았어."

춘호가 바깥으로 나간 사이, 배호는 곡괭이를 들었다. 구석진 곳의 시멘트 바닥에 곡괭이를 내려찍었다. 곡괭이는 팅, 하며 튀어 놀랐다. 배호는 곡괭이 자루에 침을 뱉어 다시 한번 시멘트 바닥을 내리쳤다. 이번에도 역시 곡괭이는 소리만 요란하게 났지, 조그만 상처만 내고선 튀어 올랐다.

"문 닫았어. 잘 파져?"

춘호가 지하실로 들어왔다.

"아냐. 너무 단단해. 큰일났네."

배호는 다시 한번 곡괭이를 내려찍고는 지친 듯이 서 있었다.

"금이 간 데를 파봐. 내가 파볼게."

춘호가 이번엔 바닥의 금이 간 데를 곡괭이로 내리쳤다. 금이 간 부분이 조금씩 패이면서 곡괭이 날이 들어갈 만큼 골이 생기고 있었다. 두 사람은 교대로 번갈아가면서 그곳을 내려찍었다. 지하실의 바닥에서 요란한 꿍음이 울려 퍼졌다.

"너 나가서 소리가 나나 들어봐. 소리가 너무 커."

배호는 곡괭이를 내려치면서 춘호에게 나가보라고 시켰다. 춘호는 다시 바깥으로 나갔다가 들어왔다.

"괜찮아. 안에서만 크게 울려. 바깥에서는 안 들려."

"그래, 좋아."

두 사람은 있는 힘을 다해 곡괭이를 내려찍었다. 한번 부서지기 시작한 시멘트는 곡괭이를 내려찍을 때마다 금이 가면서 틈이 벌어졌다.

두 사람은 새벽 여섯 시가 될 때까지 곡괭이질을 해댔다. 한 사람이 곡괭이를 들고서 내려치면 한 사람은 녹슨 삽으로 흙을 파냈다. 사람이 겨우 들어갈 만큼의 공간이 패이자, 그들은 기진맥진해 있었다.

"이제 됐어. 좀 쉬었다가 들고 오자."

배호가 먼저 벽에 가서 쓰러지듯이 등을 기댔다. 그동안 정신없이 곡괭이질을 했던 탓에 지칠 대로 지친 모습이었다. 춘호도 벽에 몸을 기대고 앉았다. 손끝 하나 움직일 힘도 없었다.

"형. 이렇게 하면 괜찮을까? 겁나."

"괜찮아. 안 그러면 우리가 잡혀가. 너하고 나하고 누나까지도. 잡혀가면 그길로 우린 끝장이야. 그 안에서 사형수를 봤는데, 사형수는 두 손목에다 수갑 두 개를 차고, 다시 그 위에다가 허리를 두른 가죽수갑으로 다시 손목을 채워놓는 거야. 왜 그렇게 하는지 알아?"

"왜?"

"자살하지 못하도록 가죽수갑까지 채워놓는 거야. 허리에서부터 손목에까지 수갑을 채워놓으면 손을 마음대로 들지도 못해. 화장실에 갈 때도 그렇게 가고, 밥을 먹을 때도 엎드려서 먹어야 되는 거야."

"......?"

춘호는 그 말을 들으면서 미간을 찌푸렸다.

"그러다가 죽을 날짜가 되면 새벽에 사형장으로 끌려나가는 거야. 그런 거 상상해봤니?"

"......"

춘호는 배호가 하는 말을 들으면서 끔찍한 생각이 들었다.

"사람이 이렇게 쉽게 죽는 줄은 몰랐어. 아마 뇌진탕일 거야. 우리가 재수 없는 거지."

배호는 허탈한 듯이 말을 뱉었다. 그리고는 담배를 꺼내 물었다. 담배를 피우고 있는 배호의 모습은 마치 건장한 청년 같다는 생각이 들었다.

"형. 안 들킬까?"

"걱정하지마. 여기 누구 들어올 사람도 없잖아."

"그래도……."

"할 수 없어. 우리가 안 죽으려면 어쩔 수 없는 거야. 지금 우리가 하고 싶어서 이러는 거 아냐. 우리 셋은 다 공범이야."

"공범?"

춘호가 몸을 일으켰다.

"그래. 붙잡혀 가면 다 공범으로 엮여. 똑같이 형을 받는 거야."

"……."

춘호는 더 이상 할 말이 없었다.

"이제 나가보자. 시체를 가져와야 돼."

배호가 먼저 일어났다. 춘호는 배호의 뒤를 따라 홀로 올라갔다. 홀 안은 피비린내가 진동하고 있었다. 테이블 밑에 쓰러져 있는 사내의 몸뚱이를 보자, 더럭 겁이 났다. 춘호가 망설이고 있는 동안에 배호는 용감하게 사내의 두 팔 겨드랑이를 들어올렸다.

"넌 다리를 들어. 바짝 힘을 써."

춘호가 다리를 들어 올리자, 배호는 춘호에게 당부를 했다.

"놓지 말고 끝까지 들고 가. 놓으면 피 흘리니까."

춘호는 무거운 다리를 들고서 배호의 뒤를 따라갔다. 지하로 내려가는 계단에서 잠시 쉰 그들은 다시 지하실로 옮겼다.

죽은 사내를 구덩이에 밀어 넣고는,

"너, 락스 있냐?"

"락스? 왜?"

"그걸로 뿌려야 돼. 그래야 빨리 썩지. 그거 가져와."

배호의 말에 춘호는 얼른 위로 올라가서 락스를 가져왔다. 배호는 락스의 뚜껑을 열어 사내의 몸에 뿌린 다음, 퍼낸 흙으로 덮기 시작했다. 춘호도 옆에서 배호를 도왔다. 사내의 몸을 다 덮은 다음에 흙 위에 올라서서 밟았다.

"이젠 아무한테도 오늘 일을 말하면 안돼. 누나한테도 절대 말하지 마."

"응……."

"여기에 있다는 말도 하지 마. 알았지?"

"응."

춘호는 고개를 끄덕였다.

"됐어. 오늘은 이걸로 끝내자. 됐어. 올라가서 피를 씻어야지."

춘호는 배호 형이 하자는 대로 따라서 올라갔다. 홀 안에 흘린 피를 닦아내기 위해 춘호가 세숫대야에 물을 떠오고, 그 물로 피를 씻어내기 시작했다. 세숫대야의 물이 곧 벌겋게 변해버렸다. 배호는 물걸레로 바닥을 꼼꼼하게 닦고는 테이블에 묻은 피까지도 말끔히 씻어냈다. 그리고는 계단에 흘린 피까지도 말끔히 닦아냈다. 다시 홀로 올라온 그들은 테이블의 의자에 앉았다.

"잘 봐. 피가 어디 묻었는가."

"……."

춘호는 혹시라도 핏자국이 남아 있는가를 살폈다. 완전하게 지워진 듯했다. 배호가 시키는 대로 깨끗하게 지워진 것 같았다. 배호는 힘이 들었는지 의자에 앉아 담배만 피워대고 있었다.

"형. 이제 자. 벌써 아침이야."

"그래. 피곤하네."

두 사람은 일어나서 방으로 들어갔다. 정혜 누나는 그동안 무슨 일이 있었는지 모르는 채 곤히 잠들어 있었다.

"넌 여기서 자. 난 사무실에서 잘게."

배호가 방이 좁은 것을 보고는 바깥으로 나갔다.

춘호는 정혜 누나가 세상모르고 잠들어 있는 모습을 보고는 사무실로 들어갔다.

"왜?"

"나도 여기서 잘래."

춘호는 배호가 누운 소파 맞은편에 누우면서 불을 껐다.

"……."

두 사람은 한동안 말이 없었다. 배호는 아직 잠들지 않고 있었다. 춘호는 캄캄한 천정을 올려다보며 간밤 사이에 그러한 일이 있었다는 것이 믿겨지지가 않았다.

"형……."

"……."

"앞으로 어떻게 하지?"

"……."

"난 겁나. 제갈 형사의 얼굴이 막 보이는 걸."

"누구?"

"경찰서에 있을 때에……. 그 형사 말이야. 감 형사님도 그렇고……."

"……."

배호는 춘호에게로 고개를 돌렸다가는 힐끗 쳐다보고는 반듯이 누웠다.

"그 아저씨들이 알면……."

춘호는 자꾸만 겁이 났다.

"괜찮아. 어쩔 수 없는 일이었잖아."

"자수하면 안 될까?"

"뭐?"

배호가 벌떡 일어났다.

"그냥……. 너무 겁나서 그래. 자수하면 안 봐줄까? 사실대로 말하면……."

"그건 안 통해. 일단 우린 살인자가 된 거야. 너, 마음 굳게 먹어."

"알았어."

춘호는 배호가 버럭 소리를 지르는 것을 보고선 놀라서 움찔

했다.

"이젠 깡그리 잊어버리는 거야. 절대로 말하지 마."

"알았어."

배호가 단단히 주의를 준 셈이었다. 춘호는 말똥거리며 천정만 바라보고 있었다. 밤사이에 엄청난 일을 처리한 셈이었다. 지금 생각해봐도 믿기지가 않았다. 누나를 때리던 남자한테 달려들어 넘어뜨린 것밖에 없었는데 그 남자는 눈을 허옇게 부릅뜨고 죽어버린 것이었다.

"형!"

"왜?"

배호 역시 잠이 오지 않는 목소리였다.

"형은 감방 안에 있으면서 사형수 봤어?"

"그래, 임마."

"그런 사람은 눈빛이 어때?"

"……?"

배호는 혼자 씁쓸하게 웃었다.

"그런 사람은 무슨 생각을 하고 살까? 그게 알고 싶어."

"죽을 날만 기다리는 거야. 맨날 밥을 먹어도 살기 위해서 억지로 먹는 거야. 그게 살로 가겠냐?"

"……."

"눈빛? 눈빛을 물었지?"

"응."

"살기가 돌지. 사람을 죽여서 살기가 도는 게 아니라, 자신이 언제 목을 매달고 죽을지 모르기 때문에 눈에 살기가 도는 거야. 생각해봐라. 사형 언도를 받아놓고 언제 죽을지 모르는데 마음이 편할 놈이 있겠냐?"

"……."

"말은 안 해도 살이 바싹바싹 타들어가는 거지. 밥알을 씹어도 모래알을 씹는 거 같을 거다 아마. 그러니까 살은 안찌고 바싹 마르면서 눈빛만 초롱초롱해지는 거야. 그러니까 살기가 도는 것처럼 보이는 것이고."

"우리가 잘못한 거 같아……."

"……?"

"그냥 누나가 맞는 걸 놔뒀으면 괜찮았을 텐데……."

"……."

"누나도 그걸 알면 후회할 거야."

"너 또……."

배호가 벌떡 일어나 앉자, 춘호는 돌아누워 버렸다.

"다신 그런 말하지 마. 입밖에도 내지마."

"……응."

춘호는 벽면을 바라보며 고개를 끄덕였다. 배호는 화가 난 듯이 벌러덩 소파에 드러누웠다. 그리곤 부스럭거리며 담배를 꺼내 불을 붙였다. 캄캄한 사무실 안에 배호의 담뱃불만 깜박이고 있었다.

배호는 한참동안 담배를 피우다가 슬쩍 춘호를 바라보며, 말을 건넸다.

"너, 자냐?"

"아니……."

"나도 예상을 못했어. 재수 없어서 일어난 일이야. 사람이 그렇게 맥없이 가버리는 줄 누가 알았니. 지가 머리를 부딪치고 죽어버리는데 누가 막아?"

"그건 그래……."

춘호는 배호의 말뜻을 이해했다.

"그냥 아무런 일도 없었던 것처럼 행동하는 거야. 이젠 어쩔 수 없어. 누나가 물으면 나중에 깨어나서 도망갔다고 그래버려. 다신 누나 앞에 안 나타날 테니까."

"응……."

배호는 이제서야 어느 정도 마음이 놓이는 기분이었다. 춘호는 오래도록 잠이 들지 못했다. 만약 그 일이 들통난다면 세 명이 똑같이 죄를 뒤집어쓰는 결과밖에 없다는 걸 알고 있었다.

'살인……. 사람을 죽인 거야. 우린…….'

춘호는 어렸을 적에 고아원에서 예배를 볼 때에 목사님이 하시던 말씀이 기억났다.

카인이 동생인 아벨을 미워해서 돌로 쳐죽여서 땅에 묻어버렸다는 것을. 그래서 카인은 최초의 살인자가 되었다는 설교 말씀이었다. 하나님은 카인이 동생을 쳐죽인 사실을 다 알고 있다는 목사님의 말씀이었다.

춘호는 그 목사님이 그런 설교를 하면서 죄를 짓지 말라고 당부하던 모습이 생생하게 떠올랐다.

'지하실에 그냥 두면 위험할 텐데……'

춘호는 지하실에 묻은 그 남자의 시체가 그대로 드러나 있는 것이 마음에 걸렸다.

"형."

"왜?"

"지하실 말야. 그대로 둘 거야? 그냥 두면 대번에 알잖아?"

"자. 자고 나서 우리 둘이서 시멘트를 사다가 발라야지. 그래야 완전범죄가 되는 거야."

"아……."

춘호는 배호의 그런 머리가 두렵기까지 했다. 감방에 들어갔다가 나온 배호는 이제 예전의 형이 아니었다.

"형은 겁 안 나?"

춘호는 그게 궁금했다.

"왜 겁이 안 나. 그래도 나는 감방에 들어갔다 나온 놈이잖아. 그곳에서 그런 것 많이 배웠어. 무슨 일이 닥치면 정신을 차리면 된다고. 나도 물론 겁이 나지만 우리 셋이 살 길을 찾아야겠다고 생각한 거야. 내가 감방에서 나온지 얼마 안 되는데 이런 사고가 나면 어떻게 되는지 아니?"

"……?"

"사형이 될지도 몰라."

"형……."

춘호는 사형이라는 말이 가슴을 칼로 찌르는 것만 같았다.

"우린 이제 어쩔 수 없어. 여기서 도망갈 수도 없어."

"왜?"

춘호는 돌아누우면서 배호를 쳐다보았다.

"생각해봐라. 우리가 여기서 도망친다면 누가 여기에 들어올
거 아냐? 사장이 세를 놓는다고 하더라도 누가 들어올 거 아냐?
그러면 지하실에 들어가 보면 들킬 수도 있는 거지. 안 그래?"

"……?!"

춘호는 배호가 머리 쓰는 것에 그저 놀랄 뿐이었다.

"그러니까 우리가 여기서 그냥 이대로 사는 거야. 그러면 시
체가 썩을 때까지 아무도 몰라. 너는 사장님을 면회하면서 계속
여기서 산다고 그래."

"응."

"사장이 감방 안에 오래 있으면 있을수록 더 좋은 거고."

"응."

"만약에 사장이 나온다고 해도 우리가 감쪽같이 시멘트로 발
라놓으면 못 알아차릴 수도 있어."

"맞아……."

"그 수밖에 없어."

"응, 알았어."

그제야 춘호는 마음이 놓이는 듯했다. 겨우 잠이 든 춘호는 악몽을 꾸었다. 시커먼 물체가 꾸물거리며 다가오자 정신없이 도망치다가 벼랑에서 떨어지는 꿈을 꾸다가 번쩍 눈을 뜨면 아직도 캄캄한 밤이었다. 하긴 지하실이나 마찬가지인 사무실 안은 어둡기 그지없었다. 옆을 돌아보면 배호 형은 정신없이 자고 있는 게 보였다.

'지금 몇 시나 됐지?'

춘호는 일어나 어둠 속에서 벽시계를 쳐다보았다. 오전 10시가 조금 넘은 시간이었다. 목이 마른 춘호는 주전자의 물을 따라 마시고는 복도를 걸어가는데 누군가 자꾸만 뒷덜미를 낚아채는 것만 같았다.

방문을 살며시 열어보니 정혜 누나는 아직도 깊은 잠에 들어 있었다. 춘호는 방으로 들어가서 정혜 누나의 옆자리에 누웠다. 피범벅이 된 채로 잠든 정혜 누나의 모습이 안쓰러워 보였다.

춘호는 곧 깊은 잠에 빠져들었다. 잠결에 춘호는 누군가 흔드는 기척에 눈을 떴다.

"춘호야. 안 일어나? 배호는 어딨어?"

춘호가 눈을 뜨자,

"배호 어디 갔어?"

정혜 누나였다. 정혜 누나는 언제 일어났는지 벌써 세수를 하고선 옷을 입고 있는 상태였다.

"응. 사무실에서 자."

"왜?"

"나도 사무실에서 자다가 들어왔어."

"어제 어떻게 됐어?"

정혜 누나는 어젯밤의 일에 대해서 물었다.

"그 사람?"

"응."

정혜 누나는 아직도 두려운 표정이었다.

"살아났어. 우리하고 다투다가 도망쳤어."

"살아나? 어떻게?"

"잠깐 기절한 거 같아. 뒤통수 깨지고. 피가 많이 났어."

"정말이야? 정말로 살았어?"

정혜 누나는 믿기지 않는다는 투였다.

"정말이라니까. 아마 몇 바늘 꿰매야 할 거 같아."

"그랬구나. 난 죽은 줄 알았지."

"죽기는. 누나, 더 안 자?"

"됐어. 아침 먹어야지."

"배호 형 깨우지 마. 늦게 잤어."

"너도?"

"응."

춘호는 거짓말을 하고 있었다. 간밤에 죽은 사내를 지하실에
묻었다는 말은 차마 할 수가 없었다.

"난 어제 되게 놀랐어. 그 놈이 정말 죽은 줄 알았어."

"뇌진탕이야. 나중에 깨어나더라구."

"그래. 괜찮았어? 안 패?"

"우리가 치료하고 있으니까 깨어났어. 그러니까 우리한테 행패는 안 부렸어."

"⋯⋯."

"누나. 그 사람 누구야? 애인이야?"

"⋯⋯."

"난 누나한테 애인이 없는 줄 알았어. 그렇게 패는 사람이 어디 있어."

"그래⋯⋯."

정혜 누나는 춘호가 보는 앞에서 맞았다는 것이 자존심이 상한 듯, 아니면 이미 모든 것이 엉망이라도 되었다는 듯이 자포자기하는 심정으로 말하고 있었다. 그 반면에 춘호는 그런 남자가 애인이었다는 화가 나기도 할 뿐만 아니라, 그런 누나였다는 것이 실망이 되어서 연민에 가까운 말투가 되어 있었다.

"다행히 살아서 도망갔으니 다행이지. 이젠 다시는 누나 앞에 안 나타날 거야."

"그걸 어떻게 알아?"

정혜는 믿기지 않는다는 듯이 물었다.

"배호 형이 좀 패줬어."

"배호가? 그 사람 깡패야."

"깡패?"

"그래! 술집 같은 데서 노는 깡패라니까!"

정혜는 배호가 패줬다는 말이 믿기지 않는다는 표정이었다.

"그래도……. 넘어져서 기절한 놈이 무슨 힘이 있어. 우리 둘이서 달려들어서 막 패줬지."

"어라?"

정혜가 웃었다. 춘호가 농담하는 것처럼 들린 모양이었다.

"정말이야. 다시는 누나 앞에 안 나타날 정도로 두들겨 팼으니까. 배호 형도 감방에 들어갔다가 나온 형이야. 형도 많이 거칠어졌어!"

"그럼 맞고 갔단 말이야?"

"하여튼 신나게 맞고 갔으니까 안 올 거라고. 누나보고 더럽다고 그러면서 씩씩거리며 나갔다니까."

"그랬으면 좋겠다, 야."

정혜는 이제 잘 됐다는 식이었다.

"그래. 난 이제 밥이나 해야겠다. 쌀은 어디네 있어? 주방에 있어?"

"응."

춘호는 일어나서 이불을 개기 시작했다. 정혜는 주방에서 쌀을 안치면서 뭔가 이상하다는 느낌이 들었지만 춘호의 말을 믿지 않을 수도 없었다.

'그 자식이 그렇게 쉽게 도망가? 얼마나 찰거머리인데…….'

정혜는 그동안 그 놈팽이 때문에 얼마나 고생을 한 것인지 모른다. 매일 용돈을 뜯기다가 요즘 들어서 일자리가 없어 돈이 궁해지자, 행패를 부리기 시작한 것이다. 시골로 보내는 돈이 빠듯해서 저금통장에서 빼내서 보내다가 카드에서 돈을 빼내 시골로 돈을 보내는 형편이었다. 그런데도 그 놈은 정혜의 카드를 빼내가서 마음대로 100만 원이라는 돈을 빼내 쓴 것이었다.

그것 때문에 싸움의 발단이 된 셈이었다. 술집에서 일하면서 건달 하나쯤은 옆에 있어야 술집에서 일하기가 편하다는 것 때문에 남자를 알긴 했지만 정혜한테는 도리어 기생충이나 마찬가지였다. 대개 여자에게 빌붙은 건달들이 그랬다.

술집에 나가는 여자를 애인이라고는 하지만 마치 술집 여자를 다루듯이 하면서 돈이나 뜯어내는 것이 일이었다. 필요하면 몸을 요구하고, 돈이 필요하면 돈을 뜯어내면서 장난감처럼 갖고 노는 것이 그들의 생리였다.

정혜는 자신 몰래 카드를 갖고 나가서 100만 원이라는 돈을 빼내서 써버린 것이 무척이나 아까웠다. 요즘처럼 놀고 있는 판에 100만 원이라는 돈은 결코 적지 않은 돈이었다. 장사가 잘 돼서 팁이 두둑하게 들어오는 날은 까짓것 며칠만 옷을 벗다시피 하면 그만한 돈을 모을 수 있었지만 그런 술집이란 곳은 일자리가 없으면 벌어놓은 돈으로 까먹어야 하는 곳이었다.

그래서 술집에 나가는 애들은 돈이 있을 때는 흥청망청 써버리고 나서 막상 돈이 필요할 때는 돈이 없어 급전을 당겨쓰는 것이 다반사였다. 돈이 있을 때는 고가의 화장품도 막 사서 쓰지만, 돈이 궁할 때는 옆에 있는 친구의 화장품을 빌려 쓰는 형국까지 벌어지곤 했다.

정혜는 쌀을 씻어 밥을 하고는 된장을 사러 슈퍼에 나가면서도 주머니에 단돈 만 원밖에 없다는 것이 현실이었다. 또 카드를 긁어서 써야 할 판이었다.

된장과 두부를 사온 그녀는 파와 마늘을 썰어 넣고 된장국을 끓였다. 아침 식사가 다 준비된 뒤에서야 배호가 주방으로 들어왔다.

"야. 누나 음식 잘하네!"

배호는 미리 춘호에게서 정혜 누나에 대한 이야기를 듣고서 주방으로 들어온 셈이었다.

"으응. 너, 어젯밤에 그 새끼 패줬다면서?"

"응. 춘호하고 같이. 왜?"

"그 새끼가 도망가데?"

"그럼! 도망가야지 뭐. 별 수 있나? 뒷머리가 찢어졌는데 기절했다가 일어난 놈이 뭐 힘이 있나."

"너, 싸움 잘하는구나?"

"후후. 감방에 들어가서 악만 키우고 나왔지요 뭐. 그 새끼가 다시는 누나 옆에 얼씬도 안 할 겁니다."

"그래. 나도 지긋지긋해. 그 놈이 내 통장에서 백만 원을 빼내 갔잖아."

"그래서 싸운 거예요?"

"응."

"이젠 더 이상 치근덕거리지 않을 겁니다."

"여기 또 찾아오면 어쩌려고?"

"그 새끼한테 그랬어요. 나도 엊그제 감방에서 나왔는데. 이 판사판이니까 알아서 하라고 그랬어요."

"그랬더니 뭐래?"

정혜 누나는 다시 한번 확인하고 싶어하는 듯했다.

"뭐, 그 말하면 알아들었겠죠. 감방 이야기하면 척 알아듣잖아요."

배호는 그 말을 하고선 얼른 주방을 빠져나왔다. 춘호가 사무실 청소를 하고 있었다.

"형. 빨리 지하실을 해야지?"

"가만있어. 누나하고 아침 먹고 나서 시간 봐서 하자. 그냥 조용히 있어."

"응……."

다시 춘호는 청소에 열중했다. 정혜 누나가 아침상을 차려 사무실로 갖고 왔다. 세 명은 사무실 탁자에 둘러앉아 아침 식사를 하기 시작했다.

한참 식사를 하고 있을 때에, 춘호는 주머니에서 만 원권 지폐 뭉치를 꺼냈다.

"누나. 이거 받아."

"이거 뭐야?"

"받아. 그 놈한테 돈을 뺏겼다면서. 이걸로 써. 난 돈 필요 없어."

"됐어. 너도 돈 필요하잖아?"

누나는 돈 받기를 사양했다.

"받아. 난 형한테 돈 있으니까 그걸로 쓰면 돼. 받아."

춘호는 정혜 누나의 손에 억지로 돈을 쥐어주었다. 정혜 누나는 춘호의 그러한 모습에 마지못해 돈을 받긴 했지만 마땅치 않은 표정이었다.

"그래. 춘호는 나하고 같이 쓰면 돼."

배호가 옆에서 거들었다.

"난 돈 있어. 통장에서 안 꺼내 쓰려고 하니까 그렇지."

"괜찮아. 받아. 누나."

배호가 다시 그 말을 하자, 정혜 누나는 웃으면서 받아 넣었다. 식사를 끝낸 정혜 누나는 설거지를 하려고 했다. 그러나 춘호가 배호가 나서서 설거지를 하겠다고 만류했으므로 정혜는 잠깐 집에 다녀올 거라면서 밖으로 나갔다.

"됐어. 내가 가서 시멘트 좀 사올게. 넌 설거지하고 있어."

배호가 재빨리 말했다. 춘호는 설거지를 하고 있었고, 배호는 밖으로 나가 철물점에서 시멘트 한 포대와 모래를 사들고 왔다. 설거지를 끝낸 춘호는 출입구문이 닫혀 있는지 다시 한번 확인하고는 배호와 같이 지하실로 내려갔다.

좁은 계단을 내려갈 때에 무서움이 앞섰다. 금방이라도 지하실 구석진 곳에서 그 사내가 벌떡 일어나 무언가로 후려칠 것만 같았다. 배호가 먼저 터벅터벅 밑으로 내려가고, 그 뒤를 따라 춘호가 내려가고 있었다.

지하실 안은 비린내로 가득 차 있었다. 시멘트와 모래를 내려놓은 그들은 어젯밤 묻은 구덩이를 지켜보고 있었다.

"형. 이곳만 시멘트로 바르면 표가 나지 않을까?"

춘호가 나중의 만일을 생각해서 말을 꺼냈다.

"그래. 바닥 전체를 시멘트로 바르는 게 좋겠어. 그러면 한 군데만 표가 안 날 거니까."

"물을 떠와?"

"응."

춘호는 곧장 위로 올라가서 양동이에 물을 떠왔다. 바닥에다 모래와 시멘트를 부어 반죽해서는 물을 붓기 시작했다. 배호는 마치 노가다 일꾼처럼 능숙하게 삽질을 하고 있었다. 모래와 시멘트를 이긴 다음, 춘호가 발로 꾹꾹 밟은 흙 위에다가 시멘트를 덮기 시작했다.

"나중에 흙이 꺼질지도 모르니까 시멘트를 두껍게 깔아야 돼."

배호는 미리 그런 것까지도 염두에 두고 있었다.

"그렇네. 그런 거까지도 알아?"

"후후. 이런 것도 다 감방에서 얻어들은 것이야. 너도 이런 것쯤은 알아둬라. 감방에 그냥 갔다가 온 거 아니다."

배호는 마치 감방에 갔다 온 것을 훈장마냥 자랑스럽게 여기고 있었다. 구덩이에다 시멘트를 두텁게 바르고선 그 주위에서부터 전체 바닥으로 시멘트를 발라 나갔다. 바닥 전체를 바르고 나니 감쪽같았다.

"어때? 괜찮지?"

"응."

춘호는 고개를 끄덕였다. 쓰다 남은 시멘트와 양동이 등을 들고서 위로 올라왔다.

"이거 깨끗이 씻어야 돼. 그리고 여긴 아무도 못 들어가는 거야."

"알았어."

춘호는 기분 좋게 대답을 하고는 연장들을 주방으로 가져가서 씻었다.

벌써 정오가 가까운 시각이었다.

"오늘 기분도 그렇고 한데 뭐 시켜 먹을까?"

"좋아!"

"참! 정혜 누나가 왜 안 오지? 집에 가서 자나?"

"내가 전화해볼게."

춘호는 사무실로 들어가서 정혜 누나에게 전화를 했다. 정혜는 집에 가서 밀린 빨래를 하고 있는 중이었다. 춘호의 전화를 받고서 곧 오겠다는 말을 했다.

"누나가 곧 올 거래. 기다렸다가 같이 먹자."

"그래, 그럼."

배호는 피곤한지 소파에 길게 드러누웠다.

"형은 앞으로 뭐했으면 좋겠어?"

"나?"

"응."

춘호는 이제 어느 정도는 마음이 놓이는지 여유가 있었다.

"공부해서 고등학교 가는 거지 뭐. 넌?"

"나도. 그 다음엔 뭐하지?"

"넌 대학 간다고 그랬잖아. 나야 고등학교만 하고 나서 뭐할까? 아무데나 취직해서 돈벌이나 하는 거 어떠냐?"

"그래. 형은 돈벌이 해."

"넌?"

"나도 대학 못 가면 취직이나 해야지 뭐."

"우리 대학 못 가면 조폭이나 만들까?"

"조폭? 그거 아무나 만드냐?"

춘호는 우습다는 듯이 웃어댔다.

"힘을 길러야지. 주먹도 키우고. 그리고 머리만 잘 쓰면 돼. 조폭도 머리가 있어야 돼. 우리같이 부모도 없는 애들은 그거라도 해야지."

"그럼 고등학교는 왜 가?"

"조폭도 배워야 한다니까 그러네. 깡무식이면 조폭도 못하지."

배호는 그 말을 해놓고는 웃었다.

"멋있는 조폭은 없나?"

"야. 조폭도 멋있는 조폭이 있냐?"

이번엔 배호가 웃어댔다.

"왜? 영화에 나오는 조폭 말이야. 진짜 의리 있고 남자다운 그런 조폭 말이야. 쫀쫀한 조폭은 싫어."

"하하, 그래. 우리 멋있는 조폭이 될까?"

"좋아. 난 그런 거면 한다 뭐."

"하하하, 그럼 누나도 조폭하면 어때? 우리 셋이서."

"정혜 누나?"

"응. 우리 셋이서 하면 어떨까?"

"누나가 왜 조폭을 해? 여자가?"

"여자도 얼마든지 할 수 있어. 얼마나 멋지냐? 안 그러냐?"

"하하, 누나가 기절하겠다."

"누나는 대학을 나왔으니까 머리가 있으니까 괜찮지 뭐. 조직을 이끌려면 그런 머리 하나쯤은 있어야 하는 거야."

"하하하."

춘호는 입을 막고 웃었다. 한 시간쯤 뒤에야 정혜 누나가 돌아왔다. 문을 열어 주었을 때, 그녀의 양손엔 제과점 빵이 든 봉지와 반찬꺼리들이 잔뜩 들려져 있었다.

"점심 안 먹고 기다리고 있었어."

"왜? 먹지?"

"배호 형하고 같이 먹게. 점심 먹었어?"

"아니."

그녀에게서 물건을 받아든 춘호는 앞장서서 걸었다. 정혜는 홀로 들어서면서 문득 그 전날 밤의 일들이 생각났던지 가볍게 몸을 떨었다.

"그날, 무슨 말 안 하디?"

"누가?"

춘호는 뒤에 따라오는 누나를 쳐다보았다.

"그 새끼 말이야."

"아, 씨팔 하고 욕하고 나갔어. 왜?"

"됐어. 연락이 없어서……."

"……."

춘호는 묵묵히 걷는 데에만 열중하는 것처럼 했다. 사무실 문을 열었다. 그 새 배호는 깜박 잠이 든 모양이었다. 춘호가 들어서자 소파에서 벌떡 일어났다.

"이야. 뭐야? 누가 사왔어?"

배호는 곧 뒤따라 들어온 정혜 누나를 쳐다보면서 씨익 웃었다.

"누나. 우리 뭐 시켜먹을까?"

"해먹지 그러니. 반찬 많이 사왔어."

정혜가 소파에 앉으면서 춘호가 내려놓은 물건들을 턱짓으로 가리켰다.

"오늘은 그냥 사먹지 뭐. 뭐 먹을래?"

"아무거나."

"춘호 넌?"

세 사람은 자장면으로 통일하기로 했다. 곧 중국집으로 전화를 걸어서 주문을 했다. 중국집에서 배달 온 음식을 먹으면서 춘호는 말을 꺼냈다.

"이거 먹고 사장님 면회나 갔다 올 거다. 배호 형하고 누나는 여기 있을래?"

"응."

정혜 누나가 고개를 끄덕였다.

"난 잘 거다."

"누나는 뭐해? 빨래했다면서 안 피곤해?"

"난 책이나 보고 있지 뭐. 너, 빨리 와라. 셋이 공부하게."

"응, 알았어."

춘호는 대답을 하고는 재빨리 남은 자장면을 먹어치웠다.


가게를 나선 춘호는 걸어서 교도소까지 갔다. 걸으면서 그동안 일어났던 일들에 대해 생각을 해보니 끔찍한 일이 순식간에 지나간 듯한 기분이었다. 마치 아무 일도 없었던 것처럼 감쪽같이 일을 해치운 것도 배호 형의 재빠른 기지 덕분이라고 생각하고 있었다. 춘호는 한편으론 배호 형과 같이 있다는 것이 마음 든든하기도 했다.

교도소 정문으로 들어선 춘호는 접견실로 향했다. 접수를 하고 나서 순번이 되어 면회실로 들어갔다.

"춘호구나. 왔냐?"

"네. 사장님."

"너, 이젠 나보고 아버지라고 부르면 안 되겠냐? 사장님 소리 듣는 거 좀 그렇다."

"네?"

춘호는 깜짝 놀랐다.

"너, 이젠 나보고 아버지라고 불러. 내가 나가면 양자로 삼을까 하는데 말이야."

"……?!"

춘호는 어리둥절해 있었다.

"어떠냐? 너도 갈 데가 없잖아?"

사장은 진지하게 쳐다보면서 묻고 있었다.

"……."

춘호는 생각하는 듯했다. 얼결에 받은 제안이었지만 여사장을 죽였을지도 모르는 사장의 아들이 된다는 것은 선뜻 용납할 수 없는 일이었다. 어린 춘호의 마음에도 사장이 왜 그런 제안을 해올까 하는 의문이 들기도 했다.

"왜? 당장 대답하기는 좀 그러냐? 좀 더 생각해보고 나서 말해도 돼. 내가 이 안에 있으니까 답답해서 그래. 너도 어리고 하니까 아들같이 생각하고 있으면 좋겠다고 생각해서 그래. 잘 한 번 생각해봐라. 난 이 안에서 오래 생각해본 것이니까."

"네. 사장님."

춘호는 일단 고개를 숙였다.

"이젠 사장님이라는 소리는 빼라. 그냥 대답만 해라."

"네."

춘호는 다시 고개를 숙였다.

"누구 찾아온 사람은 없냐?"

"네, 없어요."

"그래. 너 혼자 있으면 좀 무섭겠다."

"괜찮아요. 고아원보다는 훨씬 나아요."

춘호가 사장님을 보면서 씨익 웃었다.

"하하, 그래? 그야 고아원보다는 낫지. 내가 나가면 돈을 많이 벌 수 있어."

"……?"

춘호는 쳐다보았다.

"뭐, 돈이야 금방 버는 거니까. 난 애들도 없다. 죽은 여사장도 애들도 없고……."

"네?"

춘호는 죽은 여사장도 애들도 없다는 말이 이상하게 들렸다.

"왜? 애들이 없다는 얘기다. 딴 거 아니고……."

사장은 얼른 말을 수정했다.

"네에."

"그러니까 너라도 아들처럼 생각했으면 싶어서 그런다. 돈은 있냐?"

"네."

"돈 걱정은 마라. 내가 보내줄 테니까."

"네."

"너, 가게서 뭐하냐?"

"혼자 공부해요."

"혼자? 무슨 공부?"

"검정고시요. 중학교 졸업 검정고시……."

"아, 그래. 그런 거하면 좋지. 나중에 합격하면 내가 고등학교 보내줄게. 책은 있냐?"

"네, 샀어요."

"그래. 누가 와도 가게엔 사람을 들여보내선 안 된다?"

"네."

춘호는 꾸벅 절을 하듯이 대답을 했다.

"내 말 잘 들어야 해."

"네."

"그럼 가봐라. 나도 안에 들어가서 쉬어야겠다."

"네. 그럼 편히 쉬십시오."

춘호는 고개를 깊이 숙여 인사를 하고는 사장이 먼저 면회실을 나가는 것을 보고서 밖으로 나왔다.

'이상하다. 왜 사장은 맨날 누가 왔느냐고 묻지?'

춘호는 면회를 올 때마다 묻는 사장이 이상하게 생각됐다. 그리곤 별다른 말도 하지 않는 것도 이상하기만 했다. 그리고 오늘 갑자기 아들이 되겠냐고 묻는 것도 이상한 생각이 들었다.

가게로 돌아오면서 춘호는 내내 그런 생각을 했다. 이젠 교도소에서 가게까지 걸어오는 것도 습관이 되어선지 걷다가 보면 어느새 가게 근처까지 오게 되었다. 슈퍼에 들러서 음료수와 과자를 사가지고 안으로 들어갔다.

"벌써 오냐?"

배호는 정혜 누나와 같이 사무실에 앉아서 공부를 하고 있던 중이었다.

"응. 이거 먹어."

춘호는 먹을 것들을 탁자 위에 내려놓았다.

"사장님이 뭐래?"

누나가 물었다.

"응. 맨날 가면 누가 왔느냐고만 물어."

"왜?"

정혜는 과자를 집으면서 물었다.

"몰라. 맨날 그런 것만 물어."

춘호는 대수롭지 않은 듯이 말하면서 사장이 아들이 되겠느냐고 했던 말은 하지 않았다.

"안에서 답답하니까 그러겠지 뭐. 너보고 뭐 먹을 거 같은 거 넣어달라고 할 수도 없고. 하하, 내가 안다니까."

배호가 웃었다.

"근데 이상하잖아? 맨날 나보고 누가 왔느냐고 물어."

춘호도 과자를 집어먹으면서 말했다.

"혹시 아는 사람이 찾아왔는가 싶어서 물어보는 거겠지. 친구라도 말이야. 사업상 아는 사람이 왔는가 물어보는 거야."

"그래. 이제 공부하자."

정혜 누나의 말에 춘호와 배호는 공부할 준비로 들어갔다. 춘호가 오기 전까지는 배호가 쳐진 공부를 하다가 춘호 때문에 다시 진도를 나가는 셈이었다. 정혜 누나는 성의껏 알아듣기 쉽게 설명을 하곤 했다. 항상 춘호보다는 배호에게 신경을 썼다. 그도 그럴 것이 춘호보다는 배호가 공부를 못했기 때문이었다. 두 사람의 공부 진도를 똑같이 맞추기 위해선 배호에게 질문을 해서 배호가 문제를 풀고 나면 다음 진도를 나가는 것이었다.

가끔, 정혜는 문제를 내어주고선 둘에서 문제를 푸는 동안에 쉴 수 있는 시간이 있었다. 영어라면 단어를 열 개 정도 외우라고 하고선 그들이 외우는 동안에 잠시 화장실에 다녀오거나 잠시 쉬는 정도였다. 이제 검정고시 시험 칠 날도 한 달밖에 남지 않았으므로 두 사람은 더욱 열심히 하는 수밖에 없었다. 밤늦게까지 공부하다가 돌아갈 시간이 늦어지면 정혜 누나는 그곳에서 잤다. 혼자 방에 자는 동안에도 두 사람은 사무실에 앉아 새벽까지 공부하다가 그곳 소파에서 잠들곤 했다.

그러다가 정혜 누나는 시골에 보낼 돈이 부족하여 전세방을 빼고서 아예 그곳으로 이삿짐을 날라 왔다.

"누나. 잘 됐네 뭐. 우리랑 같이 사니까 더 좋아!"

춘호는 더욱 기뻐했다.

"그래. 누나가 여기 있으니까 좋아."

배호 역시 마찬가지였다.

"이젠 여기도 편해졌어. 니들이 공부하는 거 보니까."

정혜 누나는 방을 빼서 이사한 것이 약간 서운하기는 했지만 부족한 돈을 메우기 위해서는 어쩔 수가 없었다. 그날로부터 그들은 더욱 열심히 공부했다. 밤늦게까지 공부하다가 누나가 방으로 들어가면 두 사람은 사무실에 남아 공부를 하다가 잠이 들었다. 춘호는 오전에 교도소에 면회를 갔다가 오면 배호와 같이 공부에만 매달렸다.

검정고시 시험을 치르던 날, 세 사람은 일찍 가게를 나와서 시험장으로 갔다. 정문을 들어선 그들은 교실 앞에서 헤어졌다.

"나, 밖에서 기다릴게. 잘 쳐! 쉬운 것부터 풀고!"

정혜는 두 사람이 교실로 들어가기 전에 당부를 했다.

"응. 잘 칠께."

춘호는 손을 흔들고는 교실로 들어갔다. 배호는 춘호와 떨어진 교실이었다. 시험이 끝나고 나올 때까지 정혜는 기다리고 있었다.

"잘 쳤니? 어때?"

"응. 괜찮았어. 누나가 가르쳐준 문제가 많이 나왔어."

춘호가 싱글벙글 웃으면서 말했다.

"배호 너는?"

"난 약간 어려웠어. 모르겠어."

배호도 웃는 것으로 봐선 그리 못 친 것 같지는 않아 보였다.

"그래. 우리 어디 가서 점심이나 먹고 들어가자."

정혜 누나의 말에 그들은 곧 수많은 사람들을 헤치며 운동장을 걸어 나왔다. 학교 근처에 있는 식당으로 들어갔다. 벌써 많은 사람들이 점심을 먹기 위해서 북적거리고 있었다. 한 귀퉁이를 차지한 그들은 식사를 하고는 밖으로 나왔다.

정혜가 돈을 내려고 하자, 춘호가 억지로 돈을 내었다.

"이번엔 어디로 갈까? 이번엔 내가 낼게."

정혜 누나가 다시 제안을 했다.

"으응. 영화? 형은 어디 갔으면 좋겠어?"

춘호가 물었다.

"난 커피숍. 어때?"

"커피숍?"

정혜가 우습다는 듯이 배호를 쳐다보았다.

"뭐 어때? 누나랑 같이 커피숍에 한 번 가보는 거야. 어떠냐?"

"피이. 커피숍보다는 영화관에나 가는 게 좋겠다 뭐."

춘호가 고집을 부렸다.

"아냐. 이런 날은 우아하게 누나랑 같이 커피숍에 가서 폼을 잡는 거야. 누나는 우리들 애인인 것처럼 하고 말이야."

"애인?"

춘호가 누나의 얼굴을 쳐다보았다.

"괜찮아. 뭐 어때. 오늘만큼만 폼을 잡는 거지 뭐."

정혜는 웃으면서 말을 했다.

"거 봐. 그런 데에 가서 우아하게 폼을 잡는 거야. 그러니까 넌 아직 어려."

"아냐. 나도 이젠 다 컸어! 왜 이래."

결국 세 사람은 커피숍으로 가기로 결정이 되었다. 시내로 나와 제법 그럴듯한 커피숍으로 올라갔다. 대형 유리창 가에 앉은 그들은 커피를 주문했다.

"오늘 시험 잘 쳤지?"

누나가 물었다.

"응. 잘 쳤어."

"나도."

배호도 어느새 시험을 잘 쳤다는 기분이 들었다.

"이번에 합격하면 다음에 또 대입 검정고시 준비할래?"

"또?"

"대입? 대입이 뭐야?"

"으응. 대입은 고등학교 졸업 검정고시야. 그것도 어렵진 않아."

정혜 누나의 말에 춘호는 의미심장한 표정을 지었다.

"그럼 그것도 해볼까?"

배호가 커피잔을 들면서 말했다.

"그럼! 해보는 거야. 너희들이 하면 누나가 열심히 밀어줄게. 됐지?"

"누나. 대학에 가면 뭘 배워?"

춘호의 질문이었다.

"뭐하고 싶니? 자기가 하고 싶은 전공을 공부하는 거야."

"한 가지만 해?"

"응. 그게 전공이라는 거지."

정혜의 말에 배호는 춘호를 돌아보았다.

"난 운동하고 싶은데."

춘호가 말했다.

"어떤 운동?"

정혜가 물었다.

"경호원 같은 거."

"그래? 그럼 체육학과로 들어가면 돼. 체육대학도 있고."

"누나. 그런 데도 있어?"

배호가 물었다.

"그럼! 체육전공만 하는 대학도 있거든. 거기 가면 태권도, 유도, 펜싱, 럭비, 축구, 야구, 경호원과. 하여튼 운동이란 운동은 다 과가 따로 있어. 없는 운동이 없어."

"이야. 그럼 그런 대학에 들어가려면 어떻게 해야 돼?"

배호가 신기한 듯이 물었다.

"공부 열심히 하고. 그런 데에 들어가려면 운동도 좀 해야 돼."

"운동?"

배호는 다시 춘호에게 눈길을 던졌다.

"그럼 우리 공부하면서 운동도 할까?"

"좋지! 넌 어떤 거 할래?"

"난 합기도."

"나도 합기도."

배호는 손바닥을 펴서 춘호가 들어올린 손바닥에 탁 하고 마주쳤다.

"그래. 니들 체육대학에 가면 좋겠다. 거기 들어가면 공부도 하지만, 운동을 더 열심히 해야 돼. 운동으로 학점을 따는 거야."

"후와. 그럼 잘 됐네 뭐."

춘호는 더욱 좋아했다.

"그래. 우리 오늘부터 대입 검정고시 준비하면서 체육관에도 나가자."

배호의 제의에, 춘호도 맞장구를 쳤다.

"좋아! 그렇게 해."

"애들이 벌써 검정고시에 합격한 것처럼 얘기하네."

정혜 누나가 눈을 흘기며 말했다.

"이번에 떨어지면 다음에 또 치지 뭐. 합격하면 되잖아."

춘호의 그런 배짱에 배호와 정혜 누나는 웃음을 터뜨렸다. 그들은 모처럼만에 즐거운 시간을 가진 셈이었다. 커피를 마시고 나서 다시 아이스크림을 주문했다. 커다란 유리그릇에 담긴 아이스크림 하나를 갖고서 세 명이서 먹었다.

정혜는 그동안 밤과 낮을 거꾸로 사는 술집에 나가면서 지쳐 있던 상태에서 근래 쉬면서 행복한 시간들을 보내고 있었다. 돈 때문에 막상 술집에 나가려고 생각하니 지긋지긋하기만 했다. 지금 다시 술집에 나간다면 또 어떤 건달의 보호를 받아야 할 것이고, 독한 양주를 마셔야 하며, 가끔 우울할 때는 손님과 같이 외박이라도 해야 하는 것이었지만 잠시잠깐 그런 생활들을 잊고 있는 그녀로선 지금이 제일 행복한 시간이었다.

춘호와 배호가 다시 만나 모처럼만에 둘만의 행복한 시간을 갖고 있듯이 정혜로서도 밤에 업소에 나가는 것을 쉬고 있는 시간이 제일 행복한 시간이라고 할 수 있었다.

"니들 또 어디 갈 데 있니? 이번엔 내가 낼게."

정혜 누나의 말에,

"그럼 우리 영화관 가. 어때?"

춘호가 끝까지 영화관을 고집했다.

"그래. 좋아. 오늘 춘호가 영화가 보고 싶은가 보지 뭐."

정혜 누나가 찬성을 했다. 배호도 커피숍에 들어와 본 뒤라 반대할 이유가 없었다. 배호도 도리어 좋아하는 편이었다. 커피 값은 배호가 냈다. 밖으로 나온 세 사람은 다시 극장이 있는 쪽으로 걷기 시작했다. 정혜 누나를 가운데 두고서 각각 나란히 옆에 서서 걷던 춘호가 말했다.

"누나. 오늘 참 좋지?"

"춘호 네가 좋지 뭐."

정혜 누나가 웃었다.

"나도 좋지만 누나도 안 좋아?"

"나도 좋아. 이렇게 다니니까 좋네."

극장에 도착한 춘호는 얼른 극장표를 샀다. 요즘 한창 인기를 끄는 '청춘 마스터.'라는 영화가 상영 중이었다. 극장 안으로 들어간 그들은 매점에서 팝콘과 캔 음료를 사서는 안으로 들어갔다. 정혜 누나를 가운데 앉히고서 배호와 춘호는 양옆으로 앉았다.

"누나, 우리하고 살면 좋겠다!"

춘호가 느닷없이 그런 말을 꺼냈다.

"뭐?"

정혜가 웃으면서 말을 받자, 배호가 옆에서 다시 춘호의 말을 거들었다.

"그래. 같이 있었으면 좋겠어. 누나도 밤에 일 나가는 거 싫어."

"후우, 그랬으면 얼마나 좋겠니. 돈을 안 벌면 누가 돈을 벌어주냐?"

"그래도……."

춘호는 아쉬움이 섞인 듯이 정혜 누나를 쳐다보고만 있었다.

"일을 안 하고 그냥 있을 순 없는 거야. 맨날 이렇게 놀다간 돈이 어디서 나오니?"

"돈?"

"그래. 돈이 없으면 아무것도 못하는 거야. 사람은 돈을 벌면서 살아야 하는 거야. 타고난 재산이 많다면 또 모르겠지만."

"형, 우리 돈 많이 벌어야겠다."

춘호가 한마디 했다.

"그럼. 임마. 다 돈 때문에 징역 살기도 하는 거야. 돈이 없으면 그 안에서도 개털 취급을 받는 거 모르냐?"

"형은 꼭 개털개털 그러더라."

춘호가 비꼬듯이 말했다.

"야야. 개털도 있고 범털도 있다고 그랬지. 내가 언제 맨날 개털만 그랬냐?"

"맞다! 술집에서도 그런 말 써."

정혜가 끼어들었다.

"누나도 그런 말 알아?"

"응. 우리끼리도 돈이 별로 없는 사람이 괜히 허세를 부리는 것을 보면 우리끼리 개털이라고 부르거든. 그리고 돈 있는 사람 보곤 물주라고 하고."

"아, 그럼 그 말이 교도소 깜방에서 나온 말인갑다. 그지?"

"으응. 그러고 보니 그렇네."

정혜는 뭐가 그리도 우스운지 깔깔대며 웃었다.

"술집에도 이상한 인간들이 많아. 지갑을 막 꺼내 보이는 사람은 개털인 경우가 많아. 진짜로 돈이 있는 사람은 안 그래. 바깥에서도 그럴 거야. 진짜 돈이 있는 사람은 그저 가만히 있는 거야. 꼭 없는 사람이 티를 내는 거지."

"그런가?"

배호가 누나를 보며 웃었다.

"그럼! 니들도 나중에 크면 그런 거 알아둬야 돼. 사람은 속에 들어 있는 게 많을수록 고개를 숙이는 법이야. 함부로 고개를 든다고 해서 남이 알아주는 거 아냐. 사람은 어는 정도 대화를 해보면 그 사람을 알 수 있어. 자기 자신을 모르는 사람들이 많아."

"……."

춘호와 배호는 그저 묵묵히 듣고만 있었다. 과자를 먹으면서 정혜에게도 과장 봉지를 내밀었다. 정혜는 과자를 집어 먹으면서 말을 했다.

"어느 순간에 중요한 선택을 해야 할 때가 생길 거야. 그때가 중요한 셈이야. 한 번 선택을 잘못하면 영원히 그 길로 나가버리는 경우가 많아. 술집에서 조폭처럼 사는 남자애들도 그런 경우일 거야. 한 번 발을 들여놓으면 못 빠져나가는 거거든. 그게 일생을 좌우하는 거야. 술집에 나가서 일하는 누나들도 그래. 한번 발을 들여놓으면 쉽게 빠져나갈 수가 없는 경우가 많아."

"으응……."

춘호는 고개를 끄덕였다.

"난……. 돈 때문에 그런 거고. 다른 애들도 그럴 거야. 돈을 쉽게 번다는 것 때문에 그렇기도 하고……. 그런 곳에 익숙해져서 못 빠져나가는 경우가 많아. 다른 곳에 가서 일한다는 것이 이젠 겁이 날 때가 많거든."

"……"

배호와 춘호는 아직 그 말을 이해하지 못했다. 그저 듣고만
있었다.

"니들은 모를 걸? 직장이라는 곳을……"

"그야……. 우리는 그럴 수 있지 뭐. 아직 제대로 된 직장을
안 잡아봤으니까."

"그러겠다. 앞으로 니들도 직장을 잡아보면 그걸 알 거다. 직
장이 어디냐에 따라 사람이 달라지거든. 좋은 대학을 나와서 좋
은 직장에 들어가는 것이 좋아."

"응, 알았어. 그건 나중에 일이고."

춘호와 배호는 부지런히 과자를 먹으면서 대화를 했던 탓에
어느덧 과자 빈 봉지만 남겨놓고 있었다. 다른 봉지에 든 과자
를 뜯어서 누나한테 권했다.

"난 됐어. 음료수나 마실게."

그때쯤, 영화가 상영되려는지 실내에 불이 나갔다. 뒤쪽을
돌아보니 어느새 사람들로 가득 채워져 있었다. 곧 영화가 상영
되었다. 정혜 누나는 슬픈 영화를 보면서 가끔씩 춘호에게로 얼
굴을 돌려 바라보다가 다시 앞쪽을 바라보곤 했다. 춘호도 영화
속의 주인공들이 슬퍼서 눈시울을 적시려고 그랬다. 그럴 때마
다 딴 생각을 하면서 슬픈 마음을 털어내버리곤 했다.

결국 사랑을 이루지 못한 두 남녀는 여자가 탄 열차를 따라가
면서 마지막으로 손을 잡으려다가 놓치면서 레일 위로 구르는

장면에서 엔딩이 되었다. 영화 관람을 마치고 밖으로 나온 누나의 얼굴은 퉁퉁 부어 있었다.

"누나. 울었어?"

"아니……."

정혜는 고개를 가로저었다.

"그럼 왜 그래? 눈이 빨개."

"내가……?"

정혜 누나는 약간 부끄러운 듯이 손바닥으로 눈시울을 비볐지만 눈가의 흔적을 지울 수는 없었다.

"에이, 이런 영화는 안 보는 게 낫겠다."

배호가 한마디 했다.

"형은. 형도 뭐 그리 싫지는 않았던 거 같은데 뭘."

춘호가 놀리자, 배호는 괜히 심술을 부렸다.

"누나는 이 영화가 좋았는지 모르지만 난 별로다 뭐."

"우리 뭐 먹고 갈래? 아예 저녁 먹고 가자. 이번엔 내가 낼게."

정혜가 그런 제의를 하자, 배호와 춘호는 기다렸다는 듯이 환호했다.

"좋아! 누나 캡이야!"

"그래! 좋아!"

"자, 가!"

세 사람은 이번엔 가게 근처에 있는 중국집으로 갔다.

"오늘은 내가 낼게. 맛있는 거 다 시켜!"

정혜의 말에 배호는 벽에 붙은 메뉴를 보면서 값비싼 걸로 여러 개 주문을 했다.

"형. 그거 어떻게 다 먹어."

춘호가 재빨리 배호의 귀에다 대고 속삭였다.

"못 먹어?"

배호는 배가 고픈 듯했다.

"응. 그걸 다 어떻게 먹어. 두 개만 시켜."

춘호가 다시 귓속말을 하자,

"그래."

배호는 너무 많이 시켰다는 생각이 들었다. 그래선지 다시 주인을 불러 세 개를 시킨 것에서 하나를 취소시키고는 두 개만 주문을 했다.

"누나가 사겠다는데 오늘 실컷 먹어버리려고 그랬어. 어떠냐?"

"형은…… 그래도 누나도 백수잖아."

"괜찮아. 네가 준 돈 있잖아. 먹고 싶은 거 있으면 다 시켜."

정혜는 오늘따라 배호와 춘호에게 실컷 사주고 싶었다.

"됐어. 두 개만 해도 배가 터질 거야."

배호는 담배를 꺼내 정혜에게 권했다. 정혜 누나가 주위를 둘러보면서 담배를 받았다. 배호와 정혜는 담배를 피우기 시작했고, 춘호는 물컵을 들어 목을 축였다.

"춘호, 넌 나중에 더 크거든 담배 피워."

배호가 농담 삼아 말했다.

"아냐. 난 안 피워. 담배 피우면 공부가 안 되잖아."

"요즘 고딩들도 담배 피우더라 뭐. 담배 피운다고 공부 안 되는 건 아니잖아."

배호가 고등학생들이 길거리에서 담배를 피우면서 지나가는 것을 예로 들었다.

"그래. 춘호는 나중에 커서 하고 싶으면 해도 돼. 아직은 하지 말고."

"난 안 피울 거야. 나중에 크면 운동을 할 거야."

춘호는 가끔 술집에서 쉽게 눈에 띄는 담배를 봤지만 피울 마음은 전혀 없었다. 고아원에서 있을 때는 형들이 몰래 숨어서 담배를 피우는 것을 봤지만 피우고 싶다는 유혹을 받은 적은 없었다.

단지 배호 형하고 중국집에 있을 때 배호 형이 술을 마시면 혼자 술을 마시는 데에 심심치 않게 한잔 정도는 거들어준 적은 있었지만 술도 별로였다.

"참. 너 술은 하잖아? 오늘 술 한잔 할래? 시험도 끝났고 하니까."

"술?"

춘호는 얼른 정혜 누나를 쳐다보았다.

"그래. 오늘 기분으로 술이나 한잔하자.

정혜 누나는 춘호를 보며 물었다.

"응."

춘호가 고개를 끄덕이자, 배호는 곧 주인을 불러 소주 한 병을 같이 주문을 했다.

"누나. 우리 건설적인 이야기 한번 해볼까?"

춘호가 제안을 했다.

"뭔데? 건설적인 이야기?"

정혜 누나가 웃었다.

"응. 누나도 취직해야 하니까. 우리 셋이서 가게를 하면 어때?"

"가게? 어떤 가게?"

정혜와 배호가 놀라서 물었다.

"그냥……. 우리 가게 있잖아. 거기서 가게하면 안 될까? 사장님도 나오시려면 멀었고……."

"무슨 가게?"

"응. 그냥 콜라텍 말이야. 가게를 그냥 놀리고 있으니까 그걸 하면 안돼?"

"사장님한테 허락받지도 않고?"

"면회가서 그렇게 말하면 안 될까? 누나하고 같이 콜라텍을 한다고 하면?"

"안 될 거야. 사장이 그걸 허락하겠어?"

춘호는 왠지 사장이 자신의 부탁을 들어줄 것만 같은 예감이 들었다. 그 대신에 자신이 사장의 아들이 되어준다면 모를 일이었다.

"일단 노는 가게를 그렇게 해보겠다고 하면 들어줄지도 모르잖아? 맨날 빈 가게만 지키는 거니까. 그냥 놀리느니 가게라도 한다면 말이야."

"……?"

정혜와 배호는 춘호의 그런 제안에 어리둥절해 했다.

"어때? 사장님한테 한번 말해볼까?"

"해봐. 근데 사장님이 우리가 가게에 있는 걸 알고 있니?"

정혜 누나가 조심스럽게 물었다.

"아직, 그런 이야기는 안 했어."

그 말을 하면서 춘호는 조금 전까지는 확신이 있던 제안이 스르륵 맥이 빠지는 듯했다. 사장한테 가게를 쓴다고 한다면 승낙해줄 지가 의문이었다.

"콜라텍을 한다면 누나가 해야겠네? 우린 뿐이고?"

배호가 킥킥 웃었다.

"한 번 해봐. 그런 생각도 좋긴 하지만……. 사장만 승낙해주면 할 자신이 있어. 어른들을 상대하는 술집이야 술 취한 사람들이 행패도 부릴 수 있고, 건달들도 와서 술집에서 돈을 뜯어가려고 하지만 콜라텍이야 그런 게 덜하겠지."

"누나는 어때?"

춘호는 정혜 누나의 의견을 물었다.

"응. 난 좋아. 그런 거라도 하고 있으면 돈을 벌 수 있으니까."

"그럼 면회가서 사장님한테 한 번 말해볼게."

그 말을 하고선 곧 이어 음식들이 나오기 시작했다.

주인이 음식들을 차리는 동안에, 배호가 말했다.

"그래. 잘 되면 누나하고 우리 셋이 같이 장사를 해보는 거야. 그렇게만 되면 좋겠어."

"그래. 그러면 나도 직장을 안 잡아도 되고……."

"……."

춘호는 탕수육을 먹으면서 생각에 잠겨 있었다.

"너, 술 한잔 할래?"

배호가 정혜 누나의 잔에 소주를 따르면서 물었다.

"응. 조금만."

춘호는 잔을 내밀었다. 배호는 추호의 잔에 반만 따랐다.

"자, 우리 건배 한 하자. 춘호하고 배호가 같이 합격되기를!"

정혜 누나의 말에 두 사람은 서로 잔을 갖다대서 부딪쳤다. 정혜는 기분이 좋았다. 춘호를 볼 때마다 시골에서 공부하고 있는 준희 생각이 났지만, 자신이 하고 있는 일을 생각하면 누나로써 떳떳하지 못한 것 때문에 춘호를 보면서 준희에 대한 미안함을 덜어내곤 하는 정도였다.

춘호는 알까. 자신이 이런 곳에서 일을 하면서 시골에 있는 동생을 생각하고 있다는 것을……

술잔을 비운 배호는 '카아' 하는 소리를 내면서 정혜 누나에게로 술잔을 돌렸다.

"너, 한잔 더 할래?"

배호의 술잔을 받으면서 정혜 누나가 배호에게 물었다.

"응. 난 괜찮아."

배호는 춘호보다는 술이 셌다. 정혜가 부어주는 술을 널름 받아서 다시 들이켰다. 정혜는 음식을 먹으면서 조금씩 마셨다. 오늘따라 셋이서 술자리를 같이 한 것은 무엇보다 기분 좋은 일이라고 느껴졌다.

소주 두 병을 비운 정혜와 배호는 약간 술기운이 오른 듯했다. 가게로 돌아온 그들은 넓은 홀에 불을 켜고선 테이블로 가서 앉았다.

"여기서 우리 콜라텍을 해본다는 거지?"

배호가 말을 꺼냈다.

"그럼 좋겠어! 얼마나 홀이 넓어. 이 홀에 손님이 가득 차면 돈을 한참 벌 수 있을 텐데."

정혜 누나의 마음도 어느새 들떠 있었다.

"그러지? 맞지? 이 홀에 가득 찰 정도면 돈을 얼마나 벌까? 우리가 이런 가게 갖고 있다면 좋을 텐데 말이야."

배호는 정혜 누나의 말에 장단을 맞추었다.

"그러게. 내가 이때까지 일해도 이런 가게 하나 못 장만하는데. 그러니까 돈 있는 놈은 돈을 벌고, 돈이 없는 놈은 쌔가 빠지게 일을 해도 돈을 못 번다니까."

그 말을 하고선 정혜는 느닷없이 눈물을 흘렸다.

"누나. 왜 그래?"

배호가 얼른 누나의 어깨를 붙잡으며 달려들었다.

"누나. 왜?"

춘호도 정혜 누나의 갑작스런 울음에 배호와 같이 어깨를 붙잡았다.

"난 그래. 니들만 보면 동생 생각이 나. 준희는 아무것도 모르면서…… . 누나가 서울에서 좋은 직장에 다니는 걸로 알아."

정혜는 테이블에 엎드려 울기 시작했다.

"……?"

배호와 춘호는 그런 누나에게 뭐라 할 말이 없었다. 서로 얼굴을 쳐다보며 누나의 어깨를 토닥거리는 수밖에 없었다.

"괜찮아. 나 술 약간 먹어서 그래. 괜찮아."

정혜는 다시 고개를 들었다가 눈물이 번진 얼굴로 춘호를 쳐다보았다.

"누나…… ."

춘호는 말을 꺼내놓고도 더 이상 말을 잇지 못했다.

"그래. 니들도 갈 데가 없듯이, 나도 갈 데가 없는 건 마찬가지야. 술집? 몸뚱이 파는 곳이야. 니들이 알지 모르지만, 손님들한테 얼굴을 팔고, 손으로 만져도 참아야 돼. 그래서 돈을 버는 거야. 그런 돈을 벌어서 가난한 동생들 학비 보내주려고 그랬어."

"누나…… ."

춘호는 정혜 누나의 얼굴을 쳐다보기가 쑥스러웠다.

"넌 알잖아. 우리들이 룸에 들어가서 노래 부르고, 손님이 손으로 더듬는 것을……. 그래야 돈을 버는 거야. 남자들은 다 그래. 기분이 좋아야 돈을 내놓거든. 돈이 없는 놈들도 그래. 지갑에서 아까운 돈을 꺼내놓는 거지."

"……."

춘호는 이제 더 이상 누나의 말을 제지하고 싶지 않았다.

"이젠 그런 것도 다 싫어. 준희가 아직 중학교도 다 안 마쳤는데 일을 하기가 겁난다?"

그러면서 누나는 희미하게 웃어보였다.

"누나. 앞으론 그런 일하지 마. 다른 일 찾아봐."

춘호가 할 말이라곤 그것밖엔 없었다. 누나는 그저 웃고 있기만 했다.

"그래. 오늘은 왜 그런지 니들하고 같이 있는 게 더 좋아."

정혜 누나는 춘호의 얼굴을 끌어당기고 나서 배호의 얼굴도 끌어당겨서 얼굴을 비벼대고선 끌어안았다.

"니들은 공부 열심히 해서 좋은 쪽으로 나가. 준희가 이런 일을 한다면 이 누나가 가만있지 않을 거 같아."

"응. 알아. 누나."

춘호는 고개를 끄덕였다. 배호 역시 마찬가지였다.

"누나. 우리 노래 부를래?"

춘호가 말을 꺼냈다.

"그래? 마이크 되니?"

"아니. 몰라. 누나는 마이크 어떻게 하는지 몰라?"

"나도 몰라. 선만 연결하면 안 되나?"

정혜 누나는 일어나서 무대 위로 올라갔다. 춘호와 배호도 무대 위로 올라가서 누나가 선을 찾는 것을 도와주었다. 얼기설기 엉켜 있는 선줄을 찾아 이리저리 앰프에 꽂아보고, 전원에다 연결을 해보곤 하다가 마이크에서 딱, 하는 소리가 들려나왔다.

"누나! 됐어!"

춘호는 얼른 마이크를 집어서 테스트를 해보았다. 마이크 소리가 울려나왔다.

"누나! 먼저 노래 불러봐."

그렇게 말하는데 배호는 벌써 드럼 앞에 앉아서 스틱을 잡고 있었다. 춘호는 기타를 둘러메고서 전선줄을 꽂아보았다. 기타 줄을 퉁겼을 때에 쨍 하는 소리가 울려나왔다. 그 바람에 춘호는 놀랐다가 곧바로 기타를 치는 듯이 폼을 잡았다.

배호가 드럼을 치고, 춘호는 기타를 치기 시작했다. 춘호는 기타를 칠 줄 몰랐기 때문에 대충 기타 줄을 퉁기는 시늉만 했을 뿐이었다. 배호 역시 그랬다. 제 기분에 따라 제멋대로 드럼을 치기 시작했다.

정혜 누나는 반주에 관계없이 노래를 부르기 시작했다. 조용필의 '그 겨울의 찻집.'이라는 노래였다.


바람 속으로 걸어갔어요. 이른 아침에 그 찻집.

마른 꽃 걸린 창가에 앉아 외로움을 마셔요.

정혜 누나의 노래 솜씨는 훌륭했다. 그러나 어느새 누나의 얼굴에선 눈물이 흘러내리고 있었다. 정혜는 울면서 노래를 불렀다.

"자. 이번엔 춘호 네가 해봐."

정혜 누나는 마이크를 춘호에게로 넘겼다.

춘호는 마이크를 잡고서 무얼 부를까 하다가 생각난 듯이 노래를 부르기 시작했다.

엄마야 누나야 강변 사알자
뜰에는 반짝이는 그음 모래빛
뒤잇뜰 밖에는 가알잎의 노오오래.
엄마야 누나야 가앙벼언 사알자.

춘호가 노래를 부르는 동안에도 춘호의 눈에선 눈물이 흘러내렸다. 배호는 드럼을 치다 말고 혼자 훌쩍거리고 있었다.

"왜들 그러니? 둘 다 울고."

정혜 누나 역시 물기가 흘러내린 얼굴이었다.

"오늘 그런 날인가 봐. 누나부터 울었잖아."

춘호는 핑계를 누나에게 둘러대고선 배호한테로 갔다.

"형."

"……"

배호는 드럼에 엎드린 채로 울고 있었다.

"형, 형은 왜 그래?"

"……."

"형. 사무실로 들어가자. 내가 노래를 잘못 불러서 그런가봐. 괜히……."

춘호는 배호의 어깨를 잡아끌었다. 그제야 일어난 배호의 얼굴은 눈물로 번져 있었다.

"배호야. 넌 왜 우냐?"

누나가 다가와서 말했다.

"나……. 나도 오늘은 왠지 슬퍼. 아까 누나가 노래 부를 때에부터 슬퍼졌어. 춘호가 그 노랠 부르니까……."

배호는 누나 앞에서 쑥스럽다는 듯이 고개를 외면했다.

"……그래. 니 맘 알아."

정혜 누나는 배호의 어깨를 토닥거려 주었다. 다시 무대 아래로 내려온 그들은 사무실로 들어가기보다는 다시 테이블로 가서 앉았다.

"우리 술 좀 더 마시자. 맥주 있지?"

배호가 그렇게 말하자, 춘호는 누나를 쳐다보며 말했다.

"응. 창고에 있어. 맥주로 해? 양주로 할래?"

"맥주로 해. 배호는 술 취했어."

"응, 알았어!"

춘호는 곧장 창고로 가서 맥주 다섯 병을 들고 왔다. 테이블 위에 내려놓고선 다시 사무실로 가서 맥주 컵과 과자를 들고서 올라왔다. 테이블에 둘러앉은 그들은 세 개의 잔에 맥주를 따랐다.

"춘호도 오늘은 술을 마실 거니?"

"응. 누나. 난 조금만 마실게. 기분으로."

"그래. 조금만 마셔."

정혜는 잔을 들어 춘호와 배호의 잔에 부딪치고는 입으로 가져갔다. 춘호와 배호도 맥주잔을 들어 입으로 가져갔다.

"오늘은 공부 안 하는 날이야. 오늘은 푹 자."

"응, 누나도. 우린 사무실에서 잘게."

"그래."

세 명은 맥주 다섯 병을 다 비우고서야 자리에서 일어났다. 정혜 누나가 방에 들어가서 자는 걸 보고서 춘호와 배호는 사무실로 들어갔다. 불을 끄고서 소파에 누운 배호가 한참만에 입을 열었다.

"춘호야. 너 사장한테 가서 그 말 할 수 있겠니?"

"응."

"사장이 허락할까?"

"모르겠어……."

"허락했으면 좋겠다. 그러면 누나하고 같이 우리 셋이서 무얼 할 수 있는데……."

"형도 해보고 싶어?"

"응. 누나가 다른 데에 일을 안 나가도 되니까. 우리하고 같이

338

셋이서 했으면 좋잖아."

"그건 그래……."

춘호는 캄캄한 사무실에 누워서 임 사장의 얼굴을 떠올리고 있었다. 배호는 흥얼거리다가 곧 잠이 들었는지 조용해졌다.

"……."

춘호는 오래도록 잠이 들지 못했다. 만일 내일 면회를 가서 사장에게 그런 뜻을 내비쳤다가 지금 배호 형과 정혜 누나와 같이 있다는 것을 알게 되면 뭐라고 하지 않을까 하는 생각이 들었다. 평소에도 사장은 가게에 누가 오는 것을 싫어하는 듯한 눈치를 춘호는 알 수 있었다. 그런 사장에게 배호와 정혜 누나가 같이 있다고 한다면 싫어할 것은 분명한 일인 듯했다.

'그럼 어떻게 하지? 말을 안 할 수도 없고…….'

춘호는 머리가 복잡해졌다. 가게를 쓰려면 사장의 허락을 받아야 할 것은 분명한 일이었다. 그런 중대한 일에 사장의 승낙도 없이 일을 저질렀다간 나중에 어떠한 말을 들을지 모르는 일이었다. 그 문제에 있어선 결국 해답이 나오지 않았다.

새벽 늦게 잠이 든 춘호는 정혜 누나가 달그락거리는 소리에 눈을 떴다.

"……?"

배호는 아직도 소파에서 자고 있었다. 춘호는 몸에 걸친 얇은 이불을 들치고는 주방으로 나갔다.

"어? 누나, 벌써 일어났네?"

"응. 이제 일어나는 거니? 배호는?"

"아직 자. 뭐해?"

"으응. 어제 술을 마셨으니까 시원한 콩나물국을 끓이는 거야. 아침 먹어야지?"

"으응. 그럼 배호 형 깨울게."

"그래. 너, 아침 먹고 면회가니?"

"응."

춘호는 대답을 했지만 마음이 무거웠다. 사무실로 들어온 춘호는 배호가 덮고 있는 이불을 걷으면서 깨웠다.

"형. 일어나. 누나가 벌써 일어났어!"

"그래. 머리가 좀 아프네."

배호는 일어나 앉아 머리를 좌우로 흔들어댔다.

"머리 아파?"

"약간……."

"약 사올까?"

"괜찮아."

배호는 이불을 개서 한쪽에다 밀어놓고선 세수를 하러 나갔다. 그동안에 춘호는 사무실 안을 청소했다.

아침을 먹고 나서 정혜 누나는 빨래를 하고, 배호는 모처럼만에 홀 안을 물청소하겠다고 바지를 걷고서 설치기 시작했다.

"누나. 얼른 사장 면회 갔다 올게."

춘호는 그렇게 말을 하고는 홀로 나갔다. 배호는 호스를 뽑아 홀 안에다 물을 끼얹고 있었다.

"형. 나갔다 올게. 이따 와서 같이 해."

"갔다 와. 나 혼자 슬슬 해도 돼."

"응. 천천히 하고 있어."

춘호는 얼른 갔다가 와서 배호 형과 같이 청소를 하고 싶었다. 가게를 나온 춘호는 버스를 타고 교도소로 갔다. 아침 일찍 가게를 나섰던 탓에 접수를 하자마자 곧바로 면회실로 들어갈 수 있었다.

"왔냐? 잘 지내고?"

이번엔 사장이 먼저 안부를 물어왔다.

"네. 잘 지내시고요? 식사는요?"

"먹었다. 가게에 무슨 일 없냐?"

"네. 없어요."

춘호는 얼른 임 사장의 얼굴을 살펴보았다. 평소와 다름없는 얼굴이었다. 한복을 입은 사장은 얼굴에 약간 살이 더 찐 듯했다. 맨날 방 안에만 갇혀 있으니 편할지도 모른다는 생각이 들었다.

"넌 잘 챙겨 먹냐? 돈은 있고?"

"네."

춘호는 고마움의 표시로 고개를 숙였다.

"그래. 니들 같을 때는 잘 먹어야 한다. 뭐 먹고 싶은 거 있으면 사먹고 그래. 난 이 안에서 다 사먹을 수 있거든. 반찬까지

이 안에서 다 사먹을 수 있다."

사장은 전보다 더 밝은 표정이었다.

"저, 어제 시험 쳤어요."

"무슨 시험? 아, 검정고시 말이냐?"

"네."

"잘 쳤냐? 합격할 수 있을 거 같냐?"

"네."

춘호는 공손하게 다시 고개를 숙였다.

"잘 됐다! 축하한다. 그거 합격하면 고등학교 가야지?"

"네. 그것도 검정고시로 준비할 거예요."

"하하, 그래. 맘에 든다. 공부하는데 힘 안드냐?"

"괜찮아요."

춘호는 대답하면서 어떻게 가게 문제에 대한 이야기를 꺼내야 할지 생각하고 있었다.

"그래. 열심히 해. 내가 팍팍 밀어줄게."

"네. 근데요⋯⋯."

춘호가 말을 꺼냈다가 쭈뼛거리자, 사장이 물었다.

"왜?"

"저, 가게를 그냥 비어둘 건가 싶어서요."

"왜? 누가 가게 보러 오냐?"

"아뇨. 제가 가게를 해보면 안 될까 싶어서요. 그냥 놀리기가 그래서⋯⋯."

"······?!"

사장이 흠칫 놀라는 표정이었다.

"······."

춘호는 약간 겁이 났다.

"왜? 네가 뭘 해보겠다고? 아니면 누가 가게를 달라고 그래?"

"제가 한 번 해보면 싶어서요. 다른 사람이 온 적은 없어요."

"뭐? 네가 뭘 하겠다는 거야? 나이도 어린데?"

"콜라텍요. 그냥 있는 그대로를 쓰면 될 거 같아서······."

춘호는 쉽게 말문이 열려지지가 않아 애를 먹었다.

"뭐? 콜라텍? 네가 해보겠다고?"

"······네."

"혼자서?"

사장은 더욱 놀라는 표정이었다.

"정혜 누나가 공부를 가르쳐주거든요. 누나하고 같이 하면 될 거 같아서요."

춘호는 정혜 이야기는 꺼내지 않으려다가 꺼낼 수밖에 없었다. 아직은 어린 자신이 하겠다는 말은 차마 못할 지경이었다.

"정혜하고? 정혜가 그런 말 하더냐?"

"어제 시험치고 나서 정혜 누나랑 같이 점심을 먹다가 내가 먼저 그런 말을 생각을 해봤어요. 그냥 혼자만 생각한 거예요."

"······."

사장은 말이 없었다.

"저, 저번에 말씀하신 아들할게요. 그러니까……. 가게를 할 수 있도록 해주세요."

"……?"

사장은 춘호를 물끄러미 바라보고만 있었다.

"전 진짜로 오갈 데가 없어요. 공부하면서 제가 가게를 지킬게요. 누나한테 도와달라고 하면 될 거 같아요. 누나도 직장이 없어 놀고 있거든요. 정혜 누나한텐 나하고 동갑인 남동생이 있대요. 준희라고. 그 동생한테 등록금 보내주는 것도 힘든가 봐요."

춘호는 그런 말을 하는 자신이 더 슬펐다.

"……."

"가게는 제가 잘 지킬게요. 나오실 때까지……."

"그럼……."

임 사장이 입을 열었다.

"그거 하려면 돈이 들 텐데. 누나한테 돈이 있다고 그래?"

"누나는 아직 몰라요. 제가 그런 생각을 해봤어요. 그러면 누나한테 공부도 배울 수 있고, 누나는 다른 직장 안 잡아도 될 것 같아서요."

"돈이 있어야 돼. 콜라텍이라고?"

"네."

"니들 같은 애들이 오는데 말이지?"

"네. 돈은 안 들어도 될 거 같아요. 그냥 콜라나 내놓고 춤을 추는 장소로만 하면 될 것 같아요."

"아니다. 콜라텍도 어른들처럼 밴드도 있어야 되고 맥주도 팔아야 장사가 된단다. 술을 안 팔고 어떻게 장사가 되냐."

"전 술 같은 건 안 팔고……."

춘호는 콜라텍에 대해서 더 이상 아는 것이 없었다. 그저 학생층들이 와서 춤이나 추고 노는 곳으로만 알고 있었다. 말하자면 PC방이나 오락실 정도로만 생각하고 있었다. 단지 콜라를 마시면서 춤을 추는 곳으로만 생각하고 있었다.

"……."

사장은 한참 생각하는 듯했다. 팔짱을 끼고서 춘호의 얼굴만 쳐다보고 있었다.

"그거하면 안 돼요? 허가가 나 있으니까 그냥 하면……."

"허가는 변경해야 될 거야. 그것보다 돈이 들어야 될 텐데……."

"그냥 돈 없이 할 수 있을 거 같아요. 밴드만 있으면……."

"밴드? 걔들도 다 돈이야. 그냥 와서 연주해주냐?"

"안 그러면 음악 틀어놓고 해도 될 거 같아요."

"하하, 그냥 음악 틀어놓고 해서 뭐가 되겠냐? 넌 아직 그런 걸 모른다."

사장은 춘호가 하는 말이 어린애들 장난인 것처럼 생각하며 웃었다.

"그래도……."

"알았다. 그 대신에 사무실하고 지하실 같은 덴 절대로 아무도 들어가게 해선 안 된다."

"네? 아, 네."

"거긴 내 중요한 서류들이 그대로 있어. 가게만 써."

"네, 고맙습니다."

춘호는 꾸벅 절을 했다.

"그리고……. 너, 오늘부터 내 아들하는 거다?"

"네."

춘호는 일단 승낙을 얻었다는 것이 무엇보다 기뻤다. 정혜 누나와 같이, 배호 형과 같이 생활할 수 있다는 것이 무엇보다 좋았다.

"그리고 돈이 필요하면 이야기해. 네가 만약 그런 걸 하려면 필요한 돈이 있을 거다. 내가 알아서 줄까?"

"……?"

춘호는 더없이 기뻤다. 사장의 입에서 그런 말이 나올 줄은 생각지도 못한 말이었다.

"그럼 저녁에 사람을 보내마. 그만한 돈은 있어야 돼."

"그거 안 주셔도……."

"됐어! 오늘부터 넌 내 아들해라. 나보고 앞으론 아버지라고 불러."

"……네."

"그래. 가봐라. 일단 네가 그런 생각을 하고 있다는 것이 마음에 들었다. 넌 앞으로 크게 될 놈이다. 일단 시작이 중요한 거니까. 알겠냐?"

"네, 고맙습니다."

춘호는 얼른 고개를 숙였지만 아버지라는 말은 나오지 않았다.

"그래. 내 말 명심하고."

"네. 아버지."

춘호는 그제야 자신도 모르게 아버지라는 말이 튀어나왔다.

"하하, 그래. 조심해서 가봐."

춘호는 다시 깊숙이 고개를 숙이고는 사장이 면회실을 나가는 것을 보고서야 문을 열고 나왔다. 면회실에 앉아서 기록을 하고 있던 교도관은 그저 웃기만 할 뿐이었다. 이미 사장과 친밀한 관계인 듯했다.

밖으로 나온 춘호는 날아갈 듯이 기분이 좋았다.

# 시작




춘호는 길을 걷다 말고 공중전화 부스로 들어갔다. 가게로 전화를 걸었다.

"여보세요."

정혜 누나의 목소리였다.

"응, 누나 나야. 배호 형은?"

"홀 청소하고 있어. 왜? 면회했니?"

"응, 방금 하고 나오는 길이야. 누나 축하해줘."

춘호의 목소리가 들떠 있었다.

"왜? 그럼 사장님 허락을 받았니?"

"응."

"어머? 그래? 그냥 쉽게 하라고 하데?"

"아냐, 힘들었어. 그런 거 하려면 돈이 들어야 한대. 처음엔 아무 말이 없다가······."

"그래서?"

정혜는 급한지 말을 가로막았다.

"내가 그랬어. 그냥 밴드만 있으면 될 거라고 그랬더니 웃었
어. 나보고 해보라고 그랬어. 더 놀라운 건 뭔지 알아?"

"뭔데?"

정혜는 침을 삼키듯이 물어왔다.

"돈을 보내주겠데. 오늘 저녁에."

"뭐? 사장이 그랬어? 어쩐 일이야?"

정혜 누나도 놀라운지 믿기지 않는다는 투였다.

"정말이야. 정말로 그랬어. 그 대신에 나보고 아들하래."

"아들? 그게 무슨 말이야? 사장이 너보고 아들하자고?"

"응, 그래서 그렇게 하겠다고 그랬어. 어때?"

"어머 어머! 그랬구나······."

"응, 나 금방 갈게. 지금 걸어가고 있는 중이야. 누나한테 미
리 말해주고 싶어서 전화했어."

"왜 걸어오는 거니? 그냥 버스 타고 오지."

"그냥 걷고 싶어서. 좀 있다 갈게. 금방 가."

"그래. 알았다."

공중전화 부스에서 나온 춘호는 휘적휘적 걷고 있었다. 아침
의 싱그러움이 얼굴에 와 닿는 것 같았다. 통화를 끝낸 정혜는
사무실에서 홀로 올라갔다. 홀에는 배호 혼자서 물청소를 하고

있었다.

"야. 배호야. 방금 춘호한테서 전화가 왔는데, 사장님이 여기서 콜라텍해도 된데."

"뭐? 정말이야?"

배호는 바지를 걷어올리고선 한창 물청소를 하고 있다가 물호스를 들고선 정혜를 쳐다보았다.

"으응. 정말이야. 잘 됐지?"

"우와! 춘호 그 새끼 정말 맘에 드는구마. 지금 온데?"

"응. 걸어서 오고 있는 중이래. 미리 나한테 전화한 거야."

"알았어! 물청소를 때마침 잘했네. 누나. 춘호 오면 우리 점심먹자."

"그래. 내가 얼른 준비할게."

정혜는 기분이 좋았다. 주방으로 내려간 그녀는 얼른 찌개를 끓이기 시작했다. 슈퍼에서 미리 사다놓은 두부와 김치를 넣고선 김치찌개를 만들기 시작했다. 식사 준비가 다 되었을 즈음에 춘호가 안으로 들어왔다. 청소를 하고 있던 배호는 얼른 춘호를 데리고서 테이블로 가서 앉았다.

"잘 됐냐?"

"응. 사장님이 허락하셨어."

"야. 너 재주 좋다고 누나가 그러더라. 누나 지금 밥하고 있어."

"청소 안 끝났네? 같이 해?"

"됐어! 밥 먹고 하자."

"응."

두 사람은 주방으로 내려갔다.

"왔구나? 사장님 말이 정말이지?"

정혜는 다시 한번 확인을 했다.

"응. 이젠 해도 돼. 밥 다 됐어?"

"그래. 올라가. 금방 갖고 갈게."

정혜 누나는 얼른 손을 씻고는 반찬들을 밥상 위에 얹기 시작했다. 춘호는 정혜가 차려 놓은 밥상을 들고 배호와 같이 사무실로 들어갔다.

"사장이 그렇게 나왔어? 너한테 가게를 해도 좋다고?"

"으응. 일단 하라고 그랬어."

두 사람이 이야기를 하고 있는 도중에 정혜가 들어왔다. 정혜의 손엔 물병이 들려져 있었다. 식사를 하면서 춘호는 사장님과의 약속을 이야기했다.

"그래? 그러면 너 어떻게 되냐? 사장 아들이 되는 거네?"

배호는 처음 듣는 이야기라 놀란 표정을 지었다.

"그래. 사장이 춘호를 잘 본 모양이야. 원래 사장님은 아들이 없었어. 내가 알기론 여사장님과 단 둘이 살았던 걸로 알아."

정혜 누나의 말이었다.

"그렇담? 네가 아들이 되는 조건으로 허락한 거 아냐?"

배호가 끼어들었다.

"모르겠어. 전에부터 그런 이야기를 했는데 내가 대답을 안

해줬어. 오늘 그런 이야기를 했어."

춘호는 묵묵히 밥을 먹으며 말을 했다.

"괜찮아. 춘호 너는 원래 부모가 안 계시니까 차라리 잘된 거지. 이런 술집을 하는 사장이 아들 삼자고 한다면 좋은 거잖아."

"……."

춘호는 정혜 누나의 말을 들으면서 배호를 쳐다보고 있었다.

"그래. 잘됐네 뭐. 이젠 가게해도 되지?"

"응."

"그래. 우리 셋이서 한다고 그랬어?"

정혜 누나가 물었다.

"응."

춘호는 고개를 끄덕였다. 실은 정혜 누나가 도와줄 거라는 말은 했지만 배호와 같이 있다는 말은 하지 않았던 것이다. 식사를 마치고 나서 춘호와 배호는 홀 청소를 하기 시작했다. 이미 배호가 물청소를 거의 다 해놓은 상태였으므로 바닥에 고인 물들을 물걸레로 훑어 물기를 없애는 일이었다. 바닥 청소를 하고 나서 테이블과 의자들을 닦기 시작했다. 배호와 같이 물걸레를 들고서 구석구석을 닦기 시작했다.

"야. 우리 이제 사장이네? 그치?"

배호는 기분이 좋은 듯 싱글벙글이었다.

"사람들이 많이 왔으면 좋겠어. 이번에 잘 되면 사장님도 좋아하실 텐데."

춘호는 약간 무거운 마음을 감출 수가 없었다.

"야야, 잘 될 거다 뭐. 이런 술집에 콜라텍이라고 한다면 안 되겠냐? 무대 근사하겠다, 홀 넓겠다, 테이블하고 소파들이 삐까번쩍한데 이만하면 고급 술집이지 뭐냐? 안 그래?"

"……."

"하하, 춘호 네가 이번에 큰일 한 거다. 정혜 누나가 굉장히 좋아하는 거 같더라."

"그래?"

"그래. 임마. 너하고 나는 나이가 어리니까 정혜 누나가 다 알아서 해야 할 거 아냐. 그러면 정혜 누나가 사장님인가? 그렇지?"

배호는 기분 좋게 웃었다.

"그러네. 누나가 사장이라면 더 좋지. 우리는 딱새나 하지 뭐."

"하하, 그래."

두 사람은 나란히 마주보며 웃었다. 그동안 비워둔 탓에 구석구석에 쌓인 먼지들이 많았다. 벽 모서리에는 거미줄까지 쳐져 있었다. 그런 것들을 청소하면서 물걸레로 벽면의 페인트칠까지 새로 닦아주었다.

온종일 그 넓은 홀을 다 청소하고 나니 저녁 무렵이었다. 그동안에 정혜는 사무실을 청소했고, 방 안에 들어 있는 것들을 몽땅 들어내서 혼자서 다시 말끔하게 정리를 해놓았다. 그리고는 저녁준비를 하느라 바빴다. 저녁 반찬으로는 생선을 사다가 굽고, 매운탕까지 만들어 놓았다.

"우와. 푸짐하네. 누나가 있으니까 반찬이 틀려."

배호는 사무실 탁자 위에 푸짐하게 차려진 찌개와 반찬들을 보면서 정혜 누나를 추켜세웠다.

"많이 먹어. 오늘 하루종일 일해서 피곤하겠다."

"누나도 힘들었잖아."

"괜찮아. 자, 먹자."

춘호는 정혜 누나가 숟가락을 드는 것을 보고서 수저를 들었다. 매운탕이 정말 맛있었다. 춘호는 밥그릇에다 국물을 떠서 밥을 비볐다. 벌건 국물과 두부가 밥과 어우러져서 먹음직스러웠다.

"누나."

춘호가 밥을 먹으며 불렀다.

"응? 왜?"

"누나는 반찬도 맛있게 만들어. 전에도 이런 거 많이 만들어 먹어봤어? 이런 술집에 나오면 이런 거 못하잖아?"

"난 말이야. 시골에서 자라서 뭐든지 잘 먹었어. 대학 다닐 때도 자취를 했거든. 그랬으니까 이런 거 잘 만들어. 술집에 나오면서 밥을 해먹을 시간이 없어서 잘 못 해먹었지만 만들려면 잘한다 야."

모처럼만에 듣는 그런 칭찬에 정혜는 흐뭇해했다.

"참! 오늘 저녁에 사장님이 사람을 보낸다고 그랬어."

춘호가 그 말을 꺼내자, 정혜가 숟가락을 입에 넣다 말고 물었다.

"왜?"

"사장님이 돈 보내준데. 가게 열려면 돈이 필요할 거라면서."

"……."

"……."

정혜 누나와 배호 형은 무슨 소리냐는 듯이 서로 쳐다보기만
했다.

"내가 괜찮다고 하니까 돈을 보내주겠데. 그래서 내가 그냥
가만히 있었지 뭐. 아마 이따 올지도 몰라."

"어떤 사람이?"

누나가 다시 물었다.

"모르겠어. 저번에 돈 갖고 온 사람이겠지 뭐."

"그게 누구야? 사장님이 보낸 사람이라면……?"

정혜가 계속 궁금해하자, 배호가 말했다.

"누나는. 아, 그 안에 있으면 사장님 같은 사람은 범털이니까
교도관을 시켜서 돈을 보내주겠지 뭐. 안 그러면 그 안에서 어
떻게 돈을 바깥으로 내보내."

"그렇게 하는 거야?"

"하하, 내 말이 맞을 거야. 내가 있던 방에서도 그런 식으로
심부름을 보내는 경우를 봤어. 그걸 그 안에선 비둘기를 날린다
고 그래. 아마 비둘기를 날리는 거겠지 뭐."

"아……."

그제야 정혜는 의문점이 풀렸다.

"안에서 그런 일 많아. 돈만 주면 어떤 거든 다 할 수 있어."

배호는 감방에 들어갔던 경험이 있었던 사람처럼 자랑스럽게 말을 했다.

"그럼 좋겠네 뭐."

물론 정혜도 기분이 좋은 건 사실이었다. 설마하고 생각했던 것이 현실로 나타난 것에 대해 기뻐할 수밖에 없었다. 춘호가 양아들이 된다는 조건으로 사장이 승낙했을지도 모르는 일이었다.

"누나. 술 한잔 안 해?"

배호가 술을 마시고 싶은지 슬쩍 말을 꺼냈다.

"그래. 가볍게 한잔 하자. 춘호, 넌 술이나 따르면 되겠다."

춘호는 창고로 가서 맥주 한 병을 들고 왔다. 먼저 정혜 누나에게 술을 따르고 나서 배호의 잔에도 맥주를 따랐다.

"자, 건배!"

정혜는 배호의 잔에다 건배를 하고는 술잔을 춘호의 밥그릇에다 부딪쳤다.

"하하, 난 밥그릇하고 건배!"

춘호가 밥그릇을 술잔인양 번쩍 들었다가 내려놓았다. 춘호는 정혜 누나와 배호가 술을 마시는 것을 보고 있어도 술을 마시고 싶다는 생각은 들지 않았다. 저녁상을 물리고 난 뒤에 정혜 누나가 설거지를 하는 동안에 춘호는 방으로 들어갔다가 누나가 청소를 말끔히 했기에 다시 나왔다.

사무실은 배호가 청소를 하고 있을 것이었으므로 지하실로 내려가 보기로 했다. 지하실은 습기가 차 있어선지 습습한 내음이 풍겨 나왔다. 내려가는 계단에 불을 켜놓고선 내려갔지만 지하실에 내려갈 때마다 섬뜩한 느낌이 들었다.

"……."

춘호는 사장이 무언가 중요한 서류들을 갖다놓았다고 들었지만 아무리 둘러봐도 중요한 물건들은 눈에 띄지 않았다. 건물을 지을 때에 쓰다가 남겨둔 연장들만 즐비하게 널려져 있을 뿐이었다. 저번에 바닥에 시멘트를 바르고 나서 대충 정리를 해놓았지만 을씨년스럽기는 마찬가지였다.

춘호는 다시 한번 살펴본다는 생각으로 연장들을 이리저리 옮기면서 다시 정리를 했지만 사장이 말하는 중요한 것들이란 눈에 뜨지 않았다.

'별론데 뭘 그래…….'

춘호는 실망했다. 더 이상 그곳에 머무르고 싶지 않았다. 금방이라도 시멘트 바닥을 뚫고서 죽은 남자의 시체가 벌떡 일어나 나올 것만 같은 기분이었다. 서둘러 그곳을 나온 춘호는 등에 진땀이 나는 듯했다.

"너, 어디 갔다 왔냐?"

마친 복도로 나오던 배호가 춘호를 보고선 말을 했다.

"왜?"

"문에서 누가 두드리는 소리가 났어. 혹시? 그 사람이 온 거 아냐? 얼른 나가봐."

춘호는 곧 출입구 쪽으로 달려갔다. 문을 두드리는 소리가 났다.

"누구세요?"

"아, 저번에 왔던 사람이야. 문 좀 열어줘."

두꺼운 유리문 밖에 있는 철문에서 나는 소리였다. 문을 열자, 저번에 왔던 그 남자가 서 있었다.

"안으로 좀 들어가도 되겠냐? 심부름 왔다."

"네. 들어오세요."

춘호는 얼른 문을 열어주고 홀로 안내를 했다. 테이블 의자에 앉은 사내는 주위를 힐끗 둘러보고는 안쪽으로 시선을 주었다.

"너, 혼자 있냐?"

"네."

"안 무섭냐?"

사내는 연신 안쪽을 힐끔거리며 춘호에게 질문을 던졌다.

"아뇨. 문 단단히 잠그고 있거든요."

"그래. 이거다. 임 사장이 잘 전해주라고 그러더라. 나중에 면회를 오면 잘 받았다고 말을 해줘라."

"네."

춘호는 사내가 내민 은행용 봉투를 받아들었다.

"그럼 갈게. 내일 면회 오냐?"

"네. 받았다고 말씀드릴게요."

358

"참. 네가 아들이냐?"

사내는 나가다가 돌아서서 묻고 있었다.

"네."

춘호는 공손하게 인사를 했다.

"그래. 네 아버지가 잘 갖다주라고 그랬어. 간다."

그 말을 하고선 사내는 출입구 쪽으로 성큼 걸어 나갔다.

"안녕히 가세요."

춘호는 문 밖으로 나간 사내를 보며 인사를 했다. 사내는 손을 들어 답례를 하고는 찻길 쪽으로 걸어가고 있었다. 문을 잠근 춘호는 손에 들고 있던 돈뭉치를 꺼내 보았다. 백만 원권 수표 다섯 장과 만 원권 지폐들이 뭉치로 싸여 있었다.

'얼마지?'

춘호는 큰 액수의 돈뭉치에 가슴이 뛰기 시작했다.

"……."

이렇게 많은 돈을 보내리라곤 미처 상상하지도 못했다. 처음 이런 돈을 만져보는 춘호로서는 그저 놀랄 뿐이었다.

"야! 너, 뭐해?"

궁금했던 배호는 그 사람이 갔는지 보려고 홀로 나오다가 멍하니 서 있는 춘호를 발견하고는 소리 질렀다.

"응? 으응……."

"너, 뭐하냐? 어? 이게 뭐야?"

배호는 춘호가 들고 있는 돈뭉치를 보고는 놀랐다.

"응? 돈······."

"아아. 비둘기가 왔다 갔구나. 얼마야?"

"몰라."

춘호는 아직도 멍해 있었다.

"뭐해? 들어가."

배호가 소리치는 통에 춘호는 정신이 번쩍 들었다. 그리고 배
호의 손에 이끌려 사무실로 들어갔다.

"누나! 이거 다 돈이야. 금방 갖다주고 간 거야. 이거 얼마지?"

배호도 흥분해서 소리치고 있었다.

"몰라. 봐."

춘호는 돈뭉치를 정혜 앞으로 내밀었다. 정혜는 얼이 빠져 있
는 춘호를 보고는 웃었다. 그리고는 돈뭉치를 들어 수표를 세어
보았다. 수표 다섯 장과 만 원권 지폐를 다 세어 보니 천만 원이
었다.

"천만 원이야."

정혜의 말에 춘호와 배호는 다시 놀랐다.

"천만 원!"

"응. 딱 천만 원이야. 이걸 보냈어?"

"응."

그제야 춘호의 입가에 미소가 번졌다.

"누나. 이제 이걸로 시작하면 돼?"

춘호가 묻자,

"그럼! 이 돈이면 충분하겠다 야! 홀 있겠다, 테이블 위자 있겠다, 무대 있겠다, 악기들 다 있겠다, 뭐 다 있으니까 밴드만 불러오면 돼. 나머진 외상으로 끌어와도 되니까."

정혜는 술집이 어떻게 운영되는지 속속들이 알고 있었다. 밴드팀을 부르는 일만 남은 듯했다. 그곳에서 팔 음료수들과 간단한 스낵류 같은 과자들은 외상으로라도 갖다달라고 하면 얼마든지 갖고 달려올 사람들이 많을 것이다. 술집들이 술과 안주들을 거의 외상으로 들여와서 장사를 하고 나서 나중에 갚는다는 것이라는 것을 그녀는 알고 있었다.

이번엔 배호가 돈뭉치를 세어보기 시작했다. 돈을 다 세어본 배호도 가슴이 뛰는 모양이었다.

"맞아! 딱 천만 원이야. 이걸로 시작하라는 거야?"

배호는 춘호를 쳐다보았다.

"응."

"됐어! 누나. 내일부터 당장 시작해. 밴드 불러올 수 있어?"

"그럼! 내가 알아볼게. 매상에서 얼마를 나눠먹기식으로 하자면 달려올 사람들이 많을 거다. 악기들도 그대로 있고. 그걸 쓰면 좋겠지 뭐. 그래, 내일부터 본격적으로 일을 시작하는 거야."

정혜의 얼굴에도 새로운 흥분으로 가득 차 있었다.

"누나. 이 돈 누나가 갖고 있어. 누나가 알아서 해."

춘호가 그렇게 말하자,

"아냐. 이건 그냥 네가 갖고 있어. 내가 그때그때 필요한 것이 있으면 너한테 달라고 할께. 그리고 배호도 필요한 것이 있으면 사서 쓰고. 참. 이 가게 허가는 어떻게 하지?"

정혜는 춘호가 갖고 있으라고 말을 했다. 그리고 정혜는 좀 더 본격적으로 가게를 꾸려나갈 일을 생각하기 시작했다.

"사장님도 그랬어. 어른들 상대하는 업소라 허가를 바꿔야 할 거라고 그랬어."

"그래? 그럼 내가 내일 아침에 구청에 가서 허가를 바꿔올게. 그건 내가 알아서 할 테니까."

"응. 그럼 우리는 뭐하지?"

배호가 말을 했다.

"춘호, 너는 사장님한테 가서 잘 받았다고 말하고, 배호는 홀 뒤쪽에 있는 카운터에서 음료수와 과자를 팔 거니까 좀 더 넓게 만들어봐. 거기서 티켓하고 과자 같은 것을 파는 데니까."

"알았어."

"난 내일 반주할 팀들을 알아볼게. 그건 쉬울 거 같애."

이제 각자에게 맡겨진 일을 처리하기만 하면 될 듯했다.

"춘호야. 이 돈 잘 보관해. 오늘밤은 그냥 갖고 있다가 아침에 곧바로 통장에 넣어둬. 쓸 만큼만 네가 갖고 있고."

"응."

춘호는 알았다는 뜻으로 고개를 끄덕였다.

"그리고 니들 가게를 하더라도 공부는 계속 해야 되는 거다? 알았지?"

정혜 누나의 당부였다.

"응, 알았어."

이로써 세 명은 각각 자신이 해야 할 일에 대해서 서로 분담을 하겐 된 셈이었다. 배호는 카운터를 매점으로 바꾸는 일을 맡았고, 정혜는 밴드팀을 데려오는 일을 맡은 셈이었다.

"이제 공부할까?"

"공부?"

"왜? 마음이 안 내켜?"

"누나도. 이런 날 어떻게 공부가 돼? 아직 발표도 안 났고."

배호가 공부하기가 싫은지 핑계를 댔다.

"그래. 오늘만 그냥 넘어가는 거다. 내일부턴 열심히 공부하는 거야. 가게를 하더라도 공부는 계속 해야 돼."

"알았어."

정혜 누나는 잘 자라고 말하고선 방으로 들어갔다.


춘호와 배호는 사무실에 남아 이부자리를 깔아놓고는 이야기를 주고받고 있었다.

"너, 사장 아들되기로 했니?"

"응."

"사장이 아들이 없는가 보지?"

"그런가 봐. 저번부터 그런 말했어. 내가 말을 안 했지만······."

"괜찮아. 됐어. 너라도 양아버지를 갖는 게 좋을 거야. 이런 술집을 갖고 있는 사장이라면 괜찮은 거야. 이제 눕자."

배호가 먼저 소파에 누웠다.

"형. 사장이 좀 이상하지 않아?"

춘호가 슬그머니 말을 꺼냈다.

"뭐가?"

배호가 앉아 있는 춘호를 바라보았다.

"자꾸 여기에 사람이 들어오는 걸 싫어하는 거 같고……. 나보고 맨날 여기 누가 왔는가 물어보거든. 그리고 가게를 잘 지키라고만 말하고……."

"그야……. 너보고 아들 삼으려고 그러는 거겠지. 가게를 비워뒀는데 너보고 잘 지키라는 말이겠지 뭐."

"게다가……. 그만한 돈까지 보내주고……. 전에도 백만 원씩 보내줬잖아."

춘호는 속마음을 다 털어 내놓고 있었다.

"야야. 그런 거야 돈 많으면 그럴 수 있지 뭐. 그 안에서 돈 갖고 있어봐야 돈 자랑밖에 더 할 게 있겠냐? 너도 돈 많아 보면 그런 거 이해할 거다. 돈이 있으면 뭐든지 못하겠냐? 안 그러냐?"

"……."

"그런 거 신경 쓸 거 없다. 넌 그냥 아부지 하나 생겼다고만 생각하면 돼."

"……."

"안 그러냐?"

배호는 대답이 없는 춘호에게 다시 물어왔다.

"그래. 이제 자."

춘호는 소파에 드러누웠다. 이불을 끌어당겨 목까지 덮고선 배호를 돌아보았다. 배호는 반듯이 누운 채로 곧 잠이 들 태세였다.

"……."

춘호는 지금까지 일어난 일에 대해서 풀리지 않는 궁금증이 먼지처럼 남아 있는 것이 마음에 걸려왔다. 다음날부터 바빠지기 시작했다. 사장을 면회한 춘호는 어젯밤에 사람이 다녀갔다는 것을 알려주었고, 돈은 잘 받았다는 말을 했다. 그리고 오늘부터 허가증을 갱신하고, 밴드를 데려오는 일은 정혜 누나가 맡기로 했다는 것까지 말해주었다.

"그래. 잘 해봐. 너는 나이는 어리지만 사업이란 것이 어떤 것인가 알아두는 것이 좋을 테니까."

"네. 아버지."

"하하, 그래. 돈이라면 걱정 말고. 내가 나갈 때까지 네가 잘 해야 된다."

"네. 알았어요."

춘호는 고개를 숙이면서 사장의 말을 명심했다.

"그래. 가봐라. 무슨 일이 있으면 재깍 와서 말해주고."

"네. 아버지. 그럼 편히 쉬십시오."

춘호는 고개를 숙여 인사를 하고는 아버지가 면회실을 나가는 것을 지켜보고 있었다. 사장은 면회실을 빠져나가 복도에 서서 춘호에게 손을 들어주었다. 춘호는 다시 고개를 숙여 인사를 하고는 면회실 복도를 빠져나왔다. 유리창 너머로 사장이 걸어가는 모습이 보였다가 안 보였다가 하다가 없어졌다.

바깥으로 나온 춘호는 기분이 이상했다. 마치 진짜 아버지를 찾은 듯한 기분이 들기도 했고, 신파극에나 나옴직한 아버지를 겨우 찾기는 했지만 아버지가 감옥에 들어가 있어 다시 헤어져야 하는 듯한 연민의 착각을 불러일으키기도 했다.

교도소 정문을 나와 찻길을 건너 걷기 시작했다. 교도소 담벼락이 보였다. 비둘기들이 날아다니는 모습이 보였다.

'저 안에서는 무엇을 하며 지낼까⋯⋯.'

춘호는 배호 형이 매일밤 교도소 안의 이야기들을 들려줬지만 실제로 그 안에서 어떠한 일들이 일어나는지 알 수가 없었다. 더구나 아버지라는 사람은 어떠한 사람일까 하는 생각이 들기 시작했다. 아무것도 모르면서 아들이 되었다는 것이 기분이 묘했다. 그리고 여사장의 수첩에서 봤던 자신의 돌 사진과 지금 춘호의 양아버지가 된 사장과의 관계를 아는 사람이 아무도 없다는 것이 답답하기만 할 뿐이었다. 정혜 누나도 사장에 대해선 거의 아는 바가 없었다.

'술집에 나오던 누나 친구 중에 아는 사람이 없을까?'

그런 생각을 해봤지만 평소에 여사장과 친하게 지냈던 사람이라곤 정혜 누나밖에 없었다는 것이 춘호를 더욱 답답하게 했다. 정혜 누나는 붙임성이 좋고 성실한 편에 속해서 다른 누나들보다도 여사장이 아꼈던 것을 춘호는 알고 있었다. 정혜 누나도 모른다면 다른 누나들은 더욱 모를 것이 분명했다.

춘호는 마치 실타래가 얽힌 것 같은 생각들을 털려고 애를 썼다. 가게에 도착했을 때는 모든 생각들이 거의 자취를 감추고 없었다.

가게 안에는 아무도 없었다.

"……."

춘호는 홀 안을 둘러보고는 다시 바깥으로 나와 간판들을 훑어보았다. 혹시라도 어른들 위주의 술집이었던 탓에 간판이나 네온사인에 성인이란 글자가 들어가 있으면 안 되기 때문이었다. 다행히 간판과 네온사인은 그대로 써도 무방할 듯했다.

홀로 들어가 벽에 붙은 스위치를 올려보았다. 바깥에서 본 간판과 네온사인은 그야말로 멋진 광고라고 할 수 있었다. 홀로 들어가 스위치를 내린 춘호는 카운터 쪽을 살피기 시작했다.

"어? 왔냐?"

마침 바깥에 나갔다가 들어서던 배호가 손에 무언가를 잔뜩 들고 들어왔다.

"응. 뭐야?"

"못하고 망치야. 여기 카운터를 좀 더 넓게 만들어서 매점으로 하려고. 누나가 그렇게 말하고 나갔어."

"으응. 여길 어떻게 하지?"

"이건 그냥 두고 뒤쪽만 조금 키우면 돼. 여기다가 콜라하고 과자들을 놔두면 될 거 같아. 박스로 다이만 짜면 될 거 같아."

배호는 카운터 아래쪽의 공간을 그대로 활용하자는 말이었다.

"그럼 되겠다. 물건을 꺼내주기만 하면 되니까."

"하하, 그러면 되겠지?"

"응. 나도 도와줄까?"

"그래."

두 사람은 카운터 아래쪽에 쌓아둔 것들을 들어내고선 술 상자 박스를 가져다가 단을 만들고는 그 위에다가 베니어판을 덮었다. 그러고 나니 훌륭한 물건 진열대가 된 듯했다.

"이제 여긴 음료수하고 과자, 컵라면 같은 것들을 놔두고 파는 거야. 여긴 내가 맡을게."

"나는?"

"넌 아직 어리잖아. 너도 여기서 있어도 돼. 누나도 여기서 장사를 하면 되고."

"후후. 우리 벌써 사장이 된 기분이네."

"사장이지 뭐. 셋 다 사장인 셈이야."

"그럼 뭐 또 필요한 거 없을까?"

춘호는 홀 안을 둘러보았다.

"아, 있다! 광고지를 만들어야지. 광고지가 없으면 누가 여기에 콜라텍에 있는 줄이나 알겠어? 안 그래?"

"그러네……."

그러고 보니 광고지가 빠진 것 같았다. 길가에 세워진 차의 앞 유리창이나 길거리에서 명함만한 광고지를 돌리는 것을 본 적이 있었다. 업소를 하는 데에 있어서 광고란 제일 중요한 문제일 수 있었다.

"어때? 누나오면 광고지부터 만들어야 되지 않겠어?"

"맞아."

그럼 점에선 나이가 많은 배호가 더 생각이 깊은 듯했다.

"지금 누나한테 전화해볼까? 언제 들어올 건가."

"응. 내가 해볼게."

춘호와 배호는 사무실로 들어가 다이얼을 돌렸다. 신호가 가자, 곧 누나의 목소리가 들려나왔다.

"누나, 나야. 어디야?"

"응. 벌써 면회 갔다 왔니?"

"응. 카운터 안쪽 다 치웠어. 박스 놓고 그 위에다가 베니어판도 깔고. 근데, 누나 언제 들어와?"

"응, 곧 갈게. 지금 밴드를 맡을 사람하고 이야기하고 있는 중이야. 내가 말하니까 밴드를 맡겠데. 수입은 이쪽에다 40%를 주기로 했어. 어때?"

"40%? 그럼 우리가 손해 아냐?"

"아냐. 그 정도가 돼야 오겠데. 내가 곧 들어갈게. 금방 가."

"응, 알았어."

춘호가 전화기를 내려놓자, 배호가 물어왔다.

"누나가 뭐래?"

"지금 밴드팀을 만나고 있대. 우리하고 수입금에서 40%를 주는 조건이라는데?"

"그 정도면 된 거지. 우리도 손해날 거 없고."

"된 거야?"

춘호는 그런 쪽으로는 몰랐으므로 다시 물었다.

"그럼! 그 정도 안 받고 공짜로 여기 오냐? 장사가 잘 돼야 그 사람들도 돈을 버는 거야."

"그럼 밴드들도 잘해야 되겠네? 장사가 잘 되려면."

"당근이지! 사람이 많이 들어오면 우리도 돈을 벌지만 그 사람들도 돈을 벌어가는 거야. 그러니까 그 사람들은 악기만 들고 들어와서 40%를 받아간다는 것 때문에 열심히 하는 거겠지."

"아, 그렇구나."

그제야 춘호는 정혜 누나가 제시한 40% 이익 배분이라는 조건이 타당한 거라고 느껴졌다.

"누나 오면 매점에 놔둘 것들을 준비해야지. 어떤 게 좋을까?"

"뭐, 콜라나 사이다, 과자 같은 것들이겠지. 컵라면도 해?"

"애들이 좋아하잖아. 왜?"

"이런 곳에서 컵라면을 먹도록 하면 보기가 안 좋잖아? 지저분하고."

"그래. 그런 문제도 있겠다. 누나 오면 그런 거 말해보지 뭐."

"그래."

춘호는 자신의 생각이 맞을지도 모른다는 생각이 들었다. 이런 호화로운 술집에다 삐까번쩍한 무대와 조명들이 있는 곳에서 아무리 콜라텍이라고는 하지만 국물이 질질 흐르는 컵라면을 판다는 것은 너무 했다는 생각이 들었다. 차라리 빵 종류나 떡볶이 같은 것들을 파는 것이 낫겠다고 생각했다. 떡볶이를 팔면 싼 값에 재료를 사다가 큰 힘을 들이지 않고서도 재료값의 몇 배는 받을 수 있기 때문이었다. 물론 컵라면보다도 맛도 있을 뿐더러, 식사대용이나 스낵용으로 더 나을지도 모른다는 생각이 들었다.

"형."

춘호의 말에 배호는 다시 쳐다보았다.

"우리, 여기서 떡볶이 같은 거 팔면 어떨까? 그런 거라면 남는 것도 많을 텐데 말이야."

"떡볶이? 그거 팔면 더 지저분해질 텐데?"

배호는 낯을 찡그렸다.

"왜? 떡볶이는 애들이 다 좋아하잖아. 여기서 치킨 다리나 날개 같은 거 팔고. 떡볶이 팔고, 핫도그나 햄버거 같은 거 만들어서 팔면 거의 남는 거잖아."

"⋯⋯?!"

배호는 눈을 동그랗게 떴다. 춘호가 한 말이 결코 틀린 말은 아니라는 듯이⋯⋯.

"그런 거 만들어 팔면 남는 게 많을 거야. 직접 사다가 파는 과자 같은 건 남는 게 별로 없잖아."

"그래! 그건 그래. 누나한테 말해보자."

배호는 멋진 제의라고 생각했다. 나중에 정혜 누나가 왔을 때에 그들은 사무실에 앉아서 그런 이야기들을 나누었다.

"어때? 누나 생각은?"

배호가 말을 던지고는 춘호를 바라보았다.

"그런 거 팔면 좀 특이하잖아. 다른 콜라텍에서는 그런 걸 안 팔 걸?"

춘호도 배호의 말에 동조했다.

"그래. 그것도 좋겠다. 주방이 있으니까 쉽게 만들 수 있어. 춘호랑 나랑 같이 만들어도 되고. 카운터는 배호가 책임지면 될 거 같은데?"

정혜 누나의 말이었다.

"그래? 누나도 그렇게 생각해?"

배호가 반색을 했다.

"응. 그거 좋은 생각이다 야. 그런 거 만들어 팔면 남는 게 많아. 춘호, 네가 생각한 것이 정말로 좋은 생각이다 야. 어떻게 그런 걸 생각했니?"

정혜는 대견한 발상을 해낸 춘호에게 칭찬을 아끼지 않았다.

"형하고 같이 생각한 거야. 그런 거 팔면 여기 오는 애들이 좋아할 거 같애."

"그래. 그런 식으로 해보자."

정혜는 일단 그렇게 하는 것이 낫겠다는 생각이 들었다.

"그럼 내일부터 물건들을 사다놔야겠네? 과자하고 음료수 말이야."

춘호가 그렇게 말하자, 정혜누나가 말했다.

"응, 이제 내일부턴 본격적으로 일해야 돼. 사다놓을 건 사다 놓고, 준비할 건 다 준비해놔야 돼. 밴드팀들이 내일 오기로 했어. 내일 와서 가게를 본다는 거야."

"우와! 내일 당장? 누나 캡이야!"

춘호와 배호는 엄지손가락을 추켜세웠다.

"그래. 이제 저녁 먹자. 내가 얼른 준비할게."

정혜는 주방으로 들어갔다.

저녁 식사를 하면서 광고지를 어떻게 만들 것인가에 대해서 이야기가 나왔다. 서로 각자의 의견을 내놓았다. 길거리에서 본 광고지 중에서 특이한 것을 예로 들면서 눈에 확 띄는 광고지가 좋겠다는 말이 나왔다.

"그래. 이따 나하고 같이 대충 그려보자."

정혜는 춘호나 배호의 생각을 무시하지 않았다. 식사를 끝내고 나서 정혜는 설거지를 하는 동안, 과일을 깎아 사무실에 갖다주었다.

"이거 먹고 있어."

"누나, 빨리 와."

"그래. 좋은 생각 있으면 생각해봐. 금방 올게."

설거지를 하면서도 정혜는 꿈만 같았다. 이런 큰 술집의 가게 문을 다시 열 수 있다는 것이 믿기지가 않았다. 비록 자신이 직접 장사하는 것은 아니지만, 춘호와 배호와 같이 셋이서 콜라텍을 운영할 수 있다는 것이 여간 다행으로 생각되지 않았다. 가게가 성공하고 안 하고는 그 다음 문제겠지만, 일단 이런 화려한 가게의 문을 열 수 있다는 것이 무엇보다도 기뻤다.

설거지를 끝낸 정혜는 방으로 들어가서 거울 앞에 앉았다. 그동안 술집에 나가지 않느라 얼굴에 신경을 쓰지 않았던 탓에 자신이 보기에도 시골 처녀 같다는 생각이 들었다.

"……."

그녀는 시골에서 고등학교를 다닐 때의 모습이라고 생각되었다. 웃음이 나왔다. 여자란 화장을 할 때와, 화장을 하지 않을 때가 확연히 구별된다는 것을 실감하고 있었다.

'내가 왜 그동안 너무 화장을 안 했지. 귀찮았나…….'

자신의 얼굴에 대해 측은한 마음이 들었다. 그녀는 화장을 하기 시작했다. 모처럼만에 하는 화장이었다. 그리 화려해지는 않게, 마치 가정주부가 외출을 할 때에 화장을 하듯이 엷게 화장을 했다.

사무실로 들어갔을 때에, 배호가 먼저 화장했다는 것을 알아보고선 말을 해왔다.

"야! 누나 예뻐졌네!"

"으응. 이젠 나도 사람을 만나야 하니까 화장 좀 했어."

정혜는 괜히 얼굴이 달아오르는 걸 느꼈다.

"누나. 앉아."

춘호가 옆자리를 가리켰다. 소파에 앉은 정혜는 과일 한 조각을 집어 입에 넣고는 춘호와 배호가 그리다가 만 종이를 내려다보았다.

"누나. 이거 봐. 이렇게 만들면 어때?"

배호가 종이에 그려진 광고문안을 가리켰다.

"이쪽에는 우리 가게 사진 싣고. 밑에는 콜라텍을 개업했다고 알리는 거야. 어때?"

"그렇게?"

"응. 누나 생각은 어때? 춘호는?"

배호는 정혜와 춘호를 번갈아 쳐다보았다.

"으응. 나는 위에다가 개업이라는 글자를 크게 넣고, 아래쪽에다가 가게 사진을 넣는 게 좋을 거 같은데? 일단 광고는 위에부터 보게 되거든. 위에 있는 글자가 중요한 거야. 사진은 글자를 읽고 나서 나중에 보는 거니까."

정혜 누나가 말했다.

"그럼 춘호 너는?"

배호는 다시 춘호에게 물었다.

"나도 누나 말이 맞을 거 같아."

"그래? 그럼 그렇게 하지 뭐. 글자는 어떻게 넣어?"

이번엔 다시 정혜 누나에게 물어보았다.

"글쎄……. 이 앞에다가 '축 확장개업'이라는 글자를 크게 써서 넣고, 그 밑에다가 '300평의 초호화 대형 콜라텍 개업'이라는 글자를 넣으면 어떻겠니?"

"그리고 또?"

배호가 물었다.

"으응. 그리고 다른 곳과 틀리게 네가 말한 떡볶이 얼마, 김밥 얼마, 탕수육 얼마, 짜장 얼마, 순대 얼마, 만두 얼마……. 이런 식으로 메뉴를 적어놓는 거야. 싸게 적어놓으면 눈에 확 끌릴 걸? 그리고 가게의 사진도 들어가니까 그 사진을 보면 어마어마하다는 걸 알게 될 거니까."

정혜 누나가 제법 상세하게 설명을 했다.

"아, 그거 좋네! 춘호 너는 어때?"

배호는 다시 춘호에게 어떠냐며 물었다.

"응. 좋아."

"그럼 됐어! 내일 당장 광고하는 집에다가 맡기면 되겠네. 누나가 좀 할래?"

"그래. 니들도 같이 가자. 같이 가서 하는 것도 좋을 거야."

"그러지 뭐."

"음식 만드는 건 누나하고 춘호가 할 거야? 음식 메뉴는 뭐지?"

배호가 다시 메뉴를 무엇으로 할 것인가 되물었다.

"네가 만드는 걸로 하자며? 뭐, 떡볶이, 순대, 라면, 짜장, 김밥, 만두하고 과자들하고 음료수면 되겠지?"

"그래. 그거면 충분해. 그만하면 먹을 거 많을 거야."

배호는 마치 자신이 콜라텍에 들어가서 다양한 메뉴를 보는 것처럼 기분 좋게 말했다.

"정말 그러네. 이만하면 골라서 먹기 딱 좋겠다!"

정혜 역시 그런 생각이 들었다. 세 사람은 멋진 메뉴에 감탄했다.

"개업 날짜는 언제로 잡을까?"

"준비가 다 됐으니까 빨리 하는 게 좋아. 모레면 어때?"

배호가 벽에 있는 달력을 쳐다보았다.

"너무 빨라. 그 안에 광고지가 다 되나?"

정혜 누나가 말했다.

"그럼 광고지가 다 되는 날로 잡지 뭐. 그러면 될 거 아냐?"

"그래. 그렇게 하자."

이제 모든 게 다 준비된 듯했다.

"그럼 누나는 내일 밴드팀들이 오면 그렇게 말해."

"그래. 이제 됐으니까 공부할래?"

"공부?"

배호는 공부라는 말에 표정이 굳어졌다.

"왜? 또 할 게 있어?"

누나가 물었다.

"아니……. 그렇지만 내일부터 일을 시작하는데 지금 무슨 공부야?"

"배호 너는 자꾸 미루다가 보면 공부 언제 할래? 일단 이야기가 끝났으니까 공부하는 게 낫지."

정혜의 말에 배호는 눈치를 흘끔 보다가 춘호가 공부할 책을 꺼내놓자 마지못해 다가앉았다. 정혜는 수학을 가르치고 나서 다시 영어를 가르치기 시작했다. 두 시간 가량 공부를 하고 나니 배호는 몸살을 하듯이 몸을 비비꼬기 시작했다.

"나중에 배호는 커서 사업을 한다고 하더라도 대학은 졸업해야 돼. 적어도 고등학교는 마쳐야 사람대접을 받는 거야. 겉만 멀쩡하고 속은 텅 비어 있으면 사람들과 대화를 나누다가 보면 금방 드러나게 돼 있어. 누나도 손님들을 상대하다가 보면 그 사람을 금방 알아봐. 대화에서 그런 게 묻어나오거든. 니들은 열심히 공부해서 그런 티는 안 내야지."

정혜 누나는 틈이 날 때마다 그런 걸 강조했다.

"알았어. 사람은 유식해야 한다는 말이지 뭐."

배호는 귀에 못이 박히도록 들었던 터라 정혜 누나의 말을 잘랐다.

"오늘은 이만하자. 일찍 자고 내일 일어나서 시장에 나가보자. 오후쯤에 밴드팀들이 올 거야."

"응, 누나. 잘 자."

배호는 공부를 마치는 것이 무엇보다 좋았는지 얼른 자리에서 일어났다. 정혜가 빙긋 웃어주고는 사무실을 나가자, 배호가 말했다.

"하하, 오늘은 힘들다. 공부하는 것이 왜 이리 힘드냐?"

배호는 얼른 소파에 드러누웠다. 춘호는 공부한 책들을 책상 위에 올려놓고는 소파로 와서 앉았다.

"형은 공부 안 하고 어떻게 검정고시 통과할 수 있어."

"하하, 알아. 근데 힘들다는 거지 뭐. 나야 뭐 머리가 굳어서 그런 거고. 넌 아직 머리가 안 굳었잖아."

"나도 굳었어. 수학이 어려워 죽겠어."

"야야. 그래도 넌 잘 하잖아. 난 도통 따라가질 못하겠다 야. 이래가지고는 힘든 거 아냐?"

"아냐. 형도 하면 돼. 나하고 같이 합격하는 거야."

"아, 알았어. 이제 자자. 누워."

"응. 나 잠깐 가게 문 잠겼나 보고 올게."

춘호가 일어서자, 배호는 소파의 한쪽 귀퉁이에 있는 이불을 끌어 덮으며 말했다.

"왜? 아까 잠궜잖아?"

"그래도. 한번 확인하고 올게."

춘호는 곧장 일어섰다. 홀로 나가기 위해 복도로 걸어가고 있는데, 정혜 누나가 있는 방에서 소리가 들려나왔다.

"응, 준희야. 나 잘 있어. 걱정마. 엄마는 괜찮니?"

아마도 누나가 시골로 전화를 하는 모양이었다.

"그래. 누나 잘 있어. 직장도 잘 다니고. 엄마, 어디 가셨니?

옆집에? 응. 그럼 전화왔다고 그래라. 또 전화할게. 그래, 이만 끊는다."

정혜 누나가 핸드폰을 닫는 소리가 들렸다. 춘호는 그 자리에 서서 준희라는 남자애를 생각하고 있었다. 정혜 누나의 동생이라는 것이 왠지 모르게 마음이 다가가게 만들었다. 얼굴은 모르지만 마치 친구 같다는 기분이 들었다.

홀로 나온 춘호는 불을 켜서 실내를 둘러보았다. 실내는 깨끗하게 정돈되어 있었다. 지저분하던 무대 위도 말끔하게 정돈되어 있었고, 조명들은 언제라도 전원을 넣기만 하면 불빛을 내뿜을 것처럼 서 있었다.

테이블로 다가간 춘호는 탁자 위를 만져보았다. 혹시 먼지라도 손가락에 묻을까봐 문질러봤지만 물걸레로 닦아놓은 그곳은 깨끗하기만 했다.

'이제 우리가 가게를 여는 거야. 장사가 잘 됐으면 좋겠어.'

춘호의 바램은 그것뿐이었다. 정혜 누나가 기뻐하는 모습이 무엇보다도 즐거웠다. 춘호는 홀을 한 바퀴 돌면서 마음속으로 기도를 했다.

'하나님. 전 고아원에서 교회를 다녔어요. 이런 가게를 하게 됐으니까 열심히 할 수 있도록 도와주세요. 정혜 누나가 기뻐할 수 있도록, 배호 형이 마음에 드는 가게가 돼서 우리 셋이 흩어지지 않도록 해주세요. 하나님이 도와주시면 못하는 것이 없다고 믿어요. 아멘.'

춘호가 마음속으로 드리는 기도는 엉성했지만 하나님이 만약 있다면 자신의 기도를 들어줄 것이라는 생각이었다. 한결 마음이 뿌듯해졌다.

출입구문은 굳게 잠겨져 있었다. 홀에 불을 끄고는 사무실로 들어갔다. 환하게 불이 켜진 사무실엔 배호가 벌써 잠이 들어 있었다. 춘호는 소파에 앉아 좀 전에 공부했던 부분을 복습하기 시작했다. 책을 폈지만 내일 해야 할 일들이 복잡하게 떠오르곤 했다. 춘호는 책을 덮었다. 공부가 안 될 때는 고집스럽게 잡고 있어봐야 아무런 도움이 되지 못한다는 것을 알고 있었다.

불을 끄고 소파에 누웠다. 옆에선 배호의 코 고는 소리만 낮게 들려올 뿐이었다.

# 내일은 있다

춘호와 배호, 그리고 정혜가 각각 나뉘어서 광고지를 돌렸다. 가게를 중심으로 각자 헤어져서 광고지를 돌리는 셈이었다. 춘호는 광고지를 거의 다 뿌리고 나서 배호 형이 광고지를 뿌리고 있는 곳으로 걸어가다가 골목에서 싸우는 소리가 들렸다. 심야에 술이 취한 취객이 퍽치기를 하는 사내들에게 벽돌로 뒷머리를 맞고서 지갑을 털리고 있는 중이었다.

약간 으슥한 골목에서 사람의 비명이 터져 나왔다. 춘호는 길가에서 조금 들어간 골목 안으로 뛰어 들어갔다. 뒷머리에 피투성이가 된 중년의 남자가 땅바닥에 쓰러져 있었고, 두 명의 청년들이 바지 뒷주머니를 뒤지고 있을 때였다.

춘호는 대번에 퍽치기라는 것을 알고선 겁도 없이 뛰어들었다. 춘호가 달려오자, 두 명의 청년들은 하던 짓을 멈칫하다가 재빨리 지갑을 꺼내 달아나려고 했다. 춘호는 그들을 향해 뛰어가면서 발길부터 날렸다. 가볍게 날아오른 춘호의 발길이 첫 번째 사내의 등짝에 가서 맞았다. 일어서려던 사내가 앞으로 고꾸라지면서 옆에 있던 청년이 벌떡 일어났다.

"이 존만한 놈이! 너 죽을래!"

"왜 이러시는 거예요? 술 취한 사람 털면 되겠어요!"

춘호는 두 번째 사내가 반격을 해오기도 전에 재빨리 사내의 턱을 향해 발길질을 날렸다.

"퍽!"

춘호가 방심한 사이 바닥에 쓰러진 사내들이 일어나면서 칼을 뽑아들었다.

"너! 죽어! 쬐그만 놈이 겁도 없어!"

두 명의 사내가 날카로운 칼을 뽑아든 것이다. 춘호는 더럭 겁이 났다. 예상치 못한 일이었다. 번득이는 칼날이 자신을 향하고 있음을 알고는 바닥에 떨어져 있는 벽돌을 집어 냅다 던졌다. 칼날을 앞세우고 다가오던 사내의 얼굴에 벽돌이 정면으로 맞는 것을 보고는 두 번째 사내를 향해 발길질을 날렸다.

"짜식!"

사내가 피하면서 칼날을 휘둘렀다.

춘호는 바짓가랑이에 칼날이 스치는 것을 느끼면서 땅에 착지했다가 다시 발길을 휘둘렀다. 이번엔 사내의 옆구리에 가서 꽂혔다.

"퍽!"

바닥에 쓰러진 사내의 얼굴을 향해 춘호는 다시 발길을 날렸다. 춘호는 있는 힘을 다해 걸어찼고, 사내의 입에서는 검붉은 피가 튀어나왔다. 그리곤 벽돌에 맞아 쓰러진 사내가 일어나는 것을 보고선 공중으로 붕 날았다가 내려찍으면서 가슴팍을 걸어찼다.

"억!"

두 명의 사내들이 땅바닥에 뒹구는 것을 보고서 쓰러져 있는 취객에게로 다가가는데, 뒤쪽에서 사늘한 느낌이 등짝을 파고들었다. 언제 일어났는지 사내 한 명의 칼날이 춘호의 등짝을 쑤시며 파고들었다.

"아……."

춘호는 고통스런 비명을 지르면서 그 자리에 쓰러지고 말았다. 배호와 정혜가 나타나지 않았더라면 춘호는 어떻게 되었을까. 가게로 돌아온 배호와 정혜는 한 시간이 지났는데도 춘호가 들어오지 않아 춘호가 광고지를 맡았던 구역을 찾아 나섰다가 골목 안에서 신음하고 있는 춘호와 중년의 사내를 발견하고는 급히 병원으로 옮겼다.

응급실에서 지혈을 하고선 곧 수술에 들어갔다. 중년의 사내 역시 두개골 파손으로 춘호와 같이 수술에 들어갔다. 뒤늦게 달려온 중년 사내의 가족들이 응급실에서 대성통곡을 터뜨렸다.

"아이고오! 이런 세상이 어딨나. 멀쩡한 사람을 죽게 만들어놓다니!"

부인인 듯한 여자와 노모는 거의 까무러칠 듯이 통곡을 했다. 춘호가 수술실에 들어가 있는 동안, 배호와 정혜는 수술실 바깥에서 춘호가 무사하기만을 기다리고 있었다.

"누나. 춘호가 잘못되면 어떡하지?"

"셋이 같이 다니는 건데 잘못했어. 혼자 다니니까 그런 일을 당하지."

정혜는 춘호 혼자서 칼을 든 사내와 싸웠다는 것이 믿기지 않았다.

"춘호는 강해. 안 죽을 거야."

배호는 그런 말을 하면서도 속으로는 불안했다. 이미 피를 많이 흘린 뒤에 발견이 되었으므로 백짓장처럼 하얗게 변해버린 춘호의 얼굴을 보면서 소름이 끼쳤다.

"그래, 춘호는 안 죽어. 그나마 그때 발견했기에 다행이지. 조금만 늦었더라면 어떻게 됐을지 몰라."

정혜의 눈가에 눈물이 고이기 시작했다. 수술은 6시간이나 걸렸다. 다행히 칼날이 심장을 찌르지 않은 것이 천만다행이라는 수술을 한 의사의 말을 들으면서 배호와 정혜는 가슴을 쓸어내릴 수 있었다.

춘호가 입원해 있는 동안, 배호와 정혜는 오전에 병실에 들렀다가 광고지를 뿌리러 나갔다.

"이 애는 내 생명의 은인이오. 병원비는 내가 내겠소. 그때,

이 친구가 아니었다면 그 놈들이 나를 어떻게 해버렸을지도 몰랐을 겁니다. 요즘 세상이 워낙에 험해서…….”

춘호가 뛰어들어 구해준 중년 남자의 간곡한 부탁이었다. 중년의 사내는 춘호가 입원한 침대 바로 옆에 누워 있었다. 두개골에 고인 피를 뽑아내고, 파괴된 혈관을 복원시키려면 상당한 입원이 필요하다는 의사의 말이 있었다.

정혜와 배호가 병실에 들를 때마다 춘호 옆에는 간병인이 따라붙어 있었다. 중년 남자가 춘호를 위해 붙여준 간병인이었다.

“누나. 난 괜찮아. 간병인이 있어서 안 와도 돼.”

“야. 그래도 우리가 와봐야지. 오전에 할 일이 뭐 있냐. 여기 왔다가 광고지 돌리러 나가면 딱 맞아. 넌 빨리 낫기나 해.”

배호는 춘호의 등짝에 난 커다란 칼자국을 소독해 주면서 춘호를 나무랐다. 누워 있어야 하는 춘호는 등짝에 난 칼자국 때문에 욕창이 생길지 모르기 때문에 옆으로 누워 있어야만 했다.


춘호는 거의 다 나아갈 때쯤에 퇴원하겠다고 했다. 병실에 더 이상 누워 있을 수가 없었다. 가슴에 붕대를 감고서 통원치료를 한다는 조건으로 퇴원을 할 수가 있었다.

“좀 더 입원하지 그래. 병원비는 걱정 말고.”

옆에 있는 아저씨가 말렸지만 춘호의 고집을 꺾을 수가 없었다. 퇴원을 하긴 했지만 걷는 것조차도 힘들었다. 배호의 부축을 받으면서 택시에 올라타는 것도 버거웠다. 걸을 때마다 가슴의 통증이 가슴을 후벼팔 듯이 아팠다.

가게로 돌아온 춘호는 꼼짝도 하지 못했다.

"우리 나갔다 올게. 그냥 누워 있어."

배호와 정혜 누나는 광고지를 조그만 손수레에 싣고 나가면서 춘호에게 당부를 했다. 그들이 광고지를 돌리는 동안, 춘호는 사무실 소파에 누워 있었다. 작은 골방이 누워 있는 것이 답답해서 차라리 사무실 소파에 누워 있는 것이 더 나았다. 배호와 정혜는 오전에 나갔다가 광고지를 돌리고 나서 점심을 먹고는 다시 바깥으로 나가 전단지를 돌렸다. 춘호가 일어나지 못했으므로 개업일을 늦추는 수밖에 없었다.

교도소에 있는 사장의 면회도 가지 못했다. 소파에 누운 채로 공부밖에 할 게 없었다. 한 달쯤 되었을 때에 춘호는 자리를 털고 일어났다.

"좀 더 누워 있어야 돼. 그러다가 탈나면 어떡하려고 그래?"

정혜 누나가 말렸지만 춘호는 차라리 움직이는 것이 더 빨리 나을 것만 같았다. 그날부터 춘호는 배호와 정혜를 따라 바깥으로 나가서 전단지를 돌렸다.

광고지를 뿌린 효과가 나타났다. 그동안 힘들게 광고지를 뿌린 탓에 준비가 엉성한 가운데서도 많은 손님들이 찾아들었다. 개업하는 첫날에 120만원이라는 매상이 올랐다. 무대 위의 화려한 음악을 연주하는 밴드들이 땀을 흘리며 정신없이 연주했고, 카운터를 보고 있는 배호는 스낵류들을 팔기에도 정신이 없을 정도였다.

춘호는 몸이 불편했지만 혼자서 홀 안의 손님들의 시중을 들어야 했으므로 아픈 것도 잊어버릴 수 있었다. 배호가 춘호더러 카운터에 앉아 있으라고 말했지만 춘호는 배호의 말을 듣지 않았다.

"됐어. 할만해. 거긴 형이 맡아. 난 운동 삼아 움직이는 게 좋아."

정혜는 주방에서 꼼짝도 못하고 음식 만들기에 여념이 없었다. 춘호는 정혜 누나가 만든 음식을 홀로 나르느라 정신이 없었다. 음식값이야 싼 편이었지만 발이 아플 정도로 분주히 움직였던 탓에 하루 매상이 그 정도로까지 올랐던 것이다.

밤 10시가 되면서 업소의 문을 닫아야 할 시간이었다. 그제야 한숨을 돌린 그들은 기진맥진해 있었다. 그 중에서도 춘호는 부지런히 주방과 홀을 오갔던 탓에 제일 많이 움직인 셈이었다. 밴드팀들도 첫날이라 쉴 틈이 없이 연주를 했던 탓에 영업 마감 시간이 되어서야 비로소 악기들을 정리하고 있었다.

"수고했어요."

정혜 누나는 무대 위에서 악기들을 정리하고 있는 단원들에게 인사를 했다.

"네, 하하, 오늘 매상이 좋았죠? 얼마나 올랐습니까?"

밴드팀들은 하루 매상이 더 궁금했던 터였다.

"배호야. 얼마나 나왔니?"

정혜는 주방에서 막 나와 아직도 옷소매를 걷고 있는 채였다.

"으응. 120만 원 나왔어. 120만 원."

배호는 기분이 좋은 듯했다.

"그럼 됐네 뭐. 그 정도면 콜라텍에서 많이 오른 거요."

밴드팀을 이끌고 있는 팀장인 오 씨가 껄껄 웃었다.

"그러네요. 많이 올랐죠?"

정혜는 힘이 났다.

"그럼요. 그만하면 장사 잘 된 겁니다. 우리도 기분이 좋고요."

밴드팀들도 역시 매상이 많이 올라 기분이 좋은 듯했다.

"오늘 수고했어요. 계산은 바로 해드릴게요."

정혜는 그렇게 말하고는 배호가 일일이 적은 장부와 하루 매상에서 뗀 40%인 48만원을 오 씨에게 내밀었다.

"하하, 장부는 안 봐도 됩니다. 나중에 한 번씩만 보죠 뭐."

오 씨는 마음씨 좋게 돈만 받아들었다. 그 돈은 그들 밴드팀들이 하루 번 돈이랄 수 있었다.

"그러세요. 장부는 언제든지 보자고 하면 보여드릴게요."

"네. 그럽시다."

밴드팀들은 모두 네 명이었다. 네 명의 밴드팀이 하루 수고한 노동의 대가였다. 그들이 가고 나서 세 명은 테이블 옆에 앉았다.

"힘들지?"

정혜 누나가 춘호에게 물었다.

"아니. 누나가 힘들었지 뭐. 배호 형도 힘들었고."

"야, 난 힘 안 들어. 카운터에서 과자나 파는데 뭐가 힘드냐. 힘든 건 누나지. 그리고 춘호 너도 힘들었고."

배호는 오히려 정혜 누나와 춘호가 힘들었다고 위로를 해주었다.

"나도 기분이 좋아. 오늘 우리가 번 돈이 72만원이다 그지?"

"그래. 하하, 첫날 매상치고는 괜찮지?"

배호는 기분이 좋았다.

"그래. 첫날이니까 이 정도일 거야. 앞으로 광고가 되면 더 많은 매상이 오를 거야."

정혜 누나도 힘든 기색은 전혀 보이지 않았다.

"누나는 너무 힘들었어. 주방에서 짜장 만들랴, 떡볶이 만들랴 혼자 힘들었지. 나야 나르기만 했고."

춘호는 정혜 누나가 주방에서 음식들을 만드느라 힘들었다는 것을 강조하고 싶었다.

"이제 저녁 먹어야지. 아까 만들어놓은 음식들 있거든. 그걸로 저녁 먹자. 알았지?"

"응."

춘호가 대답을 했다.

정혜는 얼른 주방으로 가서 음식들을 갖고 왔다. 김밥이며 짜장, 떡볶이 등 여러 가지의 음식들이 아직도 남아 있었다.

"후와! 오늘 배 터지게 먹네."

배호는 즐비하게 차려진 여러 가지의 음식들을 보며 좋아했다.

"많이 먹어. 춘호도 많이 먹고."

정혜 누나는 춘호에게도 많이 먹으라고 말을 했다.

"누나. 오늘 고생했어. 다음부턴 나도 좀 도울게."

춘호가 그렇게 말했지만, 정혜 누나는 그저 웃고 말았다.

"됐어. 넌 서빙이나 열심히 해. 그것만 해도 돼."

홀 서빙이 얼마나 바쁜 것인지 알고서 하는 말이었다. 오늘 하루종일 제일 바빴던 사람이라면 바로 춘호였다. 배호와 정혜는 카운터와 주방에서 고정적으로 일했지만 춘호는 만든 음식을 나르느라 혼자서 정신이 없었던 것이다.

카운터에서 계산을 한 손님이 앉아 있는 테이블로 음식을 갖다 나르는 일은 춘호가 맡아서 해야만 했다. 다행히 어른들 술집이 아닌 학생들이 손님이라서 필요한 것을 주문하기 위해서는 카운터로 직접 와서 계산을 하면서 주문을 했기 때문에 홀 안에 따로 한 사람을 두어 서빙을 맡지 않아도 되었다. 그런 일을 춘호가 했기 때문에 더욱 바빴었다.

"누나. 힘들지?"

춘호는 힘들어 보이는 정혜 누나가 더 신경이 쓰였다.

"아니. 힘들 거 없어. 오늘은 첫날이라서 조금 바빴을 뿐이야."

"힘들어도 다들 기분 좋게 일해야 돼. 춘호 네가 힘들면 나하고 일을 바꿔서 하면 돼. 내일은 네가 카운터 봐."

배호가 그 말을 하자,

"아냐. 형이 그쪽 일은 잘 봐. 난 그냥 서빙이나 할래."

춘호는 카운터 보는 일은 사양했다. 들어오는 학생들보다 나이가 어리면 카운터에서 일을 보기가 민망할 거라는 생각이 들었다.

"그래. 카운터는 배호가 보는 게 좋겠다. 춘호가 서빙을 하다가 정 힘들면 홀에 서빙하는 애를 하나 두지 뭐."

정혜 누나의 생각도 역시 그랬다. 카운터는 역시 좀 더 나이가 든 배호가 하는 것이 낫겠다고 생각한 것이다.

"저녁 먹고 나서 광고지 좀 돌리러 가자."

"응, 좋아."

그들은 간단하게 식사를 마치고 나서 다시 광고지를 돌리러 나갔다. 버스 정류장이나 벽보 게시판이 있는 곳에다가 콜라텍이 새로 개업했다는 광고지를 풀로 붙여야만 했다. 밤늦게 집으로 돌아가는 학생들에게도 광고지를 건네주면서 홍보를 했다.

"새로 생긴 콜라텍입니다. 아주 멋진 밴드팀이 있거든요. 한번 놀러 오세요."

만나는 학생들마다 그런 인사말을 하면서 광고지를 쥐어주었다. 그렇게 하고 나서 12시가 거의 다 되어서야 다시 가게로 돌아왔다.

정혜 누나는 하루종일 서서 일하느라 힘이 들기도 했지만, 저녁 식사 후에 다시 길거리로 나가 전단지를 붙이고, 돌리는 일 때문에 가게로 돌아오면 꼼짝도 하지 못할 정도로 피곤해 했다.

"누나, 씻고 자."

춘호는 안쓰러운 눈빛으로 그런 말을 했다.

"그래. 니들도 일찍 자. 푹 자고."

"응, 잘 자. 누나."

춘호는 미리 방에다가 이불을 깔아놓고 나왔기 때문에 정혜 누나가 그대로 들어가서 눕기만 하면 될 정도로 작은 배려를 하고 있었다. 사무실에 누운 배호는 늦게까지 공부하는 춘호더러 일찍 자라고 말을 했지만 춘호는 듣지 않았다.

"형, 먼저 자. 자다가 깨면 같이 공부해."

"힝. 내가 깨는 거 봤냐? 깨면 같이 할게. 나 잔다."

배호는 곧 이불을 머리끝까지 뒤집어쓰고서 잠이 들었다. 춘호는 지칠 때까지 밀리는 눈을 깜박이며 공부하다가 소파에 쓰러져서 잠이 들었다.

다음날은 더 많은 학생들이 몰려왔다. 입소문을 들은 학생들이 콜라텍의 밴드가 좋다는 것과, 콜라텍 안에서 온갖 분식류들을 다 만날 수 있다는 잇점 때문에 그곳으로 몰려오는 것인지도 몰랐다. 춘호는 홀과 주방 사이를 부리나케 뛰어다녀야 했다.

정혜 누나는 혼자서 주방에서 여러 가지 음식들을 만들어내느라 정신이 없었다. 짜장을 만들다가 춘호가 들고온 주문서를 보고는 다시 떡라면을 만들기 위해 렌즈 위에 작은 냄비를 올려놓아야 했다. 몇 가지의 음식을 동시에 만들어내야 하는 셈이었다. 떡볶이야 미리 많은 양을 만들어놓고서 주문이 들어오면 곧바로 퍼서 담아주기만 하면 되었지만, 라면이나 자장면 같은 면

종류는 주문이 들어오면 곧바로 끓여야 하기 때문에 가스레인지 위에 조그만 냄비를 여러 개 올려놓아야 했다. 하루종일 서서 음식을 만들다 보면 처음엔 다리가 아프다가 나중엔 아픈 것마저 잊어버릴 정도였다.

두 번째 날은 200만원이라는 매상이 올라갔다. 밴드팀들이 열심히 음악을 연주해준 탓과 사회를 보는 밴드팀의 오 씨가 열성적으로 학생들의 취향에 맞는 멘트와 사회 때문에 그곳에 온 학생들은 열광하듯이 좋아하기도 했다.

저녁 무렵엔 손님들의 취향에 맞게 팝이나 힙합 등을 연주하다가 손님들이 점점 모여들면 본격적으로 춤 경연이 시작되었고, 신나는 음악에 맞춰 손님들이 열광하게 되면 좀 더 빠른 템포와 격정적인 음악으로 이끌고 나갔다. 격정적인 시간이 끝나고 나면 다시 손님들의 신청에 의해 노래를 부를 수 있도록 사회를 보았고, 그런 시간이 지나고 나면 다시 춤을 출 수 있도록 분위기를 끌고 나갔다.

정혜는 주방에서 일을 하면서 쉬지 않고 연주를 해주는 밴드팀들이 너무 고생한다는 생각에서 춘호를 시켜 시원한 음료수를 담은 쟁반을 들고 가게 해서 그들을 위로해주기도 했다.

콜라텍은 젊은층의 학생들이었으므로 그들의 기분만 맞춰주면 입소문을 저절로 퍼져나가게 돼 있었다. 둘째 날은 춘호 혼자서 음식들을 나르기에도 벅찰 정도여서 정혜 누나도 나와서 서빙을 도와주기도 했다.

둘째 날 밴드팀들이 가져간 돈은 80만원이나 되었다.

"아저씨. 수고하셨어요. 오늘은 더 나아졌어요."

정혜는 수고한 밴드팀들을 소홀하게 대하지 않았다. 언제나 깍듯이 공손하게 대했다.

"하하, 기분이 좋습니다. 이런 홀에서 연주하니 소리도 더 잘 나는 것 같습니다."

그들이 돌아간 다음에 정혜는 녹초간 된 몸으로 테이블에 앉았다.

"누나. 오늘 캡이야!"

배호가 싱글벙글 웃으면서 엄지손가락을 세워 올렸다.

"그래. 진짜로 오늘 기분이 좋아!"

정혜는 피곤한 가운데서도 하루 매상이 200만원을 넘어갔다는 것이 믿기지 않는 기쁨이었다.

"나도 오늘은 힘들었어. 어느 테이블에서 뭘 시켰는지 헷갈릴 때도 있었어. 누나, 그지?"

"그래. 나도 딴 테이블에 자장면을 갖다준 적도 있었어."

그 말에 다들 웃음을 터뜨렸다. 문을 닫고 나면 다시 청소를 해야만 했다. 피곤해서 내일 아침에 해도 될 터이지만 정혜 누나가 그날의 일은 그날에 깨끗하게 마무리를 지어야 한다는 말에 춘호와 배호는 피곤한 몸으로 청소를 마치고서야 사무실로 내려갈 수 있었다.

정혜 누나가 시원한 주스를 담아왔다.

"누나. 안 피곤해?"

춘호는 늘어진 몸으로 일어나 앉았다.

"응. 좀 피곤해. 하지만 돈이 이렇게 들어오니 기분이 좋아. 피곤한 줄을 모르겠어."

"나도!"

배호도 맞장구를 쳤다.

"난 다리에 알이 뱄어! 내가 제일 바쁠 걸?"

춘호는 무엇보다도 다리가 아팠다. 하루종일 왔다갔다 하며 나르는 일이란 그리 쉽지 않았다. 배호는 카운터에 앉아 있다가 주문을 받고선 주문표를 써서 춘호에게 건네주기만 하면 그걸로 끝이었다. 춘호는 배호가 건네준 주문표를 받아 주방으로 가서 정혜 누나에게 건네주고는 음식이 만들어질 동안에 다시 홀로 올라와서 다시 주문표를 들고서 주방으로 가서 만들어진 음식을 들고서 홀로 와서 주문한 테이블에 갖다주는 일까지 혼자 도맡아 해야만 했다.

"그래그래! 춘호가 제일 힘들어."

정혜 누나는 춘호의 어깨를 토닥거려 주었다.

"으휴. 다리에 파스 붙여야겠어."

춘호는 엄살까지 부렸다.

"짜식. 다음엔 내가 할게. 장사가 더 잘 되면 그때는 내가 서빙을 볼게. 넌 카운터에 앉아."

배호는 정혜 누나에게서 칭찬을 받는 춘호가 부러워서 한마디 했다.

"형은 카운터에 있어. 아직은 내가 서빙을 볼 거야. 이런 다리로 사장님께 면회를 가면 사장님이 얼마나 나를 이뻐해 주는데."

"하하."

"그래. 사장님도 잘 시작했다고 그러지?"

정혜가 대견한 듯이 말했다.

"응. 그만큼 매상이 오를 줄은 몰랐다고 그래. 사장님이 그러는데, 술집하는 것보다 나을 거라고 그래."

춘호는 사장이 했던 말을 그대로 옮겨놓았다.

"맞지? 사장도 우리가 그렇게 장사가 잘 되는 줄은 꿈에도 미처 몰랐을 거다. 하하, 이게 다 누구 덕분인지 아느냐?"

배호는 마치 사극에서나 나옴직한 대사를 읊듯이 했다.

"누구 때문인데?"

춘호가 반문했다.

"다 니 덕분이니라. 하하."

그 말에 정혜 누나도 깔깔 웃어댔다.

"그래. 맞아. 내일은 좀 더 준비를 해야겠어. 김밥 같은 건 미리 말아놓고. 자장면 만드는 것도 중국집에서 좀 배워야겠어. 슈퍼에서 파는 자장면보다는 중국집에서 직접 만드는 자장면이 훨씬 맛있지?"

"그럼! 중국집 자장면이 훨씬 낫지. 그걸 만들려고?"

"응. 같은 값이면 중국집 자장면 같이 만드는 게 낫겠어."

"흐음. 이제 누나가 돈독이 올랐군요. 맞습니까?"

배호는 이젠 농담까지 했다. 그 말에 세 사람은 모두 웃지 않을 수 없었다.

"그래요. 돈을 벌려면 '학실'하게 벌어야지요. 그래야 손님들이 더 좋아하지요. 안 그렇습니껴? 이 사람 믿어주세요."

정혜 누나는 일부러 김영삼 대통령처럼 '학실'하게 발음을 했고, 노태우처럼 이 사람 믿어주세요 라는 말을 사용했다.

"하하."

"누나는. 이젠 중국집까지 차릴 거야?"

춘호가 한마디 했다.

"아니. 그냥 이것만 할래."

"하하, 누나. 이젠 나가야지? 오늘은 어느 쪽으로 돌까?"

춘호가 먼저 광고지를 들고 일어섰다.

"아 참, 그래. 시간이 너무 늦었어."

정혜도 배호도 같이 일어났다. 배호는 양손으로 광고지를 안아들었다. 밖으로 나온 그들은 어젯밤 광고지를 돌린 구역아 아닌 쪽으로 돌기 시작했다. 광고지가 무거웠는지 가장 많이 들고 있는 배호가 한마디 했다.

"내일부턴 손수레 하나 사서 끌고 다녀. 이렇게 들고 다니니까 너무 무겁네."

춘호가 전봇대에 광고지를 붙이고 있으면 배호와 정혜는 지나가는 학생들에게 전단지를 나눠주는 일을 했다. 일일이 무거운 광고지 뭉치를 땅에 내려놓았다가 자리를 옮길 때에는 다시 집어들어야 했기 때문에 여간 불편하지가 않았다.

춘호는 전봇대만 보면 부지런히 풀칠을 하고선 광고지를 붙였다. 오늘은 들고 나온 광고지가 많아서 더 늦게 일이 끝났다. 가게로 돌아온 시각은 1시가 가까운 시간이었다. 정혜 누나는 피곤해서인지 발걸음이 무거워 보였다.

제일 힘든 건 누나였다. 주방에서 일하는 것이 여간 피곤하지 않은 듯했다. 그러나 정혜는 그런 내색을 하지 않으려고 했다.

"빨리 공부해."

정혜 누나가 재촉을 했다. 춘호와 배호는 얼른 탁자 위에 책을 펼쳤다. 눈꺼풀이 밀려 내릴 것만 같았다. 배호는 하품부터 나왔다.

"누나. 안 피곤해?"

"난 괜찮아. 왜? 피곤해?"

"아니……."

배호는 말은 그렇게 했지만 사실은 피곤했다. 옆에 있는 춘호 역시 피곤한 기색이었다. 하지만 정혜 누나의 재촉에 피곤하다는 말조차 꺼낼 수가 없었다.

춘호도 졸음이 밀려왔다. 잠을 쫓기 위해서 눈에 힘을 주었지만 일시적인 방편일 뿐이었다. 배호는 끄덕거리다가 정혜 누나의 지적을 받고서 벌떡 눈을 뜨곤 했다.

"피곤하지?"

"응."

"그래도 조금만 참아. 힘들어도 참아야 되는 거야. 이제 곧 마칠게."

정혜 누나는 하루치의 학습을 끝내지 않으면 마치지 않겠다는 듯이 하루의 목표량은 꼭 채우고야 말았다.

"이제 끝내자. 힘들었어."

정혜 누나는 배호와 춘호에게 힘들었을 거라는 말로 위로의 말을 대신했다.

"누나, 자. 오늘 고마웠어."

춘호는 누나가 씻는 동안에 얼른 방으로 가서 이부자리를 폈다. 누나가 씻고 들어오면 곧바로 누울 수 있도록 해주는 것이 무엇보다도 기분이 즐거웠다.

사무실로 돌아왔을 때는 배호는 벌써 잠이 들어 있었다.

"……."

춘호 역시 피곤했다. 몸을 가누지 못할 정도로 피곤해서 소파에 등을 기대고서 책을 들었지만 이번엔 눈꺼풀이 자꾸 밀려 내려오고 있었다. 머리를 털면서 잠을 쫓았지만 밀려드는 졸음은 막을 수가 없었다. 욕실로 가서 찬물에다가 세수를 하고 들어왔다. 그리곤 다시 책을 보기 시작했다. 몸을 제대로 가누지를 못했다. 소파에 등을 기댄 채로 깜박 들었다가 스르륵 옆으로 쓰러지고 말았다.

춘호는 꿈속에서 여사장을 만나는 꿈을 꾸었다. 어느 한적한

저수지 옆의 풀밭에서 놀고 있는데 천사보다 더 어여쁜 여자가 양산을 들고서 걸어오고 있었다. 그때, 춘호는 고아원에서 같이 자랐던 명희랑 놀다가 그 애가 조약돌을 주워 소꿉장난을 하자고 하면서 어디론가 가고 없을 때였다.

"뭐하니?"

여사장은 천사처럼 예뻤다. 레이스가 달린 화려한 양산으로 햇빛을 가리면서 웃고 서 있었다. 춘호는 명희랑 놀다가 그대로 놔둔 흙을 가리키면서,

"소꿉장난해요. 아줌마는 누구세요?"

"으응. 난 엄마란다. 엄마도 몰라?"

"엄마?……."

춘호는 엄마라는 여자를 다시 올려다보았다.

"그래. 엄마도 모르는 바보. 난 네 엄마란다. 왜 여기서 있어?"

"난 엄마 없어요. 엄마가 나 여기 버려두고 갔어요. 그래서 명희랑 같이 놀고 있어요."

"내가 엄마가 맞단다. 나보고 엄마라고 불러봐."

그 여자는 쪼그려 앉은 채로 양산으로 춘호를 가려주었다.

"엄마 아니예요! 우리 엄마는 딴 데 있어요."

"어디?"

여자는 부드럽게 말을 했다.

"몰라. 내가 여기 있으면 데리러 온댔어요!"

"내가 엄마래두 그러네. 엄마라고 불러봐."

"아니에요. 엄마는 멀리 갔어요!"

"내가 엄마란다. 엄마라고 한번만 불러보렴."

"아니에요, 아니에요!"

춘호는 소리 지르다가 기어코 잠이 깨고 말았다.

"……?"

캄캄한 밤이었다. 사무실 안은 대낮에도 불을 켜지 않으면 컴컴한 곳이었다. 지금이 몇 시인지도 모르는 시간이었다. 건너편 소파에는 배호가 잠들어 있는 게 보였다.

"……."

춘호는 슬그머니 일어나 앉았다. 꿈이 너무 생생했기에 마치 옆에 그 여자가 서 있을 것만 같은 기분이 들었다. 주위를 둘러보면 캄캄한 어둠뿐이었다. 춘호는 물을 마시고는 홀로 나왔다.

스위치를 올려 홀 안을 환하게 해놓고는 의자로 가서 앉았다. 텅 빈 무대 위에서는 아직도 격렬한 밴드의 음악이 흘러나오고 있는 듯했다. 무대 앞에서 춤을 추는 학생들의 모습이 보이는 듯했다. 자신은 어느 테이블에서 자장면을 시켰을까 하고 두리번거리며 테이블 사이를 오가는 모습이 떠올랐다.

춘호의 입가에 피식 웃음이 흘러나왔다. 의자에서 일어난 춘호는 벽면의 불을 끄고는 문이 잠겼는지 확인하고선 복도로 내려갔다. 사무실로 들어가려다가 말고 춘호는 다시 지하실로 내려갔다. 지하실 안은 습기로 가득 차 있었다. 스위치를 올려 환하게 비추고선 마지막 층계를 내려갔다.

"……."

바닥에 널려 있는 공구들과 갖가지 박스들과, 자질구레한 것들이 제법 정돈이 잘 돼 있었지만 왠지 모르게 섬뜩한 기분이 들었다.

'사장님은 무얼 갖고 중요하다는 거지?'

춘호의 의문은 그것이었다. 지하실에 무슨 중요한 것이 있다는 것일까. 아무리 찾아봐도 춘호의 눈엔 중요하다고 생각되는 것이 보이지 않았다. 저번에도 물건들을 정리하느라 일일이 다 뒤져봤지만 중요하게 생각될만한 것은 없었다.

이번에도 춘호는 이쪽에서 저쪽으로, 저쪽에 있는 것들은 다시 이쪽으로 옮기면서 물건들을 움직였지만 딱히 중요하다고 생각되는 물건은 찾아볼 수 없었다.

'이상하다? 뭐가 있지……?'

물건들을 다 뒤져봤지만 춘호의 눈엔 특별히 눈에 띄는 것이라곤 없었다. 그러다가 갑자기 소름이 끼쳐왔다. 누군가 등 뒤에서 후려칠 듯한 기운을 느끼면서 얼른 일어섰다가 휘청거리면서 주저앉았다. 갑자기 현기증이 나는 것 같았다. 춘호는 더럭 겁이 났다. 지하실 바닥에서 사람이 불쑥 튀어나와서 발목을 잡을 것만 같았다. 더 이상 그곳에 있을 수가 없었다. 춘호는 지하실을 빠져나왔다.

계단을 올라가면서 춘호는 얼른 불을 껐다. 홀로 올라온 춘호는 불을 환하게 켜놓았다. 아직도 등에 진땀이 배어나와 있었다. 이제 다시는 지하실에 내려가지 않을 거라고 마음먹었다.

한숨을 돌리고 나니 그제야 마음이 진정되었다. 벌써 새벽이 밝아오는지 바깥은 희붐하게 밝아오고 있었다. 사무실로 들어가 봤자 다시 잠들기는 틀렸을 거라는 생각에 춘호는 빗자루를 들고서 홀 안을 쓸기 시작했다. 다 쓸고 난 다음엔 물걸레로 바닥을 닦기 시작했다.

화장실로 가서 물걸레를 빨 때에도 정혜 누나가 깨지 않도록 조심해서 수도꼭지를 틀었다. 한참 바닥을 닦고 있는데 배호가 올라왔다.

"뭐하냐? 청소해?"

"응. 벌써 일어났어?"

"그래. 넌 언제 일어났냐? 바닥 청소를 다 했네?"

"나도 좀 전에 일어났어. 청소 해놓고 나서 아침 먹고 면회 갔다 오려고."

"그럼 나도 청소할게."

배호는 벽쪽으로 가서 물걸레를 들고 왔다. 두 사람이 나란히 서서 걸레질을 하기 시작했다.

"오늘은 사장이 들으면 더 놀랄 걸?"

"그러게. 200만원 올랐다고 하면 좋아할 거야."

"하하, 우리가 잘 시작했지. 그만한 돈을 어떻게 벌어. 안 그래?"

"응. 사장님도 그래. 콜라텍에서 그만큼 매상이 오르는 건 힘든 일이라고. 여기 홀이 넓고 좋아서 그래."

"그래. 맞다. 이만한 홀이 어딨냐? 콜라텍 그래봐야 여기보다 몇 배 좁고 더럽기만 하지. 여긴 다른 곳에 비하면 천국이지 뭐."

배호는 간밤에 늦게 잤던 피로가 풀렸는지 몸이 개운해 보였다. 두 사람이 떠들며 청소를 하고 있는 동안에 정혜 누나도 깨어서 올라와봤다가 춘호와 배호가 나란히 걸레질을 하고 있는 모습을 보고는 한마디 했다.

"엇따, 일찍 일어났네. 안 피곤해?"

"응. 누나도 벌써 일어났어?"

"그래, 아침 먹자. 곧 준비할게. 오늘은 바빠."

정혜 누나는 다시 주방으로 내려갔고, 춘호와 배호는 하던 청소를 끝내고는 사무실로 내려갔다.

아침을 먹고는 춘호는 사장을 면회하기 위해 가게를 나섰고, 정혜와 배호는 그동안에 음식을 만들 재료들을 사기 위해 시장으로 나갔다. 시장 안에 있는 재료상에 들러 주문을 하기만 하면 곧 배달이 되었다. 김밥 재료, 떡볶이 재료, 자장면 재료, 라면, 순대 등을 주문하고선 배달해 달라고 하고선 돌아오는 길에 중국집으로 올라갔다. 그동안 거래를 하던 중국집으로 가기보다는 조금 떨어진 곳의 중국집이었다.

"어서 오세요."

중국집에서 일하는 아이가 인사를 해왔다. 의자로 가서 앉은 정혜는 말을 건넸다.

"주인아저씨 계시니? 좀 오시라고 그럴 수 있어?"

곧 이어서 주인인 듯한 남자가 주방에서 나왔다.

"넌 뭐 먹을래?"

정혜가 배호에게 물었다.

"응, 난 자장면. 누나는?"

정혜는 주인에게 자장면 두 그릇을 해달라고 하고선 물었다.

"아저씨. 자장면 만들려고 하는데 방법 좀 가르쳐줄 수 있어요?"

"왜요? 이런 가게 하시려고요?"

"아니에요. 그냥 집에서 해먹으려고 그래요. 중국집 자장면이 맛있잖아요."

"아, 네. 그야 자장면 만들긴 쉽죠. 그냥 가게에 와서 사먹으면 더 싸게 먹히는데……."

"손님이 올 때 조금 만들어서 내놓으려고 그러거든요. 좀 가르쳐주시면 안 돼요?"

정혜는 부드럽게 말을 했다.

"아, 그야 뭐 어렵진 않은데……. 우리도 밥 먹고 살아야죠. 이런 가게에 와서……."

주인인 듯한 남자는 귀찮은 듯하기도 하고, 가르쳐주는 것이 마치 단골손님을 잃어버리는 듯이 난감해했다.

"좀 가르쳐주세요. 나중에 사먹을 때는 이곳에서 시킬게요."

정혜가 거듭 간청을 하자,

"그러지요 뭐. 배우려면 주방에 들어와봐야 하는데……."

주인은 아가씨인 정혜에게 섣불리 주방으로 들어오라고 말을 하지 못하고 쭈뼛거렸다.

"네, 그래야겠죠? 너 잠시 앉아 있어봐."

정혜는 곧 주인을 따라 주방으로 들어갔다. 주방 안엔 그의 일을 배우는 듯한 청년이 있었다.

"이게 짜장이거든요."

주인은 커다란 팬에 담겨 있는 짜장을 가리켰다.

"네."

정혜는 시커먼 짜장이 들어 있는 팬 안의 짜장을 들여다보았다.

"이거 만들려면 춘장이라고 있어요. 그게 한 통에 꽤 비싼데, 그걸 써야 맛이 있어요. 여기다가 쇼트닝 기름을 넣고, 호박, 감자, 양파, 돼지고기들을 넣고 같이 볶는 겁니다."

"네에……"

"그리고 나서 맛을 내려면……. 이건 비법인데……."

주인은 약간 망설이는 듯하다가 다시 말을 꺼냈다.

"미원을 많이 치는 겁니다. 미원을 많이 치면 더 고소하거든 요. 원래 미원을 많이 쓰면 몸엔 안 좋은데……."

"미원도 쳐요? 많이요?"

"그렇죠. 그게 맛을 냅니다. 이런 국자로 반쯤 푹 떠서 넣지요."

"이렇게 많이요?"

정혜는 주인이 들고 있는 국자를 미원이 든 통 속에 넣어 한 웅큼 푹 떠서 보이는 것을 보면서 놀라는 표정을 지었다.

"그럼요. 맛을 내기 위해선 미원을 많이 써야 되지요."

"그럼 이게 다예요?"

"아, 내가 가르쳐줘도 한번에 되는 건 아니고요. 여러 번 만들어봐야요. 중국집 주방장이 뭐 그냥 되겠습니까? 돼지기름하고 쇼트닝을 많이 쓰면 더 맛있지요. 진짜 맛있는 짜장은 돼지기름하고 쇼트닝을 얼마나 많이 쓰느냐에 따라서 맛이 달라지지요. 그게…… 많이 먹으면 안 좋지만요."

주인은 성실하게 가르쳐 주었다.

"고마워요. 제가 한 번 만들어보면 안 될까요?"

"지금 벌써 다 만들어놔서 지금 다시 만들지는 못해요. 그러면 양이 너무 많아지기 때문에…… 집에 가서 한번 만들어요."

"네, 고맙습니다."

"이제 나가서 짜장 먹으려면. 이거 만드는 거 함 봐요."

주인은 일하는 청년이 빼놓은 국수를 그릇에 담고선 짜장이 담긴 팬에서 짜장을 떠서 국수 위에 얹었다.

"이제 다 됐어요. 그냥 먹으면 돼요."

"네, 고맙습니다."

정혜는 인사를 하고는 주방에서 직접 짜장 두 그릇을 쟁반에 들고 나왔다.

"어. 누나가 들고 나오네."

의자에 앉아 기다리고 있던 배호가 일어나서 쟁반을 받았다.

"앉아. 주인이 잘 가르쳐줬어."

"그래?"

"응. 먹어보자. 이건 내가 만든 건 아니고. 주인이 미리 만들어놓은 짜장이니까. 지금 만들 수는 없고 나보고 나중에 만들어보래."

"으응. 잘 배웠어?"

"응. 먹자."

배호와 정혜는 자장면을 먹기 시작했다.

"짜장은 말야. 맛있게 하려면 쇼트닝 기름을 많이 써야 한대. 그리고 돼지고기 기름도 좋고."

"으응."

배호는 자장면 그릇에다 입을 대고서 먹고 있다가 정혜 누나의 말에 대답을 하느라 고개를 들었다.

"미원도 많이 쳐야 맛이 난대."

"미원? 그거?"

"응. 미원을 듬뿍 넣더라."

"그거 많이 넣으면 안 좋잖아?"

"맛을 내기 위해선 어쩔 수 없대."

"아. 그럼 우리도 많이 치지 뭐. 그건 누나가 알아서 할 거니까."

그러면서 배호는 맛있게 자장면을 먹기 시작했다.


한편, 춘호는 교도소에 도착해서 사장을 면회하고 있었다.

"너, 요즘 바쁘냐? 몸이 좀 말랐네?"

사장은 몰라보게 수척해진 춘호를 보며 물었다.

"면회 못 와서 죄송해요. 좀 아파서 병원에 있었어요."

"응? 왜? 어디 아팠어?"

"네. 밤에 광고지 돌리다가 술 취한 사람한테 퍽치기를 하는 놈들을 보고 달려들었다가 등에 칼을 맞아서……."

"뭐?!"

사장이 놀라는 표정이었다.

"이젠 다 나았어요. 그동안 면회 못 와서 미안해요."

"난 괜찮다. 그럼 큰 상처를 입었을 텐데? 옷 벗어봐."

"괜찮아요."

"벗어보라니까. 등에 칼을 맞았단 말이야?"

"……네."

춘호는 기록을 하고 있는 교도관을 쳐다보면서 망설이고 있었다.

"벗어봐라. 어떤 놈이 그랬어?"

"그건 몰라요."

"벗어봐. 내가 바깥에 있었다면 이런 일은 없을 건데. 근데 넌 조그만 놈이 어떻게 칼을 쓰는 놈들에게 덤볐나? 겁도 안 나?"

사장은 어린 춘호가 그런 일을 당했으리라곤 생각지도 못한 일이었다.

"골목에서 사람이 벽돌로 당하고 있는 걸 보고 어떻게 지나가요? 그래서……."

"……?"

"이젠 괜찮아요."

춘호가 걱정하지 말라는 투로 말하자,

"벗어보라니까."

"……."

춘호는 할 수 없이 웃옷을 위로 들어올려 뒤로 돌아섰다.

"많이 다쳤네. 칼이 어디까지 들어간 거냐?"

사장은 가슴 전체를 붕대로 싸맨 춘호의 등을 보며 얼굴을 찌푸렸다.

"다행히 심장은 안 건드렸다고 그랬어요. 괜찮아요."

"야, 큰일날 뻔했다. 그런 애들은 칼로 쑤셔버리고 튀는 놈들이야. 그건 내가 잘 알지. 그런 놈들에게 함부로 덤비지 말라. 넌 아직 어리잖아."

"……."

"너도 나중에 크면 그런 세계를 알게 될 거다. 칼이 얼마나 무섭다는 것을 알면 함부로 못 덤비는 거야. 아직도 붕대 감고 있는 걸 보니 많이 움직이면 안 되겠다. 가게는 어때?"

"어젠 이백만 원이 올랐어요."

"그래? 어제는 매상이 많이 올랐네."

사장은 대견스럽다는 눈빛으로 춘호를 쳐다보았다. 기대하지 않았던 콜라텍에서 그만한 매상이 올랐다는 것이 정말 믿기지 않을 정도였다.

"밴드팀들이 어젠 팔십만 원을 가져갔어요. 그 나머진 다 우리 꺼구요."

"그래그래. 잘했다. 업소는 밴드팀들이 좋아야 돼. 어른들 술집도 밴드들이 좋아야 하고. 그리고 나오는 가수들이 이름 있는 탤런트들이 많이 나와야 손님들이 들끓는 거야. 무명인 시시한 탤런트들 불러봐야 장사 망치지. 너도 이런 건 알아두는 것이 좋을 거다."

"네. 아버지."

"그래. 난 다음 주에 재판을 받는다."

"재판요?"

"그래. 재판 받아봐야 아직 몇 번이나 더 받아야 될지 모르겠다. 그냥 나갔다가 오는 거지."

"그럼 어떻게 돼요?"

"모르겠다. 변호사가 있으니까 다 알아서 할 거다. 난 변호사가 시키는 대로만 말하면 돼. 얼마나 받을지 모르겠다. 그래, 가게에 찾아오는 손님은 없었냐?"

"네. 없었어요."

"지하실은?"

"그냥 그대로 놔뒀어요."

"지하실 같은 덴 웬만하면 들어갈 필요가 없다. 거긴 공사하다가 놔둔 지저분한 것들만 있으니까. 다름 사람들이 함부로 못 들어가게 해라."

"……네."

"돈 필요하냐?"

"아뇨. 됐어요. 가게도 잘 되잖아요."

"하하, 그래. 니는 진짜로 쓸만한 놈이다. 그런 콜라텍을 할 생각까지 다 하고. 너만한 놈이 픽치기를 하는 놈들한테 덤벼들지를 않나……. 너도 나중에 크면 한 가닥 하겠다."

사장은 춘호가 기특한지 머리라도 쓸어줄 것처럼 얼굴에 웃음을 띠고선 바라보고 있었다.

"아버지가 빨리 나왔으면 좋겠어요. 이런 데에 있으면……."

"그래. 나도 나가고 싶지만 그게 마음대로 되냐. 재판을 받고 나가야지."

"언제쯤 나와요?"

"난 좀 살지도 모르겠다. 너는 알아두는 것이 좋겠다. 내가 지은 죄가 있기 때문에."

"……?"

춘호는 차마 어떤 죄를 지었는지 물어볼 수는 없는 일이었다.

"하여튼 네가 가게를 잘 지키고 있다니 마음이 놓인다. 정혜 보고도 가게 외에는 딴 데 신경 쓰지 말라고 그래라. 내가 나가면 가게를 할지도 모르니까."

"네, 아버지."

"그래, 이젠 가봐라. 몸조심하고……. 공부는 잘하냐?"

"네, 필요하시면 정혜 누나도 한 번 아버지를 면회오라고 할

내일은 있다 | 413

까요?"

"아니다. 걔는 부를 필요 없다. 너만 오면 된다."

"네. 뭐 좀 넣을까요?"

"아니다. 안에 먹을 것 많다. 그냥 가."

춘호는 깊숙이 고개를 숙이고는 아버지가 먼저 면회실을 나가는 것을 보고서 문을 열었다.

"……."

문 밖에서 유리창을 통해 복도를 걸어가는 아버지를 지켜보았다. 아버지는 복도를 걸어가다 말고 춘호가 자신을 바라보고 있다는 것을 알고는 손을 흔들어 주었다. 춘호도 아버지에게 손을 흔들고는 아버지가 보이지 않을 때까지 서 있다가 면회실 복도를 걸어나왔다.

바깥 날씨는 화창했다. 교도소에 면회를 오는 사람들의 표정은 어두웠지만 면회를 하고 돌아가는 춘호의 마음은 활짝 개어져 있었다. 교도소 정문을 지키고 있는 경비교도대 군인의 모습이 늠름하다고 생각되었다.

"형! 나 면회 끝났어."

춘호는 평소에 안면이 있는 경비교도대원에 인사를 했다.

"그래, 이제 가냐?"

"네, 잘 있어요."

"그래, 잘 가라. 또 와."

그 말에 발걸음을 떼어놓던 춘호가 발길을 멈추며, 일부러 농담으로 성난 듯이 말했다.

"형! 나보고 여기 또 오라는 거야 뭐야? 나보고 빵쟁이가 되라는 거야?"

"훗! 아냐. 그런 말이 아니고. 면회오라는 거야. 짜식."

"형! 잘 있어! 나 간다."

춘호는 손을 흔들며 정문을 빠져나왔다. 찻길을 건너 건너편 인도로 걸어간 춘호는 이젠 걷기보다는 버스를 타고 빨리 가게로 돌아가는 것이 급했다. 오늘 정혜 누나랑 배호 형과 같이 할 일이 많을 거라는 생각에 버스를 탔다. 그러나 가게에 도착했을 때는 정혜 누나와 배호 형은 주방에서 중국집에서 배운 자장면 만드는 연습을 하고 있었다.

"어, 뭐해?"

"응? 왔구나? 면회 잘 하고 왔니?"

정혜 누나가 반갑게 눈인사를 해왔다.

"응. 뭐하는 건데?"

"짜장 만들고 있어. 시장 보면서 오는 길에 우리는 자장면 먹고 왔다. 점심은?"

"안 먹었어."

"그럼 이거 먹으면 되겠다. 곧 자장면 만들어 줄게."

정혜는 팬 속에 짜장을 넣고 야채와 쇼트닝 기름을 붓고는 볶고 있는 중이었다. 거기다가 미원을 듬뿍 쳐서 간을 보고 있었다. 배호는 국수를 만드는 기계에서 밀가루를 집어넣어 국수를 만들어내고 있는 중이었다.

"이것도 샀어?"

춘호는 배호가 돌리고 있는 국수기계를 보고 물었다.

"그래. 이거 얼마 안 해. 하나 샀지 뭐."

배호는 국수가 뽑혀져 나오는 것이 신기한 듯 기계를 쳐다보고 있었다. 정혜는 뽑아진 국수를 뜨거운 물에 집어넣었다가 쫄깃쫄깃해졌을 때에 꺼내 맑은 물에 헹궈 그릇에 옮겨 담았다. 그리고는 볶아진 짜장을 국자로 덜어 국수 위에다가 부었다.

"이야. 진짜 짜장 냄새가 나네!"

춘호는 배가 고팠던 터라 짜장 냄새만 맡아보아도 군침이 돌았다.

"그래. 냄새 나지?"

배호는 정혜 누나의 옆에 서서 연신 기분이 좋은 듯한 표정이었다.

"응. 맛있게 된 거 같은데?"

춘호는 젓가락을 집어 짜장 그릇에서 국수를 떠서 입에 넣어보았다. 중국집에서 파는 자장면과 맛이 다를 바 없었다.

"우와, 맛이 죽이네. 진짜야 진짜!"

춘호는 이번엔 국수를 떠서 정혜 누나의 입에 넣어주었다.

"그러네. 우리가 이런 거 만들어 팔면 애들이 좋아하겠지?"

"응. 진짜야 진짜."

춘호는 입맛을 다시면서 말했다.

"이거 하나만 팔아도 되겠다. 그지?"

"얘는……. 짜장도 팔고 떡볶이도 팔고, 김밥도 팔아야지. 이 거만 팔면 남는 게 뭐 있니?"

"하하, 그건 그러네."

세 사람은 짜장 맛이 그럴싸하다는 것으로 인해 한 바탕 웃을 수 있었다. 정혜는 세 그릇을 만들어서 사무실로 들고 가고, 배 호는 단무지와 양파를 썰어서 작은 종지에 담아왔다.

"이거 오늘 점심으론 캡이네 뭐."

춘호는 젓가락을 들면서 다시 한번 정혜 누나를 추켜세웠다.

"그래, 많이 먹어. 사장님이 뭐라데?"

"으응. 어제 매상이 이백만 원을 올렸다고 하니까 기분이 좋 은가 봐. 밴드가 팔십만 원을 가져갔다고 하니까, 밴드가 좋아 야 한다고 그랬어. 어른들 술집은 밴드하고 출연하는 탤런트 가 수들이 이름 있는 사람이라야 장사가 된대."

"맞아!"

배호가 맞장구를 쳤다.

"그건 그래. 술집은 이름 있는 유명 탤런트가 와야 사람이 꼬 이거든. 근데 우리는 콜라텍이니까 밴드만 좋아도 돼."

"으응. 사장님이 다음 주에 재판이래."

춘호는 자장면을 맛있게 먹으면서 말을 했다.

"그래? 그럼 그때 나오는 거야?"

배호가 먼저 물었다.

"아니. 재판을 몇 번 받아야 된대. 사장님 말로는, 재판을 받아도 살지도 모른다고 그랬어."

"왜?"

이번엔 정혜가 물었다.

"모르겠어. 사장님이 그랬어."

"사장님이 뭣 때문에 들어갔지? 초범이 아닌가?"

배호가 고개를 갸우뚱하면서 춘호를 쳐다보았다.

"모르겠어. 아무튼 재판을 받고 살아야 될지도 모른다고 그랬으니까."

춘호는 그 말을 하면서 왠지 슬펐다. 정혜 누나와 배호가 있는 앞에서 그런 모습을 보일 수는 없는 노릇이었다.

"그러면 큰 죄를 진 거겠지."

배호의 말이었다.

"……."

춘호는 왠지 모르게 자신의 운명이 엉뚱한 쪽으로 흘러가고 있는 것 같은 생각이 문득 들었다. 그건 순전히 예감이었다. 고아원에서부터 춘호는 가끔 예감 때문에 몸서리를 치곤 했지만 현실 세계란 언제나 냉정할 뿐이었다. 운명이란 마치 예정돼 있는 것같이 여겨지기도 했다. 춘호는 나이는 비록 어지지만 그런 운명에 대해선 빨리 터득한 것인지도 몰랐다. 눈치밥을 먹으며 자랐던 고아원에서, 남의 집인 중국집에서 일을 할 때에도 그곳에서 만난 배호 형과 같이 지낼 수 있기를 무던히 바랐었지만

418

배호 형이 뜻하지 않은 오토바이 사고로 헤어져 있었던 시간들도 어쩌면 운명이란 것이 자신을 괴롭히는 것이 아닌가 하는 생각이 들기도 했다.

지금 단란한 시간을 갖고 있는 춘호로서는 사장이 감방에서 못 나온다는 것도 어쩌면 불행을 예감하는 것 같아서 불안해졌고, 이렇게 장사가 잘 되는 것도 불행해지려고 그러는 것인 것처럼 여겨질 때도 있었다.

춘호는 지금도 잠을 자다가 문득 깨면 지옥 같았던 고아원의 방에 누워 있는 것 같은 착각을 일으킬 때도 있었다. 고아원에서 탈출해 봤으면 하고 꿈을 꿀 때가 많았다. 일단 고아원을 애들은 다시는 돌아오지 않았다. 어디에 가서 무엇을 하며 사는지는 모르겠지만 춘호로서는 막연히 행복하게 살 것이라는 생각만 했을 뿐이었다. 답답한 고아원보다도 더 지독한 곳이 어디 있을까 싶었다.

춘호가 고아원을 탈출할 때는 어느 정도 나이가 들어서 머리가 굵었다고 할 수 있을 때였다. 그만한 나이라면 얼마든지 고아원을 탈출할 그런 나이였다. 대개 고아원에서는 들어온 지 7, 8년이 가장 탈출하기 쉬운 때였고, 나이로 본다면 열 살에서 열두 살이 될 때가 가장 탈출하고 싶은 충동을 느낄 때였다.

춘호 역시 그랬다. 일단 탈출에 성공해서 세상 밖으로 나와 보면 먹고 사는 것이 얼마나 뼈저린 것이라는 것을 실감하게 되지만 자유가 무엇보다 그리웠던 고아들은 세상이 주는 고통보다도 자유스럽게 돌아다닐 수 있는 것만으로도 탈출의 희열을 느낄 수 있었는지 모른다.


춘호는 묵묵히 배호 형의 얼굴을 쳐다보고 있었다.

"왜?"

배호는 자신을 쳐다보고 있는 춘호가 마치 자신이 사장을 욕하는 줄로 알고서 쳐다보는 것으로 생각한 듯했다.

"그냥……."

"짜식. 내가 뭐 여자냐? 나를 쳐다보게?"

배호는 언제나 춘호에게는 형인 것처럼 굴었다.

"형이지 뭐."

춘호는 피식 웃었다.

"이제 슬슬 장사 준비해야지. 난 지금부터 김밥 말고, 떡볶이 준비해야 돼."

정혜 누나가 짜장을 담은 그릇들을 들고 일어섰다.

"누나. 우리도 같이 할게."

배호가 먼저 일어나면서 춘호의 손을 잡아끌었다.

"그래. 도와주면 좋고."

정혜는 주방으로 들어가서 싱크대 안에 그릇들을 넣으며 말했다.

"니들 설거지만 좀 해줘라. 그동안에 난 음식이나 만들게."

"응. 좋아! 야, 춘호야. 같이 하자."

배호는 손을 둥둥 걷고서 싱크대 앞에 섰다. 춘호도 팔을 걷고선 배호 옆에 서서 설거지를 하기 시작했다. 정혜는 넓은 팬에다가 고추장을 듬뿍 풀고는 떡볶이를 만들 준비를 해놓고선 시장에서 배달을 해온 떡볶이를 봉지에서 꺼내 일일이 찢어내고 있었다.

"누나. 오늘은 매상이 얼마나 오를까? 우리 셋이서 알아 맞추기 내기할래?"

"후훗. 얼마 오를 것 같애?"

정혜도 싫지 않은 투였다.

"춘호야. 넌 어때?"

"으응, 좋지 뭐. 내기는 뭔데?"

춘호 역시 구미가 당겼다.

"뭘 내기할까? 돈 걸기 할까? 어때?"

배호의 제안이었다.

"안돼. 돈 거는 건 싫다."

정혜 누나가 반대를 했다.

"왜? 누나는 그런 거 싫어?"

"그래. 니들 돈 거는 거 함부로 하지 마. 그런 거 맛들였다간 나중에 커서 노름꾼이 되는 거야."

"……."

배호는 설거지를 하다 말고 뒤에서 일하고 있는 누나를 쳐다보았다.

"그런 건 안 좋아. 노름에 맛을 들이면 다른 사람의 주머니를 털 생각밖에 안 하는 거야. 힘 들이지 않고 돈 버는 것만 생각하거든."

"알았어. 그러면 뭐로 할까?"

배호가 곧 수정해서 다시 말을 꺼냈다.

"으음, 뭐로 하지?"

정혜는 배호가 서운해 할까봐 생각하는 듯했다.

"형, 그러면 제일 많이 틀린 사람이 내일 아침밥하기 하면 어때?"

"뭐? 그건 누나가 하는 거잖아?"

"뭐 어때. 만약에 누나가 맞추면 내일 아침엔 늦잠을 자는 거야. 틀린 사람이 밥을 하는 거고."

춘호는 설거지를 하면서 배호를 쳐다보며 웃었다.

"야! 그건 누나가 하는 거니까 그건 관두고. 다른 거 없어?"

배호는 춘호가 정혜 누나를 조금이라도 편하게 해주려는 생각임을 알아챘다. 그러나 남자가 밥까지 한다는 건 좀 심하지 않나 하는 생각이었다.

"그럼 설거지하기 할까?"

춘호는 또 정혜 누나를 생각해서 던진 말이었다.

"그건 좋아! 춘호, 니는 얼마나 나올 거 같애? 너부터 말해 봐라."

"난……. 음……. 이백오십만 원 정도."

춘호가 말하자,

"그래? 그럼 난 삼백 정도. 누나는?"

배호는 정혜에게로 말머리를 던졌다.

"으응…… . 나도 이백오십 정도로 할게."

"둘이 짰어? 너무 똑같아. 안돼. 춘호가 먼저 말했으니까 누나는 다시 말해봐."

"그럼…… . 난 이백육십 정도."

"뭐야? 그게 그거잖아? 그래, 좋아. 누나는 이백육십으로 하자. 그럼 오늘 저녁에 보면 알겠지. 춘호야. 너는 이백 오십밖에 안 나오겠냐?"

"응. 그 정도 나올 거 같애. 형은 삼백이나 나올 거 같아?"

"그래. 어제도 이백 나왔잖아."

"형은. 오늘 삼백 정도 나오면 우리가 떼돈을 벌겠다 뭐."

"하하, 우리 셋이서 하는데 떼돈을 벌어야지. 그래야 누나도 신나고 니하고 나하고도 신나는 거야. 이러다가 나중에는 우리가 이 가게를 사겠다 야."

"그래그래. 우리 돈 벌면 이런 가게 하나 사서 해도 되는 거야. 니들도 대학을 마음 놓고 다닐 수도 있고. 그렇게 되면 좋겠다."

정혜 누나는 음식을 만들다 말고 차분하게 말했다.

"…… ."

춘호는 갑자기 두려운 마음이 들었다. 뜻하지 않게 콜라텍을 차려 하루 매상이 이백만 원을 올릴 수 있다는 것은 마치 꿈을 꾸고 있는 것 같은 생각이 들곤 했다. 이렇게 셋이서 오붓하게 음식을 만들고, 배호랑 같이 설거지를 하고 있는 것이 행복한 꿈일지도 모른다. 행복을 몰랐던 사람이 갑자기 행복을 맞이하게 되면 괜히 불안해지는 것이나 마찬가지였다. 춘호는 마음속으로 이런 행복이 계속 이어지기를 바랄 뿐이었다.

정혜 누나는 가스레인지 앞에 서 있다가 다시 바닥에 쪼그리고 앉아서 재료들을 장만해서 불 위에 올려놓고선 끓는 동안에 다시 다른 음식들을 만드느라 바닥에 쪼그려 앉곤 했다. 설거지를 후딱 끝낸 춘호는 손을 씻고는 정혜 누나 옆에 앉아서 파를 다듬기 시작했다. 배호도 같이 앉아서 양파를 까서 칼로 써는 일을 도와주고 있었다.

"니들 이런 거 잘하네?"

정혜가 손놀림이 빠른 배호를 보고 한마디 했다.

"하하, 나하고 춘호하고 전에 중국집에 있었잖아. 누나, 그거 몰라?"

배호는 정혜 누나에게서 그런 칭찬을 듣는 것이 기분 좋았다.

"몰랐어. 그런 데에 있었어? 춘호는 암말 안 하던데?"

정혜는 춘호를 쳐다보면서 말했다.

"그런 이야기 안 했어. 누나, 배호 형이 이런 일 잘해. 나보다 형이 먼저 중국집에서 일했거든. 설거지도 잘해."

춘호는 배호를 추켜세워 주었다.

"으응, 그랬구나. 남자애들이 어떻게 이런 일을 잘하나 했더니······."

"누나, 우리는 이런 일 다 잘해. 고아원에서 자란 애들은 아무 일이나 맡기기만 하면 잘해. 그 대신에 눈치를 잘 봐서 탈이기는 하지만. 하하."

"눈치도 잘 봐?"

정혜는 춘호와 배호를 번갈아 쳐다보았다.

"응. 원래 고아원 출신들은 눈치 하나는 귀신이거든. 눈치밥을 먹고 컸으니까, 쿵 하면 떡 떨어지는 소린 줄 알고, 쩍 하면 수박 갈라지는 소린 줄 알아. 매일 구박받고 크면서 외부에서 들어오는 손님들 눈치보느라 어렸을 때부터 눈치 하나는 기똥차게 잘 보거든. 고아원 출신들이 그게 하나 홈이야."

배호는 솔직하게 털어놓았다.

"근데 니들은 안 그렇게 보이는데? 그래서 난 그런 거까진 생각하지도 않았어."

"그러니까 고아 출신들이 무슨 일을 해도 마음만 먹으면 똑소리 나게 잘해. 눈치로 때려잡으니까. 하하."

배호의 말에 춘호는 가슴이 저려왔다. 다시 고아원 시절로 돌아가는 듯한 착각이 들면서 어린 날의 자신의 모습을 떠올렸다. 배가 고파 몰래 식당으로 들어가서 식은 밥을 훔쳐먹던 일들, 그리고 학교에 갔다가 올 때에 문방구 앞에서 다른 아이들이 맛있는 것을 사먹고 있는 모습을 보면서 주머니 속의 먼지를 만지작거릴 때의 모습을 떠올리고 있었다. 붕어빵 하나라도 사먹었으면 하고 운동장 가를 배회하면서 백 원짜리 동전 한 닢이 혹시 떨어져 있을까봐 남몰래 두리번거렸던 모습들이 눈에 선연하게 떠올랐다.

고아원에서의 생활은 항상 배고픔의 연속이었다. 똑같이 일정한 식사를 하고 나서 조금 있으면 먹을 거라도 있었으면 서로들 얼굴을 쳐다보곤 했지만 누구라도 고아원에선 따로 먹을 것을 갖고 있는 애들은 없었다. 고아원 마당에 나가 여자애들과 같이 흙을 떠서 밥을 만들고, 풀잎을 뜯어서 반찬을 만들고 나서 맛있게 먹는 시늉을 해보는 것이 허기진 배를 달래는 한 방법이었다.

'명희는 지금 어디 있을까?'

춘호는 갑자기 같이 소꿉장난을 했던 명희를 떠올렸다.

"형."

춘호는 파를 썰다 말고 배호를 돌아보았다.

"왜?"

"명희, 걔 알지?"

"알지. 왜?"

배호는 느닷없이 고아원 시절의 명희를 들먹이는 춘호를 쳐다보았다.

"걔는 어디로 갔을까? 걔, 생각나?"

"나지. 근데 왜? 너, 걔 좋아하는 거 아냐?"

배호가 실실 웃으며 물었다.

"……."

정혜는 모처럼만에 고아원 시절의 이야기를 나누고 있는 춘호와 배호의 대화를 그저 듣고만 있었다.

"아냐. 나, 걔 안 좋아해. 그냥 물어보는 거야. 걔, 안 이뻐?"

춘호는 속마음을 들킨 것 같았다. 자신도 모르게 얼굴이 붉어지고 있었다. 그런 춘호를 슬쩍 쳐다본 배호는 놀리듯이 말했다.

"너. 명희 걔 좋아하는 거구나? 맞지? 바른대로 말해 봐. 나는 못 속인다, 너."

배호가 킬킬거리며 웃자,

"아냐. 그런 게 아니고……."

춘호는 잘못 말을 꺼낸 것처럼 더듬거렸다.

"그럼? 명희, 걔 이야기를 왜 꺼내냐?"

배호는 재밌다는 듯이 다시 춘호를 다그치고 있었다.

"춘호야. 명희라는 애가 누구니? 나한테도 말 안 했잖아?"

이번엔 정혜 누나까지 합세를 했다.

"으응. 그냥……. 고아원에서 같이 있었던 애야. 걔도 엄마가 몰래 고아원 정문에다 버리고 간 애거든. 걔는 엄마 얼굴도 몰라."

"그럼 넌? 엄마 얼굴 아냐?"

배호의 말이었다.

"……."

정혜는 배호와 춘호의 말씨름을 보고만 있었다.

"아니. 내가 안다고 그랬어?"

춘호는 배호의 그 말에 얼른 고개를 세차게 저었다. 엄마라는 말이 가슴을 찌르듯이 다가왔다. 춘호의 대답이 마치 엄마의 얼굴을 알고 있기라도 하듯이, 배호에겐 무언가 비밀이라도 있어서 감추기라도 하는 듯이 화들짝 말하는 바람에 옆에 있던 정혜 누나의 시선이 춘호에게로 돌아갔다.

"그런데 넌 아는 것처럼 말하잖아."

"아냐. 나도 몰라. 모르니까 이러고 있는 거지."

"그래서 명희를 좋아하는 거 아니냐고."

배호는 줄기차게 농담을 해왔다.

"아니라니깐! 그냥 뭐하고 지내나 하고 생각하는 거지 뭐. 고아원에서 나온 애들은 좀 다르잖아. 어디서 뭐하고 지낼까 하고 생각하는 거지. 뭐 특별하게 생각할 게 뭐 있어?"

"그런 거야? 난 또 고아원에서 혹시라도 사귄 거 아냐 싶어서 그래봤어. 됐니?"

배호는 춘호를 실컷 골려주고는 뒤로 빠지는 식이었다.

"……."

춘호는 웃을 수밖에 없었다.

"춘호야."

정혜 누나가 불렀다.

"응."

춘호는 파를 다듬어 도마 위에 가지런히 올려놓고는 칼을 대었다.

"너, 명희라는 애하고 친했니?"

"응. 걔는 늘 외톨이였어. 얼굴이 하얗고 항상 약했어. 겨울엔
기침만 하고……."

"……?"

정혜는 파를 써는 춘호를 물끄러미 바라봤다.

"나보다 불쌍한 애야. 약도 못 먹고……. 그래서 생각난 거야.
우리 가게에서 일했으면 하고……."

"너, 그 애 어디 있는지 알고 있니?"

"몰라."

"……"

"어디로 갔는지도 몰라."

"고아원에 가서 물어보면 몰라?"

"……."

춘호는 괜히 얼굴이 붉어졌다.

"나중에 시간 내서 고아원에 가서 한번 알아봐. 걔가 있는 곳
을 알면 연락을 할 수 있잖아."

"……?"

춘호는 정혜 누나를 쳐다보았다.

"우리 가게가 바쁘니까 여기 와서 일해도 돼. 나도 좀 도와
주고."

"……."

"나도 일손이 바쁘니까 좀 도와줄 애가 필요하거든. 혼자서 하니까 너무 바빠서 그래. 어디 있는지 알면……. 고아원에 한번 알아봐."

"……."

춘호는 대답하지 않았다.

"그래. 됐어. 그거면 됐어. 감자나 썰어."

정혜는 춘호가 썬 파를 떡볶이 팬에다가 올려놓고선 고추장을 풀기 시작했다. 춘호는 다시 정혜 누나가 깨끗이 씻은 감자를 잘디잘게 썰기 시작했다. 감자튀김을 만들기 위한 것이었다.

"야. 춘호야."

배호 형이 불렀다.

"왜?"

춘호가 돌아봤다.

"오늘 내기한 거 누가 이길 거 같냐?"

"……몰라."

춘호의 목소리는 시무룩해져 있었다.

"너, 성질났냐?"

"아니……."

"그런데 왜 얼굴이 그러냐?"

배호는 춘호가 무뚝뚝하게 말하는 것에 신경이 쓰이는 듯했다.

"뭐가? 그냥 그래. 이거 형이 도와줄래?"

춘호는 한 무더기 감자를 배호에게로 내밀었다. 배호는 곧 칼을 들고 춘호 옆으로 왔다. 두 사람은 나란히 앉아 한 도마 위에서 감자를 썰기 시작했다. 중간에 썬 감자가 쌓이면 커다란 그릇에다 붓고는 다시 감자를 썰어 그릇에 붓곤 했다. 준비하는 동안에 정혜 누나는 일어나서 음식을 만들고 있었다.

춘호와 배호가 썰어놓은 감자를 식용유에 볶아내서는 채에 올려놓았다. 감자튀김을 하는 동안에도 정혜 누나는 짜장을 볶는 일을 동시에 했고, 굵은 국수를 미리 삶아놓아 대바구니에 건져놓았다. 그렇게 하면 저녁 시간에 밀려든 학생들이 자장면을 주문하면 곧바로 끓인 국수에다가 볶은 짜장을 얹기만 하면 되었다.

준비하는 것이 한두 가지가 아니었다. 그런 일을 하는 동안에 시간을 내서 밥솥에서 해낸 밥을 김 위에 말아 김밥을 만들곤 했다. 춘호는 정혜 누나가 만든 김밥에다가 깨소금을 얹어 배호와 같이 칼로 써는 일을 했다.

"이거 잘 안 되네. 네가 썬 것은 자꾸 옆구리가 터지네 뭐."

배호는 춘호가 썬 김밥이 자꾸 터지는 것을 보고 하는 말이었다.

"그럼 이거 형이 먹어."

춘호가 옆구리 터진 김밥을 집어 배호의 입에 갖다댔다.

"야. 자꾸 터뜨리면 어떡해? 그러다가 다 망가진 김밥만 만들겠다."

배호는 김밥을 먹으면서 나무라듯이 말했다.

"그럼 형이 썰어. 난 누나하고 김밥 만들게."

"그래. 배호는 김밥 썰고, 춘호는 나하고 마는 거 하자."

춘호는 정혜 누나와 같이 김밥을 마는 일을 했다. 누나가 동그랗게 김말이를 하는 것을 보고는 그대로 따라서 했다. 김말이 대나무발을 이용해서 동그랗게 마는 것은 그리 어렵지 않았다.

"너무 커. 밥을 조금씩 펴서 골고루 발라야 해. 그래야 김밥이 이쁜 거야."

정혜 누나는 춘호가 무식하게 김밥을 마는 것을 보고는 보란 듯이 자신이 하는 방법을 가르쳐줬다.

"알았어. 이렇게?"

춘호는 김을 펴놓고서 그 위에다가 하얀 쌀밥을 펴놓고서 골고루 폈다.

"그래. 그 속에 깻잎하고 단무지하고 시금치 넣고, 소시지도 같이 넣어야지. 시금치는 잘 안 붙기 때문에 제일 속에 들어가도록 하는 게 좋아. 그래야 밥이 잘 붙거든."

정혜 누나는 춘호가 펴놓은 단무지와 소시지, 시금치를 펴서 넣은 방법을 시범을 보여주었다. 춘호는 집어넣었던 것들을 다시 들어내서 깻잎을 깔고는 그 위에다가 단무지와 소시지를 펴놓고는 그 위에다가 시금치를 올려놓았다. 동그랗게 말게 되면 시금치가 제일 중앙에 가도록 해놓았다.

"그래그래. 그렇게 해서 말아봐."

춘호는 정혜 누나가 시키는 대로 김말이를 돌려 김밥을 말았다. 제법 가늘게 동그랗게 말려졌다.

"하하, 됐어!"

춘호는 동그랗게 말린 김밥을 꺼내 들어보였다.

"됐네! 이리 줘. 내가 썰게."

배호는 춘호가 건네준 김밥을 도마 위에 놓고는 조심스럽게 칼질을 했다. 김밥이 터지지 않도록 칼질을 하면서 벌어진 틈바구니 사이로 톱질을 하듯 썰어냈다.

"형도 잘하네 뭐."

춘호는 터지지 않고 무사히 썰어진 김밥 하나를 집어 입에 넣었다. 그리고는 다른 한 개를 집어서 정혜 누나의 입에 넣어주었다.

정혜는 맛을 보고는, 춘호에게 칭찬의 말을 해주었다.

"됐어! 그렇게 해."

춘호는 더욱 신이 났다. 배호가 써는 김밥보다도 춘호가 썬 김밥이 예쁘게 잘려졌다. 춘호가 썰어놓은 김밥의 양이 더 많았다. 정혜는 김밥을 말면서 두 사람이 써는 모습을 지켜보았다.

"니들 나중에 결혼하면 살림 잘 도와주겠네?"

"누나. 난 결혼 같은 거 안 해."

춘호가 먼저 대답을 했다.

"왜?"

"그냥. 결혼 같은 거 하면 여자도 책임져야 하고, 나중에 애를 낳으면 애도 책임져야 하잖아."

"그야 당연하지. 남자가 열심히 해서 돈을 벌어야지."

"그래서 난 결혼 안 해."

"왜? 돈을 벌어야 된다는 거 땜에?"

"아니. 그냥……."

"뭐 어떠니? 그냥 살던 대로 열심히 사는 것뿐이야. 사랑하는 사람과 같이 산다는 것뿐이지 머. 결혼한다고 해서 남자한테 특별히 돈을 더 많이 벌라고 하는 거 아냐."

"그래도……."

춘호는 자신이 첫돌이 막 지났을 무렵, 얼굴도 모르는 아버지라는 사람과 어머니라는 사람이 자신을 낳아 어떤 이유에선지는 몰라도 갓 낳은 자신을 고아원의 정문 앞에다 버려두고 갔다는 것 때문에 결혼이라는 것에 대한 반감이 있었다. 자신을 낳아 그렇게 할 바엔 차라리 서로 결혼하지 말았어야 하지 않느냐는 것이 춘호의 생각이었다.

"결혼이란 그저 사랑하는 사람과 같이 산다는 것뿐이야. 결혼한다고 해서 특별히 달라지는 건 없어."

정혜는 고아원에서 자란 춘호와 배호가 막연히 부모에 대한 서러움을 갖고 있을까봐 조심스럽게 말을 꺼냈다.

"그래도 난 결혼 같은 건 안 할 거야. 형은 어떻게 생각해?"

춘호는 자신에게 눈길이 모아지는 것이 부담스러웠는지 배호 형에게로 말머리를 돌렸다.

"나? 나도 결혼 안 해. 그런 거 안 하는 게 낫지 뭐."

배호 역시 같은 생각이었다.

"니들 왜 그러니? 남자들이 결혼 안 하겠다고 하면 어떻게 하냐? 니들이 뭐 여자들을 고생 안 시킬려고 결혼 안 하겠다는 사람들이라도 되니?"

정혜는 춘호와 배호가 마치 다 큰 청년이나 되는 것처럼 말을 했다.

"그럼 누나는 결혼하고 싶어?"

춘호가 얼른 물었다.

"나야 뭐……. 결혼할 때가 되면 결혼해야지. 여자가 그냥 늙어죽으면 좋겠니?"

"왜? 누나는 혼자 사는 게 싫어?"

"혼자 살면 힘들잖아?"

"뭐가 힘들어? 누나도 돈 벌면 되지."

"여자가 혼자서 벌면 얼마나 벌겠니? 나중에 나이 들면 그때는 어쩌고? 몸이 아파서 누워 있으면 누가 돈 벌어다주니?"

"……."

춘호는 대답을 하지 못했다. 어린 자신의 생각으로는 정혜 누나가 깨끗한 지금의 모습으로 얼마든지 살아갈 수 있을 거라고 생각하겠지만 누나의 말을 듣고 보니 이해가 안 되는 것도 아니었다. 그러나 마음은 슬펐다. 춘호는 사랑하는 정혜 누나가 결혼에 대한 꿈을 갖고 있다는 것이 무엇보다도 서글퍼졌다.

춘호는 묵묵히 김밥을 말고 있었다.

"왜? 누나가 결혼하고 싶다고 해서 그래?"

정혜 누나가 시무룩해 있는 춘호를 보고선 말을 걸었다.

"아니……."

"그럼? 나중에 춘호 너도 진짜로 사랑하는 여자가 생기면 결혼하고 싶을 거야. 둘이 맨날 만나다가 보면 어느새 정이 들어서 떨어지고 싶지 않을 때가 있는 거야. 그래서 결혼하는 거고……."

"……."

"결혼이 다가 아니라는 건 알지? 그냥 사랑하니까 같이 사는 것이지만 둘이 생각이 안 맞아서 싸우기도 할 때도 있어. 그래서 사람들은 헤어지기도 하고……."

춘호는 그 말에 고개를 번쩍 들었다.

"그럼……. 사람들이 싸우면 헤어지기도 하지만, 헤어질 때에 낳은 아이는 어떻게 하는 거야? 우리처럼 고아원에다가 갖다주는 거야?"

"……?"

정혜 누나는 눈이 동그랗게 떠졌다.

"난 그런 게 싫어. 사랑했으면 끝까지 사랑하는 거지, 왜 사람들은 싸울 걸 결혼하고 그래? 실컷 사랑하다가 헤어질 때는 낳은 아이를 고아원에다가 갖다 맡기는 거 싫어."

"너……."

정혜 누나는 춘호를 쳐다보았다.

"누나."

춘호도 정혜 누나를 쳐다보았다.

"그건 사랑하는 사람끼리도 싸울 수 있어. 그걸 어떻게 아니? 그런 거 아무도 몰라. 사람이 신이 아닌 이상, 살다가 싸우는 건 아무도 모르는 법이야."

"그래서 싸우다가 헤어지는 거야?"

"응. 왜 자꾸 그런 거 묻니?"

정혜 누나는 정색을 하고서 묻는 춘호가 부담스러웠다.

"난 누나가 이상한 사람과 결혼하는 거 싫어. 누나는 결혼하고 싶다고 그랬지?"

"내가?"

"응."

"꼭 결혼하고 싶다는 게 아니라, 여자는 결혼해야 하는 거야. 너는 끝까지 결혼 안 하고 살 수 있니?"

정혜 누나는 그 말을 하면서 배호를 쳐다보았다. 정혜 누나의 눈길을 받은 배호는 그런 질문을 자꾸 던지는 춘호에게로 시선을 주었다.

"난 결혼 같은 거 안 할 거야. 배호 형도 그렇지?"

춘호는 다시 배호 형에게 질문을 던졌다.

"그래. 임마."

"봐."

춘호는 보란 듯이 정혜 누나에게 눈길을 주었다.

"니들은 아직 어려서 그래. 나중에 크면, 좋아하는 여자가 있으

면 지금 생각이 달라질 수 있는 거야. 지금은 니들이 그런 생각을
할 수도 있어. 그렇지만 나중엔 생각이 달라질 수 있는 거야."

"그래도 난 안 해."

춘호가 고집스럽게 말하자, 정혜 누나가 말을 이었다.

"그래. 알았어. 누나도 그런 생각이야. 정말로 나를 사랑하
는 남자가 아니라면 결혼하고 싶은 마음이 없어. 이런 데에 나
와서 일을 하다 보면 가끔 결혼해서 편하게 살고 싶을 때가 있
는 거야. 여자는 집에서 일만 하고 조용히 사는 게 좋다는 건
알아. 그렇지만 그게 안 될 때는 이런 곳에 나와서 일도 하는
거고……."

"……."

춘호는 이제 더 이상 정혜 누나에게 결혼하지 말라는 투의
말을 하고 싶진 않았다.

"그래. 니들 말이 맞을지도 모르겠다. 여자는 남자를 잘 만나
야 하고, 여자는 남자를 잘 만나야 하는 거야. 그렇지 않으면
고생바가지를 흠뻑 뒤집어쓰는 거고……."

"누나."

춘호가 불렀다.

"응?"

"누나는 결혼하지 마. 그냥 우리 셋이 살아. 그러면 안돼?"

춘호는 단단히 결심한 듯이 말을 꺼냈다.

"왜?"

"난 누나가 결혼하는 거 싫어. 배호 형도 결혼하는 거 싫고……."

"그래? 그럼 셋 다 결혼하지 말자는 거구나?"

"응……."

춘호는 고개를 끄덕거렸다.

"그래. 알았어. 니들은 저번에 그 놈이 나를 때리는 걸 보고서 겁을 집어먹었구나. 그렇지?"

"……?"

춘호와 배호는 놀란 듯이 정혜 누나를 쳐다보았다.

"왜 그래? 뭘 그렇게 놀라니?"

"응. 아냐……."

춘호가 재빨리 고개를 가로저었다.

"그래. 알아. 여자의 인생은 나이롱 고무줄이야. 어떤 남자를 만나느냐에 달렸으니까. 나도 결혼 같은 거 생각 안 할게. 그럼 됐지?"

"응."

춘호는 시원스럽게 고개를 끄덕였다.

"이제 올라가서 준비하자."

배호의 말에 춘호는 일어섰다.


정혜 누나가 주방 일을 하도록 하고선 홀로 올라갔다. 춘호는 출입구의 문을 열어놓고서 배호의 카운터에 있는 과자들을 정돈해 놓았다.

"과자 더 있어야 되는 거 아냐?"

"왜? 모자랄 거 같아?"

"응. 오늘 모자랄 거 같은데?"

"야. 그럼 내가 얼른 갔다 올게. 여기 있어."

배호는 얼른 주방으로 내려가서 정혜에게 과자가 모자랄 것 같다고 하고선 바깥으로 나갔다. 과자를 대어주는 도매상으로 달려가서 과자를 주문하고는 돌아왔다. 곧 이어서 음료수를 싣고 온 차가 가게 앞에 차를 세웠다.

"여기, 얼마나 필요해요?"

음료수를 싣고 온 기사가 출입구문으로 들어서며 물었다.

"콜라 열 짝하고 사이다 열 짝 그리고 환타 다섯 짝, 오렌지 다섯 짝요!"

춘호가 말하자, 기사 청년은 곧 차에서 음료수를 내려서 안으로 들여왔다.

"여기 많이 파네요. 수금은 어떻게 하지요?"

나이 많은 청년이라도 춘호에게 존댓말을 썼다.

"나중에 모아서 끊어드리면 안 돼요?"

"그러지요 뭐. 그럼 사인이나 해주세요."

청년은 매출표를 떼어서 건네주면서 사인을 해달라고 했다.

음료수를 싣고 온 차가 떠나고 나자, 이번엔 과자 도매상에서 차가 왔다. 배호가 주문한 과자들이 카운터로 옮겨졌다. 춘호는 과자 상자들을 뜯어 과자들을 가지런히 정돈해놓고는,

"이건 결재를 어떻게 해요?"

"아, 과자는 현찰이거든요. 여기, 사장님 없어요?"

배달을 온 남자 어른은 어린 춘호와 배호를 보고는 사장을 찾았다.

"안에 있어요. 얼마죠?"

"네? 아, 사십오만 원입니다."

남자 어른은 곧 춘호에게 공손하게 나왔다.

"잠시만요."

춘호는 주방으로 들어가서 정혜에게 과자가 왔다는 말을 하고선 과자 값을 지불할 돈을 받아서 홀로 나갔다.

"고맙습니다. 과자 필요하면 언제든지 전화 주십시오."

도매상 주인은 얼른 명함을 내밀었다.

"네, 고맙습니다."

춘호는 인사를 하고는 명함을 받아들었다.

이제 준비할 것은 다 준비된 셈이었다. 일단 팔 과자들만 진열을 해놓고는 나머지 과자들은 박스채로 카운터 뒤쪽에 쌓아 두었다.

밴드팀들이 출근해서 악기들을 튜닝하는 동안, 춘호와 배호는 다시 의자들을 정리하고는 각자 제 자리로 돌아갔다.

저녁 무렵이 되면서부터 손님들이 들어오기 시작했다. 가방을 멘 채로 삼삼오오 들어선 학생들은 무대 앞쪽의 테이블부터 자리를 메워 나갔다. 춘호는 입구 쪽에 서서 들어오는 학생들을 맞았다.

"어서 오십시오. 저쪽 무대 쪽으로 앉으십시오."

그렇게 인사를 하면,

"응. 야, 꼬마가 서빙하네. 재밌다 야."

학생들은 저마다 한마디씩 하며 테이블로 가서 앉았다. 가끔, 여학생들은 춘호의 어깨를 툭 치면서 장난을 치고는 자리로 가서 앉았다. 일단 손님들이 들어오면 춘호가 입구에 서서 인사를 하다가 주문이 들어오기 시작하면 홀과 주방을 번갈아 뛰어다녀야 했다. 그러면 카운터에 있는 배호가 일어나서 입구 쪽을 맡았다. 그러자니 홀은 두 사람이 맡는 꼴이 되었다.

저녁이 어두워지면서 빈자리가 없을 정도로 꽉 메워졌다. 무대 위에서는 신나는 음악들이 연주가 되었고, 밴드팀의 리더인 오 씨가 본격적으로 마이크를 잡게 되면 홀 안의 분위기는 열광의 도가니 속으로 빠져들기 시작했다. 노래를 부르고 싶은 학생들을 무대 위로 올라오게 해서 간단한 멘트를 주고받는 학생이 신청한 곡이 연주되기 시작하면 테이블에 앉은 학생들이 박수를 치며 환호하다가 분위기가 더욱 고조되었다 싶으면 오 씨는 춤곡을 메들리로 연주해서 춤판으로 이끌고 나갔다.

학생들은 너나 할 것 없이 무대 앞으로 몰려나와 신나게 춤을 추었다. 가끔 이웃 테이블에 앉은 학생들과 서로 미팅도 하기도 했고, 미팅이 이뤄지면 곧 주문이 날아왔다.

"여기! 콜라하고 김밥 좀 줘요!"

"여기요! 떡볶이 4인분하고 짜장 두 개! 사이다 열 개요!"

여기저기서 주문이 터질 때마다 춘호는 재빨리 움직여야 했다. 거의 동시에 여러 테이블에서 주문이 빗발칠 때에는 주문을 받기에도 바빴다.

"춘호야. 저기!"

카운터에 앉아 있던 배호가 미처 보지 못한 테이블을 손짓으로 가리켰다. 그러면 춘호는 얼른 테이블로 가서 주문을 받았다.

"누나. 이거 주문이야. 빨리 해줘."

춘호는 주문서를 정혜 누나에게 내밀고는 얼른 일을 도와주었다. 주로 음식을 담는 일이었다.

"빨리 갖고 가. 이건 되는대로 가져가고."

정혜도 바빴다. 일단 준비된 것들을 얼른 가져가게 하고선 춘호가 다시 돌아오면 나머지 음식들을 들려서 내보내는 수밖에 없었다. 그랬으므로 춘호는 혼자의 몸으로 홀과 주방을 이리저리 뛰어다녀야만 했다. 배호는 카운터에 서서 춘호가 바쁜 것을 보면서도 카운터를 비울 수가 없었다. 춘호가 미처 주문을 하는 테이블 쪽을 보지 못하고 있으면 배호가 주문하는 곳을 봐뒀다가 춘호에게 알려주는 것이 고작이었다.

"춘호야! 저기!"

"저쪽에 주문 있어!"

배호는 신이 났지만 춘호가 미처 보지 못하는 것이 안타까웠다. 무대에서는 밴드팀들이 신나는 음악으로 춤 경연을 벌이고 있었다. 4,000와트 급의 대형 스피커에서 뿜어져 나오는 음향은 가슴을 폭발시켜 버릴 듯했다. 학생들은 굉장한 음향에 취해서 춤을 추기에 바빴고, 테이블에 앉아 있는 학생들도 가만히 앉아 있을 수가 없었다. 땀을 뺀 학생들은 다시 테이블로 돌아가 음료수를 벌컥벌컥 마시고는 다시 무대로 뛰어나갔다.

춘호는 어느새 속옷이 흠뻑 젖어 있었다. 밤 12시가 가까워 오자, 피날레를 장식하기 위해 밴드들은 미친 듯이 열광적인 음악으로 선사를 했고, 테이블에 앉아만 있던 학생들도 문을 닫을 시간이라는 것을 알고선 무대 앞으로 뛰어나가 춤을 추기 시작했다.

그때쯤에서야 춘호는 한숨을 돌릴 수 있었다. 춘호는 카운터에 서서 열광하는 학생들을 보면서 웃고 서 있는 배호를 보며 씨익 웃어보였다.

'이리 와봐.'

배호가 손가락으로 카운터로 오라는 시늉을 했다.

춘호가 카운터로 가자 배호가 말했다.

"야. 너 저 애 봐."

배호가 무대 앞에서 열심히 춤을 추는 한 여자 아이를 가리켰다. 단발머리를 한 여자애는 배꼽티를 입고서 신나게 춤을 추고 있었다.

"……?"

춘호는 현란한 사이키 조명에 몸을 흔들고 있는 여자애를 바라보았다.

"너, 저 애 이쁘잖니?"

"으응……."

"햐아, 춤 진짜 잘 춘다 야. 정말 멋진데."

배호는 마치 넋을 놓아버린 사람처럼 그 여자애에게만 시선을 주고 있었다.

"형. 저 애 진짜 잘 추네."

"그렇지?"

"응."

춘호도 그 여자애에게서 눈길을 떼지 못하고 있었다.

그때였다.

출입구 쪽에 건장한 청년 서너 명이 들어왔다.

"어서 오세요."

배호가 그들을 보고 고개를 숙이려다가 학생들이 아니라는 걸 알고는 멈칫했다.

"여기 콜라텍이냐?"

청년들 중의 한 명이 카운터에 서 있는 배호에게 말을 걸어왔다.

"네. 여긴 학생들만 오는 데예요."

"그래? 호오, 사람이 많군. 돈깨나 벌겠네? 그지?"

청년 중의 한 명이 카운터에 팔을 괴고는 무대쪽을 바라보고 있었다. 춘호는 직감적으로 깡패들이란 걸 느낄 수 있었다. 배호 역시 그랬다. 깡패들이 가게 안으로 들어와서 시비를 거는 것이라고 느껴졌다.

"형님. 여긴……."

배호가 말을 꺼내려고 하자, 카운터 위에 팔을 괴고 있던 깡패 하나가 버럭 소리를 질렀다.

"마! 알았어. 누가 모르고 왔냐? 사장 어디 있냐?"

"네? 사장은 왜요?"

배호가 얼결에 말을 하자, 다시 깡패 중의 하나가 나섰다.

"사장님 좀 보자고 그래. 이렇게 물 좋은데 사장 코빼기도 안 보이냐?"

그들은 서로 돌아가며 협박을 해오고 있었다.

"사장님 지금 외출 중이신데요. 무슨 일로……."

배호가 말을 하자마자, 카운터에 팔을 괴고 있던 깡패 하나가 배호의 턱을 날렸다.

"마! 사장님 오라고 그래! 외출 중이라고? 무슨 외출이야! 빨랑 오라고 그래!"

그들은 이미 어떤 계산을 하고 온 듯했다. 턱을 맞은 배호가 카운터 뒤로 나동그라졌다.

"왜 이러세요?"

배호가 다시 일어났다. 배호의 코엔 검붉은 코피가 터져 있었다.

"뭐? 왜 이러세요? 너, 몇 살이야?"

다시 청년이 주먹을 치켜들었다.

"저, 열여덟인데요."

"뭐? 하하, 열여덟? 사장 어디 있냐고?"

카운터에 턱을 괴고 있던 청년이 배호의 목을 거머쥐었다. 배호는 목을 잡힌 채로 안간힘을 써댔다.

"어쭈! 너 손 좀 봐야겠다."

깡패의 주먹이 배호의 얼굴로 다가갔다. 춘호는 더 이상 바라보고만 있을 수 없었다.

"왜 그러세요? 장사하는데……."

"뭐?"

깡패들이 춘호를 보며 코웃음을 쳤다.

"왜 이러시냐고요. 아저씨 같은 분들은 손님으로 안 받아요. 여긴 학생들만 오는 데란 말이예요."

"뭐? 왜 이러시냐고요? 이 새끼 봐라. 쬐끄만 놈이……."

깡패의 주먹이 날아왔다. 춘호는 정통으로 얼굴을 얻어맞고는 뒤로 나동그라졌다. 그 바람에 홀 안에 있던 손님들이 술렁거리기 시작했다. 그동안 시끄러운 음악 때문에 카운터쪽에서 시비가 일어나도 모르고 있던 학생들이 싸움이 일어난 줄 알고서 뒤쪽으로 몰려들기 시작했다.

"야! 싸운다! 싸워!"

뒤로 몰려든 학생들은 배호의 코에서 피가 흐르는 것을 보고, 춘호가 쓰러졌다가 일어나는 것을 보고는, 여자애들이 먼저 깡패들에게 대들었다. 분위기를 망쳤다는 것 때문에 항의하는 중이었다.

"아저씨들 뭐예요? 왜 그러시는 거예요?"

"어라? 니들 맞고 싶냐?"

깡패의 그 말에 학생들은 슬금슬금 피하기 시작했다. 그 바람에 밴드가 멈춰지고, 팀장인 오 씨가 사태를 알아차리고서 뒤쪽으로 다가왔다.

"형씨들 왜들 그러십니까?"

오 씨가 부드럽게 말하자, 춘호에게 주먹을 날린 청년이 앞으로 나섰다.

"어? 사장님이 오셨나 보네. 사장 맞나?"

"아닙니다. 전 밴드하는 사람입니다."

"호, 그래? 그럼 사장은 어디 갔지? 넌 딴따라나 해."

깡패가 무시하는 투로 나왔다.

"여긴 사장이 안 계십니다. 그냥 말로 하시죠."

오 씨는 무대 위에서 사회를 보면서 배호와 춘호가 깡패들에게 손찌검을 당하는 것을 봤던 것이다.

"뭐? 사장이 없다고? 지금 누구 놀리나?"

그들의 기세는 점점 거칠게 나왔다. 손님들은 벌써 눈치를 흘끔흘끔 보며 홀을 빠져나가고 없었다. 주방에 있는 정혜 누나는 아직 홀에서 일어나고 있는 일을 모르고 있었다. 춘호는 정혜 누나를 불러올까 하다가 오 씨가 알아서 해결해주기만을 바라고 있었다.

"아닙니다. 정말입니다. 사장은 지금 감방에 들어가 있습니다. 정말입니다."

"뭐? 감방?"

그들은 감방이라는 말을 듣고선 다소 주춤거렸다. 오 씨는 깡패들이라면 업소 사장이 감방에 들어가 있다는 말을 강조했다. 혹시라도 그들이 감방에 들어가 있다는 말을 듣고 누그러지기를 바랐던 것이다.

"네. 그래서 가게를 비어놓을 수 없어 장사를 하는 겁니다. 우선 저쪽으로 가서 앉으시죠."

오 씨의 말에 그들은 험악한 분위기를 누그러뜨리는 듯했다. 오 씨가 먼저 테이블 쪽으로 걸으면서 그들에게도 앉기를 권유하자, 그들은 마지못한 듯 테이블로 가서 앉았다.

"호오. 이런 업소에서 장사가 잘 되는데 사장이 감방에 들어가 있다? 거 참, 그럼 지금 장사를 하는 사람이 누구요?"

"네. 제가 우선 하고 있습니다. 밴드 마스터지요."

오 씨가 자기소개를 하자,

"아, 그래요? 그럼 인사나 합시다. 우린 친구들이요."

그들이 먼저 악수를 청했다. 오 씨는 손을 내밀어 악수를 했다.

"장사가 잘 되는가 본데. 하루 매상이 많이 오를 거 같네 뭐."

그들은 이제 서서히 본색을 드러내고 있었다. 홀 안을 휘이 둘러보고선 코피를 닦고 있는 배호와 춘호를 돌아보았다.

"……."

오 씨는 그저 그들이 어떤 명목으로 이곳에 왔는가부터 살려볼 필요가 있었다.

"우리가 이 지역을 접수했거든. 그래서 인사차 온 것이니까. 뭐, 밴드할 정도라면 업소에 대해선 잘 알 테고."

"네……."

오 씨는 그들에게 굽실거리듯이 머리를 숙여보였다. 오늘 찾아온 그들은 비록 세 명뿐이었지만 나오는 자세로 봐선 꽤나 큰 조직임에는 틀림이 없다고 판단하고 있었다.

"긴 말 필요 없고. 우리가 이 업소를 접수할 테니까 그리 아쇼. 됐어?"

"접수라뇨?"

오 씨가 물었다.

"몰라? 접수. 그런 걸 모르고 있어?"

그들의 얼굴이 다시 험악해졌다.

"아, 네. 알지요. 그렇지만……."

오 씨는 얼른 머리를 조아리듯이 숙여보였다. 그들과 맞붙어 봐야 좋을 게 없었다.

"그렇지만 뭐야? 우리가 접수하겠다는데 뭐 불만 있어?"

"……."

오 씨는 난감했다. 쉽게 풀어질 줄 알았던 대화가 점점 꼬이는 걸 느끼면서 어떻게 해야 할지를 몰랐다. 오 씨가 난처한 듯한 표정을 지으면서 춘호와 배호를 자꾸 쳐다보았다.

"왜? 마음에 안 들어?"

그들이 다시 험악하게 나왔다.

"아, 아닙니다. 전 이곳에서 그저 일만 할 뿐입니다. 버는 만큼 버는 거죠."

오 씨는 더 이상 자신이 이 가게를 맡아서 한다고 말을 할 수가 없었다. 그들이 가게를 접수한다는 것은 매일 와서 매상을 체크하고 나서 뜯어가겠다는 말뜻이었다. 그랬으므로 자신이 그걸 결정할 위치가 아니었으므로 춘호나 배호가 주방에 있는 정혜를 불러오기를 바랄 뿐이었다.

"그럼 누가 한다는 거야? 이 새끼가 자꾸 말을 돌리고 있네!"

그들이 벌떡 일어나서 오 씨의 멱살을 잡아 일으켰다.

"너! 그럼 뭐야? 아깐 다 맡아서 한다고 그래놓고. 이제 슬슬 꽁무니 빼는 거야 뭐야? 누가 주인이야?"

그들이 오 씨의 멱살을 잡자, 밴드팀들이 끼어들었다.

"형 씨. 우린 밴드만 맡고 온 거요. 버는 대로 먹기로 하고 들어온 건데 우리 매니저가 멱살을 잡힐 이유는 없소. 말로 합시다."

그 말을 했던 드럼 치는 남자의 얼굴에 순식간에 주먹이 날아왔다. 한 놈이 주먹을 날리자, 다른 두 놈이 맡아서 주먹질을 해대기 시작했다.

"야! 밟아버려! 씨팔!"

처음 주먹을 날렸던 놈이 다른 두 놈에게 그렇게 말하자, 두 놈은 드럼 치는 남자를 개 패듯이 패대기 시작했다. 그 바람에 오 씨와 나머지 한 사람은 바짝 얼어서 입도 열지 못하고 있었다.

"잘 봐! 대들면 어떻게 된다는 것을. 이제 주인 좀 오라고 하시지!"

테이블에 앉은 놈이 넌지시 말했다. 오 씨는 드럼을 치는 성만이가 맞아서 바닥에 널브러져 있는 것을 보고선 춘호에게 정혜를 불러 오라고 눈짓을 했다.

춘호는 슬그머니 주방으로 내려갔다.

"누나. 밖에 나가봐. 어떤 깡패들이 와서 밴드팀들을 마구 패고 있어."

"왜? 누군데 그래?"

정혜 누나는 마침 홀로 나오려다가 들어서는 춘호를 보고는 놀란 표정을 지었다.

"모르겠어. 깡패들인 거 같아. 드럼 치는 성만이 아저씨가 맞고 있어."

"그래? 오 씨는?"

"테이블에 앉아 있는데, 그 놈들이랑 이야기하고 있어."

"알았어. 나가보자."

정혜는 곧장 홀로 걸어 나갔다. 춘호도 정혜의 뒤를 따라 홀로 나갔다.

# 협상

　홀에는 낯선 남자들과 오 씨가 마주앉아 있다가 정혜가 걸어
오는 것을 보고는 오 씨가 일어났다.

　"저 아가씨가 주인입니다. 말씀들 나누십시오."

　"그래? 호오, 여기 사장이라고?"

　"네. 그래요. 왜 사람을 팼어요?"

　정혜는 바닥에 엎드려 있는 성만이를 부축하는 오 씨를 바라
보고는 말을 했다.

　"뭐, 버릇없게 굴어서 손 좀 봐줬지 뭐."

　"……?!"

　정혜는 처음 보는 낯선 남자들이었다. 말투부터가 호락호락
하지 않다는 것을 알아챌 수 있었다.

　"오늘 와보니까 여기 장사가 잘 되는구만. 장사 잘 되면 세금

도 내셔야 할 텐데 말이야."

남자가 건들거리며 담배를 빼서 물었다. 라이터를 켜서 불을 붙이고는 후, 하고 정혜의 얼굴로 연기를 내뿜었다.

정혜는 고개를 돌려 담배 연기를 피하고 나서 말했다.

"왜 이러시는 거예요?"

"아까 말했잖아. 장사가 잘 되는 곳엔 세금이 따라붙는다고. 우리도 먹고 살아야 한다고 말이야."

"댁들이 세무서예요? 나도 이런 바닥에서 굴러먹었던 여자예요."

"뭐? 그럼 더 잘 알겠네 뭐. 우리가 '척' 하면 아가씨는 '쿵' 하는 것쯤은 알겠네?"

"지금 농담하는 거예요? 뭐로 세금 내라는 거예요?"

"나, 지금 농담하는 거 아냐. 그냥 좋게 말할 때, 서로 좋게 나오는 게 좋지."

남자는 빈정거리듯이 말하면서 정혜의 앞가슴을 훑어보듯이 내려다보았다. 정혜는 일하느라 정신없었던 몸에 달라붙는 얇은 티셔츠만 입고 있었다.

"그래서 뭘 달라는 거예요?"

"훗! 이런 데서 굴러먹었다니 잘 아는 것 같군. 우린 그냥 놀고먹는 놈들이 아냐. 우리도 먹고 살려면 동그랑땡이 있어야지. 이거 말이야."

남자는 엄지와 검지를 구부려 동그란 원을 만들어 보였다. 돈이라는 뜻이었다.

"그걸 우리가 왜 줘요? 여긴 사장님도 없어요. 저기 있는 애들, 둘 다 고아원에서 나와서, 쟤는 그저께 감방에서 나와 오갈 데가 없어서 저기 서 있는 동생이 있는 이 가게에 와서 밥먹고 있는 거예요. 나도 이 술집에 있다가 사장이 죽고 나서 갈 데가 없어 빈 가게를 빌려서 콜라텍을 하는 거고요. 이런 데 와서 뭘 달라는 거예요?"

정혜가 조리 있게 말했지만 그들은 귓등으로 스쳐듣는 정도였다.

"아, 쪼잔한 소린 듣고 싶지 않아. 장사가 잘 되면 되는 거야. 우리가 뭐 장사 안 되는 가게에 와서 세금 좀 달라고 하겠냐? 먹고 살 만하니까 와서 좀 도와달라는 거지. 도와달라는 것도 뭐 나쁘냐?"

그들은 완전히 주먹 세계의 모습을 그대로 보여주는 것이었다. 업소에 찾아와서 반협박조로 나오는 중이었다.

"지금 도와달라는 거 아니잖아요?"

"지금 도와달라고 그러잖아! 그것도 이해 못해?"

도리어 정혜에게 화를 내듯이 말을 하고 있었다.

"……"

정혜는 입을 다물었다. 섣불리 그들의 비위를 건드렸다가는 어떠한 일이 일어날지도 모르는 일이었다. 그들은 의자를 뒤로 젖혀 몸을 이리저리 흔들면서 손으로는 테이블 위를 토닥거리고 있었다.

"저희는 이제 장사를 시작한 거예요. 이런 데서 뭘 뜯어가요?"

"뜯어가다니? 이쁜 아가씨가 무슨 말씀을 그렇게 하시나? 안 그러냐? 니들?"

세 사람 중의 보스격인 짧은 머리의 남자가 나머지 두 사람을 돌아보며 묻는 것이었다.

"네. 형님. 맞습니다요. 이쁜 애가 머리도 팽팽 잘 돌아갈 것 같구만 그래. 그런데 얼굴하고는 딴 판으로 머리가 꽉 막혔나 보지요 뭐. 형님."

"......."

정혜는 악소리가 튀어나올 것 같았지만 참고 있었다.

"우리 말 안 들으면 가게가 조용하지 못할 텐데. 그런 건 알고 있겠지?"

다시 협박조로 나왔다.

"......."

정혜는 그 남자를 노려보고만 있었다. 뭐라 말할 건더기도 없었다. 그런 식으로 막무가내로 나오는 조직들에겐 말이 통하지 않는다는 걸 느끼고 있었다.

"어때? 괜히 장사 망치지 말고 우리 조건 들어주는 게 낫겠지? 작살나고 나서 후회해봐야 소용이 없으니까!"

그들은 주먹을 주어 우두둑, 소리를 내고선 다시 테이블을 톡톡 치기 시작했다. 빨리 말을 하라는 뜻이었다.

"……."

정혜는 밴드팀의 매니저인 오 씨를 쳐다보았다. 오 씨는 그저 정혜를 쳐다만 볼 뿐이었다. 정혜는 다시 춘호를 쳐다보았다. 서로 난감하기는 마찬가지였다. 춘호는 정혜 누나에게 잠깐 사무실로 가는 게 어떠냐는 듯이 눈짓을 보냈다.

"잠깐만요."

정혜는 자리에서 일어났다. 정혜가 일어서는 것을 보고는 춘호는 사무실로 먼저 내려갔다.

곧 이어서 정혜가 뒤따라왔다.

"누나. 어떻게 해?"

춘호가 먼저 말을 꺼냈다.

"글쎄. 저 놈들이 호락호락하지는 않을 것 같은데……."

"그럼 얼마를 달라는 거야?"

춘호는 그런 쪽으로는 아무것도 모르고 있었다. 술집 업소에는 으레 해결사 노릇을 하는 조폭들이 있다는 말은 들었지만 그들이 어떤 식으로 업소에 기생해서 살아가고 있는지에 대해서는 전혀 아는 것이 없었다.

"모르겠어. 저 놈들 마음이니까."

"그럼, 누나 생각엔 저 사람들이 어떻게 해달라고 그럴 거 같아?"

"아마 내 생각엔……. 매달 얼마씩 집어달라고 그럴 걸?"

"그게 얼만데?"

"그건 몰라. 아마도 한 달에 적어도 오백에서 천만 원은 달라고 할 걸? 장사 잘 되는 걸 봤으니까. 미리 알고 온 것 같아."

"······?"

춘호는 큰 액수에 입이 벌어졌다. 이건 완전히 도둑놈들이 아닌가 하는 생각부터 들었다. 자신들은 뼈 빠지게 일해서 번 돈을 그 놈들은 와서 거저 가져가려는 심보라고 생각했다.

"이걸 어떻게 하지? 저 놈들이 그냥은 안 갈 텐데 말이야."

정혜 누나가 어쩔 줄 몰라 하고 있었다.

"그 돈 다 줘야 돼? 깎으면 안돼?"

춘호는 기껏 장사가 물이 오른 것을 그들 때문에 망칠 수는 없다고 생각했다. 그들과 잘 타협해서 작은 액수를 요구한다면 차라리 돈을 집어주고서 위기를 모면하고 싶었다.

"한번으로 끝나는 게 아냐. 저 놈들은 주면 끝까지 빨아먹는 놈들이다, 너."

정혜 누나의 목소리엔 피곤이 묻어 나왔다.

"그러면 어떡해? 매일 와서 저러면······."

"······."

정혜 누나는 입술을 꼭 깨물고 있었다.

"······."

춘호도 어떻게 할 도리가 없었다. 정혜 누나가 업소의 일엔 더 잘 알 것이라고 믿고 있었다.

"그래. 일단 얼마나 달라고 하는지 보자."

"나갈 거야?"

"응. 같이 나가."

두 사람은 다시 홀로 올라갔다. 테이블엔 오 씨와 그 놈들이 둘러앉아 있었다. 정혜 누나가 의자로 가서 앉았다.

"춘호야. 너도 와서 앉아."

정혜의 말에 춘호도 의자로 가서 앉았다.

"꼬마는 왜 앉나? 가서 놀지 그래."

춘호를 무시하는 말이었다.

"괜찮아. 여기 앉아 있어. 용건이 뭐예요?"

"용건? 하하, 아까 말했는데 그래. 아직 못 알아들었나?"

"얼마를 달라는 거냐고요."

정혜가 당차게 말하자, 세 명 중의 보스격인 남자는 의자 뒤로 몸을 젖히면서 구둣발을 테이블 위로 올려놓았다.

"야. 네가 말해라. 이 형님이 말하기는 입이 아프다."

옆에 있는 남자에게 지시를 내렸다.

"예. 형님이 요구하는 건 한 달에 달세로 꼬박꼬박 오백만 원 달라는 거다. 이제 알아듣겠냐?"

"오백요?"

정혜가 놀란 듯이 말하자, 옆에 있는 남자가 보스인 남자를 쳐다보면서 빈정거리듯이 말했다.

"어허. 이만한 업소에서 그런 돈이 어디 돈이냐. 가만 보니까 어린 애가 사장 아들인 것 같은데 봐줘서 불렀는데 그것도 많아?"

"그거 안 되면 가게 문 닫는 거야. 알아서 해."

그 옆에 있던 남자가 바짓가랭이에서 사시미칼을 꺼내 손톱을 다듬기 시작했다.

"……."

정혜 누나는 오 씨와 춘호를 번갈아 보았다.

"저, 그럼 저는 먼저 일어서겠습니다."

오 씨가 슬그머니 일어나서 무대로 걸어갔다. 일단 그들이 요구하는 액수가 나왔으므로 더 이상 그 자리에 있는 것은 아무런 도움이 되지 않을 것 같아서였다. 오 씨는 무대 위로 올라가서 악기들을 만지고 있었고, 성만이와 윤복이가 오 씨 옆으로 가서 일을 도와주고 있었다.

"어때? 그만하면 된 거 아냐? 빨랑 결정해."

테이블 위에 구둣발을 올려놓은 남자가 말했다. 정혜는 더 이상 시간을 끌어봐야 소용이 없다는 걸 알고 있었다. 춘호에게 그들이 하는 말을 들었느냐는 듯이 쳐다보고는 일침을 놓았다.

"좋아요. 그럼 앞으로 영업 방해하지 말고 점잖게 구세요."

"허, 그래? 우리가 점잖지 않았다는 말이야? 야, 니들 어떻게 생각해."

테이블 위에 구두를 올려놓은 남자가 옆을 돌아보며 말하자, 깡패 중의 한명이 보스격인 남자에게 아부성의 말을 했다.

"행님. 그거야 뭐 주는 사람 마음 아니겠습니까? 그런 소리야 그냥 하는 걸로 듣죠 뭐."

"그래. 좋아! 야, 니들 앞으로 점잖게 행동해라. 다른 애들한 테도 그렇게 말하고."

"네! 행님!"

두 사람은 보스격인 남자에게 깍듯이 머리를 숙여보였다.

"그래. 수금은 언제로 할까?"

"말일날 오세요. 다른 사람들한테 그런 거 보이지 말고요. 장 사 망치면 서로가 안 좋으니까."

"호오. 그래야지. 우리도 빌어먹는 주제에 남의 장사 망칠 건 없지. 됐다. 가자."

테이블 위에 올려놓은 구둣발을 내린 남자는 벌떡 일어나서 는 정혜의 볼을 만져보면서, 빈정거리며 말했다.

"이쁘군. 여기 술집에서 놀았다고 했지?"

"……."

"이런 데서 굴러먹었다니 우리가 봐주는 거다. 그리고 꼬마 야. 너는 사장 아들인 것 같은데 사장님 면회가거든 거미파가 와서 수금해 달라고 그러더라고 말해. 그러면 사장님이 알았다 고 그럴 거다. 알겠냐?"

"……네."

춘호는 정혜 누나 대신 대답했다.

"야, 가자!"

보스가 움직이자, 그 옆에 있던 남자들도 보스의 뒤를 따라나 갔다. 그들이 출입문을 나가고 나자, 춘호는 그들을 따라가서 얼른 문을 닫아버렸다.

"춘호야. 잘 된 거 같니?"

정혜 누나가 물었다.

"응, 됐어. 잘 되는 장사를 문 닫을 수는 없잖아. 그만하면 됐어."

그들이 돌아가고 난 것을 보고서 오 씨가 다가왔다.

"거미파라면 알아주는 놈들입니다. 그 선에서 잘 해결했어요."

오 씨는 그제야 마음이 놓이는지 입가에 웃음을 짓고 있었다.

"잘 된 거예요? 오백이면 적은 돈이 아닌데……."

정혜가 혼자 중얼거렸다.

"됐습니다. 장사만 잘 되면 그 정도 돈이야 으레 나가는 돈 아닙니까? 저런 놈들은 장사가 좀 된다 싶으면 달라붙는 놈들 이니까. 미리 알고서 덤벼드는 놈들인데 안 준다고 해봐야 깨지 기만 할 뿐이지요."

"……."

정혜는 그들에게 맞은 배호가 풀죽어 있는 모습을 바라보면 서 측은한 마음이 들었다.

"우린 이만 가볼게요. 내일부터 더 열심히 하면 되죠 뭐. 저희 들 갑니다."

오 씨와 일행은 다행히 일이 잘 처리된 것을 보고는 귀가하겠 다는 말을 했다.

"네. 오늘 고마웠어요. 야. 배호야. 돈 드려야지."

배호는 아직도 아픈지 배를 움켜잡고선 카운터로 가서 돈뭉치를 들고 왔다.

"아직 매상도 계산 못 했어."

"그래? 이리 줘봐."

정혜는 배호에게서 돈뭉치를 받아 춘호와 같이 세기 시작했다. 춘호가 접혀진 지폐를 반듯이 펴서 정혜 누나 앞에 놓으면 정혜가 돈을 세기 시작했다.

"딱 오백오십육만 원이다. 이건 함 세어볼래요?"

정혜는 다시 오 씨에게로 내밀었다.

"아닙니다. 됐습니다."

"그럼……. 오백오십육만 원에서 40프로를 계산하면……."

정혜는 볼펜으로 종이에 적어가면서 하루치의 매상 오백오십육만 원에서 40%의 돈을 계산해서 오 씨에게 건네주었다.

"저, 그럼 가보겠습니다."

오 씨는 돈을 받아들고는 미안한 듯한 표정을 지었다.

"고마웠어요. 조심해서 가세요."

"네."

그들이 나가고 나서 춘호는 출입문을 닫았다.

"춘호야. 여기 앉아."

세 명은 테이블 의자에 앉았다. 뜻하지 않은 마감시간의 갑작스런 소동에 기분이 찜찜해져 있었다. 정혜 누나는 춘호와 배호의 얼굴을 쳐다보기만 하다가 말을 꺼냈다.

"잘 된 거 같니?"

배호는 아직도 아픈지 옆구리를 주무르고 있었다.

"응. 잘 됐어. 형은?"

"……."

배호는 씁쓸한 표정으로 춘호를 바라보기만 했다.

"그래. 많이 아프면 약국에 가봐야 되는 거 아냐?"

배호가 아픈 표정을 짓자, 정혜 누나는 다소 염려스러운 듯이 말을 했다.

"괜찮아."

배호가 아픔을 참는 표정이 역력했다. 정혜 누나가 걱정할까 봐 옆구리에서 손을 뗐지만 표정에서 아픈 흔적을 찾아볼 수 있었다.

"형. 약국에 갔다 와. 나하고 같이 갔다 올래? 곧 문 닫을 시간인데."

춘호는 얼른 벽시계를 쳐다보았다.

"그래, 둘이 갔다 와. 얼른."

그 말에 춘호와 배호는 자리에서 일어났다. 약국으로 가서 약사에게 설명을 하고선 응급처치로 약을 지었다. 돌아오는 길에 배호는 토할 것만 같은 기분을 느끼며 길바닥에 주저앉았다. 그러나 곧 토할 것만 같았던 그는 왝왝 소리만 냈을 뿐 결국 토하지는 못했다.

"형, 괜찮아?"

춘호가 옆에서 등을 두드려주었다.

"괜찮아. 속이 울렁거려."

배호는 입가에 흘러내린 침을 닦고선 일어섰다. 갑자기 창백해진 듯한 얼굴이었다.

"……?"

춘호는 약간 걱정이 되었다. 복부를 얻어맞은 것이 창자를 건드린 것 같았다. 주먹을 세게 복부를 얻어맞고 나면 속이 갑자기 니글거리기 시작하는 것을 춘호도 느낀 적이 있었다. 고아원에서 형들에게 불러나가서 몰래 매를 맞을 때에 대개 주먹으로 배를 맞고 나면 얼마동안은 뱃속이 꼬일 듯이 아팠던 경험이 있었다.

"형. 아파?"

걸음을 옮겨놓는 배호의 걸음걸이가 시원치 않은 듯했다.

"괜찮아. 약 먹으면 돼."

"그래도. 너무 세게 맞은 거 같아."

춘호는 배호의 팔을 잡고서 걸었다.

"씨팔놈들. 이런 데 와서 돈 뜯어가는 놈도 다 있어."

얼굴을 찡그리며 말했다. 배호는 여전히 배가 아픈 듯했다.

"그러게. 누나도 맞을까봐 겁이 났어. 그만하기 다행이야."

"돈 오백 뜯어가는 거 식은 죽 먹기네. 그딴 놈들은 싹 죽여버려야 해."

"……?"

춘호는 배호의 말에 놀랄 뿐이었다. 배호의 입에서 그런 말을 하는 것을 보고서 섬뜩한 기분이 들었다.

"우리가 먹고 살기 위해서 하는 가게인데 그런 데에 와서 돈을 뜯어가는 놈은 인간도 아냐. 춘호야."

"응?"

"우리 나중에 크면 저런 놈들은 되지 말자. 알았지?"

"응, 그래."

춘호는 대답을 하면서 배호가 나중에 커서 주먹잡이가 될 것 같은 예감이 문득 들었다.

"저런 놈들은 치사해. 죽여버려야만 해."

배호는 배가 쑤시는지 다시 옆구리를 잡으면서 걸었다.

"……."

"난 만일 대학에 간다면 체육대학에 가고 싶어."

"왜?"

춘호가 불안한 듯이 묻자, 배호가 대답했다.

"왜긴. 사나이가 주먹잡이로 한 번 살아보는 것도 괜찮은 일이지 뭐. 넌 그렇게 생각 안 하냐?"

"난 별로……."

춘호는 자기도 모르게 도리질을 했다.

"그래? 넌 고아원에서 맞으면서 크던 시절 생각 안 나냐? 화장실 뒤로 불려가서 맞아보면 얼마나 비참한가를 알았을 텐데?"

"이젠 그런 거 다 잊었어. 그때, 때린 형들도 다 잊어버렸고.

고아원에선 탈출할 구멍이 없어서 그런 식으로 화풀이를 하는 거지 뭐."

"그래. 맞다."

배호는 고개를 끄덕였다.

"아마 내가 그곳에 그냥 남아 있어도 동생들에게 그런 식으로 팼을 거야. 거기선 그래야 시간이 가니까."

"그래. 나도 그랬을 거다. 내가 있던 고아원이나 네가 있던 고아원이나 다 똑같을 거다. 불쌍한 놈들끼리 모여서 서로 치고받고 때리는 데니까. 그러면서 악을 키우는 거겠지. 안 그러냐?"

"……?"

춘호는 배호가 말한 악을 키운다는 말에 묘한 기분이 들었다.

"왜? 내 말이 틀렸냐? 고아는 악발이 없으면 못 사는 거야. 세상에서 누가 고아를 받아주겠냐?"

"응……."

"난 오늘 결심했어. 내일부터 열심히 공부하면서 오후엔 도장에 나갈 생각이다. 그래서 나중에 대학에 간다면 체육대학에 들어갈 거다."

"……."

춘호는 그 말을 건성으로 듣고 있었다.

"너도 잘 생각해봐라. 돈 아니면 주먹이야. 둘 중에 하나는 있어야 돼. 돈만 있으면 되는 세상이지만, 난 돈보다도 주먹이 더 잘 나가는 세상이라고 믿어."

"……."

"오늘, 봐라. 주먹 하나 갖고 오백을 뜯어가잖냐? 그 놈들도 먹고 살기 위해서는 주먹이 필요했을 뿐이라고 생각해."

"……."

춘호는 배호의 그런 결심을 보면서 기분이 씁쓸했다.

"남자는 힘이 있어야 돼. 너도 힘을 기르려면 나하고 운동 같이 하자."

"생각해 보고……."

"그래, 이제 어느 정도 가라앉는 것 같아."

"다행이네."

춘호는 배호의 얼굴을 쳐다보고는 안심이 되었다. 가게로 들어섰을 때에 정혜는 그때까지 테이블에 그대로 앉아 있었다.

"약 지었어?"

정혜 누나가 물었다.

"응."

춘호와 배호는 의자로 가서 앉았다.

"뭐래?"

"그냥 가슴이 아프다고만 그랬어. 약 지어줬어."

"그래. 됐다. 춘호는 괜찮아?"

"나야 맞지도 않았잖아."

춘호가 웃자, 정혜 누나는 그제야 마음이 놓이는 듯했다.

"그래. 아까 그거 잘된 거지?"

"됐어! 안 그러면 맨날 와서 괴롭힐 거 아냐."

"그러게! 이제 들어가서 공부하자. 피곤하지만 할 수 없어. 푹 자고 나면 되니까."

정혜는 자신이 더 피곤했지만 춘호와 배호의 다음 검정고시를 위해선 어쩔 수 없었다. 춘호와 배호 역시 피곤한 몸으로 공부를 가르치려는 정혜 누나의 배려를 무시할 수가 없었다. 공부가 끝나고 나면 셋 다 피곤에 지쳐 있었다. 배호가 먼저 잠이 들고 춘호는 다시 복습을 하다가 잠이 들었다.

잠자리에 누운 정혜는 잠이 오질 않았다.

"……."

좁은 방 안에 혼자 누워 있으면서 여러 가지 공상들로 꽉 차 있었다. 잘 나가던 가게에 습격을 받은 꼴이었다. 콜라텍에는 그런 조폭들이 안 끼어들 줄 알았다가 방심을 하고 있는 사이에 들이닥친 사태를 무마시키느라 진땀이 났던 것이다. 그들이 만약 인간이라는 굴레를 포기하고 무지막지하게 나왔더라면 어떻게 했을까 하는 생각만 해도 가슴이 떨려왔다. 술집에서 일하면서 그러한 일들을 수없이 봐온 정혜로서는 그들이 어떠한 인간들인가는 누구보다도 잘 알고 있었다. 저번에 이 가게에 와서 행패를 부리다가 배호와 춘호에게 혼이 난 인환이라는 인간도 역시 무자비한 조폭이었다.

혼자 살아가야 하는 외로움에, 혹시라도 술집에서 일하는 중에 치근덕거리는 남자들의 시달림을 받을 때엔 건달의 도움이 필요하지 않을까 해서 기둥서방 비슷하게 사귀었다가 이 가게가 문을 닫고 난 뒤에 돈이 떨어진 정혜에게 그 놈이 자꾸만 돈을 뜯어가려고 이 가게까지 따라왔다가 춘호와 배호에게 맞은 것이었다.

어린 춘호와 배호에게 맞았다는 것은 그의 실수였을 것이다. 술이 취한 상태에서 주먹을 믿고서 함부로 휘두르다가 발이 걸려 테이블에 넘어지면서 뇌진탕이 걸린 것이라고 생각했다. 그 뒤로 그가 다시 나타나서 행패를 부릴까 생각도 했지만 취중에 실수라고는 하지만 어린 춘호와 배호에게 맞았다는 것이 자존심을 다치게 해서인지 그는 다시는 나타나지 않았다.

이럴 때에 그의 힘을 잠깐 빌려서 조폭들끼리 서로 협상시키는 것도 좋은 방법이긴 했지만 이미 그에게 넌덜머리가 난 정혜로서는 다시는 그 인간을 생각하고 싶지도 않았다. 그런 인간들은 어떻게든 여자의 돈을 갈취해서 흥청망청 써버리고는 다시 손을 벌리는 것이 그들의 습관이랄 수 있었다.

놀고먹는다는 것. 주먹 하나만 믿고서 여자의 가녀린 등짝을 휘어잡고서 백수건달 생활을 하는 것이었다. 처음엔 정혜도 서울생활에서. 더구나 술집에 나가는 몸으로써 그런 조폭 하나쯤 데리고 있는 것이 마음 든든하기도 했지만, 시간이 지날수록 남녀 간의 정보다는 돈 때문에 붙어 있는 찰거머리 같다는 생각이 들었고, 가끔 주먹질을 해서라도 저금해놓은 돈을 빼내가려는 행동에는 치를 떨어야만 했다.

시골에 있는 준희에게 학비를 보낼 돈도 떨어지고, 다른 업소를 알아봐서 다시 술집에 나가고 있지 않은 상태에서 그녀는 시달림을 겪어야 했다. 그들의 생리를 알고 난 그녀로서는 더 이상 그런 인간들에게 걸려들고 싶지 않았다. 한 번 데인 상처는 오래 가는 법이었다.

정혜는 한 달 매출에서 오백만 원이라는 돈을 떼이는 것이 아깝기는 했지만, 그렇다고 그들을 물리칠 방법이 없었다. 그럴 바엔 차라리 그들에게 고분고분 돈을 쥐어주고서 가게를 지켜달라는 식으로 나가는 수밖에 없다고 생각했다. 만일 거머리파가 가게를 접수했다고 한다면 다른 조폭들이 덤벼들지는 않을 거라는 위로를 가질 수밖에 없었다.

'그래. 할 수 없어.'

그녀는 얼른 잠이 들기 위해서 머릿속의 생각들을 비워버렸다. 잠결에 춘호가 화장실로 걸어가는 발자국 소리가 들렸지만 그녀는 다시 잠이 들었다. 춘호는 소변을 보고 나서 홀로 올라가서 불을 켰다. 조직들이 와서 행패를 부리던 모습들을 생각하며 그들이 앉았던 의자로 가서 앉았다.

'내가 좀 더 컸더라면…….'

춘호는 건장한 체격의 거머리파들을 떠올렸다. 그 놈들에 비하면 자신은 피라미에 불과한 존재였다. 가슴을 만져보면 마치 새가슴처럼 밋밋하기만 했다. 의자에서 벌떡 일어난 춘호는 그 놈들이 그랬던 것처럼 멋지게 주먹을 날려보았다. 그러나 그게 뜻대로 되지 않았다. 바람을 가르기는커녕 힘없는 부채가 움직이는 듯했다. 춘호는 다시 공중으로 붕 날았다가 옆차기를 하면서 내려앉는 동작을 취해보려고 했지만 그것 역시 허술하다 못해 기우뚱 쓰러질 듯이 겨우 바닥에 내려앉았다. 아예 다리를 뻗쳐보지도 못하고 내려앉은 춘호는 오기가 나서 다시 해봤지만 운동이라곤 해보지 않은 그로선 무엇 하나 제대로 되는 게 없었다.

"에이, 썅!"

오기심이 끓어올랐다. 다시 한번 허공에 발길질을 해보았다. 발이 최대한 높이 올라가는 것 같았지만 춘호는 중심을 잃었다.

"우당탕!"

테이블에 넘어지면서 같이 쓰러졌다. 바닥에 넘어진 춘호는 씁쓸하게 웃었다.

'햐아, 이거 안 되네……'

아무도 보는 사람은 없었지만 혼자서 속으로 창피했다. 그들이 멋있게 발길질을 하는 것을 보고서 따라하려다가 미끄러져서 넘어진 것이 무지 창피했다. 툴툴 털고 일어난 춘호는 테이블을 다시 제 자리에 세워놓고는 카운터 쪽으로 가서 벽면을 향해 주먹을 날려보았다. 영화에 나오는 한 장면처럼 멋있게 주먹이 날아가기를 바랐지만 춘호 자신이 봐도 촌스럽기 그지없었다. 이번엔 펄쩍펄쩍 뛰면서 복싱 선수가 하듯이 주먹을 날리다가 발길질을 했지만 자세가 영 나오지 않았다. 그래도 그는 포기하고 싶지 않았다.

'처음엔 누구나 그래. 나도 이제부터 운동할 거야.'

춘호는 그런 각오로 열심히 주먹과 발길질을 날렸다. 자신의 앞에 그 놈들이 있다고 생각하고서 목표를 향해 주먹을 날렸고, 몇 번의 주먹질을 하다가 발길질도 날리곤 했다.

어느새 춘호의 이마에선 땀이 날 것만 같았다. 테이블 의자로 가서 앉은 그는 숨이 찼다. 벽에 있는 시계를 보니 새벽 5시였다. 어느 정도 숨을 고른 춘호는 홀을 빠져나와 밖으로 나갔다. 인도를 따라 달리기 시작했다.

'남자는 힘이야. 힘을 기르려면 운동을 해야 돼.'

그는 마음속으로 다짐을 하면서 뛰기 시작했다. 이른 새벽이라 바삐 출근하는 사람들이 간간이 마주쳤지만 그들은 춘호가 새벽 운동을 하는 것에 관심조차 없었다. 가게에서 2km 정도 떨어진 곳에까지 달려갔다가 다시 돌아서 뛰기 시작했다. 돌아오는 길은 한결 쉬웠다. 어느 정도 운동하는 듯한 기분이 들었다. 춘호는 뛰면서 주먹을 날리곤 했다.

가게로 돌아온 춘호는 가쁜 숨을 몰아쉬며 뜀뛰기를 시작했다. 줄넘기가 없어도 줄넘기를 하는 듯이 팔을 빙빙 돌려가면서 뛰었다. 춘호의 얼굴에선 땀이 흘러내리고 있었다. 운동을 하고 나니 마음이 뿌듯해졌다.

사무실로 들어간 춘호는 어제 했던 공부를 다시 복습하기 시작했다.

"너, 아직 안 자냐?"

배호는 아직 잠이 덜 깬 얼굴로 건너편 소파에 앉아 있는 춘호를 바라보고는 부시시 일어났다.

"잤어. 운동하고 오는 길이야."

"운동?"

"응. 조깅하고 왔어. 오늘부터 나는 운동하기로 했어."

"그래? 언제 일어났냐?"

"5시쯤에. 그냥 잠이 깼어."

배호는 놀란 얼굴을 하고는 머리를 긁적이며 일어나 앉았다.

"갑자기 웬 운동이냐?"

"몰라. 나도 운동해서 힘이 있었으면 해서."

그러면서 춘호는 웃었다.

"누나, 아직 안 일어났지?"

"모르겠어."

춘호는 다시 책으로 눈길을 주었다. 풀다만 수학 문제를 다시 풀기 시작했다. 배호는 기지개를 켜고선 일어나서 바깥으로 나갔다. 정혜 누나는 벌써 일어나서 주방에서 아침 식사를 준비하고 있었다.

"누나, 벌써 일어났어?"

"응. 일어났니? 춘호는?"

"공부해. 오늘 웬일인지 춘호가 운동하고 왔더라."

"운동? 왜?"

"모르겠어. 오늘부터 운동한다고 그러네."

배호가 웃자, 정혜 누나가 물었다.

"그러게. 너도 운동 같이 하지 그래."

"그럴까?"

"그럼. 운동 같이 하면 좋지. 너도 춘호처럼 공부도 열심히 하고……"

"응."

배호는 욕실로 들어가서 세수를 하고는 다시 사무실로 들어갔다. 그 사이에 춘호는 이불을 개켜놓고선 청소를 하고 있었다.

"어쭈, 오늘 달라졌네?"

"하하, 그러기로 했어. 새벽에 일어나서 운동 좀 하고. 그리고 공부하기로 했어. 나도 체육대학에 들어가기로 했어."

"뭐? 체육대학?"

배호가 놀라서 바라보자 춘호는 멋쩍게 웃고만 있었다.

"형하고 같이 체육대학이나 갈까? 그러면 운동도 실컷 할 수 있잖아."

"거 좋지!"

"그럼 형도 새벽에 나하고 같이 운동해. 아님 오후에 도장에 가서 하던가."

"도장에 나가볼까? 어때?"

"그럴래?"

춘호는 배호의 제안에 선뜻 마음이 끌렸다. 체계적으로 운동을 배우고 싶었다. 어렸을 때는 도장에 다니는 아이들이 입고 있는 도복만 봐도 부러웠던 적이 있었다.

"그래. 이따 누나한테 이야기하고 도장에 가보자."

"좋아!"

춘호는 더욱 신이 났다. 두 사람은 홀을 청소하기 위해 올라가서 바닥을 닦고는 다시 내려왔다. 그때는 벌써 정혜 누나가 아침상을 차려놓은 상태였다.

"누나. 오늘부터 우리 도장에 나가볼까?"

"도장에? 언제?"

"오후나 오전에. 누나 바쁜 시간이 아닌 시간에 나가면 어때? 형하고 같이 배우기로 했어."

"그래. 그래도 좋지."

정혜 누나도 선뜻 허락을 해주었다. 아침 식사를 마치고 난 후에 춘호와 배호는 가게를 나섰다. 근처에 있는 태권도 도장으로 찾아갔다. 이른 시간이라선지 아직 문을 열지 않은 곳이 많았다.

"맞아! 도장은 늦게 열어. 아침부터 운동하러 오는 사람이 어디 있냐? 그럼 사장님 면회나 갔다 올래?"

배호가 그렇게 말을 했다.

"그래. 형도 같이 갈래?"

"그러지 뭐. 갔다 오면서 도장에 들러보자."

두 사람은 곧 버스를 타고 교도소로 향했다. 배호가 바깥에 있는 동안, 춘호는 면회실로 들어갔다.

"왔나?"

임 사장은 늘 웃음을 띠고서 춘호를 맞았다. 옆에 앉아서 기록을 하고 있는 교도관에게는 늘 인사를 빠뜨리지 않았다. 아마도 사장은 교도관들과 꽤나 친숙한 듯했다.

"네, 아버지. 잘 계셨고요?"

"그래. 어제는 장사가 어떠냐? 삼백만 원이 좀 넘었어요."

"하하, 장사 잘하네. 넌 나보다 낫다. 정혜도 그렇고. 주방에 선 정혜 혼자 하냐?"

"네. 누나 혼자 하기엔 너무 힘든 거 같아요."

춘호는 은근히 정혜 누나가 힘들다는 것을 내비추었다.

"그럼 사람을 써야지. 나이 많은 아줌마들 있잖아. 그런 사람을 쓰면 한 달에 100만원이면 될 꺼다. 정혜보고 사람 쓰라고 그래."

"네."

춘호는 머리를 숙여보였다.

"넌 안 바쁘냐? 홀에는 혼자 있냐?"

"네."

"안 바쁘냐?"

"무지 바빠요. 정신이 없을 정도로요."

"그럼 홀에도 아르바이트를 쓰지 그래. 그래 갖고 어떻게 하냐. 애를 하나 쓰자고 그래."

"네."

"밴드팀들은 잘하냐?"

"네."

"주로 어떤 걸 트냐? 애들 좋아하는 노래가 뭐지?"

임 사장도 바깥의 가게에서 그만한 매상이 오른다는 것이 믿기지 않는다는 듯이 가끔은 그런 식으로 꼬치꼬치 캐물었다.

"요즘 유행하는 노래는 다 연주해요. 외국 노래는 모르겠고, 한국 가수들이 부른 노래는 이름 있는 거는 다 연주해요. 그러니까 형들이 와서 보고는 매일같이 놀러와요."

춘호는 그런 말을 하면서 자신이 대견하게 느껴질 정도였다. 하루 수백 명의 학생들이 들어온다는 것은 놀라운 일이었다.

"그만하면 장사 잘 되는 거다. 거 참, 진짜로 놀랄 일이다. 다른 건 뭐 없나?"

임 사장의 묻는 말은 가게에 누가 찾아온 일이라던가, 가게에 특별히 일어난 일이 있는가를 묻는 말이었다. 춘호는 어젯밤의 일을 말하려다가 얼른 생각을 바꿨다. 괜히 그런 말을 했다가 임 사장이 어떤 일을 시킬지 모르는 일이었기에 모르는 편이 낫겠다고 생각했다.

"없어요. 학생 형들이 오는데요 뭐."

"그래? 하하, 잘 됐네 그래."

"걱정하지 마세요. 누나가 잘하고 있어요."

"그래그래. 돈이 필요하냐?"

임 사장은 기분 좋게 물었다.

"아뇨. 이젠 가게에서 돈을 벌잖아요. 그거 다 모아놓으면 큰돈이 될 거예요."

"하하, 그래. 그건 다 니 꺼다. 난 그런 건 손 안 댄다. 정혜보고 잘하라고 그래."

"네."

춘호는 다시 고개를 숙였다.

"이제 가봐라. 난 이 안에서 필요한 거 사다 쓰니까."

"네. 혹시 빨래 같은 거 있으면 내주세요. 갖고 가서 빨아 가지고 올게요."

춘호는 배호가 감방에 있을 때에 빨래는 각자가 스스로 해야 한다는 말을 들었기 때문에 물어본 말이었다.

"핫하. 그런 것도 다 말하고? 누구한테 들었냐?"

임 사장은 기분이 좋은 듯했다.

"네. 배호 형이 이 안에 있을 때에 들었어요."

"괜찮다. 난 이 안에서 빨아주는 사람이 있어. 그리고 새 걸로 사서 입으니깐 걱정 안 해도 된다."

"네에."

춘호는 비록 양아버지긴 하지만 아버지처럼 느껴지는 것을 느끼며 괜히 부끄러워지는 듯했다.

"그래. 가봐라. 장사 잘하고."

"네, 아버지. 그럼 잘 계시고요."

춘호는 꾸벅 인사를 하고는 아버지가 먼저 나가는 것을 보고서 면회실 바깥으로 나왔다. 춘호는 항상 아버지가 복도로 나가다시 뒤돌아서서 춘호에게 손을 흔드는 것을 보고서야 발길을 옮겨놓았다.

오늘따라 춘호는 마음이 뿌듯했다. 아버지라고 부를 수 있는 존재가 있다는 것이 그랬고, 특히 오늘 면회에서는 어젯밤에 일어난 일에 대해서 말하려다가 말고 입을 다물 수 있었던 것이 스스로 생각해도 대견스러운 것이었다. 말하지 않기를 잘했다는 생각이 들었다. 앞으로도 그런 일이 있으면 될 수 있으면 자신이 알아서 처리를 하고 나서 정 해결하지 못할 일이 있을 때에만 아버지에게 말할 생각이었다. 그리고 무엇보다 일손이 부족하다는 것에 대해 일손을 거들 사람을 구하라는 말이 무엇보다 기분 좋았다. 그 전에는 항상 면회를 올 때마다 누가 찾아왔느냐는 말부터 꺼내곤 했는데, 최근에 와서는 대화 중간에 잠깐 물어보는 것뿐이었다. 그리고 그것을 물어볼 때는 전에처럼 긴장된 표정이 아니라, 건성으로 지나가는 듯이 물어보는 것이 춘호의 마음을 홀가분하게 만들었다.

'아버지는 왜 사람이 찾아오는 것을 그렇게 싫어할까? 가게 안에 무엇이 있어서 그러는 것일까?'

춘호의 생각은 항상 잊었다가 다시 생각난 듯이 그 말이 떠오르곤 했다.

'지하실에도 아무것도 없고, 사무실에도 아무것도 없는데 말이야.'

춘호의 생각엔 늘 그것이 남아 있었다. 배호는 어디에 있는지 보이질 않았다. 면회실 바깥을 두리번거리다가 화장실 근처에서 담배를 피우고 있는 배호를 발견하고는 다가갔다.

"면회했어?"

배호가 얼른 담배를 비벼 끄면서 물었다.

"응. 가자."

"사장이 뭐래?"

"그냥. 맨날 하던 말만 했어. 아, 그리고 정혜 누나가 혼자서 피곤하다고 했더니 주방에서 일할 사람을 쓰라고 그랬어. 그리고 홀에도 사람이 필요하면 아르바이트를 쓰고."

"그래?"

배호가 활짝 웃으며 춘호를 쳐다보았다.

"응. 맨날 똑같은 이야기만 했지 뭐. 근데 오늘은 기분이 좋더라."

"왜?"

"전에 같으면 누가 왔느냐부터 물어봤는데, 오늘은 안 그랬어. 요즘은 가게 장사 잘 되느냐는 것부터 물어봐. 그래서 기분이 좋은 거지 뭐."

춘호는 잇몸을 드러내며 웃었다.

"하하, 그럼 이젠 너도 편해지겠구나. 누나도 편하고."

"우리 가게에 이젠 사람을 두는 게 낫겠어. 너무 바빠."

"그래. 잘됐다."

두 사람은 찻길을 건너 인도를 따라 걷기 시작했다.

"너, 태권도가 좋아?"

"응. 왜? 형은?"

"나도 태권도부터 배워볼까 싶어. 합기도를 배우고 싶었는데 말이야."

"형도 나랑 같이 태권도를 배워. 태권도가 좋잖아. 태권도는 우리나라 운동이잖아."

"그건 그래. 합기도는 어느 나라 운동이지?"

"몰라."

춘호는 민망한 듯이 씩 웃기만 했다. 길을 걷다 보니 어느새 길옆의 광경들에 정신을 빼앗기고 있었다. 길가에 있는 노점상들이 펼쳐놓은 아기자기한 물건들과, 중국에서 건너온 듯한 목공예품을 길거리에 늘어놓고 파는 모습들이 눈에 띄었다.

춘호는 갑자기 정혜 누나가 생각났다.

"저거 하나 살까?"

"저거 뭐해? 사무실에 두게?"

"아니, 정혜 누나한테 갖다주려고. 누나가 좋아할 거 같은데?"

그러면서 춘호는 얼른 길거리에 쪼그려 앉았다. 여러 가지 모양의 목공예품 중에서 어린 아이가 지게를 지고 가는 모습이 눈에 띄었다.

"이거 얼마예요?"

"삼천 원."

"이거 하나 주세요."

춘호는 목공예품을 받아들고는 기분이 좋았다. 봉지에 담아 준 것을 들고 오면서 정혜 누나가 기뻐할 것을 생각하니 발걸음이 가벼워지는 듯했다.

"정혜 누나가 좋아할 거다. 나도 하나 살까?"

배호는 얼른 뒤돌아가서 춘호가 샀던 곳에서 예쁘게 생긴 마차 모양의 목공예품을 사들고 뛰어왔다.

"난 이거다. 봐라."

배호가 꺼낸 마차를 보면서, 춘호는 말했다.

"우와! 그건 더 비싼데?"

"이거? 사천 원이야."

그들은 선물을 들고서 태권도장부터 찾아갔다. 원장은 마침 자리에 있었다.

"저, 오늘부터 운동 좀 배우려고 왔는데요."

배호가 먼저 꾸벅 인사를 했다. 춘호도 원장에게 인사를 하고는 사무실로 들어갔다.

"운동 좀 한 거 있어요?"

"없어요."

"그럼 여기다가 좀 적어주세요. 입회원서니깐."

원장은 두 장의 입회원서를 내밀었다. 배호와 춘호는 볼펜으로 기입해 나가기 시작했다.

"됐습니다. 그럼 오늘부터 운동하기로 하고. 몇 시부터가 좋습니까?"

원장은 친절했다. 다부진 근육질의 남자임에도 불구하고 신사다운 면모가 있어보였다.

"오전이 좋거든요. 오후엔 일이 바빠서."

"그럼 10시부터 나오세요. 제일 빠른 시간이니깐."

"네. 그럼 내일부터 해요?"

"오늘이라도 시간이 되면 운동 좀 하고 가도 되고요."

"아, 오늘은 시간이 없겠네요. 내일부터 하겠습니다."

"그러세요. 도복은 저기 벽에 걸어 놓을 테니까. 이름표를 새겨서 갖다놓을 겁니다."

"네."

배호는 벽시계를 쳐다보고는 그곳을 나왔다. 벌써 11시가 가까운 시간이었다.

"야, 어때?"

배호는 미리 운동선수가 된 듯이 기분 좋게 말했다.

"좋아!"

춘호도 기분이 좋았다. 도장 안에 있는 샌드백과 녹색의 매트들이 이제부터 운동을 하는구나 하는 생각이 들게 했다.

"내일부터 우리 열심히 하는 거야. 우리 나중에 대련해 볼래?"

"좋아!"

두 사람은 곧 가게로 들어갔다. 춘호는 출입구문을 활짝 열어 놓고선 홀을 거쳐 주방으로 내려갔다.

"누나. 갔다 왔어."

"으응. 이제 오는구나. 점심 준비하고 있는데."

정혜 누나는 앞치마를 두르고서 도마 위에 파를 썰고 있었다. 가스레인지 위에는 된장찌개가 끓고 있었다.

"오늘 사장님이 누나가 바쁘다고 그랬더니 사람 하나 쓰래. 홀에도 아르바이트생 하나 쓰고."

"그래?"

정혜는 반색을 했다.

"응. 사장님도 기분이 좋은 거 같아. 매상이 많이 올랐다고 그래. 그만하면 큰 술집 안 부럽다고."

"그래. 그거 다 우리가 해낸 거야. 사무실로 들어가. 얼른 밥 갖고 갈게."

정혜의 말에 배호는 사무실로 들어갔지만 춘호는 기다렸다가 밥상을 들고 들어갔다. 식사를 하면서 정혜 누나는 활짝 웃으면서 말했다.

"그럼 나도 좋겠다. 혼자서는 너무 바빠. 춘호도 혼자서 너무 바쁘고."

"그럼 나는?"

배호가 샘이 난 듯 말을 꺼냈다.

"너도 바쁘지. 그렇지만 넌 혼자서 해도 돼. 홀에 두 명이 있으면 너도 편할 거 아냐."

"누나. 오늘 형하고 같이 도장에 갔다 왔어. 태권도 배우려고 그래. 원장이 참 사람이 좋더라."

"그래? 어느 도장인데?"

"요 길 건너에 있는 태권도 도장이야. 오전에만 하기로 했어. 도복을 그냥 준다고 그래."

"으응, 잘 됐네 뭐. 누나도 운동 좀 해야겠는데. 여자는 태권도 하면 안 될까?"

정혜는 농담으로 말했다.

"어, 누나도 태권도 할래? 그럼 셋이 같이 가면 더 좋지 뭐. 여자도 태권도할 수 있어. 봐, 여자 탤런트 김 혜수도 태권도 잘하잖아."

"그럼 나도 가볼까? 다이어트도 하고 운동도 하고 말이야."

"으응. 좋아! 그럼 셋이 다 다녀."

춘호가 더 좋아했다.

식사 시간은 늘 즐거웠다. 정혜가 차린 식탁은 간소하긴 하지만 입맛에 맞는 반찬들만 올라왔다. 춘호가 좋아하는 된장국과 두부조림은 늘 빠지지 않았다. 고아원에서 두부를 더 먼저 건져 먹으려고 아우성을 치던 때가 기억나곤 했다. 배호는 고기를 좋아했으므로 정혜는 늘 돼지고기 볶음을 빠뜨리지 않았다. 춘호도 고기를 싫어하지는 않았다.

매일매일 하루의 일과가 바쁘게 돌아갔다.

검정고시 합격자 발표가 있던 날은 밤 11시쯤 가게 문을 닫고서 세 사람이 같이 술을 마셨다. 배호도 어렵사리 합격한 것이다. 검정고시에 합격한 그들은 하면 된다는 용기를 얻었을 뿐만 아니라, 이제부터는 본격적으로 체육대학에 들어가기 위해서 더 열심히 공부를 했고, 새벽에 일어나면 조깅으로 시작해서 태권도장에 나가 열심히 땀을 흘렸다. 정혜 누나도 태권도를 시작하면서 더욱 활기에 찬 듯했다.

춘호도 어느새 턱밑이 거뭇거뭇해지기 시작했다.

가게에는 더 많은 사람을 들여야만 했다. 주방에는 길거리에 쓰러져 있던 50대의 아주머니를 데려와 주방 일을 하게 했고, 그 밑에는 보조로 애들을 데리고 혼자 사는 불쌍한 30대 아주머니를 채용했다. 홀에는 여전히 아르바이트생 두 명을 고용해서 하루하루 일당을 지급하는 편이 나았다.

춘호는 홀에 서서 아르바이트생들을 관리만 하면 되었다. 아르바이트생들이 앞치마를 두르고서 뒤쪽에 서 있다가 테이블에서 손을 들면 쏜살같이 달려가 주문을 받아오곤 했지만, 워낙 바쁠 때엔 손님이 손을 드는 것을 놓칠 때에는 뒤쪽에 서 있던 춘호가 주문을 받아 아르바이트생들에게 주문표를 건네주었다.

주방에서 정혜는 주방장인 50대의 안 씨 아주머니와 30대의 봉 씨 아주머니 두 사람이 일하는 것을 거들어주면서 주방을 관리하고 있었다.

황제콜라텍은 매일 학생들로 만원이었다.

임 사장을 면회간 춘호는 이제 어엿한 청년이었다. 무스를 발라 뒤로 넘긴 머리는 여느 조폭들이 봐도 한 가닥 할 것만 같은 청년으로 변해 있었다.

"아버님. 괜찮으십니까?"

춘호는 재판이 끝나고서 징역을 살고 있는 양아버지를 바라보았다.

"그래. 넌 어떠냐?"

양아버지는 재판에서 실형을 선고받았다는 것에 실망이 컸는지 다소 수척해 보였다.

"앞으로도 여기서 계십니까?"

"글쎄다. 다른 데로 이감을 갈지도 모르겠다. 가봐야 서울 쪽으로 가겠지만 말이다. 지방 교도소로는 안 갈 거다."

양아버지는 교도소 내에서 힘깨나 쓰는 범털에 속했으므로 지방에 있는 먼 교도소로 내려가지 않을 거라는 말이었다.

"그럼 그동안에 불편해서 어떻게 합니까. 힘드실 텐데……."

"난 이력이 났다. 너나 바깥에서 열심히 해라."

"네, 아버님."

춘호는 다소 수척해져 있는 아버지를 보면서 아무리 돈과 힘이 있어도 세월의 흔적 앞에선 별 수 없다는 것을 실감하고 있었다. 자신은 벌써 운동으로 단단히 다져진 청년의 티를 내고 있었고, 그 반면에 아버지는 세월의 흔적이 점점 뚜렷하게 드러나고 있었다.

"네가 장사를 잘하니까 마음에 든다. 넌 앞으로 사업을 할 놈이야. 난 처음에 너를 봤을 때부터 그런 생각이 들었다."

"……."

"앞으로 내가 나가면 너한테 더 많은 일을 하도록 시킬 거다. 아버지는 이래 봐도 송사리는 아니라는 것을 알 거다. 내가 나갈 동안에 너는 사업에만 신경 써라. 다른 데는 신경 쓰지 말고."

"네. 아버님."

춘호는 제법 어른스럽게 고개를 숙였다.

"그래, 됐다. 가봐라. 나도 아들이 있다는 걸 보여줘야 할 테니 나갈 때에 먹을 거나 좀 넣고 가라. 방 안에 열 명이 있으니까 네가 알아서 넣어라."

"네. 아버님. 다른 거는요?"

"다른 건 다 있다."

"네. 아버님."

춘호가 고개를 숙일 때에 아버지는 춘호를 흐뭇한 표정으로 지켜보고 있다가 먼저 면회실을 나갔다.

"……."

춘호는 그 자리에 서서 양아버지가 나가는 것을 보고서 다시 양아버지가 뒤돌아서서 손을 들어 보이는 것을 보고서야 복도로 나왔다. 오늘따라 아버지는 창밖의 면회실 복도에 서서 춘호 쪽을 바라보고 있었다.

'가세요. 아버지.'

춘호는 다시 한번 꾸벅 인사를 했다. 그제야 아버지는 발걸음을 옮겨놓았다. 아버지의 모습은 곧 사라졌다.

"……."

춘호는 오랜 시간 동안 감방에 갇혀 있는 양아버지를 보면서 서글픔이 밀려왔다. 아직까지도 춘호는 아버지에게 어떠한 일로 이곳에 와 있는지 물어보질 않았다. 그건 아들로서의 도리라기보다는 좋지 않은 과거에 대해선 묻지 않다는 것이 좋다고 생각했기 때문이었다.

면회실을 나와 접견실로 들어가서 영치물을 넣는 창구로 가서 먹을 것들을 적기 시작했다. 먹을 것들을 기재하고 나서 줄을 서서 순서를 기다렸다가 창구로 다가가서 표와 돈을 내밀면 교도관은 먹을 것들의 가격을 계산해서 돈을 받고는 영수증을 발급해 주었다.

춘호가 줄을 서서 기다리는 동안, 바로 앞에 서 있는 20대의 앳된 여자가 자꾸만 힐끔힐끔 뒤를 돌아보면서 난감한 표정을 짓고 있었다. 그 여자는 자기 차례가 되어 창구 앞으로 다가가서는 영치물표를 내밀었다.

"야쿠르트 30개요? 이거 다예요?"

"……네."

젊은 여자는 기어들어가는 목소리로 대답을 했다.

"1,750원입니다."

교도관이 말하자, 그 여자는 다시 한번 뒤를 슬쩍 보고는 허름한 지갑에서 천 원짜리 지폐 두 장을 꺼내서 창구 안으로 내밀었다.

　"여기, 영수증요."

　여자는 영수증을 받아들자마자 황망하게 그 자리를 떠나고 있었다. 바로 뒤에 서 있는 사람들 보기가 민망해서인지 그 여자는 뒤도 돌아보지 않고서 총총히 면회실을 빠져나갔다.

　"다음요!"

　춘호는 교도관이 얼른 쪽지표를 달라는 말에 그제야 표를 내밀었다.

　"저, 아까 그 여자분 영치물 넣었는데, 그 영치물에다가 좀더 넣어주면 안 될까요?"

　춘호가 그렇게 말하자, 교도관은 이상하다는 듯이 춘호를 쳐다보았다.

　"왜요?"

　"방 안에 대개 열 명쯤 있는 걸로 아는데, 너무 적게 넣어주는 것 같아서요."

　"그럼 아까 그 여자분과 아는 사입니까?"

　"아닙니다. 그냥 뒤에서 보니까 야쿠르트만 넣는 거 같아서요. 다시 조금 더 넣어주면 안 됩니까?"

　"하루에 한번밖엔 못 넣습니다. 그럼 여기다가 덧붙여서 써넣으시고 돈 주시면 됩니다."

교도관은 조금 전에 그 여자가 써서 내밀었던 영치물 쪽지를
다시 꺼내 춘호에게 내밀었다.

"……?!"

춘호는 그 여자가 쓴 종이에 써 있는 이름을 보고는 약간 놀
랐다. 류 명희라고 쓰어져 있었다. 춘호는 얼른 열 명이 먹을
수 있는 빵과 우유, 과자들을 기입해서 돈과 함께 내밀었다.

"됐습니다."

춘호는 영수증을 받아들고는 밖으로 나왔다. 좀 전에 영치물
을 넣었던 여자는 피곤한 듯이 정문을 빠져나가고 있었다. 춘호
는 빠른 걸음으로 정문 쪽으로 향했다. 마치 어디선가 본 듯한
얼굴이었다. 춘호는 옆으로 다가가서 여자에게 말을 걸었다.

"저, 말씀 좀 나눌 수 있습니까?"

"네? 저요?"

여자는 자신을 부른 것인지 다른 사람을 보고 그러는 것인지
헷갈리는 듯 춘호를 쳐다보았다.

"네. 아까 영치물 넣을 때, 뒤에 섰던 사람입니다. 시간이 좀
있으세요?"

"왜요?"

여자는 춘호를 아래위로 훑어보면서 경계하는 기색이었다.

"어디선가 많이 본 얼굴 같아서……. 혹시 은혜고아원 아십
니까?"

"은혜?……. 네, 왜요?"

그제야 그녀는 경계를 풀고는 다시 이상하다는 듯이 춘호를 쳐다보았다.

"아, 맞군. 혹시 류 명희?"

"네? 제 이름을 어떻게?"

명희는 깜짝 놀랐다. 자신의 이름을 부르는 남자를 쳐다보면서 오랜 기억을 되살리려고 했다.

"나, 춘호야. 춘호! 춘호 알아?"

"뭐? 춘호 오빠라고? 정말 춘호 오빠야?"

명희는 춘호를 뚫어지게 쳐다보았다.

"그래. 임마! 나 오빠야. 너 언제 나왔어?"

"아……!"

명희는 춘호 오빠일 줄은 꿈에도 생각지 못했다. 그저 놀라울 뿐이었다. 자신의 앞에 건장한 체격의 청년이 서 있을 뿐이었다. 춘호는 명희의 손을 잡고서 반갑게 말을 꺼냈다.

"여기서 이렇게 만나냐. 넌 여기 웬일이냐?"

"으응……."

명희는 말을 하지 못했다. 부끄러움으로 물든 얼굴을 숙이고는 춘호가 잡은 손을 빼내려고만 했다. 춘호는 그 손을 놓지 않았다.

"야, 정말 오랜만이다. 어디 가서 차나 한잔 하자."

춘호는 그녀의 손을 잡고서 근처의 다방으로 올라갔다. 실로 오랜만의 만남이었다. 교도소에서 옛날 고아원에서 같이 생활

했던 명희를 만나다니. 춘호는 기쁜 마음을 억제할 길이 없었
다. 명희는 자리에 앉아 연신 춘호의 얼굴을 살피고 있었다.

"정말 오빠 맞아?"

명희의 조심스런 말투였다.

"그럼! 넌 명희 맞냐?"

"응, 나 류 명희 맞아."

"넌 언제 거길 나왔니?"

춘호는 궁금한 것부터 물어보았다.

"오빠가 고아원을 도망치고 나서 좀 있다가 나도 곧 나왔어."

"누구랑?"

춘호는 물컵을 들어 마시면서 물었다.

"으응. 성숙이, 진란이, 호숙이, 명쾌, 성동이, 찬욱이, 성기
하고 같이 도망쳤어."

"그렇게 많이? 왜? 무슨 일 있었냐?"

춘호는 대번에 그런 생각부터 들었다. 대개 고아원에서 도망
치는 경우를 보면 두 명이거나 많아봐야 생각이 맞는 세 명 정도
가 짝을 이뤄 도망치는 경우가 다반사였다.

"오빠들이 도망치고 나서 총무님이 먹을 것들을 안 주고 그
랬어."

"왜?"

"먹을 거 많이 주면 도망친다고. 그래서 우리도 하루동안 굶
기도 했어. 오빠들이 도망친 날 저녁은 먹지도 못했어."

"그래?"

춘호는 깜짝 놀랐다.

"응. 그 다음날부터 밥도 적어지고, 국수가 나오기도 하고 그 랬어. 잘 먹여놔도 도망친다고 하면서……"

명희도 목이 마른지 물컵을 들어 물을 마셨다. 명희의 갈라진 입술이 하얗게 들떠 있었다.

"너 점심은 먹었냐?"

"아니."

명희는 고개를 아래로 숙였다.

"그럼 뭐 마실래? 이거 마시고 점심 먹으러 가자. 이렇게 만 났는데. 이게 진짜로 얼마만이냐? 안 그러냐?"

"……."

명희는 고개를 들어 희미하게 웃어보였다. 그녀는 춘호의 몰 라보게 달라진 모습을 쳐다보기만 했다.

"뭐 마실래? 커피?"

"난 우유 마실래."

"우유? 커피가 안 좋아? 난 커피."

춘호는 아가씨를 불러 커피와 우유를 시키고는 담배를 꺼내 물었다. 불을 붙여 연기를 내뿜으면서 명희의 얼굴을 살폈다. 명희는 볼품없는 옷을 입고 있었고, 얼굴엔 핏기 하나 없을 정 도였다. 머리카락도 미장원엘 언제 갔다 왔는지 모를 정도로 부 석부석했다.

"너, 아침은 먹었니?"

"으응."

명희는 고개를 끄덕였지만 춘호가 보기엔 그런 것 같지 않았다. 고아원에서 자란 애들은 눈치 하나는 기가 막히게 빠른 편이어서 특히 먹는 것에는 더욱 잘 알아 맞추는 눈치밥이 있었다. 고아원에 있을 때에 춘호를 친오빠처럼 잘 따랐던 명희였다. 소꿉놀이를 할 때도 명희는 언제나 춘호와 부부가 되어서 흙으로 밥을 떠서 먹여주는 시늉을 하곤 했었다. 그런 명희를 앞에 놓고 보니 춘호는 왠지 모르게 쓸쓸함이 배어나왔다.

"너, 여기 웬일이니?"

"오빠는?"

명희는 쓸쓸한 표정을 짓다가 춘호에게 관심어린 눈빛을 보내왔다.

"으응. 난 양아버지를 보러 왔어. 큰 술집을 하다가 여기 들어와 있는데, 재판이 끝났어. 난 매일 여기 면회를 오는데, 넌 오늘 첨 봤네."

"응. 난 오늘 여기 첨이야. 처음엔 몰라서 물어서 왔어. 난 내 뒤에 서 있는 사람이 춘호 오빤 줄 정말 몰랐어."

"하하, 나도 몰라봤어. 난 또 내 앞에 있는 여자가 웬 아주머닌가 하고 그냥 건성으로 봤지. 나중에 네가 넣은 영치물 전표를 보고서 류 명희라는 이름이 적혀 있어서 이상하다 했지."

"왜? 영치물 넣은 거 봤어?"

"응."

"그걸 어떻게 봐?"

명희는 놀라는 얼굴이었다. 춘호는 그제야 명희의 얼굴을 바로 앞에서 똑똑히 바라볼 수가 있었다. 많이 상한 듯한 얼굴이었다. 나이에 비해 너무 성숙해버린 듯도 했고, 조금은 쓸쓸한 기운이 감도는 듯한 그런 분위기였다.

"으응. 네가 넣는 걸 보고서 내가 다시 영치물을 좀 더 넣겠다고 했더니 네가 써낸 쪽지를 다시 꺼내주더라. 그래서 우연히 네 이름을 봤지."

"그랬어? 그건 아무나 넣는 게 아닌데……."

명희는 일순 놀랐다가 다시 부끄러워하는 얼굴 표정이었다.

"누구한테 넣은 거야?"

"몰라……."

명희는 더 부끄러워했다.

"누군데 그래? 야쿠르트만 넣었데?"

"그것도 봤어?"

"그래. 방 안에 몇 사람이 있는데 그것만 넣어도 되니?"

"혼자 있어."

명희의 목소리가 더욱 쓸쓸해졌다.

"혼자? 누군데?"

"그건 묻지 마. 그냥 아는 사람이야."

"……?"

춘호는 고개를 숙이고 있는 명희의 귓볼만 바라보고 있었다. 명희는 다시는 고개를 들지 않을 것처럼 완강하게 얼굴을 숙이고 있었다.

"고개 들어봐. 이런 데서 그러고 있으면 어떡하니?"

"……."

명희는 고개를 들지 않았다. 서빙을 하는 아가씨가 커피와 우유잔을 놓고 갔지만 명희는 꼼짝도 하지 않았다.

"우유 안 마실래?"

"……."

"마셔. 이거 마시고 나가자. 점심이나 같이 먹자. 마셔."

춘호가 우유잔을 명희 앞으로 갖다놓았지만 명희는 고개를 들지 않으려고 했다. 그녀의 어깨가 조금씩 흔들릴 때서야 춘호는 명희가 울고 있다는 것을 알 수 있었다.

"왜 그래? 너, 울고 있니?"

춘호는 얼른 명희의 어깨를 잡았다.

"괜찮아. 그냥 마셔. 마시고 나가."

명희는 물 묻은 목소리로 말했지만 고개는 들지 않았다.

"미안하다. 이거 마시고 나가자."

춘호가 다시 그녀 앞에 우유잔을 갖다놓았지만 그녀는 더 밑으로 고개를 숙여버렸다. 주머니에서 접어놓은 휴지를 꺼내 밑으로 가져갔다. 명희가 눈물을 닦는 동안에 춘호는 커피를 조금 마시고는 잔을 내려놓았다.

"나가자."

춘호가 먼저 자리에서 일어났다.

카운터에서 계산할 때까지도 그녀는 일어나지 않았다. 춘호는 문을 밀고 나가려다가 뒤를 돌아보았을 때서야 명희는 고개를 숙인 채로 걸어나오고 있었다. 춘호는 계단 밑에서 기다렸다가 명희의 손을 잡으며 말했다.

"그래. 오늘 미안하다. 괜히 쓸데없는 걸 물어봤어. 고개 들고 걸어."

춘호는 앞장서서 걷기 시작했다. 식당으로 들어간 춘호는 방이 비어 있는 곳을 골라 들어갔다. 먼저 자리를 잡고 앉자, 명희가 따라서 들어왔다. 명희는 눈물이 흘러내린 탓에 더욱 고개를 들지 못하고 있었다. 쭈뼛거리고 서 있다가 자리에 앉았다. 춘호는 메뉴판을 들고서 훑어보다가 명희 앞으로 내밀었다.

"너 먹고 싶은 걸로 하자. 너, 불고기 좋아하지?"

"응."

명희는 얼굴을 보이지 않으려고 애를 쓰면서 고개를 끄덕였다.

"그래."

춘호는 서빙하는 아줌마를 불러 불고기 3인분과 밥을 시켰다. 아주머니가 돌아가고 나서 춘호는 담배를 꺼내 불을 붙였다.

"이런 데서 널 만나다니. 난 아직도 네가 명희일 거라는 생각이 안 들어. 그동안 난 고아원에 찾아가보기도 했어."

"……?"

명희가 얼른 고개를 들었다가 춘호와 눈길이 마주치자 다시 황급히 고개를 숙여버렸다.

"나를 고아원에 맡긴 엄마를 알고 싶었거든. 그래서 원장님을 찾아갔지. 네 소식이라도 알고 있나 해서 물어보고 싶더라. 명희 너도 고아원을 떠났다는 말을 듣긴 했지만……."

"오빠가……. 나간 후로……. 도망쳤어."

"그래. 우린 고아원에서 도망치는 게 행복이라고 생각했지."

춘호는 담배 연기를 후, 내뿜고서 천정을 올려다보았다.

"다들 뿔뿔이 흩어져서 살았지 뭐. 뿌리가 없는 우리들이야 남의 집에 가서 뼈빠지게 일해야 먹고사는 거니까."

"……."

명희는 조용히 듣고만 있었다.

"난 엄마가 나를 그곳에 버려둔 걸 알고 싶어서 찾아갔어. 원장님도 엄마를 모른데. 총무님이 밤중에 정문에서 애 우는 소리가 나서 나가봤다는 건데……. 내가 들어 있던 포대기에 편지만 들어 있었다는 거야. 엄마 사진하고."

"왜 엄마를 찾으려고 그래?"

"그냥……."

춘호는 괜히 기분이 망가는 듯했다. 담배를 비벼 끄고는 고개를 쳐든 명희를 물끄러미 바라보고만 있었다.

"왜? 엄마를 찾고 싶어서 그런 거야?"

"모르겠어."

이번엔 춘호가 고개를 숙였다.

"뭘 알아봤어?"

"엄마 사진을 봤지. 아주 오래된 사진이야."

"......?"

"어쩌면 엄마는 벌써 죽었을지도 몰라."

"왜? 엄마 소식 들었어?"

"아니. 그냥......"

춘호는 심호흡을 하고는 어깨를 폈다. 다시 명희의 얼굴과 마
주쳤다. 명희는 이제 부끄러움 같은 건 없어진 듯했다. 서로 마
주보다가 멋쩍은 듯이 웃었다.

"너, 애들 연락이 되냐?"

춘호는 고아원에 있을 때의 애들이 궁금했다. 오랜 시간이 지
나서인지 지지고 볶고 싸우던 애들이 그리웠다.

"응. 오빠는 연락이 안돼?"

"난 아무도 몰라. 그동안 중국집이랑 술집에서 살았으니까.
연락 같은 건 엄두도 내지 못했지 뭐."

"가끔 연락이 와. 애들이 힘들면 연락이 오고, 어떤 일이 있으
면 만나자고 연락이 오기도 하고. 그런데 내가 못 나가서 탈이
지만......"

"왜? 바빠서 못 나갔어?"

"아니. 그냥......"

명희는 그 말을 하면서 다시 고개를 숙였다. 그러나 이번엔

금방 고개를 들었다. 두 사람이 밀린 이야기를 하고 있는 동안에 서빙하는 아줌마가 와서 고기를 굽고 있었다. 반찬들이 수북하게 올려져 있었고, 아직 밥만 나오지 않은 상태였다.

"이제 다 익었어요. 드시면 돼요."

고기를 굽던 아줌마는 인사를 하고는 다른 곳으로 가버렸다.

"자, 먹자. 고기 많이 먹어."

"응, 오빠……."

명희는 춘호가 먼저 고기를 집어 쌈에 싸서 먹는 것을 보고 있다가 고기 한 점을 집어 입으로 가져갔다. 명희가 맛있게 고기를 먹는 것을 보면서 춘호는 살점이 많은 고기를 골라 그녀 앞으로 갖다놓았다.

"오빠도 많이 먹어."

"그래. 난 고기 안 좋아하잖아. 고아원에선 고기 실컷 먹어봤으면 했는데 고기보다 된장찌개가 더 좋아. 너, 많이 먹어."

춘호는 명희가 맛있게 먹는 것을 보고는 기분이 좋았다. 명희는 마치 고기를 처음 먹어보는 애들처럼 정말 맛있게 먹는 모습이었다.

"걔들 연락이 되면 내 연락처 줄 거니까 연락 좀 하라고 그래. 명함 같은 건 없거든. 종이에 적어줄게."

춘호는 서빙하는 아줌마를 불러 종이와 볼펜을 갖다달라고 해서 종이에다 전화번호를 적어주었다. 명희는 전화번호를 물끄러미 들여다보다가 물었다.

"여기 어디야?"

"응, 우리 가게야. 놀러오라고 그래. 나도 옛날 애들이 보고 싶어. 너도 나하고 같이 가볼래?"

"지금?"

"왜? 시간이 바빠?"

"아니……."

명희는 얼른 주위를 둘러보고서는 안심을 하는 듯한 모습이었다.

"왜?"

"아냐. 그냥……. 내가 가도 돼?"

"그럼, 오빠하고 같이 가볼래?"

"으응, 알았어."

명희는 이야기를 하면서도 고기를 많이 먹는 듯했다. 춘호가 보기엔 아침식사도 안 하고서 집을 나온 듯했다. 3인분 고기가 거의 다 먹어갈 때쯤 춘호가 물었다.

"너, 고기 더 먹을 자신 있어?"

"응. 오빠는 더 못 먹어?"

명희는 모처럼만에 먹는 고기맛에 입맛을 다시면서 물었다.

"나도 먹을게. 더 시킨다."

춘호는 다시 아줌마를 불러서 비어 있는 야채와 고기 2인분을 더 시켰다. 다시 고기 2인분이 추가가 되었다. 불판 위에서는 양념 불고기가 지글지글 익고 있었다.

명희는 불판 위에서 익어가는 고기를 보면서 무엇을 먹을까 고르다간 제일 덩어리가 큰 것으로 골라서 집었다. 그걸 보는 춘호로서는 서글픔이 먼저 앞섰다. 춘호가 짐작하기로는 명희가 근래 들어서 고기를 먹어보지 못했거나, 아침을 먹지 않은 것이 분명했다.

"너, 집에 누구랑 있냐?"

"혼자 있어."

명희는 맛있게 먹으면서 밝게 대답을 했다.

"그럼 밥도 잘 안 챙겨 먹는 거 아냐?"

"왜?"

명희가 고기를 맛있게 먹다가 불쑥 춘호의 얼굴을 빤히 쳐다보았다.

"아니. 그냥 물어보는 거야. 혼자 있으면 밥도 잘 안 챙겨 먹잖아."

"으응……."

명희는 늦게 시킨 2인분마저도 거의 다 먹어치우고는 춘호에게 고기를 먹어보라며 앞으로 내밀었다.

"내가 오빠한테 싸줄까?"

"됐어."

춘호는 그러는 명희가 더없이 좋았지만 겉으로 내색하지는 않았다.

"아냐. 오빠한테 한 개만 싸줄게. 자, 입 벌려."

명희는 얼른 고기쌈을 싸서 춘호의 입에 갖다대었다.

"어때? 맛있지?"

"그래. 네가 싸주니까 맛있네."

"참! 오빠는 어디 있어? 술집이야?"

"아니. 이따 가보면 알아. 넌 일 안 나가냐?"

"일 나가다가 관뒀어. 여기 면회도 다녀야 하고 그래서……."

"그럼 직장 안 나가?"

"응. 일자리도 마땅찮아. 힘도 들고……."

"어떤 일을 했는데?"

춘호는 슬쩍 물어보았다.

"전에는 미싱 일을 하다가……. 닥치는 대로 해봤어. 파출부 일도 했는 걸 뭐."

"파출부? 네가 그런 일도 해?"

춘호는 깜짝 놀랐다. 아직 앳된 그녀가 파출부 일까지 했다는 것이 믿기지 않았다.

"그럼 어떻게 해? 먹고 살기 위해서는 그런 일도 해야지."

명희가 대수롭지 않게 말했다가 춘호가 자신을 쳐다보고 있다는 것을 알고는 자기도 모르게 얼굴을 붉혔다.

"……."

춘호는 지난날의 명희를 떠올리고 있었다. 가냘프고 착하기만 했던 명희였다. 다른 애들이 때려도 그저 울기만 할 뿐, 애들한테 덤벼들거나 악다구니를 쓰는 법이 없었다.

대개 고아원에서 자라는 여자애들은 남자애들이 때려도 악을 쓰며 달려들기 마련이었지만 명희만큼은 달랐다. 어딘지 모르게 외진 곳을 좋아하는 아이처럼 수줍음이 많았고, 말수가 적었고, 다른 여자애들처럼 거센 구석이라곤 찾아볼 수 없었다.

지금 춘호 앞에 있는 명희는 힘이 없는 가냘픈 새처럼 유행이 한참 지난 옷을 입고 있었고, 어떻게 사는지 모르겠지만 배가 고픈 듯했고, 어딘지 모르게 더 깊은 그늘이 남아 있는 듯했다.

밥을 먹으면서 춘호는 명희를 가끔 쳐다보았다. 된장국에 밥을 말아 조금씩 떠먹는 모습은 예전이나 지금이나 마찬가지였지만 밥 한 공기를 다 비워낸 그녀였다.

"배 고팠구나? 맞지?"

"으응. 실컷 먹었어."

그제야 명희의 얼굴엔 밝은 표정이 드리워지고 있었다.


식당에서 나온 춘호는 명희와 같이 걸었다.

"여기서 조금만 가면 돼. 넌 집이 어디야?"

"난 버스를 타고 가야 돼. 시골이야."

"시골? 어딘데?"

"용인. 여기 오려면 아침 일찍 나서야 돼."

"그래? 거기서 뭐하고 살아?"

"……."

그 말에 명희는 입을 다물어버렸다. 자신에 대한 이야기는 일절 대답하지 않는 그녀였다.

"난 고아원에서 도망쳐서 앵벌이도 해보고, 신문팔이도 해보고, 중국집에 들어갔어. 그곳에서 아는 형을 만났어. 둘이 재밌었어. 중국집에서는 짜장을 실컷 먹을 수 있잖아. 그 형도 다른 고아원에서 도망쳐서 나왔는데. 나하고 같이 있어."

"......?"

"그 형이 오토바이를 타고 배달을 나가다가 애를 치어서 여기 교도소에 있다가 나왔거든. 그 형을 면회하러 자주 왔어."

"그럼 아버지는?"

"그건 이야기하기가 좀 복잡해."

춘호는 씨익 웃어보이고는 명희의 손을 잡았다.

"손 잡아도 되지?"

"......"

명희는 그저 웃을 뿐이었다.

"고아원에서 넌 나보고 오빠라고 잘 따랐잖아. 그거 생각나?"

"응......"

"고아원 출신들은 그런다더라."

"......?"

"나중에 커서 만나도 오누이같다고. 그런 생각이 들어."

"응, 나도 그래."

"근데 넌 참 보고 싶더라. 어디서 무얼 하고 있는지 생각해보기도 하고."

춘호는 그 말을 하면서 속으로 깊은 한숨을 내쉬었다.

"나 생각했어?"

"응."

"나도. 오빠 생각 많이 했어. 오빠는 부지런했으니까 도망쳐서 좋은 곳에 가 있으리라고 생각했거든."

"그렇지 않아."

춘호는 명희의 손을 꽈악 잡아보았다. 춘호가 그렇게 하자 명희도 손에 힘을 주었다.

"원장님 많이 늙었더라. 넌 만나봤니?"

"아니."

명희는 고개를 가로저었다.

"원장님이 살아 있을 때에 엄마를 만나고 싶었거든. 만약에 원장님이 없으면 어떻게 하나 하는 생각이 들었어."

"……."

"너도 원장님 한 번 찾아가봐라. 전에 고아원에 있을 때는 원장님이 미웠지만 지금은 안 그래."

"……."

"이제 거의 다 왔어. 저기야."

춘호는 한 블럭쯤 앞에 있는 가게를 가리켰다. 너무 멀어서인지 명희는 춘호가 가리키는 곳을 보긴 했지만 춘호가 어디를 가리키는 것인지는 정확히 알 수 없었다.

가게가 가까워졌을 때에 춘호는 다시 가게를 가리켰다. 그제야 명희는 황제콜라텍이라는 간판을 보고선 놀라는 눈치였다.

"여기야?"

"응. 누나하고 배호 형하고 셋이 같이 해."

"어떤 누난데?"

"여기서 같이 일했던 누나야. 전에는 여기가 술집이었거든. 지금은 우리 셋이서 콜라텍으로 하고 있어. 들어가."

춘호는 출입구의 문을 열고선 안으로 들어섰다. 마침 홀 안에는 배호가 혼자서 운동을 하고 있다가 들어서는 춘호와 명희를 보고는 얼른 운동을 멈추었다.

"형! 전에 고아원에 같이 있던 명희야."

"그래? 어떻게 만났냐?"

"으응. 면회장에서 우연히 만났지. 누나 안에 있어?"

"응. 반갑겠다 야."

배호는 예쁘장하게 생긴 명희를 보고는 꾸벅 인사를 했다. 명희도 인사를 하고는 춘호를 따라 주방으로 내려갔다. 배호는 하던 운동을 그만두고는 겉옷을 입고 그들의 뒤를 따라 들어갔다.

"누나도 마음씨 좋아. 배호 형도 좋고."

춘호는 뒤따라 내려오는 배호를 보고는 기분 좋게 웃었다. 주방으로 들어선 춘호는 싱크대 앞에 서 있는 정혜에게 명희의 손을 번쩍 들어보였다.

"누나, 고아원에서 같이 있던 명희야. 인사해."

춘호가 그렇게 말하자 명희는 정혜 누나에게 인사를 했다.

"안녕하세요. 명희라고 해요."

"그래? 어떻게 만났니?"

정혜는 반가운 듯이 춘호 앞으로 다가왔다.

"면회갔다가 우연히 만났어. 명희도 거기 면회를 와서 영치물을 넣는데 내 앞에 서 있었어. 이름이 류 명희라고 써 있길래 혹시나 해서 물어봤지 뭐."

춘호는 정혜 누나에게 명희를 소개하는 것이 무엇보다 기분이 좋았다.

"으응, 그랬구나. 그렇게 만나는 게 힘든 일인데. 잘 왔네 뭐. 점심 같이 먹으면 되겠다 야."

정혜는 춘호가 고아원에 있을 때에 잘 따르던 동생이라고 말하던 명희를 찬찬히 바라보았다. 비록 옷은 허름하게 입었지만 명희의 본바탕 얼굴은 깨끗하게 여겨졌다.

"응, 그러지 뭐. 같이 점심먹으려고 데려왔어. 누나한테 인사도 시킬 겸해서."

춘호는 정혜 누나가 명희를 반기는 모습에 기분이 좋았다. 사무실에 식탁을 차린 그들은 식사를 하기 시작했다. 춘호는 명희와 같이 식당에서 점심을 먹었노라고 말하고선 과일을 갖고 와서 깎고 있었다.

"오빠. 그거 내가 깎을게."

명희가 칼을 달라고 해서 과일을 깎기 시작했다. 배호는 춘호가 기분 좋아 하는 표정을 지켜보면서 왠지 모르게 기분이 좋은 듯했다.

"누나, 형. 명희네가 살기 힘든가봐. 우리랑 같이 일하면 안 돼?"

"그래?"

정혜는 명희를 쳐다보았다.

명희는 얼굴이 붉어진 채로 묵묵히 과일만 깎고 있었다.

"응. 파출부도 했다는데 일자리 찾기가 쉽지 않은가 봐. 우리 랑 같이 일했으면 좋겠어."

춘호는 자신이 사장이나 마찬가지였지만 독단적으로 결정할 수는 없는 일이었다. 자신보다 나이가 많은 배호 형과 정혜 누 나가 있기 때문이었다.

"그래. 정 갈 데가 없으면 우리랑 같이 일해도 되지 뭐. 그렇 게 할래?"

정혜 누나의 말에 명희는 깎던 과일을 잠시 쉬고는 고개를 숙이고 있었다. 마음속으론 춘호 오빠랑 같이 있고 싶었지만 아 직 배호의 대답이 떨어지지 않았다.

"그래, 그러면 좋겠다. 어려울 때에 서로 돕고 사는 게 좋지."

드디어 배호의 승낙이 떨어졌다.

"형! 정혜 누나! 그럼 승낙하는 거지?"

"그래. 우리끼리 서로 돕는 거야. 오늘 잘 데려왔어. 명희 씨 는 어떻게 생각해요?"

그 말에 명희는 눈시울이 붉어졌다.

"그래, 그렇게 해. 춘호보다 더 어리니까 우리한테는 동생이나 마찬가지야. 말은 놔도 되겠지?"

"네……."

그제야 명희는 대답을 했다.

"고마워. 어때? 여기서 일할 거지?"

"네."

명희는 이제 정혜의 말에 고분고분하게 대답을 했다.

춘호는 과일을 먹으면서 괜히 기분이 좋았다. 그러는 춘호를 바라보는 배호 역시 기분이 좋았지만 한편으론 예쁜 여동생을 가진 춘호가 부럽기도 했다.

"집이 어딘데?"

정혜 누나가 물었다.

"용인 삼죽리예요. 여기서 버스 타야 돼요."

"그래? 그래도 괜찮아. 밤에 늦게 마쳐서 탈이지. 오후부터 가게 문을 여니까 밤이 문제겠다. 그지?"

"몇 시에 마쳐요?"

"학생들 상대라 밤 10시면 문 닫아. 그 시간이면 갈 수 있지?"

"네……."

명희는 흡족하게 대답을 했다.

"자, 이거 먹어."

춘호는 정혜 누나의 말에 대답하느라 과일을 하나도 먹지 못한 명희에게 과일 하나를 집어 건네주었다.

"어쭈, 둘이 진짜로 남매 같네."

배호가 놀렸다.

"그럼! 고아원에서 같이 컸고, 어떻게 만났는데. 안 그래?"

이번엔 정혜 누나가 명희를 보고 말을 했다. 정혜는 명희에게 호감을 갖고서 명희 편을 들고 있었다.

"어? 누나도 이젠 세 명이 한 통속이야? 그럼 난 뭐야? 이거 여동생 하나 없어서 개밥에 도토리되겠네, 야!"

배호도 기분이 좋으면서 괜히 그래보는 셈이었다.

"형도 고아원에서 잘 따르던 동생 있으면 데려와. 여기서 같이 일하면 좋잖아."

"아, 됐어! 난 고아원에서 개밥에 도토리라서 날 따르는 여자도 없었어. 맨날 싸움만 했으니 누가 나를 좋아해. 안 그래?"

그 말에 모두들 웃음을 터뜨렸다.

식사가 끝나고 나서 정혜가 상을 들고 나가자, 명희가 얼른 상을 받아 주방으로 가져갔다. 정혜는 그런 마음씨를 가진 명희가 마음에 들었다. 두 사람은 주방으로 들어가서 같이 설거지를 하기 시작했다.

"명희라고 그랬지?"

"네, 류 명희예요."

정혜는 바로 옆에 서서 설거지를 하고 있는 명희를 바라보며 말했다.

"너, 설거지 잘하는구나. 춘호가 너 이야기를 하더라. 전에 말이야. 고아원에서 잘 따르던 여자애가 있다고 그랬어."

"……"

"용인에서 뭐하니? 직장 다녔어?"

"아뇨……"

"그럼?"

정혜는 명희를 바라보다가 왠지 모르게 서글퍼지는 모습을
보고선 얼른 말을 바꿨다. 고아원에서 살았다면 춘호나 배호처
럼 눈치밥 하나는 끝내줄 것이란 생각에서였다.

"그럼 직장 다니다가 놀았니?"

"네……"

"교도소엔 누가 있는데? 면회 갔다가 만났다며?"

"네……"

명희는 대답만 했지 누구를 면회간 것이라는 말은 하지 않았
다. 정혜는 일부러 신나게 설거지를 하면서 괜히 불필요한 질문
을 했나 싶었다.

"춘호 오빠 잘 생겼지?"

"……"

그 말에 명희는 그저 웃기만 했다.

"나도 춘호만한 동생이 시골에 있어. 학교 다니는데 이 언니
가 학비를 보내줬거든."

"……"

"전에 여기 술집일 때 이 집에서 일했어. 그 집 사장이……"

정혜는 잠시 말을 끊었다가 다시 물었다.

"혹시 춘호가 사장님 이야기 안 하데?"

"사장님이 양아버지라고, 교도소에 있다고 그랬어요."

"아. 그래. 그래서 거기 면회간 거야."

정혜는 여사장이 죽었다는 말은 하지 않은 게 다행이라고 생각되었다.

"원래 사장님은 애가 없거든. 이 술집 하다가 교도소에 들어가고 나서 춘호가 여기서 혼자 지냈어. 가게 문 닫고 말이야."

"네."

명희는 설거지를 잘했다. 정혜가 그릇 하나를 씻을 때에 명희는 벌써 세 개째를 씻고 있었다.

"너, 설거지를 그렇게 잘하니?"

정혜가 놀란 듯이 물었다.

"전 파출부도 나가봤어요. 전에 식당에서 일도 해봤고요. 그래서 이런 거 잘해요."

"그랬어?"

정혜는 명랑하게 그런 말을 하는 명희가 안쓰러워 보였다. 아마도 고아원을 나와서 식당을 전전하다가 파출부까지 했었나보다 하고 생각되었다.

"네, 주방에서 만드는 것도 해봤고요."

"어떤 거?"

"식당 반찬 만드는 거요. 김치 담글 줄 알고, 알타리 무도 담글 줄 알아요. 순두부찌개도 만들 수 있어요."

"그래? 그럼 잘됐네. 좀 있다가 여기서 음식을 만들거든. 여긴 학생들 상대라 김밥, 자장면, 떡볶이, 순대 같은 거 다 팔아. 배호라는 애 알지?"

"네."

"걔는 오빠라고 불러. 춘호보다 위야."

"네."

"배호 오빠는 카운터에서 일을 보고, 춘호는 홀에서 일을 보고 그래. 난 주방에서 일하고. 이따 아줌마 둘이 올 거야. 그 아줌마들하고 나하고 같이 주방에서 일하는 거야."

"네."

"너도 이젠 나하고 주방에서 일할 거다. 그런 일 해봤다고 하니 좋겠다."

정혜는 새 일꾼 하나를 얻은 셈이었다.

"춘호하고 배호는 검정고시 합격했어. 앞으로 고등학교 졸업 검정고시 준비해. 나하고 같이 일 끝나고 나서 공부해. 아침엔 태권도 도장에 나가고."

"네, 오빠가 합격했어요?"

명희는 깜짝 놀랐다.

"그래. 넌 학교 안 했니?"

"……."

"너도 같이 공부해볼래? 언니가 대학까지 나왔거든. 셋이 같이 공부해볼래?"

"네. 그럼 좋죠."

명희는 순순히 대답을 했다.

"그래. 그럼 너도 초등학교밖에 못 나왔겠구나?"

"네."

"그래. 열심히 해서 합격하면 좋겠다. 춘호하고 배호는 체육
대학에 들어간데. 그런 말 못 들었어?"

"그런 말 안 했어요."

"춘호가 잊어먹었구나. 자, 이제 다 됐어. 잠깐 쉬어."

정혜는 깔끔하게 설거지를 해놓은 그릇들을 보며 말을 하고
는 주방에 있는 의자로 가서 앉았다. 명희도 옆에 있는 의자로
가서 앉았다.

"좀 있으면 아줌마가 오면 같이 일하면 돼. 아 참, 우리 커피
마실래?"

"네. 제가 할게요. 커피 어디 있어요?"

명희가 얼른 일어나자 정혜는 커피가 있는 찻장을 가르쳐 주
었다. 명희는 커피와 프림, 설탕을 꺼내서는 찻잔을 네 개 꺼내
놓았다. 가스레인지 위에 물이 끓을 동안, 두 사람은 이런저런
이야기를 나눴다. 커피를 탄 명희는 두 잔을 접시에 올리고선
말했다.

"이거 오빠 갖다주고 올게요. 홀에 있어요?"

"아니. 사무실에 있을 거다. 아까 우리 밥 먹은 데."

"네."

명희는 알았다는 듯이 찻잔을 들고 나갔다. 사무실에 있던 춘호와 배호는 명희가 커피를 끓여 들고 오는 것을 보고는 소파에서 일어났다가 도로 앉았다.

"네가 끓였냐?"

춘호의 말에 명희가 대답했다.

"응. 언니 것도 같이 끓였어."

"여기 앉어."

"아냐, 오빠들 마셔. 난 언니하고 주방에서 마실래."

"야, 여기서 마시다가 가. 배호 형이 자꾸 너보고 묻더라."

"……?"

명희는 배호를 쳐다보았다.

"짜식이. 그런 걸 다 말하냐? 그냥 좋은 여동생 됐다고 말한 거야 뭐. 그걸 갖고 내가 꼬치꼬치 캐물었던 것처럼 말하네. 짜식이 말이야."

배호가 멋쩍은 투로 말했다. 명희는 소파 귀퉁이에 앉아서 웃고 있었다.

"난 춘호보다 형이니까 나보고도 오빠라고 불러. 그럼 됐지?"

"네."

"배호 형도 좋아! 명희 넌 이제 오빠 둘 생긴 거다 뭐."

춘호는 기분이 좋은 투였다.

"응, 오빠. 난 이제 주방에 가볼게. 커피 타놓고 왔어."

명희가 일어서자, 춘호는 오빠로써 당부의 말을 했다.

"그래. 정혜 누나하고 친하게 지내. 누나한테 많이 배우고."

"응."

명희는 주방으로 들어가서 마시다가 만 커피잔을 들고서 정혜의 바로 옆에 서 있었다.

"너, 커피도 잘 타고 다 잘하네. 나이보담 잘하는 거 같아."

"그냥 해요. 닥치는 대로 해봤으니까 하는 거죠 뭐."

명희는 칭찬을 들을 때마다 어색해했다.

"그래. 나도 못하는 거 많아. 시골에서 자랐지만 음식하는 거 배우기도 전에 서울로 왔으니깐. 이제 너하고 같이 있으면 마음 놓인다."

"언니가 시킬 거 있으면 다 시키세요. 웬만한 건 다 해요."

명희는 그날부터 일했다. 김밥을 말 때에는 춘호와 배호가 들어와서 김을 말아줬고, 정혜가 김밥을 써는 동안, 명희는 떡볶이를 만들고 있었다. 떡볶이를 다 만들고 나서 짜장을 어떻게 만드느냐고 물었을 때에 춘호와 배호가 서로 짜장을 만드는 법을 가르쳐주겠다고 난리법석을 떨었다.

"내가 중국집에 먼저 갔으니까 아무래도 내가 너보다 더 주방장 아냐? 넌 내 밑에 들어온 새끼 주방장이고. 그러면 내가 가르쳐주는 게 당연한 거야. 임마!"

배호가 그렇게 말하면 춘호도 지지 않았다.

"형! 형이 어째 주방장이야? 형하고 나는 주방에서 파나 양

파, 호박이나 썰어주고, 배달이나 다녔으면서 뭐가 주방장이
야? 명희는 고아원에서부터 내 말 잘 들었으니까 내가 가르쳐
주면 그대로 배워. 안 그러냐, 명희야."

"……."

명희는 서로 가르쳐주겠다고 싸우는 그들을 보며 그저 웃기
만 했다.

"그래. 배호가 형이니까 배호가 가르쳐주면 되겠네 뭐. 춘호
는 안 가르쳐줘도 오빠니까 가르쳐준 거나 마찬가진데 뭘 그래."

정혜가 중간에 끼어들었다.

"그래. 형이 잘 가르쳐줘. 아주 맛있게 짜장 만드는 법을 가르
쳐줘 봐."

춘호가 웃으면서 양보를 했다. 배호는 씨익 웃고는 명희 옆에
서서 프라이팬에 짜장 재료들을 넣고 기름에 볶는 것부터 가르
쳤다.

"이걸 기름에 볶고 나서 나중에 춘장을 넣는 거야. 처음부터
춘장을 같이 넣으면 춘장이 타서 탄내가 나거든."

"네……"

명희는 배호가 가르쳐주는 대로 고분고분 배웠다. 짜장을 다
볶고 나자, 이번엔 국수를 삶기 시작했다. 국수를 삶는 일은 명
희가 더 잘했다. 배호는 명희가 하는 것을 지켜보면서 허드렛일
을 도와주는 일만 했다.

"방금 삶아진 국수로 자장면 한번 만들어 봐. 그걸로 맛을 보

는 게 좋겠다."

배호는 명희가 제대로 자장면을 만들었나 맛보고 싶어했다. 명희는 자장면 그릇에다 국수 한 다발씩을 얹어놓고는 그 위에다 짜장을 부었다. 그리고서 깨소금을 뿌리고, 삶은 계란을 반 토막을 내서 얹어놓았다.

네 그릇의 자장면이 다 되었을 때에 그들은 주방 바닥에 둘러앉아 자장면을 맛보기 시작했다.

"이야! 맛이 끝내준다! 됐어!"

배호가 호들갑스럽게 치사를 하자, 배호가 제동을 걸었다.

"야! 명희가 했다니까 더 맛있다고 그러네. 누나가 한 것보다 더 맛있냐?"

"그럼! 누나 것도 맛있고, 명희가 한 것도 맛있어. 이만하면 됐어!"

춘호가 자장면을 입에 넣어 맛있게 먹었다.

"그래. 맛있네 뭐. 명희는 웬만한 건 다 할 줄 안다고 그러더라. 그런 일 많이 해봤데."

정혜가 말하자 명희는 쑥쓰러운 듯한 표정을 지었다.

"전 오늘 짜장은 처음 만들어봤어요. 다른 건 해봤는데……."

"이제 명희 네가 누나 대신에 일 많이 해라. 누나는 전에 혼자서 일을 다 했거든. 이제 누나도 좀 쉬어야지."

"으응."

자장면을 먹고 나니 벌써 가게를 열 시간이 되었다. 춘호와 배호는 오늘 명희가 오는 바람에 태권도장에 나가질 못했다. 홀로 나온 춘호와 배호는 담배 한 개피를 피우고 나서 막 일어서려는데 밴드팀들과 40대의 옥 씨 아줌마가 가게 안으로 출근을 했고, 좀 있다가 곧바로 30대 초반의 김 씨 아줌마가 바쁜 걸음으로 들어왔다.

"안녕하세요. 벌써 오시네요."

그들을 보면 으레 춘호가 먼저 인사를 했다.

"네. 벌써라니요. 출근할 시간인데요 뭐."

그들은 춘호에게 깍듯이 말을 했다. 그들이 각자 일자리로 돌아가고 난 뒤에 춘호는 삐뚤어진 의자들을 반듯하게 정렬해 놓고선 무대로 다가갔다.

"아저씨. 힘 안 들어요?"

"힘은……. 뭐 우리야 맨날 밥 먹고 하는 일이 이거니까. 그래도 여긴 장사가 잘 되니까 힘이 나죠."

오 씨는 마음씨 좋게 허허 웃었다. 그는 덩치가 큰 만큼 늘 웃는 모습이었다. 그가 데리고 있는 단원들이래 봐야 고작 두 명이었지만 그들은 오 씨를 잘 따르는 편이었다.

"두 분 갖고 좀 모자라지 않아요?"

"네? 하하, 이젠 장사가 잘 되니까 한두 명쯤 식구를 더 늘리려고 합니다. 그러면 완벽하게 매칭이 되죠. 그러면 되겠지요?"

오 씨는 춘호의 입에서 그런 말이 나오자 그동안 미뤄오던 식구 늘리기에 대해서 말을 하고 있었다. 그 정도의 하룻밤 수입이라면 사장인 춘호의 말이 떨어지기 전에 오 씨가 알아서 단원들을 늘렸어야 했지만 안 그래도 사람을 구하고 있던 중이었다.

"네, 그럼 좋죠. 무대 위의 악단들이 꽉 차면 더 보기 좋을 거 같아서요."

"네, 맞습니다. 곧 데리고 올 겁니다. 이번에 오는 친구들은 재즈 색소폰하고 재즈 기타를 잘 치는 놈으로 모셔올까 합니다. 그러면 아주 멋진 무대가 될 겁니다."

오 씨는 재즈 색소폰과 재즈 기타만 잘 다룰 줄 아는 단원만 보강하면 지금보다 훨씬 더 매상이 오를 것이라는 생각이 들곤 했다. 손님들은 무대 위의 악기가 내뿜는 소리에 열광하곤 했다. 지금의 악단으로도 장사가 잘 되는 마당에 색소폰과 기타만 더 보강하면 그야말로 나무랄 데 없는 악단이 될 것이란 생각을 하고 있었다.

춘호는 오 씨가 그런 생각을 갖고 있다는 것이 마음에 들었다. 자신이 시키기보다는 오 씨가 알아서 준비하고 있다는 것이 기분 좋게 했다.

"뭐 좀 드시고 할래요? 주방에 먹을 것들이 많은데……."

"아, 아닙니다. 우리는 들어오면서 미리 당겨서 저녁을 먹고 들어오지요. 나중에 끝나고 나서 다시 뒤풀이를 합니다. 그건 신경 안 쓰셔도 됩니다."

오 씨는 겸손한 리더였다. 나이가 적은 춘호가 말을 하는데도 그는 꼬박꼬박 사장의 대우를 하는 사람이었다. 단원들이 악기들을 만지고 나서 튜닝을 하는 걸 보고서 춘호는 카운터로 갔다.

"형, 밴드가 더 불어난대."

"그래? 몇 명이나?"

"색소폰하고 재즈 기타 두 명 정도."

춘호는 카운터 안으로 들어가서 의자에 앉았다. 배호는 선 채로 과자 박스들을 정리하고 있었다.

"그러면 쥑이겠다 야! 색소폰이 오면 말이야."

"그러면 들을만 하겠지?"

"그럼! 손님들이 무지 좋아하겠는 걸."

"곧 올 거니까. 오 씨는 마음이 좋은 사람 같지?"

"응. 저런 사람을 만난 것도 참 다행이다, 너. 대충대충 일을 하고 돈만 받아가려고 하는 놈을 만나면 우리 가게가 이 정도로 안 컸지. 안 그러냐?"

"으응."

춘호는 그 말을 듣는 순간, 기분이 좋았다. 무대 위에서 열심히 악기 조정을 하고 있는 오 씨를 힐끗 쳐다보았다.

"근데, 명희는 혼자 사냐?"

"왜?"

춘호가 물었다.

"그냥. 앞으로 우리 식구니까 그냥 한 번 물어보는 거지 뭐."

배호는 그 말을 해놓고는 얼른 과자를 진열하기에 바쁜 척을 했다.

"하하, 형이 명희 좋아하는 거지?"

"아냐, 임마! 그냥 해보는 소리도 못하냐? 그럼 넌 명희 안 좋아하냐?"

"나?"

"그래. 임마!"

"나야 그냥 고아원에서 잘 따르던 동생이니까 좋아하는 거지 뭐. 그럼 형하고 나하고 같애?"

"뭐?"

배호는 어이가 없다는 듯이 춘호를 쳐다보았다.

"아냐. 난 그냥 오빠라고. 그것밖에 더 있냐."

"그럼 내가 명희하고 극장이나 연극보러 가도 되냐고?"

배호는 슬쩍 속마음을 내비쳐 보였다.

"극장?"

"왜? 안돼?"

"안될 건 없지 뭐. 명희가 가겠다고 하면 누가 말려."

"하하, 알았어. 그럼 넌 운동이나 열심히 하고 있어."

"하이구! 명희가 형하고 같이 극장가겠다고 그래? 벌써 김칫국부터 마시고 있네 그래."

춘호는 폭소를 터뜨릴 듯이 웃었다.

"야! 임마! 사랑은 시시때때로 다가오는 거라는 거 몰라? 누가 알아? 나하고 명희가 마음이 통할 줄 누가 아냐고."

"그래. 알았어! 잘 해봐. 명희가 둘 다 오빠라고 생각하고 있을 테니깐."

"오빠라도 나름이지, 임마! 난 너하고 틀려. 넌 같은 고아원에서 자랐지만 난 명희하고 지금 만난 셈이야. 나이도 내가 더 위고, 넌 명희하고 차이가 많이 안 나서 그냥 오빠일 뿐이야. 알았냐?"

"그래. 알았어! 형이 잘해봐."

춘호는 그렇게 대답하고는 카운터에 있는 허리춤의 입구문을 홀쩍 뛰어넘어 바깥으로 나왔다.

"짜식! 이제 제법 컸다 이거군."

배호는 웃으면서 그 말을 했다.

"형! 난 이제 다리가 쫙쫙 올라가는 거 못 봤어? 이렇게!"

춘호는 기다란 다리를 힘껏 앞으로 내뻗었다. 그리곤 다시 원을 그리며 옆차기를 해보였다.

"야. 제법 하는데!"

그 말을 하고선 배호도 카운터를 홀쩍 뛰어넘어 바깥으로 나오면서 공중으로 발길질을 날렸다. 바닥에 가뿐하게 착지한 배호가 두 주먹을 쥐고서 춘호에게로 향해서 대련 자세를 취했다.

"덤벼볼래?"

"하하, 형도……. 여기서 어떻게 대련해. 내일 도장에 가서 해볼까?"

"좋아!"

두 사람은 서로 손을 손바닥을 탁 치고는 마주보며 웃었다.

무대 위에서 그 광경을 쳐다보던 오 씨는 빙긋이 웃고 있다가
한마디 했다.

"두 사람이 대련을 붙으면 볼만하겠는데요."

"하하, 네. 서로 막상막합니다."

배호가 그 말을 하자 춘호가 불만스런 듯이 말을 했다.

"형은, 형이 나한테 밀릴 때도 있어 뭐."

"짜식! 넌 나한테 안돼. 임마!"

"좋아! 그러면 내일 붙어."

"좋지! 짜샤. 이제 일이나 하자."

"알았어!"

드디어 첫 손님인 학생들이 서너 명 몰려 들어왔다. 그때쯤,
홀에서 아르바이트를 하는 학생이 들어왔고, 무대 앞쪽에 앉은
그들은 앉자마자 곧바로 김밥과 떡볶이, 콜라를 주문했다.

밴드팀들의 연주가 곧 시작되었다. 팡파르와 함께 요란한 음
악이 대형 스피커를 통해 울려 나오기 시작했다.

"야. 넌 좀 일찍 다녀라."

춘호가 주문을 받으면서 아르바이트 학생을 불러서 말했다.

"네."

"야, 넌 여기 서 있어. 내가 주방에 들어갈게."

춘호는 아르바이트생에게 홀을 보라고 하고선 주방으로 들어
갔다.

"김밥 3인분! 떡볶이 3인분이요!"

춘호가 소리치자 정혜는 다시 명희에게 말했다.

"으응, 알았어! 명희야. 준비해줘."

정혜가 명희에게 말을 하자, 명희는 곧 김밥을 담은 접시와 떡볶이를 3인분을 떠서 쟁반에 담아 주었다.

"하하, 3인분 정확히 담네. 누나한테 배웠냐?"

"응."

명희는 콧등을 찡그리면서 웃었다.

"됐어!"

춘호는 쟁반을 들고서 홀로 나갔다. 아르바이트생에게 쟁반을 넘겨주었다. 아르바이트생은 주문한 테이블에 갖다주고는 다시 뒤쪽으로 와서 섰다.

"너 말야. 음식을 테이블에 놓을 때는 항상 허리를 굽실 숙이면서 놔줘라."

"네."

"그래야 손님이 기분 좋을 거 아냐."

"알았습니다."

아르바이트생은 겸연쩍게 허리를 숙이면서 대답을 했다. 춘호는 홀에 서 있으면서 아르바이트생을 관리하면서 홀 안을 책임지는 셈이었다. 아르바이트생이 카운터에서 콜라를 받아 다시 쟁반에 들고는 테이블로 가서 놓아주었다.

곧 이어서 꾸역꾸역 학생들이 몰려들었다. 대개 삼삼오오, 혹은 열 명 정도씩 몰려서 안으로 들어왔다. 첫 손님이 오고부터 한 시간이면 앞쪽 테이블은 벌써 꽉 차 있었다. 앞자리를 차지하기 위해 일찍 온 학생들은 무대 위에서 내뿜는 음악에 취해 무대 앞으로 나가 춤을 추기 시작했다.

일단 춤이 시작되면 홀 안의 분위기는 점점 달아오르는 판국이었다. 춤을 추고 나면 갈증이 심해지므로 음료수 주문이 줄을 이었고, 배가 출출해지면 다시 음식들의 주문이 잇따랐다.

그때쯤이면 춘호도 덩달아 바빠지기 시작했다. 춘호가 주문을 받아 주방에 내려갈 때마다 명희는 양손을 둥둥 걷은 채로 바빠지고 있었다.

"누나, 힘 안 들어?"

"나? 나야 뭐 힘 안 들지. 혹시 명희보고 하는 소리 아냐?"

"옥 씨 아줌마도, 김 씨 아줌마도 힘들죠?"

춘호는 괜히 해보는 소리였다. 40대의 옥 씨 아줌마와 30대 초반의 김 씨 아줌마를 걸고 넘어졌다.

"총각도……. 우리야 맨날 하는 일이 이건데 뭐."

옥 씨와 김 씨 아줌마들도 명희가 새로 와서 춘호가 그러는 말인 줄을 알고 있었다. 새로운 식구가 한 명 더 늘었으므로 두 아줌마들도 기쁠 수밖에 없었다.

정혜 역시 춘호가 명희를 위하는 마음이 여느 때와 다르다는 것을 느낄 수 있었다.

"너, 명희가 힘들까봐 그러는 거지?"

정혜 누나의 말이었다.

"아냐. 누나는……."

춘호는 괜히 마음을 들킨 것 같아 부정을 했다.

"전 괜찮아요. 굉장히 바쁘네요."

명희의 이마엔 작은 땀방울이 송글송글 맺혀 있었다.

"명희야. 천천히 해도 돼. 주문한 애들이 그렇게 안 설치니까 느긋하게 갖다줘도 돼."

"야. 춘호. 넌 명희더러 천천히 하라고 시키고, 나한테는 바쁘게 해달라고 그랬지?"

"아냐, 누나. 누나한테 언제 그랬어?"

춘호는 정혜가 일부러 그런 말을 한다는 것을 알고 있었다.

"명희야. 춘호가 전에는 나보고 그랬어. 좀 빨리 해달라고 맨날 그랬거든. 그래서 내가 얼마나 힘들었다구."

정혜는 짓궂게 말을 했다.

"명희야. 난 안 그랬어. 넌 오빠 말을 믿어라. 알겠냐?"

그 말에 명희는 그저 웃기만 했다.

"명희야, 나 간다."

춘호는 양손에 쟁반을 들고서 홀로 나갔다. 아르바이트생이 얼른 다가와 쟁반을 받아들었다. 그리고는 테이블에다 갖다주는 것이 아르바이트를 하는 학생의 몫이었다. 그렇게 정신없이 일을 하다가 보면 언제 시간이 지나갔는지 모를 정도였다.

벌써 마감 시간이 다 되었는지 마감을 알리는 듯이 밴드팀들의 연주가 점점 가쁜 곡으로 변해가고 있었다. 마지막 춤판이 이어졌고, 테이블에 있던 학생들은 거의가 일어나서 무대 앞으로 나아가서 몸을 흔들었다.

꽝, 하는 빅드럼 소리에 맞춰 모든 연주가 끝나고 오 씨가 마이크를 잡고 섰다.

"오늘 고맙습니다, 여러분! 내일 또 즐거운 시간을 가지시길 빕니다. 안녕히 가십시오!"

오 씨는 모자를 벗어 크게 인사를 하고는 무대 뒤로 돌아섰다.

"우우!"

학생들은 저마다 멋진 연주에 환호성을 올리며 자리에서 일어났다. 그들이 몰려나오기 전에 춘호는 재빨리 출입구문을 활짝 열어놓고서 배호와 같이 문 옆에 서서 손님들에게 일일이 인사를 하기 시작했다.

"안녕히 가십시오! 또 오십시오!"

춘호와 배호가 정중하게 인사를 하자, 학생들은 더욱 기분이 좋은 듯 즐거운 소리를 지르며 밖으로 몰려나갔다. 손님들이 다 빠져나가고 났을 때는 무대 위에 있던 연주자들도 뒷정리를 마치고는 앞쪽에 있는 테이블로 내려와 앉아 있었다.

춘호는 카운터에 있던 배호와 같이 돈다발을 들고서 테이블로 가서 앉았다. 테이블에 위에 수북이 내려놓은 지폐를 펴서 세는 시간이었다. 그때는 다섯 명이 달라붙어서 돈을 세기 시작했다.

"모두 사백오십만 원이네."

배호의 말에 춘호는 계산기를 두드려서 밴드팀에게 줄 액수를 계산했다.

　"형! 180만원이야."

　그러면 배호는 알았다는 듯이 180만원을 헤아려서 다시 춘호에게 건네주었다. 춘호는 오 씨에게 그 돈을 건넸다.

　"수고했습니다. 오늘 많이 올랐습니다."

　춘호는 감사의 뜻을 담았다.

　"고맙습니다. 하루가 다르게 매상이 올라가는군요."

　"하하, 기분이 좋습니다. 오늘은 우리 다 같이 회식이나 하러 갑시다. 어때요?"

　이제 춘호는 오너로써 손색이 없을 정도였다.

　"좋지요!"

　오 씨와 밴드팀들은 오너인 춘호가 한 턱 내겠다는 것에 선뜻 응했다.

　"형! 주방에 가서 누나하고 명희 오라고 그래. 오늘 같이 회식이나 하러 가."

　춘호의 말에 배호는 얼른 주방으로 내려갔다.

　"누나. 오늘 매상이 사백오십이야. 오늘 춘호가 한 턱 쏜대. 빨리 올라와. 명희 씨도 그냥 놔두고 올라와요."

　배호가 그렇게 말하자, 정혜 누나가 물었다.

　"그럼 설거지는?"

　"앗따. 이따 와서 하지 뭐. 아님 내일 해도 되고. 오늘 고기나 먹으러 가지 뭐. 명희 씨도 오늘 처음이니까 같이 가는 거고요."

배호는 명희와 같이 회식을 하러 가는 것이 더 기분이 좋은 듯했다.

"그래, 알았어. 대충 치우고 금방 올라갈게."

정혜의 그 말에 배호는 명희에게 꼭 가야 된다는 뜻으로 웃어 보이고는 다시 홀로 올라갔다.

정혜와 명희는 얼른 설거지를 끝내고서 위로 올라갔다. 춘호와 배호, 밴드팀들과 옥 씨 아줌마, 김 씨 아줌마 그리고 정혜와 명희는 다 같이 밖으로 나갔다.

"오늘 뭐 먹을까?"

춘호가 옆에서 걸어가는 배호를 보고 물었다.

"아저씨. 오늘 뭐 먹어요? 춘호가 오늘 쏘는 거니까 비싼 걸로 합시다."

"저야 뭐. 여자분들이 좋아하는 걸로 하지요."

오 씨는 뒤에 따라오는 정혜와 명희를 보면서 말했다.

"옥 씨 아줌마. 김 씨 아줌마. 오늘 뭐 먹을래요?"

배호는 그들을 돌아보면서 물었지만 눈길은 명희에게 가 있었다.

"정혜 아가씨한테 물어봐요. 지들은 아무거나 좋아요."

결국 정혜 누나에게로 넘어갔다.

"그럼 횟집으로 갈래? 어때?"

"응, 좋아."

정혜 누나의 말에 춘호는 선선히 승낙을 하고는 횟집으로 걸었다. 횟집으로 들어가서 방 하나를 차지했다. 아홉 명이 들어서니 방 안에 놓인 테이블에 빙 둘러앉은 모습이었다. 서빙을 하는 여자가 와서 주문을 받았다. 이번에도 역시 정혜 누나가 메뉴를 정해야만 했다.

곧 이어서 푸짐한 반찬들이 나왔고, 술이 곁들여서 나왔다. 춘호는 술병을 따서 오 씨부터 따라주었다. 그리고는 정혜 누나와 아줌마들, 배호, 명희 순으로 술을 따라주었다.

"오빠도 한잔 안 해?"

명희가 술병을 받아들고선 물었다.

"응, 나도 줘."

술잔을 받은 춘호는 잔을 들어 올리면서 말했다.

"누나가 한마디 하지 그래. 오늘 우리 식구들 다 모였는데."

"내가? 아냐, 춘호 네가 해라."

정혜의 말에 춘호는 주위를 둘러보았다. 배호 형이 마음에 걸렸지만 정혜 누나가 안 한다면 자신밖에 할 사람이 없다는 것을 알았다. 배호도 한마디 하라는 듯이 웃어 보이고 있었다. 명희는 반찬을 집어 먹으면서 춘호가 무슨 말을 할까 하고 기대하고 있었다.

"좋습니다! 앞으로 우리 식구들은 더 늘어났으면 났지, 줄어들지는 않을 겁니다. 앞으로도 한 식구처럼 잘 지내시기를 바라겠고요. 오 씨 아저씨와 멤버분들이 열심히 해준 덕에 손님들이 많은 것 같습니다. 그리고 옥 씨 아줌마와 김 씨 아줌마도 주방에서 열심히 일해준 덕분에 아주 맛있는 메뉴를 만들기 땜에 손님들은 아주 좋아하고 있는 것 같습니다. 여러분들이 열심히 해주시면 저희들은 더욱 열심히 해서 보답을 하겠습니다."

춘호의 그 말에 다들 놀라는 표정이었다가 말이 끝나기가 무섭게 박수소리가 터져 나왔다. 춘호는 다시 말을 덧붙였다.

"이번엔 오 씨 아저씨의 말을 들어보겠습니다."

춘호가 그렇게 말하자, 오 씨는 생각지도 않은 듯이 놀라는 모습이었다.

"에, 저는 그저 매상이 꽉꽉 올라가는 것이 좋습니다. 저희들도 힘이 나고요. 처음에 올 때는 될까 하는 의심도 없지 않았습니다. 그러나 예상외로 매상이 많이 오르는 것을 보면서 저와 성만이, 윤복이가 더 열심히 연주하는 것 같습니다. 앞으로 두 명의 팀이 들어오면 더 멋진 악단이 되 것입니다. 기대해 주십시오."

오 씨는 말을 마치고 나서 꾸벅 인사를 했다. 이번에도 역시 박수소리가 터져 나왔다. 곧 이어서 횟감이 나왔다.

"자, 드시죠."

춘호는 오 씨에게부터 권했다. 그리고서 옥 씨 아줌마를 쳐다보며 말을 했다.

"옥 씨 아줌마께서도 한마디 하시죠 뭐. 주방의 대표로."

"전 됐어요."

아줌마는 쑥스러운 듯이 사양을 했다.

"아닙니다. 딱 한마디만 하세요. 그래야 구색이 맞춰집니다."

거듭되는 춘호의 권유에 옥 씨 아줌마는 할 수 없이 말을 꺼냈다.

"전 참 좋아요. 마땅한 일자리가 없어 기웃거리던 참에 이런 데를 오게 돼서 좋아요. 제 아빠는 몸이 아파서 누워 있고, 애들 학비는 자꾸 들어가는데 갈만한 곳이 없더라고요. 써주기만 하면 열심히 하겠다는 생각이었는데……. 이상이네요. 더 할 말이 없습니다."

옥 씨 아줌마는 말을 하면서 눈시울이 붉어졌다. 가난하기 때문에 그녀 역시 허드렛일을 닥치는 대로 하면서 가정을 꾸려나가다가 일수돈을 쓴 것이 점점 불어나서 파출부 센터에 내는 회비도 없어 파출부일도 하지 못하는 그런 처지였다. 정혜 누나가 시장엘 갔다가 시장에 있는 가게를 기웃거리며 일자리가 없나 하고 물어보고 다니는 옥 씨를 보고선 데려왔던 것이다.

김 씨 아줌마 역시 그런 식으로 데려왔던 것이다. 그들은 곧 흥겹게 식사를 하면서 잡담이 이어졌다. 춘호는 다소곳이 앉아서 회를 집어먹고 있는 명희를 바라보았다. 명희는 뿌듯한 심정이었다. 고아원에서 있을 때와는 사뭇 다른 이곳에서의 가정적인 분위기에 흠뻑 젖어들고 있었다.

춘호도 술잔을 제법 받은 셈이었다. 밴드팀들과 서로 술잔을 나누었고, 배호와도 술잔을 주고 받았다. 정혜 누나도 오늘만큼은 기분 좋게 술을 마시고 있었다.

"너도 한잔 해라."

정혜 누나는 명희에게 술잔을 권했지만, 명희는 사양을 했다.

"전 됐어요. 술은 못해요. 대신에 회나 먹을게요."

명희는 술병을 들어 정혜의 잔에다 술을 따라주었다. 그리고는 춘호와 배호의 잔에도 술을 따라주었다. 명희는 회를 먹으면서 자신이 일했던 어느 가게보다도 단란한 가족 같은 이곳의 분위기가 마음에 들었다. 약간 술이 취한 듯한 춘호를 바라보면서 언제 같은 고아원에서 생활했던 오빠였던가 하는 생각이 들 정도였다.

명희는 자신의 처지를 돌아보았다. 고아원에서 나와 그동안 밑바닥 생활을 전전하면서 지지리도 못난 삶을 살아왔던 반면에 춘호 오빠는 이젠 제법 사장티를 내고 있는 모습을 바라보면서 한편으론 마음이 뿌듯해지기도 했다.

술자리는 언제 파할 줄 몰랐다.

"자! 건배!"

이번엔 배호가 술잔을 들면서 건배를 외치자, 다들 술잔을 높이 들었다가 부딪치고는 입으로 가져갔다. 모처럼 만의 회식이라선지 옥 씨 아줌마와 김 씨 아줌마도 웬만큼은 술을 마시고 있었다. 다들 기분 좋은 자리였다.

새벽 한 시가 가까운 시간이 되었을 때야 춘호는 시계를 쳐다보았다.

"이제 일어설까요? 더 마시고 싶으세요?"

춘호는 항상 오 씨에게 먼저 물어보곤 했다.

"아, 됐습니다. 오늘 기분 좋습니다. 이제 일어서죠."

오 씨의 말에 다들 자리에서 일어나기 시작했다.

"형이 계산 좀 해줘라."

카운터로 와서 춘호는 옆에 있는 배호에게 말을 했다. 배호는 곧 돈을 꺼내 술값을 지불하고는 영수증을 받아 정혜 누나에게 건네주었다.

"힝. 나중에 장부정리는 다 내 몫이구나? 그지?"

정혜가 한마디 했다.

"누나가 제일 정확하니까 그런 거지 뭐. 춘호도 술이 취했고, 나도 술이 취했어. 이런 건 누나가 하는 게 적격이야 뭐."

배호가 킬킬 웃었다. 정혜 뒤에 서 있는 명희는 정혜와 춘호, 배호가 오누이 같다는 생각이 들 정도였다.

"그래그래. 이런 거라도 해야지. 이 누나가 하는 게 뭐 있나."

정혜는 계산서를 주머니 속에 집어넣었다.

"오늘 잘 먹었습니다. 내일 뵙죠."

오 씨와 밴드팀들이 춘호에게 인사를 해왔다.

"네. 내일 또 뵙지요."

식당 앞에서 헤어진 그들은 가게로 향하기 시작했다.

## 새로운 날들

가게는 하루가 다르게 매상이 불어났다. 명희가 밤늦게 퇴근해서 돌아가는 모습이 안타깝게 보였지만 명희는 조금도 피곤한 기색을 내보이지 않았다.

오전엔 춘호가 면회를 갔다 오면 세 사람은 태권도장으로 나가 체력을 단련했다. 정혜는 혼자서 운동을 했지만 춘호와 배호는 서로 대련을 하면서 실력을 키워나갔다. 춘호의 기다란 다리가 날카롭게 뻗어나가 배호의 가슴을 강타했지만 배호는 곧 주먹으로 막아냈다. 배호와 대련을 하면서 서로 승부가 나지 않을 정도로 막상막하의 실력이었다.

그동안 승급이 있어 춘호와 배호는 서로 1단의 자격을 소지하고 있었다. 그랬으므로 어느 한쪽이 컨디션이 안 좋아서 기권한다면 모를까, 서로의 빈틈을 노려 공격을 하다가 보면 승부수가 나지 않을 정도였다.

"야, 너 다시 한번 공격해봐라."

"왜?"

춘호는 주먹을 거머쥔 채로 배호를 쳐다보았다.

"해보라니까! 그러면 가르쳐줄게."

그 말에 춘호는 순식간에 발길질을 날렸다. 배호가 미처 피할 틈도 없이 발을 날렸지만 배호는 슬쩍 옆으로 피하면서 춘호의 허벅지를 당수로 내리쳤다.

"억!"

춘호는 곧장 휘청거리면서 가까스로 멈춰섰다.

"뭐야?"

춘호가 얼굴을 찡그리며 물었다.

"하하, 바로 이거야. 어때? 공격에 대한 최선의 공격은 빈틈을 노려 재빨리 공격한다는 거야. 허벅지나 등쪽을 내리치면 어때?"

"음. 맞아. 좋은 공격이군."

그제야 춘호는 배호가 공격하라는 이유를 알 것만 같았다.

"대개 공격하는 사람은 공격하는 데만 신경을 쓰거든. 그때에 빈틈을 봐서 공격하면 일격에 무너뜨리는 거지."

"그러네. 이번엔 배호 형이 한 번 공격해봐. 내가 막아볼게."

이번엔 배호가 공격할 차례였다. 배호는 폼을 잡고 빙빙 돌다가 춘호의 빈틈을 비집고 공격해 들어왔다.

"으랏차!"

춘호는 재빨리 몸을 피하면서 배호의 머리 뒤쪽을 강타했다.
그 바람에 배호는 바닥으로 나뒹굴었다.

"윽!"

배호는 공격해오던 속도감이 있어서 바닥으로 떨어졌다.

"너무 세게 쳤군! 형, 괜찮아?"

"으응, 됐어."

배호는 머리 뒤쪽이 아픈지 목을 비틀면서 일어났다. 그리고
는 껑충껑충 뛰면서 몸의 컨디션을 조절했다.

"좋은 공격이군. 칼을 들어도 겁날 게 없어. 그지?"

"그래. 근데 목 뒤쪽을 치니까 정신을 못 차리겠는데."

배호는 아직도 목 뒤쪽이 뻣뻣한지 엄살을 부렸다.

"급소야 급소! 하하."

"좋아! 다시 한번 하자!"

배호는 다시 대련 자세로 들어갔다. 두 사람은 서로 주먹을
움켜쥔 채로 상대방의 빈틈을 노려보며 원을 그리면서 돌았다.
두 주먹을 불끈 쥐고서 앞으로 내밀고 있는 상태에선 빈틈이 잘
보이지 않는 법이었다. 서로 움직이는 동안에 상대방의 마음이
조금이라도 방심했다 싶으면 곧바로 발길질을 날아 올렸다. 빈
틈을 찾아 발을 날렸지만 주먹으로 막아내거나, 잽싸게 공격해
들어왔기 때문에 제대로 된 공격이 되지 않았다.

"야, 니들 안 갈래?"

정혜가 땀에 젖은 얼굴로 다가왔다.

"응? 벌써 시간 다 됐어?"

대련을 하던 두 사람은 상대를 향해 겨누었던 주먹을 풀면서 벽시계를 쳐다보았다. 벌써 12시가 다 된 시간이었다. 샤워를 하고 도장을 나온 그들은 가게로 돌아왔다. 벌써 명희가 출근해서 점심식사를 준비해놓고 있었다.

명희는 근래 들어서 남들보다 더욱 일찍 출근을 했고, 점심식사를 준비하는 일까지 하고 있었다. 주방의 청소는 물론이고, 홀 안의 바닥이나 테이블 청소까지도 다 해놓고 있었다.

"너, 너무 힘들지 않냐? 혼자서 너무 많은 일을 하는 거 아냐?"

춘호는 식사를 하면서 말을 꺼냈다.

"괜찮아. 내가 하고 싶어서 하는 일인 걸 뭐."

명희는 밥을 맛있게 먹으면서 정혜를 쳐다보면서 말했다. 아침 일찍이 아홉 시에 교도소 면회를 갔다 와서 곧바로 출근을 한 명희는 잠시도 쉬지 않았다. 근래 들어 명희는 얼굴이 더욱 좋아진 듯했으며 몸도 예전보다 살이 오른 듯했다.

"그래. 명희 때문에 내가 편해졌어. 명희가 너무 일을 잘해."

"누나는…… 다 명희한테 시키니까 그렇지."

배호가 한마디 거들었다.

"야. 너들 다 명희 편만 드네."

"명희가 일찍 오니까 일만 시키는 것 같잖아."

"그럼 나중에 월급이나 많이 올려줘라."

"하하, 그럴까?"

춘호가 웃었다. 식사가 끝나고 나면 명희는 설거지를 혼자서
다 했고, 곧 커피를 끓여서 갖고 왔다. 정혜도 명희를 춘호 못지
않게 친동생처럼 생각하고 있었다.

"누나, 난 오후에 잠깐 볼일 좀 보고 올게."

"왜? 누구 만나니?"

"응. 명희하고 같이 잠깐 나갔다 오면 안돼?"

"그럼 일은 누가 하고? 언제 올 건데?"

"전에 고아원에서 같이 있었던 애들 만나고 올 거야. 빨리 갔
다가 올게."

"아, 그래? 그럼 빨리 와. 명희 없으면 나 혼자 힘들어."

"알았어."

"야, 나도 가면 안 되냐?"

배호가 말했다.

"형은 다음에 같이 가도 괜찮을 거야. 이번엔 둘이서 갔다가
만나고 올 테니까."

"그래, 그럼."

배호는 같이 갔으면 했지만 고아원에서 나와서 처음 만나보
는 그들의 자리에 낀다는 것도 어색한 일이었다. 커피를 마신
춘호는 사무실에서 나와 옷을 갈아입고는 주방에서 일하는 명
희와 같이 가게를 나섰다.

"오빠, 오늘 멋있네."

"그래? 모처럼만에 걔들 만나러 간다니 기분이 이상하네."

"왜?"

"넌 자주 통화를 했지만 나야 그동안 전혀 연락도 없었잖아. 그동안 어떻게 살았는지 만나보고 싶다 야."

명희도 오늘 춘호 오빠랑 고아원에 있을 때에 같이 있었던 애들을 만나러 가기 위해서 오늘만큼은 예쁜 옷을 골라서 입었지만 촌스러운 듯했다.

"오빠. 걔들 만나면 오빠가 제일 성공했다고 할 걸."

"내가?"

춘호가 웃자, 명희가 쭈뼛거리며 말했다.

"응, 내가 여기서 일한다고 그랬어."

"너, 옷 하나 사줄까?"

춘호는 명희가 옷에 대해서 신경을 쓴다는 것을 알고 있었다.

"아냐, 됐어."

명희가 도리질을 했지만 춘호의 눈을 벌써 근처 가게를 살피고 있었다. 옷가게가 눈에 띄었다.

"야, 저기 가보자. 아직 시간이 있으니까. 따라와."

춘호는 명희의 손을 잡고 가게로 들어갔다. 명희가 만류했지만 춘호가 이끄는 대로 어쩔 수 없이 가게로 들어갔다.

"저거 어때?"

춘호는 쇼윈도 앞에 있는 마네킹에 입혀져 있는 연두색 정장을 가리켰다.

"나한테 안 어울려."

"그럼 저거는?"

"난 됐어. 저런 거 못 입어."

명희가 무조건 사양을 하자, 옆에 서 있던 주인 여자가 웃으며 다가들었다.

"저 옷 입으면 아주 잘 어울릴 거 같아요. 한번 입어봐요."

여자 주인이 가리키는 옷은 처음에 춘호가 말했던 마네킹이 입고 있는 옷이었다.

"너, 입어볼래? 저 옷보니까 마음이 드는데?"

"아냐, 난 됐어. 집에 옷 많아."

"아니다, 너. 그 옷 입고 있으면 누가 옷 많다고 그러겠냐? 지금 입고 있는 옷보다 저 옷이 나아. 저거 입어볼래?"

"됐어, 나가."

명희는 주인 여자에게 미안한 듯이 얼굴을 붉히면서 나가려고 하자, 춘호가 명희의 손목을 잡았다.

"일단 함 입어봐. 어울릴 것 같으니까. 주인도 그러잖아. 잘 어울릴 것 같다고. 이거 한 번 입어봐도 돼요?"

춘호가 얼른 주인에게 말해버렸다. 주인은 어색해하는 명희를 보고는 웃고는 마네킹에 입혀놓은 옷을 벗겨냈다.

"입어봐요. 괜찮아요. 맘에 안 들면 안 사도 돼요. 제가 볼 때엔 어울릴 것 같아요. 입어봐요."

그제야 명희는 주인을 따라 할 수 없이 안으로 들어갔다. 가게 안에 있는 바지를 걸어놓은 행거 뒤쪽에서 옷을 갈아입어야

하는 형편이었다. 명희는 자신을 보고 서 있는 춘호의 시선을
의식하며 머뭇거리고 서 있었다. 행거 뒤쪽에 서 있는 명희는
어깨 부분 위가 드러나 있어서 옷을 갈아입지 못하고 서 있었다.

"아, 이 아가씨가 옷 갈아입는데 보일까봐 그러나 보죠? 잠시
만 다른 쪽을 보고 있으시면 안 되겠어요?"

주인 여자의 말에 춘호는 얼른 몸을 돌렸다.

"아, 네. 난 그것도 모르고."

그제야 명희는 옷을 갈아입기 시작했다. 겉옷을 벗어 행거 위
에 올려놓고는 주인 여자가 입혀주는 옷을 갈아입기 시작했다.
명희가 입고 있는 속옷은 그야말로 시장 바닥에서나 파는 그런
허름한 것들이어서 주인 여자가 보기에도 딱하다는 생각이 들
었다. 그러나 손님에게 그러한 내색을 할 수는 없었다.

명희는 새 옷으로 갈아입고는 주인이 비춰주는 거울을 들여
다보았다.

"아주 멋지네요. 저 분에게 한번 보여주세요."

주인 여자도 잘 어울린다고 말했다. 명희는 쭈뼛거리는 걸음
으로 춘호에게 다가왔다.

"난 이 옷……. 그저 그런데……."

명희는 아직도 마음에 부담을 느끼고 있었다. 옷에 붙어 있는
가격 표시에 396,000원이라는 금액에 그저 놀랄 뿐이었다.

"아아. 아주 멋지네 뭐! 그 정도면 됐어! 마음에 안 들어?"

"……."

명희는 자신을 쳐다보면서 놀라는 표정을 짓는 춘호를 똑바로 쳐다보기가 민망스러웠다. 어정쩡하게 서 있는 명희의 주변을 둘러보며 계속 찬사를 늘어놓는 춘호에게 뭐라 할 말이 없었다.

"아주 잘 어울려요. 아가씨 얼굴엔 이 색깔이 아주 잘 받아요."

주인 여자의 말이었다.

"그래. 너 이 옷 어때?"

춘호는 옷을 정말 잘 골랐다는 생각이 들 정도였다. 명희의 몸에 딱 어울리는 옷이라는 생각이 들었다.

"그냥 그래. 근데 옷이 너무 비싸……."

"아, 그럼 됐어. 이 옷 얼마예요?"

춘호는 얼른 지갑을 꺼냈다.

"손님한테 너무 잘 어울려서 조금 깎아드릴게요. 삼십오만 원만 주세요."

춘호는 지갑에서 오십만 원권 수표 한 장을 꺼내 여자에게 주었다. 그리고는 주민등록증을 같이 꺼내주었다. 주인이 수표 뒤에 이서를 하고 거스름돈을 계산하는 동안 춘호는 명희에게 말했다.

"너, 이 옷 정말 잘 어울린다. 어때? 괜찮지?"

"오빠……. 너무 비싸잖아?"

"괜찮아. 그런 거 신경 쓰지 마라. 이 오빠가 사주는 거야."

"그래도……."

명희는 자신의 기분을 조절하질 못했다. 그저 민망하고 쑥스러울 뿐이었다. 이때까지 이런 옷을 한 번도 사 입어 보지 못했던 그녀였다. 그녀는 마치 새로 태어난 사람처럼 전혀 다른 사람으로 변해 있는 것 같은 기분이었다. 거울을 보면서 자꾸만 부담스럽게만 느껴졌다.

거스름돈을 받은 춘호는 주인에게 말했다.

"그 옷은 백에 넣어주세요."

"네에."

여자가 명희가 입고 있던 옷을 쇼핑백에 담아 건네주었다. 가게를 나온 그들은 서로 쳐다보며 웃었다.

"너, 정말 이쁘다. 아마 이따가 배호 형이 보면 기절할 걸?"

"오빠. 이런 거 사주면 나 부담스러워. 그냥 입고 있는 옷이 더 편해."

명희는 아직도 쑥스러움을 덜어내지 못하고 있었다.

"아냐. 이젠 월급도 받고 하니까 좋은 옷을 입고 다녀. 그래야 오빠도 마음이 기분 좋아지는 거야. 너 그렇게 입고 나니까 내가 얼마나 기분이 좋은지 모르지?"

"오빠, 기분이 좋아?"

"그래. 네가 이런 옷을 나가야 나도 기분이 좋은 거지."

그들은 어느새 전철역에 도착했다. 전철 안엔 좌석이 없어서 서 있다가 좌석 하나가 비었을 때에 명희더러 앉으라고 했다.

"신도림역 어디야?"

춘호가 손잡이를 잡은 채로 물었다.

"응. 신도림역 바로 옆의 포장마차촌에서 만나기로 했어."

"아, 그래. 거기 포장마차촌 있지. 누가 거기로 정했냐?"

"성기 오빠가 정했어. 성기 오빠가 그 근처에 살거든."

"그래?"

춘호는 얼른 성기를 떠올렸다. 고아원에 있을 때에 여자애들을 못 살게 굴어서 다른 애들이 피하던 인물이었다. 남자애들 사이에서도 주먹으로 통하던 성기를 만난다는 것이 춘호로서는 가슴 설레는 일이었다.

"응. 인천 쪽에서 오는 애들도 있고, 성북 쪽에서 오는 애들도 있고 해서 신도림역으로 정했다고 그랬어. 우리는 수원에서 올라가는 거고."

"장소는 좋네. 딱 중간이네."

"오빠는 그동안에 다른 애들 한 번도 만나본 적 없어?"

"응. 난 나대로 살았으니까. 배호 형하고만 살았어."

"다들 보면 놀랄 거 같아."

"놀라긴……."

명희는 춘호를 올려다보면서 이야기를 했고, 춘호는 의자에 앉아 있는 명희를 내려다보았다. 명희가 입고 있는 옷이 눈에 확 들어왔다. 수많은 승객들 중에서도 유난히 눈에 띄는 디자인과 색상에 춘호는 마음속으로 뿌듯한 기분이 들었다.

신도림역에서 내린 그들은 출구 밖으로 나와서 포장마차촌으로 갔다. 입구에 있는 포장마차집으로 들어간 명희는 거기 모인 친구들을 보고는 얼른 안쪽으로 들어갔다. 포장마차라고는 하지만 리어카 포장마차가 아니라, 허름하게 지은 실내 포장마차 안이었다.

"야아, 용인에서 오냐?"

다들 모인 자리에서 성기가 벌떡 일어나 명희에게 악수를 하며 반겼다. 명희는 악수를 하고선 곧바로 뒤에 있는 춘호를 돌아보았다.

"어? 누구야?"

"춘호 아냐? 춘호 맞지?"

다들 한마디씩 했다.

"그래! 임마! 나 춘호다! 안 죽고 살았으니 이렇게 만나는구나. 반갑다, 야!"

춘호를 알아보는 친구들에게 다가간 춘호는 어깨를 툭툭 치거나 악수를 하면서 반갑게 인사를 나눴다.

"야, 앉아! 근데 니들 둘이 어떻게 만나서 같이 오냐? 춘호 너는 어디서 살았냐?"

새로 나타난 춘호에게 다들 한마디씩 말을 건넸다.

"그래. 나 수원이야. 명희가 오늘 모임이 있다고 그러더라. 그래서 왔지."

"야아. 정말 오랜만이네. 명희가 가르쳐줬구나."

"그래. 만나서 반갑다 야."

춘호는 여자애들에게도 일일이 악수를 했다. 벌써 어른이 된 그들은 고아원에 있을 때와는 딴판이었다.

"하하, 그래. 오늘 잘 왔다. 근데 명희하고는 어떻게 만났냐? 명희는 우리하고 연락이 잘 되는데, 넌 어디로 샜는지 감감무소식이더라. 죽었나 살았나 했지."

"그래? 그건 나중에 이야기하고. 모였으니까 술이나 한잔 하면서 이야기하자."

"그래. 그건 여자들이 시켜."

남자들은 거기 모인 여자들에게 음식을 시킬 것을 권했다. 술과 안주를 시키고 나자, 거기 모인 이들은 모두 춘호에게로 눈길이 쏠렸다.

"춘호 오빠 말이야."

명희가 말을 꺼냈다. 그러자 다들 명희가 입고 있는 옷으로 눈길이 쏠렸다.

"명희, 너 옷 샀구나?"

"이야, 비쌀 거 같은데? 명희 너, 몰라보게 이뻐졌구나."

이번엔 명희에게 찬사가 쏟아졌다.

"으응, 오다가 샀어. 나, 춘호 오빠를 어떻게 만났는지 아니?"

"어떻게 만났어?"

"으응. 교도소에 면회를 갔다가 거기서 만난 거 있지? 내 뒤에 서 있었는데 난 몰랐잖아. 근데 정문을 빠져나오는데 춘호 오빠가 나를 붙잡고서 물어보는 거야. 은혜고아원 아느냐고."

"그래? 서로 몰라봤다는 거지?"

"으응. 나도 첨엔 춘호 오빠를 몰라봤어. 춘호 오빠라고 하니까 알아본 거지. 오빠 뭐하는지 알아?"

"춘호? 뭐하는데?"

그제야 다들 시선이 춘호에게로 향했다.

"수원에서 큰 콜라텍하고 있어. 나도 거기서 일해."

"그래?"

다들 눈이 휘둥그레졌다.

"콜라텍이 뭐야?"

호숙이가 물었다.

"콜라텍도 몰라? 학생들이 들어가서 춤추는 곳이야. 콜라를 마시면서 춤추는 곳이라는 거지. 그것도 몰라?"

"으응, 그렇구나."

그제야 호숙이는 입이 벌어진 채로 춘호를 쳐다보았다.

"내가 직접 하는 건 아니고. 양아버지라는 사람이 해. 난 그냥 가게를 맡아서 관리만 해."

춘호는 겸연쩍게 설명을 했다.

"아냐. 사장이나 마찬가지야. 나하고 종업원들이 모두 아홉 명이나 되고."

"그래?"

이번에도 다들 놀라운지 입을 벌렸다.

"응. 나는 주방에서 일해. 정혜라는 언니하고 같이 말이야. 일하는 아줌마도 둘 있어."

"그렇구나!"

그제야 친구들은 춘호의 모습을 다시 보기 시작했다. 춘호는 성기와 바로 옆에 앉았다. 고아원에 있을 때는 주먹깨나 쓰던 성기는 춘호의 달라진 모습을 보면서 친하게 말을 걸어왔다.

"너, 그동안 많이 달라졌다 야."

"성기, 너는 이 근처에 산다면서?"

"그래, 누가 그래? 명희가?"

"응. 오다가 들었어. 고아원에는 언제 나왔냐?"

춘호는 성기와 그 또래 애들이 자신이 도망쳐 나온 후에 다 같이 알고는 있었지만 성기에게 다시 물어보는 중이었다.

"임마! 니하고 희준이가 도망치고 나서 고아원이 발칵 뒤집혀서 우리가 니들 대신에 총무한테 되지게 맞았어. 밥도 안 주고 패기만 했거든. 그때 우리들이 다 같이 도망쳐 나온 거야. 명희도 그때 같이 나온 거고. 참, 희준이 그 놈하고는 연락이 되냐?"

"희준이?"

춘호는 희준이 생각이 났다. 처음 고아원을 도망쳐 나와서 희준이랑 같이 배가 고파 남대문 시장에서 옷 보따리를 들어주고 밥을 사먹었던 생각이 났다.

"그래. 임마."

"나하고 헤어졌어. 우리 둘이 앵벌이하다가 또 도망친 거지."

"언제?"

성기가 물었다. 성기도 어느새 청년의 티를 드러내고 있었다.

담배를 손가락에 끼고 재를 털어가며 춘호의 말을 듣고 있었다.

"도망치다가 남대문파의 앵벌이 형들한테 붙잡혀 갔거든. 난 빌딩에 숨어 있었고. 그때부터 나하고 연락이 끊겼어."

"그랬구나······."

"그 놈 참 좋았는데 말이야. 니들도 모르냐?"

"몰라. 여기 있는 우리들이 그때 같이 도망쳐 나왔으니까. 그 외엔 모르겠어."

"······."

춘호는 다른 애들과 이야기를 주고받고 있는 명희를 물끄러미 바라보다가 희준이가 좋아하던 찬미 생각이 났다.

"참. 찬미 걔는 어디 있는지 아나?"

"찬미? 울보 걔 말야?"

"응."

"찬미 걔는 왜?"

"그냥. 알아?"

"응. 걔는 좀 있다가 미국으로 입양 갔어."

"뭐? 미국으로?"

춘호는 놀랐다.

"그래, 임마. 미국에서 코 큰 놈들이 와서 데려갔어. 미국놈 두 부부가 애가 없어서 찬미를 입양해 갔거든. 근데 찬미는 왜 물어봐?"

"으응. 희준이가 걔를 무척 좋아했거든. 나하고 도망칠 때에

554

희준이가 모아논 돈을 털어서 찬미 주머니에 집어넣어 주고 우리가 도망쳤거든. 그럼 찬미는 미국으로 갔겠구나?"

"그럼!"

"……."

춘호는 허탈해졌다. 혹시라도 찬미의 연락처라도 알게 되면 희준이를 찾을 수 있지 않을까 하는 한 가닥 기대가 무너지고 말았다.

곧 안주와 술이 나왔다. 성기가 술병을 비틀어 뚜껑을 따고선 말했다.

"야! 니들 오늘 우리 다 모였다. 춘호 이 새끼도 오고 말이야. 내가 첫잔을 춘호 이 새끼한테 따라줄 테니까 말이야. 이 새끼도 나한테 술 한잔 따라줘야 한다 이 말이야."

그러면서 성기는 춘호에게 소주잔을 내밀었다. 춘호는 술잔을 받고선 성기가 따라주는 술을 받았다. 원샷으로 술을 삼킨 춘호는 다른 애들이 보는 앞에서 성기에게 술잔을 건네주었다.

"오늘 이렇게 만나니까 기분 좋다! 성기 너 장가는 갔냐?"

춘호가 술을 따랐다.

"야! 장가는 무슨 장가냐. 아직 밥벌이도 못하고 있다 야."

성기는 술잔을 단숨에 삼키고는 다시 빈 술잔을 춘호에게 넘겨주었다. 춘호는 성기 옆에 있는 애들한테 돌아가면서 술을 따라주기 시작했다. 춘호가 술을 따라주면 술잔을 비운 그들은 남녀 할 것 없이 원샷으로 술잔을 비우고는 빈잔을 춘호에게 건넸다. 춘호가 술잔을 다 돌리고 난 뒤에서야 제각각 옆에 앉은 친구들에게 술잔을 권하기 시작했다.

아홉 명의 고아원 동기들이 모인 자리였다. 소주병은 곧 비워졌고, 다시 술을 시킨 그들은 동태찌개와 두부무침을 안주로 해서 왁자지껄하게 술잔을 비워나갔다.

명희는 오늘따라 소주 두 잔을 마신 셈이었다. 얼굴이 발그레하게 붉어져 있었다. 춘호가 쳐다보자, 씨익 웃고는 춘호에게 술잔을 내밀었다.

"오빠, 여기 오니까 좋지? 다 만나고."

"그래. 오늘 여기 잘 왔다. 고아원에서 치고박고 싸우던 때가 엊그제 같은데 다들 도망쳐서 잘 살고 있었네 뭐."

"하하, 맞다! 우린 다 도망쳐 나온 놈들이지."

성기가 춘호의 말을 받았다.

여자애들은 벌써 처녀티를 내고 있었지만 옷차림은 마치 공장에 나가는 듯한 옷차림새였다. 명희만 날씬한 양장을 입고 있는 듯했다. 성기는 술이 들어가자, 고아원에서 폭군으로 지냈던 습관이 슬슬 나오기 시작했다.

"야, 임마! 너 고아원에 있을 때, 나한테 빌빌댔지. 안 그러냐?"

"그랬나?"

춘호는 흣흣, 웃으면서 대답을 했다.

"어쭈, 이 자식 봐라! 머리통 제법 컸다고 옛날 일 다 잊어버렸네."

"야, 술 마시자. 여자애들도 다 모였는데 술이 취하면 되냐. 술 따라줄까?"

춘호가 술병을 들어 따르려고 하자, 성기는 술병을 탁 걷어냈다. 그 바람에 술병이 바닥으로 떨어져서 산산이 부서져버렸다.

"오빠! 왜 그래? 술 취했어?"

"오빠! 취했어? 춘호 오빠에게 왜 그래?"

성숙이와 진란이가 어수선해진 분위기를 안타까워하며 만류했다.

"너! 춘호! 돈 벌었으면 다야? 은혜원에 있을 때에 너, 나보다 한 수 아래였지? 임마! 돈 벌었다고 가우다시 잡지 마라. 알겠냐?"

"……."

춘호는 묵묵히 참았다. 명희가 얼른 옆자리로 와서 춘호의 왼손을 꼭 거머쥐고 있었다.

"너! 명희 끼고 사는 거냐? 돈 벌었다고 그래도 돼?"

그 말엔 춘호도 더 이상 참고 있을 수가 없어서 벌떡 일어났다.

"어! 일어나면 어쩔 건데? 한번 해보겠다는 거야? 이 짜식이!"

성기는 기다리기라도 했다는 듯이 일어서는 춘호를 보고선 선제공격을 해왔다. 성기의 주먹이 날아오는 것을 보고선 재빨리 주먹으로 쳤다. 성기의 주먹이 날아오다가 방향을 잃으면서 몸뚱이가 탁자 위로 쓰러졌다.

'와장창!'

탁자 위에 있던 가스레인지와 찌개냄비가 바닥으로 나뒹굴었다. 빈 술병들이 시멘트 바닥에 떨어지면서 산산조각이 났다.

"어머, 오빠!"

여자애들이 비명을 질렀다. 그때서야 찬욱이와 성동이가 사태의 심각성을 알아차리고 성기의 팔을 붙잡았다.

"성기야! 너 왜 그러냐? 춘호 보고 왜 그래?"

"야. 다 우리 식구들인데 왜 그러냐? 참아."

찬욱이와 성동이는 고아원에서부터 주먹으로 통하던 성기를 아직도 두려워하고 있는 듯했다. 옆에서 말리니까 성기는 더욱 흥분하는 듯했다. 바닥에서 일어난 성기는 여자애들이 만류했지만 춘호의 멱살을 거머쥐었다.

"야! 너, 나 쳤어? 너 운동 좀 하냐?"

"성기야, 이거 놓고 이야기하자."

춘호의 그 말이 끝나기도 전에 성기의 주먹이 날아왔다. 춘호는 피하지 않았다. 얼굴을 맞은 춘호는 꼿꼿이 선 채로 성기를 바라보고 있었다.

"됐냐? 이제 놓지."

그제야 춘호는 성기가 멱살을 잡고 있는 팔을 비틀어서 풀었다. 성기는 자신의 팔을 비트는 춘호의 힘에 놀랐다.

"이런 데서 이러면 안 되지. 자리 옮기자."

춘호가 그렇게 말하는 동안에 성기의 주먹이 날아왔다. 춘호는 옆으로 몸을 피하면서 성기의 옆구리에 발길질을 날렸다.

'퍽!'

성기는 다시 바닥으로 가서 꽂히듯이 나동그라졌다.

"춘호야! 참아! 성기 술 취했어."

성동이가 이번엔 춘호의 팔을 붙잡았다. 그리고 여자애들도 다들 춘호의 팔을 붙잡고서 싸우지 못하게 막았다. 성기는 바닥에 쓰러졌다가 다시 일어났다.

"너! 옛날 옛날 그러는데, 저엉 정신 차리고 싶으면 나가서 한판 하자. 여긴 좁아."

춘호가 말하자 성기가 코피를 흘리며 씩씩거렸다.

"좋아! 이 짜식이 좀 컸다고 건방지는데. 좋아, 나가자!"

"명희야. 이걸로 계산해라."

춘호는 얼른 지갑에서 수표 한 장을 꺼내 명희에게 건네주고는 성기의 멱살을 잡고 밖으로 나갔다. 다른 애들도 우르르 밖으로 몰려나갔다.

"야. 춘호야. 참아. 다 같은 식구들 아니니."

"이제 그만해라. 성기도 참고."

따라오면서 만류했지만 춘호는 성기를 끌고서 포장마차 뒤의 공터로 갔다. 춘호는 성기의 멱살을 풀어주고선 마주 섰다.

"성기. 나한테 불만 있냐?"

"뭐? 지금 나한테 반말해? 너 죽고 싶어?"

"……"

춘호는 화가 났다. 말로 해서는 안 될 것이란 생각이 들었지만 그렇다고 먼저 주먹을 날리긴 싫었다.

"친구들도 있고, 이젠 그만하는 게 좋지 않나?"

춘호가 말에 성기는 주먹을 쥐고서 공격할 채비를 했다.

"너, 나하고 붙자면서? 한판 붙어봐야지. 안 그래?"

"좋아! 딱 오분만 하자. 됐냐?"

"오분? 좋아!"

두 사람은 이제 공격자세로 들어갔다. 빙 둘러서 있는 친구들은 더 이상 그들의 싸움을 말릴 수가 없었다. 이미 공격자세로 들어간 두 사람 사이에 끼어들 수가 없었다.

명희는 얼른 계산을 치르고 밖으로 나갔다. 포장마차 뒤의 공터에 갔을 때는 두 사람이 이미 공격자세에 들어가 있었다. 그들을 지켜보고 있는 친구들이 야속했다.

"니들 안 말리고 뭐하니? 오늘 이렇게 만나서 싸움하게 놔둘 거야?"

명희가 비명을 지르듯이 소리쳤다. 그 바람에 거기 서 있던 친구들이 싸움을 말려보려고 움찔거리기는 했지만 이미 싸움이 시작된 마당에 끼어둘 수가 없었다.

성기의 발이 춘호를 향해 날아갔다. 춘호는 공격을 주먹으로 막아내면서 휘청거리는 성기의 복부에 발길질을 날렸다.

'퍽!'

성기는 단 한 방에 땅으로 고꾸라지고 말았다.

"이제 됐나? 일어날 수 있겠냐?"

춘호는 멀찌감치 서서 땅에 쓰러져 있는 성기를 향해 말했다.

"너! 짜식아. 못 일어나면 내가 성을 갈지."

성기는 땅바닥을 허우적거리면서 일어나려고 애를 썼다. 그제야 애들이 달려들어 성기를 붙잡았다.

"놔! 저 새끼 그냥 안 둬."

성기는 친구들의 만류를 뿌리치고 일어났다. 친구들은 다시 주위로 물러났다. 명희는 성기를 붙잡아서 싸우지 못하도록 하지 않은 친구들이 야속했지만 벌써 일어난 성기를 다시 붙잡을 수는 없었다.

이번에도 성기의 공격이 먼저 시작되었다. 성기의 주먹이 춘호를 향해 돌진했다. 춘호는 성기의 주먹을 막아내는 것처럼 팔을 뻗었다가 성기의 팔목을 잡아서는 옆으로 휙 잡아당겼다. 그 바람에 성기는 휘청거렸다. 춘호는 왼손 주먹으로 성기의 목덜미를 강타했다.

성기는 맥없이 풀썩 쓰러졌다. 춘호의 그러한 동작은 아주 날렵했다. 움직임을 크게 하지 않으면서도 일격에 성기를 제압하고 말았다. 성기는 땅바닥에 완전히 엎드린 채로 숨을 몰아쉬고 있었다. 가까이 다가간 춘호는 성기의 머리 앞에 섰다.

"이제 됐냐? 또 할까?"

"……."

성기는 말이 없었다.

"남자의 자존심으로 덤비겠다면 또 해주지. 이젠 그만하는 게 어떠냐?"

"그래, 졌다."

성기의 입에서 그 말이 튀어나왔다.

"좋아! 우린 한 식구야! 바깥에 나왔다고 해서 다 제멋대로 살아가는 건 아냐. 오늘부터라도 우리는 다시 한 식구라고 생각하고 살아가자."

춘호는 바닥에 쓰러져 있는 성기의 손을 잡았다. 말하자면 남자 대 남자의 악수였다.

"일어나자. 우리끼리 싸운다는 건 정말 치시한 일이다. 어서 일어나."

춘호는 성기를 일으켜 세웠다. 성기는 일어나서는 춘호의 어깨에 손을 얹었다. 다들 그런 모습을 지켜보고 있었다.

"그래, 좋아. 나도 남자다. 춘호, 너 많이 세졌구나. 오늘 미안하다."

두 사람은 다시 악수를 했다.

'짝짝짝!'

거기에 있는 친구들은 다 같이 두 사람의 악수에 대해서 박수를 보냈다. 춘호와 성기가 서로 껴안으면서 포옹을 했던 것이다.

"자, 오늘 기분 잡쳤으니까 이번엔 내가 한 턱 쏘지. 성기, 어때?"

"좋아!"

성기는 어느덧 진정으로 춘호를 인정하고 있었다. 그들은 이번엔 근처에 있는 단란주점으로 자리를 옮겼다. 여자애들은 비싼 단란주점으로 자리를 옮긴 것이 춘호에게 부담이 되지 않느냐고 명희에게 넌지시 말을 끄집어냈다.

"괜찮아. 춘호 오빠 가게가 잘 돼. 춘호 오빠가 쏜다면 쏘는 거야. 걱정마."

"그래? 그렇게 가게가 잘 돼?"

여자애들은 춘호와 같이 온 명희에게서 춘호의 근황을 듣고 싶어했다.

"응. 홀이 아마도 이런 단란주점 두 개를 합해놓은 정도는 될 거야. 하루에 손님들이 수백 명이 들어와. 주방에서 일하고 있으면 얼마나 바쁜지 몰라. 하루종일 서 있어야 될 정도야."

"우와! 그래?"

다들 놀라는 표정이었다. 단란주점에 들어가서는 춘호와 성기가 나란히 앉았고, 그 옆으로는 남자애들과 여자애들이 섞여서 앉아 있었다. 춘호는 여자애들을 위해서 맥주를 시켰고, 남자애들을 위해선 양주 비싼 걸로 시켰다. 그리고 안주는 마른안주와 과일안주를 따로 시켰다.

다시 술판이 벌어졌다. 춘호는 첫 술잔을 성기에게 따라주고는 진심으로 사과를 했다.

"성기야. 아깐 미안하다."

"하하, 됐어. 네 주먹맛이 세더라. 나도 이 근처에서 노는 놈인데 니한테 지다니 내가 우스운 거지 뭐."

그들은 고아원에서 지낼 때의 옛날을 잊지 않고 있었다. 한 차례 술잔이 돌고 난 뒤에 무대로 나가 노래를 부르기 시작했다. 제일 처음에 춘호가 나가서 노래를 불렀고, 그 다음에 성기가 노래를 불렀다. 그리고서 순서가 없이 노래를 부르고 싶은 사람이 나가서 노래를 불렀다.

"야! 명희야. 넌 노래 안 부르니?"

성숙이가 그때까지 한 번도 노래를 부르지 않은 명희를 보고 무대로 나가라고 재촉을 했다.

"됐어. 난 노래 못 불러. 니들이나 불러."

"야! 명희야. 너도 한 곡 해야지."

이번엔 찬욱이가 자꾸만 명희를 재촉했다.

"못 불러. 그냥 듣고 있을게."

명희는 일부러 못 마시는 술을 마시는 척하면서 노래를 부르지 않았다. 다들 흥겹게 노래를 부르며 노는데 못 부르는 노래를 불러 흥을 깨고 싶진 않았다.

나중에는 한 사람이 마이크를 잡고서 노래를 부르면 앉아 있던 모든 사람들이 무대로 나가 어깨동무를 하고서 합창을 했을 때도 명희는 억지로 손에 이끌려 무대로 나갔지만 춤조차 출 수 없었다. 성숙이가 자꾸만 명희더러 춤을 춰보라고 팔을 흔들어 줬지만 명희는 가볍게 손을 흔드는 것으로 분위기를 따라가고 있었다.

춘호와 성기는 언제 싸웠느냐는 듯이 서로 어깨동무를 한 채로 이마를 맞대고서 열심히 춤을 추고 있었다. 고아원에 있을 때에는 주먹으로는 성기를 따라올 애가 없었지만, 조금 전에 두 사람이 싸우고 나서는 더욱 친밀해진 듯했다.

"야! 춘호야! 너 사장이라며?"

"하하, 아냐."

"임마! 너, 고아원에서 도망쳐서 출세했다, 야! 누구는 배추 뿌리 캐먹고, 누구는 인삼뿌리 캐먹는다는 거. 하하, 난 오늘 니 주먹 맞아보고서 정신이 확 들었다 야."

"그래. 성기야. 우리는 다 고아원 출신 아니냐. 우리끼리 안 뭉치면 누가 뭉치냐. 안 그래?"

"맞다! 맞다! 우리끼리 뭉치는기라. 야! 호숙이하고 진란이 년도 와서 춤 춰라 야. 어? 성숙이하고 명희는 거기서 뭐하냐?"

성기는 춤을 추고 있는 데서 조금 떨어져서 춤을 추는 듯하면서 이야기를 나누고 있는 성숙이와 명희를 보고선 득달같이 달려와서 두 사람의 팔목을 잡아끌고선 데려갔다. 그들이 원을 그리듯이 빙 둘러서서 춤을 추고 있는 한가운데로 성숙이와 명희를 집어넣었다. 마치 우리 속에 집어넣은 것처럼 해놓고선 그들은 다시 춤을 추기 시작했다.

이번엔 성동이가 '남행열차'라는 노래를 부르기 시작하자 흥 겨워질 대로 겨워진 그들은 더욱 신나게 춤을 추고 있었다. 단 란주점 안의 무대를 거의 독차지한 그들은 다른 테이블의 사람 들이 가까이 갈 수도 없도록 만들었다. 지칠 대로 지친 그들은 다시 테이블로 가서 앉았다.

"야. 니들 정말 재밌지?"

성기는 과장된 목소리로 말하고선 춘호에게 술을 따라주면서 말했다.

"춘호야."

"응."

"넌 말이야. 우리들 가운데서 제일 크게 된 놈인기라. 마, 우리들이 거기서 도망쳐서 얼마나 어렵게 살았노. 밑바닥 잡초인기라. 니, 그거 아나?"

"그래, 잡초. 우리는 잡초인 거지. 부모도 우리를 버렸고, 사회도 우릴 버렸던 거지. 안 그러냐?"

춘호도 성기의 말에 맞장구를 쳤다.

"그래그래. 니들 춘호 말 들었제? 우린 다 같이 잡초인기라마. 우야튼 열심히 살아서 춘호처럼 성공하는 것이 장땡인기라. 니들 내 말 맞제?"

"옳소!"

남자들은 성기의 말에 환호를 했다.

"그래. 야, 성기가 오늘 바른 말 한다 아이가."

여자애들도 성기의 말에 동조를 했다.

"하하, 오늘 나 춘호한테 맞아보기는 첨이다. 춘호 이 새끼 정말로 멋진 놈이다 마."

성기는 기분이 좋은지 춘호의 주먹을 번쩍 치켜들었다.

"야, 성기야. 고맙다 아이가. 그래, 우리는 잡초인 거라. 그래서 더 열심히 이를 악물고 살아야 한다 아이가."

"맞다맞다! 춘호 말이 맞다!"

성기는 술이 취했지만 춘호의 말에 열심히 동조를 했다. 다시 술과 안주가 들어오면서 술판이 다시 이어졌고, 다시 노래를 부르다가 테이블로 돌아와서는 술을 마시기 시작했다.

"야, 오늘 우리 정말로 기분 좋은 날이다. 니들 알제?"

성기는 다시 말을 꺼냈다.

"그래그래."

"오늘만큼 기분 좋은 날은 없다."

여자들도 성기의 말에 찬조의 뜻을 표했다.

"야. 춘호야. 오늘 네가 한 턱 쏜다고 하니까 우리가 얼마나 기분이 좋은지 모른다. 니 정말로 큰 놈이 됐다 아이가."

"성기야. 이젠 그런 말 그만해라. 여기 있는 친구들은 다 똑같은 거 아니냐. 이젠 그냥 옛날처럼 다 같은 친구로 생각하자."

춘호가 한마디 했다.

"그래그래. 오늘 난 정말로 기분이 좋다. 니 만나서 기분이 좋고, 우리들이 보는 앞에서 나가 맞아도 기분이 좋은 기라. 야, 우리 또 언제 만날래?"

"그래. 니들 우리 가게에 한번 놀러와라. 내가 멋지게 대접할게. 명희도 있으니까."

"그래그래. 우리가 아무리 잡초라도, 세상이 우리를 버렸다고 하더라도 우리는 어렸을 때의 일을 잊어버리면 안 된다 아이가. 니들 춘호 말 들었제?"

"그래. 다 들었어. 언제 갈래?"

그들은 곧 의견이 모아지고 있었다. 내일 당장 춘호네 가게로 쳐들어가기로 정해져 버렸다.

"그래. 좋다. 내일 오전에 한번 와라. 우리 다 같이 점심이나 한번 먹자."

"좋다! 그래. 내일 가는 거다."

성기의 말에 다들 찬성을 나타냈다.

"그라믄 오늘밤에는 우리 다 같이 한 데 가서 자자. 고아원에서 같이 지냈던 우리들이 한데 가서 자는 거 어떠냐?"

이번에도 역시 성기의 제안이었다.

"그라고 내일 아침에 일어나서 다 같이 춘호네 가게로 쳐들어가는 기라 마. 어떻노?"

성기는 다시 여러 친구들에게 물었다.

"좋다 마."

"그래. 오늘 이렇게 만났는데 같이 자는 것도 괜찮을 거 같네."

전원 찬성이었다. 그들은 전원찬성의 기쁨으로 다 같이 술잔을 높이 들었다. 명희도 술잔을 들어야만 했다.

"야. 춘호야. 우리는 잡촌기라. 네가 한마디 해라 마."

성기는 술잔을 든 채로 춘호에게 한마디 말을 하라고 시켰다.

"그래. 나도 오늘 이렇게 모이니까 좋다. 오늘밤 같이 지내고 내일 아침에 우리 가게로 가자. 됐나?"

"됐다!"

그들은 술잔을 부딪치고는 입으로 가져갔다. 술값을 계산한 춘호는 다른 친구들의 칭송을 들으면서 근처 모텔로 자리를 옮겼다. 아홉 명이 들어간 셈이었다.

"오빠. 괜찮아?"

명희는 얼른 춘호 옆으로 와서 물었다.

"괜찮아. 배호 형한테 전화해주면 돼."

춘호는 가게 일로 걱정하는 명희의 볼을 꼬집어주고는 호탕하게 웃었다.

모텔로 들어간 춘호는 카운터에서 방값을 계산하면서 여러 명이 한 방을 사용하면 요금을 더 얹어달라는 요구에 선선히 방값을 지불했다. 방으로 들어간 그들은 빙 둘러앉았다.

"오늘밤은 안 잘 거지?"

진란이가 먼저 말을 꺼냈다.

"그래. 이렇게 다 모였으니까 날밤을 새는 것도 괜찮아. 옛날 같았으면 총무님이 달려와서 전기세 많이 올라간다고 혼줄이 날 텐데 말이야."

"혼줄이 다 뭐야. 밤새도록 기합을 받을 건데 뭐. 안 그러냐?"

"하하하, 맞다! 그때는 이불까지 뺏겨버리고 그랬잖아."

"그래. 이불을 뺏기고 나면 밤새도록 오돌오돌 떨어야 했지. 벗어놨던 겉옷을 다 덮고 자도 잠이 오질 않았어."

"그것뿐이냐? 달밤에 불려나가서 마당에서 달빛 보면서 엎드려뻗쳐를 하고 있었던 거 기억 안 나?"

호숙이가 킬킬 웃으며 말을 꺼냈다.

"맞어! 호숙이가 그때 방구를 뀌었지. 엎드려뻗쳐를 하고 있는데 어디서 방구를 뀌는 소리가 뿡하고 나는 거야. 호숙이가 뀐 거 기억나?"

그 말에 다들 배꼽을 잡고서 웃음을 터뜨렸다.

"맞다 맞아! 엉덩이도 두들겨 맞고. 새벽에 찬 물에 머리감기도 했지. 그때는 얼마나 추웠던지 머릿속이 꽁꽁 어는 줄로만 알았지."

"그래. 맞다. 겨울에 손에 동상이 걸린 애들도 많았잖아. 미국으로 입양간 찬미 그 계집애는 늘 울보였고."

"참! 찬미는 연락이 없지? 미국가면 잘 살고 있을까?"

"코쟁이 아버지 엄마 밑에서 햄버거 먹고 있을 걸?"

"그럼 영어도 잘 하겠네?"

이야기는 어느새 찬미에 대한 화제로 옮겨가고 있었다.

"니들 희준이 소식 못 들었냐? 아무도 몰라?"

춘호가 말하자 성기가 이런 말을 했다.

"야, 춘호야. 우리가 이렇게 모이다가 보면 희준이 소식도 들어올 거다. 누가 아나. 길 가다가 우연히 만나면 우리가 이렇게 모인다는 것을 알면 나타나겠지 뭐."

"그래. 이제 우리는 어디서 누굴 만나던 우리가 자주 모인다는 걸 이야기해야겠어. 그래야 또 모일 거 아냐."

춘호가 그런 안을 내어놓자, 호숙이가 다시 제안을 했다.

"그래. 앞으로 우리 이렇게 한 번씩이라도 만나자. 어때?"

"좋지! 앞으로 우리 한 달에 한 번씩 만날까? 이렇게 만나는 날을 정해서 어디서 만나기로 하면 어때?"

이번엔 성숙이가 정식으로 안을 내놓았다.

"춘호, 너는 생각이 어떠냐?"

성기가 물어왔다.

"좋아. 언제로 정할까? 말만 해."

그들은 매월 마지막 주의 토요일 저녁 8시에 신도림역 앞에 있는 포장마차촌에서 만나기로 약속을 했다. 다들 먹고 사는 것에 얽매인 몸인지라 토요일이라도 늦게 일이 끝나는 사람을 배려해서 저녁 8시로 정했다. 그 안이 통과되고 나자 이번엔 성기가 한 턱 내겠다면서 주인을 불러 맥주를 주문했다.

캔맥주 아홉 개가 방으로 들어왔다. 성기는 주인에게 꼬깃꼬깃한 만 원권 지폐 두 장을 꺼내 내밀었다.

"아깐 춘호가 냈으니까 이건 내가 낸 거다. 나야 뭐 백수건달이니까 이것만 내도 되겠지?"

"아, 그럼. 이것도 어딘데."

찬욱이가 한 사람에게 맥주 하나씩 돌렸다. 명희에게도 맥주 하나가 앞에 놓였다. 그들은 맥주를 마시면서 다시 옛날이야기로 돌아가고 있었다.

"야, 춘호야. 너 그때 도망친 이야기 좀 해봐라. 그동안 어떻게 살았냐?"

성기의 주문에 춘호는 희준이와 같이 고아원을 도망쳐서 새벽의 남대문 시장에 나가 인력시장을 전전했던 것과 앵벌이를 했던 일들과, 다시 앵벌이 조직을 탈출해서 희준이와 헤어진 이야기들을 했다.

"야아, 그럼 희준이는 그때 맞아죽은 거 아닐까?"

성동이가 얼굴을 찌푸리면서 물었다.

"모르겠어. 희준이도 똑똑해. 아마 실컷 두들겨 맞았을 거다. 아니면 손가락 하나는 잘려나갔을 거고."

"그래? 손가락까지 잘라버려?"

찬욱이가 다시 물었다.

"그랬을지도 몰라. 그쪽에선 도망치는 놈이 있으면 그렇게 하거든. 그래야 다음에 다시는 도망치지 못하도록 그렇게 하고도 남아."

춘호는 그 말을 하면서 그날 밤 희준이가 끌려가던 모습을 생각하고 있었다.

"끌려가면 그렇게 해?"

진란이가 침을 꼴깍 삼키면서 물었다.

"그래. 부모도 없는 놈들인데 그렇게 해도 누가 뭐래. 만약 나도 잡혔으면 끌려가서 손가락 하나는 잘렸을 거다. 잡혀가면 골방에 가둬놓고 굶겨."

"······?"

다들 춘호의 입을 쳐다보고 있었다.

"나도 그런 걸 봤으니까. 전에 거기 있던 어떤 애가 도망치다가 잡혀왔거든. 그날부터 골방에 가둬놓고 굶기기 시작하는 거야. 우리가 열심히 일하겠다고 사정을 해도 안 들어줘. 그 놈들은 그렇게 해서 다시는 도망치지 못하도록 만드는 거야. 그러다가 손가락을 자르고 나면 밥을 주는 거지."

"······."

"손가락을 자르고 나면 일도 못해. 밥은 먹을 수 있지만. 일을 나가려면 한참 있어야 되지. 그것만 해도 우리는 감사하게 생각해야 돼. 같은 친구끼리 손가락 하나를 잘린 애가 있으면 우리가 더 열심히 일을 해야 그 애한테 밥을 먹일 수 있거든."

"······."

춘호가 말하는 동안에 다들 분위기는 숙연해졌다. 명희는 눈을 내리깔고 있었다.

"난 돈을 벌기 위해서, 먹기 위해서 오류동까지 걸어갔어. 거기서 지금 나와 같이 있는 배호 형을 만났어. 배호 형도 다른 고아원에서 도망쳐 나온 형인데, 나하고 그 중국집에서 같이 일했어."

"지금 같이 있는 사람이야?"

"응. 그 형하고 같이 있어. 그 형이 배달을 나갔다가 오토바이 사고를 내서 수원 교도소에 들어갔거든. 그때부터 나는 그 중국집을 나와서……. 교도소에 면회를 다니다가 술집 여사장을 만났어. 그래서 술집으로 들어간 거고."

"……."

"여사장이 사장이었어. 진짜 사장은 교도소에 들어가 있었고. 그 여사장이 면회를 다니다가 내가 배호 형을 면회하러 갔다가 만난 거지. 그런데 그 여사장은 죽었어."

"응? 왜?"

그저 듣기만 하고 있던 성기가 불쑥 물었다.

"그건……. 나중에 말하지. 칼에 맞아 죽었거든. 그래서 내가 진짜 사장을 면회하러 다닌 거야."

"그럼? 그 사장하고 춘호 너는 어떻게 된 거야?"

다시 성기가 물었다.

"사장은 아들이 없어. 나보고 아들하래."

"……?"

"그 술집이 비어 있다가 내가 정혜라는 누나하고 같이, 배호 형이라는 사람하고 같이 콜라텍을 하자고 그랬지. 정혜 누나는 그곳에서 술집을 할 때에 일하던 누나야. 나한테 공부를 가르쳐 주던 누나지. 그러니까 셋이 같이 있는 거야. 이번에 면회를 갔다가 명희를 만나서 같이 있다고 한 거고."

"그랬구나."

그제야 그들은 춘호가 그동안 살아온 내력과 명희를 만난 것까지 알 수 있었다.

574

"그래. 정혜 누나라는 사람 아주 좋아. 나, 배호 형보고도 사람은 공부를 해야 나중에 바보라는 소리 안 듣는다고 그랬어. 그래서 검정고시를 공부한 거야."

"그랬어?"

호숙이가 얼른 끼어들었다.

"응. 저번에 검정고시 합격했어. 그리고 고졸 시험도 합격을 해놨어. 니들도 공부해 봐. 사람은 공부를 해야 제대로 대접을 받는다는 거야."

춘호는 정혜 누나가 했던 말을 되풀이해서 말하고 있었다. 친구들은 춘호의 그 말에 다들 놀라워했다.

"야. 너 대단하다. 언제 그렇게 했냐?"

"그래. 무식한 것보다는 낫지."

그런 말이 튀어나오자 춘호는 마음에 부담감을 느꼈다.

"이제 그만하자. 딴 이야기나 하자."

춘호가 대화의 주제를 옮겼다.

"그럼 이번엔 명희 이야기나 들어보자. 어때?"

성기의 주문이었다. 그때까지 듣고만 있던 명희는 깜짝 놀란 듯이 고개를 쳐들었다.

"난 별로 없어. 할 이야기가 없어."

"그러지 마. 저번에도 자기 이야기는 하나도 안 하고선. 명희 쟤는 자기 이야기는 안 한다. 춘호, 너는 들어봤냐?"

"아니."

춘호는 명희에 대한 이야기는 전혀 들은 바가 없었다. 처음 만났을 때, 커피숍에 가서 이야기를 나누긴 했지만 특별히 깊은 속사정까지는 들어보지 못했던 것이었다.

"거 봐. 춘호도 모른다고 하잖아. 다들 자기 이야기를 하는데 명희는 자기 이야기는 안 해. 한번 해봐."

성기가 다시 재촉했다.

"아냐. 진짜로 난 할 이야기가 없어. 그냥 파출부 일 나가다가…… 일거리가 없어 쉬고 있다가 춘호 오빠를 만난 거야. 지금은 춘호 오빠네 가게에 나가서 주방 일을 하고 있어."

"그럼 교도소에 있는 사람은 누구야?"

성기가 짓궂게 물었다.

"……."

명희는 얼굴이 달아오른 채로 말을 못하고 있었다.

"명희야, 해봐. 니 이야기도 듣고 싶네 뭐."

춘호가 재촉하듯이 물었다.

"아냐. 오빠, 난 진짜로 할 말이 없어. 교도소에 있는 사람은 아는 사람이야."

"아는 사람?"

다들 의아한 눈빛을 보내고 있었다. 명희는 점점 궁지로 몰려가는 듯했다.

"으응. 전에 직장에 다닐 때에 알던 사람이야. 그래서 면회를 가는 거야."

"……."

거기 모인 친구들은 명희가 난처해하면서 얼굴을 붉히는 것을 보고는 더 이상 질문을 퍼붓진 않았다. 서로 돌아가면서 자신이 고아원을 도망쳐 나온 후로 겪었던 일들을 이야기하기 시작했다. 부모가 없는 그들이 고아원을 탈출해서 갈 곳이라곤 대개 식당 아니면 허드렛일을 하는 곳이거나, 허름한 공장으로 들어가서 잡일을 하는 정도였다. 배운 것이라곤 초등학교 졸업만 겨우 했을 정도였으므로 그럴듯한 직장에 들어가 일을 한다는 것도 무리였다.

"그래. 니들 다 고생만 죽어라 했구나. 나도 그렇다. 점방에서 물건 나르는 일을 하다가 조금만 잘못하면 그 길로 쫓겨나고, 다시 일자리를 찾아봐야 맨날 그런 일만 하는 곳만 떠돌아 다녔지. 우리 같은 고아 출신들은 주인이 고아라는 것만 알면 아주 막 대하거든. 쫓겨나도 어디 가서 하소연할 데가 없는 거지. 그러다가 신문 돌리는 일도 하고, 새벽에 우유 돌리는 대리점에 들어가 일하기도 하고, 차에다가 찌라시 돌리는 일도 하고, 나도 안 해본 것이 없다 뭐. 가방끈이 짧으니 사회에서도 차별을 받는구나 하고 생각하고 마는 거지. 우야튼 우리는 태어날 때부터 버림받은 인간들이야. 안 그러냐?"

성기의 말은 의미심장하게 들렸다.

"너무 그런 말하지 마라. 진짜로 그렇다면 우린 다 죽어야겠네 뭐."

호숙이가 한마디 쏘아 부쳤다.

"하하, 그래. 춘호 저 새끼가 사장이 됐다니 기분이 좋다 아이가. 하늘이 무너져도 솟아날 구멍이 있다는 말이 맞아."

성기는 그 말을 하고선 웃었다. 그들의 이야기는 끝이 없었다. 어느 누가 직살나게 고생한 이야기를 하면 자신이 고생했던 일을 이야기했고, 어느 누군가가 재밌는 이야기를 꺼내면 자신이 겪었던 재밌는 이야기들을 꺼냈다.

"야. 나는 목욕탕에 때밀이까지 해봤다. 거기서 일하면 얼마나 재밌는 줄 아냐?"

성동이가 그 말을 하자, 다들 그에게로 관심이 모아졌다. 그들은 어느새 피곤끼가 번지면서 방바닥에 이리저리 누워서 이야기들을 하고 있었다.

"뭔데?"

"때밀이 하다가 보면 많이 먹어야 돼. 사람들 때를 밀어주니까 힘이 많이 드는 거지. 수시로 빵하고 우유를 먹어야 하는데."

성동이는 이야기를 하면서 침을 꼴깍 삼켰다.

"여기 여자들이 있어서 말을 해도 될지 모르겠다 야."

그러면서 성동이는 여자애들을 둘러보았다.

"뭐야? 뭔데 그래? 이야기해봐."

진란이가 궁금한지 비스듬히 누웠던 자세에서 상체를 일으키며 물었다.

"좋아. 이야기하지 뭐. 나 말야. 때밀이하면서 여자들 거시기도 봤다."

"뭐?"

성동이의 그 말에 다들 놀라는 얼굴이었다.

"정말이야. 때밀이하면 지하실에 있는 보일러실도 관리해야 하고, 수건을 갖다 나르는 일도 해야 하거든. 근데 말이야. 보일러실에 들어갔다가 여탕으로 통하는 파이프에 난 구멍이 있었거든. 전에 보일러실에 있던 놈이 구멍을 내어놓은 거 같아. 그래서 처음엔 뭔가 하고 들여다봤다가 여자들 목욕탕인 거야. 하하, 그래서 때밀 사람이 없으면 심심하면 보일러실에 내려가서 여자들 거시기나 보는 거지 뭐."

성동이의 그 말에 다들 눈을 동그랗게 뜨고는 웃어댔다.

"참 신물나게 봤지. 구멍이 바로 앞에 있어서 여자들이 목욕하는 장면이 그대로 보이는 거야. 하하, 니들이 들으면 우습지?"

"야! 남자가 어째 째째하게 그런 걸 보냐!"

호숙이가 나무랐다.

"뭐, 내가 보고 싶어서 봤냐. 전에 있던 놈이 몰래 구멍을 내서 본거지 뭐. 사장이 봐도 그런 곳에 구멍이 나 있는지도 몰라. 나만 아는 구멍이야 뭐."

"그래도 그렇지. 남자가 그런 걸 구경하고 그래?"

여자애들은 마치 파렴치범인 것처럼 성동일 째려보았다. 다른 여자애들은 성동이한테 면박을 주고 있었지만 명희는 성동이의 말을 듣고만 있었다.

"그냥 봤다는 거야. 내가 안 봤다고 말 안 하면 그만이지 뭐."

성동이가 쑥스러운 듯이 발뺌을 하자 성기가 성동이의 말에 편을 들고 나왔다.

"야아. 그거 굉장히 재밌었겠다!"

"호이구! 남자들은 다 저래. 그것 보는 것이 뭐가 잘한 일이냐? 안 그러니?"

호숙이는 옆에 있는 여자애들한테서 동조를 구했다.

"그래. 맞다 얘. 왜 남자들은 그런 걸 보고 그러니. 그게 얼마나 치사하고 비겁한 짓인 줄 아니?"

"그럼. 요즘 몰카라는 것하고 똑같은 거야. 성동이 너, 그런 것만 봤니?"

여자애들은 성동이를 아예 치한인 것처럼 눈을 깔고서 쏘아보았다.

"아, 아냐. 그건 내가 목욕탕에서 때밀이할 때 이야기고. 요즘은 그런 거 안 하잖아."

성동이는 얼른 무마를 시키려고 했다. 오랜만에 만난 친구들이라 우스개 농담으로 흘려버릴 수 있었다.

"니들 시간 있으면 원장님 한 번 찾아가봐라."

춘호가 말을 꺼냈다.

"응? 왜?"

"그냥. 나도 저번에 엄마를 한 번 알아보려고 가봤는데, 원장님도 많이 늙으셨더라. 선생님들이 다 바뀌서 아는 선생님이 없었어."

"그래? 원장님을 만났어?"

"응. 혹시나 엄마를 알고 계시나 해서 가봤던 거야. 원장님이 모른다고 해서 다시 총무님을 만났는데 총무님도 우리 엄마에 대해선 잘 모르더라. 그래서 그냥 왔지 뭐."

"그랬냐? 총무 그 놈 새끼는 요즘 뭐하더냐? 아, 그 놈 때문에 우리가 얼마나 기합을 받았는데."

성기가 격앙된 목소리로 말했다.

"그래. 그 총무놈 새끼 때문에 밥도 굶고 말이야. 추운 달밤에 마당에 불려나가서 체조를 하질 않나, 찬물로 목욕도 시키고 말이야. 아, 그 놈 새끼만 만나면 한 대 갈겨주고 싶더니만 말이야. 그래, 요즘 뭐하고 지내던?"

"이젠 늙어서 그냥 지내고 있더라. 나를 보더니 아주 반갑다고 그러더라."

춘호는 총무가 그리 나쁜 사람이라고 생각하지는 않았다. 고아원에서 그렇게라도 하지 않으면 제대로 된 가정교육을 받지 않은 원생들을 다스릴 수 없다는 것을 알고 있었다.

"아, 그 새끼 말이야. 애들을 개 잡듯이 잡았지 뭐. 화풀이나 하고 말이야."

"그래. 도망친 놈 있으면 대신에 우리가 벌을 받고 말이야. 그리고 잘 때렸지. 걸핏하면 불러다가 종아리 때리고 말이야. 씨팔."

찬욱이도 총무를 나쁘게 보고 있었다.

"난 고아원에서 도망치고 나서 그쪽으로는 오줌도 안 누기로 작정했어. 그 새끼 얼마나 악질이었는데."

"⋯⋯."

춘호는 다들 총무를 욕하고 있는 데서 총무를 두둔할 수가 없었다.

"히야, 아직도 살아있구나. 고아원에 들어온 애들을 그렇게 패는 그런 놈은 왜 일찍 뎌지지 않지? 하나님이 없는 거 아냐?"

"우리가 그때 얼마나 얻어맞았니? 걸핏하면 잘못했다고 때리고 기합을 주고 그랬잖아. 한번 만나보면 어떨까?"

"이젠 다 늙었을 걸 뭐. 우리가 벌써 이렇게 컸는데 안 늙고 배기겠어?"

"하하, 그렇네. 이젠 늙은 호랑이겠지 뭐. 그런 건 건들 필요도 없어. 안 그러냐?"

"하하, 맞다!"

그들이 다들 총무를 욕하고 있었지만 그래도 춘호만은 총무를 증오하는 기색이 없었다. 황 총무가 그곳 고아원에 있는 여자애들에게 밤에 어떠한 행동을 했었는지 알고 있었지만 황 총무를 최근에 직접 만나본 춘호로서는 황 총무가 어떠한 지경에 처했는지를 누구보다 더 잘 알고 있었다.

떠들다가 술김에 잠에 떨어진 친구는 새근새근 잠이 들고, 아직도 누운 채로 이야기를 나누는 친구들은 방바닥에 옆으로 누운 채로 서로 마주보며 이야기를 하고 있었다. 춘호는 벽에 등을 기댄 채로 눈을 감았다. 성기도 옆에서 벽에 기댄 채로 잠이 들어 있었다.

"오빠. 졸려?"

"……."

춘호는 눈을 떴다. 명희가 옆으로 와서 벽에 기대어 앉아 있었다.

"졸리면 자. 난 그냥 이야기나 듣고 있을게."

"너도 자야지. 내일 일하려면 자는 게 좋아."

춘호는 감기는 눈꺼풀을 밀어 올리며 말했다.

"괜찮아. 졸리면 잘게. 자."

"……."

춘호는 스르륵 눈이 감겼다. 여자애들은 오랜만의 만남이어서인지 밤을 새우도록 이야기들을 나누었다. 남자들은 제멋대로 뒹군 채로 방바닥이나 벽에 몸을 기댄 채로 잠이 들었다.

명희는 잠든 춘호 옆에서 벽에 기댄 채로 누워서 이야기를 하고 있는 친구들을 지켜보고 있었다.

"야! 명희야. 춘호 자니?"

"응."

명희가 춘호를 돌아보며 고개를 끄덕였다.

"너 그 가게에서 일한다며? 음식 만드는 거 해?"

"응. 언니랑 아줌마 둘이랑 같이 해. 콜라텍이라서 김밥, 떡볶이, 순대, 자장면 같은 거 만들어."

"손님이 많아?"

"응. 하루종일 쉴 틈이 없어. 하루 매상이 오백만 원까지 올라가는 걸 뭐."

"그래? 우와! 대단하네!"

여자애들은 벽에 기대 잠든 춘호의 얼굴을 쳐다보았다가 다시 명희에게로 시선을 주었다.

"이야, 너 그럼 거기서 일하면 좋겠다. 춘호가 사장이라며."

"응. 분위기도 좋아. 춘호가 형이라고 하는 배호 씨도 마음씨가 좋고. 정혜 언니도 마음씨가 좋아. 아줌마들도 그렇고."

"너 거기서 월급 얼마 받니? 많이 줘?"

"백이십만 원."

"와! 그렇게 많이 받아?"

"히야, 많이 받네 뭐."

친구들은 다들 명희에게 부러운 시선을 보냈다.

"오늘 같이 가봐. 직접 보면 홀이 얼마나 큰지 몰라. 전엔 큰 술집하다가 문 닫은 곳이라서 홀이 무지 커."

"오늘 한 번 가보면 좋겠다 야."

"그래. 아침에 가본다고 그랬잖아. 거기 가면 일자리 하나 없을까? 너처럼 그런 일하는 거 말이야."

"몰라. 일단 가보면 알겠지 뭐."

명희는 다른 친구들이 부러워하는 것을 보면서 은근히 기분이 좋았다. 옆에서 자고 있는 춘호의 얼굴을 보면서 마음속으로 고맙다는 생각이 들었다.

그들은 다시 고아원에서 겪었던 일들에 대해 이야기하기 시작했고, 명희는 눈을 감은 채로 자신이 걸어왔던 지난날들에 대해 생각하고 있었다. 지금 와서 생각해보면 아무것도 가진 것이 없어 굴러가는 대로 살다가 보니 엉뚱한 곳으로 흘러가서 헛된 시간을 보낸 것만 같았다.

아침이 되자, 여자애들은 벌써 일어나서 세수를 하기 시작했다. 좁은 욕실에 두 명씩 들어가 세수를 하고 났을 때서야 남자애들이 잠에서 깨어나기 시작했다.

춘호는 어젯밤 마신 술이 과했는지 속이 쓰리다며 바깥에 나갔다가 인원수대로 피로회복제와 영양제를 사갖고 들어왔다.

"야! 니들 이거 먹어. 나도 속이 쓰리다 야."

"야! 춘호야. 우리 어제 많이 마셨지?"

"응. 좀 많이 마신 거 같네."

그들은 수원으로 내려갈 채비를 하고선 마음이 들떠 있었다. 밖으로 나온 그들은 전철역으로 갔다. 수원역에 내린 뒤에 택시를 타자고 하는 춘호의 말을 만류하고서 그들은 걷는 게 낫겠다고 했다.

"야, 여기서 안 멀다면서 뭘 택시를 타. 수원에 왔으니까 그냥 걸어가면서 이야기를 하는 것도 괜찮지 뭐."

"그래. 그게 낫겠다 야. 이 인원이 다 탈 것도 아니고, 택시

세 대는 돼야 할 건데 그냥 걷는 게 낫겠다."

그들은 걷기 시작했다. 춘호와 명희가 앞에 서서 걸었고, 그 옆으로 나뉘어서 걷기 시작했다. 가게에 도착한 그들은 보기보다 꽤나 큰 가게를 보고는 입이 벌어졌다. 입구에 있는 간판의 크기를 보거나, 가게의 규모를 보고선 안이 얼마나 큰 술집인가를 대충 짐작할 수 있었다. 어젯밤에 들어갔던 단란주점보다도 훨씬 규모가 큰 업소라는 걸 알 수 있었다.

"여기야?"

"응. 들어가자."

춘호는 출입구문을 열고는 명희에게 먼저 들어가라고 하고선 친구들을 데리고 들어갔다. 명희는 곧장 사무실로 들어가서 잠자고 있는 배호를 깨웠고, 다시 방에서 자고 있던 정혜 언니를 깨웠다.

"언니. 춘호 오빠 왔어. 친구들이랑 같이 왔어."

그 말에 정혜는 얼른 잠자리에서 일어났다. 정혜가 옷을 갈아입고 나올 때까지 명희는 홀로 올라갔다. 홀에는 춘호와 친구들이 환하게 불을 켜놓은 채로 이야기들을 주고받고 있었다.

"배호 형 깨웠어? 정혜 누나는?"

춘호가 묻자 명희가 대답했다.

"응. 일어났어. 곧 나올 거야."

곧 이어서 배호가 홀로 나타났고, 정혜도 나왔다.

"춘호 왔구나. 다 니들 친구냐?"

"응. 잠 깨웠네. 내가 고아원에 있을 때, 같이 있었던 친구들이야. 어젯밤에 술 마시고 같이 잤어. 오늘 여길 와보고 싶다고 해서 같이 온 거야."

춘호는 배호 형을 친구들에게 소개했다. 그리고 정혜 누나라고 소개를 하고선 사무실로 데리고 들어갔다.

"앉아."

춘호의 말에 그들은 다 제각기 소파나 의자로 가서 앉았다. 넓은 사무실이 꽉 찬 듯했다. 춘호 옆에는 배호와 정혜가 나란히 앉았고, 그 옆으로는 명희와 성기가 같이 앉았다. 춘호는 다시 배호 형과 정혜 누나를 소개하고는 친구들을 소개하기 시작했다. 소개를 하고 있는 동안에 명희와 정혜는 일어나서 주방으로 들어갔다.

"우리도 뭐 좀 거들 거 없어?"

여자애들이 사무실에서 나와 주방으로 들어왔다. 고아원에서 자란 애들이라 눈치껏 도와줄 요량으로 주방으로 찾아들어온 셈이었다.

"그래. 다들 춘호하고 같은 고아원에서 자랐다니까 반갑네. 우선 아침밥 안 먹었을 테니까 된장국 끓이고, 반찬이나 만들었으면 좋겠네."

정혜는 주방으로 들어온 여자애들에게 밥과 반찬들을 만드는 데에 거들게 했다. 명희도 알아서 반찬들을 만들기 시작했다. 주방에서 여자들이 아침 식사를 준비하는 동안, 사무실에선 춘호와 배호가 선후배 사이로 친숙해지고 있었다.

"앗따. 형님도 고아원에서 도망쳤다면서요?"

성기가 배호에게 물었다.

"하하, 그래. 그때는 배고플 때니까 고아원에서 도망치기만 하면 다 내 세상인 줄 알지. 안 그러냐? 도망쳐 봐야 배만 고프지만 말이야. 하하."

배호는 어느새 그들에게서 형대접을 받고 있었다.

"어젯밤에 우리, 모텔에 방 하나를 얻어서 밤새도록 그런 이야기들만 했습니다. 썩은 멸치국물만 우려내서 국이라고 나오질 않나, 나중에 멸치를 건져보면 썩어서 흐물흐물해진 멸치 대가리가 나오거든요."

"하하, 맞다!"

배호도 그런 기억이 있었다.

"뭐 과자라고 나눠주는 거 보면 오래 돼서 날짜가 지난 것들이 수두룩하고요. 라면도 팔다가 날짜 지나서 못 파는 것들을 갖다주는 거 누가 모릅니까? 안 그래요, 형님?"

"그래. 그런 거 먹고도 배탈 하나 안 났지. 안 그러냐?"

"암요. 형님. 그런 거 먹고 큰 놈이 고기 먹고 큰 놈보다 더 낫지요. 형님도 그런 경험 있으시죠?"

"그야 말하면 잔소리지. 그때는 배고파서 잠도 안 오고, 걸핏하면 청소해야 되고, 맨날 훈시를 들어야 하고, 니네들은 부모가 없으니 나중에 커서 버릇이 없다느니 하는 말을 들어서는 안 된다는 말은 아마 골백번도 더 들었을 거다."

"하하, 형님도 우리랑 똑같네요."

성기는 배호와 죽이 맞는 듯했다. 다른 친구들도 배호에게는 맏형님으로써 깍듯이 대하고 있었다. 춘호는 다들 배호 형에게 그렇게 하는 모습을 보고 있으려니 기분이 좋았다. 곧 이어서 명희가 들어와서 식사가 준비됐다면서 말을 하고 나가고 나서 곧바로 푸짐한 아침식사가 차려지기 시작했다.

열한 명이 빙 둘러앉았다.

"야. 언제 이렇게 만들었어? 누나 실력 좋네?"

춘호가 그런 말을 하자 정혜 누나는 명희와 그 친구들을 칭찬했다.

"여기 동생들이 도와줬어. 다들 음식들 잘하더라. 니들 어떻게 그렇게 잘하니?"

"언니도. 여기 있는 친구들은 다 밑바닥에서부터 일했으니까 눈치 하난 끝내주는 애들이예요. 뭘 만들었다 하면 금방 배워버리거든요. 고아원 애들이 눈치 있게 잘 하는 거 모르세요?"

명희도 기분이 좋았다.

"맞아요. 언니. 맨날 고아원에서 눈치밥만 먹다가 보면 무얼 해도 금방 해낼 수 있는 거 몰라요?"

호숙이가 웃으면서 말했다.

"그래. 춘호나 배호도 보면 그렇더라. 아무거나 잘 해."

그들은 식사를 하면서 허물없이 친해질 수 있었다.

"누나는 너무 미인이세요. 춘호가 미인이라고 그러더니 진짜 미인이네요."

성기는 정혜 누나가 미인이라고 말을 했다.

"그러니?"

정혜는 그저 웃었다.

"네. 정말 미인입니다요. 고아라서 아부를 잘한다고 보지 마십시오. 이래 봐도 미인을 알아보는 눈은 있습니다."

"하하, 그래."

다들 웃었다. 정혜도 웃었다.

"나하고 어제 춘호하고 붙었지요. 제가 고아원에 있을 때에 대빵이었거든요. 근데, 어제 왕창 깨졌지 뭡니까."

성기가 실토를 했다.

"그래? 같은 고아원에서 자랐는데 싸웠단 말이야?"

배호가 밥을 먹다 말고 물었다.

"네. 형님. 술 한잔 들어가니까 그렇게 되더라고요. 공터에 나가서 한 판 붙었지요."

"그럼 쓰나. 누가 이겼나?"

"내가 완전히 깨졌지요. 춘호 그렇게 봤더니 그게 아니더라고요. 저 새끼 몰라보게 변했더라고요."

"하하, 춘호 잘해. 나하고 누나하고 같이 도장에 나가잖아."

"그래요?"

그제야 성기는 놀라는 표정이었다.

"그럼! 나하고 붙어도 막상막하야. 발이 무지 빨라. 한판 붙었으면 내가 심판을 볼 건데 그랬네. 하하."

"형님."

성기가 불렀다.

"왜?"

배호는 밥을 먹으면서 성기를 쳐다보았다.

"저도 한가닥 하거든요. 신도림에서 성기라고 하면 주먹으로 알아줍니다."

"그래? 알았어. 나중에 그쪽에서 가서 얻어맞을 일이 있으면 성기 너 이름 대보지."

"하하, 네."

그들은 식사를 마치고 나서 여자들이 설거지를 하는 동안, 춘호는 친구들을 데리고 다시 홀로 올라갔다. 테이블에 앉은 그들에게 주방에서 만들어준 과일과 커피를 마시기 시작했다.

"와! 여기 밴드도 있네요."

"그럼. 이따 오후가 되면 밴드팀들이 와. 3인조야."

배호가 마치 사장인 것처럼 설명했다. 춘호는 커피를 마시며 듣고만 있었다. 친구들은 넓은 홀과 휘황찬란한 무대를 보고선 고급스런 분위기에 압도되고 있었다.

"니들 술 한잔 할래?"

춘호가 말을 꺼냈다.

"아냐. 됐어. 어제 술 많이 마셨는데 뭐. 오늘은 여기 와서 보는 것만으로도 좋다."

찬욱이가 사양을 했다.

"그럼 니들 여기서 좀 기다려. 배호 형, 나 좀 봐."

춘호는 배호를 데리고 주방으로 내려갔다. 주방엔 설거지를
끝낸 여자애들이 홀로 올라오고 있었다.

"명희야. 애들하고 같이 있어. 난 누나하고 이야기 좀 하다가
올라갈게."

"응."

춘호와 배호는 주방으로 들어갔다. 정혜 누나가 막 나오려다
가 들어서는 춘호와 배호를 보고는 멈춰섰다.

"왜?"

"응. 누나. 잠깐 이야기 좀 할 거 있어."

"뭔데?"

정혜는 다시 주방 안으로 들어갔다.

춘호가 먼저 말을 꺼냈다.

"형. 쟤들 우리가 데리고 있으면 어때? 다들 일자리가 시원찮
아서 그러는데 말이야."

"뭐? 다 데리고 있자고?"

"응. 누나 생각은 어때? 어차피 우리도 일손이 필요하잖아?"

"글쎄다. 쟤들 잠자리는 어떻게 하구? 쟤들을 다 데리고 있으
려면 힘들 텐데……."

"그건 내가 알아서 할게. 쟤들도 갈 곳이 별로 없어. 아는 사

람도 없고. 어디 가서 일해 봐야 돈도 제대로 못 받고……."

춘호는 난감해하는 정혜 누나의 얼굴을 쳐다보았다. 배호 역시 갑자기 많은 인원을 들이기에는 다소 난처한 표정이었다.

"형. 쟤들 도와준다고 생각하면 돼. 우리 식구들로 채운다고 생각해. 그러면 앞으로 다른 사람을 쓸 일도 없고 말이야."

춘호는 배호와 정혜를 설득하고 있었다. 어차피 일손이 부족한 마당에 될 수 있으면 친구들을 데리고 싶었다. 춘호는 누구보다도 쟤들을 잘 아는 터라 지금은 약간 힘이 들더라도 그런 식으로 도와주고 싶은 마음이었다.

"글쎄. 그럼 주방 아줌마들은 어떻게 하고?"

정혜는 그것부터 마음에 걸렸다.

"일단 일을 시키면서 주방에서 하는 일을 다 배우게 되면 아줌마들을 내보내는 게 어때? 쟤들은 아줌마들보다 월급을 적게 줘도 아무런 불평을 안 할 애들이야."

"그건 그렇지만……."

정혜가 애매한 표정을 지었다.

"난 쟤들이 춘호하고 같은 고아원에서 자랐다니까 환영할 일이지만, 그렇다고 해서 무조건 다 쓸 수도 없는 일 아니냐."

"형. 이번 일은 나한테 맡겨줘라. 형도 후배들 키운다고 생각하고."

"……."

배호는 춘호의 얼굴을 쳐다보고만 있었다. 춘호가 깊은 속내를 드러내진 않았지만 어떤 생각을 갖고 있는 게 확실했다.

"그럼 춘호 니 생각대로 해봐. 우리도 따라갈 테니."

정혜 누나가 먼저 승낙을 했다.

"그럼 형도 찬성하는 거야?"

"그러지 뭐."

배호는 정혜 누나가 승낙을 했는데 반대할 이유가 없었다.

"형. 우리가 이젠 좀 더 크게 생각해야 돼. 이 가게에서 최대한 매상을 끌어올리고 나서, 다음에 할 일이 있어."

"무슨 일?"

배호가 물었다.

"그건 차차 이야기하고. 일단 쟤들은 우리 가게에서 일하도록 하는 거야. 알았지?"

"그래. 알았어."

그제야 배호는 춘호의 어깨를 툭 쳤다. 세 명은 홀로 올라왔다. 그동안에 명희는 친구들과 같이 이야기를 나누고 있었다. 정혜와 배호는 그들 사이에 끼어 앉았다.

"니들한테 한 가지 제안을 하겠다."

춘호가 자리에 앉으면서 말을 꺼내자, 다들 하던 이야기들을 멈추고 춘호를 쳐다보았다.

"여기 있는 정혜 누나와 배호 형한테도 말했는데 니들이 여기서 일하고 싶다면 받아주기로 결정했어. 어떠냐? 나랑 같이 일할 생각이 없냐?"

"그래?"

"정말이야?"

친구들은 다들 춘호와 정혜 그리고 배호를 쳐다보았다.

"응. 생각 있으면 말해봐."

춘호의 말에,

"좋지! 그러면 우리가 다 같이 한 곳에서 일하니까 좋은 거지 뭐. 안 그러냐?"

성기가 먼저 입을 열었다. 그러자 다른 친구들도 한마디씩 하기 시작했다.

"좋아! 우리 다 같이 이곳에서 일하는 게 어때?"

호숙이가 찬성을 표시했다.

"응. 그거 좋겠네."

다들 승낙의 표시를 해왔다.

"그럼 앞으로 우리 가게에서 일한다. 정혜 누나하고 배호 형이 있으니까 나를 봐서라도 실수하는 일이 없도록 하고."

춘호는 당부의 말을 잊지 않았다.

"그거야 당연하지!"

"맞아!"

그들이 찬성을 하는 동안 춘호는 다시 말을 꺼냈다.

"그럼 이따 점심 먹고서 우리 가게가 영업을 하는 걸 보고 가. 가서 생각해보고 마음이 있으면 있던 직장에서 일을 정리하고 연락해라. 니들이 원한다면 우리는 얼마든지 받아줄 수 있으니까. 같이 일해보는 거야."

"그래. 나도 춘호가 어떤 생각을 갖고 있는지는 모르지만 이 가게가 잘 되기를 바라는 마음에서 여러분들이 와줬으면 하는 생각이예요."

정혜의 말이 덧붙여졌다.

"언니 말이 옳아요. 우리 그렇게 해."

진란이가 일단 말의 마무리를 지었다. 이로써 거기 모인 친구들의 의견이 거의 일치된 듯했다. 친구들은 다시 한번 홀 안을 휘 둘러보고는 흡족하게 생각하는 듯했다.

"얘, 니들 점심 준비하게 나 좀 도와줘라. 명희하고 같이 할 테니까."

정혜가 자리에서 일어나자, 명희가 일어났고 여자애들이 일어나서 정혜의 뒤를 따라갔다. 다시 남자들만 남은 자리에서 이번엔 배호가 말을 꺼냈다.

"그래. 잘 생각해보고 빠른 시간 안에 결정을 해라. 우리도 준비하게."

"네, 알겠습니다. 형님."

성기가 제일 반기는 듯했다. 다른 사람들도 춘호의 제안에 마다할 이유가 없는 듯이 보였다.

"난 우리 고아원에서 같이 자란 친구들과 같이 사업을 하고 싶다. 여기 있는 배호 형도 나를 도와줄 것이고, 앞으로 니들도 나를 도와줘야겠다."

춘호의 말이었다.

"그래. 우리 힘이 필요하다면 친구를 도와야지. 우리는 한 솥 밥을 먹은 친구들 아니냐."

"그래. 일단 가서 직장을 정리하고 나서 곧 연락할게."

남자들이 홀에 앉아서 이야기를 하고 있는 동안에 주방에서는 정혜가 여자애들을 데리고 음식을 준비하기에 바빴다. 고기를 사오고, 다른 반찬들을 사와서 푸짐한 점심식사를 차리기에 바빴다.

"언니. 이거 만들어요?"

호숙이가 사라다를 만들 재료를 보며 물었다.

"그래. 그거 사라다 좀 만들래?"

정혜는 그렇게 말하고는 다시 진란이에게 말했다.

"너는 고기 좀 구워줘라. 양념은 다 돼 있으니까."

"네."

진란이는 얼른 가스레인지 앞에 서서 프라이팬을 올려놓고선 고기를 굽기 시작했다. 명희는 김치를 꺼내 썰면서 호숙이, 진란이, 성숙이가 열심히 반찬을 만들고 있는 모습을 보면서 기분이 좋았다. 정혜는 진란이가 구워낸 고기를 접시에 담아 상 위에 올려놓고선 수저를 인원수만큼 꺼내 놓았다.

명희 친구들은 정혜를 그리 어려워하지 않았다. 그만큼 험한 세상에서 힘든 일을 해오면서 스스로의 삶을 터득해가는 법을 깨달았던 것이다. 가난한 자만이 절대 오만하지 않으며, 아무

일이나 다치는 대로 할 수 있는 건지도 몰랐다. 그들은 고아원에서 나오면서부터 혹독한 사회의 현실에 부딪치면서 혼자서 살아가는 법을 배웠던 셈이었다.

고아란 정말 오갈 데 없는 처지나 마찬가지였다. 살아가려면 주인의 눈칫밥을 먹어야 했고, 재주껏 적응해가는 수밖에 없었다. 그것이 사회로 도망쳐 나온 그들의 눈앞에 펼쳐진 냉엄한 현실이었다.

"야. 니들 잘한다아. 어쩜 그렇게 잘하니?"

정혜도 감탄할 정도였다. 무엇을 하나 해도 아무런 손색이 없도록 깔끔하게 해치우는 그들의 손재주였다.

"뭘요. 이런 건 아주 쉬운데⋯⋯."

호숙이가 과일 사라다를 맛있게 만들어 상 위에 올려놓았다. 정혜는 사라다 맛을 보고는 감탄을 한 것이었다.

"언니. 앞으로 우리 여기 취직하면 잘 봐주실 거죠?"

성숙이가 애교스럽게 말을 했다.

"그래. 니들 오면 난 너무 편하겠다 야. 명희도 편할 거고."

"네, 맞아요. 우리들이 다 알아서 할게요."

그들은 마치 합창을 하듯 말했다.

식사 준비를 하는 데에만 두 시간 남짓 걸린 셈이었다. 푸짐한 반찬이 차려진 점심이었다. 그들이 차린 상을 들고 사무실로 갔을 때에는 남자들이 사무실로 들어와 이야기를 하고 있었다.

"우와! 오늘 대단한 날이네!"

배호가 상이 꽉 찰 정도로 가득히 차려져 있는 반찬들을 보고
는 입을 벌렸다.

"호호. 우리들이 차린 상이에요. 정혜 언니도 차렸고요."

호숙이가 웃으면서 말했다.

"우리가 실력을 한번 발휘해본 겁니다아. 이만하면 됐죠?"

성숙이는 배호에게 말을 하고는 정혜 언니를 쳐다보았다. 정
혜는 웃기만 하고 있었다. 탁자에 다 둘러앉으니 자리가 모자랄
정도였다. 얼기설기 대충 끼어 앉아서 식사를 해야만 했다.

식사가 끝나고 나서 설거지를 마친 여자애들은 정혜에게 다
시 물었다.

"언니, 우리가 여기 와도 돼죠?"

"그럼! 춘호가 그랬잖아. 니들이 오면 좋겠다."

"좋아요! 우리 생각해보고 말할게요."

여자애들은 서로 이곳에 와서 일을 하고 싶어했다. 사무실에
앉아 음료수를 마시고 있는 남자애들도 역시 그랬다. 어느새 배
호와 친해진 그들이었다.

"춘호야. 오늘 신세 많이 졌다. 네가 잘 돼 있으니까 기분이
좋다."

성동이가 진심으로 고마워하는 모습이었다.

"그래. 나도 니들 만나니까 좋아. 언제든지 지나다가 들르면
돼. 난 항상 여기 있으니까."

"그래. 나도 항상 있으니까 니들 놀러와도 돼. 잘 생각해보고

같이 일했으면 더 좋고."

"네, 형님."

그들은 배호에게 깍듯이 형님이라고 불렀다. 그들이 이야기를 하고 있는 동안에 밴드팀들이 출근을 했는지 튜닝하는 소리가 들려왔다.

"벌써 오 씨가 출근했나 보다."

배호가 말하자 춘호가 자리에서 일어났다.

"그럼 홀로 나가볼래? 밴드팀들이 출근했어. 연주하는 거나 한번 들어볼래?"

춘호와 배호를 따라 홀로 올라간 그들은 무대 위에서 튜닝을 하고 있는 밴드팀들을 볼 수 있었다. 오늘 새로 온 사람도 보였다.

"손님이 오셨군요? 오늘 새로 들어온 친구들입니다. 야, 인사해. 저기 사장님이시고, 이 분은 사장의 형이야."

오 씨가 그렇게 말하자, 낯선 두 명의 남자가 무대에서 내려와서 춘호 앞에서 고개를 숙였다.

"잘 부탁드립니다. 전 색소폰 연주하는 김 철입니다."

"말씀 많이 들었습니다. 전 재즈기타의 손 학수입니다. 잘 부탁드립니다."

두 명의 청년은 춘호와 배호에게 각각 인사를 했다.

"반갑습니다. 앞으로 잘 해보시지요. 여기는 다 친구들입니다."

춘호는 옆에 서 있는 친구들을 소개했다. 곧 이어서 아르바이트하는 학생이 출근했고, 주방에서 일하는 아줌마들이 출근하다가 춘호와 배호를 보고는 꾸벅 인사를 했다.

마침 주방에서 설거지를 마친 정혜와 여자 친구들도 홀로 올라왔다.

"야. 니들 좀 있다가 가. 곧 있으면 연주가 시작될 테니까."

배호가 그렇게 말하자, 그들은 뒤쪽에 있는 테이블로 가서 앉았다. 오 씨가 새로 들어온 젊은 팀원들을 데리고 연주에 들어갔다. 실내는 곧 우렁찬 음악소리가 퍼져 나왔다.

학생들이 하나 둘씩 들어오면서 배호는 카운터로 가서 손님을 맞기 시작했다. 춘호는 아르바이트를 하는 학생에게 홀 안의 일을 맡기고는 친구들과 같이 테이블에 앉았다.

채 한 시간도 안 돼서 홀 안은 붐비기 시작했다. 본격적으로 요란한 음악소리가 울려 퍼지고, 배호는 바빠지기 시작했다.

"우와! 죽여주네. 이렇게 손님이 많아?"

"아직 더 들어올 거야. 이제 시작이야."

배호는 기분이 좋았다. 오늘따라 색소폰 소리까지 나오고 재즈기타의 요란한 음이 학생들을 열광시키기에 부족함이 없었다. 학생들은 테이블에 앉아 있다가 무대로 뛰어나가 춤을 추고 있었다.

"니들도 한잔 하지."

춘호는 아르바이트생을 불러서 음료수와 먹을 것들을 갖고 오라고 시켰다.

"여긴 음료수만 파는 데야? 술은 안 팔아?"

호숙이가 신기한 듯이 물었다.

"응. 술 팔면 걸리게 돼 있어. 학생들이 와서 스트레스를 푸는 곳이지."

곧 먹을 것들과 음료수가 테이블에 차려졌다. 그때쯤 벌써 홀 안은 학생들로 가득 차 있었다.

"우리도 주방에 가서 좀 도와줄까?"

여자애들이 말하자 춘호가 말렸다.

"됐어. 주방엔 일하는 아줌마들이 있으니까. 니들은 다음에 와서 일해도 돼. 어때? 여기 올 생각 있어?"

"응. 불러만 주면 오지. 이런 데서 같이 일하는 게 어디야?"

"그래. 우리 다 같이 춘호 이놈을 도와주는 거다."

성기가 흡족한 듯이 말했다.

오후 다섯 시쯤에 그들은 자리에서 일어났다. 춘호는 그들을 배웅하러 바깥에까지 따라 나갔다.

"야, 들어가라. 바쁜데. 우리 가서 의논해보고 곧 전화할게."

"그래. 여기 와서 나도 기분이 좋다. 연락해라."

춘호는 가게 밖에서 그들을 배웅하고는 안으로 들어왔다. 홀을 울리는 밴드에 춘호는 기분이 좋았다. 오늘따라 학생들은 더욱 열광적으로 춤을 추는 것이었다.

그날 밤 사무실에 모여 앉은 세 사람은 앞으로의 계획에 대해 의논하고 있었다.

"오늘 매상이 오백만 원을 넘었어. 자꾸 소문이 나는가 봐."

배호의 말이었다.

"그럼 그래야지. 오늘 밴드가 죽이더라."

정혜도 기분이 좋았다.

"누나. 오늘 애들 어때? 일 잘하지?"

"응. 온데?"

"좀 있다가 연락하기로 했어. 걔들이 오면 아줌마들은 내보내야지?"

"당장 내보내?"

정혜는 그동안 정이 든 아줌마들을 내보낸다는 것이 마음에 걸렸다.

"그럼 어떻게 할까? 그냥 두긴 좀 그렇고……."

춘호는 배호를 쳐다보았다.

"내 생각엔……"

배호가 말을 꺼냈다.

"뭔데?"

정혜가 물었다.

"그냥 있게 하면 안돼? 아무래도 아줌마들이 주방 일은 잘 할테니까 말이야."

"그럼 월급이 많이 나가잖아?"

정혜는 그게 우선 문제라고 생각했다.

"그건 걱정마. 내가 친구들하고 알아서 해결해 볼게."

춘호가 나섰다.

"그럴 수 있어?"

"응. 걔들은 일단 여기 같이 있는 걸로 만족해. 월급이야 나중에 천천히 올려주기로 하고."

"너 걔들 다 데리고 어떻게 할 생각이냐?"

배호가 물었다.

"일단 우리랑 같이 있는 걸로 해. 나중에 봐서 이런 콜라텍을 하나 더 내는 것도 괜찮을 거 같고."

"......?"

배호와 정혜는 춘호가 그런 생각을 갖고 있는 줄은 꿈에도 몰랐다.

"형하고 누나도 이런 가게를 하나씩 갖고 있다면 좋을 거야. 장사가 잘 될 때에 가게를 늘리는 것도 괜찮지 않나 싶어."

"그런 생각을 했어?"

정혜는 춘호의 그런 생각에 그저 놀랄 뿐이었다.

"응. 그냥 생각만 하고 있다가 이제서야 말하는 거야. 우리도 점점 가게를 키워나가야 한다는 거야. 여기 한 군데서만 이러고 있을 게 아니라, 장사가 잘 될 때에 왕창 벌어보는 거야."

"아, 그런 생각이었구나."

그제야 배호는 춘호가 고집스럽게 친구들을 다 데리고 있자는 말에 이해가 갔다.

"좋아! 그런 생각이라면 이 누나도 좋게 생각하겠어."

"그럼 됐지?"

춘호는 웃었다.

"그래. 그렇게 하면 되겠다. 자, 이제 씻고 자야지. 누나도 피곤할 텐데."

"그래도 공부는 해야지?"

피곤한 기색이 역력한데도 춘호와 배호의 검정고시 준비엔 소홀하지 않았다. 배호도 어느새 실력이 부쩍 늘어갔다. 처음엔 영어나 수학이라면 하품부터 하던 그였지만 검정고시에 합격하고 나니 자신감이 생기는 듯했다. 공부를 마치고 나면 정혜는 파김치가 돼서 씻는 둥 마는 둥하고선 방으로 들어갔다.

춘호와 배호는 소파 위에 이부자리를 깔고서 누웠다.

"형."

배호는 캄캄한 천정을 올려다보고 있다가 춘호 쪽을 바라보았다.

"이제 우리도 고아원에서 나온 애들을 모아서 멋진 사업을 벌여볼 때라고 생각해. 이런 콜라텍을 더 늘리다가 점점 더 큰 사업으로 나갔으면 해."

"어떤 사업?"

"돈을 벌면 외식사업 쪽도 괜찮을 거 같고, 하여튼 큰 사업을 하는 게 꿈이야. 형은 어때?"

춘호는 그동안 마음속으로만 벼르고 있던 이야기들을 꺼내고 있었다.

"일단 아까 네가 말한 대로 콜라텍을 몇 개 늘리고 나서 다시 생각해보자. 그동안 모은 돈으로 하나쯤은 충분히 늘릴 수 있으니까."

"그럼 그렇게 하는 게 좋겠어. 난 형하고 누나가 이런 콜라텍 하나를 갖고 있는 게 좋겠다고 생각했어."

"그래……."

배호는 야무진 꿈을 갖고 있는 춘호가 오늘따라 믿음직스러웠다. 형으로써 춘호보다 뒤진 생각을 갖고 있었다는 것이 민망할 뿐이었다.

"……."

춘호는 눈을 감지 못했다. 배호가 잠이 골아 떨어져 코고는 소리를 내었지만 춘호는 얼른 잠이 오지 않았다. 고아원에서 나와 처음 만난 친구들의 얼굴이 선연히 떠올랐다. 그동안 제각기 흩어져서 안 죽고 살아 있다는 것만으로도 마음이 든든해졌다. 더구나 고아원에서 애들을 괴롭혔던 성기가 춘호에게 호의적으로 나와준 것만 해도 고마웠다.

'짜식…….'

춘호는 성기를 떠올리면서 피식 웃었다.

다음날 아침, 명희가 출근하는 것을 보고서 춘호는 교도소로 향했다. 면회를 신청한 춘호는 미리 영치물을 집어넣고서 순서를 기다렸다가 면회실로 들어갔다.

"아버님. 저 왔습니다."

춘호는 양아버지에게 꾸벅 인사를 하고는 앞으로 다가섰다.

"그래. 형이 확정되었다. 곧 이감을 갈지도 모르겠다."

"네? 어디로 갑니까?"

"글쎄다. 아마 서울 쪽으로 가려고 그런다. 서울이라도 면회 오기는 괜찮겠지?"

"네. 아버님. 지방으로 가셔도 전 괜찮습니다."

"그래. 내가 이 안에서 알아서 할 테니까. 장사는 어떠냐?"

"어제 오백이 올랐습니다. 밴드팀도 두 명이 더 붙었고요."

"그래?"

"네. 색소폰 연주하는 사람이 한 명 더 들어오고, 재즈기타 치는 사람이 들어오니 무대가 확 사는 것 같습니다."

"잘 했다!"

양아버지는 흡족한 듯이 웃었다.

"아버님. 그리고……."

"……?"

양아버니는 춘호가 몰라보게 컸다는 것을 느끼고 있었다. 춘호의 짙은 눈썹을 보면서 남다른 애착심을 갖고 있었다.

"이제 장사도 잘 되고 하니 가게를 하나 더 늘렸으면 합니다. 아버님 생각은 어떠신지……."

"그래? 그거 네 생각이냐? 정혜가 그렇게 말하는 거냐?"

"아닙니다. 어젯밤에 정혜 누나한테 처음으로 말했습니다. 누나도 좋다고 했습니다."

"그럼 그렇게 한 번 해봐. 장사는 잘 될 때에 늘려놓는 것도 좋지. 그건 니 수완이다. 돈 필요하냐?"

"돈은 됐습니다. 그동안 벌어놓은 돈이 오억쯤 됩니다."

"그래? 그럼 내가 좀 투자를 하지. 삼억이면 어떠냐?"

"아버님께서 그런 돈이……."

"괜찮다. 그만한 돈은 있다. 네가 그만큼 가게를 키워놨으니 나도 이젠 좀 투자를 해야지. 안 그러냐? 오늘밤이나 내일밤에 사람을 보내마. 전에 왔던 그 사람을 보낼 거다. 받으면 일 시작 하고, 면회와서 이야기나 해줘라."

"네, 아버님."

춘호는 고개를 숙이며 대답을 했다.

"넌 장사에 소질이 있는가 보다. 요즘도 공부는 하냐?"

"네. 곧 시험입니다."

"이번에도 합격하겠지?"

"네."

춘호는 자신감 있게 대답했다.

"그럼 대학은 어디로 가냐? 배호라는 애도 공부하냐?"

"네, 열심히 하고 있습니다. 대학은 배호 형과 같이 체육대학 에 가고 싶습니다."

"체육대학? 거긴 왜? 그냥 일반대학에 가면 안 되냐?"

"그 정도 실력은 안 될 것 같고 해서……. 그냥 체육대학에 가서 운동이나 했으면 합니다."

"운동도 열심히 하냐?"

"네, 매일 도장에 나갑니다."

"그럼 그렇게 해라. 내가 바깥에 있으면 네가 편하게 공부하도록 해줄 텐데 말이야. 네가 알아서 잘하니까 난 너만 믿는다."

"네, 아버님. 걱정마십시오."

춘호는 다시 깊이 고개를 숙였다.

"먹을 건 넣었냐?"

"네."

"난 오년 형이다. 알고 있지?"

"모릅니다. 아버님이 지금 말씀 안 하셔서……."

"그렇게 알아라. 한 오년 푹 썩고 나면 나갈 날이 있을 거다. 이 안에선 별로 어려운 게 없다. 이 속에도 돈만 있으면 천국이니까. 단지 바깥에 나가지 못하는 것만 빼고……."

"……."

"여기서 살 거다. 미리 손을 써놨다."

춘호는 양아버지를 쳐다보았다. 벌써 늙기 시작했다는 표시가 얼굴에 드러나고 있었다. 아무리 감방 안에서 돈으로 호의호식을 한다고 하더라도 겨울엔 춥고 여름엔 무지 더운 방 안에서만 생활해야 한다는 것이 얼마나 사람을 빨리 늙게 하는지 짐작할 수 있었다.

"가봐라. 난 너만 오면 괜히 기분이 좋다."

"네. 아버님. 그럼 편히 쉬십시오."

춘호는 머리를 조아려 인사를 하고는 아버지가 먼저 면회실을 빠져나가는 것을 보고서 밖으로 나왔다. 유리창 밖으로 양아버지가 복도를 걸어가는 모습이 보였다. 왠지 모르게 늙어가고 있다는 것을 실감할 수 있었다.

면회를 마치고 돌아온 춘호는 배호, 정혜 누나와 같이 도장으로 가서 운동을 했다. 그리고서 가게로 돌아오면 명희가 차려주는 점심식사를 하고선 오후 장사를 위해 분주해지기 시작했다.

나날이 매상은 올라갔다. 새로 들어온 연주자 두 사람의 효과도 톡톡히 나타나고 있었다. 손님들은 더욱 웅장해진 밴드소리에 열광의 도가니 속으로 빨려들곤 했다. 일단 학생들은 열광하기 시작하면 매상이 팍팍 올라갔다.

이틀 뒤에 성기와 친구들이 찾아왔다. 갓 도장에서 운동을 마치고 가게로 돌아왔을 때, 가게 안에는 성기와 고아원 친구들이 모두 와서 기다리고 있었다.

"오빠. 아까부터 기다렸어."

명희가 그들에게 커피를 대접하고 있다가 말했다.

"야, 반갑다. 다들 왔네?"

춘호는 누구보다도 반가웠다. 배호와 정혜도 반가울 따름이었다.

"응. 우리가 다 같이 있고 싶어서 왔어. 됐냐?"

"그래. 잘 왔다. 점심이나 같이 하자. 명희야. 밥 있니? 없으면 시켜먹고."

"그럴 줄 알고 미리 해뒀어. 걱정마."

여자애들은 곧 주방으로 내려갔고, 춘호와 배호는 친구들을 데리고 사무실로 갔다. 그들이 들고 온 가방과 짐들이 홀 뒤쪽에 수북이 쌓여 있었다.

"그래. 니들이 잘 결정했다. 이제 우리랑 같이 사업을 하는 거야."

배호는 형인 것처럼 말했다.

"네, 형님. 이럴 때에 같이 뭉치는 것이 낫겠다고 생각했습니다. 형님도 그렇고 정혜 누님도 마음씨가 좋은 것 같아서요. 저희들이 도움이 된다면 열심히 일하겠습니다."

"하하, 그래. 우리도 형제처럼 생각할 거다. 나도 고아 출신 아니냐."

그들은 마치 한 공동체라는 생각이 들었다. 이로써 춘호의 가게는 대가족이 된 셈이었다.

그날 저녁부터 본격적으로 일을 하기 시작했다. 카운터에는 성기와 진란이가 대신 맡았고, 홀에는 명쾌와 성동이, 찬욱이가 맡았다. 주방에는 명희와 호숙이, 성숙이에게 부탁을 했다.

배호와 춘호는 홀 뒤쪽에 서서 관리하고 있었고, 정혜는 주방을 관리하게 되었다. 홀에서 일하던 아르바이트 학생은 내일부터 나오지 않아도 된다고 말을 해뒀다.

친구들은 눈치 빠르게 움직였다. 이미 그런 일에는 익숙한 듯했다.

그날 밤 일을 마친 뒤에 계산해보니 육백오십만 원이라는 매상이 올랐다. 카운터의 관리는 배호가 맡기로 결정했다.

"야, 춘호야. 이만하면 끝내주는 거 아니냐? 오늘 회식 어때? 쟤들도 왔고, 밴드팀들도 새로 왔으니까 말이야."

배호는 기분이 들떠 있었다.

"그렇게 할까? 야, 성동아, 주방에 내려가서 다들 올라오라고 그래. 오늘 회식이라고 그래."

"응, 알았어."

성동이가 곧 주방으로 내려갔다. 설거지를 끝낸 여자들이 올라올 때까지 그들은 간단하게 술잔을 기울였다. 주방에 남아 있던 음식들을 갖고 왔고 춘호가 창고에서 술을 가져왔다.

춘호는 밴드팀들에게 먼저 술잔을 권했고, 배호에게 술잔을 채워주었다. 그리고서 친구들에게 술잔을 돌렸다.

춘호는 맨 나중에 술잔을 받았다.

"자. 건배하자."

배호가 춘호에게 말을 했다.

"형이 해봐."

"그래. 자, 건배! 우리 모두를 위하여!"

"위하여!"

그들은 술잔을 부딪치고는 입으로 가져갔다. 술을 마시고 있을 때에 여자애들이 올라왔다. 그들에게도 한잔씩을 권하고는 바깥으로 나갔다.

전체 식구가 다 모인 회식 자리였다. 밴드팀들과 고아원 친구들을 서로 인사시키고, 그들은 한 식구처럼 친해졌다. 회식이 끝나고 밴드팀들이 고맙다는 인사를 하고선 돌아가고 나서 사무실로 돌아온 그들은 음료수를 마시면서 대화를 했다.

"앞으로 우리 가게가 하나 둘 늘어날지도 모르겠다. 그렇게 되면 니들이 다 필요한 사람이라는 것을 알 것이다. 우선 잠자리는 이 근처에 잡도록 해주겠다. 오늘만 여기서 같이 자자."

춘호는 그러는 수밖에 없다고 생각했다.

"명희는 좁더라도 정혜 누나와 같이 자고, 나머지는 다 여기서 눈을 붙이도록 하지. 날이 밝으면 이 근처에 방을 얻어줄 테니까."

"아냐. 나도 여기서 잘래. 언니 혼자도 비좁아."

"그래? 그럼 그렇게 해."

그들은 자리에서 일어나서 잠자리를 마련하고 씻기 위해서 줄을 서야 했다. 정혜가 먼저 씻고 방으로 들어가고서 차례대로 씻기 시작했다. 사무실 안은 바닥을 걸레질해서 신문지를 깔아놓았다. 여자들은 소파에서 자도록 하고 남자들은 바닥에 그냥 누웠다. 불을 끄고 나자 편안한 밤이 찾아왔다.

"니들 고아원에서 있을 때 생각나니?"

진란이가 쿡, 웃으며 말을 꺼냈다.

"어떤 거?"

"밤에 방에서 자지 않고 맨끝 복도에 나가서 자던 거 말이야.

기억 안 나?"

"아, 여름밤이었지. 방 안은 덥고 잠이 들려고 해도 잠이 오지 않아서 다들 복도로 나가서 잤잖아."

"기억하는구나. 그때가 생각나."

"모기한테 뜯겨가면서 말이야. 다음날 아침에 일어나보니 온몸에 모기가 물어뜯어서 가려워 미치겠던 적이 있었잖아. 하하, 그때는 다들 가려운데 긁느라 한참 애먹었지."

"벌써 이렇게 시간이 흘렀나 봐. 남자애들은 코흘리개에서 벌써 장가갈 나이가 되었으니. 우습다, 그지?"

여자들은 키들거렸다.

"그럼 니들은 안 그러냐? 코를 질질 짜며 머리에 서캐가 허옇게 있던 애들이 벌써 아줌마가 될 폼을 잡고 있으니 세월 참 빠르다."

"뭐? 머리에 서캐가 허옇다고? 그럼 니들은? 내복에 이가 바글바글 댔잖아?"

"하하, 맞다! 그때 허연 거 뿌리던 거 뭔지 아나?"

"그것도 몰라? DDT 아냐."

"맞아! 그거 뿌리고 나면 온몸이 근질근질했지. 이가 죽으려고 발광을 해대고, DDT가 독해서 그런 거야."

그들은 어린 시절의 이야기로 시간이 가는 줄도 몰랐다. 하나둘 잠이 빠져들면서 코고는 소리가 들려왔다. 여자들은 소곤거리며 이야기를 주고받고 있었다.

"춘호야. 자니?"

"아니……."

"넌 부자 되겠다 야. 이런 데서 하루 매상이 엄청나니 말이야."

"……."

춘호는 어둠 속에서 입가에 미소를 머금었다.

"우리들 중에 제일 잘 된 남자라도 있어야 우리가 빌붙어 살지. 다들 못 배우고 가진 게 없으니까 비빌 언덕이라도 있어야지."

"그래. 춘호 네가 이런 거라도 하고 있으니까 다 만나는 거야. 배호 오빠는 자요?"

성숙이가 물었다.

"난 안 잔다. 니들 말 듣고 있다."

배호가 마치 어른스럽게 말을 하자, 다들 키득거리며 웃었다.

"오빠는 고아원에서 살 때에 재밌는 이야기 있으면 해봐요. 좀 듣게."

성숙이가 말했다.

"뭐, 니들하고 똑같아. 고아원이야 원래 춥고 배고픈 곳 아니냐. 구호물자 썩은 거 받아서 먹고, 배탈이 나면 약도 못 사먹고 그냥 나을 때까지 기다리는 거고. 학교 가기 싫어서 배 아프다고 방에 처박혀 지내다가 나으면 학교에 가는 거고. 언제 고아원을 도망칠까 하고 하늘만 쳐다보다가 울타리 너머 세상이 아름답게 보여지는 거고. 뭐 다 그런 거지 뭐."

"우와! 오빠는 아주 말을 잘 하네요."

"하하, 나도 이젠 공부하니까 머리에 좀 든 게 생기는가 봐."

"배호 오빠는 여자들한테 인기 있을 거 같아. 그렇죠?"

"여자? 나 여자 없는데? 여자 친구 하나 만들어줘라."

"정말요? 여자 없어요?"

"그래. 거짓말 하겠냐? 춘호한테 물어보면 알지."

"그럼, 내가 오빠 애인하면 안 돼요?"

"엉? 호숙이가 네가?"

"네."

호숙이는 농담인지 진담인지 모를 정도로 웃으면서 대답을 했다.

"하하, 니네들 다 애인하지 뭐."

배호는 농담으로 받아넘겼다.

"피이, 여자 없다면서 꽁무니 빼네 뭐. 내가 마음에 안 드나봐. 그럼 누가 마음에 들어요?"

"다 마음에 들어."

"그런 게 어디 있어요? 오빠는 완전히 바람둥이야."

"하하하."

그들은 다들 웃었다. 춘호는 눈을 감은 채로 잠이 들려다가 웃음소리에 잠이 달아났다.

"이제 자지. 내일 일찍 일어나려면."

"그래. 자자."

배호도 잠을 청하려고 반듯이 누웠다. 바닥에서 시원한 냉기가 등짝을 타고 올라왔다.

여자애들은 저희들끼리 소곤거리다가 키들거리며 웃곤 했다. 아마도 배호를 두고 저희들끼리 소곤거리는 모양이었다. 배호는 여자들의 소곤거림에 아랑곳하지 않고 잠을 청했다.

다음날 저녁쯤에 아버지가 보낸 사람이 찾아왔다. 저번에 왔던 그 사내였다. 그 사내는 콜라텍의 실내를 보고는 놀라는 듯했다.

"안으로 들어가시지요. 여긴 시끄럽습니다."

춘호는 사내를 정중하게 맞으면서 사무실로 모시고 갔다. 배호가 따라 들어왔다가 주방으로 가서 간단한 안주와 맥주를 들고 와서 놓고는 밖으로 나갔다.

"가게를 하고 있군요. 말씀은 들었습니다."

"네. 오늘 아버님께 면회를 갔다 왔습니다."

"압니다."

"한잔 드시죠."

춘호는 사내에게 맥주를 따라주고는 자신의 잔에도 맥주를 따랐다. 사내는 맥주를 반쯤 마시고 잔을 내려놓았다.

"이거……. 이야기 들었죠?"

사내가 내민 것은 하얀 봉투였다.

"아버님께 이런 돈이 있습니까?"

춘호는 봉투를 열어보지 않아도 아버지가 말한 삼억이란 돈이 들어 있을 거란 생각이 들었다.

"아, 네. 임 사장님은 그 안에서 대빵으로 통합니다. 충분히 있습니다."

사내는 마치 자신이 그만한 돈을 갖고 있는 것처럼 자랑스럽게 말을 했다.

"그 안에서 어떻게 그런 돈을……?"

춘호는 그게 궁금했다.

"그건 말씀드릴 수 없습니다. 임 사장 일은 나도 모릅니다."

"……?"

"이번에 형이 확정돼서 그냥 수원에 남아 있기로 했습니다. 그 이야기 들으셨죠?"

"네……"

"그것도 다 돈이 하는 일입니다. 돈만 있으면 뭐든지 할 수 있으니까요."

사내는 남은 술을 다 마시고는 일어나려고 했다.

"한잔만 더 하시지요."

춘호는 얼른 맥주병을 들어 그를 붙잡았다. 사내가 일어날 것처럼 하다가 엉거주춤 술잔을 받았다.

"그럼……. 교도관이신 거 맞죠?"

"그건 묻지 마십시오."

사내가 난처한 듯이 말했다.

"괜찮습니다. 비밀은 지켜줄 테니까요."

"……."

사내는 춘호를 쳐다보기만 했다.

"장사는 잘 된다고 들었는데……. 잘 됩니까?"

"네."

"임 사장도 기분이 좋은 것 같습니다. 단지 형을 많이 받아서 그렇지만……. 좀 살다가 보면 빨리 나갈 수 있을 겁니다."

"가출옥 말씀입니까?"

춘호는 배호에게서 들은 가출옥을 들먹였다.

"네. 아시는군요."

"들어서 압니다. 얼마나 살면 가출옥으로 나올 수 있습니까?"

"한 4년은 살아야 가출옥 대상이 될 겁니다. 그걸로 나오려면 본부 쪽에 손을 써야 합니다."

"본부라면?"

"법무부지요. 높은 데에 손을 써야 효과가 납니다."

"알겠습니다. 잘 부탁드립니다."

"저야 뭐 심부름밖에 한 거 없습니다. 이제 일어나겠습니다."

사내는 정중하게 말하고는 자리에서 일어났다.

"잠시만요."

"?"

사내가 엉거주춤하는 동안에 춘호는 책상으로 가서 서랍을 열고선 미리 준비해놓은 봉투를 꺼냈다.

"잠시만 기다려 주십시오."

"이거 그냥 교통비 정도입니다."

춘호가 봉투를 내밀자 사내는 두 손으로 극구 사양을 했다.

"아, 아닙니다. 전 됐습니다."

"받으십시오. 저도 인사를 해야 할 거 같아서 그럽니다."

사내는 끝까지 사양을 했지만 춘호의 강권에 못 이겨서 못 이기는 척하면서 봉투를 받았다.

"전에는 들렀을 때도 이런 거 드리지 못했지만, 이제 장사가 잘 되니까 가시는 길에 교통비나 하시라고 드리는 겁니다. 아버님 잘 부탁드립니다."

춘호는 깍듯하게 인사를 했다.

"뭘요. 전 그저 사장님 심부름꾼에 불과합니다. 고맙게 받겠습니다."

이번엔 사내가 허리를 숙였다.

"네. 그럼……"

춘호는 앞장서서 홀로 올라갔다.

"한 번 보십시오."

춘호가 홀 안을 둘러보라고 말하자, 사내는 꽉 찬 테이블을 바라보면서 흡족한 듯한 웃음을 짓고 있었다.

"정말 장사가 잘 되는군요. 사장님도 그렇게 말을 합디다."

"하하, 네. 이제 나가시죠."

춘호는 정중하게 입구를 가리켰다. 사내를 밖에까지 배웅하고 나서 춘호는 안으로 들어왔다.

## 조직의 세계

　춘호는 넓은 사무실을 중간에 막아 방 두 개를 꾸몄다. 설비집에서 인부를 데려와 칸을 막아서 방을 꾸미고는 바닥에는 온돌을 놓았다.

　여사장이 쓰던 책상을 뒤로 물리고 나서 소파도 뒤쪽으로 물렸다. 방 하나는 남자들이 쓰도록 했고, 다른 방은 여자들이 쓰도록 만들었다. 그리고 사무실에는 간이침대를 놓아 춘호와 배호가 잘 수 있도록 만들었다. 춘호는 배호와 정혜 누나와 상의해서 친구들을 다 검정고시를 볼 수 있도록 공부하는 시간을 가지기로 약속을 했다. 그리고서 춘호는 다 모인 자리에서 이렇게 말했다.

　"이제 앞으로 우리는 한 식구다. 같은 지붕 밑에서 같이 생활하는 식구라는 뜻이다. 앞으로 기상하는 시간은 고아원에서와 같이 새벽 6시에 전원이 일어나서 세수하고 나서 곧바로 공부에 들어가면 아홉 시에 공부를 마친다. 아홉 시부터 열두 시까지는 전원이 체육관으로 가서 운동을 한다. 열두 시부터 한 시까지는 점심식사를 하고, 한 시부터는 영업준비를 하는 시간으로 하겠다. 남자들은 홀을 정리하고, 여자들은 주방에서 음식을 만드는 일을 하도록 하겠다. 앞으로 이 약속을 지키도록 했으면 한다."

"……."

춘호의 말에 다들 찬성의 뜻을 보냈다. 눈빛만 봐도 서로의 마음을 읽을 수 있는 그들이었다.

"여기 있는 배호 형과 정혜 누나도 찬성한 거니깐 힘들더라도 참았으면 한다. 이상!"

춘호는 열한 명을 거느린 사장이나 마찬가지였다. 배호와 정혜의 의견을 들어서 결정하는 거였지만 고아원에서 같이 자란 친구들이라고 해서 대충 넘어가는 일은 없었다.

그 다음날부터 춘호는 정확하게 기상을 시켰다.

"기상!"

춘호가 먼저 잠에서 깨면 배호가 일어나서 그들을 깨웠다. 배호는 방문을 두드려서 그들이 일어나기를 기다렸다가 곧 공부할 준비를 했다. 정혜가 선생이 되어 하루에 한 과목씩 수업을 했다. 처음엔 그들도 배호처럼 하품을 했지만 하루 이틀이 지나면서 점점 익숙해져 갔다.

수업이 끝나면 쉴 틈도 없이 곧바로 체육관으로 가서 체력을 연마했다. 여자들은 한쪽에서 여자들끼리 대련을 붙었고, 남자들은 남자들끼리 운동에 열을 쏟았다.

그 시간에 춘호는 도장을 나와 교도소로 면회를 갔다가 아버지를 만나고는 다시 도장으로 돌아와서 그들과 합류를 했다. 그들은 운동을 하는 시간이 제일 행복했다. 어쩌면 공부보다도 운동에 더 열을 올렸다.

운동이 끝나고 돌아와서 여자들이 식사를 준비하는 동안에 남자들은 홀로 나가서 청소를 하거나, 개인적인 시간을 가질 수 있도록 했다. 그러나 절대로 바깥엔 나가지 못하도록 했다.

"모든 것에 익숙해질 때까지는 절대로 가게 바깥으로 나가지 마라. 여기가 우리가 지냈던 고아원이라고 생각하면 참을 만할 것이다."

춘호는 그런 명령을 내렸다. 춘호의 말에 토를 달거나 이의를 제기하는 사람은 없었다.

오후가 되면 남자들은 홀로 나와서 영업준비를 했고, 여자들은 주방으로 들어가서 음식 만들기에 분주했다. 정혜는 출근한 아줌마들과 같이 저녁에 팔 음식들을 다 만들어놓고서 커피를 마시거나 하면서 주방에서 나오지 않았다.

밴드팀들이 출근하면 각자 제 위치로 가서 대기하고 있다가 손님이 들어오면 곧바로 영업에 들어갔다. 춘호와 배호는 홀 뒤쪽에 서서 각자 맡은 역할을 잘 하고 있는가 살필 뿐이었다.

"형. 앞으로 더 많은 인원을 끌어모으는 거야."

춘호는 바쁘게 움직이는 친구들을 바라보면서 말을 꺼냈다.

"그래, 좋아. 그건 내가 알아볼게."

배호도 이미 춘호의 생각을 알고 있었다.

"난 내일 면회 갔다가 은혜원에 들렀다 올게. 형이 애들을 데리고 도장에 가 있어."

"도장으로 오기 힘들겠네?"

"아마 늦을 지도 몰라."

"오케이! 알았어!"

배호는 두 주먹을 쥐어 우두둑 소리를 내면서 말했다. 요란한 밴드 때문에 그들은 바로 가까이 서서 귀에다 대고 말을 해야 했다.

"어서 오십시오!"

성기와 진란이가 카운터에 서서 들어오는 손님에게 인사를 하는 소리가 들렸다.

"……?"

홀에 들어선 세 명의 사내는 춘호와 배호를 알아보고는 다가 왔다.

"딱 한 달만에 보는구마. 오우, 종업원들이 늘었군."

거머리파의 중간 머리격인 창면이 느물거리며 웃었다. 그들은 껌을 딱딱 씹고 있었다.

"형님들. 이런 대낮에 오면 장사 그만두라는 겁니까? 마칠 때쯤 오면 안 됩니까?"

춘호는 약간 마음이 언짢은 듯이 말을 했다.

"왜? 우리는 뭐 잠도 안 자고 수금하러 다니나? 돌아다닐 때가 데가 많아서 그러지. 우리가 너무 일찍 왔나?"

창면은 다른 날과 다르게 뻣뻣하게 나오는 춘호의 어깨 위에 손을 얹고는 강압감을 주고 있었다.

"월세를 안 주는 것도 아니고 잘 주는 데 왜 이러시냐고요."

"아, 맞아. 월세를 한 번도 빠뜨린 적이 없지. 그럼 우리가 너무 일찍 왔나 보다. 미안하네 그래. 일단 왔으니까 주면 좋겠는데."

그들은 완전히 강압적이었다.

"이따 저녁에 장사 마치고 와요. 그때 돼야 수금이 나올 거 아닙니까?"

"허, 이러면 곤란한데."

그들은 춘호가 심상치 않게 나오는 것을 보고는 춘호와 배호의 주위를 에워싸고는 주먹을 꺾기 시작했다. 손마디에서 뼈가 꺾어지는 소리가 들렸다.

"오늘 준비를 안 했으니까 이따 장사 마칠 때쯤 와요. 우리도 벌어야 줄 거 아닙니까."

"앗따. 돈 벌면서 짜게 구네. 잽싸게 애들 시켜서 은행에서 돈을 빼오면 될 텐데 뭘 그러나. 월세를 주기 아깝다는 거야 뭐야."

그들은 은근히 시비조로 나왔다. 춘호의 어깨를 툭툭 치기도 하고, 배호의 얼굴에 바싹 들이대고서 코웃음을 치는 듯하기도 했다. 춘호는 홀에서 그런다는 것이 영업을 망칠 수도 있다고 생각되었다.

"형님들 이러시면 장사 망칩니다. 이따 저녁때 오시지요. 그때까지 준비를 해놓겠습니다."

"몇 시에 올까? 그런 부탁 정도는 들어줘야지. 안 그러냐?"

그들 중의 보스인 창면이가 명수와 섭호에게 동의라도 구하듯이 저희들끼리 말을 주고받는 것이었다.

"앗따. 형님. 저녁때, 장사 끝나고 오면 월세를 준다는데 이따 옵시다."

"그럴까? 하하, 그러지 뭐. 너, 춘호라고 했냐?"

"……."

춘호는 대답하지 않았다.

"그럼 이따 올 테니까 잘 준비해놔라. 형님들이 두 번 걸음하는 거 싫다. 그거 알지?"

그들은 마치 빌려준 돈을 받으러 온 것처럼 행세를 보이고는 홀을 나가버렸다.

"춘호야."

성이 났는지 입을 꾹 다물고 있는 춘호를 보며 배호가 말했다.

"……."

"너, 쟤들 건드리려고 그러냐?"

"……."

춘호는 배호를 쳐다보기만 했다.

"아직은 일러. 우리가 힘이 없는데 어떻게 건드리냐. 저 놈들은 뒤에 패거리들이 있어. 아직은 참자."

"그래. 알아. 언젠가는 저 놈들을 싹 쓸어버릴 거야."

춘호의 목소리는 결의에 차 있었다. 다른 때와는 다른 춘호의 모습이었다. 두 주먹을 불끈 쥔 춘호의 모습에서 배호는 불안감을 느꼈다.

"알아. 그래도 어떡하냐. 나도 힘만 있으면 저 새끼들을 확 쳐버렸으면 싶지만 아직은 그게 아니잖냐."

"……"

춘호는 홀 안에 가득 찬 손님들을 바라보았다. 명쾌와 성동이, 찬욱이가 바쁘게 주문을 받고 있었다. 세 사람은 번갈아 가면서 주문받은 쪽지를 들고서 주방으로 내려갔다가 올라오곤 했다.

"일단 두 번째 가게를 내기 전에 쟤들을 박살을 내놔야 돼."

춘호가 고집스럽게 말을 꺼냈다.

"그래?"

배호는 약간 놀랬지만 이내 춘호의 말에 공감하고 있었다.

"그래야 돼. 그냥 이대로 있다간 두 번째 가게도 저 놈들에게 뜯기는 거야."

"그건 맞아."

"형. 애들 많이 모아야겠어."

"그래, 알았다."

두 사람은 오늘 받은 설움에 대해 결코 잊지 못할 것이었다. 춘호는 일찌감치 고아원에서 같이 생활했던 친구들을 모아서 다른 조직으로부터의 협박이나 세금 걷어가는 것을 못하도록 했으면 하는 생각을 갖고 있었던 것이다. 배호는 최근에서 춘호의 생각을 알고서 그러한 계획을 알아차리고 있었다.

저녁이 장사가 끝날 때쯤, 다시 그 놈들이 나타났다. 춘호는 성기에게서 오백만 원을 받아 그들에게 넘겨주었다. 그들은 춘호가 넘겨주는 돈을 받고선 춘호의 어깨를 툭 치면서 말했다.

"앞으로 잘 봐주는 거야. 우리가 그냥 받아가는 거 아니니까 그렇게 알라고."

그들은 완전히 주먹의 힘으로 돈을 뜯어가면서도 미안해하거나 고맙다는 말은 하지 않았다.

"잘 봐주십시오, 형님."

춘호가 그렇게 말하자 배호는 깜짝 놀랐다. 춘호가 갑자기 부드럽게 나오는 것이 아닌가.

"어? 하하, 이제야 고분고분 나오네. 그래, 여기 장사가 잘 되는 걸 우리도 바라지. 우린 이만 간다."

그 놈은 다시 춘호의 어깨를 툭 치고는 두 명의 부하를 데리고 나갔다.

"야, 춘호야. 저 놈들 뭐냐? 이거 깡패들 아냐?"

성기가 말을 했다.

"그래. 말하자면 조직이야. 장사가 잘 되는 가게를 골라 돈을 뜯어가는 놈들이지."

춘호의 목소리는 칼날이 서 있었다.

"그런다고 그렇게 많은 돈을 줘? 저 놈들이 얼마 만에 돈을 거두러 오는 거야?"

"한 달에 한 번씩. 말일 날에 수금하러 오는 거지."

이번엔 배호가 그렇게 말하면서 주먹을 쥐었다.

"형! 그냥 그 많은 돈을 주는 거야? 쟤들이 뭐 지켜주는 거 있어?"

"없지!"

배호의 심정도 억울하다는 듯한 목소리였다.

"……."

춘호는 아무 말 없이 서 있기만 했다.

"니들 돈 안 뜯기려면 열심히 운동해서 우리도 실력을 기르는 거야. 알았지?"

배호가 말하자 성기와 명쾌, 성동이, 찬욱이가 힘있게 대답을 했다.

"형, 알았어. 운동 열심히 할게."

"춘호야, 너무 기죽지 마."

진란이가 돈을 건네주는 모습을 봤으므로 춘호 옆으로 와서 말을 건넸다.

"그래. 나도 생각이 있으니까……."

춘호는 그 말밖에 할 수 없었다. 아직은 그들과 붙을 힘이 없겠지만 언젠가는 그들을 멋지게 해치울 날이 있으리라고 다짐하고 있었다.

"그래그래. 오늘일은 잊자. 우리가 뭐 고아원에서부터 이때까지 그런 일을 안 당해봤냐? 힘없고 빽 없는 놈이 어떤 일을 안 당했겠어. 자, 들어가자."

배호가 춘호를 어깨를 밀면서 사무실로 데리고 내려갔다.

"……"

오늘따라 다들 기분이 좋지 않았다. 홀에서 일어난 그러한 일들에 대해서 전해들은 여자애들이 분개하고 있었다. 영문도 몰랐던 여자애들도 홀에서 일했던 진란이를 통해서 모든 걸 알게 되었다.

"우리, 그냥 있을 거야?"

"……"

남자들은 할 말이 없었다.

"세 명 갖고 그래? 우리가 더 많잖아? 우리도 운동하고 있고 뭐가 부족해서 그렇게 큰돈을 줘?"

성숙의 말이었다.

"성숙아. 오늘일은 그냥 넘어가자."

성기가 춘호와 배호의 눈치를 보며 말했다.

"그냥 왜 넘어가? 홀에 남자들이 그렇게 많았으면서 꼼짝도 못하고 돈을 줬어? 세 명이라며?"

"그 놈들은 뒤에 패거리들이 있어. 매달 받으러 오는 놈이야."

"매달? 정말이야?"

성숙이는 곧 춘호에게로 시선을 던졌다. 춘호는 아무 말도 하지 않고 있었다. 다시 성숙이는 배호와 정혜에게 시선을 던졌다.

배호가 입을 열었다.

"앞으로 니들은 춘호의 말을 따라 고아원에서 나온 애들이 있으면 우리 가게로 데려와라. 은혜원 출신들과 내가 도망쳐 나온 초록원 출신들로 채운다. 그래서 나중에 우리도 힘을 갖게 되면 그때는 그런 놈들을 물리칠 수 있는 거다. 저 놈들은 우선은 세 명이 나타났지만, 그 놈들은 조직을 갖고 있는 놈들이다. 그 놈들을 섣불리 건드렸다가 가게가 망가지기 쉬울 수도 있으니까 참고 돈을 준 것뿐이다. 오늘 춘호도 기분이 안 좋다. 나도 그렇고, 정혜 누나도 그렇다."

배호는 말을 꺼내놓고선 담배를 꺼내 불을 붙이고는 춘호에게 담배를 권했다. 춘호가 담배를 입에 물자, 불을 붙여주고는 다른 남자들에게도 담배를 피우라고 하면서 담배갑을 던졌다. 남자애들은 담배를 피우면서 춘호가 어떤 말을 하기를 기다리고 있었다.

"춘호야. 네가 어떤 말이라도 해봐라."

배호가 그 말을 하자, 춘호는 가슴에 담아져 있던 말을 꺼내기 시작했다.

"오늘 미안하다. 앞으로 우리는 좀 더 큰 조직으로 키울 생각이다. 배호 형이 말했지만, 나도 은혜원에 찾아가서 우리 가게로 취직할 애들이 있으면 보내달라고 부탁을 하겠다. 그리고 배호 형도 초록고아원에 가서 일자리를 찾는 애들을 데려와서 우리 식구들을 늘리도록 할 것이다."

"아, 그게 좋겠어."

여자애들은 좋은 생각이라는 듯이 일제히 춘호와 배호를 쳐다보았다.

"앞으로는 우리도 조직을 키운다고 생각하고, 미안하지만 나보고 사장이라고 부르고, 배호 형과 정혜 누나에게는 부사장이라는 말을 써라. 그리고 성기는 전무라고 불러라. 그리고 모든 명령은 위에서 내려가면 전무인 성기가 빈틈없이 알아서 해주기를 바란다. 앞으로 더 많은 식구들이 들어온다고 생각하고 그렇게 알아줬으면 좋겠다. 니들 생각은 어떠냐?"

춘호의 말엔 굳은 의지가 담겨 있었다.

"그럼 우리도 조직을 만든다는 거야?"

명쾌가 질문했다. 그러자 여자애들은 춘호에게로 눈길을 보냈다.

"그래. 우리가 믿을 건 우리 힘밖에 없다. 누구도 우리를 도와주지 않는다. 먹히느냐 우리가 먹느냐일 뿐이다."

"……."

거기 있는 친구들은 춘호의 결연한 의지에 입을 다물고 있었다.

"내가 한마디 하겠다. 앞으로 우리는 춘호야, 성기야 라고 부르지 말고 이젠 사장님, 전무님이라고 부르도록 하는 것이 좋겠다. 그래야 앞으로 들어오는 친구들에게도 그런 소리를 들어야 될 것 같다고 생각한다. 옛날에는 친구들이었지만 이제부터는 우리도 조직을 갖춰야 하니까 서로 깍듯이 대해주면 좋겠다. 여러분들은 앞으로 들어오는 후배들에게 선배가 되는 것이고, 늦게 들어온 애들도 다음에 들어오는 친구들에게 선배가 될 것이다. 앞으로는 그렇게 부르도록 했으면 좋겠다."

이번엔 배호가 말을 덧붙였다.

"아, 그거 좋습니다. 그렇게 해야 됩니다."

이번엔 호숙이가 나서서 말했다.

"어때?"

배호가 다시 전원의 찬성을 얻기 위해서 다시 물었다.

"네. 좋습니다!"

그들은 다 같이 찬성의 뜻을 표해 왔다. 춘호는 그러는 친구들이 무엇보다도 반가웠다.

"그래, 고맙다. 니들이 그렇게 생각해 준다면 나도 열심히 조직을 키우겠다. 앞으로 부사장들과 같이 모든 걸 알아서 결정할 테고, 전무를 맡은 성기는 앞으로 직원들을 잘 관리하기를 바란다."

"네! 알겠습니다."

성기는 춘호와 배호를 향해 고개를 숙이면서 대답했다.

"오늘은 이러한 것을 기념하고 싶다. 우리가 고아원을 떠나서 다시 뭉치는 날이기 때문에 한잔씩 하는 것도 좋을 것 같다. 부사장이 준비하면 좋겠다."

춘호의 그 말에 부사장인 배호와 성기가 바깥으로 나가서 양주를 사들고 왔다. 여자들은 주방에 남은 음식을 갖고 들어왔다. 그들은 각기 술잔에 술을 채우고는 춘호를 쳐다보았다.

"나는 이제 우리 식구들을 황제파라고 부르겠다. 우리 황제파는 앞으로 콜라텍 가게를 더 늘릴 것이고, 식구들도 더 늘릴 것이다. 그건 교도소에 있는 양아버지와 이미 약속이 된 말이다. 앞으로 우리는 열심히 운동을 연마해서 이런 사회 속에서 살아남기 위해서, 더 나은 생활을 하기 위해서 피나는 훈련을 해야 할 것이다. 여러분들은 이제 황제파의 가족으로 모든 일에 열심이기를 바란다! 자, 건배!"

"건배!"

춘호의 술잔에 잔을 부딪친 부사장과 전무는 다시 옆에 있는 이들의 잔에 잔을 부딪쳤다. 그들은 딱 한잔의 양주를 마시고는 각자 방으로 들어갔다.

"부사장들하고 전무는 좀 남아."

춘호의 말이었다. 사무실에 남은 네 명은 춘호의 다음 말을 기다렸다.

"난 이제 오늘부터 고아원을 돌며 인원을 모으겠다. 그리고 콜라텍을 늘리는 가게를 알아보는 것은 부사장인 정혜 누나와 배호가 적당한 자리를 알아보는 것이 좋을 것 같다. 그리고 전무는 가게를 지키면서 애들이 일어나면 잘 관리하고."

"네."

나이가 많은 배도도, 정혜도, 성기도 춘호의 말에는 사장으로서의 권위를 지켜주었다.

"앞으로 모든 수익금 관리는 부사장인 정혜 누나가 하기로 하고, 오늘 부사장은 지프차 두 대를 새 걸로 뽑았으면 해."

"지프차를요?"

정혜가 물었다.

"그래요. 한 대는 내가 몰고 다니고, 한 대는 부사장이나 전무가 타도록 항상 가게 앞에 주차시켜 놓는 것으로 합시다."

"아, 알았습니다."

정혜는 고개를 끄덕였다.

"전 아직 운전면허증도 없는데……."

성기가 말했다.

"이제 전무도 시간을 내서 운전면허를 따도록 하고. 나머지 직원들도 가능하면 오후에 시간을 내서 돌아가면서 면허를 따도록 전무가 알아서 처리해요."

"알았습니다!"

"이제부터 매일 매상의 계산은 정혜 누나가 맡도록 하겠습니다. 알겠죠?"

"네."

"그리고 일단 영업이 끝나면 사무실로 모이도록 하는 건 전무가 알아서 하고. 모임이 끝나고 나서 잠자리에 들기 전에 부사장인 정혜 누나와 전무는 각 방에 취침이 되었나 확인하고 나서 배호 부사장에게 보고하는 것이 좋을 듯합니다. 어떻습니까?"

"네, 좋지요!"

성기는 자신이 전무의 역할을 감당하게 되었다는 것이 기분 좋았다.

"그럼 지금부터 그렇게 하도록 해봐요. 그러면 직원들이 뭔가 달라졌구나 하는 걸 느낄 겁니다."

"네, 알겠습니다."

성기는 곧 일어나서 정혜 누나와 같이 사무실 한쪽에 있는 방문을 열었다. 남자들이 기거하는 방이었다. 그곳엔 아직도 불이 켜져 있었다. 성기는 방문을 열어놓은 채로 누워서 잡담하고 있는 그들에게 말을 꺼냈다.

"이제 영업이 끝나면 곧바로 사무실로 모인다! 모임이 끝나고 잠자리에 들면 30분 이내에 소등한다! 매일 나하고 부사장인 정혜 누나가 같이 돌 것이다! 이제 자라."

"그러면 전무님. 여기가 옛날 고아원처럼 돌아가는 겁니까?"

찬욱이의 그 말에 다들 키득거리며 웃었다.

"좋다! 우리가 어렸을 적의 고아원을 생각해도 좋다! 그러나 여긴 우리와 같이 고생을 했던 춘호 사장이 하는 업소다! 고생이 되더라도 참고 견디다 보면 우리도 해뜰 날이 있을 것이다!"

"아, 알았습니다."

그들은 곧 불을 껐다. 그 방을 나온 정혜와 성기는 다시 여자들 방문을 열었다. 여자들 역시 좀 전에 있었던 일들에 대해서 이야기를 하느라 앉아 있거나 누워서 잡담을 나누고 있었다.

"여기도 마찬가지다! 오늘부터 영업이 끝나면 곧바로 사무실로 모인다! 모임이 끝나면 각 방으로 들어가고, 방으로 들어가면 30분 이내에 불을 끈다. 여기가 고아원이냐고 묻겠지만 우리는 이제 어렸을 때에 같이 고생한 춘호 사장이 하는 가게의 직원으로써 사장의 말을 들어야 한다! 질문 있으면 해봐."

배호는 부드럽게 말했다.

"알았어요. 우리는 위에서 시키는 대로 할 거예요."

진란이가 대답을 했다. 배호와 정혜는 여자들이 수긍한다는 표정을 보면서 말했다.

"좋다! 내일부터는 더 열심히 해서 가게를 늘리기로 했으니까 다들 알아서 잘하기를 바란다!"

말을 하고는 문을 닫았다.

"다 됐어! 나도 사장한테 말을 높여야 하나?"

배호가 그 말을 하면서 웃었다.

"직원들이 있을 때는 높이고, 우리끼리 있을 때는 평어를 쓰도록 하지."

정혜가 말했다.

"그럼 됐어. 난 어쩐지 어색하더라."

배호가 기분 좋게 웃었다.

"자, 다들 자지. 내일 아침에 기상해서 구보를 좀 할까?"

"구보?"

"응. 우리끼리 구보 좀 하다가 체육관으로 가는 게 어때?"

춘호의 제안이었다.

"거 좋지. 그럼 그렇게 해. 여섯 시에 일어나서 구보하는 것도 괜찮지 뭐."

"누나는 들어가서 자. 전무도 들어가서 자고."

"네, 알겠습니다."

성기는 배호에게 깍듯이 존칭어를 썼다. 성기는 곧 방으로 들어갔다. 침대에 누운 춘호와 배호는 불을 끈 채로 나지막이 대화를 나눴다.

"내일 면회 갔다가 고아원에 갈 거니?"

"응."

"나도 오후엔 초록원에 갔다 올게."

"그래, 거기 가서 앞으로 취직할 애들 있으면 데리고 와. 나도 부탁해놓고 올 테니까."

"알았어. 이제 자자."

배호는 눕기만 하면 곧 잠에 떨어졌다. 춘호는 누워서 어렸을 적에 고아원에 있었던 일들을 생각하다가 잠이 들었다. 얼마나 춥고 배고팠던 시절이었던가. 겨울엔 추운 방에서 여러 명이 찰싹 달라붙어서 서로의 체온으로 기나긴 겨울밤을 보낸 적들이 많았다. 조금이라도 따뜻해지려고 옷들을 껴입은 채로 잠이 들었던 시절이었다. 아침에 일어나면 너무 추워서 찬 물에 세수하기도 겁이 났던 적이 많았다. 겨울엔 언제나 손발에 동상이 들어서 저녁만 되면 손과 발이 근지러워서 손은 손으로 긁고, 발은 다른 발로 긁었던 기억들이었다.

지금 자신은 이만큼 큰 업소를 운영하면서 그때의 고아원에서 같이 자랐던 친구들을 불러모아 한 식구로 만든 것에 대해 뿌듯한 감도 없지 않았지만 자신이 앞으로 헤쳐 나가야 할 일들을 생각하면 그저 막막할 따름이었다. 일단 조직을 키우기로 마음을 먹었지만 결코 쉬운 일은 아니라고 생각되었다. 고아원 출신이야 물불을 안 가리는 면이 있지만 혹시라도 그들이 다치는 일은 생기지 않아야 되겠다는 생각을 하자 불안해지는 건 당연한 일이었다.

'그래, 이젠 어쩔 수 없어. 한 번 사는 인생인데 깨져봐야 고아원 시절보다야 못하겠어.'

그는 스스로에게 그런 다짐을 했다.

'아파치 인생은 단 한 번이야. 멋지게 살다가 가느냐, 아니면 비굴하게 살다가 마치느냐지.'

그런 생각을 하자 다소 마음이 편해졌다. 앞으로 고아원을 돌며 후배들을 끌어모아야 되겠다는 굳은 결심이 앞섰다.

새벽에 기상한 배호는 성기를 흔들어 깨웠다.

"네, 알겠습니다."

성기는 곧바로 일어나서 부하들을 깨워서 홀로 집합시켰다.

"오늘은 4km를 뛴다. 각오를 단단히 해라. 출발!"

춘호의 말에 떨어지면서 춘호와 배호가 제일 앞장을 섰고, 그 뒤를 이어 정혜와 성기가 옆으로 나란히 서서 뛰고, 그 뒤론 남자와 여자가 서로 나란히 서서 뛰기 시작했다. 2km 정도 되는 곳에 갔다가 그곳의 공터에서 잠시 호흡을 조절한 그들은 다시 돌아오면서 뛰기 시작했다. 여자들이 힘겨워 했지만 앞에 선 춘호와 배호는 여자들이 따라올 수 있도록 속도를 조절해서 뛰었다. 가게로 돌아왔을 때는 전원이 땀에 절어 있었다.

"휴, 힘들어."

여자들은 쉴 틈도 없이 샤워부터 하기 시작했다. 샤워를 마치고 나면 다시 공부할 시간이었으므로 춘호는 배호와 정혜에게 말했다.

"난 지금 은혜원에 갔다 올게. 애들 공부시키고 있어. 이따가 지프차 알아봐서 계약하고."

"응, 알았어."

춘호는 아침도 먹지 않고 곧바로 가게를 나왔다.

## 황제파의 결성

춘호는 원장실로 들어갔다.

"여, 오랜만이네 그래. 그동안 잘 지냈냐?"

원장은 반갑게 춘호를 맞았다.

"네. 원장님. 이거……."

춘호는 사들고 간 선물을 원장 앞으로 내밀었다.

"아이고. 뭔가? 이런 걸 갖고 오고. 앉지."

원장은 은혜고아원 출신이 어른이 돼서 선물을 갖고 찾아오는 것이 기분 좋은 듯한 표정이었다. 춘호는 원장 앞에 앉았다.

"그래. 요즘 어떻게 지내나?"

원장은 몰라보게 달라진 춘호를 바라보면서 인터폰으로 교무실에 전화를 해서 커피를 주문했다.

"원장님 염려 덕분에 잘 지내고 있습니다. 원장님. 성기 아시죠?"

"응? 알지. 왜?"

"성기, 명쾌, 성동이, 찬욱이, 진란이, 호숙이, 성숙이, 명희랑 같이 있습니다."

"그래?"

원장이 놀라는 얼굴이었다.

"네. 우연히 모임에 나갔다가 만났습니다. 같이 일하고 있습니다."

"허허, 그래. 이젠 걔들도 다 컸겠구만."

"네."

"어디 취직을 했는가?"

"제가 하는 가게에서 같이 일합니다."

"그래? 자네가 가게를 한다고? 어떤 가게를 하는데?"

"콜라텍을 합니다. 학생들이 들어와서 콜라를 마시면서 노는 곳입니다. 콜라텍이라고 들어 보셨습니까?"

"아, 그럼 알지. 그거 하려면 돈이 많이 들 텐데?"

"양아버지가 하던 가겝니다. 그래서 사람이 필요해서 애들을 불렀습니다. 걔들이 일을 잘합니다."

"하하, 잘 됐네 그래. 걔들이 여기 있을 때는 사고뭉치였는데. 자네가 데리고 있구만 그래."

"네, 원장님."

"그래그래. 니들은 여기를 나가서도 서로 뭉쳐야 되지. 친척도 없고, 친구도 없을 테니까 서로 위로가 되겠구나."

"네, 가끔 원장님 이야기도 합니다."

"그런가? 고맙군. 내 이야기를 한다면 나 욕하는 거 아닌가? 하하."

"아닙니다. 원장님. 원장님이 잘해 주셨다는 말들을 하지요."

"하하, 나야 뭐 잘해준 것도 없는데 뭘. 이런 데야 원래 가난해서 잘해줄 수가 없어서 탈이지. 다들 잘 지내고 있다니 나도 반갑네. 언제 한 번 놀러오라고 그러지 그래."

"네. 시간이 나면 여기 한번 들르라고 그러겠습니다."

"그러면 좋지."

원장은 기분이 좋았다. 춘호는 교무실의 아가씨가 들고온 커피를 마시면서 찾아온 이유에 대해서 설명했다.

"그런가? 그거 정말 좋은 일이군. 자네가 그렇게 큰 업소를 운영하고 있다니 놀랐네. 내가 도와줄 수 있는 일이라면 얼마든지 도와주겠네."

"고맙습니다. 원장님. 저도 아끼는 후배들이 사회에 나와서도 발을 붙이지 못하고 설움을 받는 건 싫습니다."

"알았네. 그렇게 되면 앞으로 우리 고아원을 도망치는 애들은 없을 걸세. 취직을 원하는 애들이 있으면 자네한테로 보내겠네."

"정말 고맙습니다. 앞으로 종종 들르겠습니다."

춘호는 인사를 하고는 자리에서 일어났다. 주머니에서 하얀 봉투를 꺼내 원장에게 내밀었다.

"이게 뭔가?"

원장이 얼떨결에 받고선 물었다.

"원장님, 발전기금이라고 생각하고 받아주십시오. 많지 않습니다만……."

"어이구, 뭘 이런 걸……. 하여튼 자네가 성공해서 이렇게 찾아오니 고맙네. 이 돈은 회계에 넣어서 자네 후배들에게 고깃국이라도 따뜻이 먹이도록 하겠네."

"네. 그럼……. 아, 참. 원장님. 혹시 미국으로 입양간 찬미 소식 있습니까?"

"찬미? 걘 미국으로 가고 나서 아직 연락이 없었네. 잘 살고 있겠지. 왜?"

"그냥 물어보는 겁니다. 그럼 희준이는 연락이 없습니까?"

"희준이는 남대문 근처에서 오야붕이 됐다는 소식은 들었네. 고아원에서 나간 애들이 찾아와서 그런 말을 하더구만. 아직 연락은 없네. 왜? 친구라서 물어보는 건가?"

"네에……. 그럼 찬만이는요?"

춘호는 고아원에 있을 때에 무지 얻어맞았던 찬만이 생각이 났다.

"찬만이? 그 놈도 여길 도망친 다음에 소식도 몰라. 어디 가서 죽었는지 살았는지……. 그 놈은 성질이 고약해서 말이야."

원장은 은혜원을 거쳐간 애들에 대해선 죄다 알고 있었다.

"근데 희준이는 너 알아? 그 놈은 그 전에 여기 있다가 도망

644

간 놈인데?"

"네, 제가 도망쳐서 바깥에서 만났습니다. 그때 찬미라는 애하고 같이 생활했거든요."

"그랬어? 어디서?"

"남대문에서 껌팔이를 시켰어요. 둘이 도망치다가 희준이만 잡혀갔습니다."

"그랬구나⋯⋯. 그런 놈이 이젠 남대문에서 오야붕이 됐다니⋯⋯."

원장은 감회가 깊은 듯이 춘호를 물끄러미 바라보고 있었다.

"원장님. 감사합니다. 다시 또 들르겠습니다."

원장에게 깊숙이 인사를 하고는 그곳을 나왔다. 춘호가 교무실을 거쳐 운동장을 걸어가는 모습을 바라보면서 원장은 손에 들고 있던 하얀 봉투를 열어보았다. 빳빳한 수표 두 장이 들어 있었다.

'저 놈이 크게 되었군. 코흘리개가 벌써⋯⋯.'

원장은 햇살이 쏟아지는 온동장을 가로질러 걸어가고 있는 춘호의 뒷모습이 믿음직스럽게 보였다. 고아원을 나온 춘호는 곧바로 남대문으로 향했다. 희준이를 찾는 건 식은 죽 먹기였다. 남대문 시장 안으로 들어가서 시장을 관리하는 건달들에게 물었다.

"왜? 뭣 땀시 그래?"

건달은 처음부터 반말투로 나왔다. 경비라는 노란 완장을 찬 사내였다.

"아는 사이라서 그런다. 됐냐?"

춘호 역시 처음부터 세게 나갔다.

"잉? 아는 사이라고라?"

사내는 의자에 앉아 있다가 벌떡 일어났다. 그리고는 춘호를 빤히 쳐다보았다.

"왜? 춘호라고 그러면 알 거다."

춘호는 주먹을 쥐어 뼈를 꺾으며 말했다.

"알겠소. 춘호라고라?"

"그래."

사내는 얼른 핸드폰을 꺼내 어디론가 전화를 걸었다.

"부회장님. 주무시는데 미안합니다. 여기 춘호라는 사람이 찾아왔는데요. 안다고 하는데요."

사내가 그 말을 하고선 찔끔 놀란 듯이 얼른 핸드폰을 내밀었다.

"받아보쇼."

춘호는 핸드폰을 귀에 갖다댔다.

"춘호라고? 춘호 맞나?"

분명히 희준의 목소리였다.

"그래. 나다. 희준이 맞구나. 나, 여기 와 있다. 은혜원에 갔다가 오는 길이다. 원장님이 니 이야기를 해주더라."

춘호는 희준의 목소리를 듣자 반가움부터 앞섰다.

"그래. 알았다. 핸드폰 좀 바꿔줘 봐라."

춘호는 핸드폰을 다시 경비하는 놈에게 돌려줬다.

"아, 네, 알겠습니다. 알겠습니다."

경비하는 놈은 연신 허리를 굽실거리더니 핸드폰을 집어넣고는 그제야 그 놈은 춘호에게 깍듯이 존칭어를 썼다.

"부회장님이 모시랍니다. 따라오십시오."

그가 앞장을 서고 춘호는 뒤를 따라갔다. 신세계 백화점 커피숍으로 올라가서 창가에 자리를 마련해주고는 사내는 인사를 했다.

"여기서 잠시만 기다리십시오. 곧 오실 겁니다."

사내는 허리를 숙이고는 미안하다는 듯이 나가버렸다. 춘호는 담배를 꺼내 불을 붙이고는 유리창 밖을 내다보고 있었다. 희준이가 결국 남대문에서 굴러먹다가 부회장이라는 위치에까지 올랐다는 것이 믿기지가 않았다. 좀 전에 그 사내가 허리를 굽실거리는 걸로 봐서는 현실이라고 생각됐다.

'흠. 여리고 여린 놈이 부회장까지 올랐다니 믿기지 않는군.'

춘호는 담배를 재떨이에 비벼 끄고는 입구 쪽으로 시선이 갔다. 희준이 들어서고 있었다.

"야, 춘호 아니냐?"

"그래. 희준이구나. 오랜만이다."

춘호는 일어서서 다가오는 희준의 손을 잡았다. 두 사람은 손을 움켜잡은 채로 서로의 얼굴을 살피기에 정신이 없었다.

"그래, 잘 지냈냐?"

희준의 물음이었다.

"그래. 넌 잘 지내고? 그때 어떻게 됐냐?"

"나? 하하, 이거."

희준은 춘호가 잡고 있는 손목을 빼내 손바닥을 펴보였다. 새끼손가락과 약지 손가락이 없었다.

"잘린 거야?"

춘호가 놀라서 물었다.

"그래, 알면서 묻냐?"

희준은 호탕하게 웃으면서 자리에 앉으라는 손짓을 했다.

"그랬구나. 아팠겠네?"

"뭐 조금. 뭐 마실래?"

희준은 아무렇지도 않은 듯이 말을 했다.

"응, 커피로 하지."

"그래, 나도 빈속이다. 커피 마시고 나가서 밥이나 먹자."

희준은 곧 커피를 갖다달라고 하고선 담배부터 꺼내서 내밀었다. 춘호와 희준은 담배를 피우면서 다시 서로의 얼굴을 쳐다보았다.

"너, 정말 살아 있었구나."

"하하, 그럼 넌 여태까지 어디서 뭐했냐?"

희준도 춘호도 그동안 어떻게 살았는지 궁금했다. 두 사람은 그동안 서로 연락조차 없었던 시간만큼 궁금하기만 했다. 몰라보게 변한 두 사람이었다.

"나? 너하고 도망치다가 네가 붙잡혀가는 거 봤어."

"그래? 어디서?"

"빌딩 안으로 숨어들었지. 네가 잡혀가는 거 보면서 눈물이 나더라."

"하하, 그랬어? 난 그 날 잡혀와서 곧바로 손가락이 잘렸지. 여러 명이 보는 데서."

"무지 아팠겠구나."

"이거? 하하, 그때뿐이지 뭐. 그때부터 오기가 생기더라. 손가락 두 개를 절단 당하고 나니까 눈앞이 팽팽 돌더라. 눈물이 아니라 피가 나오는 거 아니?"

"그래. 눈에서 피가 나는 거."

춘호는 말은 그렇게 하면서도 어린 희준이가 손가락 두 개를 절단당하는 모습을 상상해 보았다. 얼마나 끔찍했을까 하는 생각이었다.

"넌 어떻게 지냈냐? 그때 내가 붙잡혀가는 거 보고 나를 욕했겠지?"

"하하, 욕할 리가 있나. 멍청한 놈이라고 그랬지 뭐."

"하하, 정말 그랬어?"

"그래! 임마!"

춘호는 주먹을 내어지를 듯이 팔을 뻗었다가 금세 희준의 손에 잡혔다.

"어? 빠르네?"

춘호가 놀라서 물었다.

"하하, 나도 많이 컸어. 너도 주먹이 제법 빠른 거 같은데? 뭐했냐?"

"나? 수원에서 장사하고 있어."

두 사람이 이야기를 하는 동안에 커피가 나왔다.

"마시면서 이야기하자."

희준의 말에 두 사람은 서로 얼굴을 쳐다보면서 커피잔에 손을 대기만 하고 있었다.

"마셔. 왜 자꾸 쳐다보냐?"

"너, 그동안 정말 많이 변했다. 그때는 여자애같더니만."

"내가?"

"그래, 임마. 붙잡혀 가면서 징징 우는 소리가 아직도 들려."

"하하, 그때는 그랬지. 그걸 보고 있는 놈은 마음이 편했냐?"

"편할 리가 있나. 둘이 같이 도망쳐서 어디 멀리 가서 숨어서 살고 있었지. 근데 네가 잡히고 나니까 맥이 탁 풀어지더라."

"넌 그때 어디로 갔어?"

"나는 네가 잡혀가는 걸 보면서 멀리 도망치기로 했지. 잡히면 죽는다는 생각밖에 안 들었어. 오류동까지 걸어갔다."

"오류동까지? 그냥 걸어서?"

"그래, 임마. 오류동에 가서 중국집에 들어갔다가 다시 수원으로 내려갔고."

"짜식. 멀리도 튀었네. 그래서 수원에서 뭐했어?"

희준은 이제 옛날의 희준이 아니었다. 몸매나 말투가 조직세계에 몸담고 있는 사내처럼 몸에 배어 있었다.

"수원에서? 또 중국집에 들어갔지. 배고플 땐 중국집이 최고
아냐. 우선 재워주고 먹는 거 해결하는 데엔 중국집밖에 더 있냐?"

"하하, 그래. 나도 그때 같이 튀었으면 중국집에 들어가서 뽀
이나 했겠지."

"그래, 거기서 초록고아원에서 도망쳐 나온 형을 만났어. 같
이 배달을 다녔지. 그 형이 지금 나하고 같이 있어."

"그래?"

"배호라고. 그 형이 오토바이를 타다가 사람을 치어서 교도소
에 들어갔거든. 그래서 수원으로 면회를 다니다가 술집 여사장
을 만났지."

"그래."

희준은 커피를 마시고는 다시 춘호를 쳐다보았다. 춘호도 커
피를 마시고는 다시 말을 꺼냈다.

"고아라고 하니까 술집에 청소시키려고 데려간 거지. 그곳에
서 청소하고 공부하고 그랬으니까."

"그랬어?"

"그래, 임마. 나, 검정고시도 합격했어. 지금 고졸 검정고시 준
비하는 중이고. 그거 합격하면 용인체대에 들어갈 거다, 임마."

"우와, 그렇구나. 근데 술집에서 어떻게 됐어?"

희준은 담배를 꺼내 춘호에게 먼저 내밀었다. 두 사람은 담배
를 피우면서 다시 말을 주고받았다.

"원래 사장이 교도소에 들어가 있거든. 여사장이 면회를 오다가 나를 만난 거고. 난 배호 형을 면회하러 갔다가 그 여사장을 만난 거지. 여사장이 칼에 찔려 죽고 난 뒤에 내가 가게를 맡았어. 수원에서는 큰 술집이야."

"그래? 사장은?"

"지금도 교도소에 있어. 나보고 양아들을 하자고 해서 아들이 된 거지."

"핫하! 그렇게 됐구나?"

"그런데 찬미는 어떻게 된 거야?"

"뭐? 찬미? 너, 걔 기억하냐?"

"그럼! 찬미를 왜 몰라? 내가 그때 새끼손가락 잘렸을 때에 너하고 같이 싸매주던 동생 아니냐."

"아, 걔는 다 죽게 돼서 형들이 다시 고아원 앞에다가 갖다버린 거야. 그 뒤론 소식을 몰라. 그 뒤론 걔가 살았는지 죽었는지 소식을 몰라. 근데 넌 아냐?"

이번엔 희준이가 찬미에 대해서 궁금해 했다.

"너 모르는구나. 그래서 고아원에서 미국으로 입양을 갔구나."

"입양? 그럼 걔가 은혜원에서 살아났나 보지?"

"그건 모르겠고. 찬미는 나중에 미국으로 입양을 갔다는 말은 들었어."

"누구한테?"

"성기하고 명희하고 다들 내가 데리고 있지. 내 가게서 일해."

"그래? 너 어떤 가게 하냐?"

"콜라텍한다. 수원에서."

"그래? 누구누구 있는데?"

희준은 고아원 동기들이 그리웠다.

"그때 나하고 같이 있던 애들이지. 넌 아마 모를 걸? 성기, 명쾌, 성동이, 찬욱이, 성숙이, 호숙이, 명희. 너 아냐?"

"잘 모르겠는 걸."

"거봐. 모를 거라고 그랬잖아. 야, 나가자."

"그래."

두 사람은 자리에서 일어섰다. 찻값은 희준이 서둘러 내고선 앞장서서 엘리베이터가 있는 쪽을 걸었다.

"너, 가게 크냐?"

"한 300평은 될 거다."

"그럼 크네? 누구 집적거리지 않냐?"

"왜? 안 집적거릴 턱이 있나. 업소에서 돈 뜯어가는 놈들이 있지."

"어느 파야? 수원이라면 남문파나 북문파겠지."

"북문파다. 너 아냐?"

"핫하. 내가 모르는 데가 있나."

희준은 옛날과 전혀 딴판이었다. 떡 벌어진 어깨하며 말투부터가 꿀리지 않겠다는 듯한 당당함이 배어 있었다.

"그래? 일단 식당에 가서 먹으면서 이야기하자."

"그러지."

희준이 좀 전에 춘호가 들렀던 경비실에 들러서 차키를 받아 뒤쪽의 주차장으로 갔다. 희준이 차로 검은색 벤츠로 다가가자 언제 나타났는지 떡 벌어진 어깨가 성큼 그 앞으로 와서는 희준에게 고개를 숙였다.

희준은 차키를 그에게 건네주며 말했다.

"너, 운전 좀 해라. 오늘 귀한 손님이시다."

희준이 문을 열기도 전에 그 사내는 춘호에게 허리를 깊이 숙여보였다.

"네, 알겠습니다. 타십시오."

그 사내는 얼른 뒷좌석의 문을 열어주고는 희준과 춘호가 타는 것을 보고는 뒷문을 닫았다. 남대문 시장을 빠져나온 차는 남산터널 쪽으로 올라가고 있었다.

"너, 중국집 갈래?"

"중국집? 여기 있나?"

춘호는 남산터널을 넘어가는 것을 보면서 물었다.

"하하, 강남에 있는 '중국성'으로 가자는 거지."

"아, 그래. 난 아무거나 좋으니까."

"야, '중국성'으로 가자."

희준이 앞에 앉은 사내에게 지시를 하고는 뒤로 등을 기댔다.

"너, 장사 잘 되냐?"

"응. 조금 되는 편이지. 가게 하나 더 늘리려고."

"그럼 잘 되나 보네? 가게를 왜 늘려? 넌 사업 쪽이냐?"

"그럴 일이 있어."

춘호는 자신의 생각을 말할까 하다가 그만두었다.

"뭔데?"

"글쎄⋯⋯. 난 고아원 출신이라 고아원 애들을 데려다가 쓰고 싶어. 걔들이 거기서 도망치면 어디로 가냐? 갈 데라곤 공장밖에 더 있냐?"

"핫하, 짜식도. 넌 아직도 고아원을 생각하냐? 일단 크면 잊어버리는 게 좋은 거야."

"난 안 그래. 내 출신이라는 것을 숨기고 싶지 않아."

"하하, 짜식. 순진하긴. 너, 우리가 도망치다가 잡혔을 때에 손가락 잘린 거 생각 안 나?"

"나지."

"그런 일을 당하고서도 아직도 불쌍한 애들 타령이냐? 나도 고아지만 고아원 출신들 데려다가 자선사업할 거냐?"

"⋯⋯?"

춘호는 희준을 쳐다보았다.

"왜? 내가 달라져 보인다는 거야?"

"그래. 너 많이 달라졌구나."

춘호의 가슴 속엔 서늘한 바람이 훑고 지나가는 것 같았다. 고아원에서 생사고락을 같이 했던 애들을 잊어버린다는 것이 있을 수 없는 일이라고 생각되었다.

"핫하. 조직의 세계란 냉엄해. 내가 살지 못하면 죽는 거야. 정에 끌릴 때가 어딨냐."

"너……."

춘호는 참을 수 없는 분노를 느끼며 희준을 쳐다보았다.

"……."

희준은 옆창문을 내다보다가 춘호에게로 시선을 돌렸다.

"……?!"

희준의 눈엔 물기가 배어 있었다.

"너……. 잊지는 않았구나."

"……."

희준은 대답이 없었다. 두 사람은 서로의 얼굴을 확인하듯이 쳐다보다가 눈길이 마주치면 희준이 먼저 차창 밖으로 눈길을 돌렸다. 차는 서초동 법원 언덕길을 지나 도산사거리 쪽으로 달렸다.

중국성에 도착하자마자 핸들을 잡았던 사내가 뛰어내리다시피 문을 열어주었다.

"여기서 기다려라."

"네!"

희준은 춘호를 데리고 안으로 들어갔다. 방으로 안내된 그들은 자리에 앉자 곧 한복을 입은 여자가 와서 주문을 받고는 나갔다. 희준이 담배를 피우면서 물수건으로 얼굴을 닦는 척하면서 눈가를 닦아내는 것을 춘호는 볼 수 있었다.

춘호는 모른 척하고선 얼굴을 닦아냈다.

"힘든 거 있으면 말해봐라."

희준이 무겁게 입을 열었다.

"없다!"

"정말이냐?"

"그래. 나중에 필요하면 네 도움을 받지."

"알았다. 넌 옛날이나 지금이나 여전하구나."

"뭐가?"

춘호는 웃으면서 물었다.

"너, 고집 센 거…… 손가락 잘리면서도 이빨을 깨물던 네가 아니냐. 그때는 내가 겁이 났지."

"겁이 나?"

"그래. 어린놈이 손가락 잘리고서도 이를 악무는 걸 보고서 놀랐으니까."

"맞아."

춘호는 자신의 새끼손가락을 들어 보았다. 희준과 찬미가 달려들어 이불을 찢어 싸매주던 그때의 모습이 떠올랐다.

"난 그때부터 나를 건드린 놈을 작살내려고 이를 악물었어. 닥치는 대로 먹어치웠고, 칼 쓰는 법을 죽어라 배웠지. 볏단을 쓰러뜨리듯이 하나씩 하나씩 넘어뜨리는 것이 내 목표였어."

"……?"

"니 손가락 잘랐던 놈 기억하지?"

"이름은 몰라. 니도 모를 걸?"

"이름이야 알 필요 없지. 지금 그 놈은 시골에 가 있다."

"왜?"

"내가 손목을 잘랐으니까!"

"손목을?"

"그래. 내 손가락을 잘랐던 놈의 손목을 잘라버렸으니까! 난 손목을 잘라버렸어!"

"……?!"

"다음에 서울에 나타나면 죽여버리겠다고 하면서 잘라버렸으니까."

"……."

춘호는 희준을 다시 보았다. 희준의 얼굴에 차디찬 얼음이 박혀 있는 듯했다. 눈썹 사이에 칼을 맞은 듯한 자국이 희미하게 남아 있었다.

"너, 눈썹 왜 그러냐? 싸웠냐?"

"이거?"

희준은 담배재를 털면서 웃음을 흘렸다.

"그래."

"난 사람을 작살낼 때마다 내 몸에 칼을 그었어. 내 몸을 벗어 보면 칼집이 많을 거다."

"왜? 네가 몸에 칼을 대?"

"그래, 난 복수를 할 때마다 내 몸에다 칼을 대곤 했어. 그러면서 복수의 문신을 새기는 거야."

658

"?!"

춘호는 놀랐다.

"왜? 안 믿겨지냐?"

희준이 싸늘하게 웃었다.

"아니. 믿지."

"그 놈의 손목을 자를 때에 니 생각이 나더라. 그래서 더 세게 내리쳤지. 피가 튈 정도로."

"……."

춘호는 눈을 감아버렸다. 그리고 그때의 일을 생각했다. 어린 나이에 세상으로 뛰쳐나와 앵벌이 조직으로 들어가서 춥고 배고팠던 시절의 막막함과 하루하루가 불안했던 그 순간들을.

"그놈들 다 서울에 없어. 이젠 잊어버리자."

"그래……."

그제야 희준의 눈에서 살기가 걷어지고 따스한 빛이 감도는 듯했다.

"오늘 원장님을 만나봤다. 니 이야기하더라."

"뭐라고……."

"남대문에서 오야붕이 됐다는 걸 말해줬어. 그래서 찾아온 거지. 난 네가 오야붕이 됐을 거라는 생각도 못했어."

"핫하. 그건 맞다. 원장님 잘 있대?"

"응. 앞으로 고아원에서 도망칠 놈들 있으면 보내달라고 그랬으니까."

"……."

"총무님도 만나봤어."

"총무? 그 자식 아직도 살아 있어?"

희준의 눈에 다시 살기가 번졌다.

"왜?"

춘호는 놀라서 물었다.

"그 새끼는 사람도 아니지. 아직까지도 살아 있다면……."

"너무 그러지 마라. 만나보니 이젠 다 늙었어. 그때는 할 수 없이 그랬다는 거야. 총무라는 자리가 그런 거 아니냐."

"왜 만났는데?"

"그냥……."

춘호는 엄마를 찾기 위해서 만났다고는 말하고 싶지 않았다.

"난 두 손가락을 잘리면서 피눈물을 흘렸어. 고아원에서 나를 괴롭히던 놈들과, 총무 그 새끼까지도 다 없애버릴 거라고. 그런 놈들을 세상에 놔둬봐야 소용도 없는 놈들이지."

"이젠 다 지난 일이잖아. 잊을 건 잊어버리는 게 낫지."

"넌 그렇게 살았냐?"

"……?"

춘호는 다시 차가워지는 희준을 보면서 무서움을 느꼈다.

"이에는 이. 칼에는 말이라는 말 못 들어봤냐? 고아원에 있을 때에 목사가 와서 설교하던 거 못 들었어? 이에는 이, 칼에는 칼이라고."

"그건 성경에나 나오는 이야기지."

"성경에도 그렇게 가르치고 있어. 난 그걸 믿어."

"······."

춘호는 속이 답답했다. 희준이 변해도 너무 변했다는 생각을 지울 수가 없었다.

"미안하다. 너한테 하는 말은 아니니까."

"괜찮다. 너도 살아온 방식이 있으니까."

"그래. 오늘 술이나 한잔 하자."

희준은 벨을 눌러 사람을 불러서는 양주를 시켰다. 술부터 들여보내라고 말을 하자, 서빙을 하는 여자는 겁에 질린 듯이 희준의 얼굴을 쳐다보고는 얼른 나갔다가 곧 양주와 간단한 안주를 들고 들어왔다.

"회장님, 금방 나옵니다. 우선 이걸로 드시고 계세요."

젊은 여자는 희준과 춘호 사이에 앉아 술부터 따랐다.

"자, 오늘 만난 기념이다. 너 보니까 오늘 왜 그런지 기분이 이상하다."

희준의 말이었다.

"그래? 나도 그러네."

곧 희준이 잔이 다가와서 잔을 부딪치고는 단숨에 마셔버렸다. 그걸 본 춘호도 단숨에 술을 삼켰다. 다시 술잔을 채워주고는 여자는 일어섰다.

"금방 갖고 올게요."

여자가 나가려는데 거한 음식들이 두 명의 남자들에게 들려져 안으로 들어왔다.

"많이 드세요. 회장님. 됐죠?"

젊은 여자는 웃음을 띤 채로 인사를 하고는 조용히 문을 닫고 나가버렸다.

"춘호야."

희준이 양주병을 들고서 말했다. 춘호는 잔을 들이대면서 술을 받았다.

"왜."

춘호가 다시 희준의 잔에 술을 채웠다.

"난 세상에 복수하는 것이 꿈이다."

"복수?"

"그런 쾌감을 느낀다."

"……."

춘호는 천천히 술잔을 비워냈다. 목 안이 타들어갈 것만 같았다. 안주를 집어 입 안에 넣을 때까지도 희준은 안주에는 젓가락조차 대지 않았다.

"먹자."

춘호가 말을 했지만 희준은 그저 웃을 뿐이었다. 희준이 술잔을 비워내고서 다시 술을 따라주었지만 그는 연거푸 술잔을 비워냈다.

"안주 안 먹냐?"

"너, 많이 먹어. 난 이렇게 마시는 게 좋아. 이게 더 편해. 나중에 천천히 먹지."

희준은 다시 술잔을 비우고는 춘호가 따라주는 술을 받았다. 그는 연거푸 다섯 잔의 마신 후에야 춘호의 얼굴을 다시 쳐다보았다. 춘호는 음식을 집어 먹으면서 희준이 자신을 바라보고 있다는 것을 느꼈지만 음식을 먹기에 바빴다.

"내가 먼저 못 찾아봐서 미안하다."

희준이 착 갈아 앉은 목소리로 말했다.

"아니지. 나도 그동안 살기에 바빴으니까. 너도 그랬을 테고."

"그래. 우린 먹고 사는 것도 바빴지. 다 제 각각 살아 있으면 언젠가는 만날 거라는 생각만 했지."

"나도 최근에서야 명희를 만나고부터 애들을 만나기 시작했으니까. 그 전에는 생각도 못했던 일이다."

"그래, 우리는 한 솥밥을 먹고 컸으면서도 먹고 살기 바빠서 찾아볼 엄두도 내지 못했을 거다. 어디 가서 죽지 않고 살아 있으면……. 부모 없는 설움을 받으면서 밑바닥 인생들을 살고 있겠지."

"그래……."

춘호도 술잔을 입으로 가져갔다. 희준은 양주 한 병을 다 비우고는 다시 술을 시켰다.

"너, 너무 많이 마시는 거 아니냐?"

"하하, 괜찮아. 나야 신경 쓸 거 없어. 오늘 너하고 이렇게 만났는데 수원까지 같이 가보고 싶다. 내 차로 같이 가는 게 좋겠다."

"그럴 시간이 있어?"

"응. 괜찮아."

희준은 조금 전과는 달리 조금씩 인간적인 면을 드러내고 있었다.

"나도 오늘 차 뽑아놓으라고 그랬다. 이제 그 차로 전국을 돌며 애들을 모아야겠다고 생각돼서⋯⋯."

"고아원을 돌 생각이야?"

"응. 앞으로 더욱 사업을 늘릴 거고. 그러면 애들을 데려다가 쓰고 싶어서."

"그래, 좋은 일 한다. 나보다 네가 더 낫다."

희준은 자조적인 말을 하고는 자작으로 술을 따랐다. 춘호가 얼른 술병을 잡고는 술을 따라주었다.

"내가 따라주지."

"⋯⋯."

희준은 술을 따라주는 춘호의 얼굴을 들여다보고 있었다.

"왜? 아까부터 자꾸 내 얼굴만 보냐?"

춘호가 웃자 희준도 따라 웃었다.

"니가 춘호 맞냐?"

"그래, 그럼 넌 희준이 맞냐? 내가 보기엔 네가 희준이가 아닌 것 같네."

"핫하, 그래? 나야 그런 조직에서 사니까 달라졌지만 넌 아니잖아?"

"다 사는 게 그렇지. 안 달라질 수가 있나."

"그래. 고맙다. 네가 먼저 나를 찾아와준 것이 고마운 일이지. 네가 안 찾아왔으면 나도 널 찾지 않았을지도 모른다."

"……."

"난 고아라는 걸 잊지는 않아. 그렇지만 고아원 출신들을 만나야 되겠다는 생각은 안 했으니까."

"……."

"항상 남의 눈치나 보며 큰 애들이 사회에 나와서 무엇을 하겠나 싶었지. 사회에서도 그렇게 살 건데, 하고 생각하면 가슴만 아픈 거지."

"그건 잘못된 생각일 거다. 눈칫밥을 먹고 컸다고 해서 계속 눈칫밥만 먹고 크라는 법은 없어. 걔들도 형편이 좋아지면 누구보다도 인간미가 있다는 걸 넌 모르고 있는 거야."

"그런가?"

희준은 술잔을 들어 춘호를 쳐다보면서 공허하게 웃었다.

"고아라고 해서 다 삐뚤어진 건 아니니까. 환경이 그렇게 만들었을 뿐이지."

"……."

희준은 묵묵히 술만 마셨다.

"어떤 목표를 이뤘을 때는 고아라는 것이 오히려 더 유리할 수도 있다는 거지."

"……."

"난 애들을 믿어. 좋지 않은 환경이 문제겠지만……."

"그래……."

희준은 약하게 고개를 끄덕였다. 그리곤 다시 술잔을 입에 갖다댔다. 두 사람은 대화는 계속 이어졌다. 이제부턴 춘호가 말을 하고 희준이 듣는 쪽이었다.

희준은 술이 들어가면 말수가 적어지는 듯했다. 자리에서 일어난 그들은 서로 돈을 계산하려고 실랑이를 하다가 결국 희준이 계산을 치르는 것으로 끝이 났다.

"핫하, 그러면 너 그 돈으로 택시타고 가라."

희준이 농담 삼아 던진 말이었다.

"태워준다며? 맘이 변했나?"

"핫하, 나가자."

희준은 춘호의 어깨를 툭 치며 손목을 잡았다. 춘호는 희준이 손아귀 힘이 무척 세다는 걸 느꼈다. 차로 돌아온 그들은 다시 뒷자리로 올라탔다. 곧 수원 쪽으로 달리기 시작했다.

"야, 오늘 참 기분 좋다. 넌 어떠냐?"

희준이 창문을 활짝 열어 담배를 피우면서 물었다.

"나도 좋지, 네가 그만큼 컸다는 것이 기분이 좋고. 오늘 이렇게 만난 것이 기분이 좋고 그래."

"핫하. 나도 오늘은 너하고 같이 있고 싶네."

"그럴래?"

"그래도 돌아가 봐야지. 네가 있는 곳이나 알아놓고 다음에 또 만나지. 그냥 이대로 헤어지기가 그래서 태워주는 거니까."

"그래, 나도 오늘은 너랑 같이 술 마시고 싶다. 남대문을 떠난 뒤론 한 번도 그쪽으로 가보지 않았으니까."

"그럴 거다. 나도 이 조직에 몸담지 않았으면 남대문엔 얼씬도 안 했겠지. 오줌도 누기 싫다고 그랬을 걸?"

"하하, 그 말이 맞네."

두 사람은 오랜만에 만난 회포를 다 나누지 못해 차 안에서 서로의 얼굴을 쳐다보며 지난 시간들을 회상하고 있었다. 가장 어려울 때에 만나 한 지붕 밑에서 언 밥을 먹다가 헤어진 뒤로 청년이 되어서 만난 감회가 남달랐다.

바같은 벌써 땅거미가 지고 있었다. 외곽 순환도로를 따라 달리다가 수원으로 가는 국도를 달리면서 창밖을 스치는 낮은 산들이 보였다. 핸들을 잡은 희준의 부하는 눈썹 하나 까딱하지 않은 채로 앞만 보고서 운전을 하고 있었다. 벤츠라서 그런지 차는 미동도 없이 미끄러지듯이 달려갔다.

수원 시내로 들어서자, 벌써 어둠이 내리기 시작하고 있었다. 가게에 도착한 춘호는 희준을 데리고 안으로 들어갔다.

입구에 서 있던 배호가 들어서는 춘호를 보고는 물었다.

"이제 오냐?"

춘호 옆에 서 있는 희준을 쳐다보았다.

"배호 형이야. 초록원에서 나왔고. 나하고 중국집에서부터 같이 있었던 형이야. 여긴 전에 이야기했던 희준이. 부사장이다."

춘호가 소개를 하자, 배호는 반갑다는 듯이 손을 내밀었다.

"반갑습니다. 안으로 들어가시죠."

"형, 같이 안으로 들어가."

춘호는 배호와 희준을 데리고 사무실로 들어갔다.

"누나는?"

"주방에 있지. 불러올까?"

"응."

배호가 곧 사무실을 나가서 정혜를 데리고 들어왔다.

"누나, 인사해. 전에 나하고 도망치다가 헤어졌던 희준이야."

춘호는 다시 정혜와 희준이를 인사시켰다.

"반가워요. 춘호 사장한테서 이야기 많이 들었어요."

"하하, 네. 오늘 춘호 이놈이 찾아왔더라고요. 안 그래도 내가 먼저 찾아야 되는 건데."

희준은 말을 하면서도 몸에 밴 조직의 냄새가 물씬 풍겨났다. 여유 있는 말투와 몸짓이었다.

"네, 그랬구나. 고아원에는 갔다 오고?"

정혜가 춘호를 쳐다보았다.

"응, 이 누나가 부사장이야. 배호 형하고 누나가 부사장이지."

"아, 그래. 너한테 검정고시 공부 가르쳐준다던 누나구나."

"그래."

정혜는 곧 일어나서 마실 것들을 들고 왔다.

"희준이는 남대문파를 이끌고 있어. 부회장이라는 말에 나도 놀랐으니까."

"그래요?"

정혜와 배호가 놀란 표정이었다.

"맞습니다. 오늘 춘호하고 만나서 헤어지기 싫어서 같이 온 겁니다. 누님."

희준은 정혜에게 누님이라는 표현을 썼다.

"아, 잘했어요. 안 그래도 춘호 사장이 고아원에 들러 앞으로 쓸 애들을 모집하러 간다고 그랬는데."

"차는?"

"응, 계약만 하고 왔어. 내일 직접 갖다준다고 했어. 잔금은 내일 준다고 그랬어."

그러면서 정혜는 계약서를 보여주었다.

"여기 모두 몇 명이냐?"

"누나 빼고 은혜 출신들이 모두 나하고 여덟 명. 만나볼래?"

"됐어. 나중에 한번 놀러오지."

"그래."

"나, 이제 이만 가봐야겠다. 오늘은 이렇게 본 것으로 하고 다음에 와서 느긋하게 이야기 좀 하자."

희준이 일어나서 정혜에게 깍듯이 인사를 하고는 배호에게는 손을 내밀었다.

"이곳까지 와주셔서 고맙습니다."

"뭘요. 춘호 형이라는데 말 낮추십시오."

"아닙니다. 이런 곳까지 멀리 와주셔서 감사합니다."

배호는 악수를 하면서 희준의 오른손가락 두 개가 없다는 것을 알 수 있었다. 희준의 손아귀 힘이 세다는 것도 금방 느낄 수 있었다. 홀로 나온 희준은 꽉 찬 테이블과 무대에서 뿜어져 나오는 밴드소리를 듣고는 흡족한 듯이 웃음을 지었다.

"너도 성공한 셈이군. 이만하면 된 거다."

"아직 멀었어."

"그래. 우리는 성공 아니면 까무러치기지."

희준은 그 말을 남기고선 출입구 쪽으로 걸어갔다. 군데군데 서 있던 명쾌와 성동이, 찬욱이가 희준을 보며 절을 했다.

바깥으로 나오면서 희준이 춘호에게 물었다.

"쟤들도 다 은혜 출신이냐?"

"응, 알겠어?"

"몰라, 내가 지 선배라는 것도 모르겠지."

"다음에 오면 이야기할 시간이 있을 거다. 네가 선배로써 한마디 해도 돼."

"그래. 들어가라."

희준은 바깥에서 춘호에게 들어가라고 했다. 춘호는 차문을 열어준 사내가 운전석에 앉는 것을 보고서 희준에게 손을 들어 보였다.

"조심해서 가십시오."

배호가 옆에 서서 인사를 했다.

창문이 닫히면서 차는 미끄러지듯 움직였다.

"……."

춘호는 차의 미등이 보이지 않을 때까지 서 있다가 돌아섰다.

"야아, 차가 삐까번쩍하네. 쟤가 희준이라고?"

"응, 많이 변했어."

춘호가 중얼거리자 정혜가 말했다.

"쟤도 손가락이 없더라. 두 개나."

"맞아. 그때 나하고 도망치다가 들켜서 한꺼번에 두 개를 잘라냈대."

"……."

배호와 정혜는 차가 사라진 쪽을 보고 있었다.

"들어가지."

춘호는 이제서야 술이 깨는 것 같았다. 홀로 들어서자 기다렸다는 듯이 요란한 음악소리가 귀청을 찢었다. 세 사람은 맨 뒤쪽의 구석진 테이블로 가서 앉았다.

"부회장이라면 대단하네!"

정혜가 말을 했다. 배호는 성동이를 시켜 시원한 음료수를 갖고 오라고 하고는 물었다.

"니하고 도망칠 때는 너보다 더 어렸다면서?"

아직도 배호는 좀 전에 나간 희준이 남대문파의 부회장이라는 사실이 믿기지 않는다는 표정이었다.

"그래, 저 놈이 그때부터 환장을 한 거야."

"왜?"

"지독한 놈이야. 내 손가락을 잘랐던 놈에게 복수를 했는데, 손목을 잘라버렸다는 거야."

"......?!"

정혜는 배호는 서로 얼굴을 쳐다보았다.

"저 놈 손가락을 잘랐던 놈들도 다 잘라버렸고. 그 놈들보고 서울에 나타나면 죽여버린다고 그랬다고 그랬어. 그 놈들은 다 시골로 내려갔다는구마."

"......"

"사람을 죽일 때마다 지 몸에도 칼을 댔다니까......"

"지가 지 몸에 칼을 대?"

"......"

춘호는 고개를 끄덕였다.

"정말 지독한 놈이네."

그때, 성동이가 시원한 사이다를 갖고 와서 잔에 따라주었다. 춘호는 단숨에 마셔버리고는 일어섰다.

"오늘 장사는 어때?"

춘호가 홀 안을 휘 둘러보자 배호가 보란 듯이 말했다.

"꽉 찼잖아. 어제하고 비슷해."

춘호가 사무실로 걸어가자, 배호와 정혜가 따라왔다. 소파에 앉은 춘호는 아직도 멍한 기분이었다.

"너, 오늘 희준이 만나서 충격을 받았구나?"

정혜가 춘호에게 말했다.

"응, 조금……."

춘호는 담배를 뽑아 물고는 배호와 정혜에게도 권했다. 배호가 라이터를 켜서 불을 붙여주고는 물었다.

"근데 뭐가 변했다는 거야?"

"내가 고아원에서 나온 애들을 데리고 있겠다니까 쓸데없는 짓이라고 그러더라."

"뭐? 지도 고아 출신이면서 그런 말을 해?"

"그게 아니라……. 고아 출신들은 눈치밥만 늘어서 힘들다는 거야. 다른 뜻은 없는 거 같애."

"그게 무슨 말이야? 그 말이 그 말이지."

배호가 약간 흥분한 듯이 말했다.

"나중엔 내 말을 듣고 약간 생각하는 듯하기는 했지만……. 저 놈이 그래서 변했다는 거야."

"……?"

배호와 정혜는 무슨 말인지 몰라 춘호를 쳐다보기만 했다.

"고아들은 힘을 실어주면 더 힘을 내는 게 아니라, 비굴해진다는 말이야."

"그런 거 없어."

배호가 약간 성이 난 듯했다.

"알아. 나도 형하고 같은 생각이야. 그런 말을 해줬어."

"그랬더니?"

"알아들었는지 말이 없어. 이곳까지 온 걸 보면 이젠 생각이 바뀌었을지도 몰라."

"……."

"내가 그랬지. 전국에 퍼져 있는 고아원을 돌며 우리 가게로 애들을 불러 모으겠다고."

"그랬더니 뭐래?"

"좋은 일이라고 그래. 생각이 약간 바뀌긴 했어. 저 놈은 고아원 근처에도 안 갔다는 거야."

"……."

"내가 원장님을 만나보라고 그랬어."

"잘했어."

정혜가 거들었다.

"난 내 생각이 옳다고 생각해. 비빌 언덕도 없는 애들에게 우리가 힘이 안 돼주면 누가 힘이 돼 주겠나 하는 생각이야."

"그래. 니 말이 맞다. 저 놈은 피도 눈물도 없는 놈이야."

"……."

춘호는 눈을 감은 채로 이마를 짚었다. 머릿속이 헝클어진 것처럼 혼란스러웠다. 술기운이 풀어지면서 머릿속이 텅 빈 것 같았다.

"너, 쉬어라. 좀 있으면 장사 마쳐."

"그래. 오늘 수고 좀 해. 나, 여기 있을게."

배호와 정혜가 일어나서 밖으로 나가고 나서 춘호는 소파에 드러누웠다. 아직도 희준의 차가운 눈동자가 뇌리 속에 가득 차 있었다.

'희준아……. 너 그러면 안돼.'

춘호는 자신도 모르게 그런 말이 튀어나왔다.


다음날 새벽 구보를 마친 춘호는 곧바로 교도소로 아버지 면회를 갔다.

"아버님. 여기 계신다면서요?"

"그래. 손을 써봤다. 가게는 장사가 잘 된다면서?"

"네."

"그래. 잘 됐다. 그만큼 크게 키워놨으면 됐다."

"보내주신 돈은 잘 받았습니다. 앞으로 가게를 하나 더 늘릴 생각입니다."

"그래라. 이젠 나도 너를 믿겠다."

"어제 고아원에 들렀다가 전에 나하고 친했던 친구를 만났습니다."

"누군데?"

"희준이라고. 나하고 전철 안에서 껌팔이를 할 때에 같이 있었던 친구였는데, 지금 남대문파의 부회장이라는 친구입니다."

"남대문파? 부회장?"

"네. 어제 만나서 오랜만에 많은 이야기를 나눴습니다. 나하곤 둘도 없는 친구놈입니다."

"그래? 남대문파 부회장이라면……. 손가락 두 개 없다는 놈 아닌가?"

"맞습니다. 아버님도 아세요?"

"이야기는 조금 들어서 안다. 무지하게 악랄하다는 소문이 있던데……. 네 친구라고?"

"네. 어렸을 때에 앵벌이 조직에 있을 때에 만났던 친구입니다. 그때 손가락을 잘린 겁니다."

"너도 그때 잘렸다면서?"

"네."

"그 친구가 네 친구라고?"

임 사장은 다시 확인하듯이 물었다.

"네, 우리 둘이 도망치다가 그놈만 붙잡혔지요. 그래서 손가락을 잘린 겁니다."

"그랬구나……."

"어제 우리 가게에 와서 음료수 마시고 갔습니다. 서울에서 만나 술 한잔 하고 그 놈 차로 수원까지 태워준다고 해서……."

"하하, 멋진 친구를 뒀네 그래. 남대문파의 부회장이라면 악명이 높지. 여기서도 심심찮게 말들이 나오는 친구인데……. 이름이 희준이라고?"

"네."

"그래. 잘 됐다. 앞으로 하는 가게에 힘이 될 것 같네."

"그런 힘을 빌리고 싶진 않습니다. 제가 힘을 키울 겁니다."

"네가?"

양아버지는 더욱 놀라는 표정이었다.

"앞으로 가게를 늘리면 식구들을 늘릴 생각입니다."

"하하, 그래. 너 아주 멋진 놈이다. 그게 남자야. 남자는 목적을 위해서는 무엇이든지 다 할 수 있어야 되는 거다. 너도 이젠 세상 돌아가는 것을 알 나이가 됐지."

그는 흡족했다.

"네, 아버님. 앞으로 그렇게 살겠습니다."

"좋다! 내가 너 하나는 잘 본 것 같다. 어디에 가게를 낼 생각이냐?"

"아직은 생각 중입니다만, 수원을 알아보고……. 안 되면 서울 쪽도 알아볼 생각입니다. 지금은 서울 쪽으로 생각하고 있습니다."

"그래! 서울 쪽도 괜찮지. 넌 한 번 크겠다고 생각한다면 서울 쪽으로 잡아도 좋을 거다."

양아버지는 순순히 승낙을 했다.

"네. 아버님."

"자금이 필요하면 언제든지 이야기해라. 대신에……."

"네."

"수원 가게는 절대로 손대면 안 된다. 알았냐?"

"네? 손을 댄다는 말씀은?"

"내가 나갈 때까지 손을 댄다거나, 처분하지 말라는 뜻이다. 거긴 내가 지은 건물이니까."

"네, 알지요. 아버님 명의로 돼 있는데 그렇게 할 수가 있겠습니까?"

"……."

아버지는 옆에 앉아 있는 교도관을 힐끗 보고는 말했다.

"거긴 중요한 것이 있는 데야. 그래서 가능하면 일하는 사람이라도 내가 말한 곳은 함부로 들어오지 못하게 하라는 뜻이다."

"아, 사무실하고 지하실 말입니까?"

"그래."

아버지는 다시 기록을 하고 있는 교도관을 힐끗 보고는 입조심을 하라는 듯이 눈짓을 보내왔다. 춘호는 얼른 말을 돌려서 다른 말을 꺼냈다.

"차도 두 대 계약을 했습니다. 지프차로 했습니다."

"그래. 한 대는 네가 타고 다니고, 한 대는 뭐하려고?"

"한 대는 그냥 놔둘 겁니다. 나중에 애들이 필요하면 쓸 수 있게 두 대를 계약했습니다."

"그래, 잘했다. 됐다. 가봐라."

"네, 아버님. 뭐 좀 넣을까요?"

"저번과 같이 인원수대로 넣어주고 가라. 다른 건 필요 없다."

"알겠습니다. 그럼 편히 쉬십시오."

춘호는 깊숙이 인사를 하고는 아버지가 면회실을 나가는 것을 보고 서 있었다. 문을 닫고 나간 아버지는 대화의 기록을 마무리하느라 엎드려 있는 교도관을 보고는 춘호에게 눈을 찡긋해 보였다. 춘호는 알았다는 듯이 고개를 끄덕이고는 밖으로 나왔다.

아마도 아버지는 낯선 교도관이 기록을 담당할 때에는 말을 조심하는 듯했다. 춘호는 아버지가 교도소 안에서 모르는 교도관이 없을 줄로만 알고서 평소처럼 이야기를 했다가 아버지의 난처해하는 모습을 보고서야 대화의 말을 가려서 해야겠다는 생각을 갖게 되었다.

교도소에서 면회를 마친 춘호는 곧바로 체육관으로 가서 직원들과 운동을 했다. 배호와 대련을 겨우 이기고 나서, 정혜 누나와 대련을 했다.

"부사장이 먼저 공격해봐."

춘호의 말에 정혜는 두 주먹을 쥐고서 공격해 들어왔다. 춘호는 느린 동작의 발을 피하면서 당수로 쳐서 발의 힘을 떨어뜨리고는 왼발을 가볍게 걸어찼다.

"윽."

정혜는 곧바로 무너졌다.

"일어나봐. 다시 공격해. 발이 느려."

춘호는 정혜가 일어나기를 기다렸다. 정혜는 다시 공격해 왔다. 이번엔 좀 더 빠른 발길질이었다. 발이 날아옴과 동시에 정혜의 주먹은 춘호의 공격을 대비해서 앞을 막고 있었다. 춘호는 빙그르르 돌면서 정혜가 공격해오는 옆면으로 가서 등짝에다 옆차기를 했다.

"퍽."

이번에도 역시 정혜는 앞으로 거꾸러졌다.

"아직 멀었어. 헛점이 너무 많아. 이번엔 성동이가 한번 공격해봐."

춘호는 성동이를 지목했다. 성동이가 주먹으로 방어 자세를 취하면서 춘호의 앞에 섰다.

"공격해. 시작!"

춘호의 외침이 떨어지자, 성동이는 춘호의 옆으로 돌며 공격할 부분을 찾고 있었다. 춘호는 성동이를 따라 돌면서 공격해 들어오기만을 기다렸다. 성동이한테 공격의 빌미를 주기 위해서 왼쪽 어깨 부분에 헛점을 주어 느슨하게 보이도록 했다.

성동이가 재빨리 왼쪽으로 공격해 왔다. 그와 동시에 춘호의 발길질이 날아올랐다. 이번엔 성동이의 오른쪽 목어깨에 가서 꽂혔다. 위에서 밑으로 내려찍는 공격이었다.

"퍽."

성동이가 목어깨에 공격을 맞고서 휘청거렸다. 그리고는 다시 주먹으로 다음 공격에 대비하고 있었다.

"야. 넌 목 위가 비었어. 손 다 올려!"

춘호는 그렇게 말하고선 이번엔 옆구리를 향해 이단 옆차기를 시도했다. 성동이가 재빨리 두 주먹으로 춘호의 발길을 막았지만 춘호의 둘러차기 힘에 밀려 주먹의 자세가 흐트러졌다. 다시 춘호는 날아오른 상태에서 왼발로 가슴을 겨냥해서 파고들었다. 정확한 공격이었다. 성동이는 두 번째의 공격을 맞고서 뒤로 나동그러졌다.

"아직 멀었어! 빨리 일어나!"

춘호의 말에 성동이가 후다닥 일어났다. 고통스런 얼굴이었다. 다시 춘호의 발길이 날아가자, 성동이는 재빨리 피하면서 춘호의 발길질을 막아냈다.

"좋아! 다시!"

춘호의 발길질은 춤을 추는 듯했다. 성동이가 피했다 싶으면 쉴 틈 없이 두 개의 발로 공격해 들어갔다.

"픽!"

성동이가 춘호에게 옆구리를 맞고서 쓰러졌다.

"계속 공격해 들어온다는 걸 몰라? 한번 공격하면 다음번엔 어떤 발이 들어올 거라는 거 몰라? 왜 그렇게 동작이 떠?"

춘호가 날카롭게 소리치며 말했다.

"야, 성기 와봐라."

이번엔 성기 차례였다. 성기가 대련 자세를 취하면서 춘호의 앞에 섰다.

"헛점이 어딘가를 잘 봐. 자, 공격해!"

춘호는 그러면서 원을 그리면서 돌았다. 일단은 헛점을 보이지 않게 돌면서 성기의 헛점을 봐뒀다가 자신이 먼저 헛점을 내보였다. 주먹을 쥐고 있던 왼손을 슬쩍 내려뜨렸다. 성기는 곧바로 왼쪽으로 공격해 왔다.

"으랏차!"

성기의 공격이 시작되었다. 춘호는 들어오는 발을 주먹으로 막고 헛점을 보면서 발길질을 날렸다. 성기가 재빨리 춘호의 발을 막아냈다. 다시 떨어진 그들은 완벽한 대련자세를 취하고 있었다.

"좋아! 일단 헛점을 못 찾았으면 다시 공격하는 거야."

춘호는 성기의 헛점을 찾기 위해 다시 원을 그리며 돌았다. 이번엔 자신이 먼저 공격해 들어갔다. 성기는 이때라고 생각하고서 춘호의 옆구리를 향해 발길이 날아왔다. 춘호는 기다렸다는 듯이 몸을 붕 뛰면서 왼발로 성기의 주먹을 흐트려 놓고선 다시 오른 발로 성기의 오른쪽 옆구리를 향해 파고들었다.

성기는 춘호의 공격을 받고서 일격에 무너져 내렸다.

"일어나!"

춘호는 성기가 일어나도록 기다렸다. 성기는 일어나자마자 곧바로 공격해 들어왔다. 춘호의 발은 성기의 공격해오는 발목을 걸어 넘어뜨리면서 바닥에 채 닿지 않은 성기의 등을 향해 이단 옆차기를 했다. 넘어지는 속도에 춘호의 발길질에 위한 가속도가 붙으면서 성기는 그대로 쓰러져버렸다.

"너무 느려. 내가 발목을 걸어서 옆차기를 할 정도로 느려!"

춘호는 명쾌와 찬욱이를 불러낼까 하다가 그만두고는 도복을 벗었다.

"니들이 빨리 마스터해야 다음에는 검도를 배울 거다. 더 많이 연습해야겠다."

그 말을 하고는 생수통이 있는 데로 가서 물을 뽑아 마셨다.

이번엔 배호와 성기가 대련을 하는 것을 지켜보고 있었다. 두 사람은 막상막하였다. 엎치락뒤치락하면서 붙었다가 떨어지면서 공격을 했지만 두 사람의 승부는 나질 않았다.

여자들은 여자들대로 대련에 임하고 있었다.

그렇게 몸을 풀고 나면 다들 허기가 졌다. 두 시간 가까이 맹연습을 했으므로 가게로 돌아오는 시간엔 배가 고플 수밖에 없었다. 운동을 마치고 돌아와서 여자들은 주방에 들어가 점심식사를 준비하고, 남자들은 홀에서 다시 연습을 하고 있는 동안에 춘호는 배호와 정혜와 같이 사무실에 있었다.

"오늘 회장님을 만났다. 가게를 더 늘린다는 말도 했고, 수원에 가게가 없으면 서울 쪽에다 낸다고 그랬다. 정혜 누나는 차 나오면 서울 쪽으로 알아보면 좋겠어."

"그래? 서울 쪽이면 더 비쌀 텐데?"

"괜찮아. 돈은 얼마든지 있으니까 가게 자리만 좋으면 돼. 그건 정혜 누나하고 배호 형이 맡아. 난 차 나오면 지방까지 뛰어야 하니까."

"알았어. 차는 곧 나올 거 같더라. 아마 내일쯤 나올 거 같애."

"보험하고 서류는 정혜 누나가 다 알아서 해봐."

"그래."

일단 춘호는 내부적인 일은 정혜와 배호에게 다 맡기고 자신은 좀 더 큰일에만 신경 쓰기로 했다. 춘호가 할 일은 고아원을 돌며 식구들을 모으는 일과, 큰 조직이 되기 위해서는 체계적인 단체로 만들어가는 일이었다. 그렇다 보니 장부정리와 자질구레한 일은 모두 정혜가 해야 할 몫이었다. 배호는 남자이기 때문에 식구들을 관리하는 일을 해야만 했다.

"그럼 앞으로 계속 가게를 늘릴 건가?"

배호가 물었다.

"그렇게 되기 쉬워. 그래야 식구가 느니까."

"그럼 알았어."

배호도 마음의 각오를 단단히 했다. 앞으로 더 많은 가게가 생기게 되면 배호의 역할도 만만치 않을 일이었다.

"회장님은 어디로 간데?"

"그냥 거기 계실 건가 봐. 미리 손을 써놨다고 그래."

"아, 그럴 수도 있지. 그 안에선 범털만 되면 돈으로 누구든지 움직일 수 있지."

배호는 교도소 경험이 있었으므로 그 안에서 돌아가는 생리를 누구보다 더 잘 알고 있었다.

"배호 형은 오후에 나하고 초록원에나 가볼래?"

"내일 가지 그래? 내일 차 나올지도 모르고."

"그럴까? 그럼 내일 갔다 오자."

점심을 먹고 난 후에 춘호는 다들 홀과 주방에서 일하고 있을 때에 지하실로 내려갔다. 습기가 차 있어서 퀴퀴한 냄새가 나는 지하실은 불을 켰지만 기분이 그리 좋지 못했다.

'여기 뭐가 있다는 거야? 내가 보기엔 아무것도 없는데.'

춘호는 전에도 뒤졌지만 아무것도 특별한 것을 볼 수 없었던 지저분한 것들을 다시 뒤적이기 시작했다. 바닥에 널려 있는 것들이 많았기 때문에 이쪽에 있는 것들은 저쪽 구석으로 갖다놓고, 저쪽에 있는 것들은 이쪽 구석으로 갖다놓으면서 무언가를 찾고 있었다.

'없는데?……'

물건들을 다 정리했지만 특별히 눈에 띄는 것은 없었다.

"……?"

춘호는 이상하다는 생각이 들었다. 양아버지가 그토록 가게를 지키라고 하는 이유를 알지 못했다. 저번에도 지하실을 뒤졌지만 양아버지가 소중하게 생각할만한 것은 없었던 것이다. 이번에도 역시 마찬가지였다.

"뭐가 있다는 거지?"

춘호는 혼자 중얼거리면서 천정까지 살펴보았다. 천정엔 백열등 하나만 달랑 매달려 있었을 뿐 별다른 장식조차도 없었다. 지하실이라서 그런지 천정엔 습기가 차서 물기가 번져 있었다.

"……."

춘호는 아무것도 발견할 수 없었다. 혹시나 해서 바닥에 널려 있던 물건들 중에 무언가 들어 있을만한 것들 골라 일일이 뒤져봤지만 중요한 것이라곤 눈에 띄지 않았다.

'거 참……. 아무것도 없는데 중요한 곳이라니…….'

춘호는 답답했다. 그렇다고 면회를 가서 아무것도 없는데 무엇을 갖고 그러느냐고 물어보는 것도 그랬다. 그동안 면회를 다니면서 춘호가 느끼기로 양아버지는 가게를 소중하게 생각하는 것만은 분명했다.

'그렇다면?……'

춘호는 지하실을 나와 사무실로 들어갔다. 다시 책상과 책장이 있는 뒤쪽을 뒤져봤지만 특별한 것이라곤 보이지 않았다. 앞으로 밀어놓았던 소파를 다시 제 자리에 갖다놓고는 소파에 앉았다.

담배를 문 춘호는 천정까지 살폈으나 이상한 구석이라곤 찾아낼 수 없었다. 만약 천정에 해놓은 인테리어 속에 무언가 숨겨 놓았다면 어디 한 구석이라도 뜯었던 흔적이라도 남아 있어야 했지만 그런 흔적도 발견할 수 없었다.

'아버지가 나를 시험하기 위해서 일부러 그러는 것은 아닐까?'

춘호는 그런 생각을 하고 있었다.

이때까지 교도소에 면회를 가서 만났던 적밖에 없었던 양아버지라는 사람에 대해서 아는 것이라곤 하나도 없었다. 교도소 안에서 그 많은 돈을 갖고 있다는 것이야 이해할 수 있지만, 이 가게 안에 중요한 것을 숨겨놓을 만한 곳이라곤 춘호가 다 뒤져봤지만 특별한 것을 찾아낼 수는 없었다.

춘호의 마음속에 점점 의혹이 일고 있었다.